Pour retrouver sa fille

Unis face au risque

Mission sous tension

RITA HERRON

# Pour retrouver sa fille

*Traduction française de*
KAREN DEGRAVE

BLACK ROSE

HARLEQUIN

*Collection :* BLACK ROSE

*Titre original :*
MYSTERIOUS ABDUCTION



**HARPERCOLLINS FRANCE**
83-85, boulevard Vincent-Auriol, 75646 PARIS CEDEX 13
Service Lectrices — Tél. : 01 45 82 47 47

www.harlequin.fr

ISBN 978-2-2804-4839-0 — ISSN 1950-2753

# Prologue

Il paraît qu'on oublie les douleurs de l'accouchement à l'instant où l'on prend son bébé dans ses bras.

Cora Reeves Westbrook n'oublierait jamais cette torture.

Mais sa petite fille valait chacune des contractions.

Cora s'adossa à l'oreiller de son lit d'hôpital et caressa doucement la joue de sa fille. Alice sentait le shampooing pour bébé et toutes les bonnes choses de la vie.

Le mari de Cora, Drew, déposa un baiser sur son front. Les dix-huit dernières heures avaient été éprouvantes, et Cora n'avait pas dormi depuis deux jours, mais elle n'avait jamais été aussi heureuse.

Sa fille était parfaite.

Cora mémorisa chaque détail de son visage rond, son petit nez retroussé, ses dix doigts et ses dix orteils, et la fossette de sa joue droite.

— C'est le plus beau bébé que j'aie jamais vu, murmura-t-elle.

— Elle ressemble à un ange, répondit Drew.

Cora lui sourit. Elle se réjouissait qu'il ait l'air aussi heureux qu'elle. Il n'avait pas sauté de joie quand elle lui avait annoncé sa grossesse. Il s'inquiétait pour leurs finances et avait l'ambition de devenir associé dans son cabinet d'avocats. Elle lui avait assuré qu'ils pouvaient assumer un enfant, mais il avait continué à craindre que l'argent ne manque.

Drew lui jeta un regard désolé quand son téléphone sonna.

— Excuse moi, dit-il. Je dois prendre cet appel.

Il sortit de la chambre. Cora déposa un baiser sur la joue d'Alice et la berça en murmurant des promesses d'amour.

Quelques minutes plus tard, Lisa, l'infirmière qui l'avait aidée à accoucher, réapparut.

— Nous devons lui faire passer quelques examens, dit-elle en tapotant la jambe de Cora. Vous devriez vous reposer. Les tétées de nuit peuvent être épuisantes.

Cora serra Alice dans ses bras une dernière fois avant de la tendre à l'infirmière. Elle se croyait bien trop excitée pour pouvoir dormir, mais l'épuisement eut raison d'elle dès que Lisa quitta la pièce.

Elle rêvait qu'elle emportait Alice dans la chambre qu'elle avait décorée pour elle quand une odeur de fumée la réveilla. L'alarme retentit presque aussitôt, et Lisa fit irruption dans la chambre.

— Venez ! s'écria-t-elle. Nous devons évacuer !

Elle voulut aider Cora à se lever, mais la panique fit bondir celle-ci hors du lit.

— Mon bébé ! Il faut que je trouve Alice !

— Les infirmières de l'unité néonatale s'occupent d'évacuer les bébés, répondit Lisa. Nous la retrouverons dehors.

Cora la poussa hors de son chemin et se précipita dans le couloir. C'était le chaos, et la fumée ne permettait pas d'y voir à plus de deux pas. Le personnel aidait les patients qui avaient du mal à marcher ou poussait des lits et des fauteuils roulants. Quelqu'un lui saisit le bras.

— Descendez !

— Mon bébé ! cria-t-elle en repoussant la main qui la retenait.

Elle trouva le chemin de la nurserie à tâtons. Des pompiers couraient autour d'elle, et des cris résonnaient de tous les côtés.

Elle pressa le visage contre la vitre et chercha son bébé.

La nurserie était déserte.

Un sanglot lui échappa.

*Dehors !*

Lisa avait dit que les infirmières emportaient les bébés dehors.

Elle se dirigea vers l'escalier. Le couloir était bondé, à présent, et tout le monde se bousculait pour atteindre la sortie. Quelqu'un la poussa, et elle se retrouva entraînée dans l'escalier. Elle dut s'agripper à la rampe pour rester debout et ne pas se faire piétiner.

Quand ils atteignirent le rez-de-chaussée, quelqu'un ouvrit la porte, et une vague de chaleur fit reculer tout le monde. Le hall était la proie des flammes. Un hurlement terrifié résonna aux oreilles de Cora. Celui d'un patient ? Le sien ? Peut-être les deux.

Un pompier apparut et indiqua une sortie de secours. Cora toussa, se couvrit la bouche et suivit la foule en se baissant comme les autres.

Dehors, les gyrophares des camions de pompiers et des voitures de police zébraient le ciel. La pelouse était envahie de lits, de fauteuils roulants, de visiteurs et de membres du personnel soignant. Des médecins et des infirmiers circulaient entre les groupes pour aider les malades et les blessés. Des flammes jaillissaient du bâtiment que des pompiers arrosaient. D'autres pompiers se précipitaient à l'intérieur pour sauver ceux qui s'y trouvaient encore.

Cora fut saisie d'une quinte de toux, mais elle repoussa l'infirmier qui s'approcha d'elle.

— Les bébés ? Où sont-ils ? demanda-t-elle.

L'infirmier scruta la pelouse, puis lui montra un coin près du parking. Cora s'élança même si ses jambes avaient à peine la force de la porter. Tout en courant, elle chercha Drew dans la foule sans le voir.

*Pourvu qu'il ait Alice !*

Elle se fraya un chemin au milieu de la panique et finit par repérer une rangée de berceaux.

Aveuglée par les larmes, elle entreprit de les examiner. D'autres parents en faisaient autant. Deux infirmières essayaient vainement d'organiser le chaos tandis que des mères terrifiées leur arrachaient leurs bébés pour les serrer dans leurs bras.

Cora repéra enfin un berceau avec une étiquette sur laquelle était inscrit Westbrook – fille et en agrippa les bords.

Elle se pencha… Son bébé ne s'y trouvait pas.

# 1

*Cinq ans plus tard*

Le téléphone de Cora sonna alors qu'elle rentrait chez elle, mais elle ne réussit pas à l'atteindre parce qu'elle jonglait avec un sac de courses et une bouteille de chardonnay. Son ex-mari Drew et elle avaient acheté cette petite maison nichée au creux des montagnes de la Caroline du Nord six ans plus tôt, juste après leur mariage – quand ils étaient heureux.

Avant l'enlèvement d'Alice.

Le jour où le monde s'était arrêté de tourner pour Cora.

Parfois, elle avait envie de baisser les bras et de mourir pour échapper à la douleur.

Mais elle revoyait le visage de son bébé chaque fois qu'elle tendait la main vers le rasoir pour se tailler les veines. Sa douce et précieuse Alice au nez retroussé qui ressemblait à un ange…

Un petit être de 2,7 kilos qui comptait sur sa mère pour prendre soin de lui.

Mais Cora avait échoué.

Sa fille était quelque part. Elle continuerait à la chercher jusqu'à ce qu'elle l'ait trouvée.

Contrairement à Drew, qui avait abandonné Cora quelques mois après la disparition de leur bébé.

Cora voulait tenir Alice dans ses bras et lui assurer que rien n'était plus important pour elle que d'être sa mère. Elle voulait la bercer quand elle avait du chagrin, la relever quand elle tombait et soigner ses bobos.

Son téléphone vibra pour indiquer qu'elle avait reçu un message. C'était peut-être le directeur de l'école où elle enseignait qui voulait lui dire qu'il avait changé d'avis et qu'il ne la renvoyait pas, finalement.

Quelques heures plus tôt, à la fin des cours, il l'avait convoquée dans son bureau.

— Je comprends à quel point perdre votre fille a été douloureux, Cora, lui avait-il dit. Mais vous avez fait peur à Nina Fuller. Sa mère m'a appelé pour s'en plaindre.

— J'ai appris que Nina avait été adoptée…

— J'ai bien conscience de sa situation, et vous avez dépassé les limites.

— Mais j'ai cru…

— Vous n'avez pensé qu'à votre obsession, l'avait-il coupée. Vous ne vous êtes pas souciée du fait que la mère de Nina avait fait trois fausses couches et passé trois ans sur une liste d'attente avant de pouvoir adopter Nina.

Le cœur de Cora s'était serré. Elle ignorait que la mère de Nina avait fait des fausses couches et ne doutait pas qu'elle en avait beaucoup souffert.

— Je suis désolée, avait répondu Cora en toute sincérité. Je présenterai mes excuses à Nina et à sa mère.

Son directeur avait levé la main pour la faire taire.

— Non. Vous les laisserez tranquilles. Vous en avez déjà bien assez fait. Vous devez arrêter d'enseigner pendant quelque temps et vous faire aider.

Il parlait d'aide psychiatrique. Elle avait déjà essayé, et cela n'avait rien donné.

Seul le fait de retrouver sa fille pourrait la guérir. Lui dire à quel point elle l'aimait et qu'elle l'avait cherchée sans relâche depuis le jour horrible de l'incendie où quelqu'un l'avait enlevée.

Elle avait d'abord craint que sa fille n'ait péri dans l'incendie. Mais la police avait méticuleusement fouillé les décombres et les environs de l'hôpital, et fini par trouver le bracelet d'identification d'Alice près du parking.

La police en avait conclu qu'Alice avait été enlevée à la faveur du chaos.

— Je vous promets d'être plus prudente…

— Vous ne m'avez pas compris, Cora, l'avait encore coupée son directeur. Ce n'est pas une suggestion. Je mets fin à votre contrat.

La panique l'avait gagnée. Il ne la reprendrait pas l'année suivante ?

Qu'allait-elle donc faire ? L'enseignement était sa planche de salut depuis cinq ans, son lien avec les enfants.

C'était aussi une manière de chercher sa fille. Chaque année, quand les nouveaux élèves arrivaient, elle scrutait les visages des petites filles dans l'espoir de reconnaître quelque chose qu'Alice aurait hérité d'elle.

Elle faisait la même chose dans la rue, au centre commercial et jusque dans l'épicerie où elle venait de faire ses courses.

Elle posa le sac et la bouteille sur le comptoir. Les vacances d'été étaient toujours terribles. Ce n'était qu'un enchaînement d'heures interminables passées à ressasser et à espérer qu'elle finirait par retrouver sa fille. Chaque fois, elle craignait d'y laisser sa santé mentale.

Elle tira son téléphone de son sac et se raidit en reconnaissant le numéro de Kurt Philips.

Kurt était le détective privé qu'elle employait depuis quatre ans. Elle l'avait engagé le jour où la police lui avait annoncé qu'elle abandonnait l'enquête faute de pistes.

Drew l'avait quittée quelques mois après la disparition d'Alice et s'était remarié moins d'un an plus tard. Sa désertion et le fait qu'il avait eu un fils avec sa nouvelle femme avaient bien failli la briser.

Kurt avait-il du nouveau ?

N'osant pas espérer, elle déboucha la bouteille de chardonnay, se servit un verre et l'emporta sur la terrasse de la cuisine. De l'arrière de sa maison, on pouvait contempler les montagnes et la Whistling, la rivière qui avait donné son nom à la petite ville de Whistler. Une brise d'été agitait les branches des pins. Cora s'assit sur la balancelle en fer forgé et consulta sa messagerie.

— Cora, c'est Kurt…, commençait Kurt d'une voix qu'elle trouva tendue, inquiète.

Le message s'arrêtait là.

Elle reçut un texto alors qu'elle s'apprêtait à le rappeler.

Désolé, la piste n'a rien donné. Il est temps de laisser tomber. Tu devrais tourner la page.

Ces mots firent l'effet d'un coup de couteau à Cora. Kurt ne pouvait pas abandonner… Il était son dernier espoir.

Elle composa son numéro d'un doigt tremblant, mais Kurt ne répondit pas.

Il fallait absolument qu'elle lui parle ! Elle remporta son verre dans la cuisine, ramassa ses clés et son sac à main, puis courut vers sa voiture.

Kurt ne faisait pas que travailler pour elle. Il était devenu un ami.

Il l'avait aussi préparée au pire le plus délicatement possible. Avait-il découvert qu'il était arrivé malheur à son bébé et n'osait-il pas le lui dire ?

Elle monta dans sa voiture, démarra et fila vers la ville. Il lui fallait des réponses.

Elle devait savoir pourquoi il renonçait à chercher Alice.

Le shérif Jacob Maverick se gara sur le parking du centre commercial qui se trouvait en périphérie de Whistler et grimaça à la vue des flammes qui s'élevaient vers le ciel. Les pompiers s'efforçaient déjà d'éteindre l'incendie.

Son frère Griff, pompier et expert en incendies criminels, s'apprêtait à entrer dans le bâtiment.

Un instant, Jacob fut paralysé par la peur et une impression de déjà-vu. Il avait perdu son père – le shérif de l'époque – dans l'horrible incendie qui avait détruit l'hôpital cinq ans plus tôt.

Il ne pouvait pas perdre l'un de ses frères.

Mais il ne pouvait pas non plus empêcher Griff de faire son travail – pas plus que celui-ci n'aurait pu l'empêcher de devenir shérif après la mort de leur père. Ils étaient tous certains que l'incendie était d'origine criminelle et voulaient savoir qui l'avait allumé. Ils n'avaient encore obtenu aucune réponse.

Mais ils finiraient par découvrir la vérité.

Le comportement héroïque de leur père les avait tous incités à devenir des primo- intervenants. Griff était devenu pompier ; Fletch, sauveteur en montagne, et Liam était entré au FBI.

Les lumières des gyrophares tournaient dans la pénombre du crépuscule. L'adjoint de Jacob, Martin Rowan, avait délimité un périmètre autour du bâtiment en feu pour tenir les curieux à distance. Jacob sortit de sa voiture et se dirigea vers Martin.

— Que s'est-il passé ? demanda-t-il.

Martin haussa les épaules.

— On n'en sait encore rien. C'est un employé de l'assureur d'à côté qui nous a appelés. Il a vu de la fumée alors qu'il sortait de son bureau.

— Le bâtiment a l'air ancien, dit Jacob. Ça pourrait être un court-circuit.

Des poutres craquaient et éclataient. Les flammes qui dévoraient le rez-de-chaussée progressaient vers le premier étage, et une épaisse fumée grise s'échappait par les fenêtres. Les efforts des pompiers ne semblaient pas servir à grand-chose.

Alors on entendit un grondement sourd, les vitres explosèrent, et le toit s'effondra.

Le cœur affolé, Jacob courut vers la porte. Une vague de chaleur lui fouetta le visage.

— Allez, Griff ! murmura-t-il. Sors de là !

Cora frissonna en passant devant le cimetière de Whistler sur le chemin du bureau de Kurt. C'était là qu'étaient enterrées la plupart des victimes de l'incendie de l'hôpital. Elle détourna les yeux pour ne pas laisser son esprit s'aventurer dans des zones qu'il n'avait déjà que trop visitées.

Mais le message de Kurt lui rendait la chose impossible.

Avait-il découvert la preuve que sa fille était… morte ?

Non. Elle ne pouvait pas le croire. Une mère le saurait. *Elle* le saurait si c'était vrai.

La nuit tombait, et de gros nuages bloquaient le peu de lumière qu'il restait. Comme Whistler était tout près du sentier des Appalaches, il y avait beaucoup de touristes dans la région pendant l'été. Les gens allaient dans la montagne pour échapper à la chaleur, camper, pêcher ou faire de la randonnée et du rafting.

Quand Alice avait été enlevée, Cora avait été choquée de voir des gens rire et vivre avec insouciance alors qu'elle pouvait à peine respirer.

Ce soir, la brise qui portait le son de la rivière semblait inquiétante à Cora, comme si elle voulait lui rappeler que la forêt immense qui l'entourait était pleine de dangers. La brise portait aussi une odeur de fumée.

Elle jeta un coup d'œil sur sa droite, du côté du bureau de Kurt, et son cœur manqua un battement. Une épaisse fumée grise s'élevait vers le ciel.

Elle appuya sur l'accélérateur pour dépasser une file de minibus blancs sur lesquels était écrit Jésus nous sauve, puis elle tourna à droite sur une route mal entretenue. Un kilomètre plus loin, elle atteignit le centre commercial. Les gyrophares des camions de pompiers, des ambulances et des voitures de police illuminaient le crépuscule.

Elle balaya le centre commercial du regard. Un bâtiment était dévoré par les flammes.

*Mon Dieu !*

C'était le bâtiment dans lequel Kurt avait son bureau.

La peur au ventre, elle se gara près du salon de tatouage.

Les secondes parurent s'éterniser. Des curieux s'étaient rassemblés autour du bâtiment en feu.

Cora regarda la police s'efforcer de les tenir à distance. Une minute plus tard, un pompier sortit du bâtiment en portant un homme sur son épaule.

Elle était trop loin pour voir si c'était Kurt... mais elle vit des bottes en peau de serpent avec des éperons argentés.

C'étaient les bottes de Kurt.

Elle en était absolument certaine parce que c'était elle qui les lui avait offertes.

# 2

Jacob suivit Griff qui alla déposer l'homme sur une civière près d'une ambulance et reconnut aussitôt la victime.

— C'est Kurt Philips, un détective privé, dit-il. Il travaillait pour Cora. Il me parlait de son enquête de temps en temps.

Griff retira son masque à oxygène et son casque, puis secoua la tête.

— Il était mort quand je l'ai trouvé, dit-il en montrant le torse ensanglanté de Kurt.

Il avait été abattu.

L'odeur de la chair brûlée fit grimacer Jacob. L'incendie avait sans doute été déclenché pour couvrir le meurtre.

Puisque Philips était un détective privé, il pouvait avoir été tué à cause de l'une de ses enquêtes. Ses dossiers, qui contenaient peut-être l'identité de son meurtrier, avaient probablement brûlé – comme son meurtrier devait l'avoir espéré.

Le médecin légiste, Ryland Hammerhead, se pencha pour examiner le corps.

— Vous le connaissez ? demanda-t-il.

Jacob acquiesça.

— Kurt Philips, un détective privé.

Ce qui signifiait que la liste des gens qui voulaient sa mort pouvait être longue.

Le médecin légiste photographia le cadavre.

— La cause de la mort est sans doute cette blessure par balle, mais je ferai une autopsie complète et je vous enverrai le résultat dès que possible, dit-il.

— Je chargerai des techniciens passer les décombres au peigne fin dès que l'incendie sera éteint, répondit Jacob.

— J'enverrai la balle au laboratoire, ajouta le médecin légiste avant de soulever la main droite de Philips.

Jacob vit du sang sous la cendre et les brûlures qui la couvraient. Le docteur Hammerhead découpa la chemise de Philips. La balle avait fait de gros dégâts.

Jacob prit une photo de la blessure avec son téléphone.

— Le coup a sans doute été tiré à bout portant, commenta-t-il. La victime a dû mettre sa main sur la trajectoire de la balle par réflexe.

Le docteur Hammerhead hocha la tête.

— Ce qui ne pouvait pas servir à grand-chose, commenta-t-il.

— Appelez-moi quand vous aurez fini l'autopsie, dit Jacob. Je passerai vous voir à la morgue.

Le médecin ordonna aux ambulanciers de charger le corps. Jacob rejoignit son adjoint, lui rapporta ce qu'ils avaient découvert, puis balaya la foule des curieux du regard.

— Interroge tout le monde, au cas où quelqu'un aurait vu quelque chose, ordonna-t-il à Martin.

Son adjoint acquiesça.

— Je m'y mets tout de suite, répondit-il.

Jacob scruta le parking. Il arrivait que des criminels traînent sur le lieu de leur crime pour se délecter du chaos qu'ils avaient causé. Une voiture garée près de l'entrée attira son attention. La lumière de gyrophares la rendait bien visible. C'était un SUV rouge.

La voiture de Cora Reeves.

Il plaignait cette femme de tout son cœur. Personne, à Whistler, n'ignorait qu'elle avait perdu son bébé pendant l'incendie de l'hôpital. Elle pensait que sa fille avait été enlevée. Il avait enquêté, à l'époque, et avait été terriblement frustré quand il avait dû clore l'enquête faute de piste.

Philips avait-il été tué parce qu'il avait découvert quelque chose sur la fille de Cora ?

L'estomac de Cora se noua. Le shérif voudrait lui parler s'il découvrait que Kurt lui avait laissé un message.

Elle avait parlé à assez de policiers et de journalistes pour sa vie entière. Cela n'avait servi à rien. Bien sûr, Jacob, qui était l'adjoint du shérif à cette époque, avait essayé de retrouver Alice. Mais il était aussi fou de chagrin parce que son père était mort dans l'incendie. La ville entière était en état de choc, et beaucoup de gens pleuraient un proche. Surtout, l'étendue des dégâts avait rendu presque impossible de découvrir des indices.

Jacob l'avait même interrogée comme une suspecte – comme si elle avait payé quelqu'un pour la débarrasser de son bébé.

Après cela, la police s'était concentrée sur Drew. Les interrogatoires qu'il avait subis avaient amplifié son malheur et détruit leur mariage. À moins qu'il ne l'ait quittée parce qu'elle était obsédée par son besoin de retrouver leur fille…

La gorge serrée, Cora démarra et s'éloigna du sinistre. Le désespoir la gagna peu à peu.

Si Kurt était mort, elle était vraiment seule.

Et son espoir de découvrir ce qui était arrivé à sa fille était mort avec lui.

Elle rentra chez elle sous un ciel de plus en plus menaçant. Elle avait tant serré le volant qu'elle avait mal aux doigts. Elle mit sa voiture dans le garage, ferma la porte électrique et entra dans la maison. Le verre de vin qui l'attendait sur le comptoir de la cuisine lui rappela qu'elle venait de perdre son emploi. Cet été serait d'autant plus terrible que l'état de ses finances ne ferait qu'empirer.

Elle prit le verre, monta à l'étage et entra dans la chambre d'Alice les larmes aux yeux. Les murs étaient toujours rose pâle, mais les meubles, les vêtements pour bébé et les jouets qu'elle avait achetés avaient disparu.

Drew s'en était débarrassé un jour où elle était allée voir sa psychiatre. Il lui avait expliqué qu'il les avait donnés parce qu'il ne supportait plus de la voir passer son temps à les regarder. Il voulait qu'ils aillent de l'avant.

Qu'ils aillent de l'avant comme s'ils n'avaient jamais eu d'enfant ? Comme si elle n'avait jamais donné naissance ?

Elle lui avait demandé de partir. Lui était peut-être capable d'oublier leur fille, mais pas elle.

Épuisée, elle décida de prendre une douche. Cela l'aiderait peut-être à se délivrer de l'image du corps de Kurt qu'on sortait de son bureau en flammes. Elle se lava sans essayer de retenir ses larmes. Elle pleura pour Kurt.

Elle pleura parce qu'elle se sentait vide et seule.

Elle pleura parce que la mort de Kurt signifiait qu'elle ne retrouverait jamais Alice.

La sonnette la fit sursauter. Elle sortit de la douche, enfila un peignoir et se passa un coup de peigne.

La sonnette retentit une deuxième fois. Qui venait la voir à une heure pareille ? Elle avait perdu presque tous ses amis au cours des cinq dernières années.

Les nerfs à vif, elle alla jeter un coup d'œil par la fenêtre. La voiture du shérif était garée dans son allée.

Jacob, à la porte de la maison de Cora, tapait du pied en attendant qu'elle réponde. Il avait confié la scène de crime à son adjoint. Il y retournerait quand l'incendie serait éteint et que les techniciens pourraient intervenir. Griff chercherait l'origine de l'incendie et des traces de combustible.

Le tueur avait peut-être été négligent et laissé une empreinte. C'était peu probable, mais il n'avait peut-être pas pris la peine de mettre des gants s'il espérait que le feu détruise tout.

Jacob sonna une deuxième fois.

Quand il entendit des pas à l'intérieur, il se prépara à revoir Cora. Elle était venue à son bureau au moins une fois par mois ces cinq dernières années pour savoir s'il avait des nouvelles. Chaque fois, son chagrin lui brisait le cœur. Il avait perdu son père, mais ne pouvait pas imaginer la douleur de perdre un enfant. Être hanté jour après jour par des questions sans réponses, se demander si sa fille était vivante ou morte, heureuse ou malheureuse…

Il avait entendu dire que Cora était si obsédée par la recherche de sa fille qu'elle avait repoussé tous ses amis. Le drame avait aussi brisé son mariage. Son salaud de mari l'avait quittée quelques mois après la disparition du bébé, puis s'était remarié. Cora avait repris son nom de jeune fille.

Il n'avait jamais eu confiance en son ex. Drew Westbrook était son suspect n° 1 cinq ans plus tôt, mais Jacob n'avait jamais pu prouver qu'il était impliqué dans la disparition de son bébé.

Kurt avait-il trouvé une piste ?

Jacob inspira profondément quand il entendit le bruit du verrou. Dès qu'il vit les yeux rougis de Cora, il comprit que Kurt Philips ne lui avait pas donné de bonnes nouvelles.

— Bonjour, Cora. Puis-je entrer ?

Ses yeux bleus et tristes se plissèrent, comme si elle n'avait pas oublié qu'il l'avait laissée tomber. La mauvaise conscience le gagna. Il avait essayé mais avait échoué.

Elle resserra son peignoir et en noua la ceinture. Jacob en perdit le souffle. Même triste et vêtue d'un simple peignoir en coton, Cora était d'une grande beauté. Ses cheveux roux et mouillés ondulaient sur ses épaules.

L'air inquiet, elle s'écarta pour le laisser entrer. En s'essuyant les pieds sur le paillasson, il s'aperçut que rien n'avait changé depuis sa dernière visite. L'aménagement était identique : simple et de bon goût.

Il y avait une table patinée et quatre chaises près de la fenêtre. Un grand comptoir séparait la cuisine du salon. Une cheminée en brique ajoutait au charme de la pièce. Même si cette maison était confortable, Jacob s'était souvent demandé pourquoi Cora n'avait pas quitté la ville pour échapper à ses souvenirs douloureux.

Croyait-elle que la personne qui avait enlevé sa fille la ramènerait à Whistler ?

Cora l'entraîna vers la cuisine et lui proposa un café. Elle avait l'une de ces machines qui faisaient une tasse à la fois avec des capsules. Il accepta et attendit qu'elle prépare une deuxième tasse pour elle-même. Il avait l'impression qu'elle perdait du temps parce qu'elle avait compris la raison de sa visite.

Quand les cafés furent prêts, elle l'invita à passer au salon. Elle s'assit sur le canapé, et il s'installa dans le fauteuil en cuir qui se trouvait près de la cheminée.

— Je t'ai vue près du bureau de Kurt Philips, tout à l'heure, pendant l'incendie, dit-il.

Elle baissa les yeux vers sa tasse.

— Sais-tu comment il s'est déclaré ?

Il secoua la tête.

— Pas encore. Nous enquêterons.

Elle releva la tête et plissa les yeux une nouvelle fois.

— Ne devrais-tu pas être déjà en train d'enquêter ?

Son ton réprobateur le contraria.

— J'y retournerai quand le feu sera éteint et que les techniciens pourront intervenir, répondit-il avant de boire une gorgée de café. Je sais que Kurt Philips était un détective privé, Cora, et qu'il travaillait pour toi.

Ce n'était pas vraiment une question, mais il se tut pour observer la réaction de Cora.

Elle replia les jambes sous ses fesses comme si elle était détendue, mais la raideur de sa posture et la crispation de sa mâchoire prouvaient le contraire.

Cora était une femme attirante, belle, sincère et généreuse. Elle travaillait comme bénévole à l'église, où elle distribuait des repas aux pauvres.

— C'est vrai, admit-elle.

— Je suis désolé, Cora. Tu dois penser que j'ai laissé tomber, mais ce n'est pas vrai. Liam garde ton dossier en haut de la pile au FBI.

Griff enquêtait sur les incendies criminels dans l'espoir d'en trouver un dont le mode opératoire ressemblerait à celui de l'hôpital, et Fletch restait vigilant, dans ses missions de sauvetage, au cas où le pyromane se serait caché dans les bois pour échapper à la police.

Cora écarquilla les yeux.

— Liam cherche encore Alice ? C'est vrai ?

Il acquiesça.

— Je te jure que nous finirons par la retrouver.

Elle se pinça le nez et ferma les yeux quelques secondes. Quand elle les rouvrit, ils étaient remplis de larmes.

— Kurt tenait-il une piste ? demanda Jacob.

— Non, répondit-elle en baissant les yeux vers sa tasse. Il n'avait rien trouvé.

Son ton trahit l'ampleur de sa déception.

— Quand l'as-tu vu ou lui as-tu parlé pour la dernière fois ? demanda-t-il.

Elle changea encore de position, et Jacob eut l'impression qu'elle lui cachait quelque chose.

— Allons, Cora, parle-moi, insista-t-il. J'ai besoin de comprendre ce qui s'est passé dans son bureau.

— Je n'en sais rien, répondit-elle. C'était peut-être un incendie accidentel.

Il secoua la tête.

— Non. L'incendie a été allumé pour couvrir autre chose.

— Un cambriolage ? À-t-on volé quelque chose dans son bureau ?

— C'est possible, mais il ne s'agissait pas que d'un cambriolage.

— Que veux-tu dire ?

— Kurt Philips a été assassiné.

# 3

Cora serra sa tasse si fort qu'elle craignit de la casser.

— Quoi ?

Un muscle se crispa sous l'œil de Jacob.

— Kurt a été assassiné, répéta-t-il. Je suis désolé, Cora.

— Comment ? Pourquoi ?

Il la regarda droit dans les yeux. Jacob l'avait toujours intimidée. Il était grand, fort, avec une mâchoire carrée et des yeux marron foncé qui semblaient capables de voir jusqu'au fond de son âme. Elle avait l'impression que c'était exactement ce qu'il regardait à cet instant.

Il cherchait un indice, comme les autres policiers et le FBI l'avaient fait. La suspectait-il d'avoir tué Kurt ?

— Dis-moi juste quand tu l'as vu ou quand tu lui as parlé pour la dernière fois, insista-t-il.

Le fait qu'il ne réponde pas à sa question la mit sur la défensive. Elle ne supporterait pas qu'on la traite de nouveau comme une suspecte.

— Je ne m'en souviens pas, prétendit-elle. Je n'étais pas sa seule cliente. Penses-tu qu'on l'ait tué à cause de l'une de ses enquêtes ?

Le long silence qui s'ensuivit lui mit les nerfs à vif.

— Il est trop tôt pour le dire, finit par répondre Jacob. J'examinerai toutes ses enquêtes. Mais le meurtre peut aussi avoir été personnel. Était-il marié ou sortait-il avec quelqu'un ?

— Je n'en sais rien, *shérif*, répondit-elle en mettant lourdement l'accent sur son titre. Est-ce que ce sera tout ?

Il la fixa si intensément qu'elle eut envie de se cacher dans un trou de souris, puis il haussa les épaules avec une désinvolture en complète contradiction avec le reste de son attitude.

— Je me suis dit qu'il avait peut-être appris quelque chose sur ta fille. Si c'est une enquête qui lui a coûté la vie, ça peut être la tienne.

Le cœur de Cora manqua un battement. Avait-il raison ? Kurt avait-il découvert qui avait enlevé Alice et le ravisseur l'avait-il tué pour le faire taire ?

Dans ce cas, pourquoi Kurt lui avait-il dit qu'il abandonnait l'enquête ?

Jacob ne pouvait pas se défaire du sentiment que Cora lui cachait quelque chose. La mort de Philips la bouleversait, et plus encore la possibilité qu'il ait été tué parce qu'il cherchait Alice.

Était-elle seulement contrariée d'avoir perdu son détective privé ? Elle n'en était pas à son premier coup dur. La police avait abandonné l'enquête sur la disparition d'Alice, et son mari l'avait quittée… Lui-même était rongé par le fait qu'ils n'avaient pas arrêté le pyromane de l'hôpital, qui avait tué plusieurs personnes, dont son père, et peut-être enlevé la fille de Cora.

Cora aussi vivait avec cette douleur. Elle devait se demander tous les jours où était sa fille et ce qui lui était arrivé.

Il baissa les yeux vers les mains de Cora. Elle avait pris une douche juste avant qu'il arrive. Si elle avait tué Kurt, elle n'avait plus de résidus de poudre sur les doigts. De toute manière, il n'avait aucune bonne raison de faire un prélèvement.

Il n'imaginait pas Cora capable de tuer. Elle était douce, vulnérable et pleine de compassion. Elle enseignait à l'école primaire de Whistler.

— Tu n'es pas sûr que Kurt a été tué parce qu'il travaillait pour moi, n'est-ce pas ? demanda-t-elle.

Il secoua la tête.

— Je ne suis sûr de rien à ce stade. Nous éplucherons ses dossiers, même si l'incendie compliquera beaucoup les choses. Je ne sais pas ce qu'on pourra sauver.

Il l'observa un moment avant de demander :

— T'a-t-il parlé de ses autres enquêtes ?

Elle secoua la tête.

— Et de sa vie personnelle ? Avait-il une famille ? Une femme ?

Elle changea encore de position et but une gorgée de café.

— Il n'avait pas de famille, à ma connaissance. Il était divorcé.

Il se promit d'interroger l'ex-femme.

— Depuis quand ?

— Quelques mois, je crois, répondit-elle en plissant le front. Il ne m'a pas donné de détails.

— Connais-tu le nom de son ex-femme ou sais-tu où elle habite ?

Elle se leva et passa la main dans ses cheveux encore mouillés. Elle tremblait. Parce qu'elle était choquée par la nouvelle ou pour une autre raison ?

— Je crois qu'elle s'appelle Erica. Il l'a mentionnée une fois alors qu'on parlait de Drew. Je ne sais pas où elle habite.

— Tu ne l'as jamais rencontrée ?

— Non, répondit-elle en croisant les bras.

— Était-ce un divorce à l'amiable ?

— Il ne m'a pas donné de détails – comme je te l'ai déjà dit —, mais j'ai eu l'impression qu'elle voulait le récupérer.

Si c'était vrai et si Kurt fréquentait quelqu'un d'autre, son ex-femme pouvait l'avoir tué par jalousie.

Cette piste valait décidément la peine d'être suivie.

— Merci de m'avoir reçu, Cora, conclut-il. N'hésite pas à m'appeler si tu te souviens de quelque chose qui pourrait m'être utile.

Elle acquiesça et le raccompagna jusqu'à la porte avec un air hésitant.

— Jacob ?

Sa voix douce et triste l'émut profondément. Il s'adossa

à la porte pour lui faire face. Était-elle sur le point de lui confier ce qu'elle avait gardé pour elle ?

— Oui ?

— C'est vrai que ton frère cherche encore Alice ?

L'espoir qu'elle osait à peine exprimer réveilla l'instinct protecteur de Jacob.

— Oui. C'est difficile parce qu'il n'a pas de photographies récentes à distribuer, mais le dossier est encore ouvert. Il a aussi chargé quelqu'un d'éplucher les adoptions de cette époque.

Elle inspira profondément avant de répondre :

— Si ça peut l'aider, j'ai fait des dessins de ce à quoi Alice aurait pu ressembler à différents âges. Je me suis basée sur des photos de Drew et de moi quand on était petits.

Il ne sut pas quoi dire.

— Tu dois me trouver folle… mais j'aime dessiner, murmura-t-elle.

Il s'empressa de secouer la tête.

— Non, je ne te trouve pas folle. Et ça peut nous être utile. Si tu me donnes quelques-uns de ces dessins, je les transmettrai à Liam, qui les fera circuler. Qui sait ? Nous aurons peut-être la chance que quelqu'un la reconnaisse.

Il lut de l'espoir dans les yeux de Cora. Pourvu qu'il ne la déçoive pas une fois de plus… Il était bien placé pour savoir ce qu'on ressentait quand un indice ne menait nulle part.

Il n'avait pas cessé de chercher le meurtrier de son père depuis ce maudit incendie et était allé de fausses pistes en impasses.

Au moins, il savait où était son père.

Cora vivait chaque journée dans l'incertitude.

Elle s'éclaircit la voix.

— Je peux apporter quelques dessins à ton bureau demain, si ça te va.

Il hocha la tête.

— Parfait. Une dernière question… Kurt a-t-il interrogé Drew ?

— Oui, comme tous ceux qui se trouvaient à l'hôpital ce jour-là, répondit-elle après une brève hésitation.

— Comment ça s'est passé ?

— Pas très bien, admit-elle.

Il s'en doutait. Drew avait été furieux quand la police l'avait interrogé. Il avait l'ambition de devenir l'un des associés de son cabinet et avait menacé de porter plainte contre le bureau du shérif si l'enquête nuisait à sa réputation.

Ironiquement, le drame l'avait placé sous le feu des projecteurs et lui avait valu la sympathie de ses collègues. Il avait atteint son but professionnel quelques mois à peine après l'enlèvement.

Puis il avait laissé Cora gérer son chagrin et chercher leur fille toute seule.

Drew n'apprécierait pas qu'on lui pose de nouvelles questions, mais Jacob ne se laisserait pas intimider par son attitude.

Si ce salaud avait quelque chose à voir avec la mort du détective privé, Jacob le découvrirait.

Les paroles de Jacob résonnèrent longtemps aux oreilles de Cora. « Nous aurons peut-être la chance que quelqu'un la reconnaisse. »

Il avait dit « nous », comme si elle n'était pas seule. Comme s'il n'avait pas renoncé. Comme s'il y avait une chance pour qu'ils retrouvent sa fille…

Le cœur affolé, elle monta dans la chambre d'Alice et l'imagina remplie de tous les cadeaux qu'elle avait reçus pendant sa grossesse : l'ours en peluche géant, les petites robes brodées, la table pour enfant, les livres de contes, les draps blancs à pois roses, le mobile qu'elle avait suspendu au-dessus du berceau…

Le souvenir du jour où elle avait trouvé la pièce vide en rentrant de chez sa psychiatre revint la torturer.

Drew, parfaitement calme, se tenait au milieu de la chambre.

— Ta psychiatre pense que ça pourrait t'aider à tourner la page de te débarrasser de tout, lui avait-il dit.

Elle avait bien failli s'effondrer.

— Je ne veux pas tourner la page ! avait-elle crié. Je veux retrouver ma fille. Je croyais que tu le voulais aussi.

Il avait pris un air peiné.

— Oui, je le veux, avait-il répondu. Mais je ne peux pas continuer comme ça. Je ne peux pas t'entendre pleurer jour après jour, te regarder caresser ses vêtements et dormir avec ses peluches. Tu te rends folle.

— Tu veux dire que je *te* rends fou !

— Oui. J'essaye de tenir le coup, mais je n'y arrive plus. Je ne peux pas nous porter tous les deux à bout de bras.

— Que veux-tu dire ? Que tu renonces à chercher Alice ?

— Je ne renonce pas, mais ça fait des mois, maintenant. La police n'a plus de piste. Les factures s'empilent. Mon patron veut que je reprenne le travail. Je ne deviendrai jamais associé si je reste les bras croisés. Et ça te ferait sans doute du bien de recommencer à enseigner.

— Ma fille est ma vie, avait-elle répliqué. Où sont ses affaires ? Je veux les récupérer.

— Je les ai données à une association, avait-il répondu d'une voix lasse. Il y a des gens qui en ont besoin, Cora. Pas nous.

— Alice en aura besoin quand elle rentrera.

Drew avait plissé les yeux, puis une larme avait roulé sur sa joue.

— Et si elle ne revenait jamais ? Nous devons envisager cette possibilité…

— Non ! avait-elle hurlé en se jetant sur lui. Tu ne peux pas baisser les bras et l'oublier !

Il n'avait pas bougé tandis qu'elle lui martelait le torse. Finalement, à bout de force, elle s'était effondrée contre lui. Alors il l'avait repoussée et avait quitté la chambre.

Elle avait compris que leur mariage était terminé dès qu'il avait fermé la porte. L'enlèvement d'Alice avait creusé un gouffre entre eux.

Elle se dirigea vers le coffre qu'elle avait acheté après le départ de Drew. Elle y avait mis des cartes, des lettres et des cadeaux de Noël et d'anniversaire pour Alice. Il y avait des peluches, des poupées, des puzzles, des crayons, des livres de coloriage, un costume de citrouille pour Halloween, une robe rouge pour Noël, des chaussons de danse et des rubans pour ses cheveux.

Les papiers cadeaux avaient perdu leur éclat, mais elle avait tout gardé pour prouver à Alice qu'elle ne l'avait jamais oubliée si… non, *quand* elle la retrouverait.

La seule chose que Drew n'avait pas donnée était la couverture rose et verte qu'elle avait crochetée pendant sa grossesse.

Elle la pressa contre sa joue. Elle n'avait jamais eu l'occasion d'envelopper sa fille dans cette couverture.

Et son souvenir d'avoir bercé sa fille était si lointain qu'elle craignait souvent de le perdre à tout jamais.

Les yeux emplis de larmes, elle rangea la couverture et s'approcha de l'étagère où elle avait placé ses carnets de dessins. Elle en avait fait au moins un par semaine en essayant d'imaginer les changements subtils du visage de sa fille à mesure qu'elle grandissait.

Elle prit le dernier carnet – Alice à cinq ans – et examina les dessins. Elle les montrerait tous à Jacob et le laisserait choisir ceux qui lui sembleraient utiles.

Mais seraient-ils utiles ? Elle avait scruté les visages de toutes les petites filles qu'elle avait vues ces cinq dernières années.

Et elle n'était même pas sûre qu'elle serait capable de reconnaître sa propre fille si elle la voyait.

Sachant que Griff et les techniciens mettraient un certain temps à inspecter la scène du crime, Jacob chercha l'adresse de l'ex-femme de Kurt. Si Philips avait de la famille, elle le saurait. Il fallait aussi que quelqu'un l'informe de la mort de son ex-mari.

Jacob voulait observer sa réaction quand elle l'apprendrait et découvrir si elle avait des raisons de le tuer.

Il appela son adjoint pour lui faire part de ses projets.

— Assure-toi que les techniciens récupèrent le téléphone et l'ordinateur de Philips, lui ordonna-t-il. Ils doivent contenir des informations sur ses enquêtes. Tout ce qu'on sauvera peut nous être utile.

— Tu peux compter sur moi, répondit Rowan.

— Je vais chez l'ex-femme de Philips. Je te rappellerai ensuite.

Jacob quitta la ville en repensant à sa conversation avec Cora. Son angoisse était palpable.

Il ne voulait surtout pas lui donner de faux espoirs.

Le ciel s'assombrit à mesure qu'il s'approchait de la maison de Mme Philips. Les arbres étaient secoués par le vent, et des coups de tonnerre résonnaient au loin.

Il pria pour que Griff et les techniciens finissent leur travail avant qu'il se mette à pleuvoir. La pluie se chargerait de détruire les indices que le feu avait épargnés, s'il y en avait.

En suivant les indications de son GPS, il s'engagea sur une petite route de montagne. Une voiture qui roulait trop vite dans l'autre sens le força à piler juste après un virage. Il la laissa passer, puis monta une côte qui menait à un petit quartier pavillonnaire.

Il trouva la maison de l'ex-femme de Philips et se gara dans l'allée. Il y avait de la lumière à l'intérieur. Alors qu'il s'approchait de la porte, un labrador noir fonça vers lui. Jacob s'arrêta pour laisser le chien le renifler. L'animal finit par lui lécher les doigts, ce qui le fit sourire. Si c'était un chien de garde, il ne prenait pas son travail très au sérieux.

Jacob observa la maison, puis frappa. Une femme aux cheveux noirs coupés court ouvrit la porte quelques secondes plus tard. Elle avait un cocktail à la main.

— Madame Philips ? demanda-t-il.

Elle baissa les yeux vers son insigne et fronça les sourcils.

— Oui.

— Je suis le shérif Maverick, se présenta-t-il.

Il renifla pour savoir si elle sentait la fumée et ne repéra qu'une odeur de fumée de cigarette. Néanmoins... On pouvait très bien s'être servi d'un briquet pour allumer l'incendie.

— Puis-je entrer ? demanda-t-il.

— De quoi s'agit-il, shérif ? demanda-t-elle en tirant sur son T-shirt.

— J'ai des choses à vous dire.

Elle fronça les sourcils, mais s'écarta pour le laisser passer. Les glaçons de son verre cliquetèrent quand elle but une longue gorgée. Il la suivit dans un petit couloir jusqu'au salon. Il y avait du linge, des magazines et de la vaisselle sale dans tous les coins.

Elle se laissa tomber dans un grand fauteuil et le fixa avec un air interrogateur. Buvait-elle parce qu'elle savait déjà que son ex-mari était mort ? Parce qu'elle l'avait tué et craignait de se faire prendre ?

À en juger par le nombre de bouteilles vides qui traînaient dans la cuisine, ce devait plutôt être une habitude.

— Quand avez-vous vu votre mari ou quand lui avez-vous parlé pour la dernière fois, madame Philips ? demanda Jacob.

Elle croisa les jambes, ramassa un paquet de cigarettes sur la table basse et en alluma une avant de répondre :

— La semaine dernière, je crois.

— La semaine dernière ? Pourriez-vous être plus précise ?

Elle haussa les épaules.

— Vendredi, peut-être. Non : c'était samedi.

— Vous êtes séparés ?

— Divorcés, répondit-elle avec amertume. Depuis huit mois. Pourquoi me demandez-vous ça ?

Il ignora sa question.

— Vouliez-vous vous réconcilier ?

— Moi, oui, mais Kurt… voulait voir si l'herbe était plus verte ailleurs.

Elle se pencha vers lui, l'air inquiet, et demanda :

— Vous posez beaucoup de questions, shérif. Est-il arrivé quelque chose à Kurt ?

— Oui, madame, répondit Jacob en essayant de conserver une expression neutre. Je suis navré de vous informer qu'il a été tué en début de soirée.

Elle pâlit, s'enfonça dans le fauteuil et porta sa cigarette à ses lèvres d'une main tremblante.

— C'est pour ça que vous m'avez interrogée sur notre divorce, murmura-t-elle.

Il acquiesça.

— J'ai besoin de savoir s'il avait des ennemis ou s'il voyait quelqu'un d'autre.

Elle pinça les lèvres.

— Si vous voulez en savoir plus, allez donc interroger sa petite amie.

Jacob plissa les yeux.

— Pourriez-vous me donner son nom ?

Elle fit tomber la cendre de sa cigarette dans une canette vide.

— La femme dont l'enfant a été enlevé. Elle est folle, si vous voulez mon avis, mais Kurt avait un faible pour elle.

Le cœur de Jacob manqua un battement.

— Vous parlez de Cora Reeves ?

— C'est ça, répondit-elle avant de vider son verre d'un trait. Je pense qu'elle se servait de lui, mais il s'en moquait. Kurt a toujours eu un faible pour les histoires tristes, et cette femme en a une.

Bien sûr que Cora se servait de lui, puisqu'elle l'avait engagé pour retrouver sa fille. Mais cette femme sous-entendait que Cora et Kurt avaient une liaison ?

Cora sortait-elle avec Kurt Philips ? Si c'était vrai, pourquoi ne lui avait-elle rien dit quand il l'avait interrogée ?

# 4

Jacob rentra chez lui sans cesser de penser à Cora. Avait-elle une liaison avec Kurt ?

Il ne savait pas pourquoi cette idée le contrariait. Cora avait beaucoup souffert quand sa fille avait été enlevée, puis quand son mari l'avait abandonnée. Elle méritait de retrouver l'amour et le bonheur.

Si elle sortait avec Kurt, la mort de celui-ci était un nouveau coup du sort pour elle.

Le cœur de Jacob se serra. Il n'avait jamais pu supporter le chagrin qu'il lisait dans les yeux de Cora.

Il se gara devant sa maison, bâtie du côté de la montagne qui surplombait la rivière. L'été commençait, et les températures montaient, mais il faisait toujours plus frais à cette altitude.

L'odeur de l'incendie, qui lui collait à la peau, lui rappela celui de l'hôpital, dans lequel son père avait péri.

Jacob avait toujours admiré son père. Seth Maverick était un homme honnête, qui se battait pour la justice et travaillait dur pour protéger les habitants de la ville. Jacob avait toujours voulu lui ressembler.

Il avait réalisé son rêve six mois avant l'incendie. Alors que la plupart de ses anciens camarades de classe avaient quitté leur petite ville, Jacob avait appris à l'aimer autant que son père. Après l'école de police, il y était revenu, et son père avait fait de lui son adjoint. Ils faisaient une ronde de routine quand le standard avait demandé à tous les agents de se rendre à l'hôpital.

Des gouttes de sueur perlèrent à son front. Il traversa la maison et sortit sur la terrasse qui surplombait la rivière. La brise légère qui agitait les arbres lui apporta le parfum des fleurs sauvages et de la pluie de la veille. Il transpirait toujours quand ses souvenirs de l'incendie l'assaillaient.

Lorsque son père et lui étaient arrivés sur les lieux, tout un côté du bâtiment était en feu. L'alarme hurlait et le personnel de l'hôpital aidait les patients à sortir. Un camion de pompiers était déjà sur place, et un deuxième approchait. Certains pompiers arrosaient les flammes, d'autres participaient à l'évacuation. Des infirmières et des médecins couraient sur la pelouse pour aider les blessés.

Au moment où Jacob et son père étaient sortis de leur voiture, une partie du toit s'était effondrée, et des fenêtres avaient explosé. Des flammes et une épaisse fumée noire s'élevaient dans le ciel nocturne.

Son père n'avait pas hésité un instant. Il avait foncé vers la porte la plus proche.

Boosté par l'adrénaline, Jacob en avait fait autant.

Pendant la demi-heure suivante, ils avaient participé à l'évacuation. Jacob avait porté plusieurs malades dans ses bras et poussé plusieurs fauteuils.

Les cris de terreur qui résonnaient de toutes parts s'étaient gravés pour toujours dans sa mémoire. Des gens affolés couraient en tous sens à la recherche de leurs proches. Un homme dont les vêtements étaient en feu avait jailli de l'hôpital en hurlant.

Jacob l'avait rattrapé et forcé à se rouler par terre pour éteindre les flammes. Quand un infirmier avait pris l'homme en charge, Jacob était retourné dans l'hôpital pour aider une femme enceinte à descendre l'escalier.

Alors il avait entendu un cri encore plus perçant que les autres. Il avait cherché son origine et découvert une jeune femme en chemise d'hôpital près d'une rangée de berceaux.

— Mon bébé ! criait-elle. Mon bébé !

Jacob avait foncé vers elle. La femme, hystérique, secouait une infirmière.

— Ma fille ! criait-elle, le visage inondé de larmes. Où est-elle ?

Alors Jacob s'était aperçu que le berceau devant lequel elle se tenait était vide.

— Les bébés étaient tous là, avait répondu l'infirmière. Nous les avons tous évacués.

Jacob avait posé la main sur le bras de la femme.

— Nous la trouverons, avait-il murmuré.

Après cela, ils avaient fouillé les décombres de l'hôpital et les environs à la recherche du bébé. Quand Drew avait fini par rejoindre Cora, il avait paru terrifié de découvrir que leur fille n'était pas avec elle.

Quelques minutes plus tard, un infirmier s'était approché en courant et avait tendu à Jacob un bracelet qu'il venait de trouver sur le parking. C'était un bracelet de l'hôpital sur lequel était écrit Westbrook – fille.

C'était le bracelet du bébé de Cora.

— On la retrouvera, lui avait-il promis.

Il ne l'avait pas fait.

Mais il n'avait pas renoncé – il ne renoncerait jamais.

Cora se réveilla épuisée le lendemain. Elle tituba dans la cuisine, se fit un café et l'emporta sous son porche. Les premiers rayons du soleil teintaient le ciel de rouge et d'orange. Quand elle était adolescente, elle aimait dormir jusqu'au milieu de la matinée, mais l'enlèvement d'Alice l'avait rendue insomniaque. Quand elle réussissait à dormir, c'était pour faire des cauchemars, et il lui arrivait souvent de se lever avec le soleil.

Elle aimait le calme de la montagne et la beauté de la nature.

Mais cette paix avait été perturbée une fois de plus.

La veille, elle avait pleuré pour Kurt jusqu'à ce qu'elle s'endorme. C'était quelqu'un de bien. Il avait été gentil avec elle et essayé de l'aider.

C'était la personne dont elle avait été la plus proche ces dernières années.

Mais elle ne lui avait pas donné son cœur.

Son cœur avait été brisé par la disparition de sa fille et la désertion de son mari. Il ne se réparerait jamais.

Le dernier message de Kurt la perturbait toujours.

Elle soupira profondément. Où en était-elle ?

Jacob lui avait assuré que le FBI cherchait encore sa fille. Elle lui avait promis de lui apporter ses dessins.

Elle posa son café et alla chercher tous ses carnets. Elle les effleura tendrement l'un après l'autre en essayant d'imaginer ce qu'elle ressentirait quand elle pourrait enfin serrer sa fille dans ses bras.

Les questions récurrentes de sa psychiatre lui revinrent à l'esprit.

« Que ferez-vous si vous la retrouvez heureuse dans une bonne famille ? Bouleverserez-vous son monde en lui disant que vous êtes sa mère ? »

Mais comment pourrait-elle ne pas le lui dire si elle la retrouvait ? Sa fille ne méritait-elle pas de savoir que sa mère ne l'avait pas abandonnée ?

Cora rangea les carnets à dessins dans une enveloppe, qu'elle glissa dans son sac, puis regarda la pendule. Comme il était encore trop tôt pour aller au bureau du shérif, elle se fit une autre tasse de café et retourna sous le porche. Elle s'installa sur la balancelle et commença une nouvelle lettre à ajouter à sa collection.

*Chère Alice,*

*Aujourd'hui, c'est le premier jour des vacances d'été. Mes élèves étaient si excités hier ! Ils ont dessiné leurs projets pour les vacances. Certains iront nager, d'autres feront du camping. Une petite fille ira passer ses vacances en Afrique avec ses parents.*

*Je me demande ce que tu feras. Es-tu contente que l'école soit finie ? Ou tes amis te manqueront-ils ?*

Elle s'arrêta pour essuyer une larme. Elle ne savait rien de sa fille ni de la vie qu'elle menait. Alice avait-elle des amis à l'école ? Aimait-elle la musique ou la gymnastique ? Apprenait-elle à faire du vélo ? Avait-elle un animal de compagnie ?

Avait-elle deux parents qui l'aimaient ?

Cora déglutit et reposa la pointe de son stylo sur la feuille.

*Je sais que tu as cinq ans et que tu es entrée en école élémentaire cette année. Je me demande si tu aimes les travaux pratiques et apprendre à lire. Tu me raconteras tout ça un jour, quand on se reverra.*

*Je vis toujours dans la maison dans la montagne. Les fleurs commencent à s'ouvrir, et le vent m'apporte le bruit de la rivière, ce matin. Ça me rappelle une berceuse que je te chantais avant ta naissance. Et aussi toutes les berceuses que je voulais te chanter quand je t'aurais ramenée à la maison.*

*Tu es trop grande pour les berceuses, maintenant. Mais tu aimes peut-être chanter des chansons que tu as apprises à l'école.*

*Je suis assise sur ma balancelle et je me demande ce qu'on ferait aujourd'hui si tu étais là. Il y a un parc, près de chez moi, avec des balançoires et une cage à écureuil. Ce serait une manière amusante de commencer la journée.*

*Après ça, on pourrait pique-niquer et aller manger une glace. Il y a un super glacier en ville qui s'appelle le Sundae Heaven, où on peut faire nos propres sundaes. J'aime les sundaes à la vanille avec de la sauce caramel ou des morceaux de fraises, mais c'est la glace à la pêche, ma préférée. La leur est si bonne !*

*Je me demande quel parfum tu préfères et ce que tu mettrais dessus. Aimes-tu les vermicelles, la sauce à la fraise ou les pépites de chocolat ?*

*Je vais te dire un secret : j'adorerais essayer la glace au beurre de cacahuètes, mais je suis allergique aux cacahuètes. Je déteste vraiment ces injections !*

*Je te garderai dans mon cœur jusqu'à ce qu'on se revoie.*

*Avec tout mon amour,*

*Ta maman*

Quand la pendule sonna, Cora décida qu'il était temps de prendre une douche et d'apporter les dessins à Jacob. Plus vite son frère les aurait, plus vite quelqu'un avait une chance de reconnaître Alice.

Le téléphone sonna dès que Jacob sortit de la douche. Il se dépêcha de passer un peignoir pour répondre.

C'était son frère Griff.

— J'ai pensé que tu aimerais savoir ce qu'on a découvert hier soir, lui dit celui-ci.

— Oui, répondit Jacob en allant dans la cuisine pour se servir un café et mettre un hot-dog au micro-ondes.

— C'est bien un incendie volontaire. J'ai trouvé des traces d'essence dans le bureau de la victime. Le feu a été allumé là et a vite gagné le reste du bâtiment.

Ce n'était pas une surprise.

— As-tu trouvé des mégots de cigarettes, des allumettes ou un briquet dans le bureau ?

— Non, pourquoi ?

— L'ex-femme de Philips fume, répondit Jacob. As-tu trouvé des empreintes ou d'autres indices ?

— On cherche toujours. Mais on a trouvé un téléphone portable. Je l'ai expédié au laboratoire, qui vient de m'appeler. Le dernier appel a été passé à Cora Reeves. Elle n'a pas décroché, apparemment. La victime lui a ensuite envoyé un texto.

Jacob serra les dents. Cora ne lui en avait rien dit.

— Que dit le texto ? demanda-t-il.

— Que la dernière piste ne menait nulle part. Il abandonnait l'enquête.

Les doigts de Jacob se crispèrent sur son téléphone. Cora n'avait sûrement pas bien pris la nouvelle.

— Autre chose ?

— C'est tout pour le moment, répondit Griff. C'est important, à ton avis ?

— Je n'en sais encore rien, mais je parlerai à Cora, dit Jacob en cachant à son frère qu'il l'avait déjà interrogée et qu'elle avait gardé ces informations pour elle. Tiens-moi au courant.

Son frère le lui promit et raccrocha. Jacob versa son café dans un gobelet en carton, qu'il emporta dans sa voiture avec son hot-dog. Dix minutes plus tard, il était dans la grande salle du bureau du shérif en train de relire le rapport concernant la disparition de la fille de Cora.

Il sortait tout juste de l'école de police, à l'époque, et était gravement affecté par la mort de son père. L'incendie de l'hôpital avait traumatisé bien des gens. Trois autres personnes avaient perdu la vie, et il y avait eu de nombreux blessés.

Il y avait tant de gens à interroger qu'il avait dû faire appel aux policiers des villes voisines. Cela avait été un cauchemar. Beaucoup de gens qui se trouvaient là avaient des ennemis.

Mais comment savoir si ces ennemis les haïssaient assez pour mettre le feu à l'hôpital ? Si le coupable n'avait visé qu'une seule personne, il était assez fou ou assez motivé pour mettre des centaines de vies en danger.

Jacob relut les notes que ses collègues avaient prises lors des interrogatoires.

Drew Westbrook avait affirmé qu'il n'avait quitté la chambre de Cora que depuis quelques minutes quand l'alarme s'était déclenchée. Il avait essayé de rejoindre sa femme et leur fille, mais des pompiers lui avaient ordonné, comme à tous ceux qui se trouvaient là, de quitter le bâtiment par l'escalier de secours.

Il s'était retrouvé au milieu du chaos, sur la pelouse. Quelques minutes plus tard, il avait entendu le cri de Cora et s'était précipité auprès d'elle.

Jacob devait interroger Westbrook à propos de Kurt Philips.

Mais il devait d'abord parler à Cora. Elle était censée lui apporter des dessins dans la matinée.

Il devait comprendre pourquoi elle lui avait menti sur la nature de sa relation avec Philips et caché qu'il lui avait envoyé un message avant de mourir.

Cora prit la route les nerfs à vif.

Son téléphone avait sonné deux fois pendant qu'elle s'habillait et la personne qui appelait avait raccroché sans rien dire. Quand elle était sortie, elle avait vu une voiture ralentir en passant devant sa maison.

Elle frissonna et se colla au bord de la route pour croiser une Pontiac beige. Certains roulaient vraiment trop vite sur ces routes de montagne. Les chaussées étroites et les virages en épingle étaient le prix à payer pour vivre dans la nature.

En plus, de gros nuages réduisaient la visibilité. Elle inspira profondément et se concentra sur la route.

Quelques secondes plus tard, un bruit de moteur lui fit jeter un coup d'œil dans le rétroviseur. Une voiture noire s'approchait d'elle rapidement. Cora donna de petits coups de frein pour l'inciter à ralentir. La voiture le fit, mais accéléra de nouveau presque aussitôt et percuta son pare-chocs.

Le cœur affolé et les mains moites, Cora tourna dans une rue qui menait à un nouveau quartier résidentiel. La voiture noire poursuivit tout droit.

Cora soupira de soulagement. Devenait-elle paranoïaque ? Un instant, il lui avait semblé que la voiture voulait lui faire quitter la route.

Elle prit un long moment pour se calmer. Kurt avait été tué la veille.

Voulait-on la tuer aussi ?

# 5

Jacob referma le rapport de l'enquête initiale l'estomac noué. Ces cinq dernières années, ses adjoints et lui avaient parlé d'innombrables fois avec Cora.

Ils avaient aussi reçu trois plaintes de femmes qui affirmaient que Cora les avait agressées. Toutes les trois venaient d'emménager dans la région et avaient des filles du même âge qu'Alice.

Il savait que beaucoup de ses concitoyens estimaient Cora instable, mais il refusait de le croire. Lui-même serait fou de rage et de terreur si on avait enlevé son enfant.

Son adjoint l'appela pour l'informer qu'il avait entrepris d'interroger les voisins de Philips. Jacob était au téléphone avec l'expert en balistique quand la porte du bâtiment s'entrouvrit.

Cora passa sa tête dans l'embrasure, et il l'invita à entrer.

— L'arme est un calibre 38, lui dit l'expert.

Jacob le remercia, raccrocha et reporta son attention sur Cora. Elle semblait nerveuse et apeurée, ce qui n'avait rien de nouveau. Elle donnait toujours l'impression que sa santé mentale ne tenait qu'à un fil.

Sauf quand elle enseignait. Il avait animé quelques programmes de sensibilisation à la sécurité dans son école. Elle était vive, gentille, drôle et tendre avec ses élèves.

Elle avait un don pour s'occuper des enfants.

Cora refusa le café qu'il lui proposa.

Vera, la réceptionniste, arriva juste après.

— Allons dans mon bureau, suggéra Jacob à Cora.

Elle le suivit.

— J'ai apporté des dessins, dit-elle quand il ferma la porte.

Elle s'installa dans le fauteuil qui faisait face au sien tandis qu'il dégageait un coin de son bureau, puis elle tira une enveloppe de son sac d'une main tremblante.

— Ça va ? s'inquiéta-t-il.

Elle hocha la tête, mais ne réussit à lui offrir qu'un sourire tremblant.

Était-elle triste parce que Kurt était mort ? Ou mal à l'aise parce qu'elle lui avait menti ?

— Y a-t-il quelque chose que tu voudrais me dire ? demanda-t-il.

Elle se mordit la lèvre et secoua la tête.

— J'ai noté l'âge projeté en haut de chaque dessin, dit-elle.

Il prit l'enveloppe et y trouva plusieurs carnets. Sa gorge se noua dès qu'il les ouvrit.

Elle avait fait plusieurs dessins par an. Le premier, qui représentait un bébé, devait avoir été fait de mémoire. Il y avait ensuite des portraits d'Alice à six mois, neuf mois, puis un an. Cora avait ajouté des mèches, arrondi les joues et le ventre, puis avait lentement saisi les changements de physionomie d'une enfant qui grandissait.

— Ces dessins sont stupéfiants, murmura-t-il. Tu as beaucoup de talent.

— Je pensais que tu me trouverais folle de les avoir faits, répondit-elle en rougissant.

Il plongea le regard dans le sien.

— Non, je ne te crois pas folle, lui assura-t-il.

C'était juste une mère qui cherchait sa fille.

— Je donnerai les plus récents à mon frère, ajouta-t-il. Ça l'aidera peut-être.

Cora ne savait pas pourquoi elle se souciait de l'opinion de Jacob, mais c'était le cas. Il s'était toujours montré gentil et compréhensif – et il avait essayé de trouver Alice.

Le souvenir de la voiture qui avait percuté son pare-chocs lui revint.

Elle ne pouvait pas se défaire de l'impression que quelqu'un la suivait et l'observait.

Elle était peut-être en danger.

Elle songea à en parler à Jacob, mais y renonça pour ne pas avoir l'air paranoïaque.

— J'ai parlé avec l'ex-femme de Kurt Philips hier soir, dit-il.

Le cœur de Cora manqua un battement.

— La mort de son mari a dû la bouleverser, répondit-elle.

— C'est vrai, dit Jacob en l'observant attentivement. Elle prétend qu'elle ne lui avait pas parlé depuis des jours.

— À-t-elle une idée de qui aurait pu vouloir le tuer ?

Jacob secoua la tête.

— Peut-être qu'une autre enquête que la tienne lui aura attiré des ennuis… ou peut-être pas. Les pompiers ont récupéré un téléphone et un ordinateur dans son bureau. Comme ils ont été très abîmés par le feu, il nous faudra sans doute du temps pour en tirer quelque chose.

Elle acquiesça.

Il plissa les yeux.

— Néanmoins, nous avons déjà obtenu quelques informations grâce au téléphone, poursuivit-il. Il semblerait que tu sois la dernière personne qu'il ait appelée avant de mourir.

Elle prit une inspiration tremblante.

— Je ne lui ai pas parlé, répondit-elle.

Parce qu'elle était contrariée d'avoir perdu son emploi… Mais elle ne pouvait pas l'admettre sans expliquer pourquoi. Alors Jacob penserait à coup sûr qu'elle avait un problème.

— On m'a dit que tu n'avais pas décroché, reprit Jacob en posant les coudes sur son bureau. On m'a aussi dit que Philips t'avait envoyé un texto pour t'annoncer qu'il abandonnait l'enquête.

Elle pinça les lèvres.

— Pourquoi ne m'as-tu pas parlé de ce texto hier soir ? demanda Jacob.

Elle haussa les épaules.

— Ça ne me semblait pas important.

Jacob haussa les sourcils.

— Je t'ai appris que Kurt s'était fait tuer, et ça ne t'a pas semblé important de me dire qu'il avait abandonné ton enquête ?

Elle chercha une explication plausible.

— Non. S'il abandonnait mon enquête, c'était parce qu'il n'avait plus aucune piste. Alors comment aurait-il pu se faire tuer à cause de quelque chose qu'il n'avait pas trouvé ?

Elle le regrettait presque. Bien sûr, elle n'aurait souhaité la mort de Kurt dans aucune circonstance, mais il aurait été près de retrouver sa fille si Jacob avait raison. Dans ce cas, quelqu'un d'autre aurait pu suivre la même piste que lui et tout espoir n'aurait pas été perdu.

— Je peux comprendre que ça t'ait contrariée qu'il abandonne l'enquête, Cora, dit Jacob.

Son ton était compatissant, mais elle comprit tout de suite ce qu'il sous-entendait. Comme la veille au soir, il la considérait comme une suspecte.

La colère la gagna.

— Tu ne me crois quand même pas capable de faire du mal à Kurt ? s'écria-t-elle en montant dans les aigus. Il a proposé de m'aider quand tout le monde – y compris mon mari et toi – a arrêté de chercher ma fille. Je n'éprouvais que de la gratitude pour lui !

Elle agrippa les bras du fauteuil et annonça :

— Je m'en vais.

— Encore une question, dit Jacob avant qu'elle ait quitté la pièce.

Elle serra les dents.

— Quoi ?

— D'après Mme Philips, Kurt ne faisait pas que travailler pour toi. Elle m'a dit que vous aviez une liaison.

Elle serra la lanière de son sac à s'en faire mal aux doigts.

— Nous étions amis, répondit-elle d'une voix tremblante. Tu sais que je n'en ai pas beaucoup, j'en suis sûre. Soit les gens me croient folle parce que je continue à chercher Alice, soit ils me considèrent comme une suspecte – comme toi.

Elle déglutit pour refouler ses larmes.

— C'est ça qui fait le plus mal, ajouta-t-elle.

— Je ne t'ai jamais traitée comme une suspecte, se défendit Jacob.

Elle releva le menton.

— Tu viens de le faire.

Bien décidée à ne pas pleurer devant lui, elle s'enfuit du bureau.

Jacob n'avait aucune envie de faire du mal à Cora, mais son travail l'obligeait à poser des questions délicates.

Il courut après elle et la rattrapa dans la grande salle.

— S'il te plaît, Cora ! Allons discuter devant un café.

Ses yeux étaient emplis de larmes. Si Vera ne les avait pas observés, il l'aurait sans doute prise dans ses bras.

— C'est à propos de Drew, insista-t-il.

Cora pâlit. Alors qu'il la croyait sur le point de foncer vers sa voiture, elle acquiesça de manière presque imperceptible. Ils quittèrent le bâtiment et se rendirent dans le café local, The Brew.

Il l'observa du coin de l'œil sur le trajet et la trouva bien pâle et bien maigre.

— As-tu mangé quelque chose ? lui demanda-t-il quand ils prirent place sur une banquette.

Elle haussa les épaules.

— Je n'avais pas faim ce matin.

— Que dirais-tu d'une pâtisserie ?

— Pourquoi pas ?

Il esquissa un sourire. Il avait vite découvert qu'elle avait un faible pour les sucreries. Il alla chercher une tarte aux pommes et un pain au chocolat, qu'il posa sur leur table et coupa en deux avant d'attaquer sa part du pain au chocolat.

Quand la serveuse remplit leurs tasses de café, il attendit que Cora ait bu une gorgée avant de se lancer.

— Je suis désolé si je t'ai blessée, dit-il. Je veux juste découvrir qui a tué ton ami. Je croyais que tu le voulais aussi.

Elle ferma les yeux pendant quelques secondes avant de répondre :

— Oui, c'est ce que je veux.

Malgré tout ce qu'elle avait subi, Cora restait forte.

— Je ne dois négliger aucune piste, poursuivit-il. Comme il t'a envoyé un texto juste avant de mourir, je dois envisager la possibilité que son meurtre soit lié à ton enquête.

— Mais il annonçait qu'il l'abandonnait, répondit Cora, les sourcils froncés.

— C'est vrai – et je ne voudrais pas te donner de faux espoirs. Mais tu m'as dit que Kurt n'était pas du genre à baisser les bras. Et s'il avait trouvé une piste et qu'on l'avait tué pour l'empêcher de t'en parler ? Son meurtrier pourrait l'avoir forcé à t'envoyer ce texto ou l'avoir envoyé lui-même après l'avoir tué.

Cora écarquilla les yeux.

— Je n'y avais pas pensé.

— J'espère qu'on trouvera des informations dans son ordinateur… Parlons de Drew, maintenant.

— Je ne sais pas ce que je peux te dire de plus à son sujet, répondit-elle en effleurant le bord de sa tasse du bout du doigt. Comme je te l'ai dit, Kurt l'a interrogé sur l'enlèvement d'Alice.

— Drew savait-il que vous étiez ensemble ?

Cora le fusilla du regard.

— Drew savait que Kurt travaillait pour moi, et je te le répète : nous étions *amis*. De toute manière, ça ne dérangerait pas Drew que je sorte avec quelqu'un. Il n'arrête pas de dire que je devrais tourner la page comme il l'a fait.

Sauf qu'elle n'en avait pas été capable.

— Je sais que c'est douloureux, mais revenons sur ce qui s'est passé la nuit de la disparition d'Alice, suggéra-t-il.

Cinq ans s'étaient écoulés. Parfois, le temps jouait en faveur de l'enquête. Certains témoins pouvaient se souvenir de détails qu'ils avaient occultés, sous le contrecoup d'un événement traumatique.

Cora soupira.

— On l'a déjà fait des centaines de fois.

— C'est vrai, mais essaye de te concentrer sur Drew et sur votre mariage, cette fois-ci.

Juste après l'enlèvement, elle était encore amoureuse de

son mari. Parce qu'elle était en état de choc et terrifiée, elle s'était appuyée sur lui.

Elle voyait peut-être leur relation sous un jour différent, à présent.

Cora repensa aux événements de cette nuit horrible en s'efforçant de maîtriser ses émotions.

— L'accouchement a duré dix-huit heures, et je n'avais quasiment pas dormi depuis deux jours. Après la naissance d'Alice, je l'ai tenue dans mes bras pendant quelques minutes, puis une infirmière l'a emportée pour des examens.

— Et Drew était avec toi ?

Elle acquiesça.

— Il s'est inquiété pour son travail et pour nos finances quand je lui ai annoncé que j'étais enceinte, mais il était là pour l'accouchement.

— Il voulait devenir un associé de son cabinet ?

— Oui, il était travailleur et ambitieux. C'étaient des choses que j'admirais, au début.

— Comment ça, « au début » ?

Elle se mordit la lèvre. Cela lui avait échappé.

— Tu peux être honnête, maintenant, insista Jacob. C'est le meilleur moyen de découvrir la vérité.

— Pendant ma grossesse, il a beaucoup travaillé et il répondait au téléphone quelle que soit la situation. Il rentrait souvent après le dîner et semblait si préoccupé par ses clients que je me suis demandé s'il passerait du temps avec Alice quand elle serait née.

Jacob se pencha vers elle et la fixa intensément.

— L'as-tu suspecté d'avoir une liaison ? demanda-t-il.

Elle inspira profondément et essaya de se remémorer cette époque.

— Non, répondit-elle. Je pensais seulement qu'il était obsédé par sa carrière.

— Se montrait-il galant envers d'autres femmes quand vous sortiez ?

Elle secoua la tête.

— Pas vraiment. Mais je me demandais si j'élèverais Alice toute seule pendant qu'il s'occuperait de ses clients, répondit-elle en tapotant sa tasse. Et puis ça a cessé d'être un problème parce qu'Alice a disparu.

Il les avait abandonnées toutes les deux.

— Je suis désolé, murmura Jacob. Revenons à la nuit de l'enlèvement. Que s'est-il passé avant que l'infirmière emporte Alice ?

— Drew a reçu un coup de téléphone et il a quitté la chambre. J'ai bercé Alice pendant quelques minutes avant que l'infirmière l'emporte. Je me suis endormie presque aussitôt. J'ai été réveillée par une odeur de fumée, puis l'alarme s'est déclenchée.

— Sais-tu combien de temps s'était écoulé depuis que Drew avait quitté la chambre ?

Elle haussa les épaules.

— Pas très longtemps. Une demi-heure, peut-être.

— Ça fait un long coup de téléphone, commenta Jacob.

— Ses coups de téléphone étaient souvent longs, répondit-elle après avoir bu une gorgée de café.

Jacob prit un air dubitatif.

— Nous avons interrogé l'infirmière qui a emporté Alice, reprit-il. T'a-t-elle paru étrange, pour une raison ou une autre ?

— Pas du tout. Lisa a été un amour. Elle m'a assistée pendant l'accouchement, puis m'a suggéré de me reposer. Je me souviens qu'elle m'a dit que les tétées de nuit étaient épuisantes.

— Et les autres membres du personnel ? As-tu vu quelqu'un traîner près de la nurserie, par exemple ?

— Je ne me suis pas approchée de la nurserie avant d'y chercher Alice pendant l'incendie. Le travail avait commencé quand je suis arrivée à l'hôpital. On m'a directement emmenée en salle d'accouchement. J'étais si impatiente de rencontrer ma fille que je ne me souviens de presque rien.

— Je comprends, dit Jacob d'une voix douce.

Non, il ne pouvait pas comprendre. Il n'avait pas tenu

son bébé dans ses bras, puis ressenti un vide atroce quand on le lui avait pris.

— Revenons à Drew, poursuivit-il. T'a-t-il dit qui l'avait appelé ?

Elle fouilla sa mémoire.

— Non. Mais je l'ai entendu parler à quelqu'un quand Lisa est partie avec Alice. Une femme. J'ai supposé que c'était Lisa.

Un silence lourd de questions informulées s'ensuivit.

Drew s'était remarié quelques mois après leur divorce. Voyait-il quelqu'un alors qu'ils étaient encore mariés ? La personne qui l'avait appelé ou la femme à laquelle il avait parlé à l'hôpital était-elle sa maîtresse ?

# 6

Cora traversa la rue pour aller à la librairie l'esprit envahi par le doute.

Elle se rappelait des bribes de conversations dans lesquelles Drew ne lui avait fourni que des réponses vagues sur ce qu'il comptait faire, des coups de téléphone tardifs derrière des portes closes et des rendez-vous manqués.

Elle lui faisait confiance implicitement. Elle était si éblouie par son fantasme de famille qu'elle n'avait jamais songé qu'il pouvait la trahir.

Mais Drew était un avocat – et un bon. Il mentait avec aisance dans le cadre de son travail, alors pourquoi pas à la maison ?

Elle sentit la nausée la gagner à l'idée qu'il avait peut-être parlé à sa maîtresse devant sa chambre d'hôpital, à peine quelques minutes après qu'elle avait mis leur fille au monde. Il n'avait quand même pas…

Elle examina les rayonnages pour se distraire. Même si elle adorait dessiner sous son porche, il lui arrivait de venir dessiner ici, où elle pouvait aussi observer les gens.

La librairie avait aménagé un petit coin café deux ans plus tôt, que fréquentaient aussi bien des familles et des adolescents que des personnes âgées. Il y avait aussi quelques ordinateurs qui permettaient aux clients de travailler ou de faire des recherches.

Être au milieu des livres et des gens aidait Cora à se sentir moins seule pendant l'été.

Son estomac se noua. Son avenir était bien parti pour

contenir de nombreuses journées de solitude. Il fallait qu'elle retrouve un emploi… Mais lequel ? Elle ne savait qu'enseigner.

*Tu pourrais déménager et enseigner dans une autre ville.*

Mais l'idée de quitter Whistler la mettait mal à l'aise. Cette petite ville de montagne avait été son sanctuaire pendant sa grossesse, quand elle voulait échapper à l'agitation urbaine, et après l'enlèvement d'Alice.

Des voix d'enfants attirèrent son attention. Incapable de résister à la tentation, elle contourna un groupe d'adolescents et se dirigea vers le coin aménagé de coussins où deux mères faisaient la lecture à leurs enfants. Trois bambins s'amusaient avec des marionnettes et un quatrième jouait avec un livre qui représentait des animaux en appuyant sur les boutons qui permettaient d'entendre leurs cris.

Alors qu'elle cherchait une table libre où elle ne dérangerait personne, elle découvrit Nina Fuller en train de faire un coloriage.

Le cœur de Cora manqua un battement. Nina Fuller… La petite fille qui avait attiré son attention dès le jour de la dernière rentrée. Sa mère et elle venaient d'emménager à Whistler. Les longs cheveux châtains de Nina étaient tressés, aujourd'hui. Elle avait des taches de rousseur sur le nez et un sourire timide contagieux.

Elle était aussi la raison pour laquelle Cora avait perdu son poste.

Cora s'ordonna de s'éloigner. Si la mère de Nina la voyait…

— Madame Reeves ! s'écria Nina avant d'accourir pour enrouler les bras autour de sa taille.

L'émotion assaillit Cora. Nina sentait la menthe et avait la douceur d'un ange. Cora ne put s'empêcher de lui rendre son câlin en fermant les yeux pour mieux l'apprécier.

— Lâchez ma fille !

La voix de la mère de Nina fit tressaillir Cora. Elle tapota l'épaule de Nina et la repoussa avec douceur.

— Bonjour, madame Fuller.

La femme la fusilla du regard et prit le bras de sa fille.

— Va ramasser tes affaires, chérie, ordonna-t-elle. On s'en va.

— Mais maman ! geignit Nina. Je veux rester et parler à Mme Reeves.

Cora jeta un regard suppliant à Faye Fuller.

— Je suis désolée si je…

— Ne vous approchez plus de ma fille ni de moi, la coupa Faye Fuller.

Elle s'empressa de ramasser les affaires de Nina et de l'entraîner hors de la librairie.

Jacob regarda les dessins de Cora. Il avait lu du doute dans ses yeux quand ils avaient parlé de sa relation avec Drew. Elle se posait des questions sur son ex-mari, à présent.

Si Drew avait trompé Cora, cela changeait tout. Cela signifiait aussi qu'il avait menti à la police, ce qui le propulsait tout en haut de la liste des suspects de Jacob.

Comme il savait que Cora tenait à ses dessins, il en fit des photocopies et rangea les originaux dans un tiroir de son bureau pour les lui rendre à la prochaine occasion.

Il plaça les photocopies dans une enveloppe et se rendit à l'agence locale du FBI pour voir Liam. La sympathie adoucit les traits anguleux de son frère quand il examina les dessins.

— Elle est très douée, dit Liam.

— Je suis d'accord, répondit Jacob. Elle a fait ces dessins en se fondant sur des photos de son mari et d'elle quand ils étaient enfants.

— Les chances que ça nous mène quelque part sont minces, mais on ne sait jamais, dit Liam avant de se lever. Suis-moi. Je voudrais te montrer quelque chose.

Liam n'était pas bavard, mais il réfléchissait vite et ne renonçait jamais avant d'avoir obtenu les réponses qu'il cherchait. Et son frère et lui tenaient autant l'un que l'autre à trouver l'assassin de leur père.

Jacob le suivit dans une pièce où travaillaient trois analystes.

— J'ai récupéré les enregistrements des caméras de

sécurité de l'hôpital le jour de l'incendie, dit Liam. Certains sont très abîmés, bien sûr.

— On les a déjà regardés cent fois, répondit Jacob en espérant quand même que Liam ait du nouveau.

— Mais la technologie a progressé depuis cinq ans. Angie a réussi à nettoyer certaines images, dit son frère en lui montrant une blonde qui portait un chignon.

Angie tourna son écran vers eux.

— J'ai passé tous les enregistrements en revue, dit-elle. J'avoue qu'ils sont difficiles à regarder. Il y a tellement de gens terrifiés… J'ai fait de mon mieux pour me concentrer sur ceux qui me semblaient avoir un comportement bizarre, et quelque chose a attiré mon attention.

Elle fit défiler plusieurs images.

— Presque tout le monde court vers les sorties, dit-elle en s'arrêtant sur l'enregistrement de la caméra placée devant la nurserie.

Deux femmes couraient dans cette direction. La première, une brune, était vite entraînée vers l'escalier par un pompier. La deuxième était Cora.

Toutes deux étaient terrifiées.

La gorge de Jacob se serra. Voir Cora souffrir lui donnait envie de casser quelque chose.

— Voici Cora Reeves, dit Angie. Il est évident qu'elle cherche son bébé.

— Ce qui confirme sa déposition et l'innocente, compléta Jacob, même s'il ne l'avait jamais suspectée d'avoir pris part à la disparition de sa fille.

Il était convaincu que la douleur d'une mère ne pouvait pas se feindre.

— Avez-vous vu le père quelque part ? demanda-t-il.

Angie fit encore défiler plusieurs images jusqu'à ce que Jacob reconnaisse Drew Westbrook. Il se dirigeait vers la cafétéria, la tête baissée et son téléphone à l'oreille.

— On le perd après ça, dit Angie. Mais j'ai trouvé quelque chose qui m'a semblé intéressant.

Elle passa à un autre enregistrement et zooma sur une personne en blouse à capuche, dont le visage était entièrement dissimulé, qui se dirigeait vers la zone des agents d'entretien avec un paquet dans les bras.

— Nous pensions que la fille de Cora avait été enlevée à l'extérieur de l'hôpital, mais ce n'est peut-être pas le cas, dit Angie.

Jacob se pencha et plissa les yeux pour essayer de repérer quelque chose qui aurait permis d'identifier cette personne – une couleur de cheveux, une cicatrice, une démarche particulière —, mais rien ne le frappa.

— À en juger par sa taille et sa carrure, il s'agit d'un homme plus petit que la moyenne ou d'une femme, dit Liam.

— Alors la fille de Cora pourrait avoir été enlevée à l'intérieur de l'hôpital, murmura Jacob.

Liam croisa les bras.

— Nous faisons des recherches sur les femmes qui ont perdu leur bébé à cette époque. Nous envisageons aussi l'hypothèse qu'il s'agisse de professionnels. J'enquête en parallèle sur un réseau de trafiquants de bébés.

Le sang de Jacob se glaça dans ses veines.

Si la fille de Cora avait été vendue, elle pouvait être n'importe où.

Le cœur gros, Cora regarda Nina et sa mère quitter la librairie. Effrayer une enfant ou sa mère était bien la dernière chose qu'elle voulait.

Elle n'avait pas oublié que son ancienne meilleure amie l'avait traitée de psychopathe quand elle avait pourchassé une femme au centre commercial. Elle était sûre que c'était Alice qui se trouvait dans sa poussette, ce jour-là.

Tout comme elle avait été sûre que Nina était sa fille quand elle l'avait vue à l'école.

Craignant de perdre la tête ou de faire une crise de nerfs, elle appela sa psychiatre, Ruby Denton, pour lui demander un rendez-vous d'urgence. Ruby accepta de la recevoir une heure plus tard. Pour occuper son esprit en attendant, elle examina les rayonnages. Les cassettes de méditation lui avaient été assez utiles, tout comme les récits de personnes qui avaient vécu des tragédies et avaient surmonté leur traumatisme en décidant d'aider les autres.

Elle choisit deux biographies de survivants, l'une d'un inceste, l'autre d'un terrible accident de voiture qui l'avait laissé paralysé, un livre d'esthétique et un autre sur la technique des portraits-robots.

Après être passée à la caisse, elle se rendit au cabinet de Ruby. Elle ne pensa qu'à l'incident avec Nina à la librairie pendant tout le temps qu'elle passa dans la salle d'attente.

Enfin, Ruby ouvrit la porte de son bureau et l'invita à entrer. Aujourd'hui, la petite rousse pleine d'entrain portait un tailleur vert qui mettait ses yeux en valeur. Elle était un peu plus jeune que Cora, compatissante et franche. Cora ne pouvait pas s'empêcher de penser qu'elle avait une vieille âme.

Comme toujours, elle posa une bouteille d'eau sur la table basse avant qu'elles s'asseyent l'une en face de l'autre, Cora sur le canapé gris, Ruby dans son fauteuil en velours rouge.

— Que vous arrive-t-il, Cora ? commença Ruby.

Cora déboucha la bouteille et but une gorgée pour se calmer les nerfs avant de répondre :

— Je crois que je deviens folle.

Le regard de Ruby s'adoucit.

— J'en doute, mais vous êtes visiblement bouleversée. Que s'est-il passé ?

Cora lui parla de Nina et de son renvoi à cause de la plainte de Faye Fuller.

— Ah ! Cora ! soupira Ruby. Je sais que vous adorez enseigner.

— C'est vrai, admit Cora. Mais je suis sans doute allée trop loin. J'ai fait peur à une petite fille et à sa mère.

Elle raconta ensuite l'incident de la librairie.

— Je ne voulais pas contrarier Mme Fuller, se défendit-elle. Mais Nina m'a fait un câlin, et je n'ai pas pu m'empêcher de le lui rendre.

— On ne sait jamais ce que vivent les autres, dit Ruby. Vous ne pouvez pas en vouloir à cette femme de protéger son enfant.

Cora secoua la tête.

— Non, c'est vrai, reconnut Cora. Et je ne savais pas qu'elle avait fait trois fausses couches. Je la plains sincèrement.

— Alors dites-le-lui, suggéra Ruby.

— J'ai essayé, mais elle m'a ordonné de ne plus m'approcher d'elle ni de sa fille.

— Laissez-lui un peu de temps, conseilla Ruby après un bref silence.

Cora baissa les yeux et frotta ses mains l'une contre l'autre.

— Je sens que quelque chose d'autre vous perturbe, dit Ruby.

Cora soupira profondément.

— Je vous ai déjà parlé de Kurt Philips, le détective privé que j'ai engagé pour retrouver Alice ?

— Oui. Si je m'en souviens bien, vous êtes amis, répondit Ruby en lui souriant. J'espère que vous ne vous sentez pas coupable parce que vous éprouvez un peu de joie.

— Non. Le problème… c'est que Kurt est mort.

Ruby croisa les jambes et prit un air inquiet.

— Que lui est-il arrivé ?

— Il m'a envoyé un message pour me dire qu'il abandonnait l'enquête. Comme ça m'a contrariée, je suis allée le voir. Quand je suis arrivée, son bureau était en feu. Un peu plus tard, le shérif m'a dit que Kurt avait été assassiné.

Submergée par ses émotions, Cora fondit en larmes.

Ruby lui tendit une boîte de mouchoirs et attendit patiemment qu'elle se reprenne.

— Pleurez-vous parce que vous aimiez Kurt et que sa mort vous peine ou parce qu'il avait abandonné l'enquête ? finit-elle par demander.

— Je ne sais pas, balbutia Cora. Peut-être les deux.

Ruby hocha la tête.

— C'est compréhensible, répondit-elle. Le shérif sait-il qui l'a tué ?

— Pas encore. Kurt est peut-être mort à cause de moi.

Ruby écarquilla un peu les yeux.

— Vous ne pouvez pas vous le reprocher, dit-elle.

— Je sais, mais il est possible qu'il ait trouvé une piste s'il est mort à cause de mon enquête.

Son espoir s'était réveillé malgré sa tristesse et son angoisse.

— Je suis sûre que le shérif mettra la main sur son assassin, répondit Ruby.

Elle attendit quelques secondes avant d'ajouter :

— Je sais que nous avons déjà abordé ce sujet, mais savez-vous ce que vous ferez si vous découvrez qu'Alice est heureuse dans un foyer harmonieux ? Bouleverserez-vous son univers en lui disant que vous êtes sa mère ?

# 7

Cora s'emporta.

— Vous pensez que je suis égoïste parce que je veux retrouver ma fille ?

— Je n'ai pas dit ça, répondit Ruby avec son calme habituel. Je veux juste vous préparer à toutes les éventualités. Alice a disparu il y a cinq ans. Je comprends votre douleur et votre besoin de la retrouver, mais ce n'est plus un bébé. Si elle est heureuse, élevée par des parents aimants – ce que vous souhaitez, j'en suis certaine —, découvrir la vérité la perturbera.

Cora serra les poings pour essayer de ne pas crier, mais cela ne fonctionna qu'à demi.

— Et si elle n'est pas heureuse ? répliqua-t-elle. Si elle va de foyer d'accueil en foyer d'accueil ? Ou si elle est maltraitée ?

Cette idée lui donna la nausée.

— Alors il serait évidemment dans son intérêt que vous interveniez, répondit Ruby. Je ne vous juge pas. Vous êtes dans une situation très difficile. Si j'étais à votre place, je voudrais savoir ce qui est arrivé à ma fille. On vous a volé cinq ans de vie avec elle. Je le répète : j'essaye juste de vous préparer à toutes les éventualités.

— J'en ai assez de me préparer, grommela Cora. J'ai besoin de savoir où elle est. J'ai besoin de la serrer dans mes bras et de lui dire que je l'aime.

— Mais vous êtes bouleversée parce que Kurt abandonnait l'enquête, n'est-ce pas ?

— Le problème, c'est que Kurt m'a dit un jour qu'il n'abandonnait jamais aucune enquête.

— Il vous a envoyé un message pour vous en informer, non ?

— C'est vrai, mais il est mort juste après. Le shérif pense que son assassin peut l'avoir forcé à envoyer ce message avant de le tuer.

Ruby plissa les yeux.

— Le shérif en a-t-il la preuve ou suspecte-t-il quelqu'un ?

— Nous avons parlé du jour où Alice a été enlevée, et quelque chose m'est revenu à l'esprit.

Ruby changea de position.

— Je vous écoute.

Cora se mordit la lèvre. Elle avait l'impression de trahir Drew en rapportant la conversation qu'elle avait eue avec Jacob à Ruby. D'un autre côté, elle voulait des réponses, et cela supposait d'examiner tous les détails de cette journée horrible.

— Cora ? insista Ruby.

— Drew a reçu un appel après la naissance d'Alice et il a quitté ma chambre. Alors que je m'endormais, je l'ai entendu parler à une femme dans le couloir.

Elle se leva pour se mettre à faire les cent pas.

— J'ai pensé que c'était une infirmière, mais depuis ma conversation avec le shérif… Je me dis que ce n'était peut-être pas le cas, avoua-t-elle.

— Je ne comprends pas.

— Je vous ai dit que Drew n'avait pas sauté de joie quand je lui ai appris que j'étais enceinte. Il s'inquiétait pour son travail et pour nos finances.

*Et si Drew n'avait pas voulu d'Alice ?*

— Que sous-entendez-vous, Cora ?

Cora s'arrêta brusquement.

— Pendant ma grossesse, il était distrait et travaillait souvent tard.

— Pensez-vous que Drew vous trompait ? demanda Ruby d'une voix douce.

Le pensait-elle ? Cora haussa les épaules.

— J'ai du mal à le croire. Mais… Si Drew sortait avec quelqu'un d'autre, il a peut-être vu notre bébé comme un obstacle. Il pensait peut-être qu'il serait obligé de rester avec moi parce qu'on avait un enfant.

Dans ce cas, faire enlever Alice aurait résolu son problème.

Après avoir quitté Liam, Jacob se rendit chez Drew Westbrook.

Le quartier où il vivait prouvait que l'ex-mari de Cora faisait une belle carrière. Il possédait une maison de style géorgien qui avait de larges colonnes et une vue magnifique sur le lac voisin.

Jacob ne pourrait jamais s'offrir une maison pareille avec son salaire. Ce n'était pas très grave, puisqu'il n'en avait pas envie. Il aimait sa petite maison confortable, les montagnes, la rivière et le calme de la nature.

Il se gara devant la maison, qui avait une allée circulaire, et alla sonner à la porte. Il balaya la propriété du regard en attendant qu'on lui ouvre. La pelouse était soigneusement tondue et les arbres bien taillés. Il y avait une roseraie et des bancs près du lac.

Il entendit des voix dans la maison avant que Drew Westbrook ouvre la porte. Il portait un pantalon gris et une chemise blanche, comme s'il s'apprêtait à aller travailler.

Il parut surpris de le voir.

— Shérif Maverick ?

— Bonjour, monsieur Westbrook, répondit Jacob.

— Qui est-ce, chéri ? demanda Hilary, la femme de Drew, en apparaissant dans l'escalier tournant.

— C'est le shérif de Whistler, répondit Drew.

Les talons de Hilary cliquetèrent sur le sol de marbre quand elle s'approcha d'eux. Elle portait un pantalon en soie vert et des diamants brillaient à ses doigts et à son cou.

— Puis-je entrer ? demanda Jacob.

Jacob lut de l'espoir dans les yeux de Drew.

— Vous avez des nouvelles d'Alice ? demanda celui-ci.

S'était-il trompé sur Drew ? s'interrogea Jacob. Il semblait se soucier sincèrement de sa fille.

— Pas tout à fait, répondit Jacob.

Les mâchoires de Drew se crispèrent.

— S'agit-il de Cora, alors ?

— Qu'a-t-elle encore fait ? demanda Hilary.

La dureté de son ton surprit Jacob.

— Laissez-moi entrer, et je vous expliquerai tout, insista Jacob.

Il pénétra dans un hall orné de tableaux et de vases qui devaient coûter une fortune.

Drew se passa la main dans les cheveux avant de l'entraîner dans un salon aux murs lambrissés et au mobilier en cuir. Il y avait une petite table et des livres de coloriage dans un coin – c'était tout ce qui indiquait qu'un enfant vivait là. Jacob avait presque oublié que Drew Westbrook avait eu un fils à peine plus d'un an après la disparition de sa fille.

Jacob s'assit sur le canapé, Drew et Hilary dans les deux fauteuils qui lui faisaient face. Tous deux semblaient tendus, comme s'ils s'attendaient à une mauvaise nouvelle.

— De quoi s'agit-il ? demanda Drew.

Jacob croisa les bras.

— Connaissez-vous un certain Kurt Philips, monsieur Westbrook ?

Drew se raidit, et Hilary prit un coussin pour le serrer dans ses bras.

— Je l'ai rencontré, répondit Drew. Il travaillait pour Cora.

— Travaillait ? répéta Jacob.

Drew haussa les sourcils.

— Oui. Il est venu ici plusieurs fois pour me poser des questions.

— Ce n'était pas un homme agréable, intervint Hilary.

Jacob tourna la tête vers elle. Certains hommes devaient la trouver attirante, mais son maquillage impeccable, ses vêtements chics et son sourire figé donnaient l'impression qu'elle n'était pas tout à fait réelle.

— Vous ne l'aimiez pas, madame Westbrook ? demanda-t-il.

Elle se raidit comme si elle s'était brusquement rendu compte qu'elle venait de commettre une erreur.

— Je n'aimais pas sa manière d'interroger Drew et de le traiter comme un suspect, répondit-elle. Il a presque accusé Drew d'avoir payé quelqu'un pour enlever sa fille.

Elle souffla et leva les yeux au ciel.

— Tout le monde vous dira que Drew est un homme attentionné et un très bon père, ajouta-t-elle.

Drew leva la main pour la faire taire.

— Je comprends que Philips faisait son travail, dit-il. Cora semblait avoir confiance en lui, mais je n'ai pas apprécié ses insinuations. J'en avais assez subi de votre part.

La franchise de Drew devait être un effet de sa profession – mais celle-ci exigeait aussi qu'il soit un bon menteur.

— Pourquoi m'interrogez-vous sur Kurt Philips ? demanda Drew.

Jacob s'éclaircit la voix.

— Pourriez-vous commencer par me dire où vous étiez hier soir, monsieur Westbrook ?

Drew releva le menton.

— Nous étions ensemble, hier soir, n'est-ce pas, chéri ? dit Hilary.

Un léger tressaillement des lèvres de Drew apprit à Jacob qu'elle mentait.

— C'est vrai ? demanda-t-il à Drew.

Il acquiesça.

— Maintenant, dites-moi ce qui se passe ou partez, répondit-il.

Taper sur les nerfs de l'avocat qui avait abandonné Cora procura un grand plaisir à Jacob.

— Je vous interroge sur Kurt Philips parce qu'il est mort, dit-il.

Drew et Hilary prirent des airs surpris. L'étaient-ils vraiment ?

— Mort ? répéta Drew. Comment ?

— On lui a tiré dessus, répondit Jacob.

— Mon Dieu…, murmura Hilary.

— Possédez-vous un calibre 38, monsieur Westbrook ? demanda Jacob.

La question de Ruby hanta Cora pendant qu'elle rentrait chez elle. Il n'était pas juste de lui demander de cacher à Alice qu'elle était sa mère. On lui avait arraché le cœur en enlevant son bébé.

Elle avait manqué cinq ans de la vie de sa fille. Seule la pensée qu'elle la reverrait un jour la maintenait en vie.

Les gros nuages qui s'amoncelaient annonçaient un orage d'été.

Une image d'Alice apeurée vint à l'esprit de Cora. Et si elle était malheureuse ? Et si la personne qui l'élevait ne l'aimait pas ?

Mais une image de sa fille en train de rire sur une balançoire, poussée par une autre mère, remplaça la première. Les cheveux au vent, Alice chantait une comptine qui parlait de cinq petites grenouilles avec cette autre femme.

La vue de Cora se brouilla. Elle espérait que sa fille était heureuse et aimée.

Avait-elle le droit de détruire ce bonheur si elle la retrouvait ?

Elle serra les dents alors qu'elle approchait de la maison des Fuller. Elle prendrait une décision quand elle aurait retrouvé Alice.

Jacob réussirait peut-être là où Kurt avait échoué. Maintenant que Liam avait ses dessins…

Son cœur s'affola quand elle vit Nina courir après un chaton devant sa maison. Elle ne put s'empêcher de revoir Nina aligner ses carottes, à la cantine, comme elle le faisait elle-même quand elle était petite. D'autres détails avaient attiré l'attention de Cora parce qu'ils lui semblaient… familiers. Tout comme elle, Nina coupait aussi ses muffins en deux pour manger d'abord la moitié du dessus.

*Tu as perdu ton emploi parce que tu leur as fait peur*, se rappela-t-elle.

Elle devait se rattraper.

Elle se gara devant la maison des Fuller et inspira profondément avant de sortir de sa voiture. La mère de Nina, qui regardait sa fille jouer depuis son porche, se leva quand elle vit Cora.

Faye Fuller risquait d'appeler la police et de demander une ordonnance restrictive contre elle, mais il fallait qu'elle lui présente ses excuses.

Nina se coucha dans l'herbe pour jouer avec le chaton. Cora se força à se concentrer sur sa mère.

— Je vous ai demandé de ne plus vous approcher de ma fille, dit Faye.

Cora acquiesça.

— C'est vous que je viens voir. Pouvez-vous m'accorder quelques minutes, s'il vous plaît ?

Faye croisa les bras.

— Je vous jure que je ne vous veux aucun mal, ajouta Cora. Je voudrais vous présenter mes excuses.

Faye la fixa un long moment avant de hocher la tête. Cora la rejoignit. Faye l'incita à s'asseoir sur une chaise avant de reprendre place sur sa balancelle.

— Je comprends que je vous aie fait peur, dit Cora. Ce n'était pas mon intention.

Faye se contenta de la regarder. Cora estima qu'elle l'autorisait à poursuivre par son silence.

— Je suis sûre qu'on vous a dit que ma fille avait été enlevée le jour de sa naissance.

L'expression de Faye s'adoucit.

— Je le sais et je suis désolée, répondit-elle. Je ne peux pas imaginer à quel point vous avez souffert.

Cora soupira. Faye venait de lui tendre un rameau d'olivier.

— Parfois, ça me fait oublier que les autres ont aussi des problèmes. Je suis sincèrement désolée, Faye. Je ne voulais pas vous faire de mal. Quand j'ai appris que Nina avait été adoptée, je n'ai pas pu m'empêcher de lui en parler. Je n'aurais pas dû.

Elle déglutit avant d'ajouter :

— Je sors de chez ma psychiatre. Elle m'aide à mieux prendre conscience des sentiments des autres.

Faye jeta un coup d'œil à Nina.

— Je ne peux pas vraiment vous en vouloir, répondit-elle. Si je perdais Nina, je remuerais ciel et terre pour la retrouver.

Les yeux de Cora s'emplirent de larmes.

— Vous l'élevez très bien, dit-elle sincèrement.

Faye se pinça l'arête du nez.

— Merci. Nina est toute ma vie.

— Je vous comprends.

— Ça n'a pas toujours été facile, avoua Faye. J'ai fait trois fausses couches avant d'adopter Nina. C'était terrible. J'étais pleine d'espoir chaque fois que j'étais enceinte et j'ai perdu tous mes bébés dans les semaines qui ont suivi.

— Je suis désolée, Faye, murmura Cora, pleine de compassion.

Faye hocha la tête et s'essuya les yeux.

— Ça a aussi pesé sur mon mariage, poursuivit-elle. Mon mari s'est mis à boire.

Cora frissonna.

— Il se mettait en colère quand il était soûl, lui confia Faye. J'ai essayé de le convaincre de se faire aider. Il ne voulait pas. J'ai espéré que ça irait mieux après l'arrivée de Nina, mais la situation a empiré. Il buvait toute la journée, il a perdu son travail et puis il…

— Quoi ? l'encouragea Cora avec douceur.

— Il m'a frappée, dit Faye d'une voix à peine audible. Ça ne s'est produit qu'une fois. Je l'ai quitté le lendemain. Il n'était pas question que j'élève ma fille sous le toit d'un homme violent.

Cora se pencha pour poser la main sur celle de Faye.

— Vous avez eu beaucoup de courage et vous avez beaucoup souffert, lui dit-elle. Je suis vraiment désolée de vous avoir fait peur.

— J'ai sans doute eu une réaction exagérée, répondit Faye. Mon ex-mari m'a menacée quand je suis partie. Il a dit qu'il me retrouverait et que je le regretterais. Depuis, je n'arrête pas de déménager.

— Avez-vous obtenu une ordonnance restrictive contre lui ? demanda Cora.

Faye acquiesça.

— Mais il a déjà payé deux personnes pour me retrouver. C'est pour ça que j'ai eu peur quand vous avez interrogé Nina sur son adoption.

— Vous avez cru que je l'interrogeais pour son compte ?

— Oui, répondit Faye. Non, je ne sais pas ce que j'ai pensé. J'ai juste paniqué. Je ne pouvais pas courir le risque qu'il me prenne Nina pour se venger.

# 8

Cora en eut la chair de poule.

— Ne vous en faites pas, Faye, dit-elle. Vous n'êtes plus seule. Appelez-moi si vous avez besoin de quoi que ce soit. Et vous devriez en parler au shérif Maverick. Whistler est une petite ville. Ça se remarquera, si un étranger vient poser des questions.

Faye s'essuya encore les yeux.

— Merci. Je suis désolée d'avoir été si dure avec vous. J'étais juste terrifiée. Je ferais n'importe quoi pour protéger Nina.

— Je comprends, lui assura Cora. Et je garderai votre secret.

— Merci, répéta Faye. Nina ne se souvient même pas de lui. Je ne voudrais pas que ça la perturbe.

— Bien sûr.

Nina tourna la tête vers elles et offrit un sourire à Cora.

— C'est une bonne élève, dit celle-ci. Vous pouvez être fière d'elle.

— Je ne voulais pas vous faire renvoyer, répondit Faye. Je rappellerai votre directeur.

Cora y songea quelques instants.

— Merci, mais je ne suis pas sûre que ça m'aiderait. Il pense que j'ai besoin de faire une pause… et il a peut-être raison. Je devrais peut-être faire autre chose pendant un moment, le temps de reprendre mes esprits.

Même si elle n'avait pas la moindre idée de ce qu'elle pouvait faire d'autre. Elle adorait enseigner. L'optimisme et l'exubérance des enfants illuminaient même ses plus mauvais jours.

— Dites-le-moi si vous changez d'avis, proposa Faye.

— Et vous ? demanda Cora. Travaillez-vous cet été ?

— Oui. Je travaille dans l'immobilier – pour Whistler Mountain Realty. Mais Nina peut m'accompagner.

Nina s'approcha en courant, le chaton dans les bras.

— Regardez, madame Reeves ! Maman dit qu'on peut la garder !

— Tant mieux, répondit Cora. Elle est adorable.

— Je veux aussi un chien, dit Nina en caressant la petite boule rousse. Mais maman dit qu'on déménage trop souvent pour avoir un chien. J'espère qu'on ne déménagera plus. Je suis bien, ici.

— On verra, chérie, répondit Faye en attirant sa fille dans ses bras. En tout cas, on reste ici pour le moment.

— Tant mieux ! s'écria Nina. Parce que j'ai envie de me baigner dans la rivière. Et si on faisait du camping pour dormir dans une tente ?

Faye éclata de rire.

— Je ne sais pas pour la tente, mais je te promets qu'on ira se baigner quand il fera plus chaud.

— Avec Mme Reeves ? demanda Nina.

Faye pinça les lèvres, et Cora se leva. Elle s'était assez imposée comme cela.

— Merci de le proposer, dit-elle à Nina. On fera peut-être quelque chose toutes ensemble un de ces jours. Il faut que j'y aille, maintenant.

— D'accord. À plus tard, madame Reeves !

Nina se coucha sur le dos et posa le chaton sur son ventre. Le cœur serré, Cora dit au revoir à Faye et regagna sa voiture en écoutant rire la fillette.

Jacob observa Drew et Hilary Westbrook en essayant de comprendre ce que cachaient les regards qu'ils échangeaient. Il n'avait jamais aimé Drew, et sa femme ne lui inspirait pas beaucoup plus de sympathie.

— Non, shérif Maverick, je ne possède pas d'arme à feu, répondit Drew. Et je n'ai rien à voir avec l'enlèvement de ma fille, comme je vous l'ai déjà dit. Je donnerais n'importe quoi pour la retrouver. Si Kurt Philips avait une piste, j'aurais aimé la connaître.

Il fronça les sourcils.

— Cora souffre beaucoup, poursuivit-il. Je veux qu'on retrouve notre fille pour qu'elle redevienne heureuse.

Jacob haussa un sourcil. Il n'avait jamais entendu Drew Westbrook parler avec autant de sincérité. Non pas que l'avocat n'ait pas été bouleversé par l'enlèvement… Il l'était. Ses larmes avaient ému tous ceux qui l'avaient vu à la télévision.

— Quand avez-vous vu Philips ou lui avez-vous parlé pour la dernière fois ? demanda Jacob.

— C'était il y a des mois, répondit Drew. Il est passé à mon bureau et m'a accusé d'avoir instrumentalisé l'enlèvement de ma fille pour faire progresser ma carrière. Je peux vous assurer que je n'avais pas besoin de ça. Je suis doué. C'est pour ça que j'ai été promu.

— C'est vrai, intervint encore Hilary en caressant les diamants de son collier. Je plains sincèrement Cora, je vous assure. J'ai essayé de me rapprocher d'elle après l'enlèvement, mais elle m'a repoussée. Et puis elle a perdu les pédales. Un jour, elle a pourchassé une femme au centre commercial et bien failli arracher son bébé de sa poussette.

Jacob serra les dents. Il avait entendu des rumeurs du même genre.

— L'une de nos amies était avec elle, poursuivit Hilary. Elle a essayé de la convaincre de laisser la femme tranquille. Cora s'est mise à crier, et il a fallu qu'un agent de sécurité la raccompagne hors du centre commercial.

— Hilary…, la mit en garde Drew.

— C'est vrai, insista Hilary. Elle a fait fuir tous ses amis.

L'instinct protecteur de Jacob se réveilla. Cora l'avait touché dès le jour de leur rencontre.

— Les gens gèrent les événements traumatiques comme ils peuvent, dit-il.

— Peut-être, concéda Hilary. Mais cette pauvre Cora est obsédée. Il est impossible de savoir comment elle a réagi si ce détective privé a décidé d'abandonner son enquête.

— J'ai déjà interrogé Cora et je ne crois pas qu'elle s'en soit prise à lui, répondit Jacob.

Drew posa la main sur le bras de sa femme alors que celle-ci ouvrait la bouche.

— Ça suffit, Hilary, intervint-il. C'est très dur pour tout le monde.

Hilary offrit un regard compatissant à son mari.

— Je suis désolée. Tu as raison, répondit-elle avant de se tourner vers Jacob. Pardonnez-moi, shérif. Je ne voulais pas dire du mal de Cora. J'aimerais vraiment qu'elle s'apaise. Je suis sûre que je perdrais les pédales, moi aussi, si on enlevait notre fils.

— Une dernière question, dit Jacob en sachant pertinemment que le couple n'allait pas l'aimer. Monsieur Westbrook, Cora se souvient de vous avoir entendu parler à une femme devant la porte de sa chambre d'hôpital, juste avant l'incendie. Qui était-ce ?

L'avocat fronça les sourcils.

— Je ne m'en souviens pas. L'infirmière, sans doute.

Jacob se tourna vers Hilary.

— Je crois savoir que vous travailliez pour Drew avant son divorce.

— C'est exact. J'étais son assistante.

Jacob reporta son attention sur Drew.

— Monsieur Westbrook, je sais que vous étiez inquiet pour vos finances et qu'il vous arrivait souvent de travailler tard avant la naissance de votre fille.

Drew plissa les yeux.

— Je venais d'être embauché et je voulais impressionner mes supérieurs.

— Était-ce tout ou trompiez-vous Cora ? demanda Jacob.

Sur le chemin du magasin d'arts plastiques, Cora repensa aux questions de Jacob sur Drew. Drew l'avait-il trompée ?

Elle avait presque tout oublié des jours qui avaient suivi l'enlèvement, mais Drew semblait sincèrement bouleversé.

Bien sûr, il aurait pu avoir une maîtresse et être bouleversé qu'on ait enlevé sa fille. Mais il pouvait aussi avoir feint sa réaction s'il était impliqué dans la disparition d'Alice.

Tourmentée par cette idée, elle perdit le souffle et dut faire quelques minutes d'exercices respiratoires avant de sortir de sa voiture pour entrer dans le magasin.

Elle avait besoin de papier, d'un nouveau carnet, de tubes de peinture et de quelques toiles.

Elle peignait beaucoup plus pendant l'été pour éviter de penser à Alice à chaque instant – pour ne pas devenir folle.

Il y avait eu une époque où elle souffrait tant qu'elle avait du mal à quitter son lit et qu'elle avait envisagé de se suicider. Mais la crainte qu'Alice ne le découvre si elle cherchait sa mère quand elle serait plus grande l'avait forcée à bannir cette idée.

Si… Non : quand elle trouverait sa fille, elle voulait qu'Alice sache qu'elle était forte et qu'elle n'avait jamais cessé de la chercher.

En prévision du cas bien improbable où Faye et Nina lui rendraient visite un jour, elle acheta aussi une grosse boîte qui contenait des crayons, des tubes de peinture, des feutres et du fusain.

Elle esquissa un sourire en imaginant Nina ouvrir la boîte.

*Arrête !* s'ordonna-t-elle.

Faye avait été polie. Cela ne signifiait pas qu'elle voulait devenir son amie.

Elle régla ses achats, puis remonta dans sa voiture. Malgré le ciel menaçant, il y avait des enfants dans le parc. Une nouvelle vague de tristesse assaillit Cora.

Elle chercha la voiture de Jacob des yeux en passant devant le bureau du shérif et ne la vit pas. Des gouttes commencèrent à s'écraser sur son pare-brise. Elle mit les essuie-glaces et ralentit.

Le bruit d'un moteur derrière elle lui rappela l'incident qui s'était produit un peu plus tôt. Elle tourna dans la première rue qu'elle croisa par réflexe et attendit que la voiture la dépasse.

Après un soupir de soulagement, elle fit demi-tour et repartit vers chez elle. Alors qu'elle approchait du parc situé au bord de la rivière, une détonation retentit et la vitre du passager vola en éclats.

Cora cria quand une autre balle passa près de sa tête.

Elle se pencha et perdit le contrôle de sa voiture. Elle voulut freiner, mais heurta la glissière, qui céda. L'airbag se déclancha alors que sa voiture basculait dans le fossé.

Elle en perdit le souffle, et des points lumineux dansèrent devant ses yeux quelques instants avant les ténèbres l'engloutissent.

Jacob observa attentivement l'avocat.

Westbrook agrippa les bras de son fauteuil.

— Je n'ai jamais trompé Cora et je trouve cette accusation blessante, grogna-t-il.

— C'est elle qui vous a dit ça ? cria Hilary.

Jacob secoua la tête.

— Non, mais je devais vous poser cette question.

— Nous sommes déjà passés par là quand Alice a été enlevée, dit Drew avant de se lever pour lui montrer la porte. Vous m'avez traité comme un suspect à l'époque, et j'ai la nette impression que vous recommencez. Si vous avez d'autres questions, shérif, je vous prierai de les poser à mon avocat.

Jacob se leva.

— Je peux faire ça, répondit-il. Mais vous auriez intérêt à coopérer si vous voulez retrouver votre fille.

— J'ai coopéré, riposta Drew en l'entraînant vers l'entrée. Je vous ai dit tout ce que je savais. Si ce détective privé a été tué parce qu'il a découvert des informations sur ma fille, je veux les connaître.

Westbrook avait une attitude ambiguë. Un instant, il semblait sincèrement se soucier de Cora et d'Alice ; l'instant suivant, il se retranchait derrière son avocat.

Et l'enchaînement des événements ne parlait pas en sa faveur. Grâce à la couverture médiatique de l'enlèvement, sa carrière avait progressé en un temps record. Il s'était remarié moins d'un an après avoir quitté Cora et avait eu un autre enfant dans la foulée.

Il connaissait aussi de nombreux criminels prêts à tuer pour de l'argent ou un aménagement de peine.

Jacob resta devant la porte pendant quelques secondes après que Drew l'eut refermée, au cas où sa visite générerait une dispute entre les époux, mais il n'entendit rien.

Il remonta dans sa voiture et décida de retourner voir Liam avant de rentrer à Whistler. Il appela Griff sur le trajet.

— Des nouvelles de l'ordinateur de Philips ? demanda-t-il sans préambule.

— Le technicien qui travaille dessus espère avoir récupéré quelques dossiers demain, répondit son frère.

— Tant mieux, dit Jacob avant de lui rapporter sa conversation avec les Westbrook. Si Philips avait découvert quelque chose sur l'enlèvement d'Alice, nous devons savoir ce que c'est.

— Je te tiendrai au courant, promit Griff.

Il hésita un instant avant d'ajouter :

— Il y a autre chose. J'ai trouvé des incendies qui ont des similarités avec celui de l'hôpital, l'un dans une école, l'autre dans un centre commercial. Je vais appeler les policiers qui enquêtent dessus.

— Tu veux dire que l'enlèvement et l'incendie ne sont peut-être pas liés ?

— Oui, répondit Griff. Nous devons envisager toutes les éventualités. Les véritables pyromanes ne s'intéressent qu'au feu lui-même et au chaos qu'il génère.

Jacob raccrocha, les mâchoires crispées. Il n'avait jamais compris comment on pouvait tirer du plaisir de la souffrance des autres, mais Griff avait peut-être raison.

Si l'incendie de l'hôpital était l'œuvre d'un pyromane, la personne qui avait enlevé la fille de Cora pouvait ne pas l'avoir prémédité et avoir simplement profité du chaos. Cela expliquerait pourquoi il n'y avait pas eu de demande de rançon et pourquoi l'on n'avait remarqué personne tournant autour de la nurserie.

Il y songea pendant tout le trajet jusqu'au bureau de Liam. Son frère et lui passèrent une heure à regarder des enregistrements, puis Liam lui parla de deux enlèvements de bébés qu'il croyait liés à un trafic d'enfants.

Quand Jacob repartit vers Whistler, il fut tenté de passer voir Cora et se l'interdit.

Il n'avait pas le droit de se laisser gouverner par ses sentiments. Elle était vulnérable. Elle avait besoin de réponses, pas d'un soupirant. Il ne l'intéressait sans doute pas, de toute manière.

Alors qu'il entrait dans la ville, il reçut un appel de son adjoint.

— Jacob, c'est Martin. On vient de nous signaler un accident sur la route 9. Il s'agit d'une Ford Escape rouge.

Le sang de Jacob se glaça dans ses veines. Cora conduisait un Ford Escape rouge.

# 9

Jacob écrasa l'accélérateur. Cora avait eu un accident.

*Mon Dieu, faites qu'elle soit saine et sauve !* pria-t-il.

Il mit la sirène en marche et fonça vers la route 9. Heureusement, il y avait peu de circulation. Les petites villes avaient aussi pour avantage que les gens se garaient pour laisser passer les voitures de police quand ils en voyaient apparaître. Son cœur s'affola lorsqu'il découvrit la glissière éventrée.

Les pompiers n'étaient pas encore là. Il se gara au bord de la route en priant pour qu'ils arrivent vite et bondit hors de sa voiture. Celle de Cora était dans le fossé. De la fumée s'échappait du capot.

Le cœur tambourinant dans la poitrine, il se laissa glisser le long de la pente. L'odeur âcre de la fumée lui fit froncer le nez et lui rappela qu'il devait faire vite.

Il jeta un coup d'œil à l'intérieur. L'airbag s'était déclenché. Il essaya d'ouvrir la portière, mais elle était un peu enfoncée dans la terre et tout à fait coincée.

*Merde !*

— Cora ? cria-t-il. Tu m'entends ?

Rien.

Terrifié, il courut chercher la pelle qu'il gardait dans le coffre de sa voiture. Il lui fallut quelques minutes pour dégager la portière avant de réussir enfin à atteindre Cora. Il perça l'airbag d'un coup de couteau.

Alors il soupira de soulagement en entendant Cora gémir. Elle était en vie !

— Tiens bon ! lui dit-il. Les pompiers arrivent.

Tandis qu'une sirène approchait, il caressa son épaule en murmurant des paroles rassurantes. Il ne voulait pas courir le risque de la bouger.

Deux minutes plus tard, un camion de pompiers et une ambulance se garèrent près de sa voiture. Il agita les bras.

— À quoi avons-nous affaire ? demanda un pompier.

— La conductrice s'appelle Cora Reeves, répondit Jacob. L'airbag s'est déclenché. Elle est inconsciente, mais en vie.

Cora gémit et voulut relever la tête.

— Ne bougez pas, madame, lui ordonna le pompier. On va vous tirer de là.

— D'accord, murmura-t-elle.

Jacob s'écarta pour laisser les pompiers couper la ceinture de sécurité, mettre une minerve à Cora et la sortir de sa voiture. Il les suivit jusqu'à l'ambulance et resta auprès de Cora tandis qu'un infirmier appelait l'hôpital.

Il prit sa main et s'inquiéta de la trouver froide.

— Cora ?

Elle ouvrit les yeux et plissa le front comme si elle avait mal à la tête.

— Jacob…

— Ne t'inquiète pas, lui dit-il. Tu as eu un accident de voiture, mais tu vas bien.

Il l'espérait du fond du cœur, du moins.

— Pas… accident, dit-elle d'une voix rauque.

— Si, répondit-il. Tu as quitté la route.

Elle secoua la tête.

— Non. Pas un accident.

Il se raidit.

— Comment ça, pas un accident ?

Elle déglutit péniblement.

— Cora ?

— On m'a tiré dessus.

Le sang de Jacob se glaça dans ses veines.

— Tu en es sûre ?

Elle acquiesça.

— Une balle a touché la vitre.

Il jura entre ses dents.

— Nous sommes prêts à l'emmener à l'hôpital, dit l'infirmier après s'être éclairci la voix.

— As-tu vu qui c'était ? demanda Jacob.

Cora secoua la tête.

— Nous devons partir tout de suite, insista l'infirmier.

Jacob écarta une mèche de la joue de Cora.

— Je te rejoindrai à l'hôpital dès que j'aurai inspecté ta voiture, promit-il.

Cora ferma les yeux, et les infirmiers chargèrent la civière dans l'ambulance.

Jacob récupéra ses outils dans sa voiture avant de redescendre examiner celle de Cora.

Cora avait encore la tête qui lui tournait quand on l'admit aux urgences. Elle avait essayé de bouger les bras et les jambes pendant le trajet et s'était réjouie d'y arriver. Elle pensait n'avoir rien de cassé.

L'airbag lui avait sans doute sauvé la vie.

— Tout a l'air d'aller, lui dit le médecin qui l'examina, le Dr Pattinson. Je vais vous faire passer une radio pour voir l'état de vos côtes et un scanner pour m'assurer que vous n'avez pas de traumatisme crânien.

Cora détestait les hôpitaux. On avait enlevé sa fille la dernière fois qu'elle y avait mis les pieds.

— Et je pourrai rentrer chez moi ? demanda-t-elle.

— On verra ce que donnent les examens, répondit le médecin. Il vaudra peut-être mieux qu'on vous garde en observation pour la nuit.

Ses souvenirs de l'incendie l'assaillirent. Elle ne pouvait pas passer la nuit là.

— Non. Il faut que je rentre chez moi, insista-t-elle.

Elle repensa à la balle qui avait frôlé sa tête tandis qu'on l'emmenait au service de radiographie.

Elle avait de la chance d'être en vie, mais elle était terrorisée.

Quelqu'un avait essayé de la tuer. Pourquoi ?

Le jour baissait, et les nuages volaient le peu de lumière qu'il restait. Jacob enfila des gants en latex et alluma sa lampe de poche pour examiner la voiture.

Le sol et le siège du passager étaient couverts d'éclats de verre. La découverte d'un trou dans le tableau de bord le fit jurer. Cora avait raison. Ce n'était pas un accident.

Il le photographia avec son téléphone avant de poursuivre son inspection. Il ne tarda pas à trouver une balle logée dans le plafond du véhicule. Il la détacha avec son couteau et la glissa dans un sac en plastique.

Il était fou de rage. Abstraction faite des quelques mères qu'elle avait effrayées ces dernières années, Cora n'avait jamais fait de mal à personne.

Mais elle avait insisté pour que la police continue à chercher sa fille et avait engagé un détective privé.

Ce qui fournissait un mobile. Quelqu'un avait peur que Cora ne découvre la vérité sur l'enlèvement de sa fille.

Ce quelqu'un – le ravisseur – n'était pas loin. Peut-être même à Whistler.

Et cette personne surveillait Cora.

Jacob balaya les environs du regard. Le tireur pouvait s'être caché derrière l'un des arbres qui bordaient la route. Il pouvait aussi avoir attendu dans une voiture que Cora passe devant lui.

Le front trempé de sueur, Jacob appela son adjoint pour lui expliquer la situation et lui demander de le rejoindre.

Après avoir raccroché, il examina le sol au cas où le tireur se serait approché de la voiture pendant que Cora était inconsciente. Il chercha des empreintes, un morceau de tissu qui se serait accroché dans les broussailles, un bouton, un mégot… N'importe quoi qui aurait pu fournir un indice sur l'identité du tireur.

Malheureusement, il ne trouva que ses propres empreintes et celles des pompiers.

Martin arriva quelques minutes plus tard.

— Inspecte les bois au cas où le tireur s'y serait caché, lui ordonna Jacob.

Une dépanneuse approcha alors qu'il tendait le sac qui contenait la balle à son adjoint.

— Relève aussi les empreintes sur la portière avant qu'ils déplacent la voiture, ajouta-t-il. Tu n'y trouveras sans doute que les miennes et celles de Cora, mais on pourrait avoir un coup de chance.

— Très bien, répondit Martin.

— Qui a signalé l'accident ? demanda Jacob.

— Cora, je suppose.

Dans ce cas, elle n'avait dû s'évanouir que quelques minutes après l'accident.

— Je vais à l'hôpital, annonça Jacob.

Il monta dans sa voiture la peur au ventre. Il devait se dépêcher.

Si le tireur savait que Cora avait survécu, il pourrait tenter autre chose.

Cora détestait les sons et les odeurs des hôpitaux. On la ramena aux urgences après le scanner.

Comme ses vêtements étaient déchirés et ensanglantés à cause des éclats de verre qui lui avaient entaillé les bras, on lui avait donné une chemise d'hôpital. Ses poignets étaient tuméfiés. On lui avait mis un pansement sur une entaille qu'elle avait au front et bandé une cheville.

Elle eut l'impression d'attendre des heures avant que le médecin apparaisse avec ses résultats.

— Vous n'avez rien de cassé, ce qui est une bonne chose, dit-il avec un sourire compatissant. Et les résultats du scanner sont bons. Vous avez eu beaucoup de chance, madame.

Elle avait du mal à estimer qu'on avait de la chance quand on se faisait tirer dessus, mais elle était en vie.

Un infirmier entrouvrit la porte.

— Le shérif Maverick aimerait entrer, dit-il.

— L'y autorisez-vous ? demanda le Dr Pattinson à Cora.

Elle hocha la tête. Jacob entra dans la pièce, les mâchoires crispées.

— Je vous autorise à rentrer chez vous, Cora, dit le

médecin. Mais je vous ordonne de vous reposer pendant un jour ou deux, est-ce bien compris ?

— Oui, merci, répondit-elle.

De toute manière, elle n'aspirait qu'à dormir dans son propre lit.

— Je te ramène, annonça Jacob.

Comme elle n'avait pas d'autre moyen de transport, elle se contenta de le remercier.

— Si vous avez des vertiges, des nausées ou des maux de tête, rappelez-moi, ajouta le Dr Pattinson.

— C'est promis, répondit Cora en agrippant le bord du lit pour se lever.

— Je vais chercher un fauteuil roulant, dit l'infirmier.

— Ce n'est pas nécessaire, protesta-t-elle.

— C'est la politique de l'hôpital, dit le médecin.

Jacob s'approcha du lit pour l'aider, mais elle le repoussa, bien décidée à prouver qu'elle était en état de rentrer chez elle. Une infirmière apporte un formulaire de décharge, que Cora s'empressa de signer.

Une minute plus tard, l'infirmier revint avec un fauteuil. Malgré la bravade que Cora avait affichée, ses jambes la soutenaient à peine, et elle fut soulagée de pouvoir se rasseoir. Jacob rapprocha sa voiture de l'entrée, et l'infirmier l'aida à s'y installer.

Quelques secondes plus tard, Jacob et elle quittaient le parking de l'hôpital.

— Comment te sens-tu ? lui demanda Jacob, l'air inquiet.

— Fatiguée, murmura-t-elle.

Il haussa un sourcil.

— Es-tu sûre d'être en état de rentrer chez toi ?

— Oui, j'en suis sûre, soupira-t-elle. La dernière fois que je suis allée à l'hôpital, ça ne s'est pas très bien passé.

— Mon Dieu… J'aurais dû y penser. Je suis désolé, répondit-il.

— Ce n'est pas grave, lui assura-t-elle. Mais je dormirai mieux dans mon propre lit.

Si elle réussissait à dormir.

Hantée par le souvenir des coups de feu, elle ne pouvait pas s'empêcher de se méfier de tous les passants et de toutes les voitures qu'ils croisaient. Jacob semblait en alerte, lui aussi.

— J'ai fait remorquer ta voiture, dit-il. J'y ai trouvé une balle, que j'ai fait porter au labo.

Elle crut revivre l'accident : la vitre qui éclatait, le choc de sa voiture contre la glissière, la prise de conscience que quelqu'un voulait la tuer…

— Qu'as-tu fait avant l'accident ? demanda Jacob.

Elle fronça les sourcils.

— Quoi ?

— Raconte-moi ta journée. C'est peut-être quelqu'un à qui tu as parlé ou que tu as vu qui t'a tiré dessus.

Elle joignit les mains. Ce n'était pas une idée absurde.

— Après qu'on s'est séparés, je suis allée à la librairie, dit-elle. J'y suis tombée sur une de mes élèves et sa mère.

Elle lui expliqua son altercation avec Faye.

— Comme je m'en voulais d'avoir fait peur à Nina et à sa mère, j'ai décidé d'aller voir ma psychiatre. Après la séance, je suis allée chez Faye pour lui présenter mes excuses.

— Comment ça s'est passé ? demanda Jacob sans quitter la route des yeux.

Elle haussa les épaules, ce qui la fit grimacer de douleur.

— Mieux que je ne m'y attendais, répondit-elle. Nous avons eu une discussion franche. Elle m'a parlé de ses fausses couches, et je lui ai assuré que je ne leur voulais aucun mal. Et puis je suis partie.

— Crois-tu l'avoir assez effrayée pour qu'elle veuille te donner un avertissement en te tirant dessus ? demanda Jacob après quelques secondes de silence.

Elle pouffa.

— Mon Dieu non ! Faye était tendue, mais elle n'est pas dangereuse. Et elle était avec Nina.

Elle se massa les tempes avant d'ajouter :

— Maintenant que j'y repense, j'ai eu l'impression par deux fois que quelqu'un me suivait ces derniers jours.

Jacob, qui venait de se garer devant sa maison, se tourna vers elle.

— Pourquoi ne me l'as-tu pas dit ?

— Parce que je me croyais paranoïaque, répondit-elle.

Et parce qu'elle avait eu peur qu'il ne la prenne pour une folle.

Il sortit de la voiture et en fit le tour pendant qu'elle ouvrait sa portière. Elle accepta la main qu'il lui tendit. Elle avait beau tenir à son indépendance, elle n'était pas assez stupide pour marcher sur du gravier sans son aide alors que ses jambes la soutenaient à peine.

Ses doigts tremblaient tant qu'elle fit tomber ses clés quand elle les sortit de son sac.

Jacob les ramassa et se chargea d'ouvrir la porte.

— Merci de m'avoir raccompagnée, lui dit-elle.

Jacob posa les mains sur ses bras pour la forcer à lui faire face.

— Quelqu'un vient d'essayer de te tuer, dit-il. Il n'est pas question que je te laisse toute seule.

Un frisson la parcourut, et ses yeux s'emplirent de larmes.

Alors Jacob l'attira dans ses bras. Cela faisait si longtemps que personne ne l'avait réconfortée qu'elle se blottit contre lui et se mit à pleurer.

# 10

Jacob s'ordonna de lâcher Cora, mais son corps refusa d'obéir à son esprit. Quand il l'avait trouvée inconsciente dans sa voiture, il s'était brusquement rendu compte qu'il tenait plus à elle qu'il n'aurait dû.

L'incendie de l'hôpital et leurs tragédies les avaient liés. En réalité, il s'était attaché à elle dès qu'elle avait plongé le regard dans le sien et l'avait supplié de retrouver sa fille.

Elle tremblait comme une feuille.

— Tu ne risques plus rien, murmura-t-il en lui caressant le dos. Je ne laisserai personne te faire du mal.

Elle hocha la tête contre son torse et enroula les bras autour de sa taille. Un mélange d'émotion et de désir donna une érection à Jacob. Il écarta une mèche du front de Cora et la repoussa avec douceur. Il devait reprendre le contrôle de sa libido.

C'était de tendresse dont Cora avait besoin.

— Je n'arrive pas à y croire, murmura-t-elle.

— Je trouverai qui t'a tiré dessus, lui promit-il. Ne t'en fais pas. Le coupable sera puni.

Comme elle tremblait encore, il l'entraîna jusqu'au canapé.

— Allonge-toi et repose-toi. Je vais te préparer quelque chose à manger.

— Tu n'as pas à faire ça, protesta-t-elle.

— Bien sûr que si. J'ai pour mission de prendre soin des habitants de Whistler, et c'est ce que j'ai l'intention de faire.

Il comprit qu'il avait fait une gaffe en la sentant se raidir, mais elle s'allongea et ferma les yeux.

Pendant qu'elle se reposait, il découvrit sa cuisine. Elle devait aimer cuisiner, parce que les placards et le réfrigérateur étaient bien garnis. Il prépara une salade avec des tomates, de la laitue et du concombre, puis trouva des bocaux de soupe maison dans un placard. Il en ouvrit un et en versa le contenu dans une casserole.

Pendant que la soupe chauffait, il retourna voir Cora. Comme elle s'était endormie, il décida d'inspecter la maison.

La porte et les fenêtres ne présentaient aucun signe d'effraction. Il sortit et fit le tour de la maison en éclairant le sol avec sa lampe de poche sans trouver d'empreintes. Au moins, le tireur ne semblait pas s'être approché de chez elle.

Malheureusement, il était impossible de prévoir ce qu'il ferait ensuite, puisqu'il n'avait pas réussi à la tuer.

Jacob devait convaincre Cora de faire installer un système de sécurité.

Quand il rentra, Cora s'étirait. Il alla s'agenouiller près d'elle.

— Prête à dîner ? lui demanda-t-il.

Elle se frotta le front et grimaça quand elle toucha son pansement.

— Oui, répondit-elle. Mais laisse-moi d'abord prendre une douche et me changer.

— Très bien, répondit-il en l'aidant à se lever. Je garde la soupe au chaud.

Elle disparut dans la chambre. Après avoir mis la table, il sortit sur la terrasse et contempla les montagnes pour essayer de ne pas penser à Cora sous la douche.

Malheureusement, des images de son accident lui vinrent aussitôt à l'esprit. Une bière lui aurait fait le plus grand bien...

Mais il avait décidé de s'en tenir à l'eau.

Il devait rester sobre pour protéger Cora.

Cora s'aspergea le visage et s'observa dans le miroir. La lumière jaunâtre de la salle de bains faisait ressortir ses bleus.

Elle n'en revenait pas que Jacob Maverick soit en train de lui préparer à dîner. Cela faisait bien longtemps que personne n'avait pris soin d'elle. Au début de leur mariage, Drew était attentionné, et il lui était même arrivé de cuisiner… mais son attention s'était vite reportée sur son travail.

Elle se déshabilla et fronça les sourcils quand elle découvrit les bleus qu'elle avait sur le torse et sur les jambes. Elle essaya de chasser l'accident de son esprit. Elle était chez elle, en sécurité.

Pour le moment, du moins.

Mais Kurt était mort, et quelqu'un voulait qu'elle le rejoigne dans la tombe.

Encore tremblante, elle entra dans la douche et laissa l'eau chaude la débarrasser des odeurs de fumée et de transpiration. Elle se savonna, se rinça, se sécha et s'épongea les cheveux, mais elle renonça à les sécher. Elle enfila un pantalon de yoga et un T-shirt trop grand, puis mit la chemise d'hôpital dans le panier à linge sale.

Elle trouva Jacob sur la terrasse en train de regarder les montagnes. Elle avait toujours aimé cette vue et le calme de la nature, mais elle se rendit brusquement compte qu'elle était complètement isolée.

Elle frissonna. Si quelqu'un décidait de forcer sa porte ou une fenêtre, il n'y avait personne à des kilomètres à la ronde pour intervenir.

Elle frissonna encore quand Jacob se tourna vers elle – mais pas de peur, cette fois. Un désir qu'elle n'avait pas ressenti depuis longtemps lui donna une bouffée de chaleur.

Ils se fixèrent pendant quelques secondes.

— Ça va ? demanda-t-il d'une voix rauque.

Elle hocha la tête même si ce n'était pas vrai. Elle avait une folle envie de se blottir contre lui, mais il ne fallait surtout pas que cela devienne une habitude.

Il ne prenait soin d'elle que parce que c'était son travail. Et elle avait plus besoin qu'il fasse son travail en retrouvant sa fille que de se blottir contre lui.

— As-tu faim ? demanda-t-il.

Son estomac gargouilla alors qu'elle acquiesçait. Ils rentrèrent. Jacob remplit deux bols de soupe pendant qu'elle posait la salade qu'il avait préparée sur la table. Elle ne pouvait pas s'empêcher de trouver étrange de faire quelque chose d'aussi banal que de partager un repas avec Jacob.

— Merci d'avoir préparé le dîner, dit-elle en s'asseyant.

— Je n'ai fait que réchauffer la soupe, répondit-il. C'est toi qui l'as faite, n'est-ce pas ?

Elle haussa les épaules.

— J'ai beaucoup de temps libre pendant l'été, et le jardinage et la cuisine ont des vertus thérapeutiques.

— Tu jardines, tu cuisines, tu dessines… Y a-t-il une chose que tu ne saches pas faire ? demanda-t-il.

Être une mère, songea-t-elle tristement. Non : elle saurait le faire si elle n'avait pas perdu sa fille.

— Cora ? dit-il, l'air inquiet.

— Je veux juste retrouver Alice, murmura-t-elle.

Jacob posa la main sur la sienne.

— On la retrouvera. Mais nous devons commencer par te protéger. J'aimerais faire installer un système de sécurité chez toi le plus vite possible.

Elle accepta sans hésiter. Elle n'avait aucune envie d'être morte quand on retrouverait sa fille.

Jacob essaya de faire la conversation à Cora pendant le dîner et échoua lamentablement. Il lui demanda ce qu'elle comptait faire pendant l'été, ce qui la rendit encore plus triste.

— Je ferai du jardinage, du dessin et du bénévolat à l'église, répondit-elle.

Ce qu'elle ne dit pas résonna haut et clair : « Et je passerai chaque minute à penser à ma fille. »

— Je sais que c'est difficile, Cora, mais tiens bon, lui dit-il.

Elle finit son bol de soupe, but une gorgée d'eau, puis lui expliqua qu'elle avait perdu son emploi.

— Je suis sûre que tu me crois dérangée, conclut-elle en se passant la main dans les cheveux.

Sans maquillage et les cheveux mouillés, elle semblait plus jeune et était incroyablement séduisante.

— Non, je ne te crois pas dérangée, lui assura-t-il. Je pense à mon père tous les jours. Parfois, j'ai l'impression d'être si obsédé par mon désir de retrouver son meurtrier que j'en oublie de vivre.

Cora ferma les yeux quelques instants, comme pour refouler des larmes.

— Merci de me dire ça, répondit-elle. Je vois bien comment les gens me regardent. Je n'avais pas l'intention de faire peur à Nina et à sa mère.

Elle tapota sa fourchette sur la table avec un air bizarre.

— Qu'y a-t-il ? demanda-t-il. Te souviens-tu de quelque chose ?

Cora déglutit.

— J'ai promis de ne rien dire, alors ça doit rester confidentiel, répondit-elle d'une voix hésitante. Mais je ne me le pardonnerais jamais s'il arrivait quelque chose à Nina.

Il inclina la tête sur le côté.

— De quoi parles-tu ?

Elle soupira profondément.

— Faye m'a expliqué qu'elle avait quitté son mari, le père adoptif de Nina, parce qu'il était violent. Elle déménage régulièrement parce qu'elle a peur qu'il les retrouve.

— Où est-il, maintenant ?

Cora haussa les épaules.

— Elle ne me l'a pas dit. Je lui ai conseillé de t'en parler pour que tu sois vigilant, au cas où des inconnus poseraient des questions sur elle.

Jacob serra les dents. La violence domestique lui était intolérable. Son père lui avait enseigné qu'on était un homme quand on protégeait les femmes et les enfants, pas quand on passait ses nerfs sur eux.

— Je ne dirai rien, mais j'ouvrirai l'œil, répondit-il. Si tu lui reparles, insiste pour qu'elle vienne me voir.

— Merci, Jacob.

— Je ne fais que mon travail, répondit-il. Que s'est-il passé ensuite ? Es-tu allée ailleurs ? As-tu parlé à quelqu'un ? Reçu un appel ?

Elle secoua la tête.

— Non. Je suis repartie vers chez moi et j'ai eu l'impression qu'on me suivait.

— As-tu vu la voiture ?

— La voiture que j'ai vue avant était noire, mais je n'ai rien vu ce soir. Dans le virage, une balle a fait éclater la vitre, expliqua-t-elle en frissonnant. J'ai freiné, puis une autre balle est passée près de ma tête. Alors je me suis couchée et je suis tombée dans le fossé.

Elle débarrassa nerveusement les assiettes. Comme elle devait encore souffrir de son accident, il s'empressa de se placer devant l'évier.

— Va t'allonger, dit-il. Je m'en occupe.

— Je peux m'en charger, se défendit-elle. Je suis sûre que tu as d'autres choses à faire.

Il s'éclaircit la voix avant de répondre :

— Je passerai la nuit ici, Cora. Te protéger est ma priorité.

Cora prit un air inquiet. Avait-elle peur de lui ?

— Demain, je ferai installer un système de sécurité, dit-il d'un ton moins sec. Ce soir, je m'installe sur ton canapé pour m'assurer que celui qui t'a tiré dessus n'essaye pas de recommencer.

La panique remplaça l'inquiétude sur le visage de Cora. Il eut envie de se gifler.

Mais quelqu'un avait essayé de la tuer, et il ne la laisserait pas mourir.

Jacob pensait que le tireur pouvait attaquer dans la nuit. Cora n'aspirait plus qu'à se blottir dans ses bras.

Mais il ne faisait que son travail. Il l'avait clairement exprimé.

Et c'était ce qu'elle voulait : qu'il trouve le tireur et Alice.

Et il ne serait pas bon qu'il y ait autre chose entre eux alors qu'elle était brisée.

— Je vais te chercher un oreiller et une couverture, répondit-elle.

Quand elle les posa sur le canapé, Jacob avait fini la vaisselle et balayait la pièce du regard avec un air méfiant. Épuisée et nerveusement ébranlée, elle se força à lui souhaiter une bonne nuit avant de faire quelque chose de stupide comme se jeter dans ses bras.

Son téléphone sonna dans son sac. Elle l'en sortit. Drew…

Elle songea à ne pas répondre… Mais pouvait-il avoir découvert quelque chose sur leur fille ?

Elle décrocha.

— Mais qu'est-ce qui t'a pris d'envoyer le shérif me poser des questions sur ton petit ami le détective ? cria Drew.

Sa colère réveilla celle de Cora.

— Il n'était pas mon petit ami !

— Je m'en moque ! Mais je n'apprécie pas que tu dises au shérif que je te trompais ! Nom de Dieu ! Tu ne crois quand même pas que j'ai quelque chose à voir avec l'enlèvement de notre fille ?

Cora effleura le pansement sur son front. On avait essayé de la tuer. Jacob avait interrogé Drew – qui était clairement furieux, à cet instant.

Il ne voulait quand même pas sa mort ?

# 11

— Je n'ai pas dit ça au shérif ! hurla Cora. Mais puisqu'on aborde le sujet : me trompais-tu, Drew ?

— Quoi ? répondit-il d'un ton incrédule. Je n'en reviens pas que tu me demandes ça.

— Pourquoi ? Tu n'as pas perdu de temps pour passer à autre chose.

Un silence tendu s'ensuivit.

— Ce n'est pas juste, Cora, finit par répondre Drew. Moi aussi, je souffrais. Mais tu étais trop aveuglée par tes propres émotions pour t'en apercevoir.

Cora eut l'impression de recevoir un coup de poing dans l'estomac.

Mais sa journée avait été bien trop dure pour qu'elle soit capable de mesurer son égoïsme de l'époque.

— Il faut que je raccroche, dit-elle, au bord des larmes.

Elle le fit sans attendre de réponse et éteignit le téléphone.

Agitée par l'adrénaline, elle s'assit à son bureau et écrivit une nouvelle lettre à sa fille.

*Chère Alice,*

*Aujourd'hui, j'ai vu une petite fille qui s'appelle Nina à la librairie. C'est l'une de mes élèves. À la cantine, elle aligne ses carottes comme je le faisais quand j'étais petite. Et elle mange le dessus de ses muffins en premier.*

*Elle a de jolis cheveux châtains et des taches de*

*rousseur. Elle aime dessiner. Je commence à devenir amie avec sa mère, Faye.*

*Quand tu viendras vivre avec moi, Nina et toi pourrez jouer ensemble et devenir amies. Si tu aimes dessiner, je vous achèterai des crayons et du papier et on ira pique-niquer au bord de la rivière.*

*Tu me manques beaucoup, ma chérie. J'espère qu'on se verra bientôt. Alors tu me diras ce que tu as fait ces cinq dernières années.*

*Je t'aime.*

*Maman*

Cora sentit son cœur se serrer quand la question de sa psychiatre lui revint à l'esprit. « Que ferez-vous si vous la retrouvez heureuse dans une bonne famille ? »

Elle se ressaisit aussitôt. Elle déciderait de ce qu'elle ferait quand elle aurait retrouvé Alice.

Elle rangea la lettre dans le coffre, puis se coucha et éteignit la lumière.

La colère de Drew la hanta dès qu'elle ferma les yeux. Drew, qui l'avait abandonnée alors qu'ils venaient de perdre Alice.

Alors elle songea à Jacob, couché sur son canapé. Jacob, qui était fort et fiable. Jacob, qui ne l'avait jamais prise pour une folle et qui lui avait promis de continuer à chercher sa fille. Jacob, qui avait vécu un drame la nuit de l'incendie, mais qui n'avait pas abandonné sa famille pour autant.

Elle eut brusquement envie de l'inviter à la rejoindre.

Elle voulait sentir ses baisers et ses caresses.

Elle se leva pour entrouvrir la porte et jeter un coup d'œil dans le salon, mais elle entendit sa voix et comprit qu'il était au téléphone.

— Ne t'inquiète pas, Liam. Je ne m'engage pas dans une relation personnelle avec Cora Reeves.

La déception envahit Cora. Ce qu'elle ressentait n'était clairement pas réciproque.

Elle se recoucha, seule, en luttant contre les larmes.

Cora s'agita tant dans sa chambre que Jacob put à peine fermer l'œil. Il fit le tour de la maison plusieurs fois. Tout semblait calme.

Le tireur croyait peut-être avoir tué Cora – mais c'était peu probable si c'était quelqu'un qu'elle connaissait ou qui la surveillait.

À l'aube, il se leva, se prépara une tasse de café et fit une liste de ce qu'il devait faire.

Il appela une compagnie de sécurité dès son ouverture et obtint une intervention à 10 heures.

Il retrouva ensuite la trace de l'infirmière qui supervisait l'unité néonatale à l'époque de l'incendie.

Cora ouvrit sa porte, l'air épuisée. Ses bleus avaient foncé pendant la nuit.

Il se força à détourner les yeux de ses courbes, que son pyjama mettait en valeur.

— As-tu réussi à dormir un peu ? lui demanda-t-il.

Elle acquiesça.

— Un peu. Et toi ?

— Un peu.

Même si l'idée qu'elle avait failli mourir la veille l'avait tourmenté. Elle n'aurait pas été en danger s'il avait bien fait son travail et retrouvé Alice cinq ans plus tôt.

Elle sortit une tasse d'un placard et se prépara un café.

— J'ai entendu ton téléphone sonner, hier soir, dit-il.

Elle haussa les épaules.

— C'était Drew, répondit-elle.

Il se raidit.

— Que voulait-il ?

— Il était furieux et m'a accusée de t'avoir dit qu'il me trompait, répondit-elle en s'asseyant.

— Tout policier aurait posé cette question. Malheureusement, quand un enfant disparaît, le coupable est souvent l'un des parents ou un proche.

— Je me souviens que tu m'as dit ça la première fois que tu m'as interrogée.

— Je suis désolé d'avoir échoué.

Le regard de Cora s'adoucit.

— Ne t'en veux pas, répondit-elle. Tu as fait tout ce que tu as pu.

Jacob haussa les épaules, mais il se sentait coupable.

— Quand les techniciens de la compagnie de sécurité arriveront, j'irai rendre visite à l'infirmière qui supervisait l'unité néonatale à l'époque de ton accouchement. Elle se souviendra peut-être de quelque chose qui ne lui avait pas paru important à l'époque.

— Je t'accompagne, déclara Cora.

Il n'hésita pas longtemps. Il n'avait pas envie de la laisser seule – surtout maintenant qu'il savait que Drew l'avait appelée.

Avait-il voulu savoir si Cora était encore en vie ?

Il était en train d'interroger les Westbrook quand on avait essayé de tuer Cora.

Mais Drew pouvait avoir engagé quelqu'un pour tuer Cora et Philips.

Cora se dépêcha de prendre une douche et de s'habiller avant l'arrivée des techniciens. Pendant qu'ils installaient le système de sécurité, Jacob fit un saut chez lui pour se laver et se changer.

Cora attendit en regardant par la fenêtre. D'habitude, elle se sentait en sécurité dans les montagnes. C'était son sanctuaire.

Mais tout avait changé.

La forêt lui semblait inquiétante, les crêtes plus déchiquetées, la rivière plus froide. Elle s'attendit presque à la voir charrier un cadavre.

Elle lutta contre la panique. Elle n'était pas défaitiste. Elle ne pouvait pas laisser la peur la prendre en otage.

Jacob la protégerait, et elle devait s'agripper à l'espoir qu'ils progressaient.

Il revint juste avant que les techniciens finissent l'installation. Ils leur expliquèrent son fonctionnement avant de partir.

Une demi-heure plus tard, Jacob et elle se garèrent devant la maison de Wynona Baker. Wynona, qui avait été gentille avec Cora à l'hôpital, travaillait dans l'unité néonatale depuis quinze ans quand Alice avait été enlevée.

Elle les invita dans sa cuisine. Il y avait des chiens en céramique sur une étagère et la photo d'un labrador noir au-dessus de la cheminée.

Cora se demanda si Alice avait un chien.

— Comment allez-vous, Cora ? demanda Wynona.

Cora murmura qu'elle allait bien, puis Jacob parla de la mort de Kurt et des événements de la veille.

— Mon Dieu ! s'écria Wynona. J'espérais que vous aviez de bonnes nouvelles.

— J'aurais préféré, dit Cora.

— Je sais que ça fait cinq ans, mais il arrive que notre esprit occulte certaines choses juste après un traumatisme, dit Jacob avec douceur à l'infirmière. Y aurait-il quelque chose qui vous serait revenu à l'esprit sur la nuit de l'incendie ?

Wynona frotta ses mains l'une contre l'autre.

— Je me souviens juste que c'était affreux. Quand l'alarme s'est déclenchée et qu'on a compris que ce n'était pas un exercice, tout le monde s'est mis à courir. J'ai ordonné aux infirmiers de sortir les bébés.

— Nous nous demandons si la fille de Cora a été enlevée sur la pelouse ou avant, dit Jacob.

Cora fronça les sourcils. Lui avait-il caché quelque chose ?

Jacob avait interrogé tout le personnel de la maternité après l'incendie. Personne n'avait rien remarqué d'étrange. Les récits étaient cohérents : c'était le chaos, tout le monde essayait d'aider les patients à évacuer. Deux bébés avaient été emportés par leurs parents, qui se trouvaient près de la nurserie.

Personne n'avait vu quelqu'un prendre le bébé de Cora.

Jacob consulta ses notes.

— J'ai parlé à Dale Friedman et à Horace Whitman, deux des infirmiers qui vous ont aidée à évacuer les bébés. L'un ou l'autre avait-il un problème quelconque ? Peut-être un membre de leur famille qui avait perdu un enfant.

— Pas que je m'en souvienne, répondit Wynona en se massant le front. C'étaient de bons infirmiers. Dale a fait médecine. Il travaille aux urgences d'Atlanta, maintenant. Horace est devenu un technicien médical.

— Réfléchissez, la supplia Cora. Avez-vous remarqué quelqu'un près de la nurserie ?

Wynona soupira de frustration.

— Non, je suis désolée.

— Mon mari a quitté ma chambre juste avant l'incendie, dit Cora. L'avez-vous vu dans un couloir ou près de la nurserie ?

Wynona se massa les tempes.

— Je l'ai vu en train de se servir un café à la machine. Il parlait à une jeune femme. Elle tenait des fleurs et un ours en peluche rose.

Jacob tressaillit. Wynona n'avait jamais mentionné ce détail.

— Connaissez-vous cette femme ? demanda-t-il.

L'infirmière secoua la tête.

— Elle l'a serré dans ses bras et l'a félicité. Ils se sont dirigés vers la nurserie, sans doute parce qu'il voulait lui montrer votre fille, mais elle a reçu un appel et s'est éloignée.

— Que s'est-il passé ensuite ? demanda Jacob.

— Je ne sais pas. L'alarme s'est déclenchée, et ça a été la panique.

Jacob lui montra une photo de Drew et de sa femme.

— Est-ce la femme que vous avez vue ? demanda-t-il.

— Oui, je crois bien, répondit Wynona après quelques instants de réflexion.

— C'est la femme de Drew, dit Cora.

Si Drew avait une maîtresse, était-ce Hilary ? se demanda Jacob. Cela expliquerait pourquoi ils s'étaient si vite mariés.

— J'aimerais vous montrer autre chose, dit-il.

La dernière fois qu'il était allé voir Liam, il avait fait des copies de certaines images des enregistrements. Il lui montra la personne en blouse à capuche qui portait un paquet.

— Avez-vous une idée de l'identité de cette personne ? demanda-t-il.

— Non. On ne voit pas son visage, balbutia Wynona.

Il lui montra une autre image de la nurserie.

— Y a-t-il quelque chose qui vous paraît bizarre dans cette photo ?

Wynona fronça les sourcils.

— Cette femme, là…, répondit-elle. Celle en manteau noir.

— Oui ? l'encouragea Jacob.

— Elle s'appelle Evie Hanson. Je ne sais pas ce qu'elle fait là. Elle a été renvoyée deux semaines avant l'incendie.

— Pourquoi l'a-t-on renvoyée ?

Wynona se mordit la lèvre.

— Je n'aime pas parler dans le dos des gens.

— Je vous en prie, insista Cora. Que s'est-il passé ?

— Elle a découvert qu'elle était stérile, et ça l'a fait tomber en dépression, dit Wynona. Un médecin l'a surprise dans la nurserie en train de bercer un nourrisson.

Jacob serra les dents. Pourquoi n'avaient-ils pas découvert ça plus tôt ?

— Où est-elle maintenant ? demanda-t-il.

— Je ne sais pas, répondit Wynona. Je croyais qu'elle avait déménagé avant l'incendie.

Cora se tourna vers lui.

— Nous devons la trouver, dit-elle. Et si elle était assez déprimée pour enlever Alice ?

# 12

— Pourquoi ne l'avez-vous pas dit avant ? s'écria Cora sans réussir à contenir parfaitement sa colère.

Jacob lui effleura le bras pour l'inciter à rester calme. Elle serra les poings. Elle ne supportait plus qu'on l'infantilise et qu'on la traite comme si elle était instable.

— Je suis désolée, balbutia Wynona. Je ne l'avais pas vue, à l'époque, sans quoi j'en aurais parlé. Je repense tous les jours à ce qui s'est passé cette nuit-là. Je travaillais dans cette nurserie depuis quinze ans. Nous avions perdu un ou deux bébés à cause de problèmes de santé, mais nous n'avions eu aucun enlèvement. Nous appliquions des consignes de sécurité très strictes pour éviter les enlèvements et les confusions.

— Connaissiez-vous Evie ? demanda Cora après un silence tendu.

Wynona esquissa un sourire.

— Oui, et ce n'est pas ce que vous pensez, Cora. Evie était douce et généreuse. Elle adorait les enfants. Elle travaillait au service de cardiologie pédiatrique.

La compassion tempéra un peu la colère de Cora.

— Ça a dû la dévaster d'apprendre qu'elle ne pourrait pas avoir d'enfants, murmura-t-elle.

— Oui, répondit Wynona. Mais la conseillère du personnel lui a assuré qu'elle était une bonne candidate pour l'adoption. Je ne vois pas pourquoi elle aurait fait quelque chose d'aussi radical que d'enlever votre fille.

Cora avait envie de la croire. Au moins, si c'était Evie

qui avait pris Alice, sa fille était élevée par une personne aimante.

— Dans tous les cas, il faut que je l'interroge, intervint Jacob. Savez-vous où elle est ?

Wynona secoua la tête.

— Non. Tant de gens ont quitté Whistler après l'incendie que j'ai perdu le fil. Vous savez qu'il a fallu des mois pour reconstruire la partie de l'hôpital qui était endommagée, et des employés ont été transférés dans d'autres hôpitaux.

Cora s'agrippa à l'espoir qu'Evie avait des réponses à leur fournir – ou Alice.

Jacob reçut un texto alors que Cora et lui sortaient de chez Wynona.

— Liam m'attend à mon bureau, annonça-t-il à Cora.

— À-t-il du nouveau ?

— Il ne le dit pas. Mais je veux qu'il nous retrouve Evie Hanson.

— Moi aussi, répondit Cora. J'aurais aimé que Wynona en parle il y a cinq ans.

— Ça nous aurait aidés, grommela-t-il.

Il offrit un sourire à Cora avant de lui demander :

— Veux-tu que je te dépose chez toi avant de rejoindre Liam ?

— Non, je veux savoir s'il peut trouver Evie.

Il éprouva subitement le besoin de la protéger contre d'éventuels faux espoirs.

— Elle n'a peut-être pas Alice, lui rappela-t-il.

— Je sais, répondit-elle. Ne t'inquiète pas pour moi. J'ai survécu à d'autres déceptions.

Elle regarda une femme et sa fille entrer dans la librairie. La tristesse qu'il lut sur son visage lui fendit le cœur.

Il se gara devant son bureau.

Il y avait une légère brise, et il faisait plus de 20 °C. Le soleil s'était frayé un chemin entre les nuages de la veille. Les rues et le parc étaient animés. Les vacanciers commençaient à arriver. Il y avait trois voitures devant l'auberge, ce qui était bon signe.

La propriétaire, Beula Mayberry, avait eu des difficultés financières. Mais elle venait de faire des travaux de rénovation, ce qui aiderait peut-être ses affaires à reprendre.

Jacob avait l'intention de parler à son adjoint en arrivant. Malheureusement, il trouva Martin au téléphone. Il entraîna Cora dans son bureau.

— Veux-tu un café ? proposa-t-il.

— Non merci, répondit-elle en regardant le tableau en liège, au-dessus de son fauteuil, sur lequel il avait épinglé les avis de recherche de deux criminels et d'un adolescent qui avait disparu de Raleigh trois semaines plus tôt.

Liam frappa à la porte et l'entrouvrit. Jacob l'invita à entrer.

— Nous nous sommes déjà rencontrés, dit Liam en tendant la main à Cora.

— Je m'en souviens, répondit-elle. Jacob m'a dit que vous cherchiez encore ma fille. Je vous remercie.

— Nous n'abandonnons jamais. Malheureusement, nous n'avions plus de piste – mais ça pourrait changer. Une chaîne d'information va bientôt diffuser une émission sur des disparitions non résolues. Ils font ça de temps à autre. Parfois, quelqu'un reconnaît une photo ou se souvient d'un détail, et ça nous donne une piste.

— Et ils vont inclure Alice dans l'émission ? demanda Cora.

Liam acquiesça.

— J'ai insisté, répondit-il. Je leur ai envoyé vos dessins et les informations dont on dispose.

Jacob eut envie de serrer son frère dans ses bras. Il lui rapporta leur conversation avec l'infirmière.

— Nous devons trouver et interroger Evie Hanson, conclut-il.

Liam hocha la tête et envoya un texto.

— J'ai mis l'un de mes analystes sur le coup, dit-il. Maintenant, j'aimerais vous montrer quelques photos, Cora.

Il posa un dossier sur la table et en sortit une photographie d'une grande brune en tailleur gris qui avait l'air triste.

— Elle s'appelle Lydia Bainbridge, dit Liam. Son mari et elle vivent à Chapel Hill. Ils ont perdu leur bébé peu après sa naissance. Il avait une malformation du cœur.

— C'est horrible, murmura Cora.

— Et ils ne l'ont pas très bien pris, poursuivit Liam.

— Ça s'est passé quand ? demanda Jacob.

— Trois semaines avant l'accouchement de Cora, répondit son frère. Ils ont porté plainte contre le médecin. L'affaire a été réglée à l'amiable. Après ça, ils sont partis vivre en Floride. Ils ont adopté une petite fille deux semaines après l'enlèvement d'Alice. Nous enquêtons sur l'adoption.

— Vous pensez que c'est Alice ? demanda Cora.

Liam haussa les épaules.

— Nous ne faisons qu'exploiter toutes les pistes.

Il posa devant Cora une photo du mari en uniforme de pompier. Jacob et Liam échangèrent un bref regard. Si cet homme voulait allumer un incendie, il saurait comment s'y prendre.

— Vous rappelez-vous avoir vu cet homme ou cette femme à l'hôpital quand vous y étiez, Cora ? demanda Liam.

— Non, je ne m'en souviens pas, répondit Cora après avoir examiné les photos. Mais on m'a tout de suite emmenée dans une salle d'accouchement.

— Tu n'es pas sortie dans le couloir pour te dégourdir les jambes ? demanda Jacob.

— Non, répondit-elle en se pinçant l'arête du nez. J'étais si épuisée que je me suis endormie juste après l'accouchement. Quand l'alarme s'est déclenchée, je n'ai plus pensé qu'à sauver Alice.

— Ce n'est pas grave, répondit Liam en lui tapotant la main. Ils n'étaient peut-être pas dans l'hôpital.

Il rangea les photos et plaça le dossier sur le couple sous un autre.

— Nous avons une autre piste, reprit-il d'une voix hésitante.

— Je vous écoute, dit Cora. Je vous promets de ne pas faire de crise de nerfs.

Jacob et Liam sourirent.

— Je ne le crains pas, lui assura Liam. Et je ne vous en voudrais pas d'en faire une. Les disparitions d'enfants sont des tragédies.

Cora ravala un sanglot. La compassion et la tendresse lui donnaient toujours envie de pleurer.

— Quelle est ton autre piste ? demanda Jacob.

Liam se passa la main dans les cheveux avant de poser la photo d'une femme aux cheveux gris sur la table. Elle était dans un train avec un petit garçon et une fillette.

— Un collègue d'Atlanta m'a envoyé cette photo, dit-il. Cette femme se fait appeler Deidre Coleman. Nous pensons qu'elle dirige un réseau de trafic d'enfants. Pour le moment, nous avons relié trois disparitions – dont celle de ce petit garçon – à des adoptions faites sur le dark web et à cette femme. Nous n'avons trouvé aucun document officiel, mais de grosses sommes ont été déposées sur un compte au nom de Deidre Coleman – un faux nom, sans doute. Notre agent rassemble des indices pour obtenir un mandat d'arrêt contre elle. Vous rappelez-vous avoir vu cette femme quelque part ? Dans la salle d'attente de votre gynécologue, peut-être ?

Cora observa la photo. La femme avait un visage austère, de longs doigts aux ongles négligés, et elle tenait fermement les deux enfants.

Cora ferma les yeux pour se transporter mentalement chez son gynécologue. Elle y avait vu de nombreuses femmes heureuses qui parlaient de nutrition, de prénoms et d'éducation.

De temps à autre, il y en avait une qui partait en pleurant après de mauvaises nouvelles. Une chose était certaine : Cora n'aurait pas manqué de remarquer *cette* femme, parce qu'elle avait passé l'âge d'avoir des enfants.

— Non, je ne l'ai vue nulle part, répondit-elle. Mais elle aurait très bien pu être à l'hôpital la nuit de l'incendie. Avez-vous trouvé un lien entre Alice et elle ?

— Pas encore, répondit Liam d'un air triste.

La déception gagna Cora, mais elle la refoula. Jacob et Liam étaient dans son camp. Alice n'était pas oubliée.

— Je vous tiendrai au courant de nos progrès, promit Liam en rangeant ses dossiers.

— Et préviens-moi quand tu auras trouvé Evie Hanson, répondit Jacob.

Liam hocha la tête, leur dit au revoir et partit.

Jacob se leva et ajusta son ceinturon, ce qui attira l'attention de Cora sur ses abdominaux.

Elle s'empressa de baisser les yeux. Comment pouvait-elle songer à ses charmes alors qu'ils venaient de parler d'un réseau de trafic d'enfants ?

Alors que la femme aux cheveux gris volait et vendait des bébés.

Alors que Jacob avait dit à son frère qu'elle ne l'intéressait pas sur le plan personnel.

# 13

L'idée qu'une personne vendait des enfants donna la nausée à Cora.

— Veux-tu que je te ramène chez toi ou que je t'emmène louer une voiture ? proposa Jacob.

Elle secoua la tête.

Elle ne voulait pas se retrouver seule chez elle. Elle avait peur de ne penser qu'à son avenir incertain et à l'absence de sa fille.

— Je vais faire un saut à la librairie, dit-elle en se levant.

— Très bien, répondit Jacob. Appelle-moi si tu as besoin de quoi que ce soit.

Elle le remercia et quitta son bureau bien décidée à contrôler les sentiments qu'il lui inspirait.

Le ciel s'était couvert, et la température avait baissé, mais il y avait encore beaucoup de monde dans le parc. Les rires des mères et de leurs enfants rappelèrent à Cora que le bonheur existait toujours, même si elle en était privée.

Un jour, elle pousserait Alice sur une balançoire et jouerait au cerf-volant avec elle.

Quand elle atteignit la librairie, elle vit Nina et Faye à travers la vitrine. Nina dessinait, et Faye était devant un ordinateur.

Cora ne put s'empêcher d'envier Faye. Si elle retrouvait Alice, serait-elle aussi proche de sa fille que Faye l'était de Nina ?

Elle mourut d'envie de les rejoindre, mais elle ne voulait pas s'imposer.

Elle obliqua vers le restaurant, qu'elle trouva bondé. Au comptoir, elle commanda un sandwich à la dinde et un thé glacé, puis elle appela le garagiste pour louer une voiture pendant qu'on préparait sa commande.

— Voilà, ma belle ! dit la propriétaire du restaurant avec un grand sourire en lui tendant sa commande. Ça va, aujourd'hui ?

— Oui, répondit Cora en se forçant à lui rendre son sourire.

Parler d'enlèvements d'enfants n'était pas ce qu'elle considérait comme devant faire partie d'une bonne journée, mais elle était prête à regarder toutes les photos que Liam voudrait lui montrer si cela permettait de retrouver Alice ou si cela épargnait à d'autres femmes ce qu'elle avait vécu.

Elle paya, alla dans le parc et s'installa à une table de pique-nique sous un grand chêne. De là, elle pouvait observer les gens en étant un peu dissimulée par l'arbre.

Des affiches pour un concours de pastèques et une journée d'adoption d'animaux avaient été collées au panneau du parc. Cora avait songé plusieurs fois à adopter un chien pour qu'il lui tienne compagnie, mais elle voulait attendre le retour d'Alice pour qu'elles puissent le choisir ensemble.

Elle posa son nouveau carnet et un crayon sur la table, puis mangea son sandwich en regardant les enfants. Une petite fille blonde apprenait à marcher, encouragée par sa mère, et tombait tous les deux pas.

Des enfants plus âgés faisaient une partie de chat perché, et un père jouait au ballon avec son fils.

Elle s'apprêtait à commencer un nouveau dessin quand une voix familière la fit sursauter.

— Cora ?

Elle serra son crayon et se tourna vers Julie Batton, qui avait été sa meilleure amie.

Avant l'enlèvement d'Alice.

Le fils de Julie, Brian, la regarda avec des yeux aussi verts que ceux de sa mère. Cora se rappelait le jour de sa naissance comme si c'était la veille.

C'était une semaine avant celle d'Alice.

Cora avait fait la cuisine pour Julie et son mari, et leur avait offert une bouteille de champagne. Ils avaient parlé des rêves qu'ils avaient pour leurs enfants.

Les choses s'étaient passées bien différemment quand Cora était rentrée chez elle. Elle était folle d'angoisse, la police posait des questions, et les gens les regardaient, Drew et elle, avec un mélange de sympathie et de méfiance.

Julie avait essayé de la soutenir. Elle lui avait envoyé des cookies et offert son épaule pour pleurer.

Mais Julie lui avait dit qu'elle avait besoin d'aide quand elle avait pourchassé une femme avec une poussette au centre commercial.

Puis elle était allée voir Drew et lui avait laissé entendre que sa femme perdait la tête. Si Drew avait donné les affaires d'Alice un peu plus tard, c'était à cause de sa psychiatre et de Julie.

Cora ne le pardonnerait jamais ni à l'une ni à l'autre.

Liam appela Jacob cinq minutes après le départ de Cora.

— Mon analyste a retrouvé la trace d'Evie Hanson, annonça-t-il. Elle travaille dans un hôpital à une trentaine de kilomètres de Whistler. Je t'envoie son adresse personnelle. Evie est en congé parental depuis trois mois.

— Qu'est-ce que ça signifie ? demanda Jacob.

— Que ça mérite qu'on y regarde de plus près, répondit Liam.

— Je vais l'interroger immédiatement, déclara Jacob en prenant ses clés.

— Elle n'a peut-être rien à voir avec l'enlèvement de la fille de Cora, lui rappela Liam. Et elle ne sait peut-être pas que son enfant a été enlevé même si elle l'a obtenu grâce à un réseau. Alors sois prudent. Ne lui révèle pas nos soupçons. Je ne voudrais pas qu'elle prenne peur et qu'elle disparaisse ou qu'elle avertisse son éventuel réseau.

— C'est promis, répondit Jacob.

Avant de partir, il rapporta les derniers événements à Martin et lui demanda d'organiser les tours de ronde.

Il traversa la ville tous les sens en alerte. Tout semblait parfaitement normal.

Mais c'était aussi le cas le jour de l'incendie. Personne n'avait rien vu venir. Personne ne savait pourquoi l'hôpital avait été en partie détruit et plusieurs personnes tuées.

Il accéléra quand il quitta la ville en direction de Shady Oak.

L'infirmière vivait dans un quartier nouvellement construit en bordure de Shady Oak, une charmante petite ville nichée dans une vallée.

Il trouva sa maison quelques minutes plus tard. C'était un ranch aux volets verts entouré d'un jardin bien entretenu. Il n'y avait pas de voiture dans l'allée.

Il se gara et sonna à la porte. Comme personne ne lui répondit, il alla regarder à travers une fenêtre.

Il ne vit personne à l'intérieur et serra les dents.

Evie s'était-elle enfuie parce qu'elle savait que le FBI s'intéressait à elle ?

— Ça te dérange si je m'assieds un moment ? demanda Julie.

Cora inspira pour se calmer. Elle ne voulait pas faire un scandale, et Julie avait peut-être raison cinq ans plus tôt. Elle ne contrôlait pas ses pulsions, à l'époque.

— Bien sûr que non, répondit-elle.

Julie s'assit en face d'elle, un peu de côté pour surveiller Brian, qui jouait au ballon avec un garçon de son âge. Cora ne put s'empêcher de sourire quand il fit une grimace.

— Brian a beaucoup grandi, dit-elle. Il est entré en primaire cette année ?

— Oui, répondit Julie. Je te présente son ami Tony, le fils de nos voisins.

— Ils sont mignons. Je suis sûre que tu ne t'ennuies pas avec Brian.

Julie pouffa.

— C'est un vrai garçon ! dit-elle. Il aime les voitures,

les camions, le sport et les super-héros. Il s'est déguisé en Spider-Man au dernier Halloween.

— Les super-héros étaient le thème de cette année, à mon école, répondit Cora en songeant avec tristesse qu'elle manquerait les activités de l'année suivante.

Un silence gêné s'ensuivit. Julie but une gorgée d'eau, puis offrit à Cora un sourire plein de tendresse qui lui rappela l'époque où elles étaient amies. Julie était l'une des femmes les plus généreuses qu'elle connaissait. Elle faisait du bénévolat dans un foyer pour femmes et à l'église.

C'était d'ailleurs comme cela qu'elles s'étaient rencontrées – en empaquetant des provisions pour des familles dont les maisons avaient été détruites par une tornade.

— J'ai beaucoup pensé à toi, dit Julie. J'avais envie de te voir, mais je n'étais pas sûre que ce soit réciproque.

— Je suis désolée, dit Cora. J'ai été dure avec toi après l'enlèvement d'Alice.

Elle inspira profondément. Présenter ses excuses et oublier un peu sa colère lui faisait du bien.

— Mais ça ne m'empêchait pas de me réjouir pour toi, ajouta-t-elle.

Les yeux de Julie s'emplirent de larmes.

— Je le sais, et ce n'était pas ta faute, répondit-elle. Tu es plus forte que moi, Cora. Je n'aurais sûrement pas tenu le coup à ta place.

Cora soupira.

— Je ne suis pas si forte que ça, mais j'essaye de ne pas perdre espoir.

— Je suis désolée de ne pas t'avoir soutenue comme tu en avais besoin, dit Julie en lui prenant la main comme elle avait l'habitude de le faire avant. Mais je ne savais pas quoi faire et j'étais moi aussi bouleversée parce que je venais d'apprendre que je ne pourrais pas avoir d'autre enfant.

Cora haussa un sourcil.

— Quoi ? Tu ne me l'as jamais dit.

— Parce que je ne voulais pas que ça se sache, reconnut Julie. J'en avais honte.

Le cœur de Cora se serra.

— Ça n'a rien de honteux, répondit-elle. Beaucoup de femmes sont stériles.

— Je le savais là, dit Julie en se tapotant le front. Mais mon cœur me disait autre chose. J'avais l'impression de trahir Jimmy. Et ce que tu vivais me terrorisait. Je n'arrêtais pas de me demander ce que je ferais si on enlevait Brian…

Cora pressa ses doigts. Ses propres émotions la débordaient tant, à cette période, qu'elle n'avait pas songé à celles des autres.

— Je suppose que c'est pour ça que tu as réagi aussi vivement quand j'ai pourchassé cette femme au centre commercial. Je ne t'en veux pas, s'empressa-t-elle d'ajouter. J'ai sûrement terrifié cette pauvre femme. Maintenant, je comprends pourquoi tu en as parlé à Drew.

Julie fronça les sourcils.

— Je n'en ai pas parlé à Drew.

— C'est vrai ? s'écria Cora.

Julie hocha la tête.

— Je suis rentrée chez moi, j'ai pleuré et j'ai bercé Brian pendant des heures. J'étais tellement triste pour toi ! Je voulais t'aider, mais je ne savais pas comment.

— Comment Drew l'a-t-il su si tu ne le lui as pas dit ?

— Je ne sais pas. Je n'en ai parlé qu'à Jimmy.

— À-t-il pu appeler Drew ?

— Non. Je lui ai fait promettre de ne pas le faire. Et il s'inquiétait surtout pour moi. Je ne dormais plus et je pleurais de plus en plus souvent. Il a insisté pour que je voie un psychiatre, et je l'ai fait.

— Tu as fait une thérapie ?

Julie acquiesça.

— J'aurais dû y aller dès que j'ai appris que je n'aurais pas d'autre enfant. Mon psychiatre m'a aidée à comprendre mes sentiments et à contrôler ma peur de perdre Brian.

— Je suis désolée, Julie, murmura Cora. J'aurais dû être là pour toi.

— Non, tu cherchais ton bébé, répondit Julie. Personne n'est à blâmer. C'était une situation horrible.

Et Drew l'avait aggravée en jetant les affaires d'Alice.

Mais comment Drew avait-il été informé de l'incident du centre commercial si ce n'était pas Julie qui lui en avait parlé ?

# 14

Jacob regarda par toutes les fenêtres.

Evie Hanson avait plié bagage.

Avec l'espoir qu'elle avait laissé quelque chose – n'importe quoi – derrière elle, il essaya d'ouvrir la porte de derrière. Quand il eut presque fait le tour de la maison, il trouva la fenêtre de la buanderie entrouverte et se glissa à l'intérieur. Il restait une machine à laver et un séchoir, dans lequel il trouva une petite chaussette rose.

Son cœur se serra.

La fillette à qui elle appartenait devait avoir à peu près le même âge qu'Alice.

Il la glissa dans sa poche avant d'aller fouiller la cuisine. Tous les placards et tiroirs étaient vides.

Jacob jura entre ses dents.

Le salon et le bureau avaient aussi été vidés. Par acquit de conscience, il passa la main sur le dessus de la bibliothèque et n'y trouva que de la poussière.

La première chambre ne contenait qu'un lit et une armoire vide.

Dans la salle de bains, il trouva des pansements colorés, une lime à ongles et une petite brosse à dents rose, qu'il s'empressa de ranger dans un sac pour la faire analyser.

Si on y trouvait l'ADN d'Alice, il ferait relever les empreintes dans la maison et se renseignerait sur les comptes bancaires d'Evie. Il devait aussi savoir si elle possédait ou louait cette maison.

La deuxième chambre était clairement celle d'un enfant.

Les murs lavande étaient plus colorés là où l'on en avait détaché des posters et des dessins. Tout au fond du placard, il trouva un livre d'enfant qui parlait d'une souris et d'un cookie.

Après l'avoir mis dans un autre sac, il trouva un petit carnet sur l'étagère du haut. Il contenait des dessins d'enfant.

Cora aimait dessiner. Cette fillette pouvait-elle être Alice ?

— Je vois que tu dessines, dit Julie. Tu travailles sur quelque chose de précis ?

Cora ferma son carnet. Si elle voulait renouer avec Julie, elle devait être honnête. Lucide, mais honnête.

— Ça te paraîtra peut-être étrange, mais j'ai fait des portraits de ce à quoi j'imaginais qu'Alice ressemblait au fil du temps.

Julie prit un air inquiet, puis lui sourit.

— Tu dois penser à elle tous les jours, répondit-elle. Je peux jeter un coup d'œil ?

— C'est un carnet vierge, répondit Cora en haussant les épaules. J'ai donné certains de mes dessins au shérif pour qu'il les transmette au FBI.

— C'est bien que tu puisses aider.

— Je ne sais pas si ce sera utile, admit Cora. Je me demande à quel point Alice a changé. Je ne suis même pas sûre que je la reconnaîtrais.

— Je pense que si, l'encouragea Julie.

— Le FBI s'est arrangé pour que son cas soit traité dans une émission sur des personnes disparues, ajouta Cora. J'espère que quelqu'un la reconnaîtra.

— Je l'espère aussi, répondit Julie en pressant ses doigts.

Cora sentit la colère et l'amertume qui l'avaient éloignée de son amie s'évanouir. Il était réconfortant de retrouver une compagnie féminine qui n'était pas sa psychiatre.

Brian accourut.

— On peut avoir une glace, s'il te plaît, maman ?

Julie lui ébouriffa les cheveux.

— Bien sûr, répondit-elle avant de se tourner vers Cora. Veux-tu nous accompagner ?

Cora hésita, mais il était temps qu'elle se comporte comme une amie. L'été lui paraîtrait peut-être moins long grâce à Julie.

Et elle penserait peut-être un peu moins à Jacob.

Il suffisait qu'elle lutte contre sa tentation de dévisager toutes les fillettes qu'elles croiseraient.

Elle ramassa ses affaires et accompagna Julie chez le glacier. L'excitation des garçons était contagieuse. Dès qu'ils entrèrent dans la boutique, ils entreprirent de compter les parfums.

Il leur fallut vingt minutes pour se décider. Julie et elle prirent un sorbet à la pêche – un goût partagé qu'elles avaient découvert le jour de leur rencontre. Ils s'installèrent en terrasse.

Tandis que les garçons léchaient leurs cônes, Cora vit Nina et Faye sortir de la librairie en se tenant la main. Cora se força à détourner les yeux.

Quand les garçons eurent fini leurs glaces, Julie leur tendit des mouchoirs pour qu'ils s'essuient la bouche.

— Il faut qu'on y aille, dit-elle en se levant. Je dois ramener l'ami de Brian chez lui. As-tu des projets ?

— Je dois récupérer une voiture de location, répondit Cora alors qu'il commençait à tomber quelques gouttes.

— Veux-tu que je te dépose ? proposa Julie.

— Oui, merci, répondit Cora en jetant les serviettes.

— Où vis-tu, maintenant ? demanda Julie quand ils furent tous montés dans son minivan.

— Dans la maison qu'on avait achetée avec Drew. Je m'y suis installée de manière permanente après le divorce.

Julie lui offrit un regard compatissant.

— Je suis désolée pour ton divorce, dit-elle. Ça a dû être très dur.

— Je m'en suis remise.

— Je n'arrive pas à croire que Drew et Hilary se soient mariés, murmura Julie. Je veux que tu saches que j'ai arrêté de les voir après ça. Ça me semblait… mal.

— Et je suis désolée que tu te sois retrouvée mêlée à tout ça, répondit sincèrement Cora.

Les questions de Jacob lui revinrent à l'esprit. Elle aussi avait été surprise par la relation de Drew et Hilary.

Hilary était passée lui annoncer leurs fiançailles. Elle avait dit qu'elle s'en voulait, mais que Cora n'avait pas voulu de son aide quand elle la lui avait proposée.

Drew et elle étaient tombés amoureux parce qu'elle l'avait consolé.

Cora se demanda une fois de plus si elle était responsable du divorce. Son angoisse avait peut-être poussé Drew dans les bras de Hilary.

Jacob feuilleta le carnet et trouva un dessin d'un berceau vide. Cela éveilla sa curiosité, mais il ne voulait pas tirer de conclusions hâtives.

Il enverrait ce carnet au labo avec le reste.

— Où es-tu, Evie ? murmura-t-il en retraversant la maison. As-tu la fille de Cora ?

Il sortit par la porte de derrière et repéra une voiture devant la maison voisine. Alors qu'il s'en approchait, il remarqua une couronne de fleurs sauvages sur la porte et une mangeoire à oiseaux devant la maison. Il y avait une balançoire et des buts de football dans le jardin.

Jacob frappa à la porte. Une minute plus tard, un garçon d'une dizaine d'années qui avait de la boue sur le visage lui ouvrit.

— Bonjour ! lui lança l'enfant avec un grand sourire.

Jacob lui rendit son sourire.

— Est-ce que je peux parler à ta mère ou à ton père ? demanda-t-il.

— Que fais-tu, Ridley ? cria une femme. Je t'ai déjà demandé de ne pas ouvrir aux inconnus !

Une femme d'une trentaine d'années apparut en s'essuyant les mains sur un torchon. Comme elle avait du chocolat au coin de la bouche, c'était peut-être aussi du chocolat qu'il y avait sur le visage de son fils.

— Mais c'est un policier, maman ! protesta Ridley. J'ai vu sa voiture dehors.

— Un policier ? répéta la femme.

— Oui. Je suis le shérif Maverick, se présenta Jacob. J'aimerais vous poser quelques questions.

— Si tu allais faire jouer Inez dans le jardin, Ridley ? suggéra la femme en tapotant l'épaule de son fils.

— Mais c'est un shérif ! insista l'enfant.

— Je sais. Je promets de te répéter tout ce qu'il me dira d'intéressant. Mais Inez va faire pipi sur la moquette si tu ne l'emmènes pas dehors.

— D'accord, soupira Ridley.

Jacob lui décocha un clin d'œil.

— Je sais où te trouver si j'ai besoin de toi, d'accord ? lui dit-il.

— D'accord, répondit l'enfant avant de courir vers la porte de derrière en appelant la chienne.

La mère entraîna Jacob dans la cuisine, d'où elle pouvait surveiller son fils, et l'invita à s'asseoir.

— Alors, que puis-je faire pour vous, shérif ? demanda-t-elle en s'asseyant en face de lui.

— Madame ?

— Owens, répondit-elle. Dayna. Mon mari tient la quincaillerie au bout de la rue.

— Très bien. J'irai droit au but : connaissiez-vous votre voisine ?

Elle hocha la tête.

— Je croisais Evie de temps en temps, mais on ne se fréquentait pas. Elle était très discrète.

— Et sa fille ? Comment s'appelle-t-elle ?

— Twyla, répondit Dayna. Elle est adorable. Elle a cinq ans et déborde de créativité. Il est arrivé que Ridley et elle jouent ensemble, mais Evie semblait toujours nerveuse. Pourquoi me posez-vous ces questions, shérif ? Est-il arrivé quelque chose à Evie ?

— Je ne sais pas, répondit Jacob en haussant les épaules. Je voulais l'interroger sur l'hôpital dans lequel elle travaillait il y a cinq ans, mais on dirait qu'elle a déménagé.

— C'est bizarre, commenta Dayna en posant les coudes sur la table.

— Et le père de Twyla ? demanda Jacob.

— Il est mort dans un accident d'hélicoptère en Afghanistan il y a trois ans.

— Evie vous a-t-elle semblé tendue, ces derniers temps ? Ou Twyla ?

— Non, mais on se parlait peu. J'ai vu qu'on lui livrait un berceau, le mois dernier. Quand je l'ai interrogée à ce sujet, il y a quelques jours, elle m'a dit qu'elle espérait adopter un petit garçon, mais que ça n'avait pas marché.

Jacob plissa les yeux.

— Elle espérait adopter un petit garçon ? répéta-t-il.

— Oui. Twyla aussi est adoptée. Je ne sais pas ce qui s'est passé, mais j'ai vu Evie empaqueter ses affaires le lendemain.

Elle jeta un coup d'œil à son fils par la fenêtre.

— Quel jour était-ce ? demanda Jacob.

— Samedi. Quand j'ai voulu lui demander ce qui se passait, elle s'est dépêchée de partir. Je pense qu'elle avait un problème, mais je ne sais pas lequel.

Jacob se mordit l'intérieur de la joue. Samedi.

C'était le lendemain du meurtre de Kurt Philips.

Cora remercia Julie quand elle la déposa chez le garagiste. Elles se promirent de se revoir dans la semaine.

Il se mit à pleuvoir pour de bon pendant que Cora rentrait chez elle.

Elle trouva un panier entouré d'un ruban mauve sur le pas de sa porte. Elle le ramassa et lut la carte :

*Un présent amical de Whistler Mountain Realty. Faye.*

Ce fut comme si le soleil avait percé les nuages. D'abord Julie, puis Faye.

Elle commença à espérer que sa vie s'améliore. S'il n'avait pas plu, elle aurait sûrement jardiné.

Elle ouvrit la porte. Comme la température avait baissé, elle se fit un café, qu'elle posa sur la table de la cuisine avec son carnet.

Alors elle examina le contenu du panier. Il y avait une bougie et des savons à la lavande, une boîte de chocolats et une autre qui contenait un assortiment de brownies et de cookies.

Elle prit un brownie pour accompagner son café et s'installa à la table. Elle commença un nouveau dessin d'Alice, en train de manger une glace.

Malheureusement, elle ne savait pas quel était le parfum préféré de sa fille.

Elle commença par dessiner le décor en grignotant le brownie.

Alors sa gorge gonfla subitement. Elle toussa et essaya de boire une gorgée, mais elle s'étouffa et recracha le café.

Mon Dieu ! songea-t-elle en se tenant la gorge. Elle faisait une réaction allergique. Il devait y avoir de la cacahuète dans le brownie.

La pièce se mit à tanguer. Elle se leva et tituba vers son sac. Son auto-injecteur se trouvait dedans.

Il suffisait qu'elle l'atteigne.

Sa vue se brouilla. Elle touchait presque son sac quand elle s'effondra.

# 15

Cora essaya de garder les yeux ouverts. Elle devait respirer et attraper son auto-injecteur, mais sa gorge s'était contractée.

La porte s'ouvrit brusquement.

— Cora ?

Était-ce Faye ?

Avait-elle oublié de verrouiller la porte et de mettre l'alarme en route quand…

Oui. Elle avait été distraite par le panier.

Elle entendit des pas et des voix de très loin.

La terreur la saisit. Elle ne voulait pas mourir. Elle ne retrouverait pas sa fille si elle mourait.

— Madame Reeves ?

Était-ce la voix de Nina ?

— Que se passe-t-il, Cora ? demanda Faye.

Cora essaya d'y voir quelque chose à travers le brouillard de son cerveau et tendit la main vers son sac.

— Auto…, dit-elle avant de s'étouffer.

Faye écarta ses cheveux de son visage.

— J'appelle le SAMU, annonça-t-elle.

Cora secoua la tête – elle essaya, du moins – et tendit encore la main.

— À l'aide, gémit-elle.

— Maman !

— Donne-moi mon téléphone, chérie ! ordonna Faye.

— Mais maman, regarde !

À travers son brouillard, Cora vit Nina approcher avec l'auto-injecteur.

Faye écarquilla les yeux et prit l'objet des mains de Nina.

— Vous avez besoin de ça ? demanda-t-elle à Cora.

Cora essaya d'acquiescer, mais les ténèbres s'épaississaient.

Faye déboucha l'injecteur et le lui planta dans la cuisse.

— Ça va aller ? demanda Nina en prenant la main de Cora dans les siennes.

— Respirez, Cora, dit Faye. Ça va passer.

La douleur diminua lentement, et la gorge de Cora dégonfla. Le front trempé de sueur, elle prit la main de Faye et cligna des yeux. Le monde cessa peu à peu de tanguer, et sa vue s'éclaircit.

Elle regarda Faye, puis Nina. Elles semblaient toutes les deux terrifiées.

— J'appelle une ambulance, dit Faye.

Cora secoua la tête.

— Non. Ça va mieux. Merci.

Le soulagement se peignit sur le visage de Faye.

— Vous m'avez fait peur, madame Reeves, dit Nina en se blottissant contre elle.

— Je suis désolée, chérie, murmura Cora.

— Pouvez-vous vous asseoir ? demanda Faye.

Cora n'en était pas sûre, mais l'inquiétude qu'elle lisait dans les yeux de Nina l'incita à acquiescer.

— Je vous aide, dit Faye en glissant les bras sous ses épaules.

Elle l'entraîna jusqu'au canapé, sur lequel Cora s'effondra pour se concentrer sur sa respiration. Quelques secondes plus tard, Faye lui posa un gant de toilette humide sur le front. Cela aida Cora à retrouver sa lucidité.

— Merci, Faye, dit-elle. Vous m'avez sauvé la vie.

— Je suis juste soulagée que vous alliez bien, répondit Faye en rougissant. Je ne savais pas que vous aviez une allergie.

— Aux cacahuètes, expliqua Cora. Il devait y en avoir dans les brownies du panier que vous m'avez envoyé.

— Moi aussi, je suis allergique aux cacahuètes, dit Nina. J'ai le même injecteur que vous.

Le cœur de Cora manqua un battement.

— C'est vrai ?

— Oui, répondit Nina. Maman a dû me piquer deux fois. Je déteste ça.

N'était-ce qu'une coïncidence que Nina et elle aient la même allergie alimentaire ?

Elle se rappela à l'ordre. L'allergie aux cacahuètes était très répandue – si répandue que la cantine de l'école avait pris des mesures.

— Un jour, j'ai oublié de le dire à une femme qui avait organisé une fête pour l'anniversaire de sa fille, dit Faye d'un air désolé. Elle a donné un muffin avec des cacahuètes à Nina.

— L'erreur est humaine, répondit Cora avec douceur. Mais que faites-vous là ?

— Nina a insisté pour que je m'arrête, dit Faye. De quel panier avez-vous parlé, tout à l'heure ?

— Le panier, répondit Cora en lui montrant l'objet resté sur la table. Il y a votre nom sur la carte.

Faye alla examiner le panier et fronça les sourcils.

— Je ne vous l'ai pas envoyé, Cora, dit-elle.

Alors qui ? se demanda Cora. Quelqu'un qui connaissait son allergie et avait essayé de la tuer ?

Jacob tendit les objets qu'il avait ramassés chez Evie Hanson à Liam. Ils ne pourraient sans doute pas s'en servir dans un procès parce qu'il était entré par effraction, mais il avait besoin de réponses et d'une piste, pour le moment.

— Peux-tu confier les tests ADN à ton laboratoire ? demanda-t-il à son frère. Je pense que tu auras les résultats plus vite.

— Bien sûr, répondit Liam en examinant le contenu des sacs. Tu penses que cette Twyla pourrait être Alice Reeves ?

Jacob haussa les épaules.

— Ça vaut la peine de creuser. Elle est adoptée, et Evie la surprotège, d'après la voisine.

— Ce n'est pas un crime de protéger son enfant, répondit Liam. Surtout de nos jours.

— Je suis d'accord, mais son déménagement soudain est suspect, insista Jacob. La voisine m'a aussi dit qu'Evie était sur le point d'adopter un petit garçon, mais que quelque chose avait mal tourné. Si l'adoption était illégale, elle a pu prendre peur et s'enfuir.

— Ne va pas trop vite, mais on enquêtera, promit Liam.

— J'ai demandé à Martin de faire des recherches sur Evie, reprit Jacob. J'aimerais aussi qu'on relève les empreintes dans la maison. Et si le travail d'Evie était une couverture qui lui permettait d'enlever des enfants ?

— Une fois encore : ne tirons pas de conclusions hâtives, répondit son frère. Mais je ferai aussi des recherches sur elle et je m'occupe des empreintes.

— Merci. Tu as du nouveau sur ton réseau de trafiquants ?

— Pas encore. Bientôt, j'espère.

Le téléphone de Jacob sonna. C'était Cora.

— Je prends cet appel, annonça-t-il à Liam. Préviens-moi si tu as une piste sur Evie.

Il sortit du bureau et décrocha.

— Cora ?

— Jacob… Il faut que je te parle.

Elle avait une voix bizarre.

— Que se passe-t-il ?

— Je crois qu'on vient d'essayer de m'empoisonner, répondit-elle.

Le sang de Jacob se glaça dans ses veines.

— Où es-tu ?

— Chez moi.

— Ne bouge pas, j'arrive, répondit-il en fonçant vers la sortie.

L'esprit affolé, Cora observait Faye. Elles avaient installé Nina à la table avec un livre de coloriages.

Faye semblait perdue et soutenait avec véhémence qu'elle n'avait pas envoyé le panier.

— L'un de vos collègues peut-il l'avoir fait en votre nom ? demanda Cora.

— Ça m'étonnerait, répondit Faye. Nous envoyons des cadeaux à nos clients potentiels. Vous n'avez pas l'intention de vendre, n'est-ce pas ?

Cora secoua la tête.

— Je ne comprends pas, murmura Faye en se massant les tempes.

— Avez-vous parlé de moi à quelqu'un qui pourrait vouloir me demander si j'ai l'intention de vendre ?

— Je n'ai parlé de vous à personne, Cora, dit Faye, les lèvres pincées.

Cora se rendit compte qu'elle l'avait mise sur la défensive.

— Je suis désolée de vous poser autant de questions, chuchota-t-elle pour que Nina ne l'entende pas, mais je pense que la personne qui a envoyé ce panier sait que j'ai une allergie et vient d'essayer de me tuer.

Faye écarquilla les yeux.

— Quoi ? Vous ne croyez quand même pas que c'est moi ?

Cora jeta un coup d'œil à Nina. Comment pouvait-elle croire Faye coupable alors qu'elle était venue avec sa fille et qu'elle lui avait sauvé la vie ?

— Non, je ne le crois pas, répondit calmement Cora.

Faye alla remplir deux verres d'eau, en tendit un à Cora et vida le sien d'une main tremblante. Alors elle s'effondra dans un fauteuil.

— Pourquoi croyez-vous qu'on veut vous tuer, Cora ? chuchota-t-elle.

Cora hésita… Mais comme Faye s'était confiée à elle, elle décida de lui parler de Kurt et de son accident.

— Et vous pensez que le meurtrier de votre détective privé vient d'essayer de vous empoisonner ? résuma Faye. Pourquoi, si le détective ne vous a livré aucune information ?

— Cette personne me croit peut-être près de trouver Alice.

— Mais essayer de vous tuer ne ferait qu'attirer l'attention sur elle…

— C'est vrai, admit Cora. Cette personne est peut-être désespérée.

On frappa à la porte.

— J'y vais, dit Faye en posant la main sur le bras de Cora. Reposez-vous.

Cora reconnut la voix de Jacob. Faye se présenta et le laissa entrer.

Cora vit un muscle se crisper dans la mâchoire de Jacob quand leurs regards se rencontrèrent.

Faye tapota l'épaule de sa fille.

— Viens, chérie. On s'en va.

Nina enlaça Cora.

— Ça ira, madame Reeves ? demanda-t-elle.

— Je vais bien, répondit Cora avant de prendre le visage de Nina entre ses mains. Grâce à toi.

— Vous voulez qu'on revienne vous voir un peu plus tard ? demanda Nina.

Cora en avait envie, mais Faye semblait nerveuse.

Jacob lui épargna de devoir répondre.

— Je prendrai soin de Mme Reeves, ne t'inquiète pas, dit-il à Nina.

— Tant mieux, parce que c'est la meilleure institutrice du monde ! répondit Nina.

— Désolée de t'avoir fait peur, dit Cora en la serrant une nouvelle fois dans ses bras. Tu as été très courageuse.

Faye prit la main de Nina.

— Viens, chérie. Cora a besoin de se reposer.

— Merci encore, Faye, lui dit Cora avec un grand sourire.

Faye hocha la tête.

— Je suis juste contente qu'on soit arrivées au bon moment.

— Aviez-vous une raison de venir me voir ? demanda Cora.

— On vous a vue dans le parc, et Nina a voulu qu'on passe vous dire bonjour, répondit Faye avec un sourire timide. Appelez-moi si vous avez besoin de quelque chose.

Cora en eut les larmes aux yeux. En une journée, Julie et Faye lui avaient fait prendre conscience qu'elle s'était coupée du monde.

Faye et elle deviendraient peut-être amies.

Mais elle se tourna vers Jacob, et la réalité la fit descendre de son nuage. Il était là parce qu'on essayait de la tuer.

Et on avait bien failli réussir une demi-heure plus tôt.

# 16

— As-tu besoin de voir un médecin ? s'inquiéta Jacob.

— Non, répondit Cora. Faye m'a fait une injection.

Jacob s'agenouilla près d'elle. Elle était pâle et transpirait.

— Allergie ? demanda-t-il.

— Oui, aux cacahuètes. Il devait y en avoir dans le brownie que j'ai mangé. Je ne me suis pas posé la question.

Il plissa les yeux et tourna la tête vers le panier.

— C'était devant ma porte quand je suis rentrée expliqua Cora. La carte dit que ça vient de Faye mais elle jure qu'elle ne l'a pas envoyé.

— Connaît-elle ton allergie ? demanda-t-il.

Cora but une gorgée d'eau avant de répondre :

— Je ne vois pas comment elle l'aurait su. On vient de se rencontrer.

— Qui est au courant ?

Elle se passa la main dans les cheveux.

— Certains de mes collègues. Et Drew et tous mes anciens amis, bien sûr.

— Cette Faye n'est-elle pas la femme qui s'est plainte à ton directeur ? demanda-t-il en croisant les bras.

— Si, mais on a mis les choses à plat.

— Que faisait-elle ici ? demanda-t-il avec méfiance.

— Elle voulait juste me dire bonjour.

— L'avait-elle déjà fait ?

Cora secoua la tête.

— Mais on vient juste de se rencontrer, comme je te l'ai dit. Je pense qu'elle s'en veut pour mon renvoi.

Jacob y réfléchit. Faye semblait tout à fait normale, quoiqu'un peu nerveuse.

— Elle avait l'air pressée de partir, fit-il remarquer.

— Je pense que la scène les a ébranlées.

— Sa fille a eu peur ? demanda-t-il.

L'expression de Cora s'adoucit.

— En fait, ça a été une vraie championne. C'est elle qui a trouvé l'auto-injecteur dans mon sac. Elle m'a sauvé la vie.

— Comment savait-elle de quoi tu avais besoin ?

— J'ai essayé de le leur dire et… Ah ! elle est allergique aux cacahuètes, elle aussi. Elle a dû reconnaître mes symptômes.

Jacob examina le panier, lut la carte, puis composa le numéro du fleuriste.

— Bonjour, ici le shérif Maverick. J'aimerais savoir qui a commandé un panier qui vient d'être livré à Cora Reeves, s'il vous plaît.

Il attendit que le fleuriste retrouve la commande.

— Cette commande a été faite par Internet, finit-il par répondre.

— Par ?

— Whistler Mountain Realty.

— Avez-vous un nom ?

— Non, monsieur.

— Comment la commande a-t-elle été réglée ?

— Par un compte PayPal. Y a-t-il un problème ?

— Peut-être.

Il avait besoin d'un mandat pour avoir accès au compte. À moins que Liam…

— Prévenez-moi si ce compte commande autre chose, s'il vous plaît.

— Bien sûr.

Il raccrocha, puis appela l'agence immobilière. Cora l'observait avec curiosité.

— Whistler Mountain Realty, Penny à votre service, répondit une jeune femme à la voix guillerette.

Jacob se présenta.

— Quelqu'un de votre agence a-t-il fait envoyer un panier à Cora Reeves ? demanda-t-il.

— Une seconde, je vérifie. Non, monsieur, répondit-elle après l'avoir mis en attente quelques instants. Nous n'avons rien envoyé à Mme Reeves. Étions-nous censés le faire ?

— Non, mais elle a reçu un panier avec la carte de votre agence.

— C'est étrange, dit Penny. Pourquoi se servirait-on de notre carte pour envoyer un cadeau ?

— Bonne question.

Il avait la ferme intention de trouver la réponse.

— Interrogez vos collègues, s'il vous plaît, et rappelez-moi si vous avez du nouveau, demanda-t-il.

Elle accepta. Jacob la remercia et raccrocha.

— Qui l'a envoyé ? demanda Cora.

— Je ne sais pas, répondit-il en prenant une photo du panier. Mais je l'expédie au labo et je demanderai à Liam d'enquêter sur la commande.

L'inquiétude de Jacob amplifiait celle de Cora. En même temps, l'épuisement lui rendait la concentration difficile.

Jacob s'assit à côté d'elle après avoir raccroché.

— Comment te sens-tu ? demanda-t-il.

— Fatiguée, mais ça ira.

— Dis-moi ce que tu as fait après avoir quitté mon bureau, demanda-t-il sur un ton professionnel.

Elle se massa le front et lui parla de Julie.

— Quand l'avais-tu vue pour la dernière fois ? demanda Jacob.

— C'était il y a plus de quatre ans, répondit Cora en luttant contre une vague de tristesse. Quand Drew et moi nous sommes séparés, je me suis installée ici, et il a gardé la maison de Charlotte. C'est ma faute si Julie et moi ne nous sommes pas parlé pendant tout ce temps.

— Rien de tout ça n'est ta faute, dit Jacob en lui caressant le bras.

— Mais je n'ai pas été une bonne amie pour elle. J'ai cru

qu'elle avait appelé Drew pour lui dire que j'étais folle parce que j'avais pourchassé une femme au centre commercial.

— Tu n'es pas folle aujourd'hui et tu ne l'étais pas à l'époque, répondit Jacob. La peur fait faire des choses étranges aux gens.

Cora sentit qu'il ne parlait pas que d'elle.

— Je sais que ton père te manque, lui dit-elle. J'ai perdu mes parents à vingt ans, mais à cause d'un accident de voiture. Ton père est mort dans l'incendie de l'hôpital. Je suis sûre que tu veux trouver le coupable.

— Ne pas savoir me ronge, reconnut Jacob d'une voix rauque. Mes frères et moi nous sommes juré que nous trouverions le coupable et le lui ferions payer.

— Vous êtes des hommes admirables, tes frères et toi, murmura-t-elle.

Jacob sourit.

— On essaye juste d'être à la hauteur de notre père.

— Il est mort en héros, dit-elle sans pouvoir s'empêcher de poser la main sur la joue de Jacob. Et tu es quelqu'un de bien. Tu as essayé de m'aider, il y a cinq ans, malgré ta propre tragédie, et tu m'aides aujourd'hui.

Du désir se mêla à la compassion de Cora. Jacob et ses frères étaient les hommes les plus beaux et les plus honorables de la région.

Elle s'était demandé pourquoi Jacob ne s'était pas marié.

Elle le comprenait, maintenant : il avait négligé sa propre vie pour protéger celle des autres.

Elle l'admirait et le désirait. Alors que Drew l'avait abandonnée quand elle avait le plus besoin de lui, Jacob était là. Il la protégeait et était aussi déterminé qu'elle à découvrir la vérité.

Kurt était gentil. Il voulait l'aider et voulait plus qu'elle ne pouvait lui donner.

Parce qu'il n'avait pas réveillé sa libido comme Jacob le faisait.

Pour la première fois depuis des années, elle voulait sentir les baisers et les caresses d'un homme – de Jacob.

Elle voulait que sa tendresse la persuade qu'elle n'était pas seule et lui donne de l'espoir.

Étourdie par ses émotions, elle prit son visage entre ses mains et pressa les lèvres contre les siennes.

Jacob n'avait jamais rien éprouvé d'aussi sensuel et d'aussi doux que le baiser timide de Cora. Il aurait dû la repousser, mais la passion l'emporta sur la raison.

Il avait envie que cela dure éternellement.

Il avait d'abord voulu la réconforter, mais mieux il connaissait Cora, plus il admirait sa force et sa persévérance. Elle ne méritait pas de se reprocher de ne pas avoir su s'occuper d'une amie alors qu'elle souffrait horriblement.

La mère de Jacob avait été brisée par la mort de son père. Son cœur avait lâché. Jacob était convaincu qu'elle était morte de chagrin.

Il laissa courir la langue sur les lèvres de Cora, qui les entrouvrit. Elle laissa échapper un gémissement de plaisir qui l'affola.

Il en voulait plus. Il voulait caresser tout son corps et lui donner assez de plaisir pour chasser sa tristesse.

Il écarta une mèche de son visage, puis déposa une série de baisers sur sa gorge. Elle se cambra pour lui faciliter les choses.

Le souffle aussi court que le sien, elle l'attira contre lui et lui caressa le dos. Son érection fut instantanée. Il laissa courir les doigts sur sa gorge, mais on frappa à la porte alors qu'il atteignait l'un de ses seins.

Jacob tressaillit. Cora posa le front sur son torse, et ils restèrent immobiles quelques instants.

On frappa encore.

— J'y vais, dit Jacob avant de prendre le visage de Cora entre ses mains. Ça va ?

— Je suis désolée, balbutia-t-elle.

Jacob retint un commentaire et alla ouvrir à son adjoint.

— Vous vouliez que j'emporte quelque chose au labo ? demanda Martin.

En allant chercher le panier, Jacob vit que Cora avait disparu dans sa chambre.

Il ne voulait pas qu'elle ait de regrets. Il voulait l'embrasser encore – et surtout qu'elle en ait envie.

Mais il savait que ce n'était pas juste.

— Quel est le problème avec ce panier ? demanda Martin.

Jacob lui parla de l'allergie de Cora et de la fausse carte.

— J'ai demandé à Liam de découvrir qui l'a envoyé, dit-il.

— Tu crois que quelqu'un la savait allergique ? demanda Martin.

— C'est possible – surtout après que quelqu'un lui a tiré dessus.

— À ce propos, la balistique a rendu son rapport.

Jacob haussa un sourcil.

— Et ?

— Et la balle que tu as trouvée dans la voiture de Mme Reeves a été tirée par la même arme que celle qui a tué Philips.

# 17

L'estomac de Jacob se noua.

— C'est donc l'assassin de Kurt qui veut tuer Cora.

— Les hommes de Griff ont retrouvé une clé dans les décombres, dit Martin. Maintenant, il faudrait savoir ce qu'elle ouvre.

— Avait-il un coffre, chez lui ou dans son bureau ?

— On n'en a pas trouvé.

— Et sa voiture ? demanda Jacob.

— On l'a retrouvée avec une vitre cassée. Celui qui a tué Philips a dû la fouiller.

— Cherche si Philips avait un coffre dans une banque, où il aurait pu cacher des documents.

— Très bien, répondit Martin avant d'emporter le panier.

Après son départ, Jacob entendit la douche. Il chassa de son esprit les images de Cora qui lui vinrent et reprit le contrôle de sa libido.

Il devait se concentrer sur l'enquête. La vie de Cora était en jeu. Ils pourraient peut-être se soucier du reste plus tard.

Il alla chercher son ordinateur dans sa voiture et entra dans la base de données de la police.

Si le panier avait été envoyé à Cora pour la tuer, c'était par quelqu'un qui connaissait son allergie.

C'était le cas de son ex-mari. Et Drew était assez intelligent pour créer un faux compte pour passer une commande chez un fleuriste.

Hilary, la femme de Drew, devait aussi savoir que Cora

était allergique. Tout comme son amie Julie. Mais Julie avait son propre enfant. Pourquoi aurait-elle enlevé celui de Cora ?

L'infirmière en pédiatrie pouvait avoir découvert l'allergie de Cora si elle avait fureté dans son dossier médical.

Comme Liam enquêtait sur Evie, Jacob se concentra sur Faye Fuller.

Elle avait sauvé la vie de Cora, mais elle pouvait très bien avoir envoyé le panier et changé d'avis à la dernière minute.

Il consulta la base de données. Faye n'avait jamais commis le moindre crime – pas même un excès de vitesse.

D'après Cora, elle avait peur de son ex. Il fit quelques recherches, mais ne trouva rien qui indiquait qu'elle ait jamais été mariée.

Il consulta les rapports de violences domestiques et n'y trouva aucune Faye Fuller.

Intéressant.

Il consulta ensuite le registre des adoptions. Et si elle n'avait pas obtenu Nina légalement ?

Pendant que le logiciel tournait, il sortit un mouchoir de sa poche et enveloppa le verre dont Faye s'était servi. Il demanderait au labo de relever ses empreintes.

Si elle mentait à Cora, il voulait savoir pourquoi.

Cora se doucha en se sermonnant à propos du baiser. Elle n'avait jamais sauté sur un homme, mais elle n'avait pas pu s'en empêcher, cette fois.

Elle ne voyait plus Jacob seulement comme le shérif, mais aussi comme un ami. Un amant ?

*Tu n'as pas le temps d'avoir une vie sentimentale ! Ta fille a été enlevée, et on a tué l'homme qui la cherchait.*

Mais avoir frôlé la mort par deux fois lui avait fait comprendre qu'elle voulait vivre. Elle se coupait des autres depuis trop longtemps.

Elle avait trop souffert quand elle avait perdu Alice et Drew. Elle restait seule pour ne plus risquer de perdre personne.

Elle enfila un jean et un T-shirt, se brossa les cheveux et s'observa dans le miroir.

*Il est bon de s'attacher aux gens*, se dit-elle. *Tu mérites d'être aimée.*

Mais la peur la gagna. Jacob risquait sa vie tous les jours, ce qui signifiait que pourrait venir un soir où il ne rentrerait pas.

Elle devait garder ses distances. Ils trouveraient Alice, et elle construirait une nouvelle vie avec sa fille.

Jacob resterait concentré sur son travail. Elle lui souhaitait de trouver l'homme qui avait tué son père pour que ses frères et lui s'apaisent enfin.

Elle entendit des voix dans le salon. Jacob parlait-il à quelqu'un ? Elle sortit de sa chambre bien décidée à refréner sa libido.

Jacob avait allumé la télévision.

— Bienvenue dans notre émission spéciale sur des disparitions non résolues dans le Sud-Ouest, dit le présentateur. Nous commençons par une disparition qui s'est produite il y a cinq ans à Whistler, en Caroline du Nord.

La gorge de Cora se serra tandis qu'on diffusait des extraits des informations de l'époque. Le présentateur expliqua en détail l'incendie de l'hôpital et l'enlèvement d'Alice.

— Nous prions tous les spectateurs qui auraient des informations à ce sujet de nous appeler, dit le présentateur. À présent, nous allons vous montrer des dessins de ce à quoi Alice Reeves pourrait ressembler aujourd'hui.

Un mélange d'espoir et de tristesse envahit Cora. Et si elle s'était trompée ?

La fillette des dessins ressemblait un peu à Nina – et à d'autres élèves de l'école.

Saisie d'un vertige, Cora s'agrippa au bord de la table tandis que le numéro qu'il fallait appeler clignotait sur l'écran.

Elle était déjà passée par là. Il fallait que cela marche, cette fois.

Jacob voulait consoler Cora, mais il ne pouvait le faire qu'en retrouvant Alice.

Il appela Liam pour lui demander d'enquête sur l'adoption de Nina.

— Je m'en charge, répondit Liam. Et j'ai du nouveau sur Evie Hanson. Sa mère vit dans une maison de retraite à une quarantaine de kilomètres de Whistler. Je t'envoie l'adresse.

— Des informations sur cette adoption ? demanda Jacob.

— Tout ce qu'on a trouvé pour le moment, c'est qu'Evie Hanson a retiré environ dix mille dollars de son compte à l'époque où elle a adopté Twyla.

Pour payer une agence ou pour acheter un bébé illégalement ?

— Sais-tu dans quelles circonstances elle a adopté ?

— Pas encore, répondit Liam. Sa mère pourra peut-être nous éclairer un peu.

— Je vais la voir tout de suite, annonça Jacob.

Il n'y avait pas une minute à perdre. Evie pouvait être en fuite si elle avait adopté illégalement.

— Y a-t-il du nouveau ? demanda Cora quand il raccrocha.

Il lui expliqua qu'il allait voir la mère d'Evie.

— Je t'accompagne, répondit-elle.

Il ne put s'empêcher de regarder ses lèvres quelques instants et de repenser à leur baiser.

— Tu devrais peut-être te reposer, suggéra-t-il. Et n'oublie pas d'allumer le système d'alarme, cette fois.

— Je t'accompagne, insista Cora. Elle parlera peut-être plus facilement à une mère.

Elle avait raison.

Elle prit son sac, lui ses clés, et ils montèrent dans sa voiture. À l'approche du crépuscule, les branches des arbres agitées par le vent ressemblaient à de longs doigts crochus.

Cora se frotta les bras. Il suivit les indications de son GPS jusqu'à un petit groupe de maisons en banlieue de Shady Oak. Le maire avait accéléré la construction de cette résidence pour seniors quand il avait appris que son père avait la maladie de Parkinson. Un petit café, une boutique, un parc et un centre d'activité rendaient l'endroit plus vivant.

Le trajet se déroula dans un silence inconfortable.

Quand ils atteignirent la résidence, ils passèrent d'abord

devant le centre d'activité. Deux hommes à cheveux blancs jouaient aux échecs sur un vieux tonneau à whisky, et plusieurs femmes confectionnaient une couverture en patchwork sous le porche.

Une jeune femme se promenait dans le parc avec un vieil homme, et plusieurs résidents en fauteuils roulants étaient rassemblés près de la mare.

— On dirait que c'est une bonne résidence, commenta Cora alors qu'il se garait devant le cottage de la mère d'Evie.

— Elle a bonne réputation, répondit-il.

Ils montèrent sur le perron, où une petite femme à chignon gris tricotait dans un fauteuil à bascule.

— Madame Evans ? l'appela Jacob.

La femme posa son tricot et inclina la tête sur le côté. Il ne s'aperçut qu'à cet instant qu'elle était aveugle.

— Qui est là ? demanda-t-elle.

— Je suis le shérif Maverick, de Whistler, et je suis avec une amie qui s'appelle Cora Reeves.

— Qu'est-ce qui ne va pas ? demanda la femme. Est-il arrivé quelque chose à Evie ?

Jacob s'accroupit devant elle pour scruter son visage.

— Pourquoi pensez-vous qu'il puisse être arrivé quelque chose à votre fille ? demanda-t-il.

Adélaïde Evans posa la main sur sa bouche comme si elle s'était aperçue qu'elle avait commis une gaffe.

— L'instinct maternel, je suppose, répondit-elle. Et puis vous n'êtes jamais venu me voir, shérif. Il doit y avoir un problème. Alors où est ma fille ?

Jacob s'éclaircit la voix avant de répondre :

— C'est ce qu'on espérait que vous nous diriez.

— Je ne sais pas, répondit Mme Evans d'une voix tremblante. Et ça m'inquiète.

— Quand lui avez-vous parlé pour la dernière fois ? demanda Jacob.

— C'est le problème, dit Mme Evans. Elle devait me rendre visite aujourd'hui, mais elle n'est pas venue et ne m'a pas prévenue.

— Elle vous prévient quand elle manque une visite, d'habitude ?

— Oui. Evie est très fiable et elle sait que je me sens seule, ici.

Jacob jeta un coup d'œil à Cora.

— Avez-vous son numéro ? demanda-t-il.

La vieille dame acquiesça et sortit un téléphone de sa poche.

— Elle l'a programmé là-dedans quand j'ai perdu la vue, dit-elle.

Jacob prit le téléphone, et Cora s'assit près de la vieille dame.

— Elle m'inquiète, dit celle-ci. La dernière fois qu'elle m'a appelée, il y a deux jours, elle avait l'air affolée.

— Qu'est-ce qui l'affolait ? demanda Cora.

— Elle devait adopter un petit garçon, mais ça n'a pas marché.

— Vous a-t-elle dit pourquoi ?

— Non, mais elle était dévastée. Et elle semblait avoir peur de quelque chose.

Avait-elle peur parce que la police posait des questions sur son adoption ? se demanda Jacob.

# 18

— Je suis désolée, madame Evans, dit Cora.

— Appelez-moi Adélaïde, chérie. Plus personne ne m'appelle Mme Evans.

— Je vois bien que vous vous inquiétez pour votre fille et votre petite-fille, reprit Cora. Mais vous pouvez vous fier au shérif Maverick. C'est quelqu'un de bien. Il m'aide à retrouver ma fille.

— Comment vous appelez-vous, déjà ?

— Cora Reeves, répondit Cora.

— Mon Dieu ! s'écria Adélaïde en posant une main sur sa gorge. Vous êtes la femme dont j'ai entendu parler à la télé, n'est-ce pas ? Celle qui a une fille prénommée Alice ?

— Oui, madame, répondit Cora en lui tapotant la main. Je la cherche depuis longtemps.

Adélaïde inspira profondément.

— Je me souviens de votre histoire, dit-elle. Votre bébé a disparu à l'époque où Evie a découvert qu'elle était stérile. C'était une période terrible…

— C'est vrai, répondit Cora en jetant un coup d'œil à Jacob. J'ai accouché la nuit de l'incendie, et ma fille a été enlevée au milieu du chaos.

Adélaïde pressa ses doigts.

— Ma fille et moi avons beaucoup prié pour vous, dit-elle. Ma fille était si bouleversée qu'elle pleurait pour vous en permanence. Et puis un miracle s'est produit. Une femme qu'elle avait rencontrée dans un groupe de soutien lui a parlé d'une adoption. Evie était réticente, au début, parce qu'elle voulait son propre enfant, mais je l'ai convaincue que l'amour venait du cœur, pas des gènes.

La gorge de Cora se serra. Evie avait pleuré pour elle ?

— Evie a accepté l'idée de l'adoption et découvert que c'était vrai, poursuivit Adélaïde. Elle aime la petite Twyla autant que si elle l'avait portée pendant neuf mois.

Cora imagina une femme désespérée par sa stérilité à qui on proposait un bébé. Evie avait dû sauter sur l'occasion.

Mais ce bébé avait-il été enlevé ?

Jacob examina le téléphone de la vieille dame. Il n'y avait que deux numéros programmés : ceux d'Evie et de l'accueil de la résidence.

Il appela Evie, tomba sur son répondeur et laissa un message. Il appela ensuite l'accueil et se présenta à la réceptionniste.

— Je suis avec Adélaïde Evans, dit-il. Elle s'inquiète parce que sa fille a manqué une visite. Auriez-vous eu des nouvelles d'Evie, par hasard ?

— Pas aujourd'hui, répondit la réceptionniste. Y a-t-il un problème ?

— C'est ce que j'essaye de découvrir, répliqua Jacob. Prévenez-moi si Evie vous appelle.

Il la remercia, raccrocha, puis appela Liam pour lui donner le numéro d'Evie. Il ne pouvait pas la déclarer disparue. C'était une adulte qui avait peut-être simplement oublié de prévenir sa mère.

Mais elle pouvait aussi être en fuite.

Il se rapprocha de Cora et de Mme Evans.

— Votre fille n'a pas répondu, dit-il à la vieille dame. J'ai laissé un message.

— Moi aussi, je lui en ai laissé un, dit Adélaïde. C'est pour ça que je m'inquiète. C'est une bonne fille. Elle me rappelle toujours.

— Vous avez dit qu'elle était sur le point d'adopter un enfant. Par l'intermédiaire d'une agence ou était-ce une adoption privée ?

— Tout ce que je sais, c'est qu'elle a eu affaire à un avocat, répondit la vieille dame en caressant son tricot.

— Vous ne connaîtriez pas son nom, par hasard ? demanda Jacob.

— Elle ne me l'a pas dit, répondit Adélaïde, de plus en plus agitée. Elle m'a juste dit qu'elle l'avait payé.

Cora lui tapota la main.

Adélaïde et Evie semblaient proches, songea Jacob. Il était étrange qu'Evie déménage sans prévenir sa mère.

— Parlez-moi de votre petite-fille, suggéra Cora.

— Elle est adorable, répondit Adélaïde. Elle m'apporte toujours des fleurs. Elle aime les œillets roses. Avant, j'aimais les lys, maintenant, je préfère les œillets.

— Quelle est sa date d'anniversaire ? demanda Cora.

— C'est amusant ! répondit Adélaïde avec un grand sourire. Elle est née le même jour que moi : le 8 juin. Evie et moi nous sommes dit que c'était un signe qui prouvait qu'elle était destinée à entrer dans la famille.

Le cœur de Cora manqua un battement. Alice était née le 9 juin.

Evie avait-elle menti sur la date de naissance de sa fille ?

— Il y a une photo d'elle sur ma cheminée, dit Adélaïde. Evie l'a prise à notre dernier anniversaire. Je ne peux pas la regarder, bien sûr, mais Twyla a insisté pour qu'elle soit là.

— Je peux la regarder ? demanda Cora.

— Bien sûr ! répondit Adélaïde. J'adore montrer ma petite-fille.

Cora s'en voulut un peu. Adélaïde ne songeait pas qu'il pouvait y avoir un lien entre la disparition d'Alice et l'adoption de Twyla – et Cora ne voulait pas la perturber s'il n'y en avait pas.

— Je vais la chercher, intervint Jacob.

Il revint deux minutes plus tard avec une photographie encadrée.

Cora la lui prit d'une main tremblante et examina la petite fille qui tendait un bouquet à Adélaïde.

Elle avait des cheveux blonds ondulés, des yeux noisette et une fossette à la joue droite.

Était-ce Alice ?

Jacob regarda le doute se peindre sur le visage de Cora. Comment aurait-elle pu reconnaître sa fille avec certitude ?

Il prétendit avoir besoin d'aller aux toilettes pour retourner dans la maison. Il y avait d'autres photos sur la cheminée. L'une représentait Mme Evans plus jeune avec une fillette d'une dizaine d'années qui devait être Evie.

Sur l'autre, on voyait Evie et Twyla avec un homme qui devait être le mari. Jacob reconnut le décor. La photo avait été prise près du parc d'attractions Little Canoe.

Evie possédait-elle une cabane dans cette zone ?

Il fouilla les tiroirs du salon et de la cuisine dans l'espoir de dénicher une piste, mais il ne trouva que des ordonnances au nom de la mère d'Evie et des factures.

Il n'eut pas plus de succès dans la chambre. Quand il ressortit, Mme Evans racontait une histoire à Cora.

Il attendit poliment qu'elle ait fini avant de dire :

— J'ai remarqué une photo de votre fille à Little Canoe sur la cheminée. Possède-t-elle une cabane près du parc ?

Adélaïde arrêta de se balancer.

— Mon mari et elle en ont acheté une il y a longtemps, mais je ne sais pas si elle l'a gardée après la mort de Roy, répondit-elle.

— Connaissez-vous l'adresse ? demanda Jacob.

— Bien sûr ! dit Adélaïde en souriant. Je suis aveugle, mais j'ai une bonne mémoire.

Alors qu'elle lui fournissait l'adresse et des indications compliquées, il reçut un texto de Liam.

Evie Hanson a échangé sa voiture contre une voiture vert foncé. Le vendeur dit qu'elle était nerveuse et pressée. Elle partait vers le nord.

Jacob lui répondit :

Je pense qu'elle va à Little Canoe. Je suis en route.

Il fit signe à Cora qu'il était prêt à partir, puis se tourna vers Adélaïde.

— Je vais voir si votre fille est à Little Canoe, annonça-t-il.

— Je vous remercie, shérif, répondit la vieille dame en posant une main sur son cœur.

Jacob refoula sa mauvaise conscience. Il cherchait peut-être sa fille pour l'arrêter.

Mais il devait suivre toutes les pistes. Qu'Evie Hanson soit impliquée dans le meurtre de Philips ou qu'elle ait des ennuis, il devait la retrouver le plus vite possible.

Cora ne pensa qu'à Adélaïde sur la route de Little Canoe. C'était une vieille dame charmante et aimante.

Si Twyla était Alice, Cora ruinerait le bonheur de cette famille. Cela l'ennuyait plus qu'elle ne s'y attendait.

Mais elle devait découvrir la vérité. Si Twyla était Alice et si Evie l'avait adoptée sans savoir qu'elle avait été enlevée, elles trouveraient une manière de gérer la transition. Cora ne voulait sûrement pas faire du mal à sa propre fille en l'arrachant aux gens qu'elle aimait.

Ils approchèrent de Little Canoe, un ensemble de résidences construites autour d'un parc d'attractions. L'endroit jouissait d'une vue magnifique, et les activités de plein air attiraient des touristes toute l'année.

Les festivités organisées pour Noël étaient particulièrement réputées. Le sapin ne faisait jamais moins de quinze mètres de haut.

Cora avait rêvé d'amener sa fille visiter l'atelier du Père Noël et faire de la luge.

— C'est la cabane n° 6, finit par dire Jacob en lui montrant une habitation rustique entre les arbres.

Il y avait une voiture verte garée devant. Une lampe allumée au-dessus de la porte rendait la cabane accueillante.

Jacob se gara et balaya les environs du regard.

— Tout a l'air tranquille, dit-il. Espérons qu'Evie est là.

Cora s'approcha de la cabane sur des jambes tremblantes. Il y avait une couronne de feuilles accrochée à la porte.

À l'instant où Jacob frappa, une autre porte s'ouvrit, et une femme courut vers la voiture verte en entraînant une petite fille. La femme démarra aussitôt.

— Elle s'enfuit ! s'écria Jacob.

Ils coururent vers sa voiture. Quelques secondes plus tard, ils poursuivaient Evie Hanson.

# 19

Jacob alluma sa sirène en jurant.

— Il y a une enfant dans sa voiture ! s'écria Cora. Elle ne doit pas conduire aussi vite !

L'instinct protecteur de Cora aurait fait sourire Jacob s'il n'avait pas été si contrarié.

— Elle a peur de quelque chose, répondit-il avant de klaxonner pour demander à Evie de se ranger.

Quand ils atteignirent une route un peu plus large, Evie tourna brusquement à droite pour quitter la ville, mais Jacob resta dans son sillage, la sirène toujours hurlante.

Un kilomètre plus loin, il réussit à la forcer à s'arrêter sur le parking du restaurant local.

— Reste dans la voiture, ordonna-t-il à Cora.

— Mais je veux…

— Elle pourrait être armée, la coupa-t-il.

— Avec une enfant dans sa voiture ? s'écria Cora.

— Je n'en sais rien. Reste ici pour le moment.

Cora se frotta les bras et ne répondit rien.

Jacob s'approcha de la voiture verte. La fillette, bien attachée, serrait un ours en peluche.

Il frappa à la vitre du conducteur. Evie la baissa. Elle semblait terrifiée.

— Evie Hanson ? demanda-t-il.

Elle acquiesça.

— Je suis désolée si je roulais trop vite, dit-elle. Je ne me sens pas bien et je voudrais acheter des médicaments avant que la pharmacie ferme.

Il lui jeta un regard sceptique.

— Permis de conduire et carte grise, s'il vous plaît, répondit-il.

— Bien sûr.

Elle lui tendit son permis de conduire d'une main tremblante. Il lui fallut quelques secondes pour retrouver la carte grise dans la boîte à gants, mais tout était en ordre.

— Si vous me donnez une amende, je la payerai, dit-elle. Mais ma petite fille…

— … était dans votre voiture alors que vous conduisiez trop vite, la coupa Jacob. Vous devriez être plus prudente.

Une larme roula sur la joue d'Evie.

— Je sais. Ça ne se reproduira pas. Je peux y aller, maintenant ?

— J'ai bien peur que non, répondit Jacob. Pourquoi vous êtes-vous enfuie quand vous m'avez vu chez vous ?

— Comme je vous l'ai dit, je ne me sens pas très bien…

— Votre mère s'inquiète pour vous.

Elle se passa la main sur le visage.

— Est-ce de ça qu'il s'agit ? demanda-t-elle. Ma mère m'a-t-elle fait porter disparue ?

Jacob haussa les épaules.

— Je suis allé la voir parce que j'avais besoin de vous parler. Elle m'a dit que vous aviez manqué une visite et que vous n'aviez pas répondu à son appel.

— Elle s'inquiète beaucoup, à son âge, soupira Evie. Je l'appellerai pour la rassurer.

— Tant mieux, mais j'ai toujours besoin de vous parler. Votre fille a l'air effrayée. Si on allait dans le restaurant pour discuter devant une tasse de café ? Vous pourriez lui offrir une gourmandise.

Evie hocha la tête sans perdre son air inquiet. Il invita Cora à les rejoindre pendant qu'elle aidait sa fille à sortir de la voiture.

Evie écarquilla les yeux comme si elle reconnaissait Cora. Ils se dirigèrent vers le restaurant sans dire un mot. La peur d'Evie était palpable.

La peur que Cora lut sur le visage de Twyla lui brisa le cœur. Mais avait-elle peur parce que sa mère avait été arrêtée par un policier ou pour une autre raison ?

Elle avait envie de réconforter la fillette et prit bien soin de garder ses distances.

Des odeurs de viande grillée et de tarte aux pommes les enveloppèrent quand ils entrèrent dans le restaurant. Il y avait des bouquets de tournesols sur les tables.

— Veux-tu une glace, chérie ? demanda Evie à sa fille.

— À la fraise ! répondit Twyla.

— C'est d'accord, dit Evie.

— Il y a un petit parc pour enfants au fond, intervint Jacob. Twyla pourrait y jouer pendant qu'on discute.

Evie le regarda avec un air inquiet, puis posa la main sur l'épaule de sa fille.

— Va jouer pendant que je commande ta glace, lui dit-elle.

Twyla courut au fond du restaurant.

Evie s'installa sur la banquette la plus proche du parc. Cora et Jacob s'assirent en face d'elle.

Une serveuse vint prendre leur commande. Personne ne parla jusqu'à ce qu'elle disparaisse dans la cuisine.

— Je peux appeler ma mère tout de suite, si vous voulez, suggéra Evie. Et alors vous me laisserez partir ?

Jacob secoua la tête.

— Un homme est mort, madame Hanson. Et la fille de Cora Reeves a été enlevée il y a cinq ans. Je pense que vous pouvez être liée à ces événements.

— Je ne sais pas de quoi vous parlez, balbutia Evie.

— Connaissiez-vous un dénommé Kurt Philips ? demanda Jacob.

La serveuse arriva avec leurs cafés.

— Non, répondit Evie en agitant un sachet de sucre.

Cora comprit qu'elle mentait en la voyant baisser les yeux.

— C'était un détective privé qui cherchait la fille de Cora, poursuivit Jacob. Elle a été enlevée le jour de sa naissance à l'hôpital de Whistler. Il y a eu un terrible incendie qui a fait plusieurs victimes.

Evie sucra son café et le touilla vigoureusement.

— Je me souviens de l'incendie. Ça a été horrible.

— Vous travailliez à l'hôpital à cette période, n'est-ce pas ? demanda Jacob.

Evie fronça les sourcils.

— Oui, mais vous vous trompez si vous croyez que j'ai quelque chose à voir avec l'incendie. Je suis infirmière. Je sauve des vies.

— Mais vous aviez été renvoyée, lui rappela Jacob. Alors que faisiez-vous là ?

— Je… J'espérais qu'on me reprendrait.

— Je sais que vous êtes une infirmière pédiatrique et que vous avez adopté Twyla, dit Cora.

Evie écarquilla les yeux.

— Mon Dieu ! Vous croyez que j'ai enlevé votre bébé ?

— Je pense que Kurt a été tué parce qu'il avait trouvé une piste, répondit Cora.

— Je vous jure que je n'ai pas enlevé votre fille, Cora, dit Evie en se penchant vers elle. Je ne ferais jamais une chose pareille.

Cora jeta un coup d'œil à Twyla. Evie semblait sincère, mais elle était nerveuse. Et elle s'était enfuie.

Leur mentait-elle ?

Jacob s'éclaircit la voix.

— Philips vous a contactée, n'est-ce pas ? demanda-t-il.

— Il m'a laissé un message la semaine dernière, répondit Evie.

— L'avez-vous rappelé ?

Elle hocha la tête.

— Il m'a interrogée sur l'adoption de Twyla. J'ai pensé qu'il travaillait pour la mère biologique de Twyla, qui avait changé d'avis. Je lui ai dit que la mère avait renoncé à tous ses droits, que je pouvais le prouver.

— Sa mère ? répéta Cora.

— Comment avez-vous obtenu Twyla ? demanda Jacob.

Evie se raidit.

— C'est pour ça que vous êtes là ? Sa mère la veut ?

Jacob et Cora échangèrent un regard.

— Qui est sa mère ? demanda plus fermement Jacob.

— Elle s'appelle Delaney, répondit Evie. Elle avait quinze ans et était terrifiée quand je l'ai rencontrée à l'hôpital. Sa mère l'a encouragée à faire adopter son bébé.

— Êtes-vous passées par une agence ? demanda-t-il.

— Non, par un avocat. Mais tous les papiers sont en règle. Cela pouvait se vérifier.

— Comment s'appelle cet avocat ? demanda-t-il.

— Il s'appelle Pitts. Arnold Pitts, répondit Evie en se passant la main dans les cheveux. Maintenant répondez-moi : sa mère veut-elle la récupérer ?

— Je ne sais rien d'une Delaney, admit Jacob. Vous n'avez rien à craindre.

Sauf si Twyla était Alice, ce dont il commençait à douter.

Mais quelle piste avait mené Philips à Evie ?

— Si votre adoption est légitime et si vous n'avez rien à voir avec tout ça, pourquoi vous êtes-vous enfuie ? insista-t-il.

— Je ne me suis pas enfuie, balbutia-t-elle.

— Pourquoi avez-vous vidé votre maison ?

Evie regarda son café comme si elle avait envie de s'y cacher.

— Je voulais adopter un petit garçon, répondit-elle. Mais c'est tombé à l'eau à la dernière minute, et j'ai décidé de partir. Il n'y a rien de mal à ça.

— C'est vrai, intervint Cora. Pourquoi l'adoption a-t-elle échoué ?

— Un couple a eu l'enfant. Je ne sais pas qui ils sont.

— Êtes-vous passée par le même avocat que pour Twyla ? demanda-t-il.

— Non, par un avocat dont j'ai vu une publicité dans le journal.

— Une fois encore, pourquoi vous êtes-vous enfuie ? insista Jacob.

Evie laissa échapper un gémissement avant de répondre :

— Parce qu'on m'a demandé plus d'argent. Le couple a eu le bébé parce qu'il a payé le double de ce que je devais donner.

— Le bébé a été vendu au plus offrant ? s'écria Cora.

— C'est ce que j'ai pensé, répondit Evie. J'ai dit à l'avocat que ce n'était pas moral et que je le dénoncerais. Alors…

— Alors quoi ? l'encouragea Jacob.

— Alors il a dit que je le regretterais, que je perdrais Twyla si je parlais.

Le cœur de Jacob s'affola.

— Mon frère travaille pour le FBI et enquête sur un réseau d'enlèvements et d'adoptions, dit Jacob. Cet homme en fait peut-être partie.

Evie écarquilla les yeux.

— Vous croyez que ce petit garçon a été enlevé ?

— C'est possible, répondit Jacob en haussant les épaules. Même si l'enfant n'a pas été enlevé, il est évident que cet avocat organise des enchères.

— Je n'en reviens pas d'être tombée là-dedans, murmura Evie. J'ai perdu mon mari il y a quelques années. J'étais désespérée et… stupide.

— Vous n'êtes pas stupide, répondit Cora. Cet homme est un prédateur.

— Elle a raison, dit Jacob. Et il doit être arrêté.

— Mais je ne peux pas courir le risque de perdre Twyla, gémit Evie.

— Vous ne la perdrez pas si l'adoption est légale, lui assura-t-il. Mais vous devez nous aider. Cet homme enlève peut-être des enfants à leurs mères.

Cora ne comprenait pas qu'on puisse vendre des bébés comme des objets.

— Vous ne pouvez pas le laisser faire du mal à quelqu'un d'autre, dit-elle à Evie. Imaginez ce que vous ressentiriez si on vous prenait Twyla pour la vendre.

— Ça me briserait le cœur, reconnut Evie en soutenant son regard.

— Comme ça a brisé le mien, dit doucement Cora. Je ne survis que grâce à l'espoir de retrouver ma fille.

— Twyla n'est pas votre fille, s'empressa de dire Evie.

J'ai rencontré sa mère. J'étais là quand elle a accouché. Je peux vous donner son nom.

— Je vous crois, répondit Cora même si ce n'était pas tout à fait vrai.

— Je veux bien cette information, dit Jacob. Je la transmettrai à mon frère Liam, du FBI. Twyla et vous allez nous accompagner à Whistler, Evie. Mon frère voudra vous montrer des photos de ses suspects. Je vous promets que vous ne risquez rien.

Twyla accourut.

— Je peux avoir ma glace, maintenant, maman ? demanda-t-elle.

— Bien sûr, chérie, répondit Evie. Ensuite, nous ferons un petit voyage.

— Comment s'appelle l'avocat ? demanda Jacob.

— Tate Muldoon, murmura Evie.

— J'appelle Liam, annonça Jacob en se levant.

Cora signifia à la serveuse qu'elle pouvait apporter la glace de Twyla.

Pendant que la fillette la mangeait, Evie et Cora parlèrent de son école et de ses activités préférées. Il était évident qu'Evie aimait sa fille. Et elle avait bien besoin d'une amie si elle était en danger.

Mais elle méritait d'aller en prison si elle avait un lien avec un réseau.

Cora mobilisait toute sa volonté pour garder son calme. Sa fille avait-elle été victime de tels criminels ?

# 20

Jacob garda Evie, Twyla et Cora à l'œil pendant qu'il appelait Liam.

— Elle a peur que cet homme essaye d'enlever sa fille ou lui fasse du mal, expliqua-t-il à son frère. Elle prétend que l'adoption est légale. Il faudra le vérifier.

— Je m'en occupe, répondit Liam. Si cet avocat fait partie d'un réseau, ce sera un grand pas dans l'enquête.

— Même si ce n'est pas le cas, ses activités m'ont l'air de mériter qu'on s'y intéresse, répondit Jacob.

— Je suis d'accord. Penses-tu qu'Evie témoignera ?

— Seulement si elle est sûre que sa fille ne risque rien.

— Alors je les protégerai moi-même, déclara Liam.

— Veux-tu que je les emmène à Charlotte ?

— Non, j'ai de la place dans ma maison de Whistler.

C'était une bonne idée. Liam avait un système de sécurité, et il faudrait beaucoup d'audace pour s'en prendre à Evie sous le toit d'un agent du FBI. Et Liam s'assurerait que personne ne découvre où elle se trouvait.

— Très bien. Je les escorte jusque chez toi, conclut Jacob.

— Merci. Comment s'appelle l'avocat ?

— Tate Muldoon.

— Beau travail, Jacob.

— J'espère que ça nous mènera quelque part. Et s'il a quelque chose à voir avec l'enlèvement de la fille de Cora…

— Il le payera, promit Liam.

Jacob inspira profondément avant d'aller rejoindre Cora, Evie et Twyla alors que la fillette finissait sa glace.

L'enthousiasme enfantin de Twyla le fit sourire et lui fit prendre conscience de sa solitude.

Il était si obsédé par la recherche du meurtrier de son père qu'il n'avait pas songé à fonder une famille. Ses frères et lui ne fêtaient même pas Noël.

Il sentit son cœur se serrer quand il rencontra le regard de Cora. Il avait adoré l'embrasser et ne demandait qu'à recommencer.

— Tout va bien ? demanda Evie, le ramenant brusquement à la réalité.

— Oui, répondit-il. Tout est réglé. Je vous accompagne au domicile de mon frère.

Le regard inquiet d'Evie incita Jacob à se demander si elle cachait encore quelque chose.

Heureusement, Liam était un excellent agent. Si c'était le cas, il découvrirait quoi.

Cora monta dans la voiture d'Evie, et elles suivirent Jacob dans une atmosphère tendue. Seuls les bavardages de Twyla rendaient le trajet un peu supportable.

Pour calmer ses nerfs, Cora raconta des histoires à la fillette. Cela apaisa tout le monde, et elles finirent par chanter des chansons que Twyla avait apprises à l'école.

Les doigts d'Evie se crispèrent sur le volant dès qu'elles approchèrent de Whistler.

Cora posa la main sur son bras.

— Vous pouvez vous fier à Jacob et à son frère, lui assura-t-elle. Ce sont des gens bien.

Evie hocha timidement la tête.

— Je l'espère. Twyla est tout pour moi.

— Je vous comprends, répondit Cora, les larmes aux yeux.

Evie se gara derrière Jacob et ouvrit sa portière d'une main tremblante.

Liam les attendait devant la porte. Il serra la main de son frère.

Comme Evie semblait intimidée par la carrure de Liam, Cora lui chuchota à l'oreille :

— Vous n'avez rien à craindre de lui, je vous le jure.

Evie se détendit un peu.

La maison de Liam était un peu plus grande que celle de Jacob. La cheminée était immense et une terrasse courait sur tout l'arrière de la maison. Cora, qui avait entendu la rivière en sortant de la voiture, songea que la vue devait être magnifique.

— Votre fille et vous passerez la nuit ici, dit Liam à Evie après s'être présenté. Il y a deux chambres libres à l'étage. Avez-vous des bagages ?

— Dans la voiture, répondit Evie avec un sourire timide.

— Je vais les chercher, proposa Jacob.

— La journée a été longue, dit Evie. Ça vous ennuie si je couche Twyla tout de suite ?

— Bien sûr que non, répondit Liam. Les deux chambres sont reliées par une salle de bains, expliqua-t-il. Vous pouvez utiliser les deux ou en partager une, comme vous préférez.

Evie haussa un sourcil comme si la délicatesse de Liam la surprenait.

— Merci, répondit-elle.

Quand Jacob eut apporté les valises, Evie monta à l'étage avec Twyla en laissant Cora seule avec les frères Maverick.

Liam leur indiqua son ordinateur ouvert sur le comptoir.

— Nous avons fait des recherches sur Tate Muldoon, dit-il.

Cora et Jacob regardèrent la photo qu'il fit apparaître sur l'écran.

— Voici Muldoon avec une femme que nous suspectons d'appartenir à un réseau, dit Liam. Nous sommes au moins sûrs qu'ils se connaissent.

La photo avait été prise dans un aéroport. La femme tenait un bébé dont on ne voyait pas le visage et avait la tête baissée, sans doute pour éviter la caméra.

L'estomac de Cora se noua. Qui étaient les parents de ce bébé ?

Par réflexe, Jacob posa la main dans le dos de Cora pour la réconforter.

— Savez-vous depuis quand ce réseau est actif ? demanda-t-elle.

— Pas encore, répondit Liam.

— Ce ne sont peut-être pas ces gens qui ont enlevé Alice, lui rappela Jacob.

— Mais nous finirons par obtenir des réponses, dit Liam d'un ton encourageant.

Evie réapparut, l'air toujours inquiet.

— Comment va Twyla ? s'inquiéta Cora.

— Elle s'est endormie tout de suite, répondit Evie.

— Je suis sûr que vous êtes fatiguée, vous aussi, mais j'aimerais que vous regardiez cette photo, lui dit Liam.

Evie s'approcha de l'ordinateur.

— Est-ce l'avocat auquel vous avez eu affaire ? demanda Liam.

— C'est bien lui, murmura-t-elle. Mon Dieu ! Il vend vraiment des bébés, n'est-ce pas ?

Jacob hocha la tête.

— Aviez-vous pressenti que quelque chose n'allait pas ?

— Pas avant qu'il me demande davantage d'argent, répondit Evie.

— Comment êtes-vous entrée en contact avec lui ? demanda Liam.

Elle expliqua qu'elle avait vu une publicité.

— Je sais que c'est stupide, mais je l'ai trouvé charmant, la première fois qu'on s'est parlé. J'avais l'impression qu'il prenait plaisir à créer des familles.

— C'est un professionnel, dit Liam. Il sait exploiter les faiblesses des gens.

— J'ai été si bête ! soupira Evie en se massant les tempes.

— Mais non, dit Cora en enroulant un bras autour de ses épaules. Vous vouliez un enfant, et il est évident que vous avez beaucoup d'amour à offrir.

— Vous pouvez nous aider en témoignant contre cet homme quand nous l'aurons arrêté, dit Liam.

— Si ça ne fait pas courir de risques à Twyla, répondit Evie. Je ne peux pas la perdre.

— Vous êtes en sécurité, ici, lui assura Liam.

— Crois-tu ce réseau très étendu ? demanda Jacob à son frère.

— Oui, répondit Liam. Je pense qu'il est international. Les enfants sont d'autant plus difficiles à retrouver qu'ils sont vendus dans d'autres pays.

Dans ce cas, même l'aide de la télévision risquait de ne pas servir à grand-chose, songea Jacob.

— Il se fait tard, dit Liam à Evie. Allez donc vous coucher.

— Merci. Et je vous promets d'appeler ma mère.

Evie leur dit au revoir et remonta à l'étage. Liam raccompagna Cora et Jacob.

— Je pense qu'Evie ne nous a pas tout dit, confia Jacob à son frère tandis que Cora montait dans la voiture.

Liam haussa les épaules.

— Laissons-lui un peu de temps pour nous faire confiance, répondit-il. Je te promets de ne pas la laisser me filer entre les doigts. Prends soin de Cora, de ton côté.

Liam avait raison. Cora était encore en danger.

Cora fut hantée par les visages terrifiés d'Evie et de Twyla pendant tout le trajet. L'orage qui menaçait depuis quelques heures éclata.

Jacob se gara devant chez elle et lui tendit un parapluie. Ils coururent jusqu'à la porte en s'abritant dessous ensemble. Elle glissa sur une marche, mais il la retint par le bras.

Jacob balaya les environs du regard pendant qu'elle cherchait ses clés. Elle ouvrit la porte et désactiva le système d'alarme. Le fait qu'il y en ait un n'empêcha pas Jacob d'inspecter la maison.

— Tu n'as pas confiance dans le système ? s'étonna-t-elle quand il eut terminé.

Il haussa les épaules.

— Je ne veux pas courir le moindre risque, répondit-il. Si c'est ce réseau qui a essayé de te tuer, on a affaire à des professionnels.

Saisi d'un frisson, Cora posa son sac pour se frotter les bras.

— Je ne comprends pas qu'on puisse enlever et vendre des enfants, murmura-t-elle.

— Moi non plus, répondit Jacob. Mais je sais que les gens sont capables de tout.

Le désespoir la gagna.

— Si ce sont ces gens qui ont enlevé Alice, elle peut être n'importe où…

Jacob s'approcha et prit ses mains pour les poser sur son cœur.

— Je te jure que nous la retrouverons, Cora, dit-il. Ne perds pas espoir.

Son assurance aida Cora à croire que tout était possible, qu'il existait peut-être un avenir dans lequel elle serait heureuse avec Alice.

Elle plongea le regard dans celui de Jacob – un homme qui tenait parole et qui n'abandonnait jamais.

Un homme dont elle était en train de tomber amoureuse.

Les yeux brillant d'émotion, il porta ses mains à ses lèvres pour embrasser ses doigts. Elle en perdit le souffle.

Elle ne voulait pas être seule ce soir. Jacob inclina la tête sur le côté. Demandait-il sa permission ?

Elle prit son visage entre ses mains et se hissa sur la pointe des pieds.

Le désir l'enivra dès que leurs lèvres se rencontrèrent.

# 21

Jacob attendait cet instant depuis leur premier baiser. Un gémissement de Cora l'incita à l'embrasser plus passionnément. Il l'attira contre lui, puis l'entraîna vers le canapé.

Elle caressa ses jambes du bout du pied et commença à déboutonner sa chemise. La passion embrasa Jacob, mais il se força à plonger le regard dans le sien.

— On ne devrait pas faire ça, murmura-t-il.

— Pourquoi ? demanda-t-elle, le regard brûlant de désir. Nous sommes des adultes. J'ai envie de toi. N'as-tu pas envie de moi ?

Il l'attira contre lui pour le lui prouver.

— Tu le sais bien, mais je ne veux pas profiter de toi.

— Ce n'est pas le cas, répondit-elle. Je ne veux pas être seule ce soir.

— Tu en es sûre ?

Elle hocha la tête, puis l'entraîna dans sa chambre. Elle alluma une bougie sur la commode avant de se tourner vers lui avec un air timide.

— Ça fait longtemps pour moi, murmura-t-elle. Depuis le divorce.

Son aveu l'émut profondément.

— Je suis honoré que tu me choisisses, répondit-il.

— Tu es l'homme le plus merveilleux que j'aie jamais rencontré, dit-elle.

Le cœur de Jacob se gonfla… d'amour. Mais il était trop tôt pour songer à l'amour.

Il devait d'abord retrouver Alice.

Quand elle enroula les bras autour de son cou, il oublia toutes ses réticences. Il détacha son ceinturon, qu'il posa sur la table de nuit, puis retira sa chemise.

Il n'avait jamais lu autant de désir dans les yeux d'une femme.

Il l'embrassa encore avant de lui retirer son T-shirt pour découvrir un soutien-gorge en dentelle noire.

Il laissa échapper un grognement quand elle ouvrit sa braguette et lui rendit la monnaie de sa pièce. Il ne leur fallut que quelques secondes pour se débarrasser de leurs jeans.

Le slip en dentelle assorti au soutien-gorge et le sourire espiègle de Cora l'incitèrent à la pousser sur le lit.

Ils perdirent vite leurs dernières inhibitions. Il déposa une série de baisers dans son cou avant de dégrafer son soutien-gorge. Elle avait des seins magnifiques, faits pour être embrassés.

Elle lui griffa le dos quand il en suça l'une des pointes et la tourmenta jusqu'à ce qu'elle enroule les jambes autour de sa taille. Elle réussit à lui retirer son boxer, puis se débarrassa de sa culotte.

Le cœur affolé, il se plaça au-dessus d'elle.

Enivrée par ses sensations, Cora griffa le dos de Jacob. Il n'arrêta de l'embrasser que le temps de mettre un préservatif. Comme il était parti pour la torturer par de nouvelles caresses, elle prit son membre et le guida en elle.

Elle cria son nom quand il la pénétra. Tremblante d'excitation, elle enroula de nouveau les jambes autour de sa taille et l'incita à plus d'ardeur.

Elle cria son nom une deuxième fois en atteignant l'orgasme. Alors il enfouit le visage au creux de son cou et la rejoignit dans la jouissance.

Le souffle court, Cora savoura la sensation du corps nu de Jacob contre le sien. Elle ne voulait plus le lâcher. Elle voulait qu'ils fassent l'amour encore et encore.

Cette pensée l'effraya. Mais ne méritait-elle pas de connaître le plaisir ?

Jacob déposa un baiser sur son épaule avant d'aller jeter le préservatif dans la salle de bains.

Il lui manqua horriblement pendant quelques secondes, puis revint se glisser entre les draps et l'attira dans ses bras.

— C'était merveilleux, murmura-t-il. Ça va, toi ?

Elle se blottit contre lui. Ce qu'il lui inspirait n'était pas que physique. Elle l'admirait et voulait qu'il se passe quelque chose entre eux.

— J'avais oublié ce que ça faisait de ne pas se sentir seule, avoua-t-elle.

Il déposa un baiser sur son front.

— Tu n'es plus seule.

Elle ne pouvait pas lui faire de promesses et n'en attendait pas de lui, mais elle apprécia ses paroles et le fait qu'il soit dans son lit.

— Et toi ? demanda-t-elle. Comment se fait-il que tu sois encore célibataire ?

— Le travail.

— Je ne te crois pas, répondit-elle. Je suis sûre que des tas de femmes te font les yeux doux.

Jacob pouffa, puis plongea le regard dans le sien.

— Je n'avais pas encore rencontré la bonne, je suppose, murmura-t-il.

Le cœur de Cora manqua un battement. Elle croyait avoir rencontré la bonne personne quand elle avait épousé Drew, mais elle s'était trompée. Elle comprenait, maintenant, qu'ils n'étaient pas faits l'un pour l'autre.

Mais Jacob ? Était-il possible qu'il ne la voie pas seulement comme une femme qui avait besoin d'aide ?

Jacob était tiraillé par ses émotions. Il se rapprochait trop de Cora.

Ils avaient fait l'amour, et il n'aspirait qu'à recommencer. L'idée qu'il pourrait ne plus jamais la tenir dans ses bras le tétanisait.

Il oublia ses angoisses dès qu'elle l'embrassa. Cette fois,

ils prirent le temps d'explorer le corps de l'autre jusqu'à ce qu'elle se retrouve à cheval sur ses hanches.

Elle s'empala sur lui et se cambra quand il lui caressa les seins. La passion les emporta jusqu'à ce que le plaisir les terrasse.

Quand elle s'effondra sur lui, il roula sur le côté et se délecta de la sentir s'endormir dans ses bras. Le lendemain, il devrait reprendre son rôle de shérif. Ce soir, il avait la ferme intention d'apprécier tout ce qu'ils vivaient ensemble en oubliant le reste du monde.

Et le fait que la personne qui avait enlevé la fille de Cora l'avait peut-être vendue.

Il espéra qu'Evie divulgue un élément important qui les mènerait à une arrestation. Il devait bien y avoir quelqu'un qui sache où Alice se trouvait.

Il s'endormit et rêva qu'il rendait sa fille à Cora, mais il se réveilla quelques heures plus tard, l'esprit agité.

Il se leva et prit une douche. Il enroulait une serviette autour de sa taille quand son téléphone sonna. Il se dépêcha de le prendre sur la table de nuit et alla dans la salle de bains pour répondre.

— C'est Griff, dit son frère.

— Oui ?

— Je t'appelle à propos de l'ordinateur de Kurt Philips. Les analystes ont trouvé un dossier sur Faye Fuller.

Jacob se raidit.

— Et ?

— Elle n'a jamais été mariée, et Philips n'avait trouvé aucun document sur son adoption. Il la suspectait d'avoir acheté l'enfant.

— Avez-vous un nom d'avocat ? demanda Jacob.

— Non, rien. C'est comme si l'adoption n'avait pas eu lieu.

Peut-être parce qu'elle n'avait effectivement pas eu lieu. Cora trouvait la fille de Faye familière. Elle avait été renvoyée parce qu'elle lui avait posé des questions. Faye n'était pas loin quand Cora avait failli mourir.

— Je l'interrogerai, dit Jacob.

Il jeta un coup d'œil dans la chambre. Cora, qui s'était

réveillée, le regarda avec curiosité. Il eut aussitôt envie de lui faire l'amour.

Son frère le ramena à la réalité.

— Jacob ?

— Oui. Du nouveau sur la clé ?

— Non.

— Très bien. Tiens-moi au courant.

— Que se passe-t-il ? demanda Cora quand il eut raccroché.

— On vient de trouver un dossier sur Faye Fuller dans l'ordinateur de Philips, expliqua-t-il.

Cora écarquilla les yeux.

— Et ?

— Et il semblerait qu'il n'y ait aucune trace de son adoption.

— Elle m'a menti ?

— Elle peut avoir une bonne raison de le faire, mais je vais l'interroger, annonça-t-il.

— Je t'accompagne, répondit-elle avant de filer sous la douche.

Il mourut d'envie de la rejoindre, mais ce n'était pas le moment.

Il alla chercher des vêtements de rechange dans sa voiture, les enfila, puis prépara du café et des œufs brouillés.

— Je n'ai pas faim, protesta Cora quand elle le rejoignit.

— Mange quand même, répondit-il. Il est très tôt. Faye et sa fille ne sont sans doute pas réveillées.

Elle accepta sans enthousiasme, mais lui sourit quand il la servit.

— Et tu cuisines ? plaisanta-t-elle. Y a-t-il une chose que tu ne saches pas faire, Jacob Maverick ?

— Merci, répondit-il en se sentant rougir.

Impatients d'interroger Faye, ils mangèrent vite et en silence. Silence qui se prolongea sur le trajet. Cora fronça les sourcils quand il se gara devant la maison des Fuller.

— Je ne vois pas la voiture de Faye, dit-elle.

Jacob eut un mauvais pressentiment. Ils bondirent hors de la voiture, et Cora regarda à travers une fenêtre pendant qu'il sonnait.

— Je ne vois personne, dit-elle d'une voix anxieuse.

Jacob tourna la poignée, et la porte s'ouvrit. Il fit signe à Cora de rester derrière lui et entra prudemment. La maison était en ordre – trop : il ne traînait aucun objet nulle part.

Cora courut dans les chambres pour ouvrir les placards. Elle lui jeta un regard paniqué quand il la rejoignit.

— Elles sont parties, Jacob, balbutia-t-elle.

# 22

La terreur saisit Cora. Pourquoi Faye était-elle partie comme ça ?

— Crois-tu que son ex-mari l'ait retrouvée ? demanda-t-elle à Jacob.

— D'après ce que nous savons, Faye n'a jamais été mariée, répondit-il.

— Quoi ? s'écria Cora.

Jacob prit son visage entre ses mains.

— Je pense qu'elle t'a menti sur tout, dit-il. Nous n'avons trouvé ni mari ni traces de l'adoption.

— Il n'y a pas de traces… parce qu'elle n'a pas obtenu Nina légalement ? demanda-t-elle, gagnée par la nausée.

— C'est la conclusion logique, répondit Jacob.

Cora repensa à la manière dont Nina mangeait ses muffins, à ses dessins, à son allergie aux cacahuètes… Nina lui semblait familière depuis le début.

Mais Faye avait été si convaincante… Au point que Cora avait cru qu'elles devenaient amies.

— Je l'ai plainte et je lui ai promis de garder son secret… Et elle m'a menti ? Crois-tu qu'elle a enlevé ma fille ? Que Nina soit Alice ?

— On n'est sûrs de rien, répondit Jacob. Même si elle n'a pas obtenu sa fille légalement, ce n'est peut-être pas Alice.

Cora avait été déçue tant de fois qu'elle n'osa pas espérer.

— Que faisons-nous, maintenant ? demanda-t-elle.

— Je vais essayer de collecter de l'ADN ou des empreintes dans la maison pour les envoyer au labo, au cas où Faye

Fuller serait un faux nom, dit Jacob avant de tirer son téléphone de sa poche. Et je demande à Liam de chercher Faye.

— Comment puis-je t'aider ?

— Que conduit Faye ?

— Un minivan gris.

— Tu ne connaîtrais pas le numéro d'immatriculation, par hasard ?

Elle secoua la tête.

— Je n'y prête jamais attention.

— Ce n'est pas grave. Nous la retrouverons. Elle ne peut pas être bien loin.

— Où a-t-elle pu aller ? gémit-elle.

— Je ne sais pas. Nous trouverons peut-être un indice dans la maison.

Jacob lui tendit une paire de gants.

— Mets ça et cherche tout ce qui pourrait nous fournir de l'ADN. Même un cheveu peut nous être utile.

Elle enfila les gants et inspecta la cuisine pendant que Jacob appelait son frère. Malheureusement, tous les couverts étaient parfaitement propres.

*Tout* était parfaitement propre. Faye semblait avoir fait le ménage avant de partir.

Cora inspecta ensuite la salle de bains. Il n'y avait rien dans le lavabo. L'armoire à pharmacie et tous les tiroirs étaient vides. L'odeur de pin qui flottait dans l'air indiquait que Faye avait aussi nettoyé cette pièce.

— As-tu trouvé quelque chose ? demanda Jacob en passant la tête par l'embrasure de la porte.

— Non. On dirait qu'elle a tout nettoyé avant de partir. Je vais inspecter la chambre de Nina.

— Je m'occupe de celle de Faye, répondit Jacob. De mon côté, j'ai quand même trouvé quelques empreintes sur des poignées de portes. Les gens oublient souvent de les nettoyer.

Cora examina la chambre de Nina, dont les placards et la commode étaient vides. Son cœur manqua un battement quand elle trouva un carnet dans le petit bureau. Nina y avait dessiné sa mère et différentes maisons – sans doute celles où sa mère et elle avaient vécu avant d'arriver à Whistler.

Faye avait prétendu qu'elle fuyait son ex-mari. Elle avait peut-être reçu de l'aide. Il était possible d'obtenir une nouvelle identité dans certaines conditions.

Ou bien… Faye fuyait-elle la police ?

Après avoir rangé les empreintes qu'il avait relevées, Jacob fouilla la chambre de Faye. Il n'avait rien trouvé dans la salle de bains attenante.

Faye n'avait rien oublié, ce qui rendait son comportement très suspect. Avait-elle Alice ? Où était-elle partie ?

Il s'agenouilla pour éclairer sous le lit. Son cœur manqua un battement quand il repéra quelque chose de rouge. Il tendit le bras et attrapa une capuche en caoutchouc. Il y avait un cheveu à l'intérieur. Jacob emballa la capuche en priant pour que le cheveu appartienne à Faye ou à Nina.

Il retrouva Cora dans la chambre de Nina. Elle regardait quelque chose avec un air triste.

— Qu'as-tu trouvé ? lui demanda-t-il.

— Nina a fait ces dessins, répondit Cora en lui montrant un carnet. Elle a dessiné six ou sept maisons dans lesquelles elles ont vécu.

— Les enfants savent s'adapter, répondit-il en lui pressant le bras.

— Je sais, mais je veux donner une vie stable à Nina si elle est ma fille.

Il inspira profondément avant de répondre :

— Commençons par trouver Faye.

Cora releva le menton. Elle ne se laisserait pas abattre.

Il avait envie de régler tous ses problèmes, mais que se passerait-il s'il échouait ?

— À-t-elle écrit ou dessiné quelque chose qui nous aiderait à deviner où elles sont parties ? demanda-t-il.

— Je ne vois aucun dessin qui concerne l'avenir, sauf un chiot sous un sapin, répondit Cora. Elle doit espérer avoir un chien pour Noël.

— T'a-t-elle parlé d'un endroit qu'elle aimerait visiter ?

— Pas que je m'en souvienne, répondit Cora en se massant les tempes.

Jacob se tapota la cuisse. Il ne voulait pas laisser Cora seule, mais voulait poursuivre l'enquête sans l'impliquer davantage.

— Je te dépose chez toi avant d'emporter ce que j'ai trouvé au labo, lui dit-il.

— Que ce soit Alice ou non, Nina mérite une vie plus stable, murmura Cora.

Jacob déposa Cora chez elle dix minutes plus tard.

— Ferme bien la porte et active le système de sécurité, lui ordonna Jacob.

Elle déglutit. Elle avait pris l'habitude qu'il soit là pour la protéger… mais elle voulait qu'il retrouve Alice.

— Tiens-moi au courant, dit-elle.

— Bien sûr, répondit-il en écartant une mèche de son visage. Tiens bon, Cora.

Elle tenait bon depuis cinq ans. Que pouvait-elle faire d'autre ? S'effondrer n'était pas une option.

Quand Jacob s'en alla, elle envisagea d'appeler Julie, mais elle était trop nerveuse pour avoir de la compagnie. Elle emporta le carnet de Nina dans son bureau, le feuilleta une fois de plus et commença une nouvelle lettre.

*Chère Alice,*

*C'est une belle journée d'été. Je nous imagine en train de cueillir des fleurs au bord de la rivière.*

Elle jeta un coup d'œil par la fenêtre et songea à construire une cabane dans un arbre pour sa fille. Son père lui en avait construit une quand elle était petite. Elle y avait passé des heures à dessiner et à rêvasser.

La question de sa psychiatre lui revint à l'esprit. Que ferait-elle si elle trouvait Alice heureuse ? Mais si Alice ne l'était pas ?

Elle se remit à écrire.

*J'ai l'impression d'être sur le point de te trouver. Je t'aime tant que je n'arrêterai jamais de te chercher.*

On frappa à la porte. Cora s'en approcha prudemment.

— Qui est-ce ? demanda-t-elle.

— C'est moi, Faye.

Cora s'empressa d'ouvrir.

Faye s'engouffra dans la maison, les joues inondées de larmes.

— Je suis désolée, Cora… Je ne savais pas où aller.

Cora ferma la porte et croisa les bras.

— Que se passe-t-il ? demanda-t-elle. J'arrive de chez vous. Je sais que vous avez tout vidé.

— J'étais terrifiée, répondit Faye. Je ne savais pas quoi faire, alors je me suis encore enfuie.

— De quoi avez-vous peur ? demanda Cora. Et ne me mentez pas, cette fois. Je sais que vous n'êtes pas mariée.

Faye recula comme si elle l'avait frappée. S'était-elle trompée ? se demanda Cora. Faye avait-elle changé d'identité à cause d'un mari violent ?

— M'avez-vous menti, Faye ? insista-t-elle.

Faye hocha la tête.

— Je suis désolée. Je ne voulais pas vous faire de mal.

Cora eut envie de hurler, mais elle devait rester calme pour obtenir les confidences de Faye.

— Asseyez-vous et racontez-moi tout, lui proposa-t-elle.

Elle l'entraîna jusqu'au canapé et lui tendit un verre d'eau, que Faye prit d'une main tremblante.

— Existe-t-il un ex-mari violent ? demanda Cora.

Faye secoua la tête.

— J'ai inventé cette histoire parce que vous posiez des questions sur l'adoption de Nina et que j'ai pris peur.

— Ça vous a fait peur parce que l'adoption n'est pas légale ?

— Je croyais qu'elle l'était, balbutia Faye.

— Qu'est-ce que ça veut dire ?

Faye ferma les yeux et soupira.

— J'étais désemparée à cause de ma dernière fausse couche,

expliqua-t-elle. Une femme est venue me voir quelques jours après l'incendie de l'hôpital. Elle m'a dit qu'elle savait que j'avais perdu un bébé et qu'elle connaissait une petite fille qui avait besoin d'un foyer. Elle m'a dit que la mère était morte en couches et que le père l'avait payée pour la faire adopter parce qu'elle lui rappelait trop sa femme.

Cora écarquilla les yeux. Était-ce Alice ?

— Et vous l'avez crue ? s'écria-t-elle.

Faye acquiesça.

— Elle avait déjà préparé les papiers d'adoption. Je n'ai eu qu'à les signer pour avoir le bébé.

Le cœur de Cora s'affola. Drew s'inquiétait pour sa carrière, mais quand même pas au point de payer quelqu'un pour le débarrasser d'Alice ?

— Où est Nina ? demanda-t-elle.

Faye laissa échapper un sanglot.

— C'est bien le problème. Je ne sais pas.

— Que voulez-vous dire ? s'écria Cora en luttant difficilement contre la panique.

— Hier soir, quelqu'un m'a appelée pour me dire que je le regretterais si je parlais de l'adoption. J'ai vidé la maison ce matin et j'ai dit à Nina qu'on partait en voyage.

Elle essuya ses larmes avant d'ajouter :

— Quelqu'un m'a fait sortir de la route alors que je quittais la ville. Je suis tombée dans le fossé et je me suis évanouie. Quand je suis revenue à moi, Nina avait disparu.

# 23

Jacob demanda à Liam de passer à son bureau et lui remit ce qu'il avait trouvé dans la maison de Faye.

— Comment vont Evie et la petite ? demanda-t-il.

— Bien, répondit Liam. Evie regarde des photos de nos suspects avec un de mes hommes.

Jacob lui expliqua que Faye s'était envolée.

— Demande à Evie si elle la connaît, dit Jacob. Comme elles ont toutes les deux des problèmes de fertilité, elles ont pu se rencontrer dans un groupe de soutien.

Il en doutait, mais ne voulait rien négliger.

— C'est promis, répondit son frère.

Liam reçut un texto et y répondit.

— Mon analyste a récupéré le dossier de Philips sur Drew Westbrook et sa femme, dit-il. Philips avait l'intention de l'interroger le lendemain de sa mort.

Jacob n'avait jamais aimé l'ex-mari de Cora. Comment un homme pouvait-il abandonner sa femme alors qu'elle pleurait l'enfant qu'on leur avait volé ?

Le sang de Jacob se mit à bouillir dans ses veines. Si Drew Westbrook avait orchestré l'enlèvement de sa fille, c'était un vrai monstre.

— Je vais l'interroger – et il ferait bien de parler, cette fois.

Une fois dans sa voiture, Jacob appela Cora et tomba sur le répondeur.

La peur le gagna. Il ne se le pardonnerait jamais s'il lui arrivait quelque chose…

Deux minutes plus tard, elle lui envoya un texto pour lui dire qu'elle l'appellerait bientôt.

Il soupira de soulagement.

— Qui vous a donné Nina ? demanda Cora d'une voix tendue.

— Elle s'appelait Valerie et m'a dit qu'elle travaillait pour l'avocat qui avait rédigé les papiers d'adoption.

— Et vous l'avez crue ? demanda encore Cora.

— Je sais que c'était stupide, répondit Faye. Mais j'avais tellement envie d'avoir un enfant que je ne me suis pas posé de questions.

— Pourquoi est-ce à vous qu'elle a proposé Nina ? La connaissiez-vous ?

Faye se massa les tempes.

— Je l'ai rencontrée dans la salle d'attente de ma psychiatre après ma dernière fausse couche.

— C'est vous qui lui avez dit que vous aviez perdu un bébé ?

— Oui. Je lui ai tout raconté, balbutia Faye. Elle avait l'air si… gentille.

— Comment s'appelait l'avocat ? demanda Cora entre ses dents.

Faye se passa la main sur le visage.

— Je ne sais plus. Mes souvenirs sont flous.

— Réfléchissez ! s'écria Cora. C'est important !

— Je suis désolée, répondit Faye d'une voix tremblante. Je sais que j'ai eu tort de la croire. Je ne savais pas qu'elle avait enlevé Nina.

Un frisson parcourut Cora.

— Nina est-elle ma fille ?

— Je n'en suis pas sûre, mais je le crois, murmura Faye.

Le cœur de Cora manqua un battement. Avait-elle enfin retrouvé Alice ?

— Je m'en suis doutée quand j'ai vu vos dessins et que j'ai découvert que vous aviez la même allergie, reprit Faye. Alors les appels ont commencé.

— Quels appels ?

— Ceux de la femme. Pour me dire que je le regretterais si je parlais.

Cora déglutit péniblement.

— Je pense qu'elle vous a envoyé le panier et qu'elle a tué votre détective privé parce qu'il avait découvert quelque chose sur elle, poursuivit Faye.

— Mon Dieu ! murmura Cora. Et elle a enlevé Nina ?

— Je crois, répondit Faye entre deux sanglots.

— Pouvez-vous la contacter ? demanda Cora.

— Non. Elle appelle avec un numéro masqué.

— Savez-vous où elle a pu emmener Nina ?

— Je n'en ai aucune idée, gémit Faye.

— On doit appeler Jacob. Son frère travaille au FBI. Ils peuvent lancer un mandat et…

— Non ! s'écria Faye. Elle pourrait faire du mal à Nina.

— Et elle peut l'emmener dans un endroit où on ne la retrouvera jamais si on ne fait rien !

Faye finit par accepter. Cora appela Jacob, qui décrocha à la troisième sonnerie.

— Cora ?

— Je crois que Nina Fuller est Alice, dit-elle. Faye est avec moi.

— Une minute ! s'écria Jacob. Est-ce Faye qui t'a dit que Nina était ta fille ?

Cora lui rapporta ce qu'elle venait d'apprendre.

— Faye pense que cette femme a tué Kurt, essayé de me tuer et enlevé Nina. Tu dois la retrouver, Jacob. Elle a l'air dangereuse.

— Dis-moi tout ce que tu sais.

— Elle a dit s'appeler Valerie. Faye ne se souvient pas du nom de l'avocat pour lequel elle travaillait.

— Faye a-t-elle conservé les papiers de l'adoption ? demanda Jacob. Le nom de l'avocat doit y figurer.

Cora posa la question à Faye.

— Je les ai placés dans mon coffre, à la banque, répondit-elle.

— Alors nous allons les chercher, déclara Cora en sentant son espoir renaître.

Elle transmit l'information à Jacob.

— Je te rappellerai quand on aura le nom de l'avocat, lui dit-elle.

— Très bien, répondit Jacob. Je demande à Liam de lancer un mandat de recherche.

— Jacob… Cette femme a dit à Faye que la mère du bébé était morte et que son père l'avait payée pour la donner. Et si l'avocat en question…

— … était Drew ? acheva-t-il à sa place. Je suis presque chez lui. S'il est impliqué, il parlera, cette fois.

Cora raccrocha la gorge serrée. Elle ne pouvait pas croire que l'homme qu'elle avait épousé avait vendu leur enfant… Mais il devait le payer s'il l'avait fait.

Cora observa Faye, qui était désespérée parce qu'elle aimait Nina.

Elle lui avait menti, mais elle était là, à présent. Elle était venue lui demander son aide pour retrouver sa fille – pour qu'elles retrouvent *leur* fille.

Cora s'ordonna de reprendre le contrôle de ses émotions. Faye et elle auraient beaucoup de problèmes à résoudre…

Mais elles devaient d'abord trouver Alice.

Jacob fonça vers la maison des Westbrook. Il appela Liam pour lui expliquer la situation et lui demander de lancer un mandat de recherche sur Nina.

— Si ce salaud y est pour quelque chose, je l'enverrai derrière les barreaux, grommela-t-il.

Sa colère et sa nervosité s'accrurent au fil des kilomètres. Il essayait d'en faire abstraction, mais les pires scénarios défilaient dans son esprit.

Cora ne s'était pas trompée, cette fois. L'élève qui avait attiré son attention était bien sa fille.

Il devait la lui rendre.

Il s'engagea dans la rue des Westbrook en se répétant qu'il

ne devait pas flanquer son poing dans la figure de Drew. Il devait rester professionnel et le convaincre de parler.

Jacob reconnut la Mercedes de Drew devant la maison. Il se gara derrière. Il reçut un texto de Liam, qui lui fournissait de nouvelles informations tirées de l'ordinateur de Philips. Il le lut attentivement avant d'aller frapper à la porte. La voiture de Hilary n'était pas visible, mais elle pouvait être dans le garage, dont la porte était fermée.

Drew lui ouvrit et fronça les sourcils.

— Il faut que je vous parle, monsieur Westbrook, dit Jacob.

— Quoi encore ? grommela Drew.

— Laissez-moi entrer, s'il vous plaît.

— Si vous venez encore m'accuser d'avoir tué Kurt Philips, j'appelle mon avocat ! le menaça Drew.

Jacob se fraya un chemin à l'intérieur. Westbrook ferma la porte et fit volte-face.

— Écoutez-moi bien, shérif Maverick : j'en ai assez…

— La ferme ! le coupa Jacob sans maîtriser parfaitement sa colère. Votre fille est peut-être en danger.

Drew blêmit.

— De quoi parlez-vous ?

— Nous avons découvert dans les dossiers de Philips qu'il avait trouvé quelque chose qui vous reliait à l'enlèvement de votre fille.

— C'est impossible, parce que je n'y suis pour rien ! s'écria Drew.

Il était convaincant, mais c'était un menteur professionnel.

— Ah oui ? s'écria Jacob. Parce qu'on croit savoir qui l'a adoptée, et elle nous a dit que son père n'en voulait pas.

— Quoi ? rugit Drew. C'est insensé ! J'aimais mon bébé. Qui l'a adoptée ?

— Je ne vous crois pas, répondit Jacob en lui plantant l'index au milieu du torse. Je pense que vous aviez plus envie d'une carrière que d'une famille et que vous avez payé quelqu'un pour vous débarrasser d'Alice.

# 24

L'inquiétude rongeait Cora. Cette Valerie devait être désespérée si elle avait enlevé Nina. Ce qui signifiait qu'elle pouvait être n'importe où.

Elle pouvait être en train de monter dans un avion pour quitter le pays.

Le cœur affolé, elle conduisit Faye à la banque et la suivit dans la salle des coffres. Elle sentit son estomac se nouer sous l'effet de la frustration quand elles lurent le nom de l'avocat. Tate Muldoon.

Elle fouilla sa mémoire. Il ne lui semblait pas avoir entendu Drew parler d'un Muldoon. Mais Evie ne l'avait-elle pas fait ?

— J'envoie le nom de l'avocat à Jacob, dit-elle.

Faye hocha la tête et ferma son coffre pendant que Cora envoyait le texto.

Quand elles regagnèrent sa voiture, Cora ne sut pas quoi faire. Elles pouvaient rentrer chez elle pour attendre, mais elle attendait depuis si longtemps…

Le téléphone de Faye vibra. Elle lut le message, pâlit, puis tendit l'appareil à Cora.

Si vous voulez revoir Nina, venez me rejoindre avec Cora Reeves. Ne prévenez pas la police.

Jacob scruta le visage de Drew, qui semblait sincèrement furieux. Parce qu'il était innocent ou parce qu'il s'était fait prendre ?

— Je n'ai rien à voir avec l'enlèvement de ma fille ! s'écria-t-il. Si je savais où elle est, je serais en train d'aller la chercher. Je sais que vous pensez que je n'aurais pas dû quitter Cora, mais c'était trop dur. Je m'en voulais de ne pas avoir su protéger notre fille.

Il se laissa tomber sur le canapé et se prit la tête entre les mains.

— J'aurais donné n'importe quoi pour retrouver Alice, reprit-il. Ça faisait trop mal de voir Cora tous les jours, parce que ses larmes me rappelaient que j'avais échoué.

— Vous êtes vite passé à autre chose, lui rappela Jacob.

— Je sais que ça ne me donne pas le beau rôle, mais je n'ai jamais cessé d'aimer Cora, dit Drew en se pinçant l'arête du nez. Nous étions si désemparés, tous les deux… Cora m'accuse d'avoir oublié notre fille, mais je pense à elle à chaque instant !

— Vous avez un autre enfant.

— Et je l'aime, mais il ne remplace pas ma fille, répondit Drew avant de se passer la main sur le visage. Maintenant, dites-moi tout. Qui a enlevé Alice et où est-elle ?

— J'espérais que vous pourriez nous aider, dit Jacob.

— Mais je ne sais rien, protesta Drew.

Jacob soupira. Il n'aimait pas Drew, mais il commençait à le croire.

— La femme qui a livré votre fille à sa mère adoptive disait s'appeler Valerie.

Drew fronça les sourcils.

— Je ne connais pas de Valerie.

— Et un avocat du nom de Tate Muldoon ?

— Non plus.

— Votre femme est-elle là ? demanda Jacob en balayant la pièce du regard.

Drew secoua la tête.

— Elle est allée déjeuner avec des amies après avoir déposé notre fils chez sa nourrice. Pourquoi me demandez-vous ça ?

— Elle était à l'hôpital le soir de l'incendie et elle travaillait avec vous avant l'enlèvement.

— Et alors ? Je travaille avec beaucoup de gens. Elle était venue nous féliciter.

Jacob secoua la tête à son tour.

— Sur un enregistrement, nous avons isolé une personne qui emporte un paquet avant l'incendie. Nous pensons que cette personne a enlevé Alice.

Il lut de l'espoir dans le regard de Drew.

— L'avez-vous identifiée ? demanda-t-il.

— Non, mais je crois savoir qui c'est, répondit Jacob.

Drew bondit du canapé.

— Arrêtez de tourner autour du pot, shérif, et dites-moi ce que vous savez !

— Je pense qu'il s'agit de votre femme.

Drew recula comme s'il l'avait frappé.

— Hilary ?

— Oui.

— C'est insensé ! Hilary ne ferait jamais une chose pareille.

— Elle était à l'hôpital le jour de l'enlèvement d'Alice. D'après les notes du détective privé, l'un de vos collègues soutient qu'elle s'intéressait à vous avant l'enlèvement.

Les pièces du puzzle s'assemblaient dans l'esprit de Jacob. Il ne lui restait plus qu'à convaincre Drew.

— Philips avait aussi découvert une ordonnance restrictive qu'un ancien petit ami de fac de Hilary avait obtenue contre elle parce qu'elle le harcelait, poursuivit-il.

— Mon Dieu, murmura Drew. Je l'ignorais.

Jacob lui laissa quelques secondes pour intégrer l'information.

— Est-il possible que Hilary ait enlevé votre fille pour briser votre mariage ? demanda-t-il.

Drew secoua la tête, mais il y avait du doute dans son regard.

— Elle nous a consolés…, dit-il.

— C'était son plan, répondit Jacob en haussant un sourcil. Et il a marché. Vous étiez vulnérable, et elle a trouvé une manière de gagner votre affection. Votre femme s'est-elle comportée bizarrement, ces derniers temps ? Était-elle nerveuse ?

Alors Jacob lut de la peur dans le regard de Drew, comme s'il venait de comprendre que sa femme pouvait être un monstre.

— Après votre dernier passage, elle m'a accusé d'être encore amoureux de Cora.

L'estomac de Jacob se noua. Était-ce le cas ?

— Quelqu'un a essayé de tuer Cora par deux fois, Drew. Je pense que Kurt Philips était sur le point de prouver la culpabilité de Hilary. Si elle vous croit toujours amoureux de Cora, elle a pu paniquer.

— Mon Dieu… Hilary n'en est pas capable. Nous avons un fils.

— Qui est né très peu de temps après votre mariage, lui rappela Jacob. Elle devait espérer que ça vous lierait davantage à elle.

Drew semblait avoir la nausée.

— Nous devons trouver votre femme, dit Jacob. Où est-elle ?

— Je vous l'ai dit : elle déjeune avec des amies.

— Alors appelez-la !

Drew hocha la tête et appela sa femme, mais il tomba sur le répondeur.

Cora luttait contre la panique. Quelle horrible personne pouvait menacer de faire du mal à un enfant ?

Quelqu'un qui essayait de la tuer parce que Kurt avait découvert son identité.

— Il faut que j'appelle Jacob, dit-elle. C'est sûrement un piège, Faye. Qu'arrivera-t-il à Nina si cette femme nous tue toutes les deux ?

— On ne doit pas prévenir la police ! s'écria Faye en lui saisissant la main. Voulez-vous qu'elle fasse du mal à Nina ?

— Bien sûr que non ! répliqua Cora. Je veux retrouver ma fille plus que tout.

— Alors suivons les instructions, je vous en supplie,

insista Faye. Je ne supporterais pas qu'il arrive quelque chose à ma… à *notre* fille.

La vue de Cora se brouilla.

— Très bien, répondit-elle. Allons au rendez-vous. Savez-vous où c'est ?

Faye hocha la tête. Cora entra l'adresse que la femme avait fournie dans le GPS de son téléphone. Elles partirent vers le nord et les montagnes.

Le téléphone de Cora sonna peu après. Jacob.

Elle mourut d'envie de répondre pour avoir son avis et son soutien – et rien que pour entendre le son de sa voix.

— Je ne peux pas imaginer ce que vous avez subi, murmura Faye. Je vous jure que je ne savais pas que Nina avait été enlevée.

Cora entendit ses regrets sincères. Elle avait envie d'en vouloir à Faye parce qu'elle lui avait volé cinq ans de la vie d'Alice, mais quelqu'un d'autre aurait adopté sa fille si elle ne l'avait pas fait – quelqu'un qui ne l'aurait peut-être pas autant aimée. Nina était forte, drôle et créative. C'était en partie à Faye qu'elle le devait.

Un coup de tonnerre incita Cora à se concentrer sur sa conduite. Ces routes de montagne seraient encore plus dangereuses s'il se mettait à pleuvoir.

Elle devait les amener saines et sauves au lieu du rendez-vous, même si c'était sûrement un piège.

Qu'arriverait-il à Nina si elle se retrouvait doublement orpheline ?

Jacob appela Cora et tomba sur le répondeur. Que faisait-elle ? Il laissa un message pour l'informer qu'il suspectait Hilary et lui demander de le rappeler.

— Cora ne répond pas, dit-il à Drew. Des nouvelles de votre femme ?

— Non, répondit Drew. J'ai appelé toutes ses amies. Personne ne l'a vue aujourd'hui.

— Y a-t-il un endroit où elle pourrait aller si elle avait

envie d'être seule ? demanda Jacob le plus calmement possible. Possédez-vous une maison de vacances ?

— Je n'arrive pas à l'en croire capable, balbutia Drew. Mais je veux que vous la retrouviez si elle a enlevé Alice.

— Une adresse ? insista Drew.

Drew se leva pour aller fouiller le tiroir d'un bureau. Il revint avec un document qu'il tendit à Jacob.

— Hilary a hérité de la maison de ses parents l'année dernière, dit-il.

— Et où se trouve-t-elle ?

Drew se passa la main sur le visage.

— Dans la montagne. C'est difficile à trouver, mais je peux vous guider. J'y suis allé une fois.

— Allons-y ! lança Jacob. Alice est peut-être en danger.

# 25

Tous les muscles tendus, Cora s'enfonça dans la montagne en priant pour que l'orage n'éclate pas immédiatement. Le GPS lui indiqua qu'elle devait s'engager sur une petite route qui semblait disparaître entre les arbres. Leurs branches agitées par le vent lui firent l'effet de mains aux doigts crochus qui essayeraient de l'empêcher d'atteindre sa fille.

Faye était parfaitement immobile. Sa terreur était palpable.

Finalement, elles atteignirent une maison rustique devant laquelle était garée une voiture grise.

— Il ne faut pas qu'elle fasse de mal à Nina, murmura Faye.

Cora regretta une fois de plus que Jacob ne soit pas là, puis elle rassembla son courage.

— Allons-y ! dit-elle.

Elles sortirent de la voiture et s'approchèrent de la maison dont les volets étaient fermés. Cora frappa. Quand la porte s'ouvrit, elle vit d'abord le canon de l'arme que tenait Hilary.

Mon Dieu ! C'était elle qui avait tout manigancé.

La poupée toujours parfaitement calme que Cora connaissait s'était muée en une femme échevelée qui agitait une arme sous son nez. Elle leur fit signe d'entrer dans le salon obscur.

— Où est Nina ? demanda Faye.

— Dans l'autre pièce, répondit Hilary. Tout ira bien pour elle tant que vous ferez ce que je dis.

— Que voulez-vous ? demanda Faye d'une voix tremblante.

— Je vous laisserai partir si vous emmenez Nina très loin d'ici et si vous la bouclez, répondit Hilary.

Faye jeta un coup d'œil à Cora.

— Et Cora ? demanda-t-elle.

Hilary ricana.

— Elle disparaît pour de bon, cette fois.

Cora se força à rester calme. Si elle devait mourir, elle voulait des réponses.

— Tu as tué Kurt, n'est-ce pas ? dit-elle. Et tu as essayé de me tuer.

— Tu ne voulais pas arrêter de chercher le bébé, et Drew ne voulait pas voir que tu es folle à lier.

— C'est toi qui as parlé de l'incident du centre commercial à Drew, pas Julie, murmura Cora.

— Il avait le droit de savoir que tu étais instable.

— Parce que tu as enlevé ma fille ! s'écria Cora. L'aviez-vous prévu ensemble ?

Hilary pouffa.

— Drew ne sait rien. Je suis tombée amoureuse de lui le jour de notre rencontre. Je savais que je pouvais l'aider dans sa carrière alors que tu t'en fichais. Tu ne parlais que de fonder une famille.

Cora serra les poings. Drew ne savait rien ?

— Quand tu as eu ce bébé, j'ai compris qu'il ne te quitterait pas et que tu gâcherais sa vie, poursuivit Hilary.

— Mais vous avez eu un enfant à peine plus d'un an après ! s'écria Cora.

Hilary se mit à faire les cent pas devant la cheminée en pointant son arme, tantôt sur Faye, tantôt sur elle.

— Seulement parce qu'il s'en voulait d'avoir perdu le vôtre, répondit-elle. J'ai pensé que c'était le seul moyen de le remettre sur pied.

— Alors il ne sait pas ce que tu as fait ? balbutia Cora, les larmes aux yeux.

— Non, et il ne le saura jamais ! s'écria Hilary en visant la tête de Cora.

— Ne faites pas ça ! la supplia Faye. Pensez à votre fils.

— C'est ce que je fais, dit Hilary. Il a besoin que son père et moi formions une famille. Ça veut dire qu'elle doit disparaître.

Jacob suivit les indications de Drew en espérant que l'avocat ne le menait pas en bateau. Si Drew était le complice de Hilary, il pouvait l'entraîner au milieu de nulle part pour l'exécuter et se débarrasser de son corps.

Mais la stupeur et l'angoisse de Drew semblaient bien réelles.

Jacob reçut un appel de Liam et décrocha.

— Je conduis, lui dit-il. Tu es sur haut-parleur.

— J'ai eu ton message. Si Muldoon a rédigé les papiers de la fausse adoption d'Alice, il opère depuis bien plus longtemps qu'on ne le pensait.

— Nous sommes sur la piste de Hilary, l'informa Jacob.

Drew laissa échapper un gémissement.

— Drew est avec moi, poursuivit Jacob. Il me guide jusqu'à une maison que Hilary possède dans la montagne.

— Donne-moi l'adresse, répondit son frère. Je vous rejoins. Cette femme a l'air dangereuse.

Drew s'éclaircit la voix avant de donner l'adresse à Liam.

— Merci, répondit Liam. J'arrive.

Quand son frère raccrocha, Jacob, l'estomac noué, jeta un coup d'œil à Drew.

— La croyez-vous capable de faire du mal à Cora ou à l'enfant ? lui demanda-t-il.

— Je n'en ai aucune idée, répondit Drew d'une voix éteinte. Il semblerait que je ne sache pas qui est ma femme.

— Je t'en prie, Hilary, essaya de la raisonner Cora. Pense à Drew. Il ne te le pardonnera jamais.

— Il ne le saura pas, parce que Faye sera loin et que tu seras morte.

— Vous n'avez pas à tuer qui que ce soit, intervint Faye. Cora peut déménager dans un autre État, comme moi.

— Non, elle irait voir la police !

Alors que Hilary s'apprêtait à tirer, Faye se jeta sur elle.

— Non ! cria Cora.

Faye poussa Hilary contre un mur et essaya de lui arracher l'arme. Un coup de feu partit. Faye s'agrippa quelques instants à Hilary avant de s'effondrer, la main posée sur son torse ensanglanté.

Hilary se détacha du mur, les yeux exorbités. Elle semblait en état de choc.

Cora se précipita auprès de Faye, posa un coussin sur son torse et plaça la main de Faye par-dessus.

— Appuyez aussi fort que vous pouvez, lui dit-elle. J'appelle les secours.

— Sauvez Nina, s'il vous plaît, murmura Faye. Sauvez notre fille et aimez-la pour moi.

Les yeux de Cora s'emplirent de larmes. Elle voulait aider Faye, mais elle devait d'abord retrouver Nina.

Hilary fixait toujours l'arme comme si elle était hypnotisée. Cora se releva et s'élança dans le couloir.

— Nina ! appela-t-elle en entrant dans la chambre.

Pas de réponse. Hilary ne lui avait quand même pas fait de mal ?

Cora ouvrit le placard et le trouva vide.

— Si tu es là, crie, Nina ! lança-t-elle en quittant la chambre.

Alors elle remarqua une porte étroite qu'elle ouvrit. Elle donnait sur un escalier. Il y avait un grenier.

— Nina ? appela-t-elle en montant.

Un gémissement lui répondit. L'obscurité était presque totale.

— Nina ? C'est Cora Reeves. Es-tu là, chérie ?

— Madame Reeves ?

Cora soupira de soulagement et tendit la main dans la direction du son.

— Viens, chérie ! Il faut qu'on se dépêche.

Nina prit sa main, et Cora l'attira brièvement dans ses bras.

— Où est maman ? demanda Nina.

*Je suis là*, eut envie de lui répondre Cora.

— On la retrouvera quand on sera sorties d'ici, répondit-elle.

Elles descendirent l'escalier, mais Hilary posa son arme sur sa tempe quand elles s'engagèrent dans le couloir.

— Sors dans les bois ! ordonna Hilary.

— Madame Reeves ! gémit Nina.

— Reste près de moi, chérie, répondit Cora en pressant ses doigts.

— Avance ! ordonna Hilary.

Cora sortit de la maison, balaya la forêt du regard et se demanda quoi faire. Si elle s'enfonçait dans les bois, elle pourrait peut-être tendre un piège à Hilary et regagner la voiture avec Nina.

Elle venait de la retrouver. Elle refusait de la perdre.

Elle enroula un bras autour des épaules de Nina, qui tremblait et voulait retrouver sa mère – Faye. Cora ne savait même pas si elle était encore en vie.

Des feuilles et des brindilles craquèrent sous leurs pas, et un coup de tonnerre résonna. Cora entendit de plus en plus distinctement un bruit d'eau. Finalement, Hilary s'arrêta.

Elles étaient au bord d'une falaise.

L'esprit de Cora s'affola. Elle devait sauver sa fille. Les lettres qu'elle lui avait écrites et les cadeaux qu'elle lui avait faits l'attendaient.

Elle se retourna.

— Tue-moi si tu veux, mais promets-moi de ne pas faire de mal à Nina, supplia-t-elle Hilary.

— Tu ne pouvais pas laisser tomber, n'est-ce pas ? lança Hilary d'un ton amer. Si ta fille meurt, ce sera ta faute.

Alors elle tira.

# 26

Jacob ralentit à l'approche de la maison par crainte d'une embuscade. Hilary était désespérée et elle savait parfaitement comment s'y prendre si elle voulait embaucher quelqu'un pour l'aider à échapper à la loi.

Il trouva les voitures de Cora et de Hilary garées devant la maison.

— Voulez-vous que j'essaye encore d'appeler ? demanda Drew.

Jacob y réfléchit.

— Je pense qu'il vaut mieux qu'elle vous voie, répondit-il. Si elle a fait tout ça pour vous, vous réussirez peut-être à la raisonner. Mais ça peut être dangereux.

— Je m'en moque, grogna Drew. Je ferais n'importe quoi pour sauver Alice.

Jacob hocha la tête avant de le corriger.

— Elle s'appelle Nina, maintenant. Et Cora est venue pour la sauver.

— Mon Dieu, murmura Drew. Elle est bien plus forte que moi…

Un coup de feu fit tressaillir Jacob. Drew et lui jaillirent de la voiture.

— Ça venait des bois, dit Jacob en dégainant. Restez derrière moi, Westbrook. Elle est armée.

Drew jura. Ils contournèrent la maison fouettés par le vent, sous un ciel zébré d'éclairs.

Un cri les aida à s'orienter.

— Par là ! dit Jacob.

Ils se frayèrent un chemin entre les arbres jusqu'à ce qu'ils découvrent Hilary en train d'agiter un revolver.

— Tu ne pourras pas te cacher éternellement ! hurla-t-elle.

— Arrête, Hilary ! s'écria Drew en s'approchant d'elle. Lâche ton arme !

Jacob scruta l'obscurité sans repérer Cora ni Nina.

— Que fais-tu là ? lança Hilary à son mari. Tu n'étais pas censé venir !

Drew leva une main.

— Tu as enlevé ma fille il y a cinq ans, Hilary, dit-il. Comment as-tu pu me faire ça ?

— Je t'aimais ! cria Hilary. Tu as épousé cette femme alors que c'était moi qui devais t'aider à atteindre le sommet !

— Alors tu as enlevé ma fille pour briser mon mariage ?

— Je devais te montrer qu'on était destinés à être ensemble, se défendit Hilary. Et tu as fini par le voir.

— Tu as gâché la vie de Cora et la mienne ! s'écria Drew, les poings serrés. C'est cruel !

Jacob visa Hilary en continuant à observer les bois.

— Comment as-tu pu, Hilary ? poursuivit Drew. Tu nous as regardés souffrir !

— Je t'ai consolé et je t'ai aidé à faire carrière. Tu y as gagné la sympathie générale. Ne vois-tu pas que je l'ai fait pour ton bien ?

Les yeux de Drew étincelèrent de rage.

— Je ne voulais pas progresser parce que les gens avaient pitié de moi ! s'écria-t-il. Tu sais que j'ai eu d'horribles cauchemars pendant des années !

— Je t'ai donné un fils ! hurla Hilary.

Jacob aperçut un mouvement sur sa gauche et soupira de soulagement en découvrant Cora et la fillette cachées derrière un rocher. Mais où était Faye ?

— C'est terminé, Hilary ! lança-t-il en s'approchant d'elle. Lâchez votre arme ! Il n'est pas nécessaire que quelqu'un soit blessé.

— Je n'irai pas en prison ! cria Hilary.

Elle jeta un coup d'œil par-dessus son épaule avec un

regard que Jacob connaissait bien : celui d'un criminel paniqué et acculé. Elle comptait se jeter de la falaise.

— Ne fais pas ça, Hilary, dit Drew, qui l'avait compris aussi. Pense à notre fils.

Jacob s'élança et l'attrapa juste avant qu'elle se laisse tomber dans le vide.

Il lui arracha son arme et l'entraîna loin du bord. Elle s'effondra en larmes quand il lui passa les menottes.

— Tout va bien, Cora ! lança Jacob. Nina et toi pouvez sortir.

Deux secondes plus tard, Cora apparut en portant Nina, qui pleurait.

Le bruit d'un moteur indiqua à Jacob que son frère arrivait. Il l'entendit entrer dans la maison.

— C'est fini, dit Jacob à Cora.

Il avait envie de la prendre dans ses bras, mais il devait tenir Hilary en joue.

— Tu n'as pas abandonné et tu l'as trouvée, murmura Drew en s'approchant de Cora.

Cora acquiesça, les larmes aux yeux.

— Je suis désolé, balbutia Drew. Je te jure que je n'en savais rien.

Elle se blottit contre lui quand il lui ouvrit les bras.

Le cœur de Jacob se serra. Il avait tenu sa promesse. Il avait rendu sa fille à Cora.

Mais Drew était le père d'Alice et il avait reconnu qu'il aimait encore Cora. Alice méritait d'avoir ses deux parents – si c'était ce que Cora voulait.

Elle devait aussi gérer Faye…

Il devait lui laisser du temps pour faire la connaissance de sa fille et réfléchir à la situation.

Cora était soulagée que Nina soit saine et sauve, mais elle s'inquiétait pour Faye. Alors qu'elle s'apprêtait à dire à Jacob que Faye se trouvait dans la maison, Liam en jaillit, l'arme au poing. Il la baissa quand il vit que Jacob avait menotté Hilary.

— Faye ? lui demanda Cora.

Il secoua la tête d'un air grave, et la vue de Cora se brouilla. Elle voulait retrouver Alice, mais pas la mort de Faye.

Nina serait bouleversée. C'était la seule mère qu'elle ait jamais connue.

— Je suis désolé, Cora, répéta Drew avec tant de tristesse dans les yeux qu'elle trouva la force de lui pardonner un peu.

Alors tout se passa très vite. Une ambulance et des techniciens arrivèrent. Liam ramassa l'arme de Hilary et supervisa la délimitation de la scène de crime.

L'ambulance chargea le corps de Faye pour l'emporter à la morgue.

Nina était si épuisée qu'elle finit par s'endormir dans les bras de Cora.

— Nous ferons un test ADN pour nous assurer que c'est bien Alice, dit Jacob.

— Et je m'occupe des papiers, dit Drew en effleurant le bras de Cora. Tu ne seras plus jamais séparée de ta fille.

Il semblait perdu. Il se tourna vers Jacob et proposa :

— Je vais raccompagner Cora. Je sais que vous devez emmener Hilary en prison.

Jacob acquiesça, les lèvres pincées.

Hilary appela Drew. Il la fusilla du regard avant de prendre le bras de Cora pour l'entraîner vers sa voiture.

Cora jeta un coup d'œil à Jacob, qui était occupé. Elle serra Nina contre son cœur. Elle avait enfin retrouvé sa fille. La transition serait difficile, mais elle lui montrerait les lettres et les cadeaux, et l'aiderait de toutes les manières possibles.

Mais une question ternissait son bonheur : Jacob comptait-il sortir de sa vie maintenant qu'elle avait retrouvé Alice ?

# 27

*Six semaines plus tard*

Jacob avait évité Cora pour lui laisser le temps de faire la connaissance de sa fille, mais elle lui manquait tant qu'il ne dormait plus depuis des semaines. Il ne pensait qu'à elle. Il avait même acheté une stupide bague.

Une bague ! Alors qu'elle était peut-être en train de reconstruire sa famille avec son ex-mari.

Il alla quand même chez elle. Il devait en avoir le cœur net. Il accepterait sa décision, quelle qu'elle soit. Ses frères l'y avaient obligé la veille en lui disant qu'il serait un lâche s'il n'avouait pas à Cora ce qu'il ressentait pour elle.

Ils avaient raison : il était lâche.

Et que ferait-il si elle ouvrait la porte avec Drew à son bras ?

Il leur donnerait des nouvelles de l'enquête. Il leur dirait que l'homme qui avait tiré sur Cora avait été arrêté. C'était un ancien client de Drew que Hilary avait trouvé dans ses dossiers. Il pourrait aussi leur dire que Liam avait démantelé le réseau de trafic d'enfants et arrêté plusieurs personnes.

Il se comporterait comme si cela ne lui briserait pas le cœur qu'elle lui préfère son ex.

Drew ne la méritait pas !

Au-dessus de lui, les étoiles brillaient comme les diamants de la bague qu'il avait dans la poche. Il espérait qu'elle plairait à Cora.

Il espérait que Cora en voudrait – et voudrait de lui.

Il y avait la voiture rouge de Cora devant la maison. Pas la Mercedes de Drew.

C'était bon signe.

Il inspira profondément et sortit de sa voiture. La porte s'ouvrit avant qu'il frappe. Cora apparut, magnifique dans un short en jean et un T-shirt, ses longs cheveux lui drapant une épaule.

Il eut envie d'y laisser courir les doigts.

— Jacob ?

— Oui.

*Superbe ouverture, idiot.*

— Est-ce que Drew est là ? demanda-t-il.

Cora fronça les sourcils.

— Non, pourquoi ? Le cherches-tu ? Y a-t-il un problème ?

Il secoua la tête.

— Non. Je pensais juste qu'il pouvait être là, que maintenant que vous aviez retrouvé votre fille…

Il baissa les yeux.

— Quoi ? demanda Cora.

— J'ai pensé que vous vous étiez peut-être réconciliés.

Elle croisa les bras.

— Non, Drew et moi ne nous sommes pas remis ensemble pour Nina. Mais nous sommes d'accord pour qu'il prenne part à sa vie.

— Je comprends, répondit-il avant de se retourner.

Il s'insulta mentalement. Oui, il était lâche.

— Où vas-tu ? demanda Cora.

— Je ne veux pas déranger, balbutia-t-il.

— Tu ne déranges pas. Drew et moi ne sommes pas faits l'un pour l'autre, Jacob.

— Ah oui ?

Elle lui décocha un sourire.

— Comment pourrais-je être avec lui alors que mon cœur appartient à un autre ?

Il s'approcha d'elle, le cœur affolé comme s'il avait quinze ans.

— Et à qui appartient-il ? demanda-t-il.

— À toi.

Elle se pencha pour l'embrasser au moment où il se mettait à genoux, ce qui eut pour effet qu'ils tombèrent ensemble sur les marches du perron.

Ils éclatèrent de rire.

— Je sais que j'ai raté la mise en scène, mais je t'aime et je veux être avec toi, Cora, dit-il en tirant la boîte de sa poche.

— Moi aussi, répondit-elle, le regard brillant d'émotion. Mais tu sais que je ne suis pas seule, et Nina commence juste à s'adapter. Elle sera peut-être suivie par un psychologue longtemps.

— Je suis sûr que ton amour l'aidera à guérir.

— Elle m'aide aussi ! Nous travaillons ensemble sur un livre pour enfants.

— Je suis fier de toi, répondit-il en ouvrant la boîte pour lui montrer la bague. Et je suis patient. Je t'aime depuis des années. Nous donnerons à Nina ce dont elle a besoin.

— Rien que de l'amour, murmura Cora. C'est ce dont on a besoin toutes les deux.

— Mon cœur déborde d'amour à vous donner.

Il l'attira dans ses bras, glissa la bague à son doigt et pressa les lèvres contre les siennes.

JUSTINE DAVIS

# Unis face au risque

*Traduction française de*
CATHERINE VALLEROY

BLACK ROSE

HARLEQUIN

*Titre original :*
OPERATION SECOND CHANCE

# 1

Il fallut à Amanda Bonner beaucoup de force pour parcourir une fois encore cette étendue de pelouse. Elle connaissait si bien le chemin qu'il importait peu qu'il fasse encore noir. En fait, elle était surprise que son passage n'ait pas déjà tracé un sentier, tant elle était venue souvent.

Sans doute eût-il mieux valu qu'elle célèbre la vie de son père le jour de son anniversaire au lieu de pleurer sa mort en ce jour sinistre, mais cela faisait déjà cinq ans, et elle ne s'en sentait toujours pas capable.

Elle atteignit le froid rectangle de métal scellé dans l'herbe. Le petit drapeau était légèrement penché, et elle le redressa avec révérence. La tombe était propre et bien entretenue, la police y veillait. Les flics s'occupaient des leurs, surtout s'ils avaient trépassé dans l'exercice du devoir. Ils savaient tous qu'ils pouvaient être les suivants.

Amanda contempla la croix métallique. Elle ne pouvait lire les mots dans le noir, mais elle n'en avait pas besoin. Le nom de son père et ses dates de naissance et de mort, séparées par un tiret, un signe pitoyable pour représenter les joies et les chagrins de toute une vie.

Elle entendait encore la voix de son père aux obsèques de sa mère, morte depuis si longtemps. « C'est un trait d'union Mandy, avait-il dit. Ce ne sont pas les dates qui comptent, mais le trait d'union. Il représente tout ce qui s'est passé entre elles. La vie qu'on a vécue. »

Il avait bien vécu sa vie. Il avait été son héros et le héros de bien d'autres gens. Il était mort en faisant ce qu'il avait juré de faire : protéger et servir. Il avait sauvé des vies. Sans parler de celles, innombrables, qu'il avait marquées simplement en faisant son travail.

S'agenouillant, elle tendit la main pour toucher la croix. Le métal était froid, mais elle traça tout de même les lettres du bout des doigts, en évitant les chiffres.

Sa gorge se noua, et ses yeux se remplirent de larmes, malgré sa détermination. Elle avait vingt-huit ans, bon sang ! Son père était mort depuis cinq ans, et elle aurait dû pouvoir se contrôler.

Elle ne sentait ni présence, ni chaleur, ni proximité. Elle ignorait même pourquoi elle revenait ici. Mais c'était le seul lieu concret qu'elle avait, alors elle venait se souvenir.

Elle étendit la couverture sur l'herbe et s'assit face aux montagnes. Entourant ses genoux de ses bras, elle attendit le lever du soleil dans la froidure de cette aube de décembre.

Adam Kirk bataillait avec sa cravate. C'était une des choses qu'il ne réussissait pas encore à faire, nouer sa cravate de la main gauche. Mais il y arriverait. Un jour.

Son portable émit un bip, lui rappelant qu'il devait partir. Avec un soupir, il rendit les armes et se résigna à suivre le conseil de Natalie, qui lui avait suggéré de la nouer avant de la mettre. C'était beaucoup plus facile, effectivement. Il la passa au-dessus de sa tête puis sous le col de sa chemise et, plaquant le pan de tissu de la main droite, il la resserra sur son cou de l'autre.

— Tu n'es pas obligé d'y aller, tu sais.

Dans le miroir, il vit sa sœur au seuil de sa chambre, l'air inquiet.

— Bien sûr que si, répondit-il tranquillement.

— Il ne s'attendrait pas que tu le fasses.

— Ce ne sont pas ses attentes qui importent.

Nat soupira.

— Ton sens des responsabilités est hypertrophié, frangin.

Le nœud qu'il avait à l'estomac se resserra.

— C'est moi qui suis responsable.

— Arrête. Ce n'est pas vrai.

Il ne répondit pas. Il n'y avait rien à dire. La vérité, c'était qu'un homme bon, un bon policier, était mort à cause de lui. Les cinq années écoulées n'avaient rien changé à cela.

— Sois prudent, je t'en prie, Adam. C'est une longue route.

— Hum…

— Tu rentreras demain, hein ? Avant la neige ?

Elle avait l'air anxieux. Il savait que c'était parce que la météo prévoyait des fortes chutes de neige sur les Cascades.

— Sans doute, dit-il.

— S'il fait trop mauvais…

— Nat, arrête…

Il se retourna pour la regarder.

— Je t'aime, mais arrête.

Il enfila une veste épaisse eu égard à la température, qui avoisinait les – 15 °. Avec un peu de chance, il arriverait avant 11 heures du matin. Il avait un rendez-vous le lendemain matin, puis il prendrait la route du retour, devançant de peu le blizzard.

— Je t'ai démarré le pick-up.

Il la regarda avec étonnement, et elle haussa les épaules.

— Il fera plus chaud. Et je t'ai préparé un pique-nique. Il y a du café dans la thermos.

Un instant, il fixa la jeune femme qui lui collait autrefois aux basques. Il l'étreignit avec une fougue certaine.

— Hé ! c'est moi ton grand frère. C'est moi qui devrais veiller sur toi.

— Tu l'as toujours fait. Je suis contente de te rendre un peu la pareille.

Elle recula légèrement et le dévisagea.

— Tu ferais quelque chose pour moi ?

— Si je peux.

— Promets-moi que ce sera la dernière fois.

Il y avait pensé lui-même. Cinq ans, cela semblait… significatif. Mais quand une responsabilité ou une culpabilité comme celle-ci prenait-elle fin ?

*Tu connais la réponse : jamais.*

Il embrassa sa sœur sur le front et sortit dans le froid. Sans lui faire de promesse.

Les rayons du soleil hivernal passèrent au-dessus des montagnes et illuminèrent les arbres. Tout était d'un calme incroyable, comme on s'y attendait en pareil lieu. Quinn Foxworth parcourut des yeux les rangées nettes de tombes. Il était venu bien trop souvent dans des cimetières et détestait toujours cela. Avant d'être assez grand pour comprendre le sens de la mort, il avait toujours détesté cela.

— Je t'aime aussi pour ça, tu sais. Que tu prennes la peine de te souvenir et de lui rendre hommage.

La voix de Hayley était douce, comme le contact de sa main sur la sienne. Comme toujours, il sentit son cœur accélérer. Il se demanda comment trouver les mots pour lui dire à quel point elle le rendait plus fort avec sa compréhension tranquille. Il essayerait, plus tard. Pour l'instant, il venait de repérer une petite silhouette blottie près d'une sépulture.

— Elle est là.

— Tu préfères lui parler seul à seule ?

Il sourit à sa femme.

— Je suis sûr qu'elle a autant envie de te voir que moi.

— J'en doute, mais merci de le dire. Je vais rester en arrière pour vous donner un moment. Tiens, prends-les.

Elle lui tendit le petit bouquet qu'ils avaient acheté en chemin à sa demande.

Quinn hocha la tête et lui pressa la main avant de se diriger vers la jeune femme assise. Elle était visiblement là depuis un bon moment. D'après ce qu'il savait de son rituel, sans doute avant le lever du soleil. Il faisait plus chaud maintenant, et elle avait enlevé sa grosse veste, qui gisait près d'elle sur la couverture.

Elle ne semblait pas l'avoir remarqué et, en approchant, il ne fut pas surpris de voir ses joues humides. Un chagrin comme celui-là n'avait pas de fin, il ne faisait que changer de forme, il le savait bien.

— Impossible que cinq ans se soient déjà écoulés, n'est-ce pas ? dit-il doucement.

Amanda releva vivement la tête et se leva promptement en le voyant.

— Quinn !

Se précipitant vers lui, elle lui donna une chaleureuse accolade qu'il lui rendit.

— Je ne te demande pas comment tu vas, parce que je l'imagine.

Elle leva les yeux vers lui.

— Je sais que tu sais. Mais je vais bien le reste du temps, vraiment. C'est juste aujourd'hui qui est difficile.

Il hocha la tête.

— Je sais. Ce sera toujours ainsi, dans une certaine mesure. Mais ton travail se passe bien, n'est-ce pas ?

Elle avait commencé à conseiller des victimes peu de temps après la mort de son père. Elle avait parlé à Quinn de cette décision la première année, quand ils s'étaient rencontrés au cimetière.

« Les amis de papa et toi vous m'avez tellement aidée. Je n'imagine pas qu'on puisse survivre à ce genre de choses sans un appui de cette sorte. Alors je veux être cet appui pour ceux qui n'ont personne. »

Cela avait suffi pour qu'il contacte Charlie et suggère un soutien financier de la Fondation Foxworth.

— Oui, ça se passe bien, répondit-elle. Grâce à la fondation et à l'assurance de papa. Vous allez bientôt pouvoir cesser de me financer.

— Nous te soutiendrons aussi longtemps que nécessaire, et sans doute après, dit Quinn. Tu ne regrettes pas d'avoir refusé ce poste grassement payé ?

Amanda sourit.

— Non. Travailler pour le conseil municipal aurait été un vrai cauchemar pour moi, même si c'était gentil de la part de Mme Harris de me l'avoir proposé.

Elle le considéra avec intensité.

— Et toi ? Ça va ? Pas de… séquelles ?

— Je vais très bien.

C'était vrai. Il ne ressentait rien d'autre qu'un tiraillement occasionnel après la balle qu'il avait reçue.

— Hayley est avec toi ?

Puis elle vit sa femme à quelques mètres et agita la main.

— Elle est si gentille. Pas étonnant que tu sois fou d'elle.

— Ça c'est vrai, répondit Quinn avec un large sourire.

Hayley répondit au geste d'Amanda et s'avança lentement vers eux, tandis que Quinn se penchait pour déposer le bouquet sur la sépulture.

— Elle a l'air aussi heureux qu'à votre mariage, dit Amanda. Et toi aussi.

— Je le suis. Et j'espère qu'elle l'est.

— Merci d'être venus tous les deux, dit Amanda. Cela signifie tant pour moi.

— Il me semblait qu'il fallait marquer le passage de ces cinq ans.

— Je…

Elle s'interrompit brusquement, et Quinn la vit regarder derrière lui. Il se retourna instinctivement et aperçut l'homme qui venait vers eux.

— Adam, dit-il doucement. Il a dû éprouver la même chose.

— Je me fiche de ce qu'éprouve Adam Kirk, dit Amanda d'une voix tendue. Je vais m'en aller.

Quinn tourna vivement la tête vers elle, stupéfait par son ton. Cela lui ressemblait si peu qu'il fronça les sourcils.

— Tu lui en veux toujours ? demanda-t-il.

— Bien sûr que oui. C'est sa faute. Il aurait pu l'empêcher et il n'en a rien fait.

— Amanda, il ne pouvait pas…

— Mon père est mort à cause de sa négligence. Parce qu'il a supposé des choses. Il l'a lui-même reconnu.

Elle avait élevé la voix.

— Je le déteste.

— Crois-moi, dit une voix grave derrière eux, je le sais. Et tu n'es pas la seule.

Quinn se retourna à nouveau. Cette fois, Adam était assez proche pour qu'il voie ses yeux. Et il y avait une lueur en eux qu'il ne connaissait que trop bien. La culpabilité du survivant.

# 2

Adam se maudit d'avoir mal choisi son moment. Quinn Foxworth et Amanda. Il serait revenu plus tard si Amanda ne l'avait pas déjà vu. Fuir maintenant n'aurait fait que lui donner raison. Qu'est-ce que cela pouvait faire puisqu'elle avait raison de toute façon ? se demanda-t-il.

Et maintenant, il était sur le point de les affronter. L'homme qui, croyant s'arrêter pour un café, avait fini par faire ce qu'Adam aurait dû faire, et la femme dont la vie avait été bouleversée pour toujours par son erreur.

Il leva le bras, essayant de forcer son mouvement. Comme toujours, il éprouva un élancement douloureux. Mais il avait besoin de cette douleur pour reprendre le contrôle de ses émotions. Du moins était-ce suffisant pour faire face à Quinn, qui le regardait d'un air songeur.

— Adam, dit-il calmement.

— Quinn…

Il l'avait dit avec respect, même s'il doutait que cela fasse une différence. Il jeta un coup d'œil à Amanda, qui le fixait avec une hostilité flagrante.

— Je vais… attendre, dit-il.

Il se détourna sans rien ajouter et obliqua sur plusieurs mètres, se rendant compte trop tard qu'il y avait quelqu'un d'autre. Une femme qu'il ne connaissait pas.

— Adam…

Il s'arrêta en cillant.

— Je vous connais ?

— Nous ne nous sommes jamais rencontrés, c'est vrai. Je m'appelle Hayley. Je suis la femme de Quinn.

— Oh !

Il ne se rappelait pas que Quinn était marié.

— Cela ne fait qu'un an, dit-elle, comme si elle avait lu ses pensées. Nous nous sommes rencontrés il y a deux ans, quand il nous a kidnappés, mon chien et moi.

Adam cligna des yeux.

— Il vous a quoi ?

— C'est une longue histoire. Mais ce n'est pas le moment de vous la raconter, j'imagine.

— Non, madame Foxworth. Il vaut mieux que j'échappe au regard d'Amanda. Si j'avais su qu'elle serait là, j'aurais attendu qu'elle s'en aille.

— Hayley, s'il vous plaît. Et je comprends. Elle a l'air effectivement… en colère.

Il laissa échapper un éclat de rire amer.

— En colère, c'est un euphémisme.

— Elle vous en veut toujours ?

En voyant son expression, elle hocha la tête.

— Quinn m'a raconté l'histoire. Et, ajouta-t-elle, il m'a dit que ce n'était la faute de personne. Et que vous lui avez sauvé la vie, après qu'il a reçu cette balle.

— Il est plus généreux qu'il ne le devrait, dit platement Adam.

— Je ne vais pas dire le contraire, bien que ce ne soit pas dans le sens où vous l'entendez.

— Le père d'Amanda est mort parce que je n'ai pas tout vérifié en entrant dans le magasin. Le cambrioleur avait un complice, qui a tué Greg. Rien ne peut changer cela.

Il n'avait rien oublié de ce jour-là, peu importait qu'il le veuille. Et même si son esprit avait coopéré, son bras droit, le coude éclaté par cette balle, le lui aurait rappelé jour après jour.

La morale de l'histoire, c'était que tout ce qu'Amanda Bonner lui avait crié ce jour-là à l'hôpital était vrai.

— Je crois que l'enquête officielle vous a tout à fait innocenté, dit Hayley.

Il soutint son regard.

— En grande partie grâce à la déposition de votre mari. Comme je l'ai dit, il est plus généreux qu'il ne devrait l'être.

Il se tourna pour partir, mais elle reprit la parole, et il ne put faire autrement que d'attendre.

— Vous vivez sur la rive Ouest, m'a dit Quinn.

Il fut un peu surpris, mais il se dit que son retour chez lui devait être de notoriété publique.

— Oui. Ma famille a un ranch aux environs de Palouse, sur la Palouse.

Elle sourit de cette formulation.

— Ça fait une bonne trotte, d'ici. Vous le faites souvent ?

— Une fois par an, dit-il de manière appuyée.

— Ce jour-là, dit-elle doucement, et ce n'était pas une question. Dites-moi, ce long trajet soulage-t-il votre culpabilité ?

Il lui jeta un regard aigu. Puis il faillit rire de lui-même. Il aurait dû savoir que Quinn épouserait une femme intelligente.

— Non. Pas d'un iota.

— Personne d'autre que nous n'exige de pénitence aussi longue.

— Aucune pénitence ne peut rendre son père à Amanda.

— Non. Rien ne le pourra.

Quelque chose dans sa voix le poussa à dire :

— Vous le savez, n'est-ce pas ?

Elle hocha la tête.

— Mon père aussi était policier. Tué dans l'exercice du devoir quand j'avais seize ans.

Fermant les yeux, il poussa un soupir de lassitude.

— Je suis désolé.

— Comme vous n'êtes pas un de ceux qui le disent sans savoir de quoi ils parlent, je vous crois.

Cela le fit rouvrir les yeux.

— Je…

Il s'interrompit en voyant quelque chose bouger à la limite de son champ de vision. Il aperçut alors un chien, qui courait vers eux.

— Oh oh ! dit Hayley. Le chien dont je vous parlais ! Il est vraiment intelligent. Au point de savoir ouvrir le coffre.

— Il est à vous ?

— Hum ! Et, ajouta-t-elle tandis que l'animal galopait dans leur direction, il est en mission, apparemment. Quinn ?

Son mari se retourna. Au lieu de s'irriter que le chien se soit échappé, il prit l'air intéressé.

Adam regarda l'animal ralentir maintenant qu'il était plus près. Son pelage était assez caractéristique, noir sur la tête et les épaules, et brun tirant sur le roux sur le dos et la queue. Il salua Hayley d'un bref coup de langue sur les doigts, et elle lui caressa la tête. Puis, comme son mari, elle attendit.

Le chien s'arrêta devant Adam et leva les yeux. Le regard de l'animal était tellement intense qu'il en était déstabilisant. Adam se demanda s'il devait le caresser ou non, mais une truffe fraîche effleura sa main. Sa main droite. Il fit une caresse hésitante à l'animal. Le chien se pressa contre lui d'une manière qui soulagea son agitation et dénoua ses entrailles. Il fixa l'animal, stupéfait de se sentir mieux. Même son coude, que le froid de décembre rendait douloureux, lui faisait soudain moins mal.

— Je vous présente Cutter, dit doucement Hayley. Le membre à quatre pattes de l'équipe Foxworth.

— Et peut-être le plus indispensable.

La voix de Quinn venait de derrière lui ; apparemment, il était venu voir ce qui se passait. Heureusement pour Adam, Amanda était restée là où elle était.

— Il est…

Il ne put trouver ses mots.

— Oui, en effet, dit Hayley. Étonnant, non ?

— Il fait toujours cet effet aux gens ?

— À moins qu'on ne fasse partie des méchants, dit Quinn. En ce cas, tu aurais déjà perdu ta main.

— Et au cas où vous vous poseriez la question, ajouta Hayley, c'est un excellent juge des caractères.

— Entre autres choses, dit Quinn en jetant un regard si amoureux à sa femme qu'Adam baissa les yeux.

Le chien se releva, lécha la main de Quinn comme il

l'avait fait pour Hayley puis trotta vers Amanda. Adam ne put s'empêcher de l'observer. Le chien s'assit devant elle. Amanda semblait le connaître et, sans hésiter, elle se pencha pour lui caresser la tête. Il s'appuya contre elle comme il l'avait fait avec Adam, et ce dernier vit à son expression que cela avait le même effet sur elle.

Puis le chien se leva, se retourna et s'assit à nouveau, cette fois le dos tourné à Amanda. Il regarda Quinn et Hayley. Enfin il revint vers Adam, s'assit dans la même position et lui jeta le même regard.

— Eh bien ça alors ! commenta Quinn avec intérêt.

— En effet, dit Hayley, dont les yeux allaient d'Adam à Amanda et vice versa.

Adam n'avait aucune idée de ce qui se passait. Il regarda Amanda, qui avait l'air tout aussi perplexe.

— Alors dites-moi, commença Hayley, avant la mort de son père, comment vous entendiez-vous avec Amanda ?

Adam cilla. Qu'est-ce qui l'avait poussée à poser cette question ? Cela réveillait trop de souvenirs. Du jour où il avait rencontré la fille de son coéquipier. Il avait toujours eu un faible pour les rousses, et sa longue chevelure avait cette teinte de feuillage d'automne qui attirait toujours son œil.

Et quand elle lui avait souri et avait levé vers lui ses yeux d'un vert hypnotisant sous d'épais cils dorés, il avait cru, un instant…

Mais désormais, il savait avec certitude qu'elle le haïssait. Et qu'elle avait les meilleures raisons du monde pour cela.

# 3

Amanda n'arrivait pas à croire qu'il soit là.

Adam Kirk. Le coéquipier de son père, l'homme qui aurait dû le protéger. Bien sûr, il était encore un bleu à l'époque, mais même lui avait reconnu qu'il aurait pu le sauver s'il avait été plus rapide. D'accord il avait été blessé au bras, mais Quinn avait été blessé au flanc et s'était quand même débrouillé pour abattre le tireur.

Et par-dessus tout, Adam était un lâcheur. Il avait quitté la police et la ville pour ne plus jamais revenir. Elle n'avait aucun respect pour ça, elle à qui son père avait appris à ne jamais renoncer.

Elle le fixa de loin, les dents serrées. Elle ne l'avait pas revu depuis le jour où elle avait explosé à l'hôpital. Elle refusait de se sentir coupable de ça. Parce qu'il était seulement blessé, tandis que son père était à la morgue. Il l'avait mérité et il le savait. Il n'avait pas dit un mot, il avait juste évité son regard.

Elle aurait voulu se raccrocher à ce calme étrange qui l'avait envahie quand Cutter l'avait saluée. Elle n'aimait pas être en colère. Et elle se demandait parfois si cette colère n'avait pas à voir avec la manière dont elle avait dévoré des yeux le nouveau coéquipier de son père. Des cheveux noirs et des yeux gris qui l'avaient fait se questionner sur sa préférence pour les yeux bleus. Un corps grand et mince, une démarche dont elle avait compris l'origine quand elle avait appris qu'il était né dans un ranch. Cela avait fait de lui le cow-boy de ses rêves, une image qui s'était gravée dans son esprit le jour où il était passé au stand de la police, à la foire de Puyallup, avec un chapeau noir.

Et soudain, elle fut à nouveau ce jour-là, le taquinant sur ce chapeau. Puisqu'il était de la police, il aurait dû en porter un blanc, lui avait-elle dit en riant.

« Les chapeaux blancs sont trop salissants, Mandy. »

Elle lui avait permis de l'appeler par son diminutif, un signe de son attirance immédiate, supposait-elle. Bien sûr, elle avait repris cette permission, ce soir-là à l'hôpital, quand elle lui avait dit ce qu'elle pensait de lui.

Et maintenant, elle voyait dans ces paroles une sorte d'avertissement. Il ne portait pas de chapeau blanc parce qu'il ne méritait pas ce symbole, parce qu'il savait qu'il allait le salir.

Elle sursauta quand Quinn et Hayley – et Cutter – parurent mener Adam vers elle. En fait, le chien semblait le pousser par-derrière, comme aurait fait un chien de berger.

Quinn n'en avait pas voulu à Adam pour ce qui s'était passé, même s'il avait été blessé beaucoup plus gravement. Cela l'avait déconcertée au début, mais elle avait compris qu'elle voyait cela du point de vue de quelqu'un qui avait grandi parmi des policiers. Et la règle n° 1 était qu'on protégeait toujours les arrières de ses coéquipiers.

Adam n'avait pas assuré les arrières de son père.

— Il t'a fallu cinq ans pour te décider à venir ?

Les mots étaient sortis de sa bouche avant qu'elle réfléchisse. Elle ne voulait pas provoquer de dispute sur le lieu de repos de son père.

Adam releva la tête. Et la première pensée qui lui vint à l'esprit fut que ses yeux étaient plus sombres qu'elle ne se le rappelait.

— Je suis venu chaque année, dit-il tranquillement.

*Vraiment ?*

— Je suis tombé deux fois sur lui, dit Quinn, comme s'il avait senti ses doutes.

Un long silence tomba, magnifié en quelque sorte par ce décor paisible.

— Je ne connaissais pas ton père, dit enfin Hayley d'une

voix douce. Mais d'après ce que j'ai entendu dire, je suis sûre qu'il n'aurait pas voulu que sa fille bien-aimée reste en colère jusqu'à la fin de sa vie.

— Je ne suis pas en colère. La plupart du temps.

Son regard se posa sur Adam à temps pour le voir tressaillir. Cela ne lui donna aucun plaisir. Comme ce jour-là à l'hôpital, il ne dit rien.

— Amanda, ce n'était pas sa faute, commença Quinn, mais Adam lui coupa la parole.

— Si, c'était ma faute. Et elle le sait aussi bien que moi. Je mérite toute sa colère. J'étais le coéquipier de son père et je ne l'ai pas protégé.

Il posa le regard sur Amanda.

— Je suis désolé de t'avoir dérangée. Je ne t'avais pas vue, sinon j'aurais attendu.

Il la contourna et s'arrêta près de la sépulture. Fermant les yeux, il baissa la tête, et elle se demanda ce qu'il pensait. Puis il leva le bras droit comme pour saluer, mais n'acheva pas son geste.

Comme tout ce qu'il faisait.

Enfin, en silence, sans la regarder, il s'éloigna.

Adam n'avait qu'une envie, rentrer chez lui. C'est ce qu'il aurait fait s'il n'avait eu ce rendez-vous le lendemain. L'orthopédiste avait été catégorique. Sans doute encore des paperasses à signer pour la municipalité. Autrement, il n'en voyait pas l'utilité. Son bras était aussi guéri qu'il pourrait jamais l'être. La seule chose qu'on lui proposait, c'était une série interminable d'opérations. Il en avait déjà eu six, et avait suffisamment de vis et de plaques pour déclencher n'importe quel détecteur de métal. Aucune envie d'en ajouter une autre. Il finirait peut-être par accepter la pose d'une prothèse comme on le lui avait recommandé. Mais pour l'instant, il en avait assez des hôpitaux, des médecins et, par-dessus tout, des scalpels.

Il se dirigea vers le centre-ville, trouva une place de parking, descendit de voiture et se mit à marcher. La ville avait peu changé en cinq ans. Il dépassa la boulangerie, où Greg s'arrêtait souvent pour acheter les roulés à la cannelle qu'aimait sa fille. Ils vivaient ensemble depuis que la femme de Greg était morte, quand leur fille avait cinq ans.

Adam se souvint de la première fois où il avait compris qu'Amanda était désormais orpheline. Le fait qu'elle soit déjà adulte n'y enlevait rien, car le père et la fille avaient été très proches. Il avait essayé de s'imaginer sans parents pour l'aider à surmonter les pires moments de sa convalescence et il n'avait pas pu.

Il dépassa le magasin d'animaux, soulagé de ne plus voir de chiots au regard triste dans la vitrine. Elle était désormais remplie de jouets, de colliers et de ces pulls ridicules pour chiens.

Il se rendit compte qu'il serrait les poings et que son cou était tendu. Il s'efforça de se détendre, mais cela ne dura que l'espace de trois enjambées. Parce qu'il était arrivé au carrefour et qu'il voyait l'épicerie de l'autre côté de la rue. Ouverte vingt-quatre heures sur vingt-quatre, elle avait toujours été sur leur tournée de patrouille. Le propriétaire de l'époque était un Sikh, un dur à cuire dont le grand-père avait combattu en Italie avec les Alliés. Adam l'avait appris lors d'un de ces cours d'histoire impromptus que donnait Greg, à la grande joie du propriétaire qui avait approuvé l'exactitude de ce récit. Cet homme et toute sa famille étaient venus à l'enterrement de Greg.

Adam avait entendu dire qu'ils avaient vendu le magasin après la mort de celui qu'ils considéraient comme un ami. Il ignorait qui était le propriétaire maintenant, mais cela n'avait pas d'importance. La seule chose qui comptait était ce qui s'était passé là.

La première chose qu'il remarqua fut qu'on avait refait le parking. Cela non plus n'avait pas d'importance. Il se rappelait parfaitement où Greg était tombé. Lui était à l'intérieur, mais l'instant où il avait franchi le seuil en entendant les coups de feu était gravé dans sa mémoire. Son coéquipier à terre, une mare de sang autour de lui, et un inconnu à quelques mètres, également blessé, qui s'était débrouillé pour rouler sur lui-même, retirer l'arme de la main de Greg et tirer trois coups de feu dans le noir.

Quinn Foxworth, faisant le travail qu'il aurait dû faire. Tout cela parce qu'il avait cru le caissier quand il avait dit au dispatcher que le cambrioleur s'était enfui. Que Greg lui ait dit d'entrer pendant qu'il vérifiait les parages n'avait pas d'importance non plus. Il aurait dû assurer ses arrières.

Aurait dû, aurait pu, aurait voulu.

Un vieux refrain inutile. Il avait fait ce qu'il avait fait, et le résultat ne changerait pas : l'un des meilleurs hommes qu'il ait connus était mort. La vie de sa fille ne serait jamais, jamais plus la même.

Et il n'avait pas le droit de se plaindre uniquement parce que la sienne non plus.

Il tourna les talons et reprit le chemin par lequel il était venu. Qu'avait-il voulu faire en venant ici ? Il ne savait qu'une chose, c'était que son humeur sombre s'était encore assombrie.

# 4

Le chien des Foxworth était incroyablement bien élevé, songea Amanda en servant du café à Quinn.

La première fois qu'ils étaient venus, elle s'était dit qu'elle aimerait mieux connaître Hayley, et c'était pour cela qu'elle les avait invités à l'accompagner. En préparant le café, elle avait vu que Quinn regardait la photo officielle de son père, l'air perdu dans ses pensées.

Hayley s'était assise sur le sofa, Cutter sagement couché à ses pieds. Amanda n'avait jamais eu de chien, même si elle les avait toujours aimés. Cela n'aurait pas été juste pour l'animal, car elle passait tout son temps à l'école et son père avait des horaires de fou.

Quand ils furent tous trois assis autour de la petite table, Cutter vint vers elle. Il s'assit sur son arrière-train et posa sur elle ce regard qu'il avait eu au cimetière. Instinctivement, elle tendit la main pour lui caresser la tête. Et voilà qu'elle avait de nouveau ce sentiment… d'apaisement. L'épaisse queue du chien remuait légèrement. Elle décida de lui pardonner de s'être agité quand Adam était parti. Peut-être était-ce l'un de ces chiens qui adoraient les gens.

— Étonnant, n'est-ce pas ? dit Hayley.

Amanda leva les yeux et vit la femme de Quinn sourire.

— Oui, c'est vrai.

— Tu devrais le voir quand il fait ses visites de chien thérapeutique.

— Je parie qu'il est vraiment doué pour ça.

— Oh oui ! Il n'a presque pas eu besoin d'entraînement. On m'a dit que c'est instinctif chez certains.

Amanda caressa à nouveau la tête du chien puis, sur une impulsion, se pencha et l'embrassa entre les oreilles.

— Oh ! maintenant que tu as fait ça, dit Quinn avec un petit rire, il va se sentir comme chez lui.

— Il peut, dit-elle avec sincérité, car le chien avait d'excellentes manières.

Mais elle fut un peu surprise de le voir se lever et commencer à fureter, comme s'il cherchait quelque chose.

— Tu es contente de t'être réinstallée ici ? demanda Quinn.

Il parlait de la maison. Elle avait vécu quelques années dans un petit appartement, mais elle avait réemménagé chez son père après sa mort. Et elle savait qu'elle se devait d'être honnête avec Quinn.

— Oui et non. Cela me réconforte parce que je sens sa présence et ça me fait mal parce qu'il n'est plus là.

Elle soupira.

— Les gens n'arrêtent pas de me dire de déménager, mais…

— Chacun suit son chemin à son rythme, dit gentiment Hayley.

Amanda se rappela qu'elle avait perdu sa mère quelques mois avant de rencontrer Quinn.

— Tu arriveras peut-être à un stade où rester te fera plus de mal que de bien, mais il n'y a que toi qui pourras le décider.

— Contente-toi d'être honnête avec toi-même, lui conseilla Quinn. Si ça fait trop mal de partir, reste. Si ça fait trop mal de rester, pars.

— Voilà mon mari, toujours pragmatique, remarqua Hayley avec un sourire affectueux.

— Si seulement je pouvais trancher, dit tristement Amanda.

— Alors pars quelque temps et vois comment tu te sens, suggéra Quinn. Va passer le reste de l'hiver dans le Sud.

— J'y ai pensé, reconnut Amanda.

— Moi aussi, dit Hayley. Chaque fois que je rends visite

à mon frère. Ce que nous allons faire dans quelques jours, parce qu'il se marie, acheva-t-elle avec un large sourire.

— Félicitations à lui ! lança Amanda avec chaleur.

Les Foxworth et tous ceux qui leur étaient apparentés ne lui inspiraient que des sentiments affectueux.

— J'étais…

Un bref aboiement lui coupa la parole. Cutter avait disparu, et son aboiement venait de l'arrière de la maison. Instinctivement, elle regarda Quinn.

— Hum ! intéressant, se contenta-t-il de dire, mais il se leva et alla voir.

Amanda le suivit avec une certaine appréhension. Le chien était entré dans ce qui avait été le bureau de son père. Sa table était encore là, ainsi que le portable sur lequel elle s'était tellement penchée après sa mort. Les étagères étaient pleines de ses livres. Son père se servait avec réticence d'une tablette pour certaines choses, mais les livres avaient toujours été son premier choix. « C'est parce que je suis vieux, Mandy. »

Il plaisantait, mais désormais cela lui serrait le cœur. Parce qu'il ne vieillirait jamais. Elle avait entendu quelqu'un dire qu'on ne pouvait comprendre le sens de « toujours » avant d'avoir perdu quelqu'un.

Cutter flairait l'étagère du bas, sur laquelle étaient rangés ses livres d'enfance, dont une série qu'elle relisait de temps à autre.

Elle sursauta quand le chien posa une patte sur le livre du milieu. Elle ne voulait pas qu'il l'abîme. Ces livres étaient un cadeau de son père. Mais il s'immobilisa et regarda Quinn.

— Qu'est-ce que tu as là, mon garçon ? demanda Quinn en s'accroupissant.

Il sortit de la rangée le volume que le chien avait touché. Immédiatement, l'animal s'assit. Quinn se redressa et regarda la jaquette.

— Il est à toi, je suppose.

— Oui.

Amanda lui expliqua rapidement la signification que ces livres avaient pour elle.

— Tu les relis de temps en temps ? demanda Quinn avec un regard aigu.

Elle rougit légèrement. C'étaient des livres d'enfant, après tout. Mais oui, elle avait toujours trouvé plaisir à les relire.

Quinn regarda autour de lui, et désignant du menton le bureau, demanda :

— Ton père utilisait cette pièce comme bureau ?

— Oui. Qu'est-ce qu'il y a ? Il a senti quelque chose ? J'avoue que j'avais tendance à manger en lisant, avoua-t-elle, parce que je n'arrivais pas à les poser pour le dîner.

— Tu n'es pas la seule, dit la voix tranquille de Hayley derrière elle. Je lisais ces livres à ma mère quand elle était malade. C'était la seule chose qui la distrayait quand elle a commencé à vraiment souffrir.

Amanda sourit et lui pressa la main.

— Voyons voir si on peut découvrir ce qui intrigue Cutter, dit Quinn.

Amanda apprécia le soin avec lequel il tenait le livre. Sans doute faisait-il de même avec les affaires de son père. Elle savait que Quinn et sa sœur avaient créé la fondation Foxworth en mémoire de leurs parents, tués dans un attentat sur un avion de ligne quand ils étaient enfants. Et que la fondation était née de leur colère de ce que l'auteur de l'attentat ait été libéré après un marché politique nauséabond.

Oui, Quinn avait dû affronter le chagrin bien plus jeune qu'elle, et le savoir ne faisait qu'accroître son respect à son égard. Et la preuve de son bonheur avec Hayley lui donnait de l'espoir pour son propre avenir.

Elle le regarda feuilleter le livre tout en pensant à l'histoire qu'il contenait. Mais elle le vit s'arrêter à peu près à la moitié du livre. Il regarda alors le chien.

— Je l'ai trouvé, mon garçon, murmura-t-il.

La queue du chien frappa joyeusement le parquet.

— Bien raisonné, dit-il encore. Elle serait passée inaperçue à quiconque l'aurait feuilleté trop vite.

— Quoi ? demanda Amanda sans respirer.

Quinn leva les yeux.

— Ton père savait que tu les lisais régulièrement, non ?

— Oui. Cela le faisait sourire, parce que c'était quelque chose qui… nous appartenait.

Quinn hocha la tête.

— Et donc il savait exactement où cacher…

Il leva le livre pour le lui montrer :

— … ceci, pour que tu finisses par le trouver.

Dans un petit trou soigneusement découpé dans l'épaisseur des pages, près de la reliure, quelque chose était retenu par un petit morceau de scotch. Une clé USB.

Un frisson glacé lui parcourut le dos. Un souvenir lui était revenu, aussi clair que si son père avait été devant elle.

« S'il arrive quelque chose, Amanda, souviens-toi que tu as toujours été réconfortée par ces histoires. »

Elle avait cru qu'il parlait de choses comme perdre la bague de sa mère ou avoir une mauvaise note. Mais maintenant…

— Oh ! mon Dieu, murmura-t-elle. Il me l'a dit. Je n'avais pas compris, mais il m'a dit là où regarder s'il lui arrivait quelque chose.

Quinn lui passa un bras autour des épaules.

— Alors voyons ce qu'il voulait que tu trouves.

# 5

Adam passa une nuit presque blanche dans un petit hôtel près du centre médical universitaire. La consultation elle-même fut brève, bien qu'il ait dû patienter presque une heure. Les résultats étaient ceux auxquels il s'attendait. Seule une prothèse pourrait améliorer les choses. Une opération importante et beaucoup de rééducation.

En retournant à son véhicule après avoir adressé son habituel « Je vais y penser » au médecin, il organisa mentalement son retour. Il allait prendre le pont flottant puis la 405, bifurquer sur l'Interstate 90 et prendre ensuite la direction de chez lui. La météo avait l'air de vouloir se maintenir jusqu'au col de Snoqualmie, si bien qu'il ne devrait pas avoir de problème.

Il s'arrêta pour payer sa chambre et dit au réceptionniste qu'il serait parti dans moins d'une heure. Il y avait une cafetière dans la chambre – on était à Seattle, après tout —, et il se prépara du café tout en changeant son pantalon de ville pour un jean. Il réchauffa sa thermos avec de l'eau bouillante puis la remplit de café. Cela devrait le tenir éveillé jusque chez lui. Enfin, il versa le reste du café dans le gobelet qu'il avait gardé, prit son sac et la thermos et referma la porte derrière lui.

Il venait de poser son sac sur le siège de son pick-up quand son téléphone sonna. Un léger sourire lui vint aux lèvres. Natalie sans doute, qui s'assurait qu'il était en route. Il prit son téléphone et jeta un coup d'œil à l'écran. Le numéro ne faisait pas partie de ses contacts. Mais l'indicatif était celui de l'autre rive de la Sound. Il prit l'appel, les sourcils froncés.

— Adam ? Quinn Foxworth. Tu es toujours en ville ?

Que lui voulait donc Quinn après leur rencontre de la veille ? Et comment avait-il eu son numéro, d'ailleurs ?

— Oui. Je suis en train de me préparer à partir.

— Alors je suis content de t'avoir joint à temps. Tu pourrais retarder ton départ ?

— Il faut demander à la neige qui se dirige vers les Cascades. Pourquoi ?

— Amanda est ici, à Foxworth. Et nous avons besoin de ton aide.

Il s'immobilisa. Il n'arrivait pas à imaginer pour quelle raison Amanda Bonner aurait besoin de son aide.

— Mon… aide ?

— Pour quelque chose qu'elle a découvert. Ce n'est peut-être rien. Tu peux venir ici ?

— Elle sait que tu m'as appelé ?

— Oui.

— Et elle était d'accord ?

— Oui.

Il y eut une pause, puis Quinn dit d'un ton navré :

— Sans enthousiasme je dois dire, mais elle était d'accord.

— Elle doit être désespérée.

— Nous le sommes tous, à ce stade.

Comment aurait-il pu refuser ? Il ignorait ce qu'il était en mesure de faire, mais si Amanda était d'accord, on pouvait tabler sur un désespoir certain.

Il inspira fortement et dit :

— D'accord.

Il ne savait pas à quoi il s'était attendu, mais le bâtiment caché dans les arbres le surprit. Il n'était même pas sûr d'être au bon endroit. La rive pluvieuse de la Sound ne lui était pas familière. Le trajet en ferry avait été agréable et lui avait donné l'occasion de manger un en-cas – la soupe de clams faisait partie des choses qui lui manquaient. Mais une fois de l'autre côté, il dut se concentrer pour trouver sa route. Surtout qu'il avait commencé à pleuvoir à sa descente du ferry.

Il n'y avait aucun panneau, en dehors d'un numéro sur un poteau, dans la rue. Il avait suivi l'allée jusqu'à un bâtiment vert de deux étages, qui se confondait presque avec les conifères alentour.

En s'approchant, il aperçut un petit parking et un second bâtiment aux allures d'entrepôt. Et entre les deux bâtiments, quoi… Un héliport ?

Il fronça les sourcils et ralentit encore. Qu'était exactement la fondation Foxworth ? L'un des rares collègues avec lequel il était resté en relation lui avait dit que Quinn avait fondé une sorte d'organisation charitable, mais c'était tout ce qu'il savait.

Il s'approcha prudemment et crut entendre quelque chose. C'était une journée plutôt tiède comparé à Palouse, et il baissa sa vitre pour écouter. Et entendit les aboiements étouffés d'un chien. Le chien appartenant à Quinn et Hayley ou un chien de garde inconnu ?

Il freina à fond. Ce ne fut pas une grosse secousse car il roulait lentement, mais cela lui fit le même effet. Parce qu'en passant le dernier virage il avait aperçu dans le parking la précieuse Camaro de Greg. Le petit coupé sport d'un bleu vif lui rappela un flot de souvenirs.

Amanda l'avait gardée. Non seulement elle l'avait gardée, mais la voiture était immaculée, comme du temps de Greg.

Il serra les doigts avec force et heurta son coude droit du poing. La douleur lui permit de reprendre ses esprits.

Il venait de garer son pick-up quand une porte s'ouvrit lentement. Quand elle fut suffisamment ouverte, un chien se glissa par l'entrebâillement et s'élança vers lui. Adam reconnut son allure ainsi que sa couleur.

Il se demanda qui l'avait laissé sortir. La pluie tombait à présent à verse. Il sortit de son pick-up avec prudence. Le chien avait paru assez amical la veille mais, sur son propre territoire, il risquait de se montrer plus dissuasif.

Cutter s'arrêta devant lui et fourra sa truffe dans sa main

pour le saluer. La main droite encore, nota Adam. Était-ce parce que la plupart des gens étaient droitiers, ou parce que l'animal savait d'une manière ou d'une autre que son bras était abîmé ?

Cutter poussa un petit ouaf, puis reprit le chemin par lequel il était venu. Au bout de quelques pas, il s'arrêta et regarda Adam. L'invitation n'aurait pas pu être plus claire.

— Je te suis, le chien, marmonna-t-il.

Voyant qu'Adam lui emboîtait le pas, Cutter trotta vers la porte sans se soucier de la pluie.

Quand ils furent plus près, Adam distingua un gros bouton métallique sur le mur extérieur. Le chien se dressa sur ses pattes arrière et pressa dessus. La porte s'ouvrit lentement. Adam se demanda si le système avait été installé pour permettre au chien d'aller et venir. Hayley avait dit qu'il était très intelligent. S'il était capable d'ouvrir un coffre de voiture, ce devait être un jeu d'enfant pour lui.

Il hésita en tenant la porte, car il avait le sentiment que la franchir allait tout changer. Qu'un nouveau face-à-face avec Amanda allait anéantir la paix relativement fragile qu'il avait réussi à trouver.

Cutter sortit la tête, comme pour lui demander ce qu'il faisait.

— Tu ferais mieux d'entrer ! cria Quinn à l'intérieur. Il n'aura de cesse que tu le fasses.

Adam croisa le regard du chien. Il y avait des paillettes d'or dans ses yeux, qui leur donnait une profondeur inhabituelle chez un animal.

Il franchit le seuil et s'arrêta, stupéfait. L'intérieur du bâtiment n'avait rien d'industriel. On aurait dit un salon, avec quatre fauteuils et un sofa disposés sur un épais tapis, devant une cheminée à gaz qui brûlait joyeusement. Au fond à gauche, il y avait une petite cuisine à l'air fonctionnel. Sur la droite une porte ouverte laissait entrevoir une salle de bains. Une autre porte était fermée à côté.

Il avait fait cet inventaire pour éviter de regarder les trois personnes assises devant le feu. Quinn et Hayley étaient dans les fauteuils et, de l'autre côté, le plus proche de la cheminée, se trouvait… Amanda. Il n'eut pas besoin de la regarder pour savoir que c'était elle, il le sentait.

Il nota qu'il se tenait sur du carrelage et qu'il y avait une longue de rangées de crochets au mur. Il devina que c'était une pièce pour se débarrasser des vêtements et chaussures mouillés. Il retira sa veste et l'accrocha au mur. Il y avait aussi un paillasson et une pile de serviettes dans un panier.

Cutter était assis près du panier, le regardant.

Il lui vint brusquement à l'idée que les serviettes étaient là pour lui.

— Vous voulez que je le sèche ? demanda-t-il en direction du salon.

— S'il te plaît, répondit Hayley. Il s'agite tellement aujourd'hui qu'il nous rend tous nerveux.

Elle avait un ton approbateur, et il se demanda brièvement s'il avait passé une sorte de test. Quinn et elle le regardaient. Mais Amanda – il risqua un œil dans sa direction – fixait le feu d'un air déterminé. Il ne fallait pas être un génie pour comprendre qu'elle n'avait pas désiré sa présence.

Toujours sans les regarder, il prit une des serviettes et essuya les pattes de Cutter, qui se laissa faire patiemment.

Il pendit la serviette humide à l'un des crochets. Cutter avait recommencé son manège. Il le suivit donc, tout en souhaitant au fond de lui être n'importe où ailleurs.

Pour cette raison, il se dirigea vers le bout du canapé le plus éloigné d'Amanda. Mais Cutter obliqua de telle sorte qu'il fut obligé de prendre le fauteuil à côté d'elle. Il aurait pu enjamber l'animal, mais quelque chose dans la manière dont il le regardait…

Il céda, en se disant qu'au moins il faisait face à Hayley et Quinn. Qui, remarqua-t-il, observaient leur chien d'un air intéressé et échangèrent un regard entendu. À propos de quoi, il n'en avait aucune idée.

Amanda continuait de regarder le feu. Il faillit lui adresser la parole pour lui dire qu'il comprenait pourquoi elle ne voulait pas de lui, mais s'en abstint. Il n'avait rien à y gagner – car ce qu'elle éprouvait était évident pour tout le monde. Sauf, peut-être, pour Cutter, qui ne semblait pas avoir saisi le message.

Il attendit. Le silence tomba sur la pièce. Il ne serait jamais venu s'ils ne l'avaient pas appelé, et c'était à eux d'entamer la conversation… Quelle qu'elle fût.

Il imita Amanda et fixa le feu en silence. Et se dit que ce serait bien la seule chose sur laquelle ils seraient d'accord.

# 6

Amanda n'avait pas envie de voir Adam, mais elle avait dû se rendre à la logique de Quinn. Elle avait donc accepté qu'il l'appelle, espérant en secret qu'il ne répondrait pas ou qu'il refuserait de venir. Il devait certainement savoir qu'il ne serait pas le bienvenu. Pour elle, en tout cas. Elle ne savait pas en ce qui concernait Quinn ; cet homme était plus que capable de dissimuler ses sentiments derrière une façade.

Adam aurait pu au moins s'asseoir ailleurs. Même si Cutter se mettait dans ses jambes, ce n'était qu'un chien après tout. Il aurait pu l'enjamber. En même temps, là où il était assis, il était plus facile d'éviter de le regarder. Elle pouvait garder le regard posé sur Quinn, Hayley ou le feu. Le chien lui avait peut-être fait une faveur.

Alors même qu'elle pensait à lui, Cutter, qui avait pris position devant eux malgré l'étroitesse de l'espace poussa un bref aboiement. À peu près ce qu'elle ressentait elle-même, à savoir : « Passons à la suite ».

— C'est noté, dit Quinn d'un air amusé.

Il se pencha en avant pour prendre l'ordinateur portable sur la table. Ils y avaient branché la clé USB trouvée par Cutter. Comment il avait fait, Amanda se le demandait encore. Quinn et Hayley avaient haussé les épaules et déclaré qu'ils avaient renoncé à comprendre comment leur chien savait ce qu'il savait.

— Nous, ou plutôt Cutter, avons découvert cette clé USB dans le bureau de Greg et Amanda. Très bien cachée. Dans un endroit que seule Amanda aurait fini par trouver.

Quinn pressa quelques touches, et l'écran plat placé au-dessus de la cheminée s'illumina. Encore quelques touches et l'image s'afficha. Amanda détourna les yeux, incapable de la regarder.

— Tu reconnais cette écriture ? demanda Quinn.

Adam l'étudia un instant, les sourcils froncés. Amanda en profita pour l'observer. Il avait l'air… plus vieux. Il était toujours agréable à regarder – beau, d'accord – mais le temps avait laissé ses marques. Du moins sur le visage juvénile dont elle se souvenait.

*Et dont tu es tombée amoureuse au premier coup d'œil, idiote que tu es.*

Il lui lança alors un regard inattendu, et elle rougit de s'être laissé surprendre. Contrariée, elle détourna vivement les yeux. Elle aurait nettement préféré lui faire baisser les siens, lui montrer qu'elle méprisait jusqu'à sa présence.

— C'est… C'est celle de Greg, dit Adam. Mais vous le saviez déjà.

— Oui, dit Hayley d'un ton calme. Amanda nous l'a dit. Et qu'il détestait taper sur un clavier.

Adam hocha la tête.

— Il était de la vieille école. Il trouvait que les processus mentaux étaient différents selon qu'on tapait ou qu'on écrivait.

— Il y a du vrai là-dedans, approuva Hayley. On a fait des études là-dessus.

Il hocha à nouveau la tête.

— Alors il écrivait et il prenait une photo des pages pour avoir un enregistrement numérique.

— Ça devait faire bizarre dans les rapports de police, dit Quinn.

— C'était surtout moi qui les tapais.

— Tu reconnais ça, en particulier ? reprit Quinn.

Amanda se surprit à retenir son souffle tandis qu'Adam examinait la page projetée. Elle n'avait pas pris conscience jusque-là de son espoir qu'il puisse donner un sens à ce fouillis de lettres et de chiffres.

— Je ne crois pas, mais je ne peux pas en être sûr. C'est le code de Greg, toutefois.

— Un code ?

Amanda n'avait pas pu s'empêcher de lancer la question. Adam commença à tourner la tête vers elle puis suspendit son mouvement. Et elle comprit soudain qu'il n'aimait pas plus cela qu'elle. Cela la secoua un peu de se rendre compte qu'elle n'avait jamais pris en considération ses sentiments à lui, en dehors d'espérer qu'il soit aussi malheureux qu'il le méritait. Ses observations précédentes lui revinrent, et elle en conclut que son espoir s'était réalisé. Cela la déprima plutôt que de la réconforter.

— Il avait un code secret qu'il utilisait quand il voulait garder quelque chose pour lui. En général, c'étaient seulement des intuitions, des spéculations, des choses qu'il ne pouvait pas prouver.

— Notre technicien a pu casser le cryptage du fichier et l'ouvrir, mais il n'a pas pu déchiffrer le document lui-même. Comme c'est manuscrit, un algorithme ne servirait à rien.

Adam approuva.

— C'est une autre des raisons pour lesquelles il procédait ainsi. Il professait un sain scepticisme à l'égard de la numérisation.

— Il n'est pas le seul, dit Quinn d'un air assez sombre.

Cutter se redressa et commença à faire les cent pas.

— Amanda a appelé des amis de son père au commissariat, poursuivit Quinn. Aucun d'eux n'a pu nous aider.

— Ils ne le peuvent pas, à moins de savoir comment Greg a élaboré son code.

— Tu le sais ? demanda Amanda

Cela lui avait encore échappé contre sa volonté.

— Oui…

Il s'arrêta.

— Ne joue pas à ça, Adam Kirk ! aboya-t-elle. Ce fichier a été enregistré pour la dernière fois le jour de sa mort. Ça pourrait être important.

Il la regarda enfin. Et elle vit les ombres qui assombrissaient ses yeux, ses mâchoires serrées. Il s'adressa à Quinn :

— C'est un code à double alphabet.

Quinn fixa l'écran.

— Et les chiffres ? demanda-t-il, sachant visiblement ce dont Adam parlait.

— Ils sont là pour suppléer à l'alphabet de base, parce qu'il y a des lettres qui se répètent.

— Alors il les a numérotées, dit Quinn. A de 1 à 5, N de 1 à 5 et ainsi de suite.

Adam approuva d'un signe de tête.

— Quelqu'un pourrait-il expliquer de quoi il s'agit aux non-experts ? lança Amanda, en essayant de ne pas prendre un ton trop abrupt.

Elle était consciente de se montrer susceptible. Elle aurait dû reconnaître quelque mérite à Adam pour être venu quand on le lui demandait.

Quinn lui répondit :

— Un alphabet est le vrai, et l'autre est codé avec à peu près n'importe quoi. Le plus simple – et le plus ancien – est le véritable alphabet à l'envers, parce qu'on peut s'en servir pour tout du moment qu'on a vingt-six lettres.

— Mais comment ça marche ? demanda Hayley.

Amanda lui jeta un regard reconnaissant, ravie de ne pas être la seule à ne pas comprendre.

— On écrit les deux alphabets, puis on substitue les lettres codées – ou dans ce cas, les lettres numérotées – à l'alphabet véritable, expliqua Quinn.

— Ou, si on est comme Greg, dit Adam avec un sourire triste, on le fait de mémoire. Je jure qu'il lisait ses documents codés comme s'il s'agissait de bon anglais.

Amanda eut un hoquet. La mémoire de son père l'avait toujours stupéfiée. « Le cerveau est comme une éponge, Mandy », lui avait-il toujours dit quand ils regardaient des quiz à la télévision. Mais elle était un peu perturbée qu'Adam le sache. Comme s'il partageait quelque chose de personnel qu'elle avait cru lui appartenir.

— Mais nous en sommes toujours à la case départ sans son code, dit Quinn.

Adam prit une forte inspiration puis laissa lentement échapper :

— Je le connais aussi.

Amanda le fixa. Soudain, un autre souvenir, qu'elle avait depuis longtemps refoulé, lui revint.

« C'est un type bien. Je lui fais totalement confiance. »

Apparemment, c'était assez vrai pour que son père lui ait confié la clé de son code. Greg ne faisait pas beaucoup d'erreurs concernant les gens auxquels il se fiait. Un seul, à sa connaissance. Qui était assis près d'elle.

— Je suppose qu'il t'a fait jurer le secret, dit Quinn, mais vu les circonstances…

Adam releva les yeux. Non pour regarder Quinn, mais elle. Puis lentement, il dit :

— C'est Amanda Catherine Bonner Aspen.

Amanda faillit laisser échapper une exclamation. Quinn la regarda.

— Ton nom et une ville ?

Elle hocha la tête, un peu engourdie, alors même qu'elle se sentait rougir.

— Son nom complet et le lieu où elle a été conçue, lors du premier anniversaire de mariage de ses parents.

Son père lui avait dit. Sans doute en plaisantant à la manière des hommes. Avec un – très gros – temps de retard, elle fut frappée par le fait qu'Adam et son père avaient partagé ce genre de relation, le genre de blagues qui poussent les femmes à lever les yeux au ciel.

Et elle n'avait aucune idée de ce que cela lui faisait.

# 7

Adam arpentait la pièce, s'arrêtant de temps à autre pour jeter un coup d'œil par les grandes fenêtres. Ils s'étaient déplacés à l'étage, dans ce qui était apparemment les bureaux de Foxworth. C'était une grande pièce avec une table de réunion, quelques box, des placards d'un côté et un ordinateur impressionnant au fond. Le mur opposé était entièrement vitré, donnant sur la clairière, une étendue de prairie, un bouquet de grands érables dénudés et des conifères et des arbousiers.

Ces arbousiers à écorce rouge étaient parmi les rares choses qui lui manquaient de ce côté-ci de la Sound, où il avait aussi laissé les vestiges éparpillés de sa vie.

Il se détourna de la fenêtre et reprit ses va-et-vient, jetant des coups d'œil à l'ordinateur, où un autre employé de Foxworth, un homme que Quinn avait présenté sous le nom de Liam Burnett, examinait le fichier. Cutter, qui errait aussi en refusant de se coucher, l'avait accueilli avec une joie si évidente qu'il était visible qu'ils se connaissaient.

— Hé ! partenaire, avait dit Liam en se baissant pour gratter le chien derrière l'oreille droite.

L'animal s'était trémoussé avec délice.

— Ria te dit bonjour et tu ferais mieux de venir bientôt manger des biscuits.

Cutter avait poussé un petit aboiement approbateur. Adam avait passé beaucoup de temps avec des chiens au ranch, mais il n'en avait jamais vu de si communicatif.

Liam reprit son examen, puis hocha lentement la tête.

— Désolé, patron, dit-il à Quinn. Impossible de traduire ça avec un programme de reconnaissance de caractères.

Adam entendit une trace d'accent dans sa voix et se demanda d'où il était originaire. Du Texas, peut-être. Ils avaient un ouvrier au ranch qui parlait un peu comme lui.

— L'écriture cursive est déjà compliquée, expliqua Liam, parce que les mêmes lettres peuvent ne pas avoir la même forme. À cela, il faut ajouter que la taille des lettres et des chiffres change pour correspondre à la place dont il disposait et que les pages ne sont pas lignées, si bien que les lignes ne sont pas droites. Bref, c'est impossible.

— Donc l'œil et le cerveau humain ont au moins le dessus sur l'électronique sur ce plan, remarqua Hayley.

Liam sourit jusqu'aux oreilles.

— Oui. Aussi dur que ce soit pour moi de l'admettre.

Il mit les photos à imprimer, tout en dessinant une grille de décodage avec les deux alphabets. Il faudrait le faire à l'ancienne manière. Il y avait vingt-cinq pages de notes sur la clé. Ils en prirent cinq chacun et s'installèrent à la table pour les traduire lettre par lettre.

Même Cutter parut se rendre compte du calme nécessaire et se laissa tomber sur un confortable matelas sous la table.

Adam dut se contorsionner un peu pour pouvoir écrire, mais personne ne parut le remarquer. Il se débrouilla néanmoins pour finir le premier. Peut-être parce qu'il savait mieux de quoi il s'agissait et qu'il était plus familier du style de son coéquipier. Il lut les pages qu'il venait de décoder, fronçant un peu les sourcils. Quand Liam lui tendit les siennes, il les prit et se mit à les lire. Quinn, Hayley et Amanda finirent quelques instants plus tard et firent glisser leurs feuilles vers lui. Il les rangeait par ordre chronologique quand il se rendit compte qu'ils avaient décidé tacitement que c'était lui qui allait tenter de comprendre de quoi il s'agissait.

Durant un instant, la tâche de donner du sens à tout cela lui parut écrasante. Mais il devait à Greg de faire au moins une tentative. Il se mit donc à lire, prit des notes, lut encore, prit des notes. La pièce était silencieuse. Il fut tenté de se dépêcher mais se força à progresser méthodiquement.

Son ancien coéquipier avait toujours été consciencieux. La réponse était là, quelque part, il fallait juste la trouver.

Quand il eut fini de lire la dernière page, il continua de la fixer. En partie pour essayer de comprendre, mais aussi parce qu'il savait que dès qu'il la poserait, tous voudraient des explications. Et ce qu'il ne pouvait donner, c'était la pièce la plus importante de l'édifice.

Enfin, il renonça et posa la page. Malgré lui, il regarda Amanda, se demandant ce qu'elle ressentait.

Elle croisa son regard, attendant en silence. Il y avait moins de colère ou de haine dans ses yeux. Parce qu'il pouvait lui transmettre une chose qui avait appartenu à son père ?

Il lui fallut un long moment pour prendre la parole.

— Je… me souviens un peu de cela. J'ai assisté à quatre de ces interrogatoires. Mais les notes qu'il a prises ne semblent pas avoir grand-chose à voir avec les raisons pour lesquelles nous avons effectué ces interrogatoires. Les trois autres, je ne sais pas. À en juger par les dates et les heures, ils se sont déroulés après les heures de bureau ou quand j'étais sur une autre mission.

— Une autre mission ? demanda Quinn.

Il fut ravi de ce prétexte pour cesser de regarder Amanda.

— C'était au début de mon affectation, alors j'étais parfois détaché dans d'autres services.

Quinn hocha la tête.

— Et tu te rappelles quand c'était ?

C'était Amanda qui avait parlé, et il aurait été grossier de ne pas la regarder, même s'il y avait une pointe d'accusation dans cette question.

— Je m'en souviens, dit-il. Tous les jours

— Après les heures de bureau ? demanda alors Hayley. Il faisait souvent ça ?

— Quand il avait quelque chose sur le feu, expliqua Adam. C'était le flic le plus consciencieux que j'aie jamais rencontré.

Il reposa les yeux sur les pages empilées devant lui.

— Et il avait quelque chose sur le feu.

— La question, dit Quinn, c'est : qu'est-ce que c'est ?

— Ça ressemble à une longue liste de réunions ou de rassemblements d'éléments criminels, dit Adam. Sans lien entre eux. Sauf…

— Pix, dit Quinn.

Le regard d'Adam vola vers son visage. Et il vit dans ses yeux que Quinn Foxworth avait été un soldat, un combattant, longtemps avant de se faire le champion de la justice et des causes perdues.

— Oui. On le retrouve dans presque toutes les références. S'il y avait une chose qui les reliait toutes dans l'esprit de Greg, c'est ça.

— Qu'est-ce que c'est que Pix ? demanda Amanda.

— J'aimerais bien le savoir, répondit-il. Greg pensait visiblement avoir découvert quelque chose d'important.

— Y a-t-il une chance qu'il ait utilisé les véritables lettres pour cette chose, au lieu du code ? Doit-on retenir « Btp » au lieu de « Pix » ? demanda Liam.

Adam secoua la tête.

— S'il voulait garder cela secret, il n'aurait jamais pris le risque que quelqu'un puisse le deviner.

Il regarda à nouveau les pages.

— La manière dont il l'utilise dans le contexte, et avec une majuscule, ce doit être un nom.

— Je suis d'accord, dit Quinn. Mais le nom d'une personne ou d'une chose ?

— Je dirais d'une personne, intervint Hayley. Mais j'imagine que ça pourrait être un lieu.

— Une organisation, peut-être ? suggéra Amanda.

— Peut-être, dit Quinn.

Il regarda Adam.

— Tu vois un lien entre les affaires dont tu te souviens ?

— Pas pour le moment. Il faudrait que je revoie les dossiers pour réellement m'en souvenir.

Quinn hocha la tête.

— Je vais voir ce qu'on peut faire.

Adam ouvrit la bouche pour dire qu'il était improbable qu'ils puissent obtenir les dossiers, puis il se rappela à qui il parlait. Quinn Foxworth avait laissé un bon souvenir au commissariat et pouvait sans doute obtenir tout ce qu'il voulait. Lui, en revanche, se heurterait à des portes fermées.

— Ce doit être important, dit calmement Amanda. Il ne l'aurait jamais dissimulé comme ça si ça ne l'était pas.

— En effet, commenta Quinn.

— Où était-ce caché ? demanda Adam. Il ne l'avait pas mis dans un glaçon, si ?

Amanda releva vivement la tête.

— Il t'a parlé de ça ?

Il ne put s'empêcher de sourire.

— Oui. Il était plutôt fier de ce coup-là.

Une fraction de seconde, il crut qu'elle allait sourire aussi.

— Il pouvait. Ça m'a pris presque deux semaines.

Elle regarda Quinn, qui avait haussé un sourcil.

— J'avais eu un PV pour excès de vitesse. Papa m'a pris la clé de ma voiture pour la cacher. Il m'a dit qu'elle était dans la maison et que je pourrai reconduire quand je l'aurais trouvée. Il m'a fallu deux semaines. J'ai regardé dans le congélateur mais je n'ai pas pensé à regarder dans les glaçons. Je me rappelle juste m'être demandé pourquoi il y avait des bacs glaçons dans le congélateur, alors que nous avions une machine à glace.

Depuis l'arrivée d'Adam, c'était la première fois qu'elle parlait d'un ton normal. Il y avait bien sûr une trace de tristesse quand elle parlait de son père, mais elle ne semblait pas malheureuse. Seulement pleine d'amour pour l'homme qui l'avait élevée. Et ce fut cela qui le poussa à ajouter :

— T'a-t-il dit comme il était fier que tu ne lui aies pas demandé d'aide pour la trouver ?

— Il m'a dit que j'avais bien agi, dit-elle. Qu'il n'y avait pas de quoi en être fier, mais que c'était ainsi qu'il fallait se conduire.

— Eh bien, il était fier. Mais il était toujours fier de toi.

— Et moi de lui, dit-elle, et une trace de son agressivité précédente transparut dans sa voix.

Il se promit de ne parler que quand elle lui parlerait à nouveau.

— On va creuser tout ça, dit Quinn. J'aimerais bien savoir comment ça se tient.

Il regarda Adam.

— La clé était dans une petite cache découpée dans l'un des livres préférés d'Amanda.

Adam fit immédiatement ce qu'il s'était promis de ne pas faire : il regarda Amanda.

— Les aventures magiques.

Elle écarquilla légèrement les yeux, et il baissa les siens.

— Il m'a dit que son meilleur souvenir de ton enfance, c'était de les lire avec toi.

Il y eut un long moment de silence, durant lequel il considéra les feuilles devant lui.

— Merci de m'avoir dit ça, dit Amanda avec une note de tristesse. C'est aussi l'un de mes meilleurs souvenirs de lui.

— Tu étais la lumière de sa vie, dit doucement Adam. Il ne cessait de parler de toi. Ou de s'inquiéter pour toi.

— Et je ne cessais de m'inquiéter pour lui, répondit-elle.

Puis, avec une note acerbe, elle ajouta :

— Pour ce que ça a servi.

Et la trêve prit fin. Adam s'efforça de se dire qu'il était content qu'elle ait au moins eu lieu, même si elle n'avait pas duré.

# 8

Maintenant que Foxworth avait pris la relève, Adam se demandait quoi faire. À cette heure-là, il aurait dû être à mi-chemin de chez lui, à la hauteur du col. Il ouvrit l'application météo sur son smartphone.

La dépression qui déversait cette pluie diluvienne sur eux faisait tomber la neige sur les montagnes. La caméra de Snoqualmie ne montrait qu'une grande étendue blanche. Pour l'instant, ils laissaient passer les gens équipés de pneus neige, mais selon toute apparence des chaînes seraient bientôt nécessaires. Et la pensée d'attacher des chaînes sur son pick-up d'une seule main suffit à le faire grogner intérieurement.

*Arrête de t'apitoyer sur ton sort, Kirk.*

— Tu penses partir ?

La voix de Hayley, derrière lui, le tira en sursaut de ses pensées.

— Je pense plutôt à ne pas partir, avoua-t-il.

— Sage décision, je pense.

Contournant son fauteuil, Hayley s'assit près de lui et lui tendit une tasse de café. Adam la prit avec gratitude. Ils étaient redescendus au salon, ayant atteint un stade où ils ne faisaient que rabâcher. Tant qu'ils ne sauraient pas qui était Pix, ils ne pourraient avancer.

— Vous allez continuer à creuser cette histoire ? demanda-t-il.

Hayley hocha la tête.

— Ne serait-ce que dans l'intérêt d'Amanda. Parce que Greg travaillait manifestement là-dessus quand il a été tué.

Adam jeta un coup d'œil à la cuisine, où Amanda et Quinn préparaient le déjeuner.

— Il la protège depuis ce moment, n'est-ce pas ?

— Oui.

Elle sourit.

— Mon mari est comme ça.

— Alors ce n'est pas seulement ce qui est arrivé à ses parents ?

— Cela n'a fait que le renforcer, je pense. Ça lui a donné une direction, une détermination.

— Il m'a dit qu'il voulait une organisation qui ne soit pas ligotée par la politique, comme l'est la police.

— Il voulait pouvoir se concentrer sur l'aide, coûte que coûte.

— Admirable, dit Adam. J'aimerais pouvoir être plus utile.

Hayley lui jeta un regard interrogateur.

— Nous serions toujours dans le noir si tu n'étais pas venu nous aider.

— Je n'ai pas fait grand-chose.

— Tu es dur avec toi-même, remarqua Hayley en s'adossant à son siège et en prenant une gorgée de café.

Il ne le pensait pas, mais cela semblait grossier de remettre en question une observation qui se voulait aimable.

— Je présume que tu n'as pas l'intention de repartir avant cette tempête, dit-elle en désignant l'image enneigée.

— Oui, dit-il avec une grimace. Je ferais mieux d'appeler chez moi.

— Tu as besoin d'un hébergement, cette nuit ?

— Je peux retourner au motel à côté de l'hôpital universitaire, dit-il.

— C'est là que tu as dormi hier soir ?

Il acquiesça.

— J'avais un rendez-vous chez le médecin, ce matin, dit-il d'un air absent, occupé à afficher sa liste de contacts.

Nat devait être dehors, préparant le ranch pour les chutes

de neige. Elle ne serait pas contente d'apprendre qu'il n'allait pas rentrer tout de suite.

— Encore un, hein ?

Il lui fallut un instant pour se rappeler ce qu'il avait dit.

— Le chirurgien essaye de me persuader de me faire réopérer, dit-il, espérant qu'elle allait abandonner le sujet.

— Est-ce que cela serait utile ?

— C'est ce qu'il dit.

— Tu ne le crois pas ?

Il posa son téléphone. La femme de Quinn était particulièrement tenace, mais elle était si gentille qu'il aurait été impoli de ne pas lui répondre.

— C'est plutôt que je suis las des opérations.

C'était vrai, mais c'était aussi une dérobade parce qu'avec une opération il récupérerait des capacités fonctionnelles et aurait moins mal – ce qu'il n'était pas certain de mériter.

— C'est tout à fait compréhensible, commenta Hayley.

Puis, de manière inattendue, elle ajouta :

— Pourquoi ne dors-tu pas ici, cette nuit ?

Il cligna des yeux.

— Ici ?

— Il y a une chambre confortable au fond, dit-elle en la désignant d'un geste, et une douche. Et il y a de la nourriture dans le réfrigérateur – tu peux te servir.

C'était une offre trop généreuse pour le peu qu'il avait fait.

— Merci. C'est très gentil de ta part, mais je pense que je vais prendre la route. Je serai d'autant plus près demain, quand la tempête me laissera passer.

— C'est à toi de choisir, dit-elle. Sache que c'est une option.

Il hocha la tête.

— Merci encore.

Il hésita puis se dit que ce serait plus facile de lui demander à elle plutôt qu'à Quinn.

— Vous me tiendrez au courant ? Si vous découvrez quelque chose ?

— Bien sûr, répondit-elle aussitôt.

Quand il se leva pour partir, Hayley l'étreignit. Quinn lui serra la main et Amanda lui dit au revoir avec raideur.

Elle avait son sac sur l'épaule et ses clés à la main, si bien qu'il en conclut qu'elle partait aussi. Mais elle hésitait, et il comprit qu'elle voulait parler aux Foxworth hors de portée d'oreilles. Bizarrement, ce fut Cutter qui protesta le plus contre son départ, bloquant la porte et posant son regard alternativement sur Amanda et lui, comme s'il tentait de leur communiquer quelque chose. Il poussa un gémissement si inquiet qu'Adam eut presque envie de rire. Mais il y avait quelque chose chez ce chien qui rendait le rire inapproprié, sinon stupide.

Ce fut Hayley qui le rappela à l'ordre en lui disant :

— Pas encore !

Quand il fut au volant, il se rappela qu'il avait besoin de carburant. Mieux valait faire le plein tout de suite, pour ne pas être coincé plus tard.

Son GPS lui indiqua que la station essence la plus proche était à quelques kilomètres sur la route du ferry. Il la trouva sans difficulté et s'arrêta. Il regarda sombrement défiler les chiffres à la pompe en remplissant son réservoir.

Il venait de récupérer sa carte quand il se dit qu'Amanda et lui seraient sans doute sur le même bateau. Durant un instant, il songea sérieusement à attendre le prochain, trois quarts d'heure plus tard, ou à aller en prendre un autre à une demi-heure de là. Mais un coup d'œil à sa montre lui apprit que cela le mettrait dans les embouteillages de Seattle à l'heure de pointe. Il ne voulait pas se lancer là-dedans.

Au moins, sa voiture bleue était facile à repérer. Il intercalerait plusieurs voitures entre elle et lui, et, une fois à bord, resterait dans son véhicule. Il ne la reverrait jamais.

Il sortit de la station et prit la direction du bateau. Sur cette rive, il était trop tôt pour le flot des banlieusards. Il avait donc la route pour lui tout seul, en dehors de quelques voitures.

Au moment où il reposait les yeux sur la route, il aperçut

comme un éclair bleu dans le rétroviseur. Il retint son souffle et vit la tache bleue se rapprocher. C'était indubitablement la voiture de Greg ; la probabilité qu'il y ait deux Camaros de ce modèle et de cette couleur sur la route était trop mince. Il pleuvait toujours à verse, si bien qu'il ne put voir dans le véhicule. Non qu'il en ait besoin, il imaginait bien Amanda au volant.

Il se força à regarder devant lui. Et vit qu'il avait ralenti, ayant ôté le pied de l'accélérateur sans s'en rendre compte.

*Encore heureux qu'il n'y ait pas de circulation, Kirk. Tu conduis comme un crétin.*

Il résista à l'envie de bifurquer sur une route perpendiculaire et de la laisser passer. Mais elle était assez près pour le voir, désormais, et si elle reconnaissait son pick-up, elle saurait qu'il l'avait esquivée. Pourquoi cela avait-il de l'importance étant donné ce qu'elle pensait de lui, il l'ignorait, mais cela en avait.

Ils pouvaient toujours s'ignorer l'un l'autre, se dit-il. Peut-être aurait-il de la chance et seraient-ils envoyés chacun d'un côté du navire à l'embarquement. Peut-être…

Un fracas retentissant interrompit le fil de ses pensées. Rien devant… Son pouls se mit à battre dans sa gorge. Avant même de regarder dans le rétroviseur, il sut.

La voiture bleue n'était plus en vue. Une autre voiture exécutait un demi-tour spectaculaire et repartait à tombeau ouvert dans la direction opposée.

Il fit de même et accéléra.

*Là*. Le flanc d'une voiture bleue renversée. La fierté de Greg Bonner dans le fossé, de la fumée s'élevant du moteur.

Et Amanda, bloquée à l'intérieur.

# 9

« Il y a toujours un moment de sidération. C'est nécessaire au cerveau pour traiter ce qui s'est passé et accepter la réalité. »

Les paroles de son père résonnèrent dans sa tête et, pour la première fois, elle les comprit. Parce qu'un long moment, elle était restée immobile, attendant de s'éveiller de ce rêve insensé. Elle était tellement bouleversée d'avoir revu Adam que cet accident ne l'étonnait même pas.

Ce fut l'odeur âcre de l'essence qui la tira de son hébétude. Ça, c'était réel. Elle avait la tête en bas et n'était retenue que par la ceinture de sécurité. L'odeur du carburant la fit penser immédiatement au feu. Elle devait sortir de là. Elle s'occuperait des dégâts plus tard. Elle tenta d'ouvrir la portière, mais elle était bloquée.

Ses premières tentatives pour détacher la ceinture de sécurité furent vaines. Dans la position où elle était, elle ne pouvait tout simplement pas l'atteindre. Elle sentait la pluie couler sur son visage et se demanda si une vitre était cassée. Elle retira la clé du contact et sentit tout de suite le canif dont son père lui avait fait cadeau. Elle s'en servit pour couper la ceinture.

Le canif pourrait aussi briser la vitre si elle s'y prenait de la bonne manière. Elle n'avait pas envie de faire ça, mais…

Elle se contorsionna pour s'appuyer contre le siège passager et pousser la portière avec ses pieds. Mais impossible de la bouger. Sa peur montait en même temps que l'odeur d'essence. Une étincelle, une pièce trop chaude…

Au moment même où cette pensée lui traversait l'esprit, elle entendit le souffle de l'essence qui s'enflammait. La panique la saisit. Il fallait qu'elle sorte tout de suite. Elle cogna le canif sur la vitre avant de le lâcher. Il fallait…

Quelqu'un était là. Tirant de toutes ses forces sur la portière, sans succès. Elle tourna sur elle-même et ouvrit la bouche pour crier.

— J'ai un…

La portière céda. D'abord de quelques centimètres, puis plus largement, avec un grincement métallique. Seigneur, il avait de la force. Car c'était un homme, elle le voyait, et…

*Adam.*

Elle ne le reconnut que quand il tendit la main pour lui prendre le bras. Elle prit appui sur lui pour sortir la moitié supérieure de son corps. La main droite d'Adam se posa sur sa taille, et il la hissa hors de la voiture comme si elle n'était qu'un enfant. Quoi qu'il ait fait de sa vie, il n'était pas devenu une mauviette, pensa-t-elle bêtement.

— Ça y est, l'entendit-elle dire. Te voilà dehors.

— Je…

— Est-ce que ça va ?

— Oui… Je crois.

— Tu saignes, dit-il avec brusquerie.

Elle comprit que ce n'était pas la pluie qui lui coulait sur le visage. Puis Adam lui toucha la joue. Il faisait froid ou alors elle était en état de choc, car ce contact lui parut insupportablement chaud. Brûlant, même. Un frisson la parcourut, qui la ramena à elle-même.

— La voiture, gémit-elle, désespérée.

Elle n'arrivait pas à reprendre son équilibre. La pluie était en train d'éteindre les flammes, mais elle voyait tout de même à quel point le coupé était endommagé.

Adam regardait maintenant sa tête, écartant doucement ses cheveux pour l'examiner.

— Ton père aurait préféré crasher sa voiture lui-même que de te voir blessée. Regarde-moi.

Elle ne voulait pas le regarder. Pas lui.

— Amanda, regarde-moi. Oublie qui je suis, tu t'es cogné la tête, et il faut que je voie tes yeux.

Elle les leva. Les siens étaient de la couleur du ciel, gris et tourmentés. Et inquiets.

Elle faillit sourire. Puis elle se rappela qui il était.

— Je vais très bien, dit-elle en essayant de s'écarter.

C'est alors seulement qu'elle se rendit compte qu'elle tremblait. Il la lâcha et recula. Cela lui déplut. Elle se dit que c'était seulement parce qu'elle avait froid.

Puis une vague de chaleur l'enveloppa, et elle soupira d'aise. Elle essaya de s'y blottir et se rendit compte que c'était une veste. La veste d'Adam.

— Viens t'asseoir, dit-il en l'entraînant doucement vers son véhicule.

Elle résista.

— Viens t'asseoir avant de tomber, précisa-t-il. Parce que si je te rattrape, tu seras encore plus en colère contre moi.

Il avait raison. Mais avant qu'ils puissent faire trois pas, il s'arrêta et leva la tête. Elle eut à peine le temps de s'interroger qu'elle l'entendit aussi : une autre voiture approchait.

— Foxworth, murmura-t-il.

Levant les yeux, elle vit Quinn au volant d'un gros SUV. Il s'arrêta, se gara de manière à détourner la circulation et mit ses warnings. Hayley était déjà descendue et courait vers eux, Cutter sur les talons.

— Amanda ! Ça va ?

— Je vais bien, affirma-t-elle.

— Elle saigne. Je crois qu'elle s'est cogné la tête, dit Adam.

— L'ambulance est en route, dit Hayley.

Quinn hocha la tête en s'approchant d'eux.

— Nous en avons appelé une dès que nous avons vu la voiture.

— Vous avez aussi appelé le shérif ? demanda Adam. Il y a eu délit de fuite.

— Ah bon ? s'exclama Amanda.

— Oui, répondit Adam sans émotion apparente.

Amanda entendit un gémissement inquiet. Elle caressa instinctivement le chien qui lui effleurait la main. Elle entendit vaguement Quinn dire que oui, un adjoint était en route. Du coin de l'œil, elle vit Adam sortir son téléphone et passer un appel.

— Comment ça va ? lui demanda Quinn.

— Bien, je pense. Juste un peu secouée. Vous passiez par là ? demanda-t-elle tandis qu'Adam rempochait son téléphone et revenait vers eux.

— Pas du tout. C'est lui, dit-il en désignant le chien du pouce.

— Quoi ?

Elle se rendit compte qu'Adam et elle avaient parlé en même temps, mais c'était une question logique.

— Il nous a fait venir, dit Hayley. Cinq minutes après que tu es partie, il a commencé à aboyer à perdre la tête, il a filé vers la voiture et ne s'est pas arrêté jusqu'à ce que nous montions dedans.

Ils fixèrent tous deux les maîtres de Cutter.

— Il…

Amanda s'arrêta, incertaine de sa question.

— Nous avons déjà vécu ce genre de choses, dit Quinn, avec une certaine ironie.

— Mais comment vous a-t-il fait venir *ici* ? renchérit Adam, ce qui était justement ce qu'Amanda se demandait.

— Avec ses aboiements, dit Quinn en se frottant l'oreille. Quand il se tait ça veut dire que nous sommes dans la bonne direction, quand il aboie c'est que nous devons tourner quelque part, et quand il se déchaîne c'est que nous nous sommes trompés. J'ai manqué un embranchement en venant, et il a failli me crever le tympan.

Ils regardèrent tous deux Cutter.

— On finit par s'y habituer, au bout d'un moment, dit gaiement Hayley.

Les ambulanciers arrivèrent les premiers, suivis de près par les pompiers. Quinn alla à leur rencontre et dirigea les secouristes vers Amanda. Puis il s'adressa aux pompiers, qui posaient déjà des cônes de signalisation. Adam resta à côté d'elle, une attitude qu'elle aurait sans doute trouvée réconfortante s'il s'était agi de quelqu'un d'autre. Et bizarrement, quand les ambulanciers lui offrirent une couverture, elle n'eut pas envie de renoncer à sa veste. Mais comme il était en T-shirt sous la pluie, elle les laissa lui prendre.

— C'est la sienne, dit-elle en le regardant.

Et pour la première fois, elle se rendit compte qu'il était vraiment mouillé ; son T-shirt était trempé. En le regardant, elle essaya de faire correspondre l'homme qui avait débloqué la portière à celui qu'elle voyait. Il s'était beaucoup musclé depuis leur dernière rencontre.

Elle s'aperçut qu'elle le fixait – et pis, qu'elle aimait ce qu'elle voyait. Elle détourna brusquement la tête, faisant tomber le tampon avec lequel le secouriste nettoyait sa plaie.

— Désolée, marmonna-t-elle.

— Pas de problème, dit l'homme. Vous vous souvenez de vous être cogné la tête ?

— Non. C'est ce qui m'est arrivé ?

— Vous avez perdu conscience ?

Elle écarquilla les yeux.

— Non.

— Je suis arrivé en quelques secondes, dit Adam, parlant pour la première fois depuis l'arrivée des secours. Elle était consciente et cohérente.

— C'est juste pour vérifier, la rassura l'ambulancier. Vous avez une grosse bosse, mais rien de grave. On peut vous emmener à l'hôpital si vous voulez, mais consulter votre médecin suffira sans doute. J'imagine que vous allez avoir quelques bleus à cause de la ceinture, mais rien de plus. Ne restez pas seule pendant les douze prochaines heures, et si vous commencez à avoir mal à la tête, des vertiges ou des troubles de la vision, il faudra aller aux urgences.

— Tout ira bien. Merci beaucoup.

— Alors il ne nous reste plus qu'à remplir la paperasse, dit joyeusement l'homme.

Quelques minutes plus tard, une adjointe du shérif arriva, qui salua les Foxworth comme si elle les connaissait. Elle se montra néanmoins très professionnelle avec Amanda. La police avait déjà reçu plusieurs témoignages sur l'accident, mais elle voulait entendre son récit.

— J'allais prendre le ferry, dit Amanda, et une voiture a débouché d'une route perpendiculaire et s'est engagée sur la voie. J'ai cru que le conducteur voulait me dépasser, peut-être était-il en retard pour le ferry, mais il s'est soudain rabattu sur ma file, comme s'il ne m'avait pas vue du tout.

Elle entendit quelqu'un reprendre son souffle et se dit que ce devait être Adam. Mais l'adjointe – elle s'appelait Lindholm, d'après son badge – se contenta de hocher la tête.

— Continuez, dit-elle d'un ton gentil.

— C'était bizarre, parce qu'il n'y avait pas beaucoup de circulation. Et je n'ai pas vu d'animal sur la chaussée.

— Qu'avez-vous fait ? demanda l'adjointe Lindholm.

— La seule chose à laquelle j'ai pensé… J'ai braqué à droite de toutes mes forces pour l'éviter. Il m'a quand même heurtée, ce qui m'a projetée dans le fossé.

— Et il a continué ?

— Oui… Je crois.

— Il a fait demi-tour et a filé vers l'ouest à toute allure, dit Adam. Une voiture de taille moyenne, argentée, à quatre portes. J'étais trop loin pour relever le numéro, mais elle était immatriculée dans l'État. Il y avait un truc qui pendait du rétroviseur intérieur, comme un badge de parking. Le conducteur était blanc, T-shirt noir et casquette de base-ball, noire aussi je crois.

Amanda le dévisagea, et l'adjointe le regarda d'un air songeur.

— C'est vous qui avez appelé il y a dix minutes ? Kirk ?

Il hocha la tête.

— Quinn dit que vous étiez flic.

— Autrefois, dit-il d'un ton dépourvu d'émotion.

— Bon, dit Lindholm. Nous allons tout de suite diffuser la description du véhicule.

— La collision était peut-être accidentelle, déclara Adam. Il a pu faire de l'aquaplaning, la route est suffisamment mouillée. Mais il a indubitablement choisi de fuir.

Lindholm acquiesça.

— On ne l'a pas encore repéré, mais il a pu se terrer.

— Se terrer ? répéta Amanda.

Ce fut Adam qui répondit, sans la regarder.

— Le premier réflexe des gens, en cas de fuite, est de cacher leur voiture.

— Il ne s'en est peut-être pas rendu compte, dit Amanda.

— Oh ! il le savait, riposta Adam, et elle le regarda, tant sa voix était froide. Pourquoi penses-tu qu'il a filé aussi vite ? Il ne s'est même pas arrêté pour voir si tu étais blessée.

Il était furieux, comprit-elle avec un léger choc. Avait-il encore le métier de policier dans la peau au point de prendre au sérieux un affront à la loi ? Mais si c'était le cas, pourquoi avait-il démissionné ? Pourquoi s'était-il éloigné de ce qui, selon son père, était le rêve de sa vie ?

Bien sûr, ne pas s'arrêter pour voir si on a blessé quelqu'un est un grave délit. Cela pouvait expliquer sa colère. Elle n'avait jamais pensé qu'il était mauvais, juste qu'il s'était montré paresseux et négligent au pire moment.

Ce qui avait tué son père.

# 10

— Tu vas venir chez nous, dit Hayley en passant un bras autour d'Amanda. Tu auras le temps de décider quoi faire.

Amanda semblait hésiter, mais Cutter, assis à ses pieds, la poussa un peu du museau. Elle caressa la tête du chien, et son expression s'éclaircit. Adam ignorait comme le chien s'y prenait, mais il fut ravi que cela marche.

— D'accord, quelques jours, dit-elle.

Adam poussa un soupir de soulagement. Elle ne serait pas seule, les Foxworth prendraient soin d'elle. Il n'avait pas oublié ce qu'avait dit le secouriste. Même si ses blessures se résumaient à une bosse sur la tête, des symptômes pouvaient apparaître plus tard.

Quinn vint se placer à côté de lui.

— C'est une amie à vous, l'adjointe du shérif ? demanda Adam sans le regarder.

— Maintenant, oui. Nous avons croisé son chemin le mois dernier, sur un cas de harcèlement, répondit Quinn.

— Tu dis ça comme si c'était votre ordinaire, ce genre de cas.

— Parfois. Nous avons aidé un homme à tenir une promesse.

Quinn sourit subitement.

— Ou plutôt, c'est Cutter qui nous a poussés à le faire.

Adam cilla et glissa un bref regard à Quinn, avant de regarder à nouveau le chien.

— Quand on t'écoute, il en devient… presque effrayant.

— Oh ! mais ce n'est pas « presque », dit Quinn

toujours en souriant. Et ne me demande pas d'explications parce que je n'en ai pas. Il sait juste quand les gens ont besoin d'aide.

Adam secoua lentement la tête, regardant le chien s'appuyer sur Amanda. Elle finit par lui sourire. Rien que ça, c'était beaucoup, se dit Adam.

— Il a aussi un autre talent, mais nous garderons ça pour plus tard, reprit Quinn. Et il a décidé que vous deux avez besoin de notre aide, alors nous ferions mieux de nous y mettre. Suis-nous jusqu'à la maison.

« Vous deux » ? Que…

— Je… Je vais bien. Prenez juste soin d'Amanda. L'ambulancier a dit…

— Je connais la routine. Test d'orientation toutes les heures pendant douze heures.

Adam lui jeta un bref coup d'œil. Quinn haussa les épaules.

— J'ai déjà fait ça.

— La voiture…, commença Adam, en détournant le regard.

— Nous nous en occuperons. Évidemment, c'est très important pour Amanda, alors nous trouverons quelqu'un pour la réparer.

Adam n'arrivait toujours pas à le regarder dans les yeux.

— Tu as un problème avec moi, Adam ?

Quinn le regardait d'un air scrutateur.

— Non, dit-il d'un ton plat. Tu es seulement l'homme qui a fait ce que j'aurais dû faire cette nuit-là. Je ne l'ai pas oublié, crois-moi.

— Tu te trompes, mais mis à part ça je ne pense pas que tu oublieras jamais cette nuit, répondit Quinn. Je ne l'oublierai pas non plus.

— C'est ce que je disais, dit Adam, contenant avec peine son amertume.

Il prit conscience du fait que Cutter s'était déplacé. Le chien était venu vers eux et était maintenant assis à leurs pieds. Et s'il avait regardé Amanda comme il le regardait maintenant, il n'était pas étonnant qu'elle l'ait caressé. Il fit la même chose, et un calme étrange se répandit en lui dès qu'il toucha la fourrure de l'animal.

Il inspira, prenant conscience de la tension qui l'habitait. Autrefois, il gardait toujours la tête froide, mais il vivait dans un tel tourment à présent qu'il ne se souvenait plus comment c'était d'être calme. Jusqu'à cet instant.

Cutter émit un gémissement grave et tourna la tête pour regarder Quinn qui lui rendit son regard et dit étrangement :

— C'est bon, mon vieux. J'ai compris.

Adam ne s'étonna même pas de cet échange. Il supposait qu'un chien capable d'apaiser le chaos intérieur des gens était aussi en mesure de communiquer avec subtilité.

— Tu peux suivre Hayley jusque chez nous, dit Quinn.

— Quoi ? s'exclama Adam.

— Ce n'est pas loin.

Quinn lui adressa un sourire ironique.

— Ou Cutter peut monter avec toi. Il fera en sorte que tu trouves le chemin, mais je ne peux te garantir l'état de tes oreilles après ça.

— Vous ne voulez pas de moi chez vous, dit Adam avec une certitude dépourvue d'émotion.

Quinn recula légèrement et l'étudia avec suffisamment d'intensité pour qu'Adam sente la tension revenir. Comme s'il l'avait perçu, Cutter s'appuya contre lui en poussant un grognement inquiet.

— Pourquoi ne voudrais-je pas d'un homme qui m'a probablement sauvé la vie ?

— Je…

— Nous allons devoir parler de certaines choses, l'interrompit Quinn. Mais d'ici là, il faut éloigner Amanda du spectacle de sa voiture.

— Je… Oui, mais…

— Je vais m'occuper de la voiture puis je demanderai au camion de dépannage de me déposer à la maison.

Adam fit un gros effort pour éclaircir ses pensées. Il n'aimait pas la perspective de parler avec Quinn. Mais il aimait encore moins l'idée d'aller chez lui alors qu'Amanda y serait. Il dit vivement :

— Pourquoi je ne resterais pas jusqu'à l'arrivée du dépanneur ? Je te ramènerai ensuite.

Il pourrait déposer Quinn, puis partir à temps pour attraper le prochain ferry. Il serait trop tard pour prendre la route. Il ne voulait pas s'attaquer au col de nuit, car la température allait tomber au-dessous de 0, mais il pourrait se mettre en route le lendemain tôt, à supposer que la neige ait cessé de tomber sur les montagnes.

Quinn le considéra d'un air pensif. Il semblait soupeser les options, même si Adam ne voyait pas le problème.

— Ou bien tu pourrais me laisser ton pick-up et monter avec Hayley, suggéra-t-il.

Dans la même voiture qu'Amanda ? Pas question. Même aussi perturbée qu'elle l'était, il ne supporterait pas d'être enfermé avec elle dans une voiture.

— Non, merci, marmonna-t-il.

— Tu ne me fais pas confiance avec ta voiture ?

Stupéfait, parce que cela ne lui avait même pas traversé l'esprit, il secoua la tête.

— Non, ça n'a rien à voir avec ça.

Quinn l'observa quelques instants. Et bizarrement, cela rappela à Adam le regard intense du chien. Enfin Quinn fit un signe de tête.

— D'accord. Mais ne commence pas à regarder les horaires du ferry.

*Bon sang !* Cet homme lisait-il dans les pensées ?

Il regarda Amanda et Hayley monter dans le SUV. Cutter tourna le regard vers Quinn. Son maître ne fit que hocher la tête, mais le chien trotta vers l'arrière du véhicule où le hayon se relevait.

— Il comprend un signe de tête ? demanda Adam.

— Et beaucoup plus que ça, répondit Quinn. Si tu essayais de t'échapper, il réagirait immédiatement, alors je ne te le conseille pas.

Adam le dévisagea.

— Tu lâcherais ton chien sur moi ?

— Ce n'est pas un chien d'attaque, bien qu'il puisse en faire une imitation crédible en cas de besoin. Non, il te pousserait juste dans la direction souhaitée. Je n'aurais pas besoin d'intervenir. Il a déjà pris sa décision.

— Sa décision ?

— Par rapport au fait que tu as besoin de l'aide de Foxworth.

Adam ne sut que répondre à cela, parce que ce n'était pas le genre d'aide qui pourrait lui être utile. Il se tut donc.

Il se dirigea vers la voiture accidentée. C'était difficile de la regarder à cause de tous ses souvenirs, mais il lui vint à l'esprit qu'ébranlée comme elle l'était Amanda n'avait sans doute pas pris ses affaires. Un coup d'œil à l'intérieur lui confirma qu'il avait raison. Il retourna à son propre véhicule et y prit un des sacs-poubelle qu'il y gardait. Puis il s'introduisit dans la voiture et commença à ramasser les affaires éparpillées. Apparemment, le sac d'Amanda s'était ouvert au moment de la collision, car il y avait du maquillage et une brosse à cheveux.

Il s'immobilisa en voyant un long cheveu auburn sur la brosse à cheveux. Soudain, un souvenir lui revint, du jour où elle était venue chercher son père au commissariat. Elle sortait tout juste de l'université, son enthousiasme et son idéal étaient perceptibles dans ses yeux verts, si semblables à ceux de son père. Mais lui aussi était alors plein de rêves. Un peu plus vieux qu'elle, mais toujours neuf dans le métier qu'il désirait exercer depuis son enfance.

Ils étaient devant le commissariat quand Greg avait mentionné le fait que sa fille venait le chercher.

« – J'aurais pu te ramener.

— Sans vouloir te vexer, Kirk, je préfère rentrer avec ma fille. »

Adam avait compris que Greg adorait sa fille, sans se rendre compte alors jusqu'à quel point. Et quand il l'avait vue approcher, il avait approuvé un peu bêtement : « Moi aussi, ça me plairait. »

Il l'avait marmonné dans sa barbe, mais Greg lui avait jeté un regard aigu.

*N'y pense même pas.*

*Oui, monsieur.*

Il avait essayé de ne plus penser à elle. Et il y parvenait presque quand il se concentrait sur son travail. Greg Bonner était un formateur sévère, et il avait lessivé plus d'un policier en herbe. Mais se voir reconnu par lui n'était rien moins qu'un honneur.

Et moins de trois mois plus tard, il était mort.

Adam s'obligea à revenir au présent. Il espérait que repousser les souvenirs deviendrait plus facile avec le temps, mais cela ne semblait pas marcher de cette façon. Et il éprouva un pincement douloureux en ramassant de vieilles cassettes. Greg avait écumé les ventes aux enchères pour ce genre de choses, parce que, disait-il, la musique devait être assortie à la voiture.

Il entendit arriver la dépanneuse et reculait pour sortir de la voiture quand il vit la photo. Elle était sur le sol du côté passager, presque contre la portière. Greg et Amanda, photographiés devant la voiture. Adam se demanda quel âge avait Amanda à l'époque. Peut-être douze ans. Il prit le cliché, sachant que c'était sans doute son bien le plus précieux. Au lieu de le mettre dans le sac, il le glissa dans la poche de sa veste, où il serait en sécurité.

Quinn parlait au chauffeur de la dépanneuse avec convivialité, comme s'ils se connaissaient. Peut-être sa voiture avait-elle déjà été remorquée. À moins que leurs chemins ne se soient croisés, comme avec l'adjointe Lindholm dans l'une de leurs… affaires.

— C'est un ami à toi ? demanda-t-il quand le dépanneur se fut éloigné, la voiture en remorque.

— Nous l'avons aidé pour un truc il y a quelques années.

— Un truc ?

Quinn haussa une épaule.

— Son fils s'est trouvé coincé dans une affaire financière qui a mal tourné. Ce n'était pas sa faute, mais il ne pouvait pas le prouver.

Quinn sourit.

— Nous l'avons fait.

— C'est ça que vous faites ?

— Nous aidons les gens dans leur bon droit, qui ont

épuisé toutes les options et n'ont pas d'autre recours. Ou, comme le dit ma femme, nous nous occupons des causes perdues justifiées.

*Et les causes injustifiées ?*

Adam serra les dents et mit le contact.

Il n'y avait pas d'aide pour elles, qui le savait mieux que lui ?

# 11

— Je n'arrive pas à croire que j'ai bousillé sa voiture, dit Amanda, frissonnante, en s'asseyant sur le canapé des Foxworth.

La maison avait appartenu aux parents de Hayley, elle le savait, même si Quinn et elle l'avaient réaménagée.

— À en juger par ce qui s'est passé, dit Hayley, ce n'est pas toi. Il t'est rentré dedans, ce n'est pas la même chose.

— Si je l'avais vu plus tôt…

— Et comment aurais-tu pu ?

Cutter s'assit à ses pieds et posa le menton sur sa jambe, la regardant avec une inquiétude visible. Amanda le caressa, sentant le calme lui revenir. Elle regarda la femme assise de l'autre côté de la table basse, la femme de l'homme qu'elle admirait le plus au monde. Quinn n'avait pas encore rencontré Hayley, cinq ans auparavant. Mais maintenant, Amanda n'arrivait pas à se représenter l'ex-soldat sans son épouse à ses côtés.

— C'est juste… que c'était la dernière chose de lui que j'avais, et maintenant, elle est bonne pour la casse et…

— On va la faire réparer, Quinn y veillera.

Hayley fit une pause, puis dit d'un ton compatissant :

— Je sais que conduire sa voiture te donnait le sentiment d'être près de lui.

— Il fallait que je la conduise. La voir immobilisée, ça ne faisait que me rappeler qu'il est parti.

Amanda poussa un profond soupir en caressant à nouveau Cutter. Puis elle secoua lentement la tête.

— Cinq ans. Je ne cesse de me dire que ça va aller mieux. Que je vais arriver à le surmonter.

Se levant, Hayley vint s'asseoir près d'elle et lui passa un bras autour des épaules.

— Oh ! chérie, je suis désolée de te dire ça, mais tu ne le surmonteras jamais. Ce genre de chagrin ne finit jamais, il change seulement de forme. C'est quelque chose avec lequel il faudra que tu apprennes à vivre.

— Mais… Ça fait cinq ans.

— Et dans cinq ans, il y aura encore des moments où ce sera aussi douloureux. Pas aussi souvent, et tu te remettras plus vite, mais… je ne te mentirai pas, Amanda. Ça ne s'en va jamais. Du moins, pas pour moi, pour aucun de mes parents. Et cela a été encore pire pour Quinn. Il y a encore des moments où il a besoin d'être seul avec ses souvenirs, même s'il était très jeune quand ses parents sont morts.

Amanda tressaillit intérieurement à l'idée d'un chagrin interminable. Hayley la comprenait, elle avait perdu son père de la même manière qu'elle. Et, plus récemment, sa mère. Elle avait presque oublié, au milieu de son auto-apitoiement, qu'elle était loin d'être la seule dans ce cas.

Puis, tranquillement, Hayley ajouta :

— Et puis c'est normal, non ? N'est-ce pas un signe de l'amour que nous leur portions, le fait de ne pas oublier ? Le chagrin n'en est que la preuve.

Amanda n'avait jamais pensé à cela. Et sa peine se trouva un peu soulagée. Juste assez pour qu'elle puisse respirer à nouveau.

— Merci, murmura-t-elle. Ça m'a fait du bien.

— Ta mère est morte quand tu étais jeune, n'est-ce pas ?

Amanda acquiesça.

— J'avais cinq ans. Je me rappelle à peine d'elle.

— Alors ton père et toi, vous étiez encore plus proches à cause de cela, j'imagine. Ma mère et moi l'étions, après la mort de mon père.

— Oui. Je…

Cutter releva brusquement la tête et laissa échapper un grognement bas, plutôt… affectueux.

— Quinn est là, dit Hayley.

— C'est son grognement de bienvenue ? demanda Amanda, en souriant pour la première fois depuis qu'elles étaient arrivées.

— C'est le grognement de Quinn, répondit Hayley. Cutter en a un pour chacun de nous, à Foxworth. Moi, j'ai un jappement joyeux, Liam a un aboiement sur deux notes, Teague a eu le sien quand sa fiancée et lui se sont mis ensemble et… Eh bien, si je te disais quel est celui de Rafe, tu n'y croirais pas.

Amanda la dévisagea. Hayley rit et se leva quand la porte d'entrée s'ouvrit et livra le passage à Quinn.

Adam entra à sa suite.

Elle ne s'y attendait pas. Il avait dû raccompagner Quinn. Celui-ci retira son manteau et dit quelque chose à Adam, qui l'imita un peu à contrecœur. Un peu maladroitement aussi, car il tenait un sac-poubelle.

En pénétrant dans le salon, il salua Hayley d'un signe de tête. Après une hésitation, il se dirigea vers Amanda. Cutter sauta sur ses pattes et se mit dans ses jambes, de telle sorte que déséquilibré, Adam tomba sur le canapé. Juste à côté d'Amanda.

— Désolé, marmonna-t-il, en lui tendant le sac. Ça vient de la voiture.

Avec un petit sursaut de surprise, elle le prit et regarda à l'intérieur. Elle y vit plusieurs choses qui devaient s'être échappées de son sac lors de l'accident.

— Je… Merci.

— Et il y avait ça, dit-il en lui tendant une photo. Je me suis dit que tu ne voudrais pas la laisser là-bas.

Interdite, elle la fixa. Prise le jour où ils avaient ramené la voiture chez eux. Elle était aussi excitée que son père à la perspective de passer de longues heures à travailler dessus.

Adam agissait avec tant de précaution qu'elle comprit qu'il savait ce qu'il signifiait pour elle. Elle gardait cette photo parce qu'elle représentait le bonheur de l'enfance, les espoirs de l'avenir et, par-dessus tout, le sourire d'un homme qui l'avait aimée plus que tout au monde. Si n'importe qui la lui avait rendue, elle aurait éprouvé une immense gratitude, mais parce que c'était lui, sa colère s'en trouva ébranlée sans qu'elle sache ce qu'elle ressentait exactement.

Quand elle l'eut dans les mains, il lui sembla soudain que peu importait qui l'avait récupérée.

— Merci, dit-elle.

Adam bougea à cet instant, et elle crut qu'il essayait de se lever. Mais Cutter se mit à nouveau en travers de son chemin. Elle lança un coup d'œil à Hayley et Quinn, qui se regardaient, apparemment inconscients du problème que posait leur chien. Bizarre, parce qu'ils ne semblaient pas…

Le fil de ses pensées s'interrompit quand Quinn tourna la tête pour la regarder, regarder Cutter, puis elle, puis Adam, comme s'il… évaluait quelque chose. Comme si le chien et lui étaient…

Elle écarta cette pensée idiote. Quinn était un homme formidable et Cutter un chien formidable, mais l'idée qu'ils communiquent mentalement était au-delà du ridicule. Cependant, elle vit de la compréhension dans le regard de Hayley, qui les fixait aussi.

— Il faut que je trouve le moyen de rentrer, dit-elle à la hâte.

— Adam pourrait t'emmener, dit Hayley d'un ton neutre. Comme il a l'intention de rentrer chez lui …

Elle faillit faire un bond.

— Quoi ? Non, je…

Ses yeux volèrent vers l'homme assis à côté d'elle. Évitait-il son regard ? Bien sûr, sa protestation avait été un peu dure.

— Alors tu vas rester ici, dit Hayley, comme si elle l'avait fait exprès. Il le faut, pour que nous soyons sûrs que tu vas bien. Nous irons chez toi demain matin.

Elle se leva.

— Et nous allons commander une pizza, dit-elle vivement à Adam, alors tu ferais mieux de rester dîner.

— Quoi ? Non, je…

Il s'interrompit brusquement après avoir eu exactement la même réaction qu'elle.

— Cutter, mon garçon, dit Hayley, cette fois, le travail est taillé pour toi.

Le chien émit un son bas, comme pour approuver.

Quelques heures auparavant, Amanda aurait pu jurer qu'il lui aurait été impossible de dîner à la même table qu'Adam Kirk et pourtant elle était là. Elle n'arrivait pas à déterminer si c'était cela ou l'accident, avec ses effets à retardement, qui la raidissait. Elle se serait sentie plus à l'aise s'il n'y avait eu que Quinn et Hayley, mais avec Adam qui évitait son regard elle trouvait peu de choses à dire.

Ce qui ne changeait rien, parce que Quinn alimentait la conversation en questionnant Adam sur sa vie de l'autre côté de la Sound.

— Je ne suis pas beaucoup allé par là, dit Quinn. À Spokane, et une fois à l'université.

— Wazoo ? demanda Adam, en se servant du surnom de l'État de Washington. J'y ai fait mes études.

Quinn hocha la tête.

— Alors parle-nous de la vie là-bas.

— Sur la Palouse ? C'est… très différent d'ici.

— Qu'est-ce que tu aimes ? demanda Hayley.

Adam considéra le couple, comme s'il essayait de jauger leur intérêt. Amanda aurait pu le lui dire : comprendre les gens faisait intrinsèquement partie de leur travail.

— Chevaucher par un matin glacé un bon cheval. La vue des collines, la façon dont elles s'étendent jusqu'à l'horizon. Regarder la lune se lever, quand elle paraît si énorme qu'on croit qu'on pourrait la toucher. Le silence paisible. Et le rugissement des chutes de la Palouse.

Amanda le dévisagea. C'était presque… poétique. Et on ne pouvait douter de sa sincérité, de l'amour qui transparaissait dans sa voix.

*Je ne suis qu'un cow-boy de Palouse, rien de bien extraordinaire.*

Des paroles qu'il avait prononcées longtemps auparavant.

— Je suis allée aux chutes de la Palouse, dit Hayley. C'est étonnant comme elles surgissent au milieu de nulle part.

Adam hocha la tête.

— Des chutes de l'ère glaciaire, dit-il. Creusées dans le basalte.

— Quelle est leur hauteur ?

— Une soixantaine de mètres.

— Je ne les ai jamais vues. C'est manifestement une lacune à corriger, dit Quinn. Je…

Il s'interrompit en entendant son portable sonner et s'excusa avant de se lever.

— Il menace toujours de l'éteindre pendant le dîner, dit Hayley, mais étant donné l'activité de Foxworth, on ne sait jamais qui pourrait avoir besoin de nous.

— Je ne m'étais pas bien rendu compte de ce que vous faisiez. C'est assez impressionnant, remarqua Adam.

Comme elle était d'accord avec lui – ce qui était un choc en soi —, Amanda ne dit rien.

— Quinn et Charlie diraient que c'est nécessaire, tant qu'il y a des gens qui ne respectent pas les règles, dit Hayley. Ou qui usent de leur position sociale pour leur profit.

— Charlie ? demanda Adam.

— La cofondatrice de la fondation Foxworth et le génie financier qui la fait fonctionner, expliqua Hayley. Et la sœur de Quinn, accessoirement. L'être humain le plus intimidant que j'aie jamais rencontré.

Adam cilla, et Amanda vit son regard filer vers Quinn, debout en train de téléphoner.

— Oui, lui compris, dit Hayley en riant. Charlie est intimidante d'une tout autre manière.

— Si je m'en souviens bien, elle ressemble assez à un ouragan, dit Amanda, ce qui lui valut un sourire de Hayley et un regard en biais de la part d'Adam.

Quinn revint à table avec une expression étonnamment sombre. Peut-être l'avait-on appelé à l'aide. Mais en se rasseyant, il regarda Amanda droit dans les yeux. Elle recula légèrement, soudain inquiète.

— C'était Lindholm, dit-il d'un ton sérieux. Apparemment, ils ont retrouvé la voiture qui t'a emboutie.

— Oh ! s'exclama-t-elle. Où ça ?

— Sur une petite route de campagne. Elle était abandonnée, mais les éraflures et les traces de peinture correspondent, et elle a…

Il jeta un coup d'œil à Adam.

— … une carte de parking accrochée au rétroviseur.

— Le conducteur ? demanda Adam.

— C'est le problème.

L'expression de Quinn se fit tendue.

— On a signalé le vol de cette voiture environ deux heures avant l'accident. La propriétaire est une femme âgée qui vit dans une résidence du troisième âge. D'où la carte de parking.

— Ce n'est certainement pas elle, commenta Adam.

— Je suis d'accord, renchérit Quinn. Aucune raison de douter de son histoire.

— Donc, c'est pour ça qu'il a pris la fuite, dit Amanda, s'interrogeant sur les probabilités qu'elle soit heurtée par une voiture volée.

— C'est l'une des raisons, en tout cas.

Elle fronça les sourcils.

— Pourquoi ?

— Je considère seulement toutes les possibilités, dit Quinn.

— Mais ça explique tout, non ? répliqua Amanda.

— Je trouve juste le moment bizarre.

— Ce qu'il veut dire, intervint Adam, le regard fixé sur Quinn, c'est que ce n'était peut-être pas un accident.

# 12

Amanda n'y croyait pas, Adam le vit sur son visage. Il se rappela les efforts de Greg pour la protéger des réalités qu'il affrontait au jour le jour. Parfois Adam s'était dit qu'il en faisait trop et qu'elle serait tout à fait non préparée s'il lui arrivait quelque chose un jour. Mais il n'avait jamais énoncé cette pensée à haute voix. Il n'était pas père, qu'en savait-il ? Et il n'était certainement pas le père d'Amanda. Ce qu'il ressentait en la regardant n'avait rien de paternel.

Ce n'était pas un problème non plus. Du moins, pas un gros problème. Il pouvait bien être attiré par elle, cela ne portait pas à conséquence puisqu'elle le détestait.

— Ce n'est qu'une possibilité, dit Quinn.

Juste une possibilité. Bien sûr. Mais cela lui nouait les entrailles. Il plia le bras et se rendit compte qu'il lui faisait mal comme chaque fois que le temps changeait. La pluie devait être en chemin.

— C'est dingue, dit Amanda.

— Peut-être pas, intervint gentiment Hayley. Ton père était visiblement sur quelque chose, quelque chose de trop sensible, si bien qu'il le gardait secret. Sauf pour Adam, à qui il faisait manifestement confiance.

Amanda lui lança un coup d'œil, et il détourna le regard, ne voulant pas revoir le ressentiment dans ses yeux.

Quinn posa un regard pensif sur elle.

— Je vais m'avancer et supposer que tu n'as mis personne en colère à ce point.

— Je… ne crois pas.

— Alors, il faut revenir à ce que faisait ton père.

— Mais… Pourquoi s'en prendre à moi après tant de temps ?

Elle semblait perplexe.

— Tu as appelé pour demander de l'aide pour le fichier crypté, dit doucement Adam.

Elle le dévisagea.

— Mais je n'ai appelé que les amis de papa.

Il poussa un soupir. Il n'avait pas de réponse à cela.

— Il y a toujours Malachi, lâcha Quinn.

Adam lui jeta un regard stupéfait.

— C'était ma première idée, dit-il. Mais pourquoi ? Il est déjà condamné à perpétuité et ne risque pas de demander une conditionnelle où Amanda aurait son mot à dire.

— C'est vrai, dit Quinn. Bien que cela puisse aussi vouloir dire qu'il n'a rien à perdre. Mais je pense qu'il est plus susceptible de s'en prendre à toi. Par vengeance.

— À moi ? s'exclama Adam en cillant. Je crois que c'est à toi qu'il en veut. C'est toi qui lui as tiré dessus.

— Mais c'est ton témoignage qui l'a envoyé en prison.

— Qui n'aurait rien donné sans la vidéo. Nous avons eu de la chance d'avoir de bonnes images de lui.

Quinn l'observa un instant.

— Alors tu ne t'accordes aucun crédit, c'est ça ?

— Demande-lui, dit Adam d'un ton glacial, en désignant Amanda du menton. Elle te dira quel crédit il faut m'accorder. La mort de son père.

Il repoussa sa chaise, sentant la pizza peser comme une enclume sur son estomac. Il fit trois pas vers la porte, le regard déjà fixé sur sa veste. Mais quelque chose buta contre ses tibias et, en baissant les yeux, il vit Cutter qui le regardait d'un air de reproche.

— Tu sais, le chien, j'en ai marre de cet air accusateur, marmonna-t-il.

— Et combien de fois le vois-tu dans le miroir ?

C'était la voix d'Amanda, grave et tranquille. Stupéfait, il pivota sur ses talons.

— Pas assez souvent pour toi, j'en suis sûr.

— Ça suffit, fit Quinn avec une nuance de commandement. Vous deux, vous pourrez régler ça plus tard, mais pour l'instant nous devons nous concentrer sur le message qu'on a voulu faire passer à Amanda. Ou pire.

*Pire*. Le regard d'Adam vola vers Quinn, puis Amanda. Cet accident n'était pas tant un accident qu'un avertissement. Mais il pouvait y avoir eu une intention bien pire. La tuer.

C'était bizarre, songea Amanda. Tout ce temps, elle n'avait eu que du ressentiment à l'idée qu'Adam Kirk était vivant et en bonne santé. C'était pratiquement devenu un mantra pour elle, de se dire qu'il était injuste qu'il s'en soit sorti et que c'était à lui qu'incombait la faute.

Alors pourquoi était-elle aussi ébranlée de constater qu'il éprouvait la même chose vis-à-vis de lui-même ?

Peut-être parce qu'elle avait toujours imaginé qu'il poursuivait allègrement sa vie tandis que son père était dans la tombe. Savoir au contraire qu'il était torturé comme elle par le souvenir de cette nuit était… déstabilisant.

La suggestion de Quinn, à savoir que le conducteur de cette voiture avait voulu la tuer, était… eh bien, insensée. Si Trevor Malachi voulait la voir morte, pourquoi avait-il attendu tout ce temps ? Et comme l'avait dit Adam, ne s'en serait-il pas plus pris à celui qui lui avait tiré dessus ?

— Ça n'a aucun sens pour moi, dit-elle.

Pour la première fois, Adam se retourna pour la regarder de face. Et elle vit à nouveau à quel point ses yeux pouvaient prendre une teinte d'orage. Quand il parla, ce fut d'un ton à la fois assuré et amer.

— Les preuves matérielles ont fait de lui un tueur. Mais ton témoignage a fait de lui un monstre, dit-il.

Elle le fixa.

Le procureur lui avait dit que son témoignage n'était pas nécessaire parce que l'affaire était suffisamment claire, mais qu'elle pouvait le faire si elle le souhaitait. Elle avait passé des heures atroces à coucher son chagrin en sur le papier. Et, à la fin, elle avait tout déchiré et avait simplement raconté aux jurés qui était son père. Pas seulement un flic prêt à perdre la vie pour protéger les innocents, mais un homme extraordinaire, un père aimant qui s'était sacrifié pour qu'elle ait tout ce qu'elle voulait.

Elle avait vu qu'elle les avait touchés, et on lui avait dit plus tard que plusieurs membres du jury avaient eu les larmes aux yeux. Quand le tueur avait été reconnu coupable et condamné à la peine la plus lourde possible, elle avait considéré que ses efforts avaient porté leurs fruits.

Et le lendemain, tout cela n'avait plus eu aucun sens. L'homme qui avait détruit sa vie avait été emprisonné, les avocats étaient retournés à leurs cabinets, les policiers au commissariat et elle-même à son champ de ruines.

Elle se rappelait s'être plantée dans le salon, complètement engourdie. Elle ne pouvait pas retourner à l'appartement qu'elle louait, pas plus qu'elle ne pouvait feindre que tout était normal dans la maison où elle avait grandi.

Son père lui avait dit une fois qu'il ne gardait la maison que pour elle. Que dès qu'elle déménagerait, il ferait pareil.

« – Dans un petit appartement, où quelqu'un d'autre s'occupera de la plomberie, du toit et du jardin.

— Et où travailleras-tu sur ta voiture ?

— D'accord, un appartement avec garage. »

Elle sentit ses yeux s'embuer à ce doux souvenir. Elle entendit alors Adam jurer à mi-voix.

— Je ne fais rien d'autre que te faire du mal, n'est-ce pas ? dit-il d'un ton calme.

Pour une fois, ce n'était pas le cas. C'était ces souvenirs poignants, pas lui.

— Je… Non, ce n'était pas toi.

Elle ne dit pas « cette fois », mais il eut l'air de l'avoir entendu.

Et elle ne comprenait pas pourquoi, mais elle devait admettre que son expression lui faisait éprouver une certaine culpabilité.

« Elle te dira quel crédit il faut m'accorder. La mort de son père. »

Elle avait passé cinq ans à la lui reprocher presque autant

qu'au tueur. Et il ne lui était jamais venu à l'esprit qu'il puisse se blâmer autant qu'elle le blâmait elle-même.

Pas plus tard que ce matin, elle aurait dit que c'était une bonne chose.

Maintenant, elle n'en était plus si sûre.

# 13

Oublieux de la pluie fine qui continuait de tomber, Adam se tenait sur la terrasse des Foxworth, regardant les arbres sur la rive de la Sound. Vers les Cascades. Vers chez lui.

Quinn le rejoignit.

— Toujours pressé de rentrer ?

— Je l'étais, dit-il en essayant d'évaluer à la douleur de son bras combien de temps la pluie durerait.

— Mais ?

Il regarda Quinn.

— Tu crois vraiment qu'elle est en danger ?

— Je pense que c'est une possibilité, répondit Quinn.

— Tu penses qu'il essayera encore ?

— Ça dépend si cet accident a réussi ou échoué.

— À l'avertir…

*Ou à la tuer.*

Il ne pouvait le dire tout haut, cela le rendait trop réel. Un frisson le parcourut. Il le maîtrisa, essayant de réfléchir.

— Comment aurait-il pu savoir qu'elle serait là ? Elle habite sur l'autre rive.

— Il ne fallait pas beaucoup d'imagination savoir qu'elle serait au cimetière hier, quand on la connaît. Peut-être aurait-il tenté quelque chose à ce moment-là, si Hayley et moi – et toi – n'étions pas arrivés. Ensuite, nous l'avons raccompagnée chez elle.

— Tu penses qu'elle a été suivie de chez elle jusqu'ici ?

— C'est possible. Je n'ai pas remarqué qu'on nous filait,

mais Amanda est partie quelques minutes après nous, alors il a pu l'attendre et la suivre.

— Donc, il l'aurait suivie, aurait volé une voiture, l'aurait emboutie, aurait abandonné la voiture et serait reparti avec la sienne ?

— Si c'est le cas, cela signifie un plan réfléchi. Bien que cela se soit retourné contre lui.

— Parce qu'on l'a découverte très vite ?

Quinn hocha la tête.

— Le même jour. Ils aurait pu espérer que ce soit une semaine ou plus.

— C'est un raisonnement de citadins, dit Adam. Il s'est imaginé que laisser une voiture dans une zone rurale lui donnerait du temps, sans se rendre compte qu'une chose pareille ne passe pas inaperçue des habitants du coin.

— Exactement.

— « Ils » au pluriel, dit lentement Adam. Ils auraient été donc au moins deux. L'un pour conduire leur véhicule et l'autre pour voler une voiture et foncer sur Amanda.

— Oui.

La pluie ralentissait, et il sentait moins la douleur dans son bras. Il le plia pour en être sûr.

— On ne t'a pas encore parlé d'une prothèse pour ton coude ?

Adam recula d'un pas. Quinn haussa les épaules.

— Cela serait logique à ce stade.

Puis avec un sourire, il ajouta :

— Foxworth a des amis partout.

— Tu m'as… quoi, surveillé ? demanda Adam, interloqué.

— Nous t'avons dans le collimateur depuis cette nuit-là. Beaucoup de gens se sont inquiétés pour toi.

— Et il y en a sans doute beaucoup plus qui sont ravis de me voir parti.

— Ils n'étaient pas là, ce jour-là. Moi si. Ce n'était pas ta faute.

— Mais…

— Tout ce que tu avais, c'était ce qu'on t'avait dit.

— Ouais…

Il avait pensé à cela si souvent que c'était peine perdue. Il leva les yeux. La pluie avait cessé, son bras n'avait pas failli cette fois encore à le prévenir.

— Tu sais, l'un des membres de Foxworth a le même sentiment de culpabilité exagéré. Quand il était dans l'armée, il a sauvé des milliers de vies, mais la seule chose à laquelle il pense, c'est à ceux qui sont morts avant qu'il puisse mettre l'adversaire hors d'état de nuire.

— Un sniper ? devina Adam, sans remettre en question les paroles de Quinn sur sa culpabilité.

Quinn acquiesça.

— Il a fini avec un genou à peu près dans le même état que ton coude.

— Laisse-moi deviner. Il est plus coriace que moi alors on lui a posé cette fameuse prothèse.

— En fait, non. Je crois qu'il veut conserver ce rappel.

C'était si proche de ce qu'il se disait qu'Adam en resta bouche bée.

— C'est bien ce que je pensais, dit tranquillement Quinn. La culpabilité, surtout la culpabilité du survivant, est une chose terrible. Ce que tu te fais à toi est bien pire que ce que n'importe qui pourrait te faire. Pendant un moment, j'ai eu peur qu'il fasse partie des vingt-deux.

— Des vingt-deux ?

— Les vingt-deux vétérans qui se suicident chaque jour que Dieu fait.

La voix de Quinn était subitement devenue froide et lointaine. Adam comprit qu'il était en colère. Et si cette statistique était exacte – il n'en doutait pas – c'était une colère justifiée.

— Et que fait Foxworth à ce propos ? demanda-t-il.

Quinn parut revenir soudain à lui.

— Qu'est-ce qui te fait penser que nous y faisons quelque chose ?

— Ce que tu m'as dit. Et vous ne me semblez pas du genre à laisser passer quelque chose qui a de l'importance pour vous.

Quinn plissa les yeux puis, lentement, sourit.

— Non. En effet. Tu as du potentiel, Kirk. Ne le laisse pas passer.

Adam ne trouva rien à dire, sauf que Quinn se trompait sur son potentiel. Il aurait voulu détourner la conversation pour éviter qu'il le regarde ainsi. Il ne connaissait pas grand-chose au passé de cet homme, en dehors de ce qu'il en devinait à son allure et à son comportement, mais il en savait assez pour ne pas avoir envie de le contrarier.

— J'ai l'impression que tu as toi aussi ce genre de tentation, dit tranquillement Quinn.

Un mensonge lui monta aux lèvres, mais quelque chose chez Quinn le rendait impossible. Il lui dit donc la vérité.

— Ça m'est arrivé d'y penser, avoua-t-il. Peut-être chevaucher autour de Palouse et ne jamais revenir. Au milieu de l'hiver, par exemple. Mais ça mettrait mon cheval en danger.

Quinn se contenta de le regarder et attendit.

Adam poussa un soupir et poursuivit :

— Ma grand-mère s'est suicidée quand j'étais enfant. Ça a failli tuer ma mère, et mon père était déchiré. Je… ne pourrais pas leur faire revivre ça.

— Et c'est pour ça que tu as du potentiel, Adam, reprit Quinn. Un homme plus faible n'en aurait pas tenu compte.

— Plus faible ? releva-t-il avec ironie. J'ai toujours pensé que je n'étais pas assez fort.

— C'est ça le piège, leur esprit pousse certaines personnes à passer à l'acte, quelle que soit la dévastation qu'elles laissent derrière elle. Si l'on est arrivé à une fin inévitable, c'est une chose, mais rejeter tant d'années prometteuses, c'est le plus grand gâchis que je puisse imaginer.

Adam fixa l'homme qui avait fait une vocation de la tragédie de son enfance. Il n'aurait pas pu exprimer avec des mots l'admiration qu'il lui inspirait.

— Maintenant, dit vivement Quinn, quant à la question de rentrer chez toi…

Adam secoua la tête.

— Non, je ne crois pas.

— Pourquoi ?

— Parce qu'elle pourrait vraiment être en danger. Je reste. Je sais que je ne suis pas d'une grande utilité, mais…

— Ce n'est pas ce que je veux dire. Et je pense que tu le sais.

Adam prit une longue inspiration. C'était un homme qui exigeait la vérité. Aussi la lui donna-t-il.

— J'ai failli à mon devoir envers son père, alors je ne vais pas y ajouter le fait de ne pas la protéger quand je peux.

— Je ne suis pas d'accord avec la première partie de ta phrase, mais nous n'avons pas le temps, maintenant. Il faut faire des plans.

— Je ne pense pas qu'elle y croie.

— Sans doute, et c'est naturel. Ceux qui ne sont pas habitués au danger gardent leurs illusions aussi longtemps qu'ils le peuvent.

Il entendit un faible bruit et, en se retournant, vit Cutter sortir par sa propre ouverture. Le chien les rejoignit, fit halte pour lécher la main de Quinn, puis se dirigea vers lui et s'assit à ses pieds. Adam plongea le regard dans les yeux d'ambre de l'animal.

— Tu as une réponse pour moi, le chien ? demanda-t-il doucement, sans même savoir ce qu'était la question.

— Il en a plus que tu ne penses, dit Quinn. Et des manières intéressantes de t'obliger à les voir.

— Nous avons des chiens au ranch, dit Adam. Certains sont intelligents, ils peuvent mener un troupeau tout seuls. Mais je n'ai jamais vu un animal comme lui.

— Je suis à moitié convaincu, comme Liam, que c'est un extraterrestre déguisé en chien, dit Quinn en riant. Et il est d'accord avec toi. Sur le fait de rester, je veux dire.

— Comment le sais-tu ? demanda Adam, étonné.

Il regarda à nouveau le chien.

— Comment sait-il que je vais rester ?

Quinn sourit d'un air ironique.

— Si tu ne faisais pas ce qu'il veut, il s'occuperait de toi.

— Et qu'est-ce qu'il s'attend que je fasse ?

— Ce que nous allons tous faire. Garder Amanda en sécurité.

# 14

Ce devait forcément être Malachi.

Allongée dans le noir, Amanda avait les yeux grands ouverts. Impossible de dormir. Cela faisait plusieurs heures qu'elle se débattait avec ses pensées dans la chambre d'amis des Foxworth. Elle avait du mal à croire que quelqu'un veuille sa mort, mais s'il fallait accepter cette possibilité, sa première pensée allait à cet homme.

« Les preuves matérielles ont fait de lui un tueur. Mais ton témoignage a fait de lui un monstre. »

Elle n'avait pas remarqué la présence d'Adam au tribunal ce jour-là. Elle s'était tellement concentrée sur ce qu'elle avait à dire qu'il aurait pu n'y avoir que deux personnes dans la salle, elle-même et le meurtrier.

Elle éprouva un élan de… quelque chose à l'idée qu'Adam avait trouvé qu'elle s'en était bien sortie. Ce qui n'avait aucun sens, parce que la dernière personne dont l'opinion comptait pour elle était bien Adam Kirk.

Un léger tapotement se fit entendre à la porte, et elle s'assit dans son lit. Apparemment, les Foxworth disaient vrai quand ils lui avaient promis de venir voir comment elle allait.

— Tout va bien ! cria-t-elle.

La porte s'ouvrit lentement, et elle vit de qui il s'agissait.

*Adam.*

Elle se sentit rougir et vérifia instinctivement que le T-shirt prêté par Hayley la recouvrait bien. Puis elle regretta ce geste. Elle ne voulait pas qu'il pense… ce qu'un homme peut penser de cette réaction.

— Qu'est-ce que tu veux ?

C'était sorti avec plus de dureté qu'elle n'en avait l'intention. Ce fut alors qu'elle vit Cutter avec lui. Le chien pénétra dans la chambre et s'approcha du lit.

— Je viens juste vérifier, dit Adam d'une voix dépourvue de chaleur. Ne t'inquiète pas, c'est Hayley qui viendra après moi. Et Quinn ensuite. Ainsi, personne n'aura à se lever toutes les deux heures.

Elle le fixa.

— Sauf moi apparemment, lança-t-elle d'un ton sec.

Il prit un air légèrement penaud.

— Eh bien, c'est de toi que nous nous inquiétons.

Cutter gémit doucement, et elle caressa machinalement la tête du chien. Et se sentit tout de suite plus calme.

— Je vais bien. Tu peux retourner…

Elle s'interrompit soudain, les sourcils froncés.

— Comment ça se fait que tu sois encore là, d'ailleurs ? Je croyais que tu allais retraverser la Sound pour pouvoir partir tôt demain matin.

— Cutter avait une autre idée en tête.

— Pardon ? dit-elle en écarquillant les yeux.

— C'est une longue histoire, qui exigerait que tu m'écoutes plus longtemps que tu n'en as envie.

— Le bateau est déjà parti, souligna-t-elle.

Son expression ne se modifia pas.

— Je sais.

Puis, plus vivement, il demanda :

— Tu as réussi à dormir ?

— Un peu, prétendit-elle.

— Tu sais où tu es ?

— Bien sûr que oui. Et si je ne le savais pas, tu te serais trahi en parlant de Quinn et Hayley.

Il soupira.

— Oui, je ne suis pas doué pour ça.

— Qu'est-ce que c'est ton don, alors ? Parler aux chiens ?

— Je pourrais faire pire…

Elle entendit à nouveau cette petite note métallique dans sa voix. Puis il lui demanda :

— Tu te rappelles pourquoi nous sommes ici ?

— Bien sûr.

— Dis-le-moi.

— Je me suis cogné la tête.

— Tu te souviens du jour de la semaine ? Ne regarde pas ton téléphone.

— On est mardi maintenant.

— D'accord.

Il commença à reculer.

— Tu n'es pas censé me demander si je me souviens de qui je suis ?

Il lui semblait qu'il avait rempli sa tâche à contrecœur.

— Je n'en ai pas besoin. C'est évident.

Elle fronça les sourcils.

— Pourquoi ?

— Parce que tu te rappelle comme tu me détestes.

Et sur ce il partit, refermant doucement la porte derrière lui. Elle fixa le panneau, bizarrement refroidie par ses paroles. Elle se demanda pourquoi. Après tout, c'était la vérité.

Il avait laissé Cutter avec elle. Elle vit le chien la regarder avec un reflet dans ses yeux sombres. Il posa doucement une patte sur le lit.

— Tu as le droit de faire ça ? demanda-t-elle.

Il produisit un son indigné qui faillit la faire rire.

— D'accord.

Et quand l'animal bondit pour s'installer à côté d'elle, elle put penser plus clairement. Même si elle ne comprenait toujours pas pourquoi l'expression et les paroles d'Adam l'avaient autant perturbée. Durant les cinq années écoulées, elle n'avait jamais remis en question ses sentiments à propos de lui. Elle avait toujours placé le plus gros de la faute sur ses épaules, après le tueur lui-même bien sûr. Alors pourquoi diable le fait de savoir qu'il faisait de même changeait-il quelque chose ? N'aurait-elle pas dû être contente ou du moins satisfaite qu'il soit conscient de sa culpabilité ?

Elle se rappelait vaguement que quelques-uns des collègues

de son père avaient tenté de le défendre, en disant qu'ils auraient fait de même dans cette situation. Elle n'avait pas voulu les écouter.

Elle se morigéna. Cutter la poussa légèrement, et elle se mit à le caresser. Si elle devait passer une nuit blanche, mieux valait penser à ce qui s'était passé la veille et non à Adam Kirk.

*Mais c'est lui qui t'a tirée de la voiture. De ta voiture en feu.*

Elle repoussa cette idée et se concentra sur l'énigme. Même s'il était possible que Trevor Malachi ait orchestré cela depuis sa prison – elle avait entendu parler de telles choses —, elle ne voyait pas ce qu'il y gagnerait. Adam avait raison à ce propos. Malachi n'était pas éligible à une peine conditionnelle, si bien qu'il n'y aurait pas d'audition à laquelle assister pour l'empêcher d'être libéré. On lui avait épargné cela, au moins.

Mais elle n'avait rencontré personne de toute sa vie qui semble capable de ce genre de raisonnement ou de complot. Malachi voulait peut-être seulement se venger. Enfermé comme il l'était, c'était tout ce qu'il pouvait faire.

Ce devait être cela. Parce que l'autre théorie n'avait aucun sens. Cela ne pouvait avoir de rapport avec le fait qu'elle avait contacté des gens à propos du fichier de son père ; elle n'avait appelé que ses amis, des gens qui ne lui feraient jamais de mal.

Elle ne se rendit pas compte qu'elle s'était endormie jusqu'à ce que ce Hayley la réveille doucement. Elle s'arrangea pour répondre à ses questions. Quand Hayley lui demanda si Cutter la dérangeait, elle répondit que non, pas du tout, et, en plaisantant à moitié, que c'était sans doute grâce à lui qu'elle avait pu dormir. Hayley le laissa donc avec elle.

Elle put se rendormir jusqu'à 6 heures, quand Quinn vint vérifier son degré de conscience. Elle s'assit tout ensommeillée, mais il lui dit de se rendormir jusqu'à ce qu'elle ait faim pour le petit déjeuner et, cette fois, il prit le chien.

Finalement, elle se réveilla deux heures plus tard, à temps pour la vérification suivante. Comme elle avait faim, l'odeur de café frais ressemblait à une torture. Elle se leva et prit une douche rapide, ravie que sa chambre comporte une salle de bains attenante. Elle se regarda dans le miroir en grimaçant et fit ce qu'elle pouvait avec ce qu'elle avait sous la main.

Elle trouva les vêtements qu'elle portait la veille soigneusement pliés au pied du lit, et comprit que Hayley avait dû les prendre pour les laver. Ou peut-être Quinn ; il ne semblait pas se considérer au-dessus de ces tâches. Elle s'habilla rapidement et sortit de la chambre. La première chose qu'elle remarqua dans le salon fut une couverture pliée et un oreiller. Adam avait dormi sur le canapé ?

Elle jeta un coup d'œil à la cuisine, d'où venaient des murmures. Elle s'en rapprocha et vit Adam et Quinn qui parlaient. Elle entendit Quinn demander le sucre. Adam fit passer sa tasse de sa main gauche à sa main droite, prit le sucrier avec la première, le tendit à Quinn, puis reprit sa tasse de la main gauche et but une gorgée de café. Cela parut bizarre à Amanda, mais il l'avait fait avec l'aisance d'une longue pratique.

— Quelle amplitude de mouvement as-tu ? demanda Quinn.

« Amplitude » ? Que voulait-il dire ?

— Environ 100 °, dit Adam en haussant les épaules.

— Ça doit rendre les choses intéressantes chez toi.

— C'est sûr que conduire un tracteur est une aventure, dit Adam d'un air ironique.

— Mais tu le fais, reprit Quinn d'un ton calme.

— Il le faut bien. Mais j'ai pris une automatique pour le pick-up. Ça m'économise de l'énergie.

— Entre, Amanda, dit Quinn à cet instant. Le café est encore chaud.

Il n'avait pas regardé dans sa direction et pourtant il savait qu'elle était là. Adam lui jeta un coup d'œil, tourna les talons et quitta la cuisine sans un mot.

Quinn prit deux tasses dans le placard et lui en tendit une.

— Hayley va venir chercher le sien dans une minute, précisa-t-il avec un sourire.

— Merci, dit-elle quand il lui remplit sa tasse.

Elle attendit qu'il ait mis deux cuillerées de sucre dans le café de Hayley pour se servir à son tour. Ce qui lui rappela ce qu'elle avait vu.

— Qu'est-ce que tu voulais dire par « amplitude » ? demanda-t-elle.

Quinn mit la cuillère dans le lave-vaisselle avant de lever le bras et de le replier presque à angle droit.

— C'est un blocage très handicapant.

Un blocage ? Était-il en train de dire qu'Adam ne pouvait pas plier le bras ? Elle le dévisagea.

— Un… Je ne…

Quinn lui jeta un regard perplexe.

— L'articulation du coude est compliquée à réparer. Moi j'aurais choisi la prothèse, mais après toutes ces opérations je ne lui reproche pas de vouloir éviter le scalpel.

— Le coude ? dit-elle d'une voix faible. Des opérations ?

Quinn recula légèrement, et une lueur de compréhension se fit jour dans ses yeux.

— Amanda, cette balle lui a brisé le coude. Il a de la chance de pouvoir encore bouger le bras.

— Je ne… savais pas.

Soudain, le souvenir de ce demi-salut qu'il avait adressé à la tombe de son père lui revint en mémoire. De même que ce qu'elle avait pensé à ce moment-là. Il ne lui était jamais venu à l'esprit que sa main ne s'était élevée qu'à mi-hauteur parce que c'était tout ce qu'il pouvait faire.

— Mais que croyais-tu exactement ? demanda Quinn.

— Je pensais… J'ai seulement entendu dire qu'il avait reçu une balle dans le bras.

Quinn poussa un soupir audible.

— Et que donc il aurait été physiquement capable de riposter.

Elle hocha la tête, sentant la nausée monter.

— Tu n'as jamais regardé la vidéo du magasin, n'est-ce pas ? demanda-t-il doucement.

— J'ai essayé, une fois. Mais je savais ce qui allait se passer et je n'ai pas pu.

— Si tu l'avais fait, tu aurais vu Adam s'écrouler à droite de la vitrine. Il s'est bien coupé, d'ailleurs. Mais il s'est quand même relevé et a essayé de prendre son arme de la main gauche.

— Je ne savais pas.

— À ton avis, qui a tenu Malachi en respect après que je me suis évanoui ? Et qui m'a probablement sauvé la vie en stoppant mon hémorragie ?

— Je commence à croire que je ne pensais pas du tout…

— Et ma douleur n'est rien comparée à la dislocation d'une articulation comme celle-là. Il a tenu bon jusqu'à ce qu'il s'évanouisse. Un des ambulanciers a dû le rattraper. Étonnant qu'il ait tenu debout jusque-là.

Il prit une gorgée de café avant de poursuivre :

— C'est dommage qu'il n'ait pas pu reprendre le travail. Ils ont perdu deux bons policiers cette nuit-là.

— Vous devez parler d'Adam.

La voix de Hayley venait de s'élever derrière elle. Elle tapota le bras d'Amanda en passant, Cutter sur les talons. Le chien effleura la main d'Amanda, comme pour s'assurer qu'elle allait bien. Puis, bizarrement, il s'assit à ses pieds, comme s'il avait senti son tourment intérieur.

Hayley prit le café que Quinn avait préparé en lui adressant un regard aimant.

— Quelle tristesse que son rêve de toujours ait été brisé !

Amanda était consciente de la fixer, mais sa nausée empirait.

— Brisé ?

Hayley lui adressa le même regard perplexe que Quinn. Ce fut Quinn qui lui répondit.

— Je suis sûr qu'ils en étaient désolés, mais ils n'avaient pas le choix, vu l'état de son bras.

Amanda posa sa tasse brusquement. Elle ouvrit la bouche pour parler, mais aucun son n'en sortit. Elle avait l'impression que le sol s'ouvrait sous ses pieds. Cutter geignit, et ce son plaintif fut le déclic qui la fit bouger.

Elle fit demi-tour et courut à la chambre d'amis, où elle s'assit en tremblant au bord du lit. Le chien l'avait suivie et se collait contre elle. Elle sentit ce réconfort, mais cette fois ce n'était pas assez.

Pendant cinq ans, elle avait haï Adam Kirk. Pour n'avoir pas fait ce qu'il aurait dû faire. Et pour avoir démissionné.

Il n'avait pas juste reçu une balle dans le bras, comme elle le pensait. L'articulation même de son bras avait été détruite. Il n'avait pas été capable de faire ce qu'elle pensait qu'il aurait dû faire.

Et il n'avait pas démissionné, il avait été déclaré inapte par une autorité médicale. Impossible de reprendre son poste, même s'il l'avait voulu.

Tout ce qu'elle avait cru pendant cinq ans était faux.

« C'est un type bien. Je lui fais totalement confiance. »

Amanda se prit le visage entre les mains, se détestant d'avoir détesté Adam Kirk.

# 15

— Nous sommes un peu en sous-effectif, déclara Quinn. Liam est le seul à être ici. Teague ne sera pas là avant Noël.

— Et qui sait quand Rafe reviendra, maintenant qu'il progresse vers cette taupe, dit Hayley.

Ils étaient retournés à la fondation dès que tout le monde avait été prêt. Après une nuit quasi sans sommeil, Adam avait du mal à se calmer. Il regardait par la grande fenêtre, se demandant comment ça se passait chez lui. Il avait appelé dans la matinée, et Nat lui avait assuré que tout allait bien.

— Tu es utile, mais pas indispensable, l'avait taquiné sa sœur. Fais ce que tu as à faire.

À cet instant, il se retourna.

— Une taupe ? demanda-t-il.

— C'est une longue histoire, déclara Quinn d'un air sombre. Nous traquons quelqu'un qui nous a trahis pendant plus de deux ans. Et qui s'est débrouillé pour que Cutter reçoive une balle.

— Toi aussi, dit Hayley d'un ton appuyé, tandis que Cutter poussait un doux aboiement.

— Moi aussi, approuva Quinn. Nous avons cru le coincer plusieurs fois, mais ce n'était jamais le chef.

— On en a quand même retiré quelques-uns de la circulation, ce faisant, intervint Hayley d'un ton beaucoup plus léger. Et nous l'aurons, lui ou elle, tôt ou tard.

— Vous en parlez d'une façon incroyablement légère, dit Amanda.

C'était la première fois qu'elle prenait la parole depuis qu'ils étaient arrivés.

— Parce que si cette mission avait tourné autrement, Quinn et moi ne serions pas ensemble.

— Oui, ça aussi, dit Quinn en la regardant.

Adam se dit qu'il n'avait jamais entendu une note pareille dans la voix d'un homme.

Il s'assit un peu lourdement en face d'Amanda. Il n'avait jamais beaucoup réfléchi à la question de savoir s'il se marierait, s'il aurait une femme et des enfants. Il n'arrivait pas à s'imaginer qu'une femme veuille de lui. Pas comme Hayley voulait Quinn.

Et tout ce qu'il put faire, quand cette pensée lui traversa l'esprit, fut de ne pas regarder Amanda.

Elle se comportait de manière bizarre depuis le début de la journée. Elle ne parlait pas et semblait retirée en elle-même. Plus d'une fois, il l'avait surprise en train de le regarder de ses yeux verts rougis par le manque de sommeil.

À moins qu'elle n'ait pleuré. Et pourquoi pas ? S'il y avait un moment où elle en avait le droit, c'était bien celui-là.

Mais le plus déconcertant dans tout cela, c'est que quand il surprenait son regard, cette colère à peine dissimulée semblait… avoir disparu. Ce qui n'avait aucun sens. À moins qu'elle n'ait décidé de faire une trêve jusqu'à la fin de cette affaire. Il avait le sentiment qu'elle ne croyait toujours pas que quelqu'un lui en veuille, mais quand Quinn lui avait demandé la liste des personnes qu'elle avait appelées, elle l'avait rédigé sans poser de question. Il avait alors demandé à Adam une liste des amis de Greg et de tous ceux avec lesquels il était en contact régulier.

— Revenons à nos moutons, dit Hayley avec un sourire béat. C'est une bonne chose qu'Adam soit là. Entre lui, Quinn, Liam et Cutter moi, nous devrions être capables d'assurer.

— Liam va faire les recherches en ligne dont nous avons besoin, et le reste nous le donnerons à Ty, dit Quinn. Il faut que nous sachions si le vieux Trevor a eu des visiteurs dernièrement. Et je pense que je serai mieux à même d'interroger les gens que tu as appelés, Amanda. Adam et toi obtiendriez sans doute plus d'aide, mais vous finiriez par renseigner ceux qui peuvent s'inquiéter de ces recherches.

Adam doutait de pouvoir obtenir d'aide de ce côté-là, mais Amanda oui, certainement. Mais il y avait un autre aspect auquel il n'avait pas pensé jusque-là.

— Pense tout haut, dit Quinn, et il fallut un moment à Adam pour se rendre compte qu'il s'adressait à lui.

— Je… Je pensais juste qu'il n'est pas nécessaire que ce soit quelqu'un qu'elle a appelé.

Il désigna d'un geste la liste d'Amanda.

— Je connais – ou je connaissais – la plupart de ces gens, et elle a raison, je ne peux pas imaginer que l'un d'eux ait voulu lui faire du mal. Elle, entre toutes.

— Pourquoi en es-tu si sûr ?

Adam le fixa un instant.

— Ce n'est pas seulement des flics, dit-il. Ils étaient aussi les amis de Greg. Et…

Il hésita et lança un coup d'œil à Amanda, qui semblait étudier sa liste. Il poursuivit d'un ton calme :

— Ils savent tous qu'elle vit leur pire cauchemar. Que n'importe quand, leur propre famille pourrait passer par là.

Amanda releva la tête et le regarda dans les yeux. Il en oublia de respirer. Ce n'était pas ce qu'il y avait dans ses yeux, mais ce qu'il n'y avait pas.

La haine avait vraiment disparu. Était-elle vraiment capable de mettre son ressentiment de côté ?

— Mais ? lança Quinn.

— Ils ont pu parler. En fait, ce serait naturel qu'ils disent à tous ceux qui connaissaient Greg qu'ils ont parlé à sa fille, non ?

Quinn hocha la tête avec un léger sourire, comme pour approuver.

— Excellent point.

— Même si c'est ce qui s'est passé, je ne peux toujours pas croire que c'est quelqu'un du commissariat, dit Amanda. De toute façon, il y a beaucoup de gens qui connaissaient mon père là-bas. Comment pourriez-vous trouver qui c'est ?

— Bonne question, remarqua Hayley.

— Il va falloir user de ruse pour faire parler les gens, j'imagine, dit Quinn.

— Moi je pense que tu n'auras qu'à te montrer pour emporter l'adhésion, dit Adam avec sincérité. Tu as une aura de saint là-bas.

Quinn ne fit que hausser les épaules.

— Ça laisse Adam, Cutter et moi pour protéger Amanda, dit Hayley avec vivacité. Je pense que nous nous débrouillerons, grâce au système d'alerte rapide de Cutter.

— Je n'ai pas besoin de gardes du corps, protesta Amanda.

Cutter se leva et vint vers elle. Adam ne pouvait pas le voir, mais à la manière dont Amanda sourit, il devina que le chien avait posé la tête sur sa jambe.

— Peut-être pas, dit Quinn. Mais tant qu'il y a une possibilité…

— Mais…, commença Amanda.

— Il ne faut pas prendre de risques, déclara Adam d'un ton tranchant.

Il attendit qu'elle riposte en disant que ce n'était pas ses affaires, mais elle n'ouvrit pas la bouche.

— Je suis d'accord, renchérit Hayley.

Prenant deux téléphones à l'aspect étrange sur la table, elle les fit glisser l'un vers Amanda et l'autre vers lui.

— Ce sont des téléphones Foxworth. Ils fonctionnent comme n'importe quel smartphone, mais ils ont quelques fonctions supplémentaires. Comme ce bouton rouge, là. Vous le pressez, et il vous met directement en contact avec nous sur une ligne protégée.

Adam prit l'appareil et l'examina d'un air intéressé.

— Maintenant, poursuivit Hayley, il faut mettre au point la couverture.

— J'ai du travail prévu, dit Amanda. Des rendez-vous.

— Donne-nous ton planning, nous nous y adapterons, intervint Quinn.

— Mes clients sont déjà des victimes, souligna Amanda, et certains n'apprécieront peut-être pas que des inconnus soient témoins de leur détresse.

— Cutter pourra être utile, je pense, répondit Quinn. Et

Hayley peut se charger de ces moments. Elle est très douée pour mettre les gens à l'aise.

Amanda observa un instant la femme de Quinn. Adam la vit sourire.

— Oui, c'est vrai.

Elle glissa un regard de biais à Adam.

— Et elle est moins intimidante qu'Adam.

Il en resta bouche bée. Intimidant, lui ? Il était si stupéfait qu'il lui fallut un instant pour se rendre compte que c'était la première fois qu'elle prononçait son prénom.

— Adam, tu dis que tu as travaillé avec Greg sur sa voiture ? demanda Quinn.

Il sentit soudain sa gorge se nouer. Il se contenta de hocher la tête, et entendit Amanda émettre un petit son. Un autre souvenir traversa son esprit, le jour où Amanda était revenue chercher quelque chose après son déménagement.

Adam s'occupait avec Greg de poser des bougies sur la voiture. C'était une chaude journée d'été, et il avait ôté son T-shirt. Quand elle était arrivée, son premier mouvement avait été de remettre ce T-shirt. Mais cela aurait été trop ostentatoire. Et quand elle lui avait jeté un regard admiratif, il n'avait pas su s'il devait se réjouir, car ce regard avait déclenché en lui des émotions complexes qu'il n'avait jamais été capable de gérer.

« – Si j'avais su que tu étais là, je serais venue plus tôt.

— Si j'avais su que tu passais, je serais venu plus souvent. »

Ce badinage inattendu en présence de son père l'avait mis affreusement mal à l'aise. Mais son coéquipier avait plaisanté sur le fait d'être la cinquième roue du carrosse. La tension s'était évanouie.

— Quand nous la ramènerons chez elle, ça pourra être ta couverture, dit Quinn, le tirant de sa rêverie.

Et l'informant en même temps qu'il allait retourner chez elle. À cette pensée, il sentit son estomac se serrer.

— Je crois vraiment que tout cela n'est pas nécessaire, protesta à nouveau Amanda.

— Nous ne resterons pas dans tes jambes, lui promit Hayley. Nous serons juste à proximité, au cas où.

— Mieux vaut prévenir que guérir, ajouta Quinn.

— D'accord, dit-elle d'un ton las.

Hayley se mit à rire.

— Nous n'allons pas nous installer chez toi de manière permanente. Il s'agit juste d'être là jusqu'à ce que nous ayons la certitude de ce qui se passe.

Adam aurait voulu être aussi confiant que Hayley. Mais il ne pouvait nier que Quinn avait raison quand il disait que les règles empêchaient parfois la police de faire son travail. Ou du moins ce que les policiers comme Greg considéraient comme leur travail, à savoir protéger les innocents.

Il fit en silence le vœu que cette fois il ferait ce travail.

# 16

C'était ridicule.

Tout en rinçant sa tasse dans l'évier, Amanda se le répéta. C'était ridicule, irritant, déconcertant ! Non seulement parce qu'elle n'arrivait toujours pas à croire au danger, mais parce que cela bouleversait sa vie.

Pas Hayley. Cela ne la dérangeait pas de l'avoir avec elle. Elle était gentille, charmante et intelligente. Quinn avait dit vrai ; ses clients ne semblaient pas le moins du monde dérangés par sa présence. En fait, elle s'était montrée utile plus d'une fois.

Et Cutter ne la dérangeait pas non plus. Cet animal était tellement intelligent qu'elle s'était dit qu'elle aimerait avoir un chien elle-même. Hayley approuvait.

Un chien de thérapie pourrait être très utile dans son travail. Et ce ne serait pas inutile d'avoir un chien de garde non plus, avait-elle dit deux jours auparavant, quand Amanda avait commenté une fois de plus la miraculeuse capacité de Cutter à réconforter.

Mais Hayley avait tout gâché en ajoutant malicieusement :

— À moins que tu ne préfères le chien de garde qui est dans le garage.

*Adam.*

Tout cela la mettait très mal à l'aise. Et pas pour les raisons qu'elle aurait donné quelques jours auparavant.

Elle était tellement en colère contre elle-même qu'elle n'arrivait pas à penser de manière sensée. Toutes les suppositions que la fureur et le dégoût lui avaient inspirées durant cinq ans étaient anéanties, et elle se rendait compte à présent qu'elle les avait laissées la consumer. Elle croyait les avoir reléguées dans un coin de son esprit, mais pendant ce temps, elles avaient creusé un abîme en elle.

Maintenant, elle voyait arriver le week-end sans grand-chose pour se distraire. Non qu'elle travaille uniquement en semaine – la tragédie pouvait frapper à tout moment, et elle était toujours disponible pour ses clients. Elle travaillait surtout sur signalement de ses anciens clients et des amis de son père. Par malheur, cela se produisait assez souvent pour qu'elle ait toujours du travail.

Elle aurait dû être reconnaissante que personne n'ait besoin d'elle en ce moment, se dit-elle. Parce qu'en général ces gens-là avaient souffert d'une perte affreuse. Pour cette raison, elle était généralement heureuse quand les affaires ralentissaient, mais à présent, de manière perverse, elle était anxieuse et se demandait ce qu'elle allait faire de ce week-end avec… tout ce qui se passait.

*Sois honnête. Tu parles d'Adam. À qui tu dois de plates excuses que tu ne lui as pas encore présentées.*

C'était vrai. Mais elle avait été si abasourdie de se rendre compte qu'elle s'était trompée du tout au tout qu'elle n'avait pas encore été capable de mettre des mots dessus. « Je suis désolée d'avoir pensé que tu étais un lâche et un déserteur », ne lui paraissait pas suffisant.

Mais elle devait dire quelque chose, et vite. S'il y avait un lâche dans l'histoire, c'était elle, qui n'avait pas voulu admettre devant les Foxworth à quel point elle avait été odieuse. Pas étonnant que Quinn ait été si surpris qu'elle en veuille encore à Adam.

Adam, qui se tenait silencieusement, comme l'avait dit Hayley, dans le garage. Mais ce qui l'avait frappée, c'était la pâleur sinistre de son visage quand il avait vu le portrait de son père accroché au mur. La tension irradiait de lui, et son expression lui avait donné un nœud à l'estomac.

Elle se rappela l'instant où Quinn lui avait demandé si elle avait encore les armes de son père. Elle avait hoché la tête et était allée les prendre dans le coffre-fort où il les rangeait.

— Son arme de service a été reprise, mais il reste ce colt .45, et celui-là…

Elle avait désigné un petit .38 à cinq coups.

— … était à lui.

Quinn avait soulevé le colt modèle 1911 et regardé Adam.

— Tu as déjà tiré avec une de ces armes ?

— Oui, répondit-il.

— Et tu le peux toujours ? avait insisté Quinn d'un ton neutre.

Adam lui avait répondu sur le même ton.

— Je suis plus doué avec un fusil, mais j'y arrive correctement avec ma main gauche et à peu près avec la droite.

— Bon.

Quinn lui avait tendu l'arme, crosse la première. Adam l'avait prise avec un signe de tête. Et elle supposait qu'il l'avait toujours avec lui ou sur lui depuis ce moment.

Elle ne savait même pas où il passait ses nuits, pendant que Hayley et Cutter dormaient dans la maison. Mais il devait avoir dormi, parce qu'il passait ses journées à travailler sur la voiture que la magie Foxworth avait déjà ramenée à la maison. Maintenant Adam s'occupait du reste des réparations. Si cela avait été n'importe qui d'autre, elle serait sortie pour l'aider, car la voiture la reliait à son père comme nulle autre chose. Et elle en savait assez pour au moins lui passer les outils nécessaires…

Cela la frappa soudain. Comment faisait-il avec son bras handicapé ? C'était un signe, supposait-elle, du degré de son chamboulement qu'elle n'y ait pas pensé jusque-là. Elle devait aller le voir. Il ne s'agissait pas qu'elle soit capable de l'aider, mais du fait qu'il avait vraiment besoin d'aide.

Elle se sécha les mains et s'encouragea. Après la manière dont elle l'avait traité, il avait des raisons d'être méfiant, n'importe qui en aurait eu. Elle…

— Amanda ?

La voix de Hayley s'élevait dans l'autre pièce.

— Quinn est de retour. Il va nous mettre au courant.

Distraite et soulagée au point d'en être gênée, elle cria :

— Je vais faire du café !

Elle ignorait comment Quinn avait fait pour obtenir des informations au commissariat sans dire ce qu'il voulait, mais elle savait que Foxworth travaillait souvent, disons, de manière détournée. Et Quinn était l'un des hommes les plus compétents qu'elle avait jamais rencontrés, aussi décida-t-elle de ne pas s'inquiéter du comment et de se réjouir plutôt qu'il y soit arrivé.

Elle remarqua que le bol d'eau qu'elle avait posé par terre pour Cutter était presque vide et le remplit en attendant que le café passe. Une fois cela fait, elle remplit quatre tasses et les posa avec du sucre et du lait sur la table. Quinn et Hayley la remercièrent, mais Adam lui jeta un regard méfiant. Comme s'il pensait qu'elle avait empoisonné son café.

*Il faudra que ces excuses soient vraiment extraordinaires.*

— D'abord, dit Quinn avec un sourire en direction d'Amanda, au cas où tu ne le saurais pas, les amis de ton père sont immensément fiers de toi.

Elle cilla.

— Fiers ?

— De ce que tu as fait, de la manière dont tu as transformé ton épreuve en vocation.

Elle sentit ses joues devenir chaudes, mais ne pouvait nier le plaisir que lui procuraient ces mots.

— Je… Merci de me dire ça.

— Et je pense que certains se précipiteraient pour nous aider si nous avions besoin d'un coup de main officiel.

— Officiel ? répéta Amanda.

— Si cela se révèle lié à ce sur quoi ton père travaillait, il faudra peut-être leur transmettre l'affaire.

— Oh !

— Cela dit, aucun d'eux ne semble avoir su qu'il travaillait sur quelque chose de spécial à l'époque. Mais ils sont tous d'accord pour dire qu'il vérifiait soigneusement ses preuves avant de passer à l'action. Tu es d'accord ? demanda Quinn en regardant Adam.

— Absolument. Il était très consciencieux, dit Adam.

— « S'assurer d'où on va atterrir avant de sauter », cita Amanda.

Adam lui adressa un regard stupéfait, et un petit sourire fleurit sur ses lèvres. Durant une fraction de seconde, elle se rappela à nouveau comme le nouveau coéquipier de son père lui avait plu lors de leur première rencontre. Il lui avait souri d'un air hésitant, et elle avait trouvé charmante sa timidité. Sans parler de ses yeux gris aux cils épais.

À présent il baissait ces yeux, fixant son café comme s'il regrettait sa réaction. Et elle contemplait à nouveau ses cils.

— À propos, ils ont tous parlé de toi, Adam. Ils voulaient savoir comment tu allais.

Adam produisit un son qu'elle ne comprit pas, à supposer qu'il s'agisse d'un mot.

— Ils étaient désolés que tu ne sois pas revenu. Et ils savent à quel point tu as fait des efforts, même après que les médecins t'ont dit que ce ne serait pas possible.

Amanda jeta un coup d'œil à Quinn, se demandant si ces paroles lui étaient adressées. Mais son regard fut de nouveau attiré par Adam, et elle songea que si Quinn et Hayley n'avaient pas été là, elle se serait excusée immédiatement parce qu'elle ne pouvait plus supporter ce sentiment de culpabilité.

— J'ai… eu du mal à croire que c'était permanent, dit Adam à voix basse, les yeux toujours fixés sur son café.

— C'est pour ça que tu as refusé l'emploi de bureau qu'on te proposait ?

Adam leva la tête, et Amanda regarda Quinn, surprise. Encore une chose qu'elle ignorait.

— Je n'avais pas envie de faire figure de handicapé le reste de ma vie, dit-il sans les regarder. Et être ligoté à un bureau aurait été…

Il agita la main, sans réussir à trouver de mot pour décrire cette perspective.

Amanda tentait encore d'assimiler cette information, son dégoût d'elle-même ne faisant que croître, quand Quinn poursuivit d'un ton vif :

— Liam essaye de trouver des corrélations entre les dates du dossier de Greg et le reste, mais ce sont de vastes recherches, et rien n'en est encore sorti. Il a envoyé ce que nous avions à Ty Hewitt, le technicien de Saint-Louis, pour voir s'il peut trouver quelque chose de son côté.

— J'ai pensé à ces dates, dit Adam. Ou plus exactement, à cette période. Entre les appels à la radio, Greg s'arrêtait souvent pour parler aux gens. La plupart du temps, c'était pour faire le suivi d'une affaire que nous avions traitée. Il avait sa manière à lui d'établir la confiance.

Il jeta un coup d'œil à Amanda, comme s'il ne savait pas s'il devait dire la suite devant elle.

— Continue, dit-elle tranquillement.

Il revint à Quinn, qui attendait en silence. Manifestement, il pensait que cela en valait la peine.

— Mais environ six mois… avant, il a commencé à parler aux gens de choses dont je savais que nous ne les avions pas traitées. À l'époque, j'ai supposé qu'il en avait l'habitude avant que nous commencions à travailler ensemble. Mais maintenant…

— Tu penses que c'était ça, ce qu'il y a sur la clé USB, dit Quinn.

— C'est plutôt que je me le demande, répondit Adam. Je me demande si c'est pour ça que je n'ai pas reconnu les affaires. Peut-être que Greg les relevait au fur et à mesure, à cause de ce qu'il cherchait.

— Liam s'est occupé aussi d'essayer de faire correspondre les dates et les noms à des affaires documentées.

En voyant l'air d'Adam, il ajouta d'un ton neutre.

— C'est une bonne chose d'avoir des amis. Et une aide numérique efficace.

— Il a trouvé quelque chose ?

— Rien qui aille au-delà de policiers qui ont traité deux ou trois affaires parce qu'elles étaient dans leur juridiction.

Adam hocha la tête.

— Je savais bien que ce ne serait pas aussi facile.

— Tu crois que tu pourrais te souvenir de ces fois où Greg parlait de choses que tu ignorais ?

— Ça fait un bout de temps, mais je peux essayer.

— On ne t'en demande pas plus, dit Hayley.

# 17

Adam considéra la liste qu'il venait d'écrire. En haut, il y avait une demi-douzaine d'occurrences où Greg avait parlé de situations et de gens dont lui-même n'avait jamais entendu parler. Il avait un souvenir relativement net des époques où cela s'était passé, et il les avait notées. Au-dessous, il y avait une demi-douzaine de rencontres sur lesquelles il ne pouvait mettre de date approximative, bien qu'il se rappelle les gens présents.

— C'est le mieux que je puisse faire, dit-il en apportant la liste à Quinn.

Profitant de ce que la pluie avait cessé, celui-ci jetait une balle malpropre à un infatigable Cutter.

— C'est super, dit Quinn quand il eut survolé la liste. C'est assez pour que nous commencions à faire des vérifications. Et je parie que tu vas te souvenir d'autres choses, maintenant que tu as commencé à y penser.

— J'espère. Mais j'ai passé cinq ans à essayer de ne pas y penser, justement.

— Je ne peux pas te le reprocher.

Quinn l'observa un long moment, au point de le rendre un peu nerveux.

— En parlant de reproche..., dit-il au bout d'un instant, en lançant un regard au bâtiment où se trouvait Amanda.

Adam comprit instantanément où il voulait en venir. Il ouvrit la bouche pour l'interrompre, mais ne put trouver quoi que ce soit à dire. Finalement, il se contenta de marmonner :

— Elle en a tous les droits.

— Non, dit Quinn. Mais elle ne savait pas jusqu'à maintenant.

— Quoi ? s'étonna Adam.

— Tu n'es pas le seul à avoir évité de repenser à cette nuit-là.

— Bien sûr qu'elle ne veut pas y repenser. Son père est mort parce que je…

Quinn leva la main, et il s'interrompit.

— Nous aurons cette conversation, mais d'abord il faut que tu saches que jusqu'à ce que je lui dise l'autre jour, elle ignorait la gravité de ta blessure. Ou que tu avais été déclaré inapte à ton poste.

Adam le dévisagea.

— Quoi, elle croyait que j'avais démissionné ? Que j'aurais pu reprendre mon poste et que je ne l'ai pas fait ?

— Exactement, dit Quinn avec un regard appuyé. Elle a seulement entendu dire que tu avais été blessé au bras. Elle ne savait pas que c'était beaucoup plus grave.

— Oh !

Il ne savait qu'en penser. Non qu'il se soit attendu qu'elle sache ou qu'elle s'y intéresse. Pourquoi l'aurait-elle fait ? Mais cela semblait… important, d'une certaine manière. Cela l'était visiblement pour Quinn.

— Mais maintenant, il faut prévoir nos prochains mouvements, reprit Quinn. Alors si tu as l'intention de rentrer chez toi…

— Pas jusqu'à ce qu'elle soit en sécurité.

Quinn hocha la tête comme s'il n'attendait pas d'autre réponse.

— D'accord. Rentrons alors. Cutter !

Le chien flairait quelque chose au fond du jardin. Adam sourit en voyant un petit chat noir sauter sur la clôture mitoyenne. Cutter eut l'air déçu mais répondit à l'appel de son maître.

— C'est rassurant parfois de le voir faire quelque chose de normal, dit ironiquement Adam.

Quinn sourit.

— Oui, n'est-ce pas ? C'est plus facile de croire qu'il n'est qu'un chien.

Hayley et Amanda étaient déjà assises quand ils rentrèrent. Adam en profita pour observer un instant Amanda. Il se demandait pourquoi sa détestation semblait s'être évanouie. Désormais elle savait pour sa blessure… Peut-être était-ce cela. Cela semblait un peu trop optimiste, mais… Il se dit sévèrement que cela n'avait pas d'importance, mais il n'arrivait pas à détourner les yeux.

Il reconnaissait l'homme qu'il avait tant admiré dans le dessin de son nez et la nuance auburn de sa chevelure. Et il savait que si elle levait les yeux, il verrait les yeux de Greg, ces yeux verts qui ne rataient jamais rien. Et pourtant, ils étaient différents, à cause des personnes à qui ils appartenaient.

Elle bougea la tête, et Adam détourna vivement le regard.

— Je disais à Hayley que je ne crois vraiment pas ça nécessaire, déclara Amanda. Il n'est rien arrivé d'autre, et ce n'était peut-être qu'un accident. Peut-être était-ce juste de l'imprudence, parce qu'il essayait de ne pas se faire prendre avec cette voiture volée.

— C'est possible, dit Quinn en s'asseyant.

— Alors vous pouvez retourner à ce que vous faites si bien, dit-elle, d'un air soulagé.

— C'est cela que nous faisons bien, dit tranquillement Hayley.

— Mais…

— Elle a raison, Amanda, intervint Quinn. Pourquoi prendre des risques quand on n'y est pas obligé ?

À la surprise d'Adam, Amanda se tourna vers lui. Comme si elle attendait qu'il dise quelque chose. Maintenant, après toutes ces années, son opinion comptait ?

— Adam ? dit-elle.

Voyant qu'il ne répondait pas parce qu'il ne savait que dire, elle insista.

— Tu ne voulais pas rentrer chez toi ?

Une heure auparavant, sa réponse aurait été un « oui » sonore. Du moins était-ce ce qu'il se disait. Mais maintenant, en la regardant, il pensait à l'homme pour qui il avait eu tant d'affection et d'admiration, l'homme qui était mort alors qu'il aurait dû empêcher que cela arrive. Et il comprit que s'il ne restait pas pour s'assurer qu'elle était saine et sauve, il pouvait aussi bien se laisser à nouveau sombrer et en finir avec lui-même.

— Quinn a raison, dit-il. Nous resterons tant qu'il y a un risque, même minime.

— Mais… Il n'y a pas de raison de t'y obliger.

Il était clair pour lui qu'elle ne voulait pas de sa présence. Il ne pouvait le lui reprocher. Ce que Quinn lui avait dit avait fait son chemin dans son esprit, et le mot « pitié » commençait à faire surface. Il en avait eu bien assez dans sa vie. Il aurait préféré sa colère à… cela.

— Je ne resterai pas dans tes jambes, dit-il d'une voix tendue.

— Adam…

— Je crois qu'il faut développer un peu les paramètres, dit Quinn, tranchant dans la tension ambiante. Amanda, nous allons avoir besoin d'une liste de gens que tu connais et qui n'étaient pas liés à ton père.

Elle le considéra en cillant.

— Tu penses qu'un de mes amis pourrait être à l'origine de cela ? demanda-t-elle d'un ton incrédule.

— Non. Mais ils pourraient savoir, avoir vu ou se rappeler quelque chose.

— Oh !

— Il nous faudrait aussi tes ex-amis. Surtout tes ex-petits amis.

— Mais… Il n'y en a pas eu. Pas depuis la mort de papa.

Adam la dévisagea. Comment était-ce possible ?

— Et le professeur ? demanda-t-il.

Greg lui avait parlé d'un homme, d'une relation qui durait depuis plusieurs mois. Il ne paraissait pas très content de cette situation. Et Adam se rappela s'être demandé, après qu'elle avait explosé à l'hôpital, pourquoi ce type n'était pas avec elle.

Amanda releva la tête.

— Il ne m'a pas du tout… soutenue, quand c'est arrivé. En fait, il m'a jetée le lendemain. Il m'a dit qu'il ne supportait pas ça et qu'il n'avait jamais aimé que je sois la fille d'un flic de toute façon.

Adam la regarda un instant. Pas étonnant qu'elle ait été si dévastée. Elle avait été rejetée alors qu'on aurait dû la soutenir. Il se tourna vers Quinn.

— Si on découvre le cadavre de ce type, vous saurez qui est le coupable.

— Si c'est le cas, nous saurons t'aider, dit doucement Quinn. À moins, bien sûr, que je ne sois tombé le premier sur lui.

Adam sursauta un peu, puis acquiesça.

— Quand vous aurez fini de jouer les mâles agressifs, on pourrait revenir à la planification de la couverture ? suggéra Hayley.

Elle les taquinait, mais il n'y avait que de l'amour et de l'admiration dans ses yeux. C'était si manifeste que même un type aussi lent que lui ne pouvait le manquer, se dit Adam. Jamais une femme ne l'avait regardé ainsi. Sans réfléchir et pour des raisons qu'il se refusait à s'avouer, il lança un coup d'œil à Amanda. Qui le regardait.

Il dut détourner les yeux. Il devait cesser de la regarder. Non parce que cela lui rappelait à quel point elle était adorable, mais parce que chaque fois qu'il le faisait, son imagination s'emballait. Au point d'avoir cru distinguer dans ses yeux un peu de cette admiration.

Et s'il y avait quelque chose de plus absurde que cela, il ne voyait pas quoi.

# 18

C'était tellement stérile, pensa Amanda le lundi matin. Elle regardait sans la voir la pièce que son père avait transformée en bureau.

Plus les heures passaient, plus elle trouvait difficile de prendre au sérieux l'idée d'une menace réelle à son endroit. Plus cet événement s'éloignait, plus elle y voyait un simple accident, causé par la conduite téméraire d'un voleur de voiture. Elle occupait inutilement le temps des Foxworth, alors qu'ils auraient pu aider quelqu'un qui en avait vraiment besoin. Sans parler du fait qu'elle se sentait coupable parce qu'ils étaient séparés à cause d'elle.

En outre, d'autres choses se pressaient dans son esprit. Elle ne se souvenait pas d'une époque où elle s'était sentie aussi malheureuse. Un sentiment renforcé chaque fois qu'Adam était présent. Non qu'elle l'ait beaucoup vu durant le week-end. Elle savait qu'il était là parce que Quinn et Hayley en parlaient, mais où il était, elle l'ignorait.

Il avait terminé de travailler sur la voiture, du moins pour tout ce qui pouvait être fait à domicile. Elle devait maintenant être repeinte, et cela nécessitait l'intervention d'un professionnel. Amanda avait décidé que cela pouvait attendre jusqu'à la fin de l'affaire. Mais cela voulait dire qu'Adam n'était plus dans le garage, et qu'elle ne savait où le trouver, maintenant qu'elle avait rassemblé le courage de lui parler.

« Si on découvre le cadavre de ce type, vous saurez qui est le coupable. »

Les paroles d'Adam résonnaient dans sa tête. De même que son ton. Il était en colère, c'était plus qu'évident. Ce qu'elle ne comprenait pas bien, c'était pour quelle raison. Parce que Geoffrey avait choisi le pire moment pour la laisser tomber ? Ou parce que cela l'énervait qu'on puisse éprouver cela à propos de la fille d'un policier ?

Ou parce que c'était elle ?

Cette dernière pensée la rendit encore plus nerveuse. Son esprit tourbillonnait follement. Elle ne ressentait plus de colère envers Geoffrey, et d'ailleurs elle pensait rarement à lui. Elle aurait dû écouter son père quand il lui avait dit que cet homme n'était pas fiable. Parce qu'il avait eu raison sur toute la ligne.

« C'est un type bien. Je lui fais totalement confiance. »

Quand elle se rappela ces paroles, elle sentit sa gorge se serrer. Parce que son père avait eu raison aussi à propos d'Adam.

Soudain, elle sut qu'elle ne pouvait plus repousser les choses une minute de plus. Elle éteignit son ordinateur, sur lequel elle feignait de réorganiser son planning.

Elle s'aperçut à cet instant que Cutter était couché sous son bureau, comme s'il attendait depuis un moment. Il leva la tête en la voyant se mettre debout, l'observant avec ce qui ressemblait à de l'inquiétude dans ses yeux ambre.

Elle se baissa pour le caresser, et son agitation intérieure décrut aussitôt. C'était vraiment stupéfiant l'effet qu'avait ce chien.

— Merci, mon petit thérapeute à quatre pattes, murmura-t-elle.

Cutter émit un son inquiet, comme s'il aurait voulu en faire plus. Décidant qu'elle poussait un peu trop l'anthropomorphisation, elle se dirigea vers la porte. Son tourment intérieur s'était un peu calmé, mais cela ne changeait rien à sa décision. Elle ne pourrait pas tourner la page tant qu'elle n'aurait pas au moins essayé de réparer ses erreurs. Et elle ne pourrait pas le faire si elle ne trouvait pas Adam.

Hayley était penchée sur son ordinateur, posé sur le comptoir de la cuisine.

— Tu sais où est Adam ? demanda Amanda sans préambule.

Hayley croisa son regard, sans paraître le moins du monde étonnée par sa question.

— En train de dormir, j'espère.

Amanda cilla. Elle ne s'attendait pas à cela.

— De dormir ?

— C'est lui qui a pris le tour de garde dehors, cette nuit.

— Dehors ? On est en décembre ! s'exclama-t-elle.

— Il a insisté. Et Quinn l'a laissé faire, parce qu'il a eu le sentiment qu'il voulait prouver quelque chose.

— Il n'a pas besoin de me prouver quoi que ce soit, dit Amanda. Je connais la vérité, maintenant.

— C'est ce que m'a dit Quinn. Que tu ne savais pas, je veux dire.

Hayley l'observa un instant. Puis, doucement, elle ajouta :

— Je ne pense pas que c'est à toi qu'il veut prouver quelque chose.

— Alors à qui…

Elle s'interrompit en comprenant ce que voulait dire Hayley.

— À lui-même…

— Exactement.

Cela démontrait amplement qu'Adam se faisait autant de reproches à lui-même qu'elle lui en avait fait. Elle se demanda s'il se serait senti ainsi si elle ne lui avait pas crié dessus à l'hôpital. Oh ! elle était sûre qu'il aurait éprouvé tout de même de la culpabilité – tout policier qui perdait son coéquipier en éprouvait —, mais se serait-il tenu pour responsable à ce point ? N'était-ce pas sa faute à elle, alors qu'il était déjà accablé ?

— Il faut que je lui parle, dit-elle. Je lui dois… de grandes excuses.

Hayley ne montra pas plus de surprise. S'y attendait-elle ou était-elle seulement imperturbable ? Elle était mariée à Quinn, après tout.

— Tu veux le réveiller ?

Elle pensa aux dernières nuits, durant lesquelles il avait fait près de 0. Les avait-il vraiment passées dehors ?

— Non, pas s'il est au chaud, dit-elle avec une nuance de dégoût envers elle-même.

Elle devrait attendre le soir, se dit-elle. Mais pas plus longtemps. Cela la minait, car elle avait eu tort et il fallait qu'elle le reconnaisse.

Et si ce qu'il avait ressenti ressemblait à cela, elle se sentait encore plus coupable de l'avoir mal jugé.

En attendant que la nuit tombe, Amanda crut qu'elle allait devenir folle. Normalement, cela ne lui faisait rien de passer la journée chez elle, mais le fait que cela lui soit imposé par les circonstances changeait tout. Il y avait un monde de différence entre rester chez soi parce qu'on en avait envie et y rester parce qu'il le fallait.

Hayley était dans la salle de bains quand Cutter trotta soudain vers la porte et gémit. Il se retourna pour la regarder, manifestant clairement qu'il voulait sortir. Hayley avait assuré à Amanda qu'il ne s'éloignerait pas.

Elle décida pourtant de sortir et de garder un œil sur lui.

Bizarrement, le chien trotta non vers le jardin comme il en avait l'habitude, mais vers les voitures garées au bout de la rue. En atteignant la première, il fit halte et baissa la truffe au ras du sol. Puis il la releva, pivota et se dirigea vers un petit bosquet situé derrière la maison et la maison voisine.

Il était presque hors de vue, si bien qu'Amanda descendit les marches du porche pour gagner le trottoir. Avec un temps de retard, elle se rendit compte que la voiture devant laquelle Cutter s'était arrêté était un pick-up. Le pick-up d'Adam.

Et il n'était pas couvert de gel comme les autres. Les vitres étaient propres, et elle entendit les petits cliquetis du métal qui refroidissait. Adam venait-il d'arriver ? Était-ce pour cela que Cutter avait voulu sortir ?

Elle s'avança dans cette direction, souriant à l'idée que le chien était assez intelligent pour la guider vers l'homme qu'elle voulait voir. Son père lui avait toujours dit que le délai de péremption des excuses était court. Et maintenant, elle avait l'impression que toute sa vie en dépendait.

Plusieurs choses se passèrent dans une succession rapide. Elle entendit d'abord des aboiements féroces en provenance des arbres. C'était Cutter, dont la fureur s'entendait même de loin.

Elle s'arrêta net.

Puis des pas précipités résonnèrent derrière elle, et un bras puissant s'enroula autour de son cou.

# 19

Adam avait entendu des craquements dans le sous-bois. Il s'était figé, tournant la tête pour s'assurer de la direction du bruit. Après quelques secondes, Cutter avait émergé de la pénombre, sa queue de couleur claire plus visible que sa tête. Le peu de lumière qu'il y avait dans cette nuit obscure se reflétait dans les yeux du chien.

Il avait salué l'animal en le grattant derrière l'oreille droite. Il était en train de se demander comment le renvoyer à son devoir, quand c'était arrivé.

En une seconde, Cutter était passé d'aimable animal de compagnie à féroce gardien. Il avait poussé un grognement à donner des frissons et avait tourné sur lui-même. Puis il avait filé si vite qu'il avait fallu à Adam une fraction de seconde pour réagir et le suivre.

Quand ils émergèrent des arbres, les vocalises de Cutter se changèrent en aboiements féroces entrecoupés de grondements. Il courait à toute allure, tête baissée et crocs découverts.

Quand il vit vers quoi le chien se dirigeait, Adam sentit son cœur tambouriner dans sa poitrine. Il y avait deux silhouettes sur le trottoir, l'une grande et trapue, l'autre petite et mince qui se débattait et donnait des coups de pied. Amanda ! Il se mit à courir plus vite que jamais dans sa vie.

Il vit que l'homme les avait entendus arriver – Cutter, sans aucun doute, car ses grondements semblaient résonner dans l'air de la nuit. Soudain, les deux silhouettes se détachèrent l'une de l'autre. Le temps ralentit d'une manière incroyable.

Amanda donna un coup de pied à l'homme et lui envoya un coup de coude à la tête, laquelle, Adam le voyait maintenant, était emmaillotée dans une sorte de tissu.

Et il aperçut quelque chose dans sa main, un faible reflet métallique. Un couteau.

Il vit l'homme tourner la tête vers Cutter et lui. Il était encore à une bonne centaine de mètres, bien que Cutter gagne rapidement du terrain. Les lumières s'étaient allumées dans la maison. Comme s'il se rendait compte qu'il était en mauvaise posture, l'homme poussa Amanda à terre et s'enfuit. Elle trébucha et tomba, juste au moment où la porte d'entrée s'ouvrait. Hayley !

— Occupe-toi d'elle ! hurla-t-il sans cesser de courir.

Cutter se rapprochait de l'homme, mais Adam comprit que c'était inutile en le voyant ouvrir la portière passager d'une voiture garée près d'une rangée de cèdres au nord de la maison. La portière claqua, et il entendit la voiture démarrer.

— Cutter ! cria-t-il, de crainte que le chien ne soit blessé.

Il ne s'attendait pas que l'animal l'écoute, mais il le vit ralentir.

Les pneus hurlèrent quand le véhicule effectua un demi-tour sur les chapeaux de roueset fila à toute allure dans la nuit. Apparemment, le chien était assez intelligent pour ne pas poursuivre en vain une voiture en marche. Il s'arrêta.

Adam fit demi-tour, l'image d'Amanda chutant au sol gravée dans son esprit. Il était terrifié à l'idée qu'elle soit blessée. Ou pire.

Hayley lui jeta un coup d'œil quand il s'agenouilla près d'elles. Il reprit son souffle en s'apercevant qu'Amanda était vivante. Tout en l'aidant à s'asseoir, Hayley désigna à Adam le flanc d'Amanda. Il baissa les yeux et vit une longue ligne sanglante en travers de ses côtes.

— Tu as mal ailleurs qu'au flanc ? demanda-t-il d'un ton pressant.

— Je… Quoi ?

Amanda avait l'air si secouée qu'il n'avait qu'une envie, l'emporter pour la mettre à l'abri.

— Tu saignes un peu, dit Hayley.

Elle avait pris son téléphone et, ayant allumé la torche, la promenait sur le corps d'Amanda.

— Ah bon ?

C'était le choc qui mettait ce frémissement dans sa voix, Adam le savait. Il posa une main sur ses côtes, et elle tressaillit légèrement.

— Oh ! Il… avait un couteau.

En serrant les dents, Adam tâta l'entaille. Elle était longue mais heureusement peu profonde, car les côtes avaient fait ce à quoi elles étaient destinées : protéger le thorax.

— J'ai vu. Tu as mal autre part ?

— Je ne crois pas… Mais je n'ai rien senti.

— Étonnant, l'effet de l'adrénaline, marmonna-t-il.

— On va te faire rentrer, proposa Hayley, on pourra juger de la gravité de ta blessure et peut-être appeler une ambulance pour t'emmener aux urgences.

— Oh ! non non ! Ce n'est pas grave, vraiment. Je…

Adam céda à sa première impulsion et la souleva dans ses bras. Elle se raidit et laissa échapper un petit cri de surprise.

— Qu'est-ce que…

— Je t'emmène à l'intérieur, grommela-t-il, sans lui laisser le temps de protester.

Il entendit Hayley parler derrière eux et comprit qu'elle appelait Quinn. À sa surprise, Amanda s'était détendue et avait même posé la tête contre sa poitrine. Il s'interdit de savourer la sensation de la tenir dans ses bras. Il monta doucement les marches du porche et franchit de profil la porte que Hayley leur tenait ouverte.

De nouveau au téléphone, elle appelait le bureau du shérif. Adam comprit qu'ils avaient une longue soirée devant eux.

Amanda sentait encore un léger tiraillement quand elle bougeait d'une certaine manière, mais en dehors de cela sa blessure ne la dérangeait pas trop. Ou peut-être était-ce la pensée de tout le reste qui la distrayait de la douleur.

La pensée qu'Adam et les Foxworth avaient eu raison tout du long. Quelqu'un essayait bien de la tuer.

Elle frissonna à cette idée. Elle sentait l'épuisement la

guetter, « l'effondrement post-adrénaline » comme l'appelait Quinn, mais le tourbillon de ses pensées ne se calmait pas.

Cela avait été une très longue soirée. Elle avait trouvé étrange de se retrouver dans le rôle de la victime quand la police était arrivée. Elle leur avait dit ce qu'elle pouvait, bien qu'elle ait à peine entrevu l'homme. Elle n'avait pu estimer sa taille, en dehors du fait qu'il était plus grand qu'elle. Et plus fort. Et qu'il sentait la bière.

Mais elle avait remarqué qu'Adam avait donné beaucoup plus de détails ; il avait décrit les vêtements de l'homme, sa taille et sa stature. Il avait donné la description du véhicule – « Pas de plaque d'immatriculation à l'avant », avait-il dit, et à l'arrière elle était recouverte de ruban adhésif.

À présent, Adam et Quinn étaient en grande conversation avec un homme grand et mince, qu'ils avaient présenté comme l'inspecteur Dunbar. Il s'était montré étonnamment gentil en lui faisant raconter la scène. Et il ne l'avait pas culpabilisée d'être sortie, ce qui était réconfortant car elle se le reprochait bien assez toute seule.

— Je n'arrivais pas à croire que quelqu'un m'en veuille vraiment, avait-elle avoué.

— C'est une réaction normale, lui avait assuré l'inspecteur. Mais maintenant, vous le savez.

Elle avait réprimé un frisson.

— Quelle chance !

Il lui avait dit alors avec une tranquille confiance :

— Vous avez les meilleurs avec vous, Amanda. Laissez-les faire leur travail, et tout ira bien.

Ce fut bien plus tard que les choses finirent par se calmer. Hayley et Quinn étaient dans la cuisine, conférant à voix basse, et Adam se tenait près du canapé où elle était allongée, regardant par la fenêtre. Elle revoyait la manière dont il n'avait pas hésité à poursuivre l'homme.

— Qu'est-ce que tu faisais dehors ? demanda-t-elle étourdiment, parce qu'elle était encore désorientée.

Adam se retourna pour la regarder, les sourcils froncés.

— Quoi ?

— Tu étais là-bas, entre les arbres.

— Oui. C'est un bon poste, d'où je peux voir à la fois la façade et l'arrière de la maison. Mais manifestement, c'est trop loin, ajouta-t-il avec une expression préoccupée. Mais je ne m'attendais pas que tu sortes.

Ce fut à son tour de froncer les sourcils.

— J'ai laissé sortir Cutter. Je l'ai vu s'arrêter devant ton pick-up.

— Normalement, il me rend visite tout seul.

Le cerveau las d'Amanda finit par enregistrer les faits.

— Tu veux dire que tu es là… chaque nuit ?

— Comme je te l'ai dit, c'est un bon poste d'observation.

— Mais il gèle, la nuit !

Il se contenta de hausser les épaules.

— Adam…

— Tu devrais essayer de te reposer.

— Je vais le faire, quand tu m'auras dit pourquoi tu étais là-bas dans le froid.

Il avait l'air vraiment perplexe.

— Je te l'ai dit, pour surveiller la maison. Mais j'ai besoin d'une autre planque. C'est relativement proche de l'arrière de la maison, mais pas assez de la façade.

Cutter vint les voir et fourra son museau dans la main d'Adam. Ce dernier caressa doucement le chien.

— Tu as failli l'avoir, hein, mon vieux ? dit-il.

Amanda inspira et fit une nouvelle tentative.

— Tu surveilles la maison à cause de moi, n'est-ce pas ?

— Bien sûr, dit-il, les sourcils à nouveau froncés.

— Alors pourquoi, demanda-t-elle, ne le fais-tu pas ici, où il fait chaud ?

— Parce que, dit Adam en clignant des yeux, tu ne veux pas de moi chez toi. Dans la maison de ton père.

Il l'avait dit comme il aurait pu dire que le ciel était bleu. Un fait. Une donnée. Elle se rappela ce qu'elle se disait avant son agression.

*Adam est venu à ton secours en courant. Alors même que tu l'as traité si injustement.*

*Maintenant.* C'était maintenant qu'elle devait parler. C'était la dernière chose dont elle avait envie à cet instant, mais elle ne pouvait pas laisser passer ce moment, peu importe sa fatigue.

Elle se redressa et désigna la place à côté d'elle, sur le canapé.

— Tu veux bien t'asseoir ?

Il eut l'air stupéfait. Et las.

Et Amanda se détesta d'autant plus d'être la source de ces sentiments. Il était plus que temps de réparer cela.

# 20

Adam n'avait pas la moindre idée de ce qui se passait, mais s'asseoir près d'Amanda était la dernière chose dont il avait envie.

— S'il te plaît… dit-elle.

C'était dit avec tant de sincérité qu'il ne put refuser. Il alla donc prendre place sur le canapé à contrecœur.

— Quoi ? dit-il sans la regarder.

— Je suis vraiment désolée.

Il eut immédiatement envie de sortir de la pièce.

— J'ai été en colère contre toi pendant si longtemps, et j'avais tort. Terriblement tort. J'ai fait une affreuse erreur et je suis vraiment navrée. Je…

— Amanda…

— Je *dois* te le dire. Même si je ne trouve pas les mots pour exprimer à quel point je me sens coupable de t'avoir mal jugé.

Elle fit une grimace.

— Comme si j'avais le droit de te juger.

— Si quelqu'un l'a, c'est toi, marmonna-t-il.

— Tout ce que je peux dire pour ma défense, c'est que je ne savais pas. Quand on m'a dit que tu avais reçu une balle dans le bras, mon cerveau a mis un « seulement » à la suite. J'aurais dû avoir plus de jugeote, mais… j'étais incapable de raisonner à l'époque.

Les souvenirs de cette nuit-là émergèrent avec une soudaineté et unc clarté brutales. Il réprima le frisson qui montait en lui, par peur de se retrouver à genoux. C'était lui qui devrait s'excuser, pas elle.

— Tu as fini ? demanda-t-il d'une voix si tendue qu'il lui semblait qu'elle allait se fêler.

— Adam, s'il te plaît. Je t'ai traité de façon horrible…

— Tu m'as traité exactement comme je le méritais.

— Non !

Elle tendit la main et, avant qu'il puisse reculer, prit la sienne. Son contact le brûla comme une flamme, et il s'immobilisa assez longtemps pour qu'elle reprenne :

— Non, tu ne méritais pas ces choses épouvantables que je t'ai dites. Toutes ces années, je t'ai fait des reproches pour quelque chose que tu ne pouvais pas faire…

Il se rejeta en arrière et se leva précipitamment.

— Je ne veux pas de ta pitié.

— Ma pitié ? Tu crois qu'il s'agit de ça ?

— Ça n'en est pas ?

— C'est plutôt de l'admiration, Adam Kirk. Tu as survécu, tu t'es adapté, tu as reconstruit ta vie…

— J'ai survécu ? C'est comme ça que tu appelles ça ? Je suis allé me cacher chez moi comme un gamin effrayé.

Il se tourna vers la fenêtre une fois de plus. Le ciel était plus clair, et il se rendit compte que c'était presque l'aube. Il tenta de se calmer, en s'imaginant le lever du soleil sur les collines autour de chez lui.

— Tu es rentré dans ta famille, dit-elle doucement. C'est exactement ce que j'aurais fait.

Sauf qu'elle n'avait plus de famille. À cause de lui.

Le silence s'étira entre eux. Sa mère, songea-t-il, lui aurait dit qu'il était grossier de ne pas accepter des excuses aussi sincères. Le problème était qu'il ne les méritait pas. Amanda ne s'excusait que parce qu'elle était navrée pour lui. Il fut soulagé de voir Hayley et Quinn rentrer dans la pièce.

— Ah ! tant mieux, dit Quinn quand il les vit. J'ai besoin de vous parler à tous les deux.

Adam se retourna vivement à ces mots.

— Je vais faire un bref déplacement à Walla Walla.

— À la prison ? s'exclama Adam, interloqué.

Quinn hocha la tête.

— Alors… Tu penses qu'il a quelque chose à voir avec ça ? demanda Amanda d'une voix blanche.

— J'ai tendance à croire comme toi qu'aucune des personnes à qui tu as parlé du fichier n'aurait pu te vouloir du mal. Donc je pense que Malachi est une possibilité que nous devons soit éliminer soit confirmer par des éléments.

— D'accord, dit-elle d'un ton un peu incertain.

— La question est : lequel de vous veut venir avec moi ?

Amanda recula légèrement avec un regard stupéfait. Quinn haussa les épaules.

— Je n'y croyais pas vraiment, mais je me suis dit que je devais vous poser la question, au cas où l'un de vous aurait envie de se confronter à lui à ce stade.

— Non, merci, dit Adam en frissonnant.

— Idem, renchérit Amanda avec une sorte de fièvre.

— Je préfère me concentrer sur la possibilité de ruiner ses plans, si c'est lui, ajouta Adam.

— Bonne idée, dit Quinn. Je voulais juste m'en assurer. Nous devons maintenir les mesures de sécurité maintenant que nous sommes certains qu'elles sont nécessaires. Liam prendra le relais le week-end prochain parce que nous avons une obligation qui ne peut être remise.

— Le mariage ? demanda Amanda, sachant visiblement de quoi il s'agissait.

Hayley remarqua l'expression d'Adam et expliqua :

— Le mariage de mon frère. Il épouse ma meilleure amie.

Adam réussit à sourire.

— Je parie qu'il y a une toute histoire là derrière. Félicitations à tous les deux !

— En effet, c'est toute une histoire, répondit Hayley, une histoire que je vous raconterai. Mais pour l'instant, je pense que Quinn doit partir s'il veut être revenu cet après-midi.

— Cet après-midi ? releva Adam. Je crois qu'il n'y a que quelques vols avec retour le lendemain.

— Il va prendre Air Foxworth, précisa Hayley avec un sourire. Il n'a pas eu l'occasion de sortir son joujou depuis un moment.

Ils avaient leur propre avion. Adam fixa Quinn un long moment. Il avait visiblement fait de la fondation Foxworth quelque chose de bien plus imposant qu'il n'avait imaginé.

— Tu n'y vas pas tout seul, si ? demanda Amanda, légèrement anxieuse. Je veux dire… C'est toi qui as fait feu sur lui.

— Et vice versa, répondit Quinn. Ça égalise un peu le score. Mais je vais emmener Liam. Il essaye de déterminer si Malachi aurait pu monter ça depuis sa cellule.

Adam acquiesça avec lenteur.

— Tu veux dire qui lui a rendu visite, quels codétenus il a eus, ce genre de choses ?

— Exactement. Rien, jusque-là. Il n'a pas eu beaucoup de visites, mais Liam vient juste de commencer à creuser ses anciennes relations.

— Je ne vois pas ce qu'il aurait à y gagner, dit Amanda.

— Peut-être, intervint Adam, devrions-nous plutôt penser à ce qu'il pourrait y perdre.

— Exactement, approuva Quinn. Et la réponse est : « Pas grand-chose. » Donc nous allons continuer à chercher.

Quand Quinn fut parti, Amanda approcha à nouveau Adam.

— Tu pourras partir, après le retour de Quinn. Je suis désolée que nous t'ayons retenu aussi longtemps. Je sais que tu n'avais pas prévu de…

— Je ne vais nulle part.

— Mais…

— Je reste, Amanda.

Il lui tourna le dos, mais elle ne le laissa pas tranquille pour autant. « Tenace », avait toujours dit Greg. Manifestement, il connaissait bien sa fille.

— Écoute, si tu restes parce que tu te sens coupable, ne le fais pas. Ce n'est pas ta faute, tu peux rentrer chez toi.

Il se retourna pour la dévisager.

— Je reste pour pouvoir me regarder en face, dit-il d'un ton plat. C'est déjà assez difficile sans, en plus, t'abandonner lorsque tu as des ennuis.

Amanda le fixa un long moment. Il y avait quelque

chose de différent dans son regard, au-delà de l'absence de colère. Quelque chose de… chaleureux ? Le simple fait que cette idée lui soit venue l'agaça, et il allait lui tourner le dos derechef sans se préoccuper de politesse, quand elle parla si doucement qu'il dut se pencher pour être sûr d'avoir entendu.

— Toutes ces choses horribles que j'ai pensées et dites, ce n'est rien à côté de ce que tu te dis à toi-même, hein ? Tu te fais plus de reproches que je ne pourrais jamais t'en faire.

— Alors tu ne m'en fais pas assez, dit-il d'un ton dur.

Il se dirigea vers la cuisine, où Hayley refaisait du café. Il prit la tasse qu'elle lui versa silencieusement et souffla un peu dessus pour pouvoir l'avaler d'un coup. Il avait besoin de caféine plus que de toute autre chose.

— Je vais faire ma ronde à l'extérieur, dit-il.

Hayley hocha la tête.

— Prends Cutter.

— Oui. C'est un bon… coéquipier.

Il avait hésité sur le mot, compte tenu de ce qui était arrivé au dernier.

— Oui, dit Hayley, et contrairement aux êtres humains il ne se sent pas coupable quand il a fait tout ce qu'il pouvait faire et que ça n'a pas marché comme il aurait fallu.

Interloqué, il croisa son regard. Elle prit une gorgée de café, avant d'ajouter :

— Tu sais, nous exigeons souvent plus de nous que n'importe qui d'autre.

« Tu te fais plus de reproches que je ne pourrais jamais t'en faire. »

Il fallait qu'il sorte de là, avant de commencer à croire ces deux femmes généreuses.

# 21

Amanda se sentait bizarrement désorientée. Elle avait pris une douche pour se débarrasser de la sensation des mains de l'agresseur, mais même cela lui avait paru étrange. Quand elle avait fini, elle était restée à dégouliner d'eau pendant une minute entière avant de se rappeler que l'étape suivante était de sortir de la douche et de prendre une serviette.

Elle savait qu'elle était fatiguée. Elle était restée debout toute la nuit après l'agression, mais l'idée d'essayer de dormir la faisait reculer. Elle ne voulait pas revivre la soirée en rêve. Elle se disait vaguement que s'endormir involontairement la sauverait de l'insomnie.

La preuve incontestable qu'on lui voulait du mal faisait évidemment partie de tout cela, mais ce n'était pas tout. Elle ne se rendait compte que maintenant du temps et de l'énergie qu'avait consumés sa condamnation d'Adam. Elle se sentait comme une boussole qui a perdu le nord.

Et maintenant qu'elle savait que c'était à la fois injuste et non-fondé, elle comprenait aussi que cela lui avait nui autant qu'à lui. Se cramponner à sa colère n'était pas bon, lui avait dit la psychologue qu'elle avait vue juste après la mort de son père.

*Et tu as cessé de la voir parce qu'elle te disait que ce n'était pas sain de haïr autant.*

Elle détestait se l'avouer, mais c'était ainsi. Cela lui avait donné un but. C'était même parfois la seule chose qui lui avait donné la force d'envisager le jour suivant, l'heure suivante, la minute suivante.

Les choses abominables qu'elle lui avait hurlées, alors qu'il gisait sur son lit d'hôpital, lui revinrent à l'esprit. Se ferait-il encore des reproches si elle n'avait pas déversé sa colère, sa peur et son chagrin sur lui ce jour-là ?

En l'espace d'une semaine, sa vision des événements les plus importants de sa vie s'était transformée du tout au tout. Et cette nouvelle conception lui donnait envie de rester dans sa chambre et de se traiter de tous les noms. Mais ce ne serait toujours pas assez.

Elle ne s'était pas donné la peine de rechercher la vérité. Parce qu'elle croyait la connaître. Elle avait déjà entendu l'expression « aveuglée par le chagrin », mais elle ne se l'était jamais appliquée à elle-même. Parce qu'elle se croyait lucide et avait rejeté la responsabilité sur un autre.

Sauf qu'elle s'était complètement trompée.

Adam Kirk était tout ce que son père pensait de lui. Le vrai problème, désormais, était qu'il n'y croyait pas. Et elle en était en grande partie responsable.

Vivement, elle tressa ses cheveux encore humides et les attacha avec un élastique. Un coup d'œil au miroir lui montra ses cernes. Mais la dernière chose dont elle avait envie était de dissimuler les ravages de ce qui s'était passé. Elle se sentait mieux sinon bien, et se disait que c'était tout ce qu'il y avait à espérer pour le moment.

Elle trouva Hayley assise dans la cuisine, téléphone en main.

— Quinn s'apprête à décoller, lui dit celle-ci. Heureusement qu'il a pu dormir un peu cette nuit.

— Déjà ?

— L'aéroport n'est qu'à une demi-heure, et il les a appelés pour qu'ils préparent l'avion.

Amanda sourit.

— Il avait l'air d'un gosse le jour de Noël.

— C'est ce qu'il ressent, je crois. C'est un petit avion génial. Et il est joli. Même Quinn le reconnaît.

Le sourire d'Amanda s'élargit. Hayley avait une telle manière de la mettre à l'aise. Comme son chien. En parlant de chien…

— Où est Cutter ?

— Dehors, avec Adam.

— Encore ?

Elle l'avait entendu dire qu'il allait faire une ronde, mais c'était il y a plus d'une heure.

— Il nous a dit que tout allait bien par texto. Il cherche un meilleur poste d'observation.

Hayley fit la grimace.

— Il était vraiment stressé de ne pas avoir pu te rejoindre à temps.

— Mais il l'a fait, dit Amanda. Si ce type ne les avait pas vus, Cutter et lui, en train de charger, je… je…

Hayley posa une main sur les siennes.

— Désolée, marmonna Amanda.

— Ne t'inquiète pas. Quand Quinn m'a kidnappée, avant que je sache qui il était, j'étais une vraie loque. Mon cerveau était en ébullition.

— Exactement, dit Amanda avec une grimace. Mais Adam devrait dormir un peu. Il est resté debout toute la nuit.

Hayley lui jeta un regard, pensive.

— Il est resté debout toutes les nuits.

Le remords envahit à nouveau Amanda.

— Il a vraiment monté la garde ?

— Oui. Et il dormait dans son pick-up, pour être plus près.

Dans son pick-up. Dans le froid. « Parce que tu ne veux pas de moi chez toi. »

Un nœud soudain à l'estomac parut aspirer ce qui lui restait de force, et elle vacilla sur ses jambes. Hayley la pressa de s'asseoir près d'elle.

— Avant de partir, Quinn m'a dit que tu ne savais pas qu'Adam avait été gravement blessé. J'ai été très heureuse d'entendre cela.

— Heureuse ? répéta Amanda en la dévisageant.

— Parce que je ne comprenais pas pourquoi tu lui en voulais avec tant de… dureté. Tu ne me semblais pas du genre à être injuste. Maintenant, je comprends.

— Je me sens affreusement mal, avoua-t-elle. Il ne méritait pas tout ce que je lui ai reproché.

— Tu le lui as dit ?

— Oui, aujourd'hui, quand j'ai pu enfin lui parler seule à seul. J'aurais dû le faire plus tôt, mais je n'arrivais pas à raisonner normalement, et il m'a fallu du temps.

Hayley hocha la tête d'un air compréhensif.

— Ce n'est pas facile de changer du tout au tout sa manière de penser. Et c'est encore plus difficile pour toi, quand tu dois affronter cette situation en même temps. Mais je suis ravie que tu le lui aies dit.

— Je ne suis pas certaine que ça lui ait fait beaucoup de bien, dit Amanda d'un air morose. Maintenant, il pense que j'ai pitié de lui.

— C'est le cas ?

— Dans un sens oui, à cause de ses séquelles. Mais je l'admire encore plus, parce qu'il s'est adapté.

— Il s'est bien débrouillé. Encore que ce soit curieux qu'il refuse de se faire poser une prothèse.

Amanda fronça les sourcils.

— Une prothèse ? Je ne savais qu'on faisait ça pour le coude. Mais j'imagine que si c'est possible pour les genoux, les coudes ne sont pas si différents.

— Pour ma part, je pense que ce soit être encore plus durable, étant donné qu'il n'y a pas le problème du poids du corps.

Amanda acquiesça.

— Mais… Tu dis qu'il refuse ?

— C'est ce que Quinn m'a dit.

— Mais pourquoi, si cela l'aiderait ?

— Selon lui, il est fatigué des opérations. Mais Quinn pense que c'est davantage que cela.

— Ça serait quoi ?

Hayley secoua la tête devant cette question.

— Quinn est un homme, il ne spécule pas sur ce genre de choses et ne pousse pas quelqu'un qui ne veut pas parler. Enfin, sauf moi, ajouta-t-elle avec un sourire.

Amanda soupira.

— Si je ne vous aimais pas autant, je vous envierais. Vous êtes incroyables, tous les deux.

— Oui, nous le sommes, approuva simplement Hayley.

Puis, avec un regard pensif, elle ajouta :

— Cette histoire que je t'ai promise… Je sais ce que c'est que de mal juger les gens.

— Toi ? Je ne peux pas l'imaginer.

— Alors tu devrais demander à mon frère. J'ai pensé vraiment le pire de lui pendant très longtemps. Parce que je ne connaissais pas la vérité.

Amanda écouta alors avec un étonnement croissant l'histoire que lui racontait Hayley, une histoire de terreur et de courage, l'histoire d'un homme qui avait tenu parole même quand cela faisait mal.

— Alors, l'héroïsme est une tradition familiale ? dit-elle à la fin.

Hayley sourit.

— De tous les côtés. Amy n'est pas non plus une mauviette. Et Walker dirige le bureau Sud-Ouest de Foxworth maintenant.

— Waouh !

Hayley reprit son sérieux.

— Je t'ai raconté cela pour te montrer que les ponts rompus peuvent être réparés. Et ils sont parfois plus solides après.

— Je… Mais comment peut-on réparer les dégâts quand la personne croit les horribles choses que tu pensais ? Et quand c'est ta faute si elle les croit ?

— Je n'ai pas de réponse à cela, sauf de faire d'autres tentatives.

— Peut-être que si je me mets à plat ventre pendant cinq ans, grommela Amanda.

Hayley fixa un regard intense sur elle.

— Ou peut-être quand tout cela sera fini, qu'il rentrera chez lui et que vous poursuivrez simplement vos vies.

— Non !

Le cri lui avait échappé.

— Je ne peux pas le laisser continuer à éprouver cela alors que ce n'est pas vrai. Et je sais que c'est ce que je lui ai dit qui a tout déclenché, parce que personne d'autre ne croyait ça, sauf la pauvre idiote que je suis.

— La pauvre malheureuse que tu étais, corrigea doucement Hayley, c'est beaucoup plus compréhensible.

— Mais pas plus acceptable, dit Amanda.

— Heureusement, il est ici maintenant, et tu as du temps pour réparer ça.

Elle adressa un sourire ironique à Amanda.

— Au moins, maintenant nous savons pourquoi Cutter a réagi ainsi au cimetière.

— Quoi ?

— Ce regard qu'il a adressé à Quinn ? C'est son regard « Fais quelque chose ». Il savait que quelque chose n'allait pas entre vous deux, et il nous signalait ainsi que nous, Foxworth, devions faire quelque chose.

« Vous deux. »

Le simple fait d'être liée à Adam dans une phrase donna une drôle de sensation à Amanda. Et la pensée qu'elle avait eue à propos du frère de Hayley lui revint.

Un homme qui avait tenu parole, même quand cela faisait mal.

Adam avait fait cela. Il était resté pour la protéger, alors même qu'elle lui avait fait comprendre ce qu'elle pensait de lui. Alors même qu'elle avait fait mille fois la preuve de son ignorance et de sa propension à juger. Qu'elles lui aient été inspirées par la souffrance n'était pas une excuse, pas après tout ce temps.

Elle ignorait si ce pont pourrait être réparé.

Alors, il faudrait en construire un neuf, se dit-elle.

# 22

— Je ne pense pas que ce soit lui, dit Quinn en s'asseyant à table, Cutter à ses pieds.

Le chien était visiblement ravi du retour de son maître.

— Rien ne colle. Il n'a pas eu de visiteurs étranges et est resté avec le même compagnon de cellule tout du long. Et il semblait sincèrement surpris que je vienne l'interroger.

Adam imaginait que Quinn Foxworth ne se laissait pas souvent embobiner, et il accepta ces paroles sans en douter. Mais il remarqua tout de même :

— Tu ne penses pas qu'il aurait envie de se venger d'Amanda juste parce qu'elle a contribué à sa condamnation ?

— Je n'ai pas senti ça, mais je peux me tromper.

Quinn parut pensif un instant.

— En fait, je n'ai pas du tout détecté de colère chez lui. Il paraissait… bizarrement content.

— Certains condamnés sont comme ça, dit Adam. Une fois, nous avons arrêté un type qui nous a avoué s'être laissé prendre parce qu'il voulait retourner en prison.

Quinn hocha la tête.

— Il y a des mentalités faites pour ce genre d'existence. Je ne les comprends pas, mais ça ne veut rien dire.

— Moi non plus, dit Amanda avec ferveur.

— Pourtant, je pense qu'il cache quelque chose. C'est juste que j'ignore ce que c'est. De toute façon, Liam fait des recherches sur sa famille.

— Je me souviens de sa mère et de sa grand-mère au procès, dit Amanda.

— La grand-mère est morte il y a quelques années. Pour autant que nous sachions, la mère et le frère sont les seuls membres de la famille restants. Il n'a pas voulu parler d'elle, mais Liam a découvert qu'elle vit maintenant à Walla Walla.

— Quelle raison affreuse pour déménager, remarqua Adam. C'est… triste, j'imagine. Pour elle, je veux dire.

Amanda lui jeta un regard surpris, qui devint pensif quand Quinn ajouta :

— Nous allons continuer à creuser cette piste, mais je ne crois pas qu'il détienne la réponse à notre problème.

Il regarda Adam.

— J'ai vérifié tous ceux qui étaient sur tes listes, plus quelques autres, mais rien. Nous sommes aussi à l'arrêt de ce côté-là. Donc je vais prendre le relais cette nuit, et tu vas pouvoir rattraper quelques heures de sommeil.

— Bien, dit Amanda. Il en a besoin.

Adam lui glissa un regard surpris, avant de dire à Quinn :

— Tu ne dois pas préparer tes affaires ?

— Quinze minutes suffiront demain. Au grand dam de ma femme, qui s'y est déjà mise.

Adam sourit à cela, mais Amanda renifla et marmonna :

— Les hommes. Un costume et vous êtes prêts.

— Ça me donne plus de temps pour apprécier l'allure qu'elle va avoir dans sa robe, dit Quinn, ce qui transforma la plainte d'Amanda en un large sourire.

Adam se demanda comment ce serait d'être aussi à l'aise avec elle. Quinn était tout aussi lié que lui à la tragédie qui assombrissait son passé, mais sans la culpabilité et le remords. Quinn Foxworth était le héros de la pièce, et rien ne pourrait changer cela.

Sauf que… Amanda lui avait présenté des excuses. Et il ne savait pas quoi en faire. La seule chose qui lui paraissait changée, c'était que désormais, elle connaissait les détails de sa blessure. Elle avait pitié de lui.

— Donc, disait Quinn, tu peux t'écrouler ici ce soir, pendant que je monte la garde.

Le regard d'Adam fila vers Amanda, car il se demandait ce que cela lui faisait que Quinn lui passe la chambre d'amis.

— Bien sûr, dit-elle vivement.

Si vivement qu'il se demanda s'ils en avaient parlé.

— Je laisserai Cutter avec toi dans la maison, au cas où quelqu'un réussirait à passer entre les mailles du filet. Il t'avertira.

— Je ne vois pas comment ça pourrait arriver, dit Adam.

— Il y a toujours un risque, déclara Quinn. Et toi, dit-il à Amanda, ne sors pas toute seule.

Elle rougit.

— Tu n'as pas besoin de me le rappeler. J'ai été stupide de le faire la première fois, mais…

— Tu n'y croyais pas du tout, hein ? dit calmement Adam.

— Non, avoua-t-elle. Non, je n'y croyais pas. Mais maintenant, je sais.

— Je suis désolé, dit-il, cette fois dans un sens tout différent.

Il était désolé que quelqu'un lui veuille du mal. Ou pire. Il n'arrivait pas à se représenter ce « pire », moins encore à le prononcer. L'injustice de tout cela… D'abord son père, puis elle… Cela lui donnait envie de taper de toutes ses forces dans quelque chose. Un sentiment qu'il n'avait eu qu'une fois dans sa vie, quand il avait compris que Greg était mort.

Elle continuait de le regarder, comme si elle savait exactement ce qu'il avait voulu dire. Puis, doucement, elle dit :

— Sans toi, je ne serais peut-être pas ici pour y penser.

Il secoua la tête, mais elle reprit vivement :

— Tu m'as tirée de la voiture, tu as chassé ce type l'autre soir. Tu m'as sauvée deux fois.

Il ne l'avait pas vu ainsi. Mais même si elle avait raison, cela ne compensait pas le reste.

Quand il fut enfin allongé dans le noir, il savoura le confort et la chaleur du lit, mais prit aussi conscience qu'il était chez Amanda. Dans la maison où elle vivait autrefois avec son père.

Et le vœu qu'il renouvela à Greg de la protéger fut la seule chose qui lui permit de glisser dans un sommeil réparateur.

Amanda regardait les aliments dans le réfrigérateur, tandis que le café passait. Hayley avait veillé à ce qu'ils aient toutes les denrées nécessaires. Foxworth s'occupait de ce genre de choses quand ils s'installaient chez quelqu'un, lui avait-elle dit.

La manière dont elle les fixait sans rien voir lui indiquait qu'elle était encore perturbée par sa nuit sans repos. Elle s'était attendue à faire des cauchemars et avait eu du mal à trouver le sommeil. Mais une fois endormie, ce n'était pas de son agresseur qu'elle avait rêvé, mais de son sauveteur.

Combien de fois s'était-elle réveillée pour se rendre dans un sursaut que cet homme-là dormait un peu plus loin dans le couloir ? Était-ce cela qui avait suscité ses rêves ?

Elle referma le réfrigérateur un peu fort, ce qui fit s'entrechoquer les bouteilles à l'intérieur. Ce mouvement et la douleur dissipèrent l'agitation de ses pensées. Elle avait cru avoir récupéré, mais chaque fois qu'elle bougeait d'une certaine manière, la douleur se réveillait.

À cet instant, Cutter apparut à côté d'elle, agitant légèrement la queue. Elle l'avait déjà fait sortir après s'être levée, et il n'avait pas l'air de vouloir sortir à nouveau. Il était assis à ses pieds et regardait le réfrigérateur avec intensité.

— Salut, mon beau. Tu veux quelque chose à manger ?

Ce disant, elle se rappela quelque chose que Hayley avait dit. Rouvrant le réfrigérateur, elle attrapa un sachet de petites carottes. Cutter restait tranquille, mais ses yeux étaient braqués sur ses mains. Et quand elle lui lança une petite carotte, il la croqua avec délice. Cela la fit sourire, et elle songea une fois encore qu'elle aimerait avoir un chien.

Soudain, l'animal releva la tête, les oreilles en alerte. Il écouta un moment, puis trotta vers la porte et la regarda. Quinn avait dit que s'il sentait le danger, elle n'aurait aucun doute. Elle supposa donc que les battements de sa queue et l'absence de grognement signifiaient qu'il n'y avait rien à craindre. Elle lui ouvrit la porte et il se rua dehors avec impatience. Peut-être avait-il entendu Quinn, se dit-elle. Elle devait maintenant préparer un petit déjeuner à ses gardes du corps. C'était le moins qu'elle puisse faire.

Un café à portée de main, elle commençait à faire frire des œufs et du bacon quand elle entendit un bruit dans le couloir. Elle retint son souffle, se demandant si c'était Adam.

Puis elle entendit la porte de la salle de bains se refermer et se remit à respirer normalement. Elle lui avait dit où se trouvaient les serviettes, et il avait apporté un petit sac la veille au soir, en la remerciant poliment de lui permettre de dormir dans un vrai lit.

Le reste de cette brève conversation rejoua dans sa tête.

« – Si j'avais su que tu dormais dans ton pick-up, je te l'aurais proposé plus tôt. Le canapé, au moins.

— Tu ne l'aurais pas fait si Quinn ne t'avait pas parlé de mon bras. »

Avait-il raison ? Elle n'avait pas voulu de sa présence, c'était vrai, mais l'aurait-elle vraiment aussi mal accueilli alors qu'il était là pour l'aider ?

Bien sûr, elle savait maintenant qu'il n'était sans doute là que parce qu'il se sentait coupable. Ce qui était en partie sa faute, si bien qu'elle-même se sentait coupable.

« La culpabilité est une émotion inutile, Mandy, à moins qu'elle ne pousse à réparer ses torts. Et s'il n'y a rien à faire, il faut s'en détacher avant d'être entraîné au fond. »

Seigneur, comme son père lui manquait ! Contrairement à ses camarades qui rejetaient les conseils de leurs parents avec une assurance typiquement juvénile, elle avait toujours considéré son père comme une personne sage et l'avait écouté.

Elle entendit Adam franchir le seuil de la cuisine juste au moment où elle déposait le bacon sur du papier absorbant.

— Tu tombes à pic, le petit déjeuner est…

Elle leva les yeux et sentit son estomac se nouer.

— … prêt, finit-elle avec effort.

Elle l'avait regardé une fraction de seconde trop tôt. Il était en train d'enfiler un T-shirt, et elle avait aperçu sa poitrine et ses abdominaux. Si c'était le résultat de ses activités physiques, alors il fallait démanteler les salles de gym et les remplacer par un abonnement à un ranch.

La seule chose qui lui épargnait une humiliation complète,

c'était qu'il n'avait pas encore rabattu son T-shirt et qu'il ignorait donc qu'elle l'avait dévoré des yeux.

*Comme la première fois que je l'ai vu.*

Elle s'était sentie terriblement attirée par lui. Cela avait rendu la suite encore plus difficile. Son chagrin avait été aggravé par le fait qu'il ne soit pas ce qu'elle avait cru.

Mais elle savait désormais qu'au contraire il était resté lui-même. C'était elle qui avait fait erreur.

Et elle ignorait comment réparer une bourde aussi monumentale.

# 23

— Tu n'as pas besoin de cuisiner pour moi, dit Adam d'une voix rendue encore rauque par le sommeil.

Il lui avait fallu un peu de temps pour s'habituer à se déplacer librement dans la maison, à passer devant la chambre d'Amanda. Mais après une série de nuits sans sommeil sur le siège étroit de son pick-up, la tentation d'un lit avec draps et couvertures avait fini par gagner.

Amanda le regardait bizarrement. Puis elle reposa les yeux sur la poêle devant elle.

— Je cuisine aussi pour Quinn et pour moi, répondit-elle.

— Oh !

Il regarda autour de lui avant de demander :

— Où est le reste de l'équipe Foxworth ?

— Dehors. Du moins, je suppose que c'est pour cela que Cutter voulait ressortir.

Il acquiesça et l'observa un instant avant de demander d'un ton hésitant :

— Comment te sens-tu ce matin ?

— Je… Ça va.

Pourquoi était-elle si timide ?

— Je parie que tu as des courbatures. Tu t'es débattue comme une lionne.

Elle lui adressa un petit sourire étonnamment chaleureux.

— J'ai essayé de me rappeler ce que papa m'a appris quand on se bat avec quelqu'un de plus grand.

— En effet, il était grand.

— Si tu n'étais pas arrivé…

— C'était Cutter. Il avait l'air de vouloir lui sauter à la gorge. Aucun homme doué de bon sens n'affronte un chien dans cet état.

— Sans parler d'un grand gaillard qui courait vers lui au lieu de fuir, comme tant d'autres l'auraient fait en voyant un couteau. Mais tu n'as pas hésité.

Il la dévisagea. Qu'aurait-il dû faire ? Se cacher, appeler le 911 ? Quel bien cela aurait-il fait ? La police serait arrivée, bien sûr, mais après qu'Amanda aurait été enlevée. Et elle aurait probablement été morte quand ils l'auraient retrouvée.

Un frisson le parcourut à cette idée. Comme si elle avait lu dans ses pensées, Amanda, qui avait recommencé à touiller les œufs, dit :

— Je me demande pourquoi il ne m'a pas tuée sur-le-champ. Il avait un couteau, il aurait pu facilement me trancher la gorge.

Adam la dévisagea. Elle l'avait dit avec tant de calme. Il dut faire effort pour lui répondre sur le même ton.

— Il avait probablement un plan : exécuter la chose, dissimuler les preuves, gérer… les suites.

— Tu veux dire disposer de mon cadavre ? J'imagine que ça aurait été le plus problématique.

Il ne put s'empêcher de réagir.

— C'est de toi que nous parlons. Comment peux-tu être aussi… imperturbable ?

Elle leva les yeux.

— Oh ! mais je suis perturbée ! Maintenant que j'ai eu le temps d'y penser, je suis plutôt énervée.

— Tu es en colère ?

— Furieuse. M'enlever mon père, ça ne suffisait pas ?

— Donc maintenant, tu es convaincue que c'est en lien avec Malachi ?

Elle se remit à mélanger les œufs et à retourner les morceaux de bacon.

— C'est logique. Et si Quinn a raison et que Trevor Malachi n'a rien à y voir, alors ce doit être le fichier, non ?

— Pix, marmonna Adam. Qui que ce soit.

— Oui.

— Je vais le relire en entier, dit-il d'un ton las. Avec un peu de chance, quelque chose me sautera aux yeux.

Amanda releva la tête vivement. Il se rendit compte avec retard que c'était une expression qu'il avait prise à Greg. Il ouvrait la bouche pour s'excuser quand elle reprit la parole.

— Son vieux tableau blanc, dit-elle. On pourrait s'en servir comme il le faisait.

« J'aime avoir tous les éléments devant les yeux, parce que le simple fait de les regarder fait parfois émerger quelque chose. »

Greg lui avait expliqué cela peu de temps après le début de leur collaboration, lorsqu'on leur avait signalé une série de cambriolages dans un quartier. Les inspecteurs y avaient travaillé, mais c'était Greg qui, après avoir disposé tous les éléments sur son tableau blanc, avait résolu l'affaire.

Avant qu'il puisse répondre, Quinn et Cutter entrèrent par la porte de derrière. Sans doute aurait-il dû être soulagé, mais curieusement il fut déçu.

— Ça ne peut pas faire de mal, déclara Quinn tandis qu'ils prenaient le petit déjeuner.

Amanda sourit, but une gorgée, puis reposa sa tasse d'un air déterminé.

— J'ai réfléchi, annonça-t-elle.

Elle s'interrompit en voyant Adam s'étouffer avec son café. Il lui jeta un regard qui la poussa à demander, un peu vexée :

— Il y a quelque chose de drôle ?

— Non, je…

Il toussa encore.

— C'est juste que… Ton père disait toujours que quand tu commençais par ça, il fallait s'attendre à des ennuis…

« – J'ai réfléchi, papa.

— Oh oh ! »

Combien de fois avaient-ils rejoué cet échange taquin ? Elle ne put refouler les larmes qui lui montaient aux yeux.

Adam jura à voix basse.

— Je suis désolé, je ne voulais pas…

Il s'interrompit en la voyant lever la main.

— S'il te plaît, ne t'excuse pas. Trop de gens ont peur de parler de lui, comme s'ils voulaient oublier jusqu'à son existence, et ça ne fait que rendre encore plus évident le fait qu'il est parti.

— Je ne l'oublierai jamais, dit tranquillement Adam en croisant son regard. Après mon propre père, c'est le meilleur homme que j'aie jamais connu.

— Merci, dit-elle du fond du cœur.

Quinn s'était tu avec tact, mais il demanda alors :

— Et à quoi as-tu réfléchi, si je puis me permettre ?

Elle reporta son attention sur lui.

— Que vous devriez peut-être partir.

Quinn cilla et regarda Adam, qui avait l'air aussi choqué que lui. Elle comprit soudain que Quinn se demandait si Adam et elle étaient à nouveau brouillés. Elle poursuivit rapidement :

— Je veux dire juste disparaître pendant quelque temps, les laisser croire que je suis seule.

— Tu veux jouer les appâts ? demanda Adam d'un ton incrédule.

— Je n'en suis pas un déjà ? riposta Amanda. Ils me veulent du mal de toute façon.

— Donc tu veux leur faciliter le travail ? Le prochain aura peut-être une arme à feu. Je suis surpris qu'ils n'aient pas déjà fait une tentative, si c'est aussi important que ça.

— Je pense qu'il a raison, dit Quinn.

— Donc je suis censée faire quoi ? lança Amanda. Me cacher dans ma propre maison jusqu'à… quand ? Qu'on ait compris le sens de ce fichier ?

— Excellente idée, renchérit Adam.

— Je ne vivrai pas comme une prisonnière, déclara-t-elle, consciente que cela lui donnait l'air boudeur.

En voyant la bouche d'Adam tressaillir, elle songea qu'il devait penser la même chose.

— Tu voulais dire quelque chose ? demanda-t-elle d'un ton tranchant.

— Juste que ton père disait aussi que tu pouvais être un peu... obstinée quand tu avais décidé quelque chose.

— Tu veux dire « têtue » ?

— Ce n'est pas toujours une mauvaise chose. C'est même parfois le seul moyen de s'en sortir.

À ces mots, son agacement s'évanouit. Parce que c'était vrai, son entêtement avait été la seule chose qui lui avait permis de mettre un pied devant l'autre pendant cette affreuse période. Et il en avait fallu tout autant à Adam pour s'adapter comme il l'avait fait. C'était la source de l'admiration qu'elle éprouvait désormais à son égard.

Elle lui sourit donc. Il parut surpris. Plus que surpris, stupéfait. Il reposa vivement les yeux sur son assiette vide.

— Nous n'avons pas besoin de recourir tout de suite à ce stratagème, dit Quinn. Nous y réfléchirons quand Hayley et moi serons de retour. Dans l'intervalle, Liam montera la garde, Adam, pour que tu puisses rester ici et te concentrer sur le fichier. Il a aussi un téléphone Foxworth, donc vous pouvez le joindre immédiatement.

Adam acquiesça, sans lever les yeux. Quinn poursuivit :

— Connaissant Brett Dunbar, il va sans doute organiser des rondes régulières dans le quartier. Donc les renforts seront à proximité. Même si Adam et Cutter sont tout à fait capables de gérer ces types.

Oui, ils l'étaient. Amanda n'oublierait jamais son soulagement quand elle avait entendu les grognements de Cutter et vu Adam accourir.

— S'il s'agissait d'autre chose..., commença Quinn.

— Je comprends. Vous devez absolument être à ce mariage. Tout ira bien, lui assura Amanda.

Elle regarda Adam.

« C'est un type bien. Je lui fais totalement confiance. »

— J'en suis absolument persuadée.

Adam leva les yeux d'un air déconcerté. Et Amanda prit une résolution : s'excuser n'était pas suffisant, il fallait convaincre Adam Kirk de ne pas croire ce qu'elle-même avait cru pendant des années.

# 24

Pourquoi était-elle si gentille ?

Adam regarda Amanda se verser du café et se demanda pour la… Il avait perdu le compte du nombre de fois où il s'était interrogé. Et cela n'avait pas d'importance, parce que la réponse était toujours la même. Maintenant qu'elle savait ce qui s'était passé, elle avait pitié de lui. Et cela l'irritait plus qu'il ne l'aurait cru possible.

Il avait souvent saisi cette lueur dans le regard des autres. Heureusement, ils paraissaient avoir oublié ce sentiment maintenant qu'il s'appliquait à compenser son handicap et à tenir sa place dans la communauté.

C'était une des raisons pour lesquelles il aimait tant sa sœur. Elle n'avait jamais eu cette expression de pitié que son cerveau s'empressait de traduire par « Pauvre garçon ! ». Loin de se montrer indulgente, Nat l'avait harcelé dès sa sortie de l'hôpital en lui répétant que sa tâche n'était pas de faire le compte de ce qu'il ne pouvait plus faire, mais de trouver le moyen de faire tout ce qu'il faisait avant.

— C'est un beau sourire.

La voix douce d'Amanda le tira en sursaut de ses pensées. Il se sentait mieux après deux bonnes nuits de sommeil – heureusement ininterrompues – mais il ne s'était pas rendu compte à quel point ce serait pesant d'être chez Amanda. Il songea à nouveau qu'il préférait sa colère. Cela, au moins, il pouvait le comprendre. Alors qu'aujourd'hui il ignorait ce qu'elle pensait en dehors de cette fichue pitié.

— Je pensais… à ma sœur.

Elle lui sourit.

— Natalie ? Comment va-t-elle ?

— Elle a grandi, dit-il avec mélancolie.

— Ça n'a pas l'air de te rendre heureux.

— La petite fille me manque. Mais je ne l'échangerais pour rien au monde contre la femme étonnante qu'elle est devenue.

Elle fit le tour de l'îlot de cuisine et vint poser la main sur la sienne. Il sursauta à ce geste inattendu.

— C'est merveilleux. Je suis contente pour toi.

Il risqua un regard dans sa direction. Pour une raison quelconque, l'image qui lui vint à l'esprit fut celle de la première fois où il l'avait vue. Il tenait compagnie à Greg, qui attendait sa fille. C'était un jour d'été radieux et, quand elle était sortie de la Camaro, ses cheveux qui semblaient bruns dans la voiture étaient soudain devenus d'une superbe teinte d'or rouge.

Puis elle s'était tournée dans leur direction. Vêtue d'un jean moulant, d'un corsage blanc sans manches et de sandales à fines lanières, elle se déplaçait avec une grâce éminemment féminine. Les mots s'étaient étranglés dans sa gorge.

« Tu as l'autorisation de remarquer sa beauté », avait dit Greg.

Et Adam n'avait pas pu décider si cette lueur soudaine dans l'œil de son coéquipier relevait de l'amusement ou de l'avertissement.

« – Je… Oui, elle est belle.

— Oui.

— Elle est quoi ? avait joyeusement demandé Amanda en les rejoignant.

— Toi, avait dit Greg d'un ton taquin en la serrant dans ses bras.

— Moi, je suis moi ? avait-elle lancé avec une note affectueuse qui avait réchauffé Adam. »

Il savait qu'ils étaient proches l'un de l'autre, car sa mère était morte quand elle était très jeune, mais c'était autre chose d'en être témoin. Greg les avait présentés l'un à l'autre, Adam avait bredouillé des salutations maladroites et…

Amanda le sortit brusquement de sa rêverie.

— Où étais-tu ?

— Je… Je me souvenais. De la première fois que je t'ai rencontrée.

Elle sourit avec une note de tristesse.

— Je m'en souviens aussi. J'étais agacée que mon père m'ait dit quel policier vif et intelligent tu faisais, mais qu'il ait oublié de mentionner à quel point tu étais beau.

Adam ouvrit la bouche puis la referma, se disant que mieux valait ne rien dire que de proférer une ineptie. Il fut ravi – au début – qu'elle reprenne la parole.

— J'ai peur d'avoir été un peu snob. Préjugé de citadine, je pense. Je savais que tu étais né dans un ranch, et je crois que j'avais des a priori sur les garçons de la campagne. Mais dès que je t'ai vu, ils ont volé en éclats.

Elle se mit à rire d'elle-même, ce qu'il trouva… adorable.

— J'aurais dû me douter que ce n'est pas pour rien que les femmes aiment tant les cow-boys.

Il se leva brusquement, manquant renverser le reste de son café.

— Pourquoi fais-tu ça ?

— Quoi ? Me souvenir ? C'est toi qui as commencé…

— Me parler comme à… un ami.

— Nous ne sommes pas amis, c'est vrai, dit-elle d'un ton attristé. Je sais qu'il faudra beaucoup plus que des excuses pour réparer une erreur longue de cinq ans.

— Tu n'as rien à réparer.

— Oh ! mais si ! Je t'ai mal jugé, je t'ai fait des reproches et…

— Amanda…

— J'avais quelqu'un sous la main, qui admirait et respectait mon père, et je lui ai tourné le dos parce que j'étais trop absorbée dans mon chagrin pour voir la vérité.

Elle poussa un petit soupir.

— Si tu me détestes à cause de ça, je comprendrai, parce que c'est ce que je mérite.

Adam la dévisagea, bouche bée. Il avait l'impression que

le monde était sens dessus dessous. Elle pensait que c'était *lui* qui la détestait ?

— Et, poursuivit-elle pendant qu'il la fixait, muet, je vois que j'ai du pain sur la planche.

Avec un sourire éblouissant, elle ajouta :

— Mais mon père avait raison, je suis très têtue.

Il ne la croyait toujours pas.

Amanda avait les yeux braqués sur le tableau blanc qu'ils avaient installé dans le bureau. Il lui avait fallu un moment pour trouver les feutres adéquats, et seulement deux d'entre eux écrivaient encore après tout ce temps. Mais en se limitant à deux catégories – ce qu'ils savaient et ce qu'ils supposaient – c'était assez. Ils cherchaient des liens. Et pour l'instant elle n'en voyait aucun qui relie Malachi au mystérieux Pix.

« Ne vous préoccupez pas de savoir si on peut le prouver ou non pour l'instant, leur avait dit Quinn avant d'aller rattraper quelques heures de sommeil. »

En laissant avec eux le toujours vigilant Cutter.

Du coin de l'œil, elle vit Adam gratter le chien derrière l'oreille droite.

— Quand est-ce que tu vas dormir aussi une bonne nuit, le chien ?

L'animal frotta la tête sur le bras d'Adam. Son bras droit, remarqua Amanda. Au bout d'un instant, le mouvement cessa, et le regard d'Adam passa du chien à son coude blessé. Il le plia et une expression perplexe passa sur son visage.

— Qu'est-ce qu'il y a ? demanda-t-elle.

— Rien. Je veux dire… J'avais un peu mal, et c'est passé. Quand il a fait ça.

Elle s'avança entre eux et caressa la tête de Cutter.

— Tu fais des merveilles mon chien, hein ?

L'animal la fixa avec intensité, reporta son regard sur Adam puis à nouveau sur elle.

— Ça te fait toujours mal ? demanda-t-elle.

Cela seul suffit à refermer Adam. Son expression se durcit et sa voix fraîchit.

— Ce n'est pas ton problème.

— Je sais. C'est juste que je n'aime pas que tu souffres en permanence.

Une lueur traversa les yeux d'Adam, comme un éclair derrière des nuages.

— Dois-je te dire ce que tu peux faire de ta pitié ?

— Ce n'est pas de la pitié, répliqua-t-elle avec une politesse exagérée. Mais pourquoi ne la ranges-tu pas où tu mets habituellement tes bonnes manières ?

Durant un instant, il parut stupéfait. Si elle avait eu vraiment pitié de lui, se dit Amanda, elle n'aurait pas réagi ainsi. Était-ce trop compliqué à saisir pour lui ?

— Je ne suis pas sûr de les avoir prises avec moi, marmonna-t-il enfin.

Elle sourit.

— Oh si ! je les ai vues, dit-elle. Tu tiens les portes, tu nettoies derrière toi et tu ne te plains jamais. Et je parie que tu soulèves ton chapeau pour les dames.

Il éclata de rire. Ravie de lui avoir tiré cet instant de plaisir, elle le regarda avec un grand sourire.

— Tu le fais, n'est-ce pas ?

— Ça fait partie des usages du chapeau de cow-boy, dit-il. Règle n° 2, je crois.

Plaisantait-il ? Réjouie, elle prit la balle au vol.

— Et la règle n° 1 ?

— Ne jamais toucher le chapeau d'un autre homme.

Elle rit à cela.

— Il y en a d'autres ?

— Bien sûr. Et des superstitions. Comme ne jamais poser un chapeau sur le côté, parce que toute la chance s'en déverse.

— Et quoi d'autre ? demanda-t-elle, plus amusée par ces enfantillages qu'elle ne l'aurait imaginé.

C'était l'Adam dont elle se souvenait, celui qui l'avait tant attirée.

— Ça porte malheur de porter son chapeau à l'envers.

Elle haussa un sourcil.

— Beaucoup de jeunes l'ignorent, alors.

— Je ne crois pas que ça s'applique aux casquettes.

— Tant mieux pour eux, dit-elle. Tu en as d'autres ? Il s'agit toujours de bonheur et de malheur ?

— Pour la plupart, dit-il.

Il parut sur le point de dire autre chose, puis se ravisa.

— Nous devrions revenir à nos moutons.

Sa voix était à nouveau morne et plate, sans trace de cet Adam plus jeune et plus heureux.

# 25

Adam fixait le tableau, incrédule à l'idée qu'il avait failli dire que cela portait malheur de poser son chapeau sur un lit.

Parler de lits avec Amanda Bonner était en tête de liste des choses à ne jamais faire avec elle. Mais la manière dont elle lui avait souri… Comment était-il censé le prendre ?

« J'aurais dû me douter que ce n'est pas pour rien que les femmes aiment tant les cow-boys. »

Il ne se voyait pas vraiment comme un cow-boy ces derniers temps, même s'il chevauchait, rassemblait le bétail et portait un chapeau. Son père se disait rancher, mais le ranch lui appartenait. Alors qu'était-il donc ?

*Un flic raté. C'est ça que tu es.*

Il fixa sans les voir les deux colonnes. La première contenait ce qu'ils savaient – Pix – et l'autre ce qu'ils ne savaient pas, à savoir qui ou qu'était Pix. Il n'avait pas besoin de les lire, il avait tout mémorisé. Mais cela lui permettait de ne pas regarder Amanda. Parce que son tout premier regard ne cessait de le hanter.

À l'époque, le fait qu'elle soit la fille de son coéquipier était un obstacle majeur. Une complication dont sa jeune carrière de flic n'avait nul besoin.

*Et maintenant, tu as une complication dont tu n'as nul besoin et qui est là pour de bon.*

Il serra la main droite aussi fort qu'il le put. Le chirurgien avait fait du bon boulot en gardant ses nerfs intacts. En dehors de son petit doigt, sa main fonctionnait très bien, sauf que la moitié du temps elle ne lui obéissait pas.

Il repoussa ces pensées. Il ne supportait pas plus de s'apitoyer sur lui-même que de subir la pitié d'autrui. La seule chose qui dominait c'était sa culpabilité, pour laquelle il n'y avait pas d'issue. Il était impossible de s'y adapter ou de la faire diminuer. C'était seulement une des données de sa vie.

— Tu sais ce que je n'ai jamais compris ?

La voix d'Amanda interrompit le fil de ses pensées. Durant un instant, il crut qu'elle allait faire à nouveau assaut de cette pitié tant haïe. Il ne pouvait plus le supporter. Mais il vit qu'elle étudiait la carte épinglée au tableau, sur laquelle il avait noté les lieux mentionnés par Greg.

— Quoi ? demanda-t-il prudemment.

Elle désigna la carte.

— Pourquoi était-il là où il était ?

Adam sentit son estomac se nouer quand il comprit de quoi elle parlait. Là où Greg Bonner était mort.

C'était une question qu'il s'était posée plus d'une fois.

— Je veux dire, pourquoi de ce côté-ci du magasin ? dit-elle avec calme, comme s'il s'agissait d'une énigme. Il faisait noir, si j'ai bien compris, on ne pouvait pas le voir, mais…

— On ne peut pas voir la devanture depuis cet endroit.

— Exactement, dit-elle.

Il se demanda si, comme lui, elle était retournée là-bas pour essayer de comprendre. Lui-même l'avait fait tant de fois qu'il en avait perdu le compte.

— L'enquête avait probablement raison, dit-il d'un ton mesuré.

— Tu veux dire qu'il vérifiait l'arrière du bâtiment ?

— Nous nous garions quelquefois là, pour avoir vue sur la rue et sur ce panneau STOP que tout le monde brûlait.

— J'imagine que c'est logique, mais le temps que vous arriviez, l'employé pensait qu'ils étaient partis, alors tu as pensé qu'il avait sans doute vérifié.

— Il l'a peut-être fait après coup, comme l'enquête l'a dit.

Il avait ressassé cela un bon moment mais n'avait jamais pu renoncer tout à fait à se poser ces questions. Ce n'était pas qu'il ne croyait pas aux conclusions de l'enquête, mais cela le dérangeait un peu. Non que cela change quoi que ce soit, Greg était mort, et rien ne pourrait modifier cela.

Il l'entendit pousser un soupir.

— Je suis désolée. Je ne voulais pas remuer ça encore une fois. Je sais que le sujet est rebattu, mais…

— Ne t'excuse pas. Je comprends.

Elle se retourna pour le dévisager.

— Tu ne peux pas laisser tomber non plus, hein ?

C'est davantage une affirmation qu'une question, mais il répondit néanmoins.

— Jamais.

Calmement, elle dit alors :

— La différence entre toi et moi, c'est que je ne peux pas parce que c'était mon père. Toi, tu ne peux pas parce que tu te sens responsable, peu importe combien de fois on t'a dit que ce n'était pas ta faute.

— Les gens qui disent ça n'étaient pas là.

— Quinn était là. Et c'est l'homme le plus sensé que je connaisse.

— C'est vrai. Mais il n'est pas policier.

Elle continua de le regarder d'un air songeur.

— Si c'était mon père qui était entré et que c'était toi qui avais pris la balle de Malachi… Tu le lui aurais reproché ?

Il faillit grogner en l'entendant poser la question qu'il s'était posée si souvent. Il était certain que Greg aurait réagi différemment, qu'il aurait su que le complice était à proximité. Greg avait cet instinct que lui-même n'avait pas eu le temps de se forger, l'instinct d'un homme qui avait passé sa carrière à étudier le raisonnement des criminels pour pouvoir protéger les innocents.

— Il ne te l'aurait pas reproché, dit Amanda avec une certitude tranquille. Je le sais.

— Mais toi, tu l'as fait, souligna-t-il.

— Je sais. Injustement. Je te l'ai dit, j'avais tellement mal, qu'il fallait que j'explose. Et tu étais la cible la plus évidente. C'est quelque chose que je regretterai jusqu'à ce que tu me pardonnes. Et si tu n'y arrives pas, il faudra que je vive avec cette culpabilité.

Il était déchiré entre l'envie de lui dire qu'elle n'avait rien à se reprocher et celle de lui souhaiter bon courage, car il était bien placé pour savoir qu'on apprenait à vivre *malgré* la culpabilité, non avec. Puis cela la frappa : elle avait dit : « Jusqu'à ce que tu me pardonnes. » Elle voulait qu'il lui pardonne ?

Elle l'avait dit avant. « Si tu me détestes à cause de ça, je comprendrai, parce que c'est ce que je mérite. »

Le monde était vraiment sens dessus dessous.

Liam Burnett avait une présence tout à fait différente, s'aperçut très vite Amanda quand il prit son tour de garde. Alors que Quinn était imposant, Liam, avec son accent du Texas et son apparence juvénile, était vif et souriant.

Et quand il regardait Cutter les pousser l'un vers l'autre aux moments les plus bizarres – et les plus embarrassants – son sourire apparaissait fréquemment.

— Tu ne t'en lasses pas, hein le chien ? avait-il dit en traînant exprès sur la dernière syllabe.

— De quoi ? avait-elle demandé.

— De son autre talent. Auquel je serai éternellement reconnaissant, comme tout le monde à Foxworth.

Il n'avait pas donné d'autre explication et lui avait dit en souriant qu'elle le découvrirait un jour.

En dehors de cela, ils le voyaient peu. Il patrouillait autour de la maison du crépuscule à l'aube. Il empruntait Cutter pour faire une ronde la nuit, mais le renvoyait après cela. Il demandait que le dernier à aller au lit le prévienne, de même que le premier à se lever. Il répondait immédiatement quand ils le contactaient avec le téléphone Foxworth. Elle ignorait où il dormait, s'il dormait. Cela l'ennuyait, mais elle ne pouvait nier qu'elle se sentait plus en sécurité.

Avoir Adam dans la maison lui donnait le même sentiment, mais d'une autre manière.

Pour finir, elle avait accepté de ne pas prendre d'autres rendez-vous et de rester chez elle, même si elle justifiait cette décision par l'intention de revoir les informations qu'ils possédaient. Et si elle avait du mal à s'y atteler, c'était à cause de la présence d'Adam.

Son père lui avait dit plus d'une fois que lorsqu'on avait deux problèmes, il suffisait de se concentrer sur l'un pour trouver la réponse à l'autre, grâce à la part de cerveau libérée. Elle avait découvert que c'était vrai, mais le premier de ses problèmes – qui lui voulait du mal ? – et le deuxième – Adam – étaient tellement intriqués qu'il était difficile de les séparer.

Elle se trouvait à la fenêtre de la cuisine, regardant dans le jardin. Adam y lançait une balle de tennis à Cutter. Durant quelques instants, elle se contenta de suivre ses mouvements en essayant de ne pas fantasmer sur son grand corps musclé. Puis, rejetant toute prudence, elle décida de jouir du spectacle – du moins tant qu'il ne la voyait pas le regarder.

Pas de doute, Adam Kirk n'avait rien perdu de sa beauté.

À cet instant, elle se rendit compte qu'il lançait la balle de la main gauche. Plutôt bien, pensa-t-elle, en se demandant s'il s'y était exercé.

Tout à coup il fit passer la balle dans sa main droite, la regarda un instant, puis la lança d'un geste maladroit. Elle ne fila pas aussi loin et rebondit sur le côté, freinée par ce coude qui ne permettait pas un mouvement naturel. Amanda repensa à ce que Hayley avait dit, à savoir que ce n'était pas seulement le dégoût de la chirurgie qui avait poussé Adam à refuser l'opération.

Et soudain, en voyant Cutter rapporter la balle et Adam la reprendre, en pensant à ce que cela devait être de vivre avec ce rappel physique constant, elle comprit soudain ce que c'était.

Il se punissait.

# 26

— Je suis contente que tu sois là.

Adam leva les yeux du dossier qu'il feignait de relire. Amanda l'avait dit avec douceur, et il s'attendait à voir Cutter s'appuyer contre elle, comme il le faisait souvent.

Elle le regardait. Cutter était à cinq mètres, blotti devant la cheminée, où Adam avait fait un feu pour lutter contre le froid et l'humidité. Le chien avait posé la tête sur ses pattes, et ses yeux ambre passèrent du canapé où Amanda était assise à la chaise sur laquelle il s'était carré.

Adam ne sut que dire. Mieux valait sans doute croire ces mots.

— Personne n'a envie d'être seul dans ces circonstances.

— Alors laisse-moi le reformuler. Je suis contente que ce soit toi qui sois ici.

Il s'immobilisa.

— Si c'était Quinn, tu gagnerais au change.

— Pourquoi ?

— Parce que… c'est sa vocation. Il protège les gens.

— C'était aussi ta vocation, avant.

— Et toi entre toutes, tu sais comment ça a tourné.

— Arrête !

Elle l'avait dit d'un ton tellement tranchant qu'il recula un peu.

— Tu ne te fatigues jamais de te faire des reproches ?

— Si, dit-il avec sincérité.

— Alors arrête.

— Ce n'est pas parce que ça me fatigue que ça change les faits.

— Oui, les faits sont les faits, c'est ton interprétation qui n'est pas la bonne.

Elle l'avait dit d'un ton si neutre qu'il se trouva à court de mots.

— Et je sais, c'est moi qui t'ai accusé de ce que tu t'accuses. C'est pour ça que je vois clairement que tu te trompes, parce que maintenant je sais que je me trompais.

Il ouvrit la bouche, la referma et secoua la tête avec lassitude.

Amanda se leva soudain, posant le bloc sur lequel elle écrivait.

— Écoute, dit-elle en se plantant devant lui, c'est en grande partie ma faute, parce que c'est moi qui t'ai crié dessus alors que tu étais faible et souffrant. Je ne me le pardonnerai jamais, alors je sais aussi ce que c'est que de ne pas se pardonner.

— Tu n'as dit que ce que je pensais déjà.

— Mais je l'ai solidement ancré dans ta tête, non ?

Ce n'était pas une question, et Adam ne répondit pas.

— Je ne peux pas revenir en arrière et ne pas dire ce que j'ai dit, mais si je le pouvais, je le ferai tout de suite. Alors dis-moi, Adam, que puis-je faire ? Comment puis-je réparer ça ?

Une dizaine de réponses à cela, comprenant pour la plupart des choses qu'il n'avait jamais osé penser à son propos, se pressèrent dans son esprit. Il coupa court à ces idées. Ce n'était pas parce qu'elle ne le détestait plus qu'elle était prête à emprunter la voie qu'il imaginait soudain.

— Amanda…, commença-t-il.

Il s'arrêta parce qu'à ses propres oreilles sa voix sonnait rauque, tendue et douloureuse.

Soudain, Amanda poussa un cri de surprise. Avant qu'il puisse réagir, elle tomba. Sur lui. Il comprit que ce n'était pas intentionnel à la manière dont elle jetait les mains en avant pour se rattraper. Il essaya de la faire pivoter pour qu'elle ne heurte pas le bras du fauteuil ou, pire, tombe à terre.

Elle atterrit sur ses genoux. Et la première chose qu'il vit en reprenant son souffle fut Cutter, assis devant eux, l'air immensément content de lui.

— Il m'a heurtée, dit Amanda d'une voix un peu essoufflée. Je ne voulais pas… te tomber dessus, mais il est arrivé par-derrière et…

— Il t'a poussée ? suggéra Adam.

Elle le regarda d'un air perplexe.

— Oui. Comment…

— On m'a dit qu'il… pousse les gens quand il veut qu'ils se rapprochent.

Elle se mit à rire. Il se tut de crainte qu'elle ne se relève. Il voulait la garder sur ses genoux encore un moment, car c'était meilleur que tout ce qu'il avait éprouvé en cinq ans.

— Je le crois, dit-elle comme si elle ne se rendait pas compte de sa position. Je l'ai déjà vu faire ça. Mais pourquoi…

La voix d'Amanda mourut.

— Je…, commença-t-elle, puis elle s'interrompit et le dévisagea.

Il s'entendait respirer laborieusement et sentait ses lèvres s'assécher. Mais il ne pouvait s'arrêter de la regarder. Et ce fut grâce à cela qu'il vit l'instant où les yeux d'Amanda s'écarquillèrent de surprise, puis se réchauffèrent sensiblement.

Elle l'embrassa.

Dans ses rêves les plus fous – et il ne pouvait nier qu'il en avait eus – il n'aurait jamais pensé à cela. Oh ! pas qu'elle l'embrasse, mais à la sensation que cela lui donnait. Il n'avait jamais rien ressenti de pareil.

Une explosion de chaleur l'envahit, comme s'il avait été touché par un lance-flammes. Ses lèvres, le goût de sa bouche et sa timidité le galvanisèrent. Sa timidité, par-dessus tout. Le désir était trop fort pour être nié, et il lui rendit son baiser, alors même qu'il était conscient de jeter de l'huile sur un brasier qui n'aurait jamais dû être allumé.

*Mais ce n'est pas moi qui l'ai fait. C'est elle.*

Et il ne savait que penser. Il sentit alors le léger contact de sa langue sur ses lèvres et cessa tout à fait de penser.

Amanda avait l'impression de frémir de tout son être. Jusqu'au moment où elle était passée à l'acte, elle n'avait pas eu conscience d'en avoir autant envie et depuis si longtemps. Une part de son esprit se demanda encore si c'était cela qui avait alimenté sa colère envers lui. Mais elle rejeta cette pensée fugace dans un coin de sa tête car, pour l'instant, elle voulait davantage. Davantage de ce désir stupéfiant.

Il avait été manifestement surpris au début, et elle ne pouvait le lui reprocher. Mais quand il avait commencé à lui rendre son baiser, quelque chose de nouveau, d'électrique et de terriblement excitant avait galvanisé ses nerfs. C'était la sensation qu'elle avait eue la première fois qu'elle l'avait vu, mais multipliée par cent.

Il lui prit le visage entre les mains pour approfondir le baiser qu'elle avait entamé. Elle sentit ses doigts plonger dans ses cheveux, puis l'une de ses mains glissa derrière sa tête et la tint tandis qu'il la goûtait. Elle lui caressa la langue et l'entendit émettre un son bas, rauque, qui suscita une nouvelle bouffée de désir en elle.

Elle se rapprocha de lui.

— Adam ? fit-elle d'une voix essoufflée.

— Désolé, je suis perplexe, dit-il avec une note qu'elle ne put identifier. Il y a une semaine, tu avais envie de me tuer.

Elle se sentit rougir, même si elle avait tellement chaud qu'elle n'en était pas sûre.

— Il y a une semaine, je me cramponnais à un mensonge.

Il poussa un long soupir las.

— Ce n'était pas un mensonge. Ça n'en est toujours pas un. J'aurais dû…

Elle leva un doigt et le posa sur ses lèvres pour le faire taire. Seigneur, quelles lèvres ! Elle sentit la tristesse monter en elle, chassant l'excitation.

— Non. Je suis désolée pour ce que j'ai dit ce jour-là. Maintenant, considère que c'est une autre manière de te faire les excuses que je te dois.

— Tu n'as…, commença-t-il avant qu'elle retire la main.

— Si.

Elle lui adressa un sourire laissant paraître sa tristesse.

— Et un jour, j'espère que tu les accepteras.

Elle ne put s'en empêcher et toucha à nouveau ses lèvres. Puis elle recula, consciente qu'elle en attendait trop et trop vite d'un homme qui savait qu'elle l'avait haï pendant cinq ans. Que cela ait été une erreur ne comptait pas, pas encore. Elle espérait seulement qu'un jour, cela changerait.

— Si tu y arrives un jour dis-le-moi, dit-elle doucement.

— Tu veux une lettre recommandée ?

Elle ne lui reprocha pas son sarcasme. Tout le monde aurait ce sentiment, supposait-elle, après ce brutal revirement. De la haine à… quoi que ce fût.

— Non, dit-elle doucement. Il suffira d'un baiser.

Elle se leva, à contrecœur. Son désir grandissant lui garantissait qu'elle aurait mal. Parce qu'il la regardait non comme une femme qu'il aimerait embrasser, mais comme une femme qu'il n'était pas certain de vouloir jamais côtoyer.

# 27

Adam était assis sur la terrasse, savourant la fraîcheur de l'air. Il y avait certaines choses qui ne changeraient jamais dans sa vie. Son amour des grands espaces. Son amour de sa famille, qui était son roc, son fondement, la source de sa gravité. Son amour des chiens et des chevaux.

Une fois entré dans la police, il avait compris que Greg Bonner était aussi solide qu'il était possible de l'être. Il en était rapidement venu à l'admirer et à le respecter. Et d'une certaine façon, il avait fini par connaître sa fille, tant Greg en parlait souvent. L'amour qu'il percevait dans sa voix le réchauffait parce que cela lui rappelait ses propres parents. Mais Greg avait élevé sa fille seul. Un père célibataire, c'était déjà assez dur, mais un père célibataire flic ?

C'est pourquoi, la première fois qu'il avait posé les yeux sur Amanda, Adam avait étouffé ses réactions.

« Tu as l'autorisation de remarquer sa beauté. »

Remarquer, mais rien de plus. Même en manière de taquinerie, c'était un avertissement, et Adam l'avait pris ainsi.

« Ne le prends pas personnellement, ce sont tous les flics que je mets en garde. Ce n'est pas la vie que je veux pour elle. »

Il avait immédiatement compris ce que Greg voulait dire. Amanda avait perdu sa mère si jeune que la dernière chose que voulait son père c'était introduire dans sa vie la possibilité d'une nouvelle tragédie. Et Adam avait donc impitoyablement refoulé cet élan, à la fois physique et émotionnel, qu'il éprouvait chaque fois qu'il la rencontrait.

Après cette affreuse nuit, bien sûr, tout cela était devenu sans objet, parce qu'Amanda ne le regardait plus qu'avec mépris. Et avec raison.

*Mais elle m'a embrassé.*

*Elle a pitié de toi.*

Ce débat interne se poursuivit tandis qu'il essayait de relire le dossier. Il doutait de trouver quoi que ce soit de neuf, mais il le faisait tout de même pour s'occuper. Quinn avait souligné que la sécurité d'Amanda était la priorité absolue.

« Si ça prend deux fois plus longtemps de les épingler, parce qu'ils savent que tu es surveillée ainsi soit-il, avait-il dit quand Amanda avait suggéré à nouveau de leur tendre un piège. Nous ne prendrons aucun risque. »

Quinn avait paru un peu préoccupé quand elle avait tourné les talons. Adam avait dit vivement :

« – Tu parles exactement comme Greg quand il était en mode protecteur. C'est-à-dire tout le temps.

— Ah bon ? avait dit Quinn d'un air compréhensif. »

Et maintenant Quinn, l'homme le plus apte à la protéger, était parti, la laissant avec l'homme le moins apte à cela.

Mais peut-être pas, pensa-t-il sombrement. Parce qu'il savait au fond de lui que si l'on en arrivait à cela, il n'hésiterait pas une seconde à offrir sa vie pour sauver la sienne. En fait, c'était la seule chose qui lui semblait à même de réparer son échec.

Mais Liam était là aussi pour la protéger, et Adam soupçonnait qu'il fallait compter avec ce Texan souriant et décontracté. Et puis il y avait le chien, qui ne ressemblait à aucun autre, même parmi les dizaines de chiens du ranch.

— Que voilà un sourire nostalgique !

Il réprima un sursaut pour ne pas montrer à Amanda à quel point elle l'avait surpris.

— Je me souvenais…

Et avant que les choses prennent un tour dangereux, il ajouta :

— De Joker. Un chien que nous avions quand j'étais petit.

S'asseyant dans le fauteuil près de lui, elle jeta un coup

d'œil à Cutter étendu sur la terrasse, dont les oreilles tressaillaient de temps à autre.

— Il était comme Cutter ? demanda-t-elle.

— Pas aussi intelligent, répondit-il.

Il regretta aussitôt ces mots en se rappelant qui avait provoqué le baiser le plus émouvant de sa vie. Il poursuivit en hâte :

— Joker menait une vendetta personnelle contre les coyotes. S'il en repérait un, il se mettait en chasse avec l'envie évidente de lui sauter à la gorge.

— Et ?

— Un jour où je travaillais dans la grange, il est entré en transportant quelque chose. Il l'a déposé dans la paille et s'est mis à gémir. Ce chien ne gémissait jamais.

Elle fronça les sourcils.

— Il en avait attrapé un ?

— Non, pas attrapé. Il avait trouvé un petit, blessé, qui avait l'air d'avoir été attaqué par un faucon ou un autre prédateur. Et Joker me regardait comme Cutter regarde les Foxworth. Ce regard qu'ils appellent : « Fais quelque chose. »

Elle souriait désormais.

— Donc le chien qui menait une vendetta contre les coyotes t'a apporté un bébé coyote pour que tu le soignes ?

— Exactement.

Le sourire d'Amanda s'épanouit en une chose merveilleusement chaude.

— Qu'est-ce que tu as fait ?

Il grimaça légèrement.

— Eh bien, je savais ce que mon père aurait fait – les coyotes étaient un fléau pour lui, comme pour la plupart des ranchers —, mais je ne pouvais pas m'y résoudre. Donc je l'ai nettoyé du mieux que j'ai pu, je l'ai pansé et je l'ai caché sous une planche dans la cabane du puits. Joker le gardait comme si c'était son propre petit.

— Et toi ?

— Je venais voir comment il allait. Je volais un peu de nourriture pour lui. Il aurait eu besoin d'un vétérinaire, mais je savais que mon père s'y opposerait. En fait, il parlait d'aller chasser parce qu'il y avait des coyotes qui rôdaient autour du ranch. Il a commencé à engueuler Joker parce qu'il ne faisait pas son travail.

— Les parents ? devina-t-elle.

— Oui. Du moins, c'est ce que je me suis dit. C'était la seule raison crédible pour laquelle Joker ne les chassait pas.

Elle avait l'air tout à fait fascinée, les coudes sur les genoux, comme si on lui lisait une histoire passionnante.

— Que s'est-il passé ensuite ?

— Quand il a guéri et repris des forces, je l'ai transporté là où les adultes rôdaient. Je l'ai déposé par terre, et Joker et moi sommes retournés au puits et avons attendu. Au bout de quelques minutes, les parents sont venus le chercher.

— Tu crois qu'il s'en est sorti ?

— Je sais qu'il s'en est sorti. Quelques années plus tard, en chevauchant le long de la clôture, je l'ai vu. Je l'ai reconnu à la cicatrice sur son épaule. Et à la manière dont Joker et lui se sont arrêtés net en s'apercevant.

— C'est formidable, Adam. C'est une super histoire. Ton père l'a découvert ?

Il lui adressa un sourire ironique.

— Il savait. Tout du long.

— Quoi ? s'étonna-t-elle.

— Il était allé regarder dans la cabane. Mais il n'en a jamais rien dit.

— Alors comment sais-tu qu'il savait ?

— Quelques mois après ça, nous parlions d'autre chose. D'exceptions à la règle. Et il m'a dit qu'on ne devait pas toucher aux petits. Puis il m'a regardé de cet air qu'on appelait : « l'air de papa » et a ajouté : « même des coyotes. »

Elle le dévisagea un demi-sourire aux lèvres. La petite note rauque de sa voix lui fit l'effet d'une plume quand elle dit :

— Je crois que j'aimerais bien ton père.

— Et il t'aimerait aussi. C'est un homme bien.

Il s'efforça de ne pas penser trop fort à quel point il aimerait que cela soit possible.

Amanda s'adossa à son siège, comme si elle avait l'intention de rester dehors malgré le froid. Elle portait un gros pull et des bottines en mouton, mais il n'était pas sûr que ce soit assez. Lui-même sentait le froid, mais il était sorti sans sa veste précisément pour cette raison, pour se refroidir un peu…

Il se surprit à lui jeter un regard à la dérobée, en se demandant si elle regrettait de l'avoir embrassé. Elle n'en avait pas l'air, mais il ignorait ce que cela voulait dire. *Si* cela voulait dire quelque chose.

— Parle-moi de ta sœur.

Cela le surprit.

— Nat ? Qu'est-ce que tu veux savoir ?

— Elle te ressemble ?

Il esquissa un sourire ironique.

— Non, elle est jolie.

Amanda lui adressa un sourire qui faillit lui provoquer un arrêt cardiaque.

— Toi aussi.

Elle ne lui laissa pas le temps de réagir et poursuivit :

— À qui ressemble-t-elle ?

— Davantage à ma mère, réussit-il à dire. Les cheveux plus clairs et les yeux bleus.

— Comment est-elle ?

— Intelligente. Gentille.

Il hésita, puis ajouta :

— Heureuse.

Le sourire qu'elle lui adressa recelait une touche de mélancolie.

— C'est quelque chose auquel il faut aspirer.

— Oui, approuva-t-il de tout son cœur. Elle est vraiment heureuse depuis qu'elle a terminé l'école.

— Est-elle aussi allée à WSU ? demanda-t-elle.

— Oui, encore une étudiante de Wazoo, comme papa et maman. Elle a eu son diplôme avec mention.

— Tu as l'air fier d'elle.

— Je le suis. C'est une gosse géniale.

Il fit la grimace.

— Enfin, elle a vingt-quatre ans maintenant, ce n'est plus une gosse, mais ce sera toujours ma petite sœur.

— Je suis heureuse qu'elle ait un grand frère comme toi pour veiller sur elle.

— C'est plutôt le contraire, maintenant.

— Je suis contente qu'elle soit là pour toi.

— Nat est… spéciale.

— Papa parlait beaucoup de toi, dit-elle, passant du coq à l'âne. Il disait que c'était rare de rencontrer un gamin – il disait aussi « gamin » en parlant de toi – avec des bases aussi solides. Il disait qu'il aimerait rencontrer tes parents un jour, parce que cela venait sûrement d'eux.

— Oui, si j'en ai, c'est grâce à eux, dit-il, la gorge serrée.

— Mais elles ne sont pas assez solides.

Il recula légèrement.

— Quoi ?

— Si elles avaient été vraiment solides, elles n'auraient pas été emportées par ta culpabilité. Tu aurais compris que tu ne pouvais rien faire, même quand une folle furieuse te hurlait dessus.

— Mais…

— Je sais, je sais, tu n'aurais pas cru l'employé sur parole, tu serais resté dehors même si ton supérieur te disait d'entrer, tu aurais senti comme par magie que le complice du cambrioleur s'était attardé pour une raison inexplicable… Tu ne demandes pas un peu trop ?

Adam fut réduit au silence en l'entendant présenter ce qui s'était passé sous ce jour. Elle n'avait pas seulement rendu ce qu'il avait fait raisonnable, mais ce qu'il se disait le contraire de raisonnable.

Elle tira sur son pull pour s'envelopper plus étroitement. Il saisit cette chance d'achever cette conversation inconfortable.

— Tu devrais rentrer. Il fait froid maintenant.

— Ce qui explique pourquoi tu restes dehors, rétorqua-t-elle.

Puis, plus doucement, elle demanda :

— Ça te manque, chez toi ? Les grands espaces ?

Il regarda autour de lui.

— Ce n'est pas si mal, ici.

— C'était beaucoup mieux quand nous avons emménagé. Maintenant, la ville s'est étendue au point de nous englober.

— Tu as l'air de t'en ficher un peu.

— Non, je ne m'en fiche pas. Je songe à déménager.

— À quitter cette maison ?

Cette pensée le stupéfia.

— La maison de ton père ?

— Ce n'est pas comme s'il ne venait pas avec moi, dit-elle du ton de quelqu'un qui a souvent débattu de cela en elle-même. Mais parfois, j'aimerais ne pas l'avoir aussi près de moi. Tu comprends ?

— Oui, parfaitement.

Revoir les grands espaces de son enfance était la seule chose, après sa famille, qui l'avait empêché de se tirer une balle dans la tête.

« Ça ne m'a jamais plu que tu sois policier. »

C'étaient les paroles de son père, prononcées le jour où il était rentré chez lui, faible et vacillant, le bras toujours en écharpe.

Il n'avait jamais rien dit d'autre et, à partir de là, avait traité Adam comme s'il était tout naturel qu'il soit là. Cela lui avait rendu les choses à la fois plus faciles et plus difficiles.

« Ce sont tous les flics que je mets en garde. Ce n'est pas la vie que je veux pour elle. »

Les paroles de Greg suivirent celles de son père dans son esprit. Ce souvenir était vif, douloureux. Mais ce qui pouvait le réduire en miettes s'il y pensait un peu, c'était l'idée qui suivit, et qui était bien la sienne.

Il n'était plus flic, maintenant.

# 28

Le baiser mis à part, c'était la conversation la plus normale qu'ils avaient eue jusque-là. Oui, il y avait des sous-entendus, mais il y en avait toujours eu entre Adam et elle.

Amanda fixa la ligne des conifères au fond de son jardin. Elle s'était souvent demandé, à l'époque, si ce qu'elle éprouvait était à sens unique. Si elle était la seule à ressentir ces crépitements électriques quand elle était en présence d'Adam.

Elle ne se posait plus la question. Parce qu'un baiser comme ça ne pouvait provenir que d'un désir à double sens. Elle l'avait senti instinctivement quand leurs lèvres s'étaient jointes.

Elle se demandait maintenant s'il avait été aussi choqué qu'il en avait eu l'air. Et si oui, pourquoi ? À cause de cette attirance immédiate et électrique ?

Ou parce qu'elle avait pris l'initiative ?

Elle supposait qu'il avait autant de mal à accepter son changement de comportement qu'elle à accepter la situation. Avait-il été surpris que l'attirance soit toujours là ?

« Ce n'est pas ce que tu veux, Amanda. Ce n'est qu'une réaction. Trop d'adrénaline. »

Quand il l'avait quittée pour s'asseoir dehors dans le froid, ses paroles avaient résonné dans son esprit. Elle ne les avait pas immédiatement rejetées et les avait au contraire soigneusement soupesées. Parce qu'il avait raison sur un point, cette situation était extraordinaire, et l'adrénaline avait coulé à flots.

Mais ce n'était pas la source de sa réaction, pour la

simple raison qu'elle éprouvait cette sensation depuis le moment où elle avait posé les yeux sur lui. La situation actuelle l'avait peut-être amplifiée, mais pas causée. Elle était donc certaine de ses propres sentiments. C'étaient les siens qu'elle ignorait. Avait-elle détruit toute l'attirance qu'il avait pu ressentir à l'époque ? Elle pouvait difficilement le lui reprocher si c'était le cas, mais…

Ce baiser n'avait certainement pas eu ce goût-là, mais peut-être était-il juste sous le choc. Ou peut-être était-ce une réaction masculine ; pourquoi refuser un bon baiser ? Adam ne lui semblait pas de ce genre-là, mais elle n'avait pas beaucoup d'expérience dans ce domaine. Sortir avec des hommes était loin d'être sa priorité depuis cinq ans.

Pour finir, elle décida qu'elle ne pouvait en être sûre. Cela faisait si longtemps, et les circonstances étaient si inhabituelles qu'elle ne pouvait être sûre de rien.

Enfin si, peut-être d'une chose. Parce que, de toute façon, on ne recherchait pas la froidure à moins d'avoir… beaucoup trop chaud.

Elle faillit éclater de rire à cette pensée.

Elle le trouvait encore plus attirant maintenant, avec cette barbe de quelques jours, ce pull anthracite qui assombrissait ses yeux et ce jean déchiré.

Bizarrement, elle remarqua les chaussures qu'il portait. Ces mocassins façon mules étaient populaires en ville, mais sur lui ils étaient surprenants. Puis l'idée la frappa que oui, il portait des mules au lieu de chaussures parce que comment les aurait-il attachées ? Elle essaya d'imaginer comment elle s'y prendrait si son coude ne pouvait pas s'ouvrir complètement. Elle ne put arriver à un scénario qui n'exige pas une posture digne d'un yogi.

— Il y a quelque chose qui ne va pas avec mes pieds ?

Elle le regarda. Sa voix avait une touche de nervosité.

— Non, dit-elle, je réfléchissais seulement.

— Encore ?

Elle se souvint de ce qu'il avait dit plus tôt, et cela la fit sourire. Mais cela ne dura pas, devant l'idée qu'elle était en train de formuler dans sa tête.

— Tu as perdu beaucoup de choses, cette nuit-là. Pas seulement physiquement, mais la vie et la carrière que tu avais prévues.

Il la fixa, avec quelque chose qui ressemblait à de la glace dans les yeux.

— Comment peux-tu dire ça ? Je n'ai vraiment pas de quoi me plaindre. Toi, tu as perdu ton père. Et Greg a perdu… tout.

Elle le regarda et vit la souffrance dans ses yeux.

— Quand est-ce que tu en auras assez, Adam ? demanda-t-elle doucement. Quand auras-tu assez payé ?

Elle entendit Cutter émettre un son, à mi-chemin entre le grognement et le gémissement, comme s'il n'aimait pas non plus ses mots ou son ton. Mais elle garda les yeux fixés sur le profil d'Adam. Il était tout aussi beau sous cet angle.

— C'est pour ça que tu étais là ? demanda-t-elle finalement, même si elle n'était pas sûre de vouloir connaître la réponse. Tu essayes de réparer en veillant sur moi ? Parce que si c'est la seule raison pour laquelle tu restes, je préférerais que tu t'en ailles.

Il ne la regarda pas et ne réagit pas. Elle aurait cru qu'il ne l'avait pas entendue s'il n'avait été à moins d'un mètre d'elle.

— Nous en sommes donc là, dit-elle avec lassitude au bout d'un instant. Tu penses que j'ai pitié de toi, et je pense que tu m'aides uniquement par culpabilité.

Cutter poussa un aboiement sonore. Elle ne s'était pas rendu compte que le chien s'était levé. Mais il était devant eux et les regardait tour à tour. Son aboiement ressemblait étonnamment à un « Arrêtez ! ».

— J'ai l'impression d'être au CM1, quand Mme Gage me grondait pour mes bavardages, dit-elle avec ironie.

Elle entendit Adam émettre un son et vit du coin de l'œil qu'il réprimait un sourire.

— Hayley m'a dit qu'il dirige pratiquement Foxworth, en les laissant croire que ce sont eux les responsables, reprit-elle.

— Quinn, lui, dit qu'il est très patient avec eux, même quand il leur faut du temps pour comprendre.

Ils se sourirent soudain, et la tension se dissipa Amanda

aurait voulu que ce soit toujours ainsi. Mais elle commençait à avoir froid et se leva donc.

— Tu devrais rentrer. Il fait trop froid pour rester dehors sans y être obligé.

Adam lui glissa un regard de biais, et elle se sentit rougir.

— Je promets de ne pas te sauter encore dessus.

— Alors je peux aussi bien rester ici.

À peine eut-il prononcé ces mots qu'il parut les regretter. Mais Amanda le remarqua à peine, occupée qu'elle était à essayer de réprimer l'excitation qui l'avait envahie. Cela avait été aussi incroyable pour lui que pour elle, elle le savait désormais. Et cela changeait tout.

Tout à coup, elle ne savait plus si elle voulait que la tension disparaisse. Du moins, ce genre de tension.

— Je suis désolé, dit-il d'une voix tendue. Je n'aurais pas dû dire ça.

— Je suis désolée que tu sois désolé, répondit Amanda, laissant transparaître ce qu'elle ressentait.

Il la dévisagea.

— Amanda…

— Mais je suis encore plus désolée que tu tournes le dos à ce qu'il y a de bon entre nous parce que mon chagrin a obscurci mon jugement.

— Greg méritait ce chagrin.

La voix d'Adam était rauque, et il détourna les yeux, comme s'il ne pouvait supporter de la regarder.

— C'était le genre d'homme qui maintient l'unité du monde. Le genre d'homme qui laisse un vide que rien ne peut combler.

— Et tu sais, si…

Elle s'interrompit brusquement. Durant ces jours de cauchemar, elle avait tenté d'imaginer comment ce serait si c'était l'inverse qui s'était passé. Si c'était Adam qui était resté dehors. Elle avait même souhaité que ce soit une autre famille qui soit dévastée par le chagrin. Après tout, n'avait-elle pas assez payé en perdant sa mère ? Seule la certitude que son père l'aurait regardée avec désapprobation l'avait retenue de s'abandonner à cette rêverie.

Adam la regarda à nouveau.

— Si quoi ?

— Si c'était le contraire et si c'était toi qui étais mort ce soir-là, il aurait ressenti exactement la même chose que toi. Il se serait dit que c'était sa faute.

— Mais…

— Alors, fais-nous une faveur et sois aussi indulgent avec toi que tu le serais avec lui.

Elle lui adressa le sourire le plus gentil possible.

— Et viens te réchauffer à l'intérieur.

Tournant les talons, elle rentra dans la maison.

# 29

« Viens te réchauffer à l'intérieur. »

Après cinq ans de pratique, il se débrouillait pour tenir son imagination en laisse. Le thérapeute que le service lui avait assigné à l'époque l'avait averti que sa tâche la plus dure serait de ne pas laisser libre cours aux suppositions.

Mais cette phrase tournait dans son esprit, et le sens qu'Amanda lui avait donné se fragmentait en toutes sortes d'autres sens. Parce qu'elle pouvait le réchauffer, comme jamais personne ne l'avait fait. Un baiser avait suffi à le prouver.

Mais elle méritait mieux.

Et il ne devait pas y penser, voir comme une possibilité quelque chose qui devait rester – et qui resterait – impossible. Même s'il avait été en quête d'une relation, il n'aurait pas dû s'intéresser à elle. Il n'avait pas le droit. Pas avec elle. Il devait…

Un coup sec le tira de ses pensées. C'était Cutter, qui le heurtait avec force, d'une truffe si froide qu'il la sentit avec sa main gelée.

— Rentre, va te mettre au chaud, dit-il au chien.

Mais l'animal resta sur place, le regard fixé sur lui. C'en était presque énervant. Adam se demanda, avec une certaine inanité, s'il y avait une différence entre les chiens qui surveillaient les moutons et ceux qui rassemblaient le bétail. Il avait toujours entendu dire que les moutons étaient stupides, mais il avait vu aussi des vaches assez stupides de son temps. De toute façon, il aurait fallu avoir une volonté de fer pour résister à ce regard.

Il n'était pas certain de l'avoir.

— Vas-y, le chien.

Cutter ne bougea pas. Adam s'efforça de regarder ailleurs. Il repéra la cime d'un arbre mort au loin et se concentra dessus. Au bout de quelques instants, il eut l'impression que le regard du chien faisait des trous dans sa peau.

Cutter le frôla à nouveau et, presque contre son gré, il le regarda. Il avait toujours le même regard fixe. Adam résista à l'envie de faire ce qu'il voulait qu'il fasse, à savoir suivre l'ordre ou la requête d'Amanda.

— Bon sang ! marmonna-t-il en secouant la tête.

Puis Cutter s'avança, s'assit devant lui et posa la tête sur son genou. En soi, ce geste était aussi captivant que son regard. Peut-être plus parce que cela le réchauffait, lui rappelait à quel point il avait froid après être resté plusieurs heures dehors.

Lentement, incapable de résister, il posa une main sur la tête du chien. Sa main droite, puisque l'animal était toujours à portée de son bras abîmé.

Cutter poussa un gémissement inquiet. Adam reprit son souffle et céda soudain.

— D'accord, le chien. Tu as gagné.

— Je vais bien, sœurette. C'est seulement... plus compliqué que je ne pensais.

— Mais Amanda va bien, n'est-ce pas ?

— Jusqu'ici oui.

— Elle t'en veut toujours ?

Adam faillit sourire de l'indignation de sa sœur. Nat était son supporter le plus féroce. Leur mère était trop heureuse qu'il ait survécu pour en parler, et leur père lui avait seulement dit que se faire des reproches ne menait à rien.

— Je pense qu'elle a pitié de moi, maintenant, dit-il, maîtrisant son amertume.

— Tu crois que tout le monde a pitié de toi, mais la plupart des gens t'admirent de t'en être si bien sorti, dit sa sœur.

— C'est drôle, elle m'a dit à peu près la même chose.

— Intelligente, hein ? dit Nat d'un ton espiègle.

Il sourit.

— Oui, approuva-t-il. Elle est très intelligente. Peut-être même plus que toi.

— Ha ha ! Comme si c'était possible !

Le sourire laissa place à un éclat de rire. Nat avait le don de le faire rire, même quand il était tellement abattu qu'il n'était pas sûr de remonter la pente un jour.

— Tu seras là pour Noël, n'est-ce pas ?

— J'espère.

Il attendit qu'elle proteste, mais au lieu de cela sa sœur lui dit d'un ton tranquille :

— Je t'aime, frangin.

— Je t'aime, frangine. Plus que tu ne l'imagine.

Durant un court instant, après avoir raccroché, il fixa son téléphone, la vue brouillée par des larmes. Il inspira fortement, fourra le téléphone dans sa poche et se retourna.

Amanda était là. En train de le regarder. Il passa automatiquement en revue la conversation avec sa sœur, se demandant ce qu'elle avait entendu.

— Tu penses que je suis intelligente ?

Il secoua la tête et vit une lueur dans ses yeux.

— Je sais que tu l'es.

Cela la fit sourire.

— Ta sœur ? demanda-t-elle.

Il était sûr qu'elle avait entendu cela au moins, parce que c'était la dernière chose qu'il avait dite. Il se contenta donc de hocher la tête.

— C'est sympa. Que vous soyez si proches.

— Elle a parfois été la seule à m'empêcher de sombrer, dit-il, sentant qu'il devait à Nat d'être honnête.

— Elle te fait rire.

— Elle est la seule à le faire, dit-il.

— J'aimerais bien, dit tranquillement Amanda, j'aimerais bien faire la même chose qu'elle pour toi.

Adam retint son souffle et la dévisagea. Et avant qu'il puisse s'en empêcher, les mots sortirent de sa bouche, graves et âpres :

— Crois-moi, Amanda, je ne ressens rien de fraternel envers toi.

Le sourire qui éclaira son visage lui coupa le souffle.

— Dieu merci, dit-elle.

Elle franchit les deux pas qui les séparaient. Il se sentait figé, incapable de bouger. D'une certaine façon, il voulait rester là, se repaître de ce sourire, le graver dans son esprit et le garder jusqu'à son dernier souffle.

Elle leva une main et effleura des doigts sa mâchoire. Il regretta de ne pas s'être rasé, mais elle ne semblait pas s'en soucier.

— Mandy…

Ce fut tout ce qu'il put dire, et il regretta cela aussi, car c'était le surnom que lui donnait son père.

Mais elle dit lentement :

— Je crois que je vais t'autoriser à m'appeler comme ça.

Il la dévisagea, essayant de déglutir et n'y parvenant pas. Il jura mentalement sans trouver quoi que ce soit à dire.

— Ce n'est pas l'adrénaline, Adam, murmura-t-elle. Ça ne m'est jamais arrivé. Pas depuis la première fois que je t'ai vu.

Puis elle s'appuya contre lui et l'embrassa. Et ce fut encore plus incroyable que la première fois, parce que son corps, son sang et chacun de ses nerfs étaient préparés. Il réprima tout de même une exclamation, mais ne réussit pas à retenir un grognement quand elle approfondit le baiser, le goûta et le sonda jusqu'à ce qu'il ne puisse plus résister.

Non seulement, il ne pouvait résister, mais il ne pouvait non plus s'empêcher de lui rendre son baiser avec toute la passion refoulée la première fois. Ses lèvres étaient brûlantes sous les siennes, douces et tentantes. Et quand elle lui mordilla très doucement la lèvre inférieure, il crut perdre tout à fait sa maîtrise. Il enfonça la langue plus profondément, suivant la courbe régulière de ses dents. Et il grogna encore quand sa langue à elle vint taquiner la sienne et faire courir des torrents de lave dans ses veines.

Il voulait goûter davantage. Pas seulement sa bouche, mais chaque centimètre de sa peau. Et quand il se rendit compte que sa main était descendue et pressait la courbe de son sein, il n'eut plus qu'une envie, la goûter là aussi, taquiner ce mamelon pour la faire crier, lui faire sentir au moins une part de ce qu'il éprouvait.

Il voulait la presser contre lui des pieds à la tête, peau contre peau, davantage qu'il ne voulait respirer. Il voulait sa bouche sur elle autant qu'il voulait la sienne. Il voulait…

Elle était partie.

Elle avait interrompu le baiser et avait reculé. Il se sentit vaciller un peu, comme un homme légèrement ivre.

Durant un instant, elle le regarda, et il aurait juré voir dans ses yeux le désir féroce qui avait failli l'emporter. Mais elle avait tout de même reculé. Il essaya de prononcer son nom, mais ne parvint qu'à émettre un étrange petit hoquet.

Elle poussa un profond soupir. Il essaya de ne pas béer devant la courbe de ses seins, soulevée par sa respiration.

— Ça fait deux fois, dit-elle d'une voix si rauque que cela le mit presque à genoux.

— Je… Quoi ?

Il ne savait pas de quoi elle voulait parler. Elle comptait ?

— Je n'ai jamais fait ça avant, Adam. Prendre l'initiative. Et je ne le referai pas.

L'embrasser ? C'était ça qu'elle voulait dire ? Son cerveau enfiévré avait du mal à raisonner. Et cette note grave, écorchée, dans sa voix, ne l'aidait pas non plus. Puis elle ajouta, d'un ton plus calme :

— Pour le reste, c'est à toi de décider.

Et elle s'éloigna.

# 30

« C'est à toi de décider. »

Ce n'était pas ce qu'elle voulait dire. Parce que si c'était à lui de décider, ils seraient nus dans l'instant sur la surface la plus proche.

Si c'était à lui de décider, ce cauchemar qui les avait rapprochés ne laisserait que le rapprochement…

*La fille de Greg. C'est la fille de Greg.*

« C'est à toi de décider. »

Il croyait déjà tout savoir sur le conflit corps-esprit. Ces longues journées à essayer de forcer son corps le lui avaient appris. Mais maintenant, une part de son corps tout à fait fonctionnelle exigeait de se faire entendre. En comparaison, cela faisait pâlir toutes ses envies sexuelles précédentes. Parce qu'il savait, au fond de lui, que cette fois ce n'était pas aussi simple. Mandy – elle l'avait autorisé à user de ce diminutif après lui avoir froidement dit de ne plus jamais s'en servir – avait peut-être pris l'initiative, mais cela ne voulait pas dire qu'il n'espérait pas… tout.

Et il n'avait rien à lui offrir. Même en mettant de côté cette nuit horrible, il n'était pas sûr de valoir quelque chose. Elle ne lui faisait plus de reproches, mais cela ne signifiait pas qu'il ne s'en faisait pas à lui-même.

Ce qui l'obligea à se rendre compte qu'il avait tort. Elle était peut-être le genre de femme à tout attendre d'un homme – à tout mériter —, mais il était impossible qu'elle l'attende de lui. De lui entre tous.

Donc, de quoi s'agissait-il ? De sexe par pitié ? Il n'était pas possible qu'elle en soit arrivée là. Elle ne se serait jamais abaissée à cela.

Et il aurait voulu pouvoir refuser si elle le faisait. Cette simple pensée lui faisait mal.

Il se retourna pour regarder dans la direction où elle s'était éloignée. Il se rendit compte avec retard que c'était vers sa chambre. Il se mit en marche sans l'avoir décidé consciemment. En en atteignant le seuil, il agrippa l'encadrement de la porte si fort que ses jointures blanchirent. Elle était là. Assise au bord du lit. En train de l'attendre ?

— Qu'est-ce que tu voulais dire par… « le reste » ?

Elle se leva lentement, et il fut à nouveau frappé par la grâce de ses mouvements.

— Tu sais ce que ça veut dire.

— Amanda…

Elle secoua la tête en souriant.

— Pour toi, je pense que ce sera définitivement Mandy.

— Tu ne peux pas vouloir… ça ?

— Ça peut te surprendre, mais il y a quelque temps déjà que j'ai cessé de laisser les autres me dire ce que je veux ou je ne veux pas.

— Je veux dire… avec moi.

— J'ai dit ce que j'ai dit. C'est à toi de décider. Je crois avoir été aussi claire que possible.

— Nous… Je ne suis pas prêt, dit-il, d'un ton qui parut désespéré même à ses propres oreilles.

Et il se souvint brusquement du jour où, d'humeur sombre, il avait jeté le préservatif qu'il avait dans son portefeuille.

Désignant la table de chevet, elle dit :

— Moi, je le suis. Dans le tiroir.

Elle lui adressa un petit sourire.

— J'ai des amies optimistes.

Il ne put parler. Et pendant un long moment, quelque chose de provocant et de tentant tourbillonna entre eux. Puis elle émit un petit son triste et détourna le regard, comme si son courage l'abandonnait soudain. Il vit une faible rougeur lui monter aux joues, et quand elle parla, ce fut avec une note de regret.

— Et, apparemment, j'avais tort. Encore une fois. J'imagine que mon jugement est vraiment altéré quand il s'agit de toi, dit-elle en relevant la tête. Je pensais que tu… en avais aussi envie.

Il grogna tout fort.

— Si j'en avais envie encore plus, j'arracherai l'encadrement de cette porte.

La rougeur disparut, et elle écarquilla des yeux agrandis par le désir. Il eut l'impression qu'une bombe avait explosé dans ses entrailles.

— Alors pourquoi es-tu toujours là-bas ? murmura-t-elle.

*Parce que je n'arrive pas à croire que c'est ce que tu veux. Que tu me veux moi.*

Comme si elle avait encore lu ses pensées, elle commença lentement à déboutonner son corsage. Le temps qu'elle atteigne le deuxième bouton, dévoilant la courbe de ses seins, il était perdu. Il ne pouvait plus s'arrêter maintenant.

Il fut à peine conscient de traverser la pièce, tant il était concentré sur elle. Il la souleva dans ses bras.

« Il suffira d'un baiser. »

Ses paroles résonnèrent dans sa tête une fraction de seconde avant que sa bouche s'abatte sur la sienne avec voracité. Il se retint tout de même, pour lui donner une dernière chance de changer d'avis. Mais elle vint à sa rencontre avidement, en poussant un petit gémissement qui enflamma ses nerfs. Elle tira sur sa chemise pour la dégager de son jean.

Le contact de ses doigts sur sa peau le plongea dans une folie qu'il ne connaissait pas. Il voulait davantage, il fallait qu'il ait davantage. Il interrompit le baiser juste assez longtemps pour se débarrasser de sa chemise. Puis il reprit sa bouche, et quand elle glissa les mains sur lui, il faillit perdre l'esprit. Il voulait goûter chaque centimètre d'elle, il voulait se fondre en elle, abattre toutes les barrières. Il voulait lui retirer ce soutien-gorge et sentir la rondeur de ses seins dans ses mains…

Soudain, cela le frappa de plein fouet. Il était impossible qu'il lui enlève son soutien-gorge. Sa main gauche n'était pas assez habile, et il ne pouvait pas atteindre les agrafes avec la droite.

— Adam ?

— Je… ne peux pas…

Elle fit un pas en arrière et, un bref instant, se contenta de le regarder. Il la vit fixer les cicatrices sur son bras, et il se sentit glacé. Mais alors, elle toucha la fine cicatrice qui traversait ses côtes, là où un éclat de verre l'avait lacéré.

— C'est beau, hein ? dit-il d'une voix tranchante.

— Je pense que c'est admirable, dit-elle doucement. Des médailles d'honneur, toutes ces cicatrices.

Ses paroles lui coupèrent le souffle. Elle se pencha en avant et pressa les lèvres sur l'extrémité gonflée de la cicatrice, juste au-dessus de son nombril. Un frisson le parcourut, et ses abdominaux se contractèrent avec force.

Elle se redressa et, passant les bras dans son dos, fit ce qu'il n'avait pu : enlever son soutien-gorge. Faisant glisser les bretelles sur ses épaules, elle le laissa tomber à terre. La vue de sa poitrine ramena le désir qu'il avait perdu. Il tendit la main sans réfléchir et la referma sur ces courbes douces. Elle émit un petit bruit et arqua le dos pour se presser contre ses paumes. Il vit avec un sursaut de désir que sa main droite était dans une position parfaite pour passer le pouce sur le mamelon qui se tendait vers lui.

Quand il le fit et qu'elle poussa un petit cri de plaisir, ce fut comme si du feu courait le long de ses nerfs. Il ne sut pas exactement qui déshabillait qui, mais cela importait peu. Soudain ils furent peau contre peau dans le lit, et elle le pressa de poursuivre. Il prit le préservatif qu'elle lui tendait, puis l'embrassa partout où il le pouvait et caressa le reste. Elle bougea sur le lit et écarta les jambes afin qu'il la pénètre. Son membre glissa sur elle, et il sentit son humidité.

— Mandy, souffla-t-il.

— Dépêche-toi. S'il te plaît.

Quelque chose dans son gémissement fit disparaître le reste de sa maîtrise. Il la pénétra, glissant profondément d'un seul coup de reins. Elle hoqueta tandis qu'il grognait tout fort de sentir sa chaleur et son étroitesse. Puis il se mit à bouger, parce qu'il ne pouvait pas faire autrement, et que rien d'autre au monde, passé, présent ou futur, ne comptait plus. Il passa une main entre eux, la caressa, trouva son nœud gonflé et dessina des cercles dessus. Elle poussa un cri et resserra les cuisses autour de lui. Sa dernière pensée avant que d'incroyables sensations le fassent exploser en mille morceaux fut que diable ! il pouvait voler.

Mandy ne pensait pas avoir dormi aussi profondément depuis la mort de son père. Que ce soit avec l'homme au sujet duquel elle s'était tellement trompée en faisait quelque chose d'inattendu mais de non moins merveilleux. Pour la première fois depuis longtemps, son cœur était en paix. Et cette nuit avait été... Elle ne trouvait pas les mots pour décrire ce qu'elle signifiait pour elle. Ensommeillée, elle se demanda si les Foxworth seraient surpris de ce changement entre Adam et elle, en à peine deux semaines.

Elle avait le sentiment que si Quinn était surpris, il ne le montrerait pas. Et elle doutait que Hayley soit étonnée.

Sans ouvrir les yeux, elle resta allongée dans l'obscurité, savourant la chaleur d'Adam près d'elle. Leur orgasme simultané avait été rien moins qu'explosif, et la touche de désir désespéré qu'elle avait sentie en lui, faisant écho au sien, les avait envoyés tous deux au septième ciel.

Elle se demanda si elle allait le réveiller, car elle avait envie de sentir encore ce désir glorieux, cette pression croissante, cette sensation délicieuse quand il se glissait en elle, et par-dessus tout la manière dont il grognait son nom quand elle se pressait autour de lui. Puis elle sourit dans le noir, se demandant d'où venait cette femme avide – qui s'appelait Mandy maintenant, car c'était ainsi qu'il l'appelait. Cette femme à qui trois fois ne suffisaient pas. Elle...

Des aboiements assourdissants retentirent. Elle avait à peine ouvert les yeux que Cutter se rua dans la chambre. Adam était déjà en train de se redresser. Il jeta un coup d'œil au chien qui ne tenait pas en place et se leva.

— Reste ici, lui murmura-t-il.

Il lui fallut encore quelques secondes pour comprendre.

*Cutter*. Qui montait la garde. Qui aboyait. Qui les avertissait.

Adam prit le colt de son père sur la table de chevet et s'en alla.

# 31

Durant un instant, Mandy resta pétrifiée. Passer de cette torpeur délicieuse à ce réveil brutal, c'était plus qu'elle n'en pouvait supporter. Elle se rappela comme son père vantait toujours sa vivacité et son intelligence.

*Pas aujourd'hui, papa.*

Elle bougea finalement, s'empêtrant dans ses propres vêtements. Elle entendait du bruit, surtout les grognements féroces de Cutter. Mais Adam était dehors, et il avait lui-même avoué qu'il était limité avec une arme de poing. Elle supposait qu'il pouvait manœuvrer un fusil, mais il lui serait difficile de pointer un pistolet avec précision.

Son cerveau se remit enfin en marche, et elle fila dans le salon prendre le petit revolver qui appartenait autrefois à son père. Elle n'en avait pas l'habitude, mais il lui avait appris à tirer avec cette arme. Elle ne devait pas hésiter si elle avait besoin de se défendre, et ils géreraient les conséquences une fois qu'elle serait saine et sauve, lui avait-il dit. Elle allait faire la même chose pour Adam. Comme il venait de le faire, pour elle, sans hésitation.

Elle courut à la porte de derrière et l'ouvrit. Les projecteurs à détecteur de mouvement s'étaient mis en marche, mais ils étaient trop loin. Elle vit alors Cutter bondir hors du demi-cercle lumineux puis replonger dans l'obscurité, tandis qu'un grognement terrifiant se répercutait sur les murs de la maison.

Elle entendit le bruit d'un coup, un grognement humain. Adam ? Ou l'ombre avec laquelle il se battait ? Comment pouvait-il se battre à mains nues avec son bras dans cet état ? Elle savait désormais – et oh ! avec quelle douceur – comme il était fort, comme il s'adaptait, mais le sexe, même avec l'énergie qu'ils y avaient mise, était une chose très différente. Il avait affaire à quelqu'un qui n'hésiterait pas à le tuer s'il le devait.

*Pour arriver jusqu'à moi.*

Elle sortit. Et entendit un corps tomber avec un bruit sourd. Sur les pavés à l'autre bout de l'allée, estima-t-elle vues la direction et la distance. Il n'était pas arrivé jusqu'au jardin et moins encore jusqu'à la maison, grâce à l'avertissement de Cutter.

Elle entendit le bruit mat d'un coup de poing, et Adam jura. Elle ajusta sa prise sur le revolver et avança prudemment dans cette direction. Un claquement déchira la nuit. Elle se figea. C'était un coup de feu, à n'en pas douter.

*Pas Adam, pas Adam, pas Adam…*

Un autre coup de feu retentit, et elle sentit comme une lame chauffée à blanc lui déchirer le bras gauche. Sa chair grésilla, et elle eut l'impression bizarre qu'elle allait sentir une odeur de steak brûlé. Puis elle vacilla en arrière quand la douleur irradia. Elle heurta les marches de la terrasse et s'effondra. Elle réussit avec peine à ne pas se rouler en boule. Elle ne semblait pas pouvoir reprendre son souffle. Même les grognements de Cutter parurent s'évanouir quand des tintements se mirent à résonner dans ses oreilles.

Elle ne sut pas exactement quand elle prit conscience d'un changement. Cela ne s'était pas arrêté, mais au moins ce n'était pas devenu pire. Elle inspira une grande bouffée d'air, puis une autre. Enfin, les tintements diminuèrent un peu. Juste à temps pour qu'elle entende une voix dire : « Cutter, garde-le ! » Puis la même voix cria son nom, sur un ton tout différent, et Adam accourut.

Il se laissa tomber à genoux à côté d'elle.

— Tu es touchée ? Il tirait dans tous les sens, et je t'ai entendue…

Il s'arrêta, jura très fort et lui toucha le bras. Elle ravala un cri, mais il releva sa manche avec une douceur incroyable.

Il ne la gronda pas pour ne pas être restée à l'intérieur, ce qui l'inquiéta. Était-elle mourante, était-ce pour cela qu'il était si gentil ? Était-ce parce que…

— Dieu merci, marmonna-t-il. Ce n'est pas trop grave. Tout ira bien.

Pas grave ? Elle avait l'impression que son bras était en feu. Soudain, elle comprit avec une clarté nouvelle que la blessure d'Adam avait été bien pire. Cent fois pire. Et l'idée de supporter cent fois cette douleur et d'être encore capable de fonctionner… Seigneur, aucune excuse ne pourrait suffire. Elle avait été tellement, tellement stupide…

Un aboiement de Cutter attira son attention. Le chien se tenait à quelques centimètres d'un homme à terre, qui se recroquevillait pour échapper aux crocs du chien.

— Bon, dit Adam en déposant l'arme dont il ne s'était apparemment pas servi.

Il sortit le téléphone Foxworth de sa poche. Avant qu'il puisse presser le bouton rouge, Liam se matérialisa dans la lumière. Avec retard, Amanda comprit que c'était la cause de l'aboiement.

La cavalerie était arrivée.

Adam fut plus qu'heureux de laisser le malfrat aux bons soins de l'homme de Foxworth. Il n'avait qu'une envie, s'occuper de Mandy. Dès l'arrivée de la police, il avait compris qu'il allait devoir faire une déposition et remplir de la paperasse pour Dieu sait combien de temps. Même avec le nom de Foxworth, il était le principal témoin, et ils allaient avoir besoin d'un compte rendu coup par coup.

En parlant de coups, il sentait ses côtes le tirailler là où l'homme l'avait frappé. Mais Cutter avait refermé les mâchoires sur son poignet, et l'inconnu avait eu peur. En fait, le chien avait réagi exactement comme un animal entraîné. Adam lui en serait éternellement reconnaissant, car s'il ne l'avait pas fait, l'agresseur aurait pu viser Mandy au lieu de tirer au hasard.

Mandy, qui n'aurait pas dû être là du tout.

Elle était plus calme, maintenant que les ambulanciers appelés par Liam s'étaient occupés de son bras. C'était davantage qu'une éraflure, mais il n'avait pas voulu la faire paniquer. Elle avait supporté le nettoyage et le bandage avec stoïcisme et avait poliment refusé d'aller aux urgences. Mais elle l'avait regardé tout ce temps avec une expression assez étrange sur la figure.

Il attendit que les ambulanciers se soient éloignés pour aller s'asseoir à côté d'elle. Liam était encore à l'extérieur, parlant aux policiers. Il n'avait pas prévu de le dire, mais cela sortit de sa bouche quand même.

— Bon sang Mandy, pourquoi es-tu sortie ?

Il la sentit autant qu'il la vit se raidir. Et quand elle parla, ce fut avec roideur.

— Mon père ne m'a pas appris à être une simple spectatrice.

— Je sais bien, mais c'est après toi qu'il en avait. Tu es quand même sortie. Et tu t'es dirigée droit vers lui.

— Qu'est-ce que j'étais censée faire ? Attendre à l'intérieur comme une petite femme impuissante ?

Il faillit éclater de rire.

— Impuissante ? Toi ?

Il secoua lentement la tête en souriant.

— Tu es bien la fille de ton père.

Elle croisa son regard, et toute sa rigidité s'évanouit.

— Merci. C'est le plus beau compliment que tu pouvais me faire.

— Je sais, dit-il doucement.

— Et maintenant, je sais.

— Tu sais quoi ?

— Que c'est incroyable que tu aies pu rester debout ce soir-là pour aider Quinn.

L'arrivée de Liam le dispensa d'avoir à répondre à cela.

— Ça va ? demanda ce dernier à Mandy.

Elle hocha la tête.

— Oui, ça va aller.

Les sourcils toujours froncés, Liam demanda :

— Vous êtes sûre ?

— Oui.

Elle se débrouilla pour sourire.

— Pas besoin de prendre une tête d'enterrement.

— Il vaudrait mieux, dit Liam d'un air morose. Ce sera le mien, quand Quinn va apprendre ça.

— Apprendre quoi ? demanda Mandy.

— Que vous êtes blessée par ma faute.

— Ce n'était pas votre faute, dit-elle instantanément.

— Et j'aurais dû t'appeler d'abord, intervint Adam.

— En outre, c'est moi qui suis sortie alors qu'Adam m'avait dit de rester à l'intérieur, ajouta-t-elle.

— Armée, je vois, dit Liam en désignant le .38 sur la table à côté d'elle.

— Je n'ai pas eu le temps de m'en servir, dit-elle piteusement.

— Mais il fallait quand même du courage.

— C'est de famille, dit Adam.

Liam le regarda.

— C'est ce que j'ai compris. Ils vont vouloir te parler encore, dit-il en désignant l'extérieur du menton.

— Je m'en doutais.

Ce fut beaucoup plus tard, quand le ciel commença à s'éclaircir à l'est, qu'ils furent à nouveau seuls. Enfin, presque. Liam était dans son véhicule, garé dans l'allée. Mandy avait essayé de le convaincre de rentrer, mais il avait refusé et leur avait conseillé de prendre quelques heures de repos. Adam supposait qu'il allait rester là jusqu'à l'arrivée de son patron. Il espérait que l'intimidant Quinn Foxworth ne serait pas trop dur avec lui.

— Liam a raison, tu devrais essayer de te reposer, dit-il à Mandy.

Elle secoua la tête.

— Je suis trop tendue, encore.

Il poussa un soupir, mais hocha la tête.

— Je vois bien.

Elle lui jeta un regard de biais.

— Mais je connais un moyen de me détendre.

Malgré tout ce qui s'était passé, une vague de désir déferla dans ses veines.

— Vraiment ?

Elle se pencha en avant pour lui murmurer à l'oreille ce qu'elle avait en tête. Il retint son souffle.

— Liam est dans l'allée.

— Et alors ?

Il lui jeta un coup d'œil, excité.

— Si tu fais ça, je ne pourrai jamais rester tranquille.

— Oh ! mais ce sera tellement amusant de te voir essayer, répliqua-t-elle.

— Mais ce que tu es cruelle, la taquina-t-il.

L'expression d'Amanda s'assombrit un instant, et il comprit qu'elle pensait à… avant.

— Ce n'est pas ce que je voulais dire, reprit-il.

— Mais j'étais cruelle.

— Non. Tu n'était pas cruelle. Tu étais juste en colère.

— Et tu croyais le mériter.

— Je ne suis toujours pas sûr de ne pas le mériter, avoua-t-il.

— Moi, j'en suis sûre, dit-elle en désignant son bras bandé. Même quand j'ai compris que c'était bien pire que ce que j'avais cru, je ne pouvais toujours pas me représenter ce que cela a été. Alors s'il te plaît, Adam, peut-on cesser de penser à cela ? Pour de bon ?

Il ne savait pas s'il pouvait laisser sa culpabilité derrière lui, mais il était plus que ravi d'oublier la colère de Mandy. Le fait qu'elle ne le déteste plus était plus important qu'il ne pouvait le dire. Et même qu'elle…

« Doucement, n'en fais pas une montagne. »

L'avertissement de Greg, qu'il donnait à tous ceux qui s'emballaient, résonna dans sa tête.

Et il s'ordonna de ne pas donner plus d'importance à ces heures précieuses qu'elles n'en avaient.

Mais Mandy n'était pas femme à coucher avec le premier venu. Pas plus qu'elle ne l'aurait fait par vengeance, pour l'attirer et le rejeter. En fait, il semblait bien – s'il fallait prendre sa requête au sérieux – qu'elle l'aimait bien. Peut-être plus que ça.

Et il refusa de laisser ce « peut-être » le perturber quand il la souleva dans ses bras pour la ramener tendrement au lit.

# 32

Le matin suivant, Quinn Foxworth ne cligna même pas des yeux en les voyant, Adam et elle, sortir de la même chambre. Il regarda seulement Cutter, qui avait l'air… content de lui.

— Tu en seras bientôt à plus d'une dizaine, lui dit Quinn.

Le chien agita joyeusement la queue.

Mandy n'avait pas la moindre idée de ce que cela signifiait, mais elle était sûre que Quinn n'était pas surpris.

*Ça en fait au moins un.*

Elle sourit à cette idée, malgré les élancements dans son bras. C'était drôle de se rendre compte qu'elle avait toujours mal. Adam lui avait fait l'amour avec des précautions tellement exquises qu'elle en avait oublié son bras blessé.

Mais deux semaines auparavant, elle n'aurait jamais imaginé être de cette humeur. Encore moins au sujet d'Adam. Et elle avait compris à son air, quand ils s'étaient réveillés dans les bras l'un de l'autre, qu'il avait toujours du mal à y croire.

Elle comprenait. Elle était elle-même un peu abasourdie par la nouveauté de la situation et par ses propres inquiétudes, et elle imaginait que ce devait être encore plus intense pour lui.

Elle devait juste veiller à éliminer ses doutes. Et elle s'absorbait dans les différentes manières qu'elle avait de le faire quand la voix de Quinn pénétra ce plaisant brouillard.

— … voulait rester dans le Sud un peu plus longtemps, disait-il. Quelque chose à propos d'une surprise quand ils reviendront de leur lune de miel. La connaissant, j'imagine ce que ce sera.

Comprenant qu'il expliquait où était Hayley, elle fit un effort pour revenir au moment présent.

— Ce doit être formidable pour elle, que son frère épouse sa meilleure amie.

Quinn acquiesça.

— Walker est un type bien. Un des meilleurs. Et je pense qu'ils travailleront bien ensemble, dit-il d'un ton pragmatique qui fit sourire Mandy.

— En parlant de travailler, dit Adam, tu n'as pas été trop dur avec Liam, si ?

Quinn haussa un sourcil.

— Tout ce que Foxworth demande, c'est qu'on apprenne et qu'on se corrige.

— C'est arrivé si vite qu'il aurait fallu qu'il soit déjà sur place pour attraper le type avant que Cutter le fasse, dit Adam.

— Et avant toi, renchérit Mandy, contente de voir qu'Adam défendait le jeune agent de Foxworth.

— C'est ce que j'ai entendu, dit Quinn en regardant Adam d'un air approbateur.

— C'est Cutter qui nous a avertis, reprit Adam, comme s'il était incapable d'accepter un peu de crédit.

*Encore une chose à travailler*, songea Mandy.

— C'est pour ça qu'il est là, dit Quinn en grattant l'oreille du chien, maintenant assis à ses pieds. Entre autres choses.

Malgré son air intimidant, il parut sur le point de sourire.

— Entre autres choses ? demanda Mandy.

— C'est un vrai… entremetteur.

Elle cilla et regarda Adam, qui observait le chien comme s'il ne l'avait jamais vu de sa vie.

— Tu es sérieux ?

— J'en ai peur, déclara Quinn d'un air un peu triste.

Mandy se mit à rire.

— Hayley m'a dit que c'est lui qui vous a réunis.

— Et grâce à cela, il aura des carottes toute sa vie. Mais ce n'était que le début.

— C'est aussi lui qui a réuni le frère et la meilleure amie de Hayley ? demanda Adam, en plaisantant.

— Oui.

Il n'y avait pas trace d'humour dans sa voix.

— Et tout un tas d'autres couples, y compris Liam et sa fiancée.

Comme s'il avait entendu cela, Liam pénétra dans la maison. Il n'avait pas l'air particulièrement abattu, si bien que Mandy devina que Quinn avait dit la vérité. Elle avait le sentiment que c'était toujours le cas.

— Qu'est-ce que tu as sur notre dernier visiteur ? demanda Quinn.

— C'est un tueur à gages, déclara Liam. Dunbar dit qu'il a été arrêté trois fois pour interrogatoire, mais ils n'ont jamais pu trouver de preuve qui tienne le coup.

— Et il ne parle pas, j'imagine, dit gravement Adam.

— Pas un mot. Il s'est immédiatement assuré les services d'un avocat véreux de la ville. Donc il connaît la chanson.

— Son arme de choix ? demanda Quinn.

— Celle dont il s'est servi. Il n'avait pas de couteau sur lui, répondit Liam.

Mandy comprit que Quinn s'était demandé si c'était le même homme que l'autre nuit.

Elle prit conscience avec retard que quelqu'un essayait vraiment de la tuer. Un frisson la parcourut tout entière. Adam passa immédiatement un bras autour d'elle.

— J'aimerais que Rafe soit là, marmonna Liam.

— Mais il n'est pas là, dit Quinn d'un ton égal. Alors on va se débrouiller.

Mandy se demanda qui était ce Rafe dont elle avait tant entendu parler, et pourquoi sa présence ferait une telle différence. Mais avant qu'elle ait pu poser la question, Quinn poursuivit vivement :

— Comme je vois les choses, nous n'avons que deux options. La première et la meilleure, une maison sûre. Assez éloignée pour qu'ils ne puissent pas la découvrir. Et hors de leur zone d'influence, pour qu'ils ne puissent pas trouver de tueur à gages.

— Tu veux dire fuir, précisa Mandy avec un calme relatif, considérant que tout en elle se rebellait contre cette idée.

— Je préfère y penser comme à la possibilité de vivre pour nous battre un autre jour, corrigea doucement Quinn.

— Et vivre pour découvrir qui est vraiment derrière tout ça, ajouta Adam.

— Ça aussi, approuva Quinn.

Mandy réfléchit à cela en soutenant le regard de Quinn.

— C'est parce que je suis une femme qu'il faut me protéger ou tu dirais ça aussi à un homme ?

— Dans ta position, oui je le dirais aussi à un homme, dit Quinn, d'un ton si égal qu'elle ne put en douter. Et je l'ai déjà fait. La priorité absolue est toujours de protéger le client.

— Pourquoi ai-je l'impression qu'il y a un « mais » ? demanda Adam, d'un air assez malheureux.

— Le « mais » est la deuxième option. Que j'envisage seulement à cause de ce que vous êtes, ajouta Quinn d'un ton appuyé en regardant Mandy. Un bon policier…

Il repoussa de la main les protestations d'Adam.

— … et une femme loin d'être impuissante.

Adam soupira, mais acquiesça à ces derniers mots, ajoutant :

— Et la fille d'un policier courageux, qui lui a beaucoup appris.

— Ça aussi, acquiesça Quinn.

Mandy reporta son regard sur Adam. Il semblait morose mais résigné. Son regard croisa le sien, et elle se rendit compte dans un éclair de certitude qu'il détestait l'idée qu'elle prenne des risques et qu'il luttait contre son instinct pour la laisser faire ses propres choix. Quant à savoir pourquoi il détestait cette idée, elle espérait le deviner, mais ce n'était pas le moment de faire des suppositions. Pour l'instant, il suffisait qu'il n'exige pas qu'elle se soumette.

Radoucie, elle regarda Quinn.

— Continue. Quelle est la seconde option ?

Celui-ci grimaça légèrement.

— Celle que tu as suggérée il y a quelque temps.

Elle écarquilla les yeux.

— Leur faire croire que je suis seule ? Sans protection ?

— Tu as changé d'avis, j'espère ? lança Adam.

Son ton suffisait à révéler ce qu'il en pensait.

— Je… Non, je pense juste… Ils y croiraient ? Qui qu'ils soient ?

— Ils pourraient, dit Adam. Après que nous avons arrêté ton dernier agresseur. Le commanditaire pourrait croire que nous nous illusionnons en pensant que tu es en sécurité maintenant.

Elle hocha lentement la tête.

— Et que j'aurais baissé ma garde, pour ainsi dire ?

— Exactement, dit Quinn.

— Je ne la quitte pas, déclara fermement Adam.

Quinn haussa un sourcil.

— J'imagine. Donc nous allons feindre de tout remballer et de partir.

— Mais comment faire ça sans la laisser vraiment sans protection ?

— J'y travaille, dit Quinn. Liam, nous allons avoir besoin de l'équipement nocturne et des fusils longue portée.

Le jeune Texan hocha la tête comme s'il recevait ce genre d'ordre tous les jours et sortit.

— Apparemment, vous avez tout un arsenal, dit Mandy.

— Nous avons un choix assez large, répondit Quinn.

— Surprenant, de ce côté-ci des montagnes, remarqua Adam.

Quinn esquissa un sourire ironique.

— Moins qu'on ne penserait. Mais cela nous aide que le gouvernement nous laisse tranquilles.

Mandy se mit à rire.

— J'imagine, après l'arrestation du gouverneur.

Adam eut l'air stupéfait.

— C'étaient vos agents ?

— Surtout Brett Dunbar, répondit Quinn. Nous avons donné un coup de main et géré les conséquences.

Il leur sourit.

— Et cela nous a valu une sorte de statut à part, dans une

région où, normalement, les autorités ne peuvent s'empêcher de venir fouiner.

Mandy sourit, car son père disait la même chose. En jetant un coup d'œil à Adam, elle vit qu'il souriait lui aussi d'un air ironique.

— Quand il s'agit de faire profil bas… dit-il.

— On travaille mieux quand le monde ignore qui on est.

— Et vous ne recherchez pas la gloire, remarqua Mandy avec tout le respect qu'elle ressentait.

— Pas une once, lança joyeusement Quinn.

Il regarda Adam.

— Je ferais semblant d'emmener Cutter, mais je te le renverrai par la porte de service.

Mandy regarda le chien, puis Quinn.

— Il saura le faire ?

— Personne ne le verra. Cutter comprend le sens du mot « furtif ».

Il s'adressa à nouveau à Adam.

— Je pense qu'ils vont avoir besoin d'un peu de temps pour se regrouper, alors vous êtes probablement tranquilles jusqu'à ce soir. Mais nous serons en place avant cela.

Adam se contenta de hocher la tête, mais Mandy fronça les sourcils.

— Mais ils ne vont pas penser que je suis gardée si Adam est là ?

Elle le sentit se raidir légèrement à côté d'elle, mais avant qu'elle ait pu en dire plus, Quinn lança à Adam avec un grand sourire :

— Continue à la regarder avec cet air, et ils feront leurs propres suppositions.

Adam baissa subitement les yeux, mais ne protesta pas. Et cela donna à Mandy le sentiment que… Elle ne savait pas s'il y avait un mot pour ça, parce qu'elle ne l'avait jamais éprouvé.

Après avoir ostensiblement rangé ses bagages dans le coffre du SUV et chargé Cutter qui n'avait pas du tout l'air content de la situation, Quinn partit aider Liam.

— Ils sont très bien équipés, commenta Amanda.

Adam acquiesça.

— On n'aura pas leur sniper, mais je suis sûr que ces deux-là sont plutôt doués.

— Un sniper ? Ils ont un sniper ? dit Mandy en cillant.

— Je suppose que c'est le fameux Rafe.

— Celui dont Hayley disait qu'il pourchassait une taupe ?

Il hocha la tête. Mandy regarda dans la direction que Quinn avait prise.

— Waouh !

— Exactement.

Elle se retourna pour le fixer. Il la regardait avec intensité, comme pour la mémoriser.

— J'ai réfléchi, dit-elle.

Elle vit un éclair d'humour dans ses yeux, comme elle l'avait espéré.

— Oh oh !

Elle sourit pour lui confirmer qu'il avait la permission de réagir comme son père.

— Nous devrions peut-être travailler l'image que nous présentons, poursuivit-elle avec un sourire taquin.

— Ah ?

— Oui, dit-elle, et elle se pencha pour l'embrasser.

Sa réaction fut exactement celle qu'elle attendait. Ses bras l'enveloppèrent, chauds, forts et solides. Sa blessure ne comptait pas, il était capable de la serrer contre lui, ce qui était exactement ce qu'elle voulait. Elle ne pensait qu'à lui, à la chaleur de son corps, qui répondait avec tant de force et de passion.

Et quand le bruit d'une voiture qui passait les sépara, elle s'appuya sur lui, car elle avait un peu le tournis. La curieuse Mme Inskip en parlerait à tout le voisinage d'ici cinq minutes, songea-t-elle.

Elle s'en fichait. Elle s'en réjouissait en réalité. Adam était à elle, et elle voulait que le monde entier le sache.

Ils s'attardèrent dehors si longtemps qu'en rentrant ils entendirent tout de suite un léger grattement à la porte de derrière. Adam alla ouvrir, et Cutter entra, visiblement heureux de reprendre du service.

Mandy n'avait même pas retiré ses écuelles de nourriture et d'eau, aussi les vérifia-t-elle simplement. Et elle sourit de plaisir à l'idée que la maisonnée était à nouveau complète.

Comme si Adam, Cutter et elle formaient une famille.

# 33

Adam était déchiré. D'un côté, il aimait la sensation d'être seul avec Mandy – mis à part Cutter. Cutter qui, s'il fallait en croire Quinn, avait manœuvré pour en arriver là.

Mais le motif qui les réunissait continuait de jeter une ombre sur tout cela. Tout en essayant de se détendre, il regardait Mandy réfléchir à ce qu'elle leur ferait à manger plus tard. Elle avait dit qu'elle avait envie de cuisiner pour eux, ce qui l'avait surpris. Mais le ton insouciant sur lequel elle avait dit « nous » lui avait serré la gorge.

Après avoir émis quelques idées qui lui valurent un « oui » indifférent, elle referma le placard et se tourna vers lui.

— Tu n'es pas obligée de cuisiner, lui dit-il.

— Mais j'ai besoin de manger, souligna-t-elle. Et toi aussi.

— Je te dirais bien de commander une pizza, mais j'aurais peur qu'on fasse du mal au livreur, marmonna Adam.

Mandy écarquilla les yeux, et il regretta immédiatement d'avoir formulé cette idée à haute voix.

— Je suis désolée, dit-elle avant qu'il puisse faire de même.

— De quoi es-tu désolée ?

— D'avoir bêtement pensé que nous pourrions feindre que tout est normal. Sortir quelque temps de ce cauchemar pour… juste être ensemble.

*Cela signifiait*—il que c'était fini ?

— Amanda…

— Mandy. Pour toi, c'est Mandy. Ne reviens pas en arrière.

Quand elle reprit la parole, ce fut d'une voix douce.

— J'ai eu tort…

Il commença à secouer la tête, mais elle l'arrêta d'un ton net :

— Non. Arrête, Adam. Tu dois cesser de te faire des reproches.

— Mais…

— Pas de mais. C'est ma faute si je n'ai pas pu éviter la voiture qui m'a foncé dessus ?

— Bien sûr que non, mais…

— C'est ma faute si je n'ai pas pu t'aider après avoir été blessée ?

— C'est… différent.

— Pourquoi ? Si tu oses dire que c'est parce que je suis une femme, je ne jure pas que je ne te ferai pas de mal.

Il sourit tristement.

— Toi, dit-il tranquillement, tu peux me faire plus de mal que n'importe qui.

— Pourquoi ? Parce que tu ne te défendrais pas ?

— Non. À cause de ce week-end. Je n'aurais jamais pensé… imaginé…

Il s'arrêta, craignant d'aggraver les choses, de ne pas réussir à exprimer ce qu'il voulait dire.

— Moi oui, dit-elle tout de go. J'ai imaginé beaucoup de choses. Tu es tout ce que j'espérais la première fois que je t'ai vu. Je me demandais seulement comment répondre aux objections de mon père.

— Tu… Quoi ?

— Tu crois vraiment que tout ça serait arrivé si vite s'il n'y avait pas déjà eu l'essentiel ?

Elle baissa la voix et ajouta d'un ton plus grave et douloureux.

— Tu crois que j'aurais été aussi en colère si je n'avais rien ressenti pour toi ?

— Tu avais tous les droits…

Elle releva brusquement la tête.

— Je suis sérieuse, Adam. Arrête. Non seulement parce que ce n'est pas vrai, mais parce que c'est néfaste.

— Néfaste ?

— Pour nous.

Ce « nous » encore. Ce mot magnifique, merveilleux, inaccessible. Il déglutit avec effort et déclara :

— La première fois que je t'ai vue, ça m'a coupé le souffle. Puis je me suis rappelé qui tu étais. Je crois que je n'ai jamais autant juré de ma vie. Parce que je savais que ton père ne voudrait pas te voir avec un flic. Il me l'avait dit.

— Maintenant tu n'es plus flic, alors il n'y a plus de problème.

Il sursauta un peu. Elle l'avait dit avec légèreté, comme quelqu'un qui voit un obstacle majeur s'évanouir. Cela ne lui était jamais passé par l'esprit que perdre son travail pouvait constituer un point positif. Il ajouta cela à la liste des choses auxquelles il devait réfléchir quand il en aurait le temps.

Il prit soudain conscience que Cutter, qui faisait des rondes dans la maison, s'était arrêté et les regardait tête penchée, l'air indubitablement satisfait de lui-même.

— Il a l'air vraiment content de lui, dit Mandy.

— Oui.

— Tu crois que c'est le côté entremetteur dont parlait Quinn ?

— Oui.

Elle le regarda. Il ne put prononcer un autre mot. Elle revint à Cutter.

— Un chien de garde entremetteur.

Le chien s'assit et la regarda en souriant. Il n'y avait pas d'autre mot pour ça. Elle se retourna pour regarder Adam. Quelque chose dans ses yeux le poussa à lui tendre les bras. Elle s'approcha de lui quasiment en même temps et lui glissa les bras autour de la taille pour le serrer très fort.

— Il a réussi ?

Il savait de quoi elle parlait. Il savait que pour que cela marche il devait, sinon oublier, au moins lâcher prise. Mais ce serait comme s'arracher une part de lui-même, et il n'était pas sûr de pouvoir le faire. Il avait cru que les choses se résoudraient toutes seules à présent qu'elle ne lui en voulait plus, mais il commençait à comprendre que le véritable obstacle était les reproches qu'il se faisait à lui-même.

Cutter se releva et reprit ses déambulations. Cela ramena

Adam à la réalité immédiate, qui devait l'emporter sur l'avenir. Un avenir dans lequel il craignait d'avoir foi.

— Finissons-en d'abord avec cette histoire, dit-il en regardant le chien écouter à la porte de derrière.

— D'accord.

Il fronça les sourcils en l'entendant approuver avec tant de bonne volonté. Et quand elle reprit la parole, il comprit qu'il avait eu raison.

— Du moment qu'on profite du petit moment de tranquillité qu'on a jusqu'à ce soir.

Cela lui coupa le souffle. Il lui fallut du courage pour se retourner et la regarder. Et en voyant son expression, il se demanda s'il respirerait à nouveau normalement un jour. Parce qu'il y avait un tel désir dans son regard, une telle douceur dans ses lèvres entrouvertes, qu'il se souvenait à peine de comment on faisait.

Puis elle se mordit la lèvre inférieure, exactement là où il l'avait mordillée la première nuit. Comme si elle s'en souvenait. Comme si elle en avait encore envie. Il sentit son corps s'embraser, réagir avec tant de force que cela le mit presque à genoux.

— On peut oublier ça quelques minutes ? demanda-t-elle dans un murmure si rauque, si érotique qu'il sentit toutes ses hésitations tomber.

— Quelques minutes ne suffiront jamais, répondit-il d'une voix tout aussi enrouée.

Mandy était presque sûre d'avoir crié cette fois. Elle était certaine de s'être agrippée à lui, de l'avoir serré contre elle de toutes ses forces. Elle savait au fond d'elle qu'elle ne se rassasierait jamais de lui, de cette incroyable explosion de plaisir. Ce n'était qu'avec lui qu'elle avait pris pleinement conscience de la beauté de tout cela, et elle frissonna intérieurement à la pensée qu'elle avait failli ne jamais la connaître.

Elle dit lentement :

— Parfois je me demande si ma colère ne serait pas tombée plus tôt si je n'avais pas choisi de faire ce que je fais.

Adam s'appuya sur un coude pour la regarder.

— Je croyais que tu aimais ton travail.

— Je l'aime, dit-elle. Et malheureusement, il est nécessaire. C'est déjà assez dur de trouver son chemin dans le système, alors quand ton monde a été anéanti… Les gens ont besoin de quelqu'un qui sait comment ça marche.

— Manifestement, Foxworth est d'accord avec ça.

— Je n'aurais rien pu faire sans leur aide et leurs subventions, dit-elle. Mais c'est tout de même dur de me rappeler tout le temps…

Elle poussa un long soupir.

— J'aurais peut-être dû accepter ce boulot que m'offrait Mme Harris.

Adam fronça les sourcils.

— Quoi ?

— Elle m'a offert un poste dans son équipe à l'époque.

— Katrina Harris ? Du conseil municipal ?

— Pourquoi, il y en a une autre ? lança-t-elle d'un ton taquin.

— Mais pourquoi ?

La voyant hausser un sourcil, il secoua la tête.

— Je veux dire tu es intelligente, tu constitues une formidable ressource, tu es douée avec les gens, mais…

Elle l'interrompit d'un rire.

— Tu n'as pas besoin de me flatter.

— Je ne le faisais pas.

Elle se pencha pour l'embrasser. Cela réveilla son envie de passer les mains sur lui, de sentir ses muscles durs et ses bras puissants. Elle fut soudain submergée du besoin de lui donner du plaisir. Elle se fraya un chemin avec sa bouche, embrassant, léchant et savourant. Et quand elle fit une pause près de cette partie qui avait réagi le plus visiblement à ses caresses, elle le sentit s'immobiliser. Il ne l'aurait jamais poussée, et elle savait que c'était à elle de décider. Elle attendit un petit peu, si bien que quand elle le prit enfin dans sa bouche, il prononça son nom avec un grognement.

Que lui donner du plaisir lui donne tant de joie à elle lui prouvait qu'elle avait de profonds sentiments pour lui.

Quand ce serait fini, ils… Elle ne savait pas ce qu'ils feraient, mais elle était sûre d'une chose, c'était qu'elle ne voulait pas le faire sans lui. Elle avait déjà perdu assez de temps avec son aveuglement. Et qui savait mieux qu'elle que les lendemains n'étaient pas garantis ? Elle voulait des lendemains, toute une série de lendemains. Avec Adam.

# 34

Ce fut bien plus tard, dans la lumière déclinante, qu'ils revinrent à ce dont ils avaient parlé. Mandy était blottie contre lui, plus déterminée que jamais à savourer ce qu'ils avaient trouvé.

Bien sûr, elle ne savait pas – pas encore – s'il éprouvait la même chose.

— La conseillère municipale, dit lentement Adam, t'a-t-elle dit pourquoi elle t'offrait ce poste ?

— J'ai supposé qu'elle voulait m'aider après la mort de papa, aussi bizarre que cela soit de sa part.

— Très bizarre. Je me souviens d'elle, et elle n'a jamais été particulièrement bienveillante envers les forces de l'ordre. C'était plutôt le contraire, en fait.

— Je sais. C'est pourquoi je n'ai pas su quoi dire, au début. Papa ne parlait pas d'elle en termes très aimables.

— Mais elle t'a tout de même offert ce poste.

— Que j'ai refusé, évidemment. Je n'ai pas été tentée, même si le salaire était incroyable. J'ignorais qu'un poste de ce type payait autant.

— Il te fallait bien plus que de l'argent.

Ces mots lui firent plaisir.

— Et cela aurait été trahir mon père de travailler pour l'opposition.

— Oui.

Elle attendit, mais il ne dit rien de plus. Elle contempla ses yeux d'un gris orageux, mais il était visiblement absorbé dans ses pensées. Il retournait quelque chose dans son esprit.

— Adam ? dit-elle finalement.

— Je… C'est juste étrange. Je veux dire, c'est elle qui voulait nous punir, nous les flics, chaque fois que nous faisions usage de la force, même quand c'était justifié. C'est bizarre qu'elle ait fait ça, à moins que…

Avec un temps de retard, cela la frappa. Elle bondit hors des draps, sans se soucier de sa nudité et le fixa.

— À moins qu'elle ait eu une raison pour me garder à proximité ?

Il poussa un soupir audible et hocha la tête.

— Et peut-être que ce n'était pas le salaire normal…

Elle descendit du lit et commença à enfiler ses vêtements.

— Allez, cow-boy ! On a du pain sur la planche.

— C'est une bonne chose que son emploi du temps soit accessible au public.

Mandy était penchée sur son ordinateur, où elle notait le planning de la conseillère municipale.

— S'il ne l'était pas, j'ai le sentiment que Foxworth pourrait tout de même le trouver, dit Adam.

Il éprouvait un bourdonnement familier, comme quand il approchait d'un suspect. La piste était trop ténue pour qu'il ait déjà une certitude, mais la sensation était là.

— C'est probable, approuva-t-elle. Mais je veux qu'ils aient une bonne raison de l'examiner.

— D'accord.

C'était un sentiment étrange de retourner sur les sites de police qu'il fréquentait jadis. Il y avait beaucoup de nouveaux pseudos, mais il en reconnaissait certains. Ses recherches n'avaient révélé jusque-là que les plaintes habituelles.

— Rien de neuf dans tout ça, marmonna-t-il. Nous savions tous qu'elle nous haïssait.

— À ce point ? demanda Mandy en levant les yeux de l'écran pour la première fois depuis un bon moment.

— Pire. Mais il n'y a rien de nouveau.

— C'est un forum public, non ? demanda-t-elle en se penchant pour regarder.

— Oui. J'imagine que les plaintes les plus graves continuent en privé ou sur un groupe fermé.

Il désigna l'écran.

— Apparemment, Mme Harris ou quelqu'un de son entourage a découvert le forum et a commencé à le surveiller. Parce que tout à coup, les plus bruyants ont reçu des blâmes pour des détails mesquins.

Mandy fronça les sourcils.

— Mais… Ça veut dire que quelqu'un de chez vous l'aidait ?

— Ou ne s'opposait pas à elle, en tout cas.

— Mais quel genre de policier aurait pu faire ça ?

— Un policier appréciant la politique, peut-être.

Elle fit une grimace qui lui rappela tant son père qu'il sursauta un peu. La question qui tournait à l'arrière-plan de son esprit le gifla soudain en plein visage. Qu'aurait éprouvé Greg s'il avait été au courant pour eux ? Adam se souvint d'un jour où il avait réussi à désamorcer une querelle domestique qui menaçait de mal tourner. Assis dans leur voiture de patrouille, Greg avait approuvé à sa manière inimitable.

« Tu feras l'affaire, Kirk. Tu feras l'affaire. »

De la part de Greg Bonner, c'était l'équivalent d'une médaille, et Adam n'avait jamais été plus fier qu'à cet instant. Même quand Greg l'avait taquiné en lui disant que s'il devenait capitaine, il serait le capitaine Kirk.

Mais ça, c'était durant les heures de travail. Mandy était sa fille, la fille qu'il chérissait, sa fierté et sa joie de vivre. C'était une tout autre paire de manches, comme Greg lui-même aimait le dire.

Adam revint au forum et se concentra sur les détails. Des réunions et des décisions bizarres qui avaient stupéfié les hommes. Il fallait s'en prendre à un groupe ou laisser quelqu'un tranquille. Cette personne devait être surveillée, tandis que celle-ci devait avoir les mains libres. Au-delà de certaines allusions, personne ne faisait de rapprochement ou n'élaborait de théorie.

— On va comparer tout ça, dit Mandy. Tu as le fichier de papa ?

Il hocha la tête et l'afficha comme demandé. Il fixa à nouveau cet irritant « Pix » et essaya de trouver un lien avec Katrina Harris sans y parvenir.

— Commençons par la première entrée. Lis-la-moi, et je vais vérifier ce que j'ai.

Ils se mirent au travail. Bien qu'il y eût quelques chevauchements, cela n'avait rien de concluant. Il leur fallut du temps pour arriver au bout de la liste.

— Rien d'inattendu, dit Adam en se renversant sur sa chaise. Des réunions, des rencontres avec des électeurs potentiels…

Mandy soupira.

— C'est son planning public néanmoins. Qui sait ce qu'elle faisait après les heures de bureau ou en privé ?

— D'autres réunions. 24 heures sur 24 et 7 jours sur 7, si l'on en croit son ex.

— Son ex ?

— Ton père et moi l'avons rencontré une fois au tribunal. C'est un avocat.

— Elle le trompait ?

Adam lui adressa un sourire en coin.

— Ce n'est pas quelque chose qu'il nous aurait dit. Il était seulement un peu plus agréable qu'elle. Nous l'avons entendu le dire à quelqu'un.

— Je me demande où elle allait tout le temps.

— Qui sait ? Peut-être aux réunions des Yeux Vairons Anonymes.

— De quoi ?

— Désolé. C'était une mauvaise blague.

— Vairons ? Ce n'est pas quand les gens ont les yeux d'une couleur différente ?

Il hocha la tête.

— Elle a un œil marron et l'autre noisette. Ce n'est évident que de près. Malheureusement on avait tout le temps de s'en apercevoir quand elle venait chez nous.

Mandy le fixait avec de grands yeux.

— Mandy ?

— Papa avait une chienne, quand il était petit.

Adam la regarda, interloqué.

— Un husky, poursuivit-elle. Elle avait un œil marron et un œil bleu.

Il fronça les sourcils.

— Ce n'est pas rare chez eux, si ?

— Non, dit-elle.

Mais elle écarquillait toujours les yeux, et il remarqua qu'elle respirait plus vite.

— Mais, Adam…

— Quoi ? demanda-t-il, maintenant un peu inquiet.

Enfin, elle focalisa son regard sur lui et déglutit visiblement.

— Elle s'appelait Pixie.

Elle parut ne pas pouvoir continuer. Mais ce n'était pas nécessaire. Il finit pour elle :

— Pix, souffla-t-il.

Ils l'avaient trouvé.

# 35

Quinn les regarda silencieusement disposer le fruit de leur travail sur la table de réunion. Ils avaient passé des heures à mettre en relation les archives des propositions et des votes avec les informations rassemblées par Greg durant une année. Puis ils avaient tout imprimé et l'avaient apporté à Foxworth.

— Greg savait qu'il devait bétonner tout cela, dit Adam, tandis que Quinn examinait les données. Il y a des gens prês à la défendre jusqu'à la mort dans cette ville.

— Parce qu'elle a sacrifié tous les autres à ses besoins, remarqua Quinn avec une grimace.

— Bétonner, c'est bien au-delà de mes compétences, dit Mandy avec circonspection.

— Mais pas de la nôtre, dit doucement Quinn.

Adam et elle échangèrent un regard tandis qu'il prenait son téléphone et passait deux brefs appels.

— Il faut envoyer tout cela à Ty, dit-il. Il trouvera des bandes vidéo qui peuvent confirmer sa présence à ces réunions. Nous n'en avons besoin que d'une pour commencer.

— Euh…, fit Adam avec hésitation.

Quinn lui sourit.

— Je sais, l'obtenir comme ça ne fera pas l'affaire au tribunal, mais une occurrence plus la présence d'un de nos amis devraient suffire pour que les autorités examinent le reste. Nous les laisserons s'inquiéter de l'aspect légal des preuves. Tout ce que nous voulons, c'est que cette histoire finisse et qu'Amanda soit en sécurité.

— Amen, dit Adam avec ferveur.

Et Mandy songea qu'il voulait que ça se termine le plus vite possible. Pour pouvoir rentrer chez lui ? Alors même qu'elle se le disait, elle comprit à quel point c'était idiot ; des gens essayaient de la tuer, et elle s'inquiétait de savoir s'il voulait que cela s'arrête ? S'il voulait rentrer dans ses bien-aimées montagnes en la laissant derrière lui ?

*C'est de l'égocentrisme. Tu sais que cela est plus important.*

Quelques instants plus tard, Cutter annonça une arrivée d'un bref aboiement. Puis il descendit et se dirigea vers la porte. Comme ils savaient que Ty était à Saint-Louis, ce devait être l'autre personne que Quinn avait appelée.

— Voilà Gavin, dit Quinn, mais il ne suivit pas le chien.

Il sourit en les voyant se regarder.

— Cutter va lui montrer où nous sommes.

— À ce stade, si tu me disais qu'il va lui ouvrir la porte, je ne serais pas surprise, dit Mandy en réussissant à sourire.

— Il le pourrait, au besoin. S'il le jugeait approprié pour le visiteur.

Adam se mit à rire, mais ajouta rapidement :

— Je le crois volontiers. Ça fait plusieurs semaines que je l'observe. Je suis prêt à croire qu'il peut voler.

Le sourire de Mandy s'élargit, et Adam lui jeta un regard qui dissipa ses inquiétudes. Parce qu'aucun homme ne pouvait regarder une femme ainsi et projeter de la quitter. Mais il n'était pas chez lui. Son chez-lui était ce ranch qu'elle n'avait jamais vu.

*Qu'on ne m'a pas invitée à voir.*

Son auto-apitoiement cessa quand le nouveau venu pénétra dans la pièce, Cutter sur ses talons. C'était un homme d'une beauté frappante, et quand elle eut repris son souffle, Mandy se demanda où elle l'avait déjà croisé. Ces yeux noirs derrière lesquels brillait une formidable intelligence, cette grâce nonchalante, ces mèches de cheveux bruns, cette présence incroyable, tout cela elle l'avait déjà vu.

— Adam, Amanda, voici l'ami dont je vous ai parlé. Je vous présente l'avocat consultant de Foxworth, Gavin de Marco.

Mandy resta bouche bée, tandis qu'Adam laissait échapper un long sifflement.

— Pas étonnant que vous nous sembliez familier, dit Mandy quand il les eut salués tous les deux.

— J'étais à l'académie de police quand le procès Keppler s'est déroulé, intervint Adam après avoir serré la main de l'avocat. Nous étions scotchés. Après-coup, on nous a fait étudier vos plaidoiries, pour nous montrer pourquoi la rigueur est nécessaire en matière de preuves. Parce qu'elles doivent tenir face à des gens comme vous.

— Je soupçonne qu'ils ont dû me décrire en d'autres termes, dit l'homme avec un sourire décontracté.

Adam lui sourit.

— Oui. Impossible à répéter en galante compagnie.

Plus sérieusement, il ajouta :

— Je me suis toujours demandé pourquoi vous aviez abandonné.

— Disons que j'ai eu mon chemin de Damas, dit Gavin.

Il regarda alors Mandy et, avec une gentillesse étonnante, lui dit :

— Et j'ai vu trop d'affaires comme celle de votre père, des hommes braves et honnêtes fauchés avant l'heure. Je suis désolé que vous l'ayez perdu, que *nous* l'ayons perdu.

Il n'avait rien perdu de l'éloquence grâce à laquelle les jurés lui mangeaient dans la main. Les yeux un peu humides, elle le remercia, car contrairement à beaucoup de gens elle sentait que cet homme était sincère.

— Maintenant, il est du côté des anges, dit Quinn avec un sourire en coin à l'adresse de Gavin.

— Une sacrée bande, approuva Gavin en souriant et en se penchant pour gratter l'oreille de Cutter.

En se redressant, il demanda vivement :

— Alors qu'est-ce qu'on a ?

Quinn lui résuma l'affaire avec concision, et Gavin se retourna pour examiner ce qui se trouvait sur la table.

— Il y a quelques noms intéressants, en effet.

Adam acquiesça.

— Certains ne sont pas surprenants. Tous ces groupes prêts à acheter de l'influence…

— Le fameux principe du « payer pour jouer », approuva Quinn.

— Ce sont les autres…, dit Mandy.

Adam lui avait dit qu'il connaissait certains des noms d'après des enquêtes et des avis de recherche.

— Ces deux-là, déclara Adam, en désignant deux dates à deux mois de distance. D'après le fichier de Greg, il a assisté lui-même à ces réunions.

— Juste avant…, commença Mandy, sans pouvoir finir sa phrase.

— Exactement, appuya Adam d'un air sombre. Ces deux types ont des casiers judiciaires, sans compter tout ce que l'on n'a pas pu prouver. Y compris les meurtres.

— Donc, dit Gavin en jetant un coup d'œil à Mandy, Harris savait que votre père la soupçonnait, et cette offre d'emploi était destinée à garder l'œil sur vous, à s'assurer que vous ignoriez ce qu'il avait découvert ?

Il était arrivé à la conclusion si rapidement que Mandy éprouva une bouffée de soulagement. Si quelqu'un comme Gavin de Marco voyait cela si vite, ils devaient avoir raison. Elle le sentait au fond d'elle, mais une validation de cette sorte rendait les choses plus solides.

— Et quand Amanda a appelé les amis de son père pour qu'ils l'aident à décrypter son fichier, cela s'est retourné contre elle, intervint Quinn.

— Harris aurait donc quelqu'un à sa solde dans la police, médita tout haut Gavin.

Adam laissa échapper un soupir de dégoût. L'avocat se tourna vers lui.

— Ça sent la trahison, n'est-ce pas ?

Ce n'était pas une question, mais Adam hocha la tête.

— Donc elle a décidé qu'il fallait s'occuper de moi, dit lentement Mandy.

Même si elle savait que c'était bien le cas, cela lui paraissait impossible.

— Absolument, ajouta sombrement Quinn.

— Mais… Pourquoi aurait-elle pris ce risque ? Je veux dire, être au conseil municipal, c'est un poste important, je comprends qu'elle ne voulait pas le perdre, mais tout ça…

Mandy agita la main au-dessus des documents éparpillés.

— … semble un peu extrême.

— Ça ne l'est pas si le conseil municipal était la première marche d'un plan plus vaste, dit Gavin. Elle a peut-être des objectifs bien plus importants.

— Et elle ferait tout ce qu'il faut pour y arriver ? demanda Adam.

Quinn hocha la tête avec une expression sévère.

— Mais… Commettre un meurtre, ça va loin, dit Mandy.

— Parce que vous n'avez pas ce besoin de pouvoir qui pousse certaines personnes à faire des choses comme ça, expliqua Gavin avec un léger sourire. Pour elles, rien n'est trop extrême.

Mandy entendit un léger bruit du côté où se tenait Adam. Il s'était penché sur les pages, sa main gauche appuyée sur la table. Mais sa main droite formait un poing si serré que ses jointures en étaient blanchies. Et quand elle regarda son visage, elle vit qu'il était presque aussi blanc.

— Adam ? demanda-t-elle, subitement inquiète.

— Et c'est plus facile, dit-il d'une voix à peine plus haute qu'un murmure, quand on l'a déjà fait.

Mandy fronça les sourcils et remarqua que Gavin regardait Adam avec une sombre approbation.

— Qu'est-ce que tu…

Elle s'interrompit, frappée par l'évidence. Un frisson lui parcourut l'échine, et elle s'étonna de ne pas vaciller. Parce que le nœud de son estomac et la crispation de tout son corps lui disaient qu'elle ne se trompait pas.

Son père n'était pas mort d'un coup de feu dû à la panique d'un cambrioleur.

C'était un meurtre commandité.

# 36

Adam ignorait depuis combien de temps cela durait. Quinn et Gavin – le célèbre Gavin de Marco ! – avaient tenu une vidéoconférence avec Ty Hewitt à Saint-Louis. Puis ils s'étaient tous deux mis à passer des appels et sans vraiment y prêter attention, Adam croyait bien avoir entendu Gavin prononcer le nom du gouverneur.

Le gouverneur élu après la destitution du précédent grâce à Foxworth. Existait-il encore des politiciens honnêtes, ou les mots « politicien » et « honnête » étaient-ils un oxymore ? Il commençait à divaguer, se dit-il.

La seule chose qui l'ancrait dans la réalité était la présence de Mandy à côté de lui sur le canapé, les jambes repliées sous elle et la tête posée sur son épaule. La chaleur de son corps l'aidait à lutter contre un sentiment d'irréalité glacial. Et sachant qu'elle devait se sentir encore plus mal que lui, il maîtrisait sa fureur.

*Ça n'a jamais été un secret que le magasin était sur le trajet de Greg Bonner, ni qu'il s'arrêtait pour parler aux gens. C'est pour ça que Malachi était là, à cet endroit incongru. Parce que le cambriolage n'était pas son but, mais le meurtre si. Un meurtre commandité. Un assassinat.*

Cela lui revenait sans cesse à l'esprit, entremêlé de souvenirs trop vivaces. Mais il essayait de se concentrer sur Mandy ; c'était elle qui comptait, elle qu'il devait protéger.

Le choc de la révélation l'avait laissée en larmes. Adam l'avait prise dans ses bras, en tentant de contrôler son propre écœurement. Puis les larmes avaient laissé place à une terrible colère, faisant écho à la sienne.

Le père de Mandy avait été assassiné. De sang-froid, par quelqu'un pour qui seul comptait le pouvoir. Peu importait à quoi la conseillère municipale voulait utiliser ce pouvoir, même si Adam avait une idée assez précise de ses objectifs. Elle avait fait tuer un homme honorable parce qu'il avait découvert la vérité sur elle. Peu importait qu'elle n'ait pas pressé la détente elle-même ; elle en avait donné l'ordre à l'homme qui croupissait en prison.

*Un loyal serviteur, qui n'a jamais parlé. Je me demande combien elle l'a payé ? Ou sa famille ?*

Cutter, qui était couché à leurs pieds, se leva brusquement. Adam le vit agiter la queue et comprit que le nouveau venu était le bienvenu. Un aboiement bref, sur deux tons, lui indiqua qui était là.

— Liam, dit-il.

Mandy produisit un faible sourire.

— J'ai apporté de quoi nous sustenter, lança le jeune Texan en entrant.

Même dans son état, Adam ne pouvait manquer l'odeur de la pizza chaude.

— Excellente idée, approuva Quinn. Prends-en une part, et mets-toi à ce mastodonte d'ordinateur que Ty et toi avaient monté. Il faut que nous en sachions davantage sur Malachi et les raisons pour lesquelles il est d'accord pour rester en prison jusqu'à la fin de ses jours sans donner celui qui l'a payé. Et comment il a été payé, pendant que tu y es.

— Compris, patron.

— Vous deux, ordonna Quinn en les regardant, mangez. Je sais que vous n'avez pas faim mais il faut que vous soyez fonctionnels, et pour ça il vous faut de l'énergie.

— Il a raison, dit Adam à Mandy.

— Je sais.

— Et, ajouta Quin d'un air entendu, laissez libre cours à votre colère. Ça vous alimentera autant que la nourriture.

— Ça, c'est sûr, dit Adam, sentant la fureur tournoyer en lui.

Ils avaient réussi à manger chacun deux parts quand Gavin redescendit.

— Le gouverneur est au courant. Il restera en dehors de tout ça bien sûr. C'est à la ville de régler ce bazar.

Adam cligna des yeux. Même sachant qui était cet homme, il était toujours un peu stupéfait qu'il puisse avoir immédiatement le gouverneur en ligne.

Gavin s'assit en face d'eux et prit une part de pizza dans laquelle il mordit, tandis que Quinn faisait les cent pas.

— Et le maire ? demanda Adam.

Quinn secoua la tête.

— Il est trop proche d'elle. On ne peut pas être sûr qu'il ne savait pas.

Adam entendit Mandy émettre un petit bruit. Il vit qu'elle secouait la tête.

— Il est venu à l'enterrement de papa. J'allais dire qu'il semblait sincère, mais…

— Ça fait partie de son boulot, dit gravement Adam.

— Exactement.

— Dès que Liam ou Ty auront trouvé ce que nous cherchons, j'aurai besoin de vous pour une conférence téléphonique.

— De moi ? s'étonna Adam.

— Avec le chef.

Adam écarquilla les yeux. Quinn n'avait pas besoin d'expliquer de quel chef il s'agissait.

— Pourquoi ? Moi, je veux dire ?

Quinn soutint son regard.

— Je pense que tu sous-estimes ton crédit dans la police de cette ville.

— Bien dit, appuya Mandy.

Il la regarda et vit l'affection et le soutien dans ses yeux. Et il osa enfin croire qu'elle éprouvait la même chose que lui. Ce qu'il avait éprouvé – et réprimé – pendant des années.

— J'imagine que le chef ne sera pas content d'apprendre que la mort d'un de ses meilleurs officiers est due à un homicide volontaire, dit Quinn.

— Commandité par quelqu'un du conseil municipal ? Non, je ne pense pas qu'il va bien le prendre.

— Je vous ai dit que je commence à haïr ce conseil ? dit Mandy d'une voix mêlant la colère et le mépris.

Une voix propre à pétrifier, se dit Adam. Qui l'aurait pétrifié si c'était à lui qu'elle s'en était prise.

Mais ce n'était plus le cas. Elle avait cessé de le détester. Cela seul valait d'avoir traversé tout ce qu'ils avaient enduré depuis ce difficile anniversaire. Pour lui, en tout cas. Il n'était pas certain qu'elle dirait la même chose.

Ils restèrent quelques instants silencieux, tandis que les recherches se poursuivaient au-dessus de leurs têtes. Quinn finit par s'asseoir.

— Nous trouverons, dit-il. Le meilleur moyen, c'est de mettre Liam et Ty en compétition. Ils se démèneraient de toute façon, mais ensemble sur la même recherche ? C'est…

Il secoua la tête comme s'il n'arrivait pas à trouver le mot exact.

— Productif ? proposa Gavin.

— C'est ça, dit Quinn avec un demi-sourire.

— Ça va faire beaucoup de bruit, déclara Gavin d'un ton pragmatique.

Vu les affaires de dimensions nationales et internationales qu'il avait traitées, il devait savoir de quoi il parlait.

— Oui, acquiesça Quinn.

Le regard de Gavin se posa sur eux, et il dit tranquillement :

— Vous trois allez être au centre quand tout sera révélé.

Adam comprit qu'il les jaugeait. Il savait que Quinn pouvait affronter n'importe quelles circonstances, mais Mandy et lui représentaient des inconnues, en dehors des éléments concrets de la situation.

— J'essayerai de vous épargner le plus dur, poursuivit Gavin, mais cela risque d'être rude.

Mandy leva la tête et soutint le regard de l'avocat.

— Vous n'avez pas besoin de me protéger. J'ai déjà vécu le pire et maintenant je sais que ce n'était pas la conséquence d'un cambriolage qui a mal tourné. C'était intentionnel.

Mon père a été assassiné, et je ferai ce qu'il faudra pour que cette… vermine ait ce qu'elle mérite.

Adam la regarda pendant qu'elle parlait et vit comme elle se tenait droite et affichait un air résolu. Une chaude sensation l'envahit. Il était fier d'elle, car elle était vraiment la fille de son père.

— Il serait fier de toi, dit-il doucement.

Mandy tourna vivement la tête et croisa son regard. Un instant, un petit sourire éclaira son visage.

— Oui, approuva-t-elle d'un ton appuyé, il serait fier.

Il comprit ce qu'elle voulait dire. Que Greg serait fier de lui également. Il savoura cette pensée, encore plus parce qu'elle venait d'elle.

Sans qu'il sache combien de temps s'était écoulé – parce qu'il avait perdu le fil, tant il s'était passé de choses au cours des dernières heures – un cri de triomphe s'éleva soudain à l'étage, suivi des pas sonores de Liam dans l'escalier.

— On l'a !

Il sauta les quatre dernières marches et tendit son ordinateur à Quinn, qui adressa un regard victorieux à Adam et Mandy.

— Avec ça, c'est sûr, leur assura-t-il.

— En résumé ? demanda Gavin.

— Il y a des tas de sociétés écrans et de subterfuges, mais le fond de l'histoire, c'est que la famille de Malachi vit dans une belle maison de Walla Walla et que le loyer est payé par une prétendue organisation de charité, fondée et financée par une des sociétés écrans qui remontent jusqu'à Katrina Harris. Sa mère a aussi un boulot très bien payé au sein de cette organisation, du moins sur le papier. Aucune indication de ce qu'elle y fait. Et la cerise que le gâteau, c'est qu'ils ont emménagé durant le procès.

— La preuve pour Malachi que Harris a fait sa part du marché, dit doucement Gavin.

— Exactement. Et, ajouta Liam, l'organisation charitable a été fondée le lendemain de la fusillade au magasin.

— Une fois que le meurtre était exécuté, dit Adam d'une voix rauque.

— Exactement, approuva Quinn.

Il regarda Gavin.

— Ce sera suffisant ?

— Avec vous trois ? La fille d'un héros et deux autres héros ? C'est suffisant pour déclencher une enquête, dit Gavin avec une sombre satisfaction. Parce qu'ils se douteront de ce qui se passerait s'il n'en faisaient rien.

Ce qui voulait dire que Gavin de Marco se servirait de toute la puissance de sa réputation pour en faire une publicité énorme.

Quinn demanda à Liam de continuer les recherches en suggérant de chercher qui avait payé l'avocat de Malachi. Mais Gavin s'y opposa, disant qu'il valait mieux laisser des choses à découvrir pour l'enquête officielle.

Mandy s'était tue, mais elle déclara soudain, d'une voix qu'Adam trouva affreusement douloureuse :

— Il n'avait pas la moindre chance de s'en sortir.

— Non, répondit sombrement Adam. En effet.

Elle se tourna alors vers lui et, dans un geste qui le surprit, posa une main sur sa joue.

— Et toi, tu n'avais pas la moindre chance de l'empêcher.

Cela le frappa comme un coup de poing au ventre. Il n'était pas encore allé jusque-là, il n'avait pas envisagé les ultimes conséquences jusqu'à ce qu'elle le dise.

Il n'avait jamais eu la moindre chance de sauver Greg. Il était la cible, et si Adam avait été à côté de lui, cela n'aurait rien changé. Même s'il n'avait pas reçu une balle, cela n'aurait rien changé. Même s'ils avaient échangé leurs places, comme Adam l'avait si souvent imaginé, Greg aurait quand même été la cible et aurait été abattu avant d'entrer.

Pendant un instant, il eut le tournis. La tête lui tournait, ou alors c'était la pièce. Un vertige, alors… C'était ridicule d'y réfléchir à cet instant où le dernier domino tombait et où la vérité était là, devant lui.

Greg n'avait jamais eu la moindre chance, et il n'avait jamais eu la moindre chance d'empêcher sa mort.

Il regarda Mandy et vit des larmes briller dans ses yeux. Ou peut-être étaient-ce ses propres larmes, car il la voyait un peu floue. Peu importait. Rien n'importait en dehors du fait que son fardeau avait disparu. Il comprit enfin que ce qu'il ressentait, c'était de la légèreté, l'absence du poids accablant qu'il avait porté pendant cinq longues années.

# 37

Ils passèrent les deux jours suivants à faire des recherches approfondies, à planifier et vérifier, jusqu'à ce que Gavin se déclare satisfait. Mais il avait insisté pour attendre encore une journée. Mandy sentait qu'Adam n'aimait pas ça, mais il ne dit rien.

Gavin l'avait senti aussi, apparemment. Cet homme ne ratait pas grand-chose, ce qui n'était pas surprenant. On ne bâtit pas ce genre de réputation sans être capable de déchiffrer les gens. Mais quand il expliqua pourquoi il voulait attendre jusqu'au jeudi, il fut clair qu'Adam non seulement approuvait mais comprenait.

C'était extraordinaire comme la vie semblait plus légère pour Mandy. Ils retournèrent chez elle profiter d'une journée suspendue dans le temps. Comme par magie, ce fut une journée claire et ensoleillée, le genre de temps qui vaut la peine d'endurer les nuages et la pluie le reste de l'année. On voyait depuis les monts Rainier et Baker jusqu'aux Brothers, et tous portaient un manteau de neige si brillant qu'il en paraissait irréel.

Mais une part de cette légèreté venait du changement chez Adam. Elle avait vu le moment où il avait enfin compris qu'il n'aurait rien pu faire pour empêcher ce qui s'était passé. Et quand il l'avait regardée pour la première fois avec de l'espoir dans les yeux, elle avait senti son cœur prendre son essor.

*Il ira bien, papa.*

À cet instant, elle avait éprouvé une bouffée de chaleur

si semblable à une approbation qu'elle s'était interrogée sur les messages de l'au-delà.

Ils avaient passé la majeure partie de la journée à se raconter des choses et, comme Quinn leur avait déconseillé cette longue promenade dont rêvait Mandy, ils étaient restés à la maison. Il leur avait laissé Cutter, ce qui, plus que tout autre chose, indiquait qu'il craignait que tout ne soit pas terminé. Mais loin de se comporter en gardien, Cutter semblait avoir retrouvé la joie et l'énergie d'un chiot. Il les faisait parfois tellement rire qu'il était difficile de se rappeler le protecteur féroce qu'il pouvait être.

Et il semblait heureux de somnoler à sa place préférée sur le canapé. Adam et elle en avaient profité pour rester au lit tout l'après-midi, se racontant et s'explorant mutuellement. Tout avait un goût de neuf, tant ils se sentaient libérés.

Et quand une autre sorte de faim les poussa dans la cuisine tard dans la soirée, ce fut avec la certitude de leur amour partagé que Mandy lui demanda :

— Tu réussiras à me pardonner ?

— Je ne t'en ai jamais voulu.

— Tu aurais dû.

Il secoua la tête.

— Non, je ne pouvais pas.

— Pourquoi ? Parce que tu te disais que c'était ta faute ? demanda-t-elle calmement.

Il lui fallut un instant et une gorgée du vin qu'elle lui avait servi pour répondre.

— Pas seulement, mais parce que dès que je t'ai vue, j'ai commencé à espérer qu'un jour nous serions ainsi, dit-il.

La joie éclata en elle.

— Oui. C'est vrai. Je crois vraiment que la moitié des raisons pour lesquelles j'étais en colère, c'était parce que j'avais cet espoir aussi.

Il tendit la main à travers la table pour la poser sur la sienne, qu'elle retourna pour entremêler leurs doigts.

— On pourra bâtir là-dessus, Mandy ?

— On ne fera pas que bâtir, dit-elle en lui laissant voir son émotion, on bâtira quelque chose de magnifique.

Il sourit, bien que manifestement un peu gêné par les mots qu'elle employait.

— Je me contenterai de quelque chose de solide.

— Non. Pas de « se contenter » et pas de reproches. Plus jamais.

Le sourire d'Adam était authentique, cette fois.

— Et quand tu seras prêt, ajouta-t-elle, en posant une main sur son coude, on s'occupera de ça.

Il eut l'air stupéfait au début, mais après un moment de silence il inspira à fond et acquiesça.

— Il ne sera peut-être plus jamais normal, dit-il prudemment.

— Mais nous saurons que nous aurons fait tout ce qui était possible. C'est ça qui compte, non ?

Un autre soupir lui fit comprendre qu'il n'était pas encore tout à fait guéri de ses tourments intérieurs.

— C'est incroyable le poids de la culpabilité, non ?

Quand il se mit à rire, elle éprouva un nouvel élan de joie et se jura qu'elle veillerait à ce qu'Adam Kirk rie souvent dorénavant.

Adam entendait clairement Gavin par la porte entrouverte.

— C'est un grand plaisir de rencontrer quelqu'un de votre stature, monsieur de Marco, fit la voix onctueuse de la conseillère municipale.

— J'en suis sûr, répondit Gavin d'un ton sec.

— Je dois admettre que je suis curieuse de connaître les raisons qui vous ont poussé à venir me voir, dit-elle, ayant apparemment décidé d'ignorer son ton.

— J'ai entendu dire que c'est vous qui concrétisiez les choses dans cette ville.

Adam imagina facilement Harris se rengorger.

— Eh bien, oui. Je suis fière de ce que j'ai accompli ici.

— Vous l'êtes ?

— Bien sûr.

— Rien dont vous ne soyez pas fière ?

Il y eut une pause, comme si elle hésitait à répondre.

— Je ne suis pas certaine de comprendre, dit-elle enfin, avec une note qu'Adam perçut comme de la méfiance. Pourquoi êtes-vous ici, monsieur de Marco ?

— Je suis ici pour parler d'une chose que vous avez accomplie, madame Harris, dit-il d'une voix qui claqua comme un fouet.

C'était aussi le signal.

Quinn entra le premier. Adam était juste derrière lui, si bien qu'il vit Harris froncer les sourcils. Son regard se posa sur lui, et ses yeux s'agrandirent légèrement. Comme prévu, Quinn et lui avancèrent épaule contre épaule, masquant Mandy jusqu'à ce qu'ils soient postés devant la conseillère, qui avait fait le tour de son bureau pour saluer son illustre visiteur.

Puis ils firent tous deux un pas de côté, révélant Mandy qui fixa un regard glacial sur elle. Katrina Harris pâlit.

— De quoi s'agit-il ? demanda-t-elle d'une voix tremblante.

— Vous savez de quoi il s'agit, dit froidement Gavin. C'est fini, madame la conseillère municipale. Dites adieu à votre bureau et à votre réputation, parce que pour vous les carottes sont cuites, comme on dit.

— Je ne sais pas ce que vous croyez…

— Ce que je crois, lança Mandy d'une voix encore plus glaciale que son expression, c'est que vous allez finalement payer pour ce que vous avez fait. Mon père était un homme brave et honorable, et vous n'êtes même pas digne de prononcer son nom.

— Vous aviez raison sur une chose, dit Adam, laissant la colère percer dans sa voix. Il vous a eue. Il vous a prise la main dans le sac.

— Et nous sommes ici, lança Quinn avec plus d'autorité qu'Adam ne lui en avait jamais vu, pour finir ce qu'il a commencé.

— Sortez ! hurla-t-elle.

Mais il y avait de la peur dans ses yeux.

— C'est ce que nous allons faire, si c'est ce que vous voulez, déclara Gavin avec un calme inquiétant. Mais nous serons de retour ce soir avec le chef de la police, qui est impatient de vous passer les menottes. En fait, il préférerait nettement vous traîner devant les caméras et la presse. Il a fallu le convaincre de nous laisser faire.

Elle devint encore plus pâle.

— Il n'oserait pas…

— Oh que si ! dit Quinn. Il est en chemin en ce moment même. Vous êtes responsable de la mort d'un des meilleurs hommes de cette ville, de l'inaptitude d'un homme qui serait devenu aussi remarquable que lui et de tentatives d'assassinat sur sa fille.

Une vague de chaleur vint tempérer la colère froide d'Adam. C'était une nouveauté pour lui de s'autoriser à croire un éloge.

— Et à propos, ajouta Gavin, il s'occupera aussi du capitaine Manning.

Les yeux de la femme s'agrandirent, et ils furent certains que c'était bien lui qui avait parlé de l'enquête de Mandy à la conseillère. *On te tient.*

— Vous n'avez aucune preuve, déclara Harris avec entêtement.

— Le dernier argument des coupables, asséna froidement Adam.

— En effet, dit Gavin, sans quitter sa proie des yeux. Dites-moi, madame Harris, avez-vous déjà entendu parler d'une seule fois où je suis allé en justice sans preuve de ce que j'avançais ? Je peux répondre à votre place. Ça n'est jamais arrivé.

La porte derrière eux s'ouvrit. Un homme en uniforme, avec quatre étoiles sur le col, apparut.

— Normalement, je frappe, annonça le chef de la police, mais certaines personnes ne méritent pas de courtoisie.

Adam ne détachait pas les yeux de la conseillère et vit avec satisfaction l'instant où elle renonçait. Il regarda Mandy, qui fixait la femme qui avait détruit sa vie. Il vit la même satisfaction peinte sur son visage.

C'était fini.

# 38

— C'est ça, Foxworth ! lança joyeusement Liam. La lutte contre la corruption, un politicien après l'autre.

— Ce n'était pas l'intention de départ, dit Quinn d'un ton sec.

— Quand on combat le mal, il faut le combattre là où il est, remarqua Adam.

Quinn se retourna pour les regarder. Mandy s'appuyait sur le bras d'Adam, se sentant mieux qu'elle n'aurait jamais cru. Cutter était assis à leurs pieds, les regardant avec une expression qu'on ne pouvait qualifier que de fanfaronne.

— Oui, dit Hayley, qui venait d'arriver. Oui, tu l'as fait.

— Encore, marmonna Quinn, mais il souriait.

Hayley se redressa après avoir gratté l'oreille du chien et les regarda tous deux.

— La météo dit qu'il va se remettre à neiger sur le col samedi soir. Il vous faudra devancer la neige pour arriver à temps pour Noël.

Adam déglutit, un peu mal à l'aise.

— Je n'ai pas trouvé encore le temps de le lui demander.

— Demande-le-moi, dit Mandy.

Il la regarda et prit son inspiration.

— Tu veux bien ?

— Bien sûr. Tu ne penses pas qu'il est temps que je rencontre tes parents ?

Il parut si soulagé qu'elle ne put s'empêcher de sourire.

— Si, bien sûr.

— Nous aurons besoin de vous quand le procès commencera, leur rappela Quinn.

— Nous n'avons pas oublié, dit Adam.

Il regarda Mandy et ajouta :

— Nous y veillerons.

— Ensemble, dit-elle. Et nous mettrons tout ça derrière nous une bonne fois pour toutes.

— Tu es sûre ? demanda Adam en regardant Mandy fermer sa valise. Hayley t'a mise un peu au pied du mur.

— Naturellement que je suis sûre.

— Je n'ai pas grand-chose à t'offrir. C'est une vie calme, dans laquelle la nature est le seul adversaire.

— Ça me paraît être le paradis.

Ayant fini avec sa valise, elle se retourna pour le regarder.

— Je vais exactement là où je veux. Je veux faire la connaissance de ce lieu où vit ton cœur.

— Plus tant que ça, dit-il en l'embrassant. Je t'aime, Mandy.

— Et j'y vais parce que je t'aime, déclara-t-elle. Et j'y resterai parce que c'est chez toi.

Un avenir qu'il n'aurait jamais osé imaginer se déroula dans son esprit. Il n'arrivait toujours pas à y croire.

— Mais c'est cette maison qui est chez toi. La maison de ton père.

— Ce n'est plus ma maison.

Elle croisa son regard.

— Crois-moi, il comprendrait.

Il inspira fortement.

— Je l'espère.

— En outre, je dois aller où tu vas. Autrement, je resterai seule pour toujours, parce que personne ne pourra jamais te remplacer.

S'il ne lui avait pas déjà donné, son cœur aurait explosé à ces mots. Il l'embrassa encore, parce qu'il le devait. Et s'ils n'avaient pas dû prendre de l'avance sur la météo, cela aurait été beaucoup plus loin, tant son désir était prompt à s'éveiller.

Pourtant, quand ils furent sur la route, il fit un détour. Quand Mandy comprit où ils allaient, elle lui prit la main.

— Ça t'ennuie ? demanda-t-il tranquillement.

— C'est exactement ce que je voulais faire, dit-elle tout aussi tranquillement. Je n'étais juste pas certaine que tu le voudrais.

— Je veux… lui dire. Je sais que ça paraît…

— Parfait. Tout simplement parfait.

Le cimetière était calme, presque désert. Ils le parcoururent dans un silence respectueux. Et quand ils s'arrêtèrent devant la sépulture, la gorge d'Adam se serra si fort qu'il ne put parler.

Mais la fille de Greg Bonner le pouvait.

— Nous l'avons fait, papa, murmura-t-elle. Nous avons fini. Et nous nous sommes trouvés. Sois en paix.

— J'aimerais… lui demander. Pour toi, je veux dire, réussit à dire Adam.

Il sourit légèrement.

— Bien que j'imagine ce qu'il dirait.

Mandy s'immobilisa, une expression étrange sur le visage, puis elle détacha les yeux de la croix et les posa sur lui.

— Tu n'as pas besoin d'imaginer, dit-elle. Il me l'a dit.

— Quoi ?

— Quand je lui ai demandé comment s'était passée sa première semaine avec son nouveau coéquipier, il m'a dit : « C'est un jeune homme honnête et solide, le genre dont un père serait fier. Le genre qu'un père serait heureux d'avoir pour gendre. »

Un instant Adam ne put respirer.

— Il a dit ça ?

— Oui. Alors tu vois, en un sens, il nous avait déjà donné sa bénédiction.

Il n'arrivait pas à trouver les mots pour exprimer ce qu'il ressentait. Il ne put que serrer Mandy dans ses bras et promettre silencieusement à son père qu'il ne trahirait jamais sa confiance. *Je veillerai sur elle, monsieur. Je vous le jure.*

Quand ils furent de retour dans le pick-up et que les Cascades se profilèrent devant eux, elle demanda :

— Tu crois qu'on pourrait trouver un chien comme Cutter ?

Il se mit à rire.

— Tu crois que tu as assez d'énergie ?

— Bonne question, dit-elle.

— Il faudra revenir et lui rendre visite. Mais nous te trouverons un cheval, si tu veux.

— Oh oui ! j'aimerais bien. J'ai toujours voulu apprendre à monter. Et je veux voir tous ces endroits que tu aimes.

— Alors c'est comme si c'était fait.

— Tant mieux, dit-elle, et elle lui prit à nouveau la main, en prenant soin de ne pas trop la tirer.

— Allons-y.

*Vers une nouvelle vie.*

Il lui pressa la main, et ils prirent la direction de chez eux.

CYNTHIA EDEN

# Mission sous tension

*Traduction française de*
CHRISTINE MAZAUD

BLACK ROSE

HARLEQUIN

*Titre original :*
ALPHA ONE

***Ce roman a déjà été publié en 2013***

# 1

— Tu n'as pas mérité de mourir là.

Entendant cette voix douce, Juliana James leva les yeux. Mains et pieds attachés à une chaise, elle ne pouvait guère que remuer la tête. Les cordes lui entamaient les chairs au moindre de ses mouvements.

— Si tu leur dis ce qu'ils veulent savoir…

Il soupira dans la pénombre.

— … ils te laisseront peut-être partir.

La bouche sèche, Juliana voulut déglutir. Sa gorge était tellement à vif qu'elle eut l'impression d'avaler du verre pilé. Depuis quand ne lui avait-on pas donné à boire ?

Après deux nouvelles tentatives pour produire un peu de salive, elle réussit à articuler :

— Je ne sais rien.

Elle était piégée dans le pire des cauchemars. À midi, elle bronzait sur une plage mexicaine brûlée par le soleil. À 1 heure…

Bienvenue en enfer !

Son compagnon d'infortune — depuis, heu, combien de temps ? trois, quatre jours ? — était effondré sur sa chaise. Ils ne se connaissaient pas avant de se retrouver séquestrés ensemble. John Gonzales, tel était son nom, avait été enlevé, comme elle, mais dans une autre région du Mexique. Leurs ravisseurs n'arrêtaient pas de venir le chercher pour une petite séance de torture. À chacun de ses retours, il était plus amoché.

Ce serait bientôt à son tour, elle le savait.

— Moi, je ne suis pas irréprochable, lui souffla la voix rauque de John à l'oreille. Mais toi… toi, tu n'as rien fait de mal. C'est ton père.

Son père ? Le-pas-si-honorable-que-ça sénateur Aaron James. Elle ignorait qui l'avait enlevée mais ce qu'elle avait compris au fil de l'interrogatoire qu'elle avait subi, c'est que sa mésaventure était liée à de troubles opérations de son sénateur de père. Elle payait pour lui, en somme.

Papa n'avait pas eu une fille pour lui donner de l'amour. Juste quelqu'un pour mourir à sa place.

Serait-il seulement touché quand il apprendrait ce qu'il lui arrivait ? Ou ne prendrait-il un air accablé et douloureux que le temps de répondre aux journalistes ?

La question faisait mal.

L'estomac noué, elle soupira.

— Irréprochable ou pas…

Elle ne savait pas ce que John avait fait et, pour tout dire, elle s'en moquait. Il lui avait parlé quand elle s'était retrouvée enfermée dans le noir. Il avait fait en sorte qu'elle ne craque pas pendant ces heures interminables… terribles.

— … on va s'en sortir tous les deux, chuchota-t-elle.

Au rire de John, elle comprit qu'il n'en croyait pas un mot.

Elle avait vaguement vu son visage. Le matin tôt, quand un peu de jour entrait dans la pièce. Il semblait un peu plus jeune qu'elle, il avait donc moins de trente ans. Ses traits virils et son air ombrageux devaient déjà plaire aux filles quand il était ado.

— Tu as des… regrets ? lui demanda-t-il.

Il pencha la tête pour entendre sa réponse.

Si elle avait des regrets ?

Elle renifla pour retenir ses larmes.

— Oui, quelques-uns.

Un, en fait.

Il y eut un silence. Puis :

— Tu as déjà été amoureuse, Juliana ?

— Oui, une fois…

Et dans le noir, avec seulement la mort pour horizon, elle avoua la cruelle vérité.

— … mais Logan ne m'aimait pas.

Dommage, car elle n'avait jamais pu…

Les gonds de la porte grincèrent et elle se raidit de peur. John lança une bordée de jurons tout en se débattant pour défaire ses liens mais…

Les hommes ne venaient pas pour lui, cette fois.

Elle hurla.

Logan Quinn sentit des gouttes de sueur couler dans son dos. À son poste depuis quarante-trois minutes, il attendait le feu vert pour se lancer à l'assaut du bâtiment où Juliana était retenue prisonnière, et la sortir de là.

*Tiens bon, ma douce.*

À dire vrai, elle n'était pas sa douce. Enfin… elle ne l'était plus. Mais ça n'avait pas eu d'importance quand le sénateur James avait pris contact avec lui.

« Juliana a disparu. Il faut que tu la ramènes. »

C'était tout ce qu'il lui avait dit. Deux phrases, et Logan était parti au Mexique avec ses hommes.

Son unité, qui faisait partie de la Division des opérations spéciales, ne se chargeait pas de n'importe quelle mission.

Mais pour elle, il aurait fait n'importe quoi.

— Ça bouge.

Les mots, murmurés, lui parvinrent via l'oreillette qu'il portait, comme tous les membres de son équipe.

Les battements de son cœur s'accélérèrent.

— J'aperçois la cible.

C'était ce qu'ils attendaient. Du mouvement et, avec de la chance, la confirmation visuelle. Ils ne donneraient pas l'assaut tant que…

— Je la vois. La fille a un couteau sous la gorge. On lui fait longer le couloir.

*Confirmation visuelle.*

Malgré la rage qui le faisait bouillir, il ne bougea pas. Juliana devait mourir de peur. Ce qu'il lui arrivait était à des années-lumière des bals des débutantes du Mississippi qu'elle fréquentait. À mille lieues de la vie sans histoire qu'elle avait toujours voulu mener.

Il allait la ramener à cette vie-là et disparaîtrait ensuite. Comme il l'avait fait autrefois.

— Côté sud, lui chuchota la même voix à l'oreille.

Celle de Gunner Ortez, le tireur d'élite que l'Oncle Sam avait recruté pour la division des « opérations noires ». Une division dont beaucoup de gens disaient qu'elle n'existait pas.

Ils avaient tort.

— Deuxième porte, dit Gunner d'une voix sèche.

Logan passa à l'action. Ombre furtive dans la nuit, il pénétra dans le bâtiment sans faire le moindre bruit. Sur sa droite, parfaitement synchrone, Jasper Adams était comme son double. Avec l'entraînement qu'ils avaient suivi, jouer les fantômes était devenu chez eux une seconde nature.

Logan ceintura le premier garde. Il sentait le tabac et l'alcool. Assommé d'un coup sec, l'homme tomba en arrière. Logan traîna le corps sous des buissons pour le cacher, tout en faisant signe à Jasper d'aller de l'avant.

C'est alors qu'elle hurla.

Son sang se figea. Douleur, terreur… il y avait les deux dans le cri de Juliana. En quatrième vitesse, il rattrapa Jasper qui assommait le deuxième garde sans même s'arrêter.

Logan ne s'arrêta pas non plus. Il dégaina et…

— Je vous en supplie, non ! Je ne sais pas !

La voix affolée de Juliana. Cette voix qu'il entendait encore dans ses rêves, déformée par le désespoir.

Ils franchirent la première porte. La seconde n'était qu'à quelques mètres.

*Tiens bon. Tiens bon.*

— On n'est pas seul !

L'avertissement de Gunner explosa dans son oreillette. À peine le temps de plonger au sol et une rafale de coups de feu criblait le mur au-dessus de leurs têtes.

Logan riposta. Un coup, deux coups diaboliquement précis. Un cri étouffé puis le bruit de deux corps qui s'effondrent. Couvert par Jasper, il se rua sur la deuxième porte et l'ouvrit d'un coup de pied. Trois hommes se tournèrent vers lui.

Il tira sur celui de gauche qui dégainait. Le type tomba à terre. Puis il lança son poing dans la figure de celui de droite. Restait celui du milieu, celui qui tenait un couteau sous la gorge de Juliana.

Logan ne le toucha pas. Pas encore.

— *Deje a la mujer ir*, dit-il dans un espagnol parfait.

(Laisse la femme partir.)

Au lieu d'obéir, ce fou qui ne savait pas encore qu'il allait mourir lui entailla un peu le cou. C'était l'erreur à ne pas commettre. Logan plissa les yeux.

— *Vuelva o ella es muerta*, aboya l'homme à son tour.

(Recule ou elle est morte.)

Logan ne recula pas. Il n'était pas du genre à battre en retraite. Il regarda Juliana. Elle comprenait et parlait bien l'espagnol. Elle le fixait, les yeux exorbités, pétrifiée. Elle ne le reconnaissait pas, évidemment : il portait une cagoule.

— Reculez, dit-elle d'une voix faible et presque inaudible. S'il vous plaît.

Il vit ses lèvres remuer de nouveau. Un filet de voix. La même supplique en espagnol.

Serrant les dents, il leva son arme et visa la tête du ravisseur. Un coup de feu, et ce serait réglé.

— *Vuelva o ella es muerta !*

Cette fois, l'individu avait hurlé.

La lame du couteau s'enfonça un peu plus dans la gorge de Juliana.

Logan avança. Juliana poussa un cri et mordit de toutes ses forces la main de son ravisseur. Le sang gicla. L'homme jura et l'agrippa par les cheveux. Le poignard glissa, s'écarta de son cou. C'était le geste que Logan attendait pour attaquer.

Il saisit le poignet du type et le tordit en arrière jusqu'à ce que la lame du couteau se retourne sur son cou et l'égorge.

Rapidement saigné à blanc, le corps tomba lourdement. Sans même lui jeter un regard, Logan attira Juliana à lui pour l'empêcher de regarder les cadavres.

— Tout va bien, lui dit-il d'une voix calme qui détonnait au milieu de cet enfer.

À l'extérieur de la petite pièce, on tirait encore. On aurait dit un feu d'artifice. Gunner lui annonça via son oreillette que Jasper avait abattu deux autres hommes. Parfait. Il leur préparait la voie pour sortir.

Logan serra la main de Juliana.

— Je vais…

Le coup de genou qu'elle lui donna dans le ventre le prit tellement par surprise qu'il la lâcha.

— Bon Dieu, gronda-t-il, je ne suis pas là pour te faire du mal !

Elle avait déjà retiré le couteau de la gorge du mort et le brandissait devant elle.

— Ne me touchez pas ! cria-t-elle.

— On se calme !

La procédure lui interdisait d'ôter sa cagoule. L'équipe devait agir sous couverture jusqu'à ce que la victime soit en zone sûre. À ce stade de la mission, aucun membre ne devait révéler son identité.

— Poussez-vous et laissez-moi passer, lança Juliana avec la fermeté qu'il lui avait toujours connue.

Et qui l'avait attiré, autrefois.

Il n'avait pas obéi à l'homme qui la menaçait. L'homme était mort. S'imaginait-elle qu'elle allait lui obéir ?

Jasper entra dans la pièce au moment où Gunner hurlait :

— Évacuation. Tout de suite.

Logan sentit une odeur de fumée. Fumée, crépitement, flammes. Un incendie ne faisait pas partie du plan.

— Deux ennemis en fuite ! jeta Jasper en grimaçant.

Il fit rouler ses épaules. Il avait dû être touché. Logan avait déjà vu le ranger prendre trois balles et continuer à se battre. Jasper n'était pas homme à laisser *une* balle le neutraliser.

— Je pense que les fuyards n'ont pas l'intention de nous laisser filer vivants avec elle.

*Dommage pour eux*, songea Logan. Il se précipita à la fenêtre. À coups de crosse et de poing, il brisa la vitre et démolit le reste. Il regarda la rue en dessous. Deux niveaux. Un saut de routine quand il était seul, mais avec Juliana…

— Vas-y, saute, dit Gunner dans l'oreillette. Le feu se propage à toute vitesse.

Un bon moyen pour les ravisseurs de ne laisser derrière eux ni pièces à conviction ni témoins.

Logan prit la main de Juliana qui grogna. Il détestait l'entendre se plaindre car il détestait l'idée de lui avoir fait mal… un jour… Mais l'heure n'était pas aux explications.

Le couteau tomba et rebondit deux fois. Il n'y avait plus de temps à perdre. Logan prit Juliana par la taille.

— Tenez-moi très serré, dit-il.

— Non. Je ne sortirai pas par cette fenêtre. Je dois…

— Vous devez vivre, intervint Jasper depuis la porte. Le feu avance. Faut sauter. Tout de suite.

Elle se raidit. Dans la lumière pâle, Logan vit ses iris marron se dilater légèrement. Son visage était toujours aussi beau.

— Il y a le feu ? Non ! s'écria-t-elle en se débattant.

Maintenant qu'il la tenait, il n'allait sûrement pas la laisser lui échapper. Il la serra encore plus fort.

Gunner reprit la parole.

— Zone nettoyée. Évacuez immédiatement.

Mais Juliana se tortillait comme une anguille.

— Non, je ne sortirai pas ! Pas sans John !

Qui ?

— Arrêtez de vous agiter. On est les gentils, on est là pour vous sauver.

Elle s'arrêta deux secondes.

— John et moi, on était…

*Bon sang, mais qui est ce John ?*

— Il est là-bas, dit-elle en pointant le doigt vers le couloir.

Le couloir que la fumée avait déjà envahi.

— Il faut le sortir de là lui aussi !

Il n'y avait pas d'autres civils dans le bâtiment. Seulement les tueurs de Diego Guerrero. Les membres de l'équipe s'étaient retirés et…

— Je ne partirai pas sans lui !

À cet instant, une explosion ébranla le bâtiment. Juliana tomba sur Logan.

— Quelqu'un d'autre là-dedans, Gunner ?

Il voulait s'en assurer. Il n'allait pas laisser un innocent se faire griller.

Il fit signe à Jasper de se préparer à sauter. Puisqu'il tenait Juliana, inutile que l'autre agent s'éternise. Jasper sortit une corde de son sac et l'accrocha. En quelques secondes tout était prêt, il ne restait plus qu'à plonger.

— Négatif ! répondit Gunner. Magnez-vous les gars, vous allez vous faire rôtir les fesses.

Gunner ne se pouvait pas se tromper. Sydney Sloan et lui avaient toujours les bonnes infos. S'ils ne renvoyaient pas l'équipe à l'intérieur, c'est qu'ils étaient sûrs qu'aucun civil ne s'y trouvait.

Juliana plissa les yeux.

— C'est bizarre, votre… votre voix…

Zut ! Il avait pourtant perdu son accent du Sud. Il est vrai que, parfois, de petites intonations typiques du Mississippi trahissaient ses origines. Ce n'était vraiment pas le moment.

— Vous allez enjamber la fenêtre.

Une deuxième explosion fit vibrer les murs. Ses ravisseurs avaient mis le paquet ! Ils ne voulaient vraiment pas qu'elle s'en tire.

— Choisissez… Vous voulez sortir d'ici vivante ou morte ?

— Puisque je vous dis qu'il y a quelqu'un dedans ! Il est ligoté… il va mourir dans l'incendie.

Elle ne l'écoutait pas. Tant pis. La prenant à bras-le-corps, il la chargea sur son épaule et descendit le long de la corde que Jasper avait installée.

Le temps qu'elle retrouve sa voix pour hurler, ils étaient en bas.

— Prends-la, dit Logan en la donnant à Jasper. Et mets-la à l'abri.

C'était leur mission. Sa sécurité, leur objectif prioritaire. Mais…

« Il va mourir dans l'incendie. »

Juliana avait vraiment l'air de le croire.

Empoignant la corde, Logan remonta vers le brasier.

— Mais qu'est-ce qu'il fout ?

Juliana regarda autour d'elle. Deux hommes s'étaient approchés, deux athlètes qui la dominaient de leur mètre quatre-vingt-dix — au moins. Ils étaient armés et cagoulés. Comme l'autre. L'autre qui avait exactement la voix de…

— Alpha One, dit dans son poignet le géant à sa droite, reviens. Ne m'oblige pas à aller te chercher dans cet enfer.

Mais non, il ne parlait pas dans son poignet. Il parlait dans un petit micro.

Alpha One ? Ce devait être le nom de code de celui qui était passé par la fenêtre avec elle. Quand il avait sauté dans le vide et qu'elle avait senti l'air froid sur son corps, elle avait cru mourir. Puis elle avait réalisé qu'il se tenait à une corde.

Le feu faisait rage maintenant, sous un ciel d'un noir d'encre. Les fenêtres du bas explosaient. C'était terrifiant.

Ils se trouvaient à cinquante mètres du foyer. À l'abri. Bien cachés mais…

Mais elle tremblait comme une feuille. Elle ne pouvait pas s'en empêcher. Ces hommes l'avaient sauvée et elle en avait renvoyé un dans les flammes.

Soudain, un genre de ronflement se fit entendre. L'homme qui venait de parler la poussa en arrière alors qu'un véhicule émergeait de l'obscurité. Elle ne l'avait pas vu approcher. Et pour cause, il roulait sans phares.

Les deux portes arrière s'ouvrirent à la volée.

— On y va ! lança une voix féminine avec autorité.

Les hommes la jetèrent littéralement à l'intérieur.

— Où est Alpha One ? demanda la femme à l'avant.

Juliana la regarda. Menue, cheveux courts. C'est à peu près tout ce qu'elle put distinguer.

Un homme lui montra le brasier.

— Nom de Dieu, jura la femme en tapant du poing sur le tableau de bord.

Comme Juliana se tournait pour regarder le feu, elle vit une silhouette courir vers eux. Tête baissée, corps souple, fluide, pas élastique. Leur véhicule accéléra soudain. Juliana s'affola. On n'allait quand même pas le laisser là ?

— Attendez !

— Impossible, dit la femme en se retournant. L'incendie va attirer les curieux. On devrait être partis depuis hier.

Mais…

Mais la silhouette les avait presque rejoints. Un des hommes à bord sortit le bras, que son « héros » saisit au vol ; il prit son élan pour sauter et atterrit sur le plancher du van qui vibra de toute sa tôle.

— Mais John ? s'écria Juliana. Où est John ?

Son « héros » secoua la tête.

— Logan, c'est quoi cette connerie ? aboya la femme au volant. Tu avais l'ordre d'évacuer, pas d'y retourner.

Logan ?

Juliana plissa le front. Il y avait des milliers de Logan sur terre. Et sûrement des dizaines rien que dans l'armée…

Ce n'était pas parce que *son* Logan l'avait quittée quelque dix ans plus tôt que c'était lui qui… que…

— Pas vu l'ombre d'un autre otage, dit le type — Logan — d'une voix grave, un peu rocailleuse.

Elle frissonna. Ses oreilles se mirent à bourdonner. Elle aurait voulu voir ses yeux, mais il faisait sombre dans cette fichue camionnette. Et c'était inconfortable. Elle était assise à même le plancher, jambes repliées, bras autour des genoux. Et où l'emmenait-on ?

Un des hommes ferma les deux portes. Juliana grinça des dents.

— Évidemment qu'il n'y avait pas d'autre civil dans le bâtiment, s'exclama la femme, je te l'avais dit ! Si tu mets ma parole en doute, maintenant…

Il se releva et s'approcha de Juliana, qui s'écarta aussitôt.

— Retirez votre cagoule.

Il l'enleva et la posa à côté de lui. Il avait les cheveux ras et une mâchoire marquée ; avec si peu de lumière, c'était tout ce qu'elle voyait. Elle aurait aimé le voir mieux.

— Vous êtes sauve à présent, dit-il d'une voix différente, plus tendre. Ils ne peuvent plus rien vous faire.

Il leva la main et, du bout des doigts, lui caressa la joue. À ce contact, elle ferma les yeux et retint son souffle.

*Je connais ces caresses-là*, se dit-elle.

Il passa la main sur sa bouche, descendit vers son cou. Ses doigts étaient doux, légers. C'était sûr, elle les connaissait, ces caresses. Une femme n'oublie jamais ces choses-là. Elle reconnaissait les gestes de l'homme qui l'avait abandonnée, brisée. Anéantie. Le cœur en miettes.

C'était son Logan. Non, pas *son* Logan. Il n'avait jamais été à elle.

— Merci, murmura-t-elle.

Oui, elle pouvait remercier Logan Quinn de l'avoir sortie de l'incendie, de ce cauchemar. Mais elle s'écarta de lui. De ses caresses.

Ces caresses qui lui avaient tellement manqué… jusqu'à devenir elles aussi un cauchemar !

La camionnette accéléra dans la nuit. Où allaient-ils ? Elle n'en avait pas la moindre idée. Elle se sentait engourdie, assommée, comme si le ciel lui était tombé sur la tête. John ne s'en était pas tiré.

« Je ne suis pas… irréprochable », lui avait-il dit.

— Nous sommes les chic types, déclara l'un des hommes avec l'accent traînant caractéristique du Texas. Votre père nous a envoyés vous récupérer. Vous serez bientôt de retour chez vous, saine et sauve. Vous aurez…

*Tac tac tac tac…*

Une rafale de coups de feu. Des balles qui déchirent la carrosserie. Paniquée, Juliana voulut crier, mais ses cris s'étranglèrent dans sa gorge. Une main la projeta violemment dans le fond de la camionnette. Un poids très lourd tomba sur elle, l'écrasa. Logan la protégeait de son corps.

— Tire-nous de là, Sydney, dit le Texan.

Elle suffoquait. Logan, lui, respirait très fort. Elle sentait sa poitrine monter et descendre. Elle sentait aussi sa barbe sur sa joue. Piquante.

— Encore quelques minutes, et ce sera fini, lui dit-il tout bas. Coura…

Une bouffée d'air froid. Quelqu'un venait d'ouvrir la porte du fond. Ils étaient fous, ou quoi ? Autant inviter leurs poursuivants à leur tirer dessus directement !

Trois coups assourdissants. Comme le tonnerre. Des

coups de feu. Mais ces coups-là venaient de l'intérieur du fourgon. Les hommes en cagoule n'attendaient pas qu'on les descende, c'étaient eux qui tiraient.

Encore trois balles. Et le silence.

— On les a eus, lança le Texan.

Quelques secondes et… *bang !*

Elle ferma les yeux.

L'accident. Un bruit atroce de tôle froissée. Du verre qui explose. Le fourgon dévia à gauche, sembla prendre de la vitesse. Elle serra les paupières encore plus fort. Les dents. Se crispa sous le poids qui l'étouffait et rouvrit les yeux. Il faisait toujours sombre mais elle s'y était un peu habituée. Elle pouvait *presque* voir les traits de Logan, toujours allongé sur elle.

— Hé, Logan, tu peux la laisser respirer, maintenant, se moqua la voix traînante.

Il ne bougea pas.

Juliana chercha de l'air.

— Tu m'as manqué.

La voix était si étouffée qu'elle se demanda si elle n'avait pas rêvé. Oui, c'était ça, elle délirait. Ça ne pouvait pas être *son* Logan qui avait parlé. Logan Quinn était cette espèce d'imbécile qui l'avait laissée tomber comme une vieille chaussette, sans même un regard. Un crétin pareil ne pouvait pas avoir dit une chose aussi touchante. Pas lui.

*Reprends-toi, ma belle. Reprends-toi.* Elle avait surmonté l'enfer, elle n'allait pas craquer à cause d'un homme.

— C'est fini ? On ne risque plus rien ?

Elle sentit, plus qu'elle ne vit, qu'il faisait oui de la tête.

— Pour l'instant.

Charmant ! Elle avait cru qu'ils ne risquaient plus rien et une rafale avait balayé leur fourgon. Texas avait descendu les sales types qui les pourchassaient, cela leur laissait quelques minutes de répit. En principe. Mais vu la conduite de leur chauffeur…

— Bon, si on ne risque plus rien…

Juliana glissa les mains entre Logan et elle et essaya de le repousser. Mais autant essayer de relever un menhir !

— Debout, Logan ! Tout de suite !

Sans se presser, il se leva, et l'attira à l'avant du fourgon.

Elle tremblait. Des tremblements nerveux, de peur, de rage. L'adrénaline. Son effet se dissiperait vite, elle le savait. Et alors, elle craquerait, ça aussi elle le savait.

— Une fois hors du Mexique, ils ne pourront plus te poursuivre, dit-il.

Elle avait la gorge sèche, en feu, mais ce n'était pas le moment de réclamer à boire. Peut-être plus tard, quand ils arrêteraient de foncer dans la nuit. Oui, ce serait mieux.

— On sera… hors du Mexique… dans combien de temps ?

Pas de réponse. C'était mauvais signe.

— Dans un peu plus de vingt-quatre heures, dit enfin Logan.

Quoi ? Ah non ! La femme au volant ne pouvait pas conduire un peu plus vite pour les sortir de ce Mexique de malheur ? Vingt-quatre heures, ça ne…

— Guerrero contrôle les *federales* qui gardent la frontière, expliqua Logan. Si tu crois qu'on va pouvoir sortir de ce pays comme ça, avec toi !

— Comment, alors ?

— Par la voie des airs, mon bébé.

Mon bébé.

Elle se raidit. Elle n'était pas son « bébé » et s'il ne l'avait pas sauvée quelques minutes plus tôt, elle n'aurait pas pris de gants pour le lui signifier ! Mais elle lui devait un minimum de reconnaissance… provisoirement.

Sans Logan et son équipe, elle serait en train de subir les tortures de ses ravisseurs dans un nid à rats, à l'heure actuelle.

— On va leur filer sous le nez en avion. Les gardes qui nous attendent n'auront pas le temps de nous voir passer. Quant aux flics que Guerrero paie, ils ne sauront même pas que nous sommes partis.

Ça avait l'air d'être un bon plan. Il y avait juste ces vingt-quatre heures qui ne lui disaient rien…

— En attendant, dit-elle, que fait-on ?

Logan s'agita, avança la main comme pour la toucher, puis se rétracta. Elle attendit.

— On va te garder en vie, répondit-il sobrement.

# 2

Réveillé par un cri, Logan sursauta. C'était Juliana. Il s'était endormi un peu plus tôt, laissant Gunner et Jasper patrouiller autour de la maison qu'on leur avait attribuée pour y garder la jeune femme en sécurité. En une fraction de seconde, il se ruait vers sa chambre et en poussait la porte.

— Juliana !

Elle était par terre, entortillée dans une couverture, et se tordait comme un ver.

Entendant son nom, elle ouvrit les yeux et fixa Logan sans le voir. Elle devait faire un cauchemar. Sans doute se croyait-elle encore avec les hommes qui l'avaient enlevée.

Il s'approcha et posa la main sur son épaule. Elle trembla et ferma les yeux.

— Pardon.

Il retira sa main. Il n'était pas là pour renouer une relation avec elle, il ne fallait pas qu'il l'oublie. L'ennui c'est que son corps, lui, ne semblait pas disposé à l'oublier…

Des rayons de soleil filtraient à travers les bardeaux occultant les fenêtres. À l'issue d'un repérage, Sydney avait choisi ce refuge quand l'opération de sauvetage avait été programmée. Loin de tout, cette maison abandonnée était une base temporaire idéale. Sa situation en hauteur et bien dégagée permettait de voir ce qui se passait à des kilomètres à la ronde, ce qui leur donnait un avantage tactique. Ils avaient en outre la puissance de feu nécessaire pour anéantir l'assaillant qui aurait eu l'audace de s'aventurer trop près.

Grâce à cette faible lumière, il voyait un peu Juliana.

Elle avait beaucoup changé en dix ans. Elle s'était coupé les cheveux et sa nouvelle coiffure faisait ressortir la finesse de ses traits. Elle était toujours aussi jolie, néanmoins, toujours aussi blonde, et ses yeux avaient cette même chaude couleur chocolat que dans son souvenir. Sans oublier sa bouche, toujours aussi charnue… et son corps admirablement svelte, avec juste ce qu'il fallait de rondeurs là où il fallait. Il avait toujours été excité par le creux de ses hanches et par sa poitrine. Elle aurait pu…

— Arrête de me fixer comme ça, dit-elle en s'asseyant dans le lit.

Mince ! Il ne s'en était pas rendu compte. Et pourtant il la fixait bel et bien, comme un loup affamé mourant d'envie de mordre, de goûter cette chair délicate. De…

Elle plia les jambes et les entoura de ses bras.

— John est mort ?

Logan s'efforça de ne pas réagir. Il devait être prudent. L'équipe n'était pas prête à divulguer des renseignements qu'elle n'avait, d'ailleurs, pas encore fini de réunir.

C'était aussi une des raisons pour lesquelles ils ne pouvaient pas quitter tout de suite le Mexique.

Bien sûr, ils auraient pu la faire sortir plus vite, mais l'équipe s'assurait toujours que tout était clair avant de quitter les lieux. Laisser passer vingt-quatre heures, au cas où, faisait partie du protocole.

— J'ai tout inspecté, répondit-il.

Il était allé jusqu'au bout du couloir et avait trouvé la pièce où les ravisseurs la retenaient. Il avait vu des cordes au pied de *deux* chaises, en effet. Mais il n'y avait personne.

— Je n'ai pas trouvé d'autre otage.

— Ils l'ont emmené, alors ?

Il n'avait pas envie de lui mentir.

— Peut-être.

Il avait tellement l'habitude de mentir qu'il lui arrivait de ne plus savoir où se trouvait la vérité.

Il fit un pas vers elle. Lentement. Elle ne cilla pas, ce qui l'étonna.

— Ils ne t'ont pas fait de mal, au moins ?

Elle se passa la main sur la joue. Un bleu l'ornait.

— Pas autant qu'à John. Ils n'arrêtaient pas de venir le chercher. À un moment, j'ai entendu des cris.

Nouveau pas vers elle. Il était maintenant tout près.

— Donc, ils t'ont enlevée mais ne t'ont posé aucune question ?

— Si, au début.

Elle se passa la langue sur les lèvres.

*Pas touche*, se dit-il.

Elle n'était pas pour lui. Arriverait-il un jour à se le mettre dans la tête ? Une fois rentrés aux États-Unis, ils retrouveraient leur vie d'avant. Chacun de son côté. Rien n'avait changé pour lui. La fille d'un sénateur n'allait pas frayer avec le fils d'un tueur.

D'autant que lui-même en était devenu un.

Il regarda ses mains. D'accord, il n'y avait pas de sang dessus, mais il y en avait eu. Après toutes ces années, elles ne seraient plus jamais propres. Elles avaient fait trop de morts.

C'était un tueur-né. Son vieux avait raison quand il le disait. Ils étaient tous les deux des tueurs-nés.

Des bons.

Il inspira bruyamment. *Pense à autre chose*. Le passé était enterré, comme son père.

— Comment dire… Quand ils t'ont interrogée…

L'équipe avait besoin de cette information, il lui fallait donc poser la question.

— … que voulaient-ils savoir ?

Elle pointa le menton.

— Des choses sur mon père.

Un temps d'arrêt, puis :

— Je me demande ce qu'il a encore bien pu faire, dit-elle dans un soupir.

Elle avait mal, cela s'entendait. Il savait qu'elle avait depuis longtemps ôté les lunettes roses qui enjolivaient le personnage de son père.

Voyons, qu'avait fait celui-ci ? Trahi son pays, trafiqué avec un marchand d'armes, profité de l'argent du sang — et pensé qu'il s'en tirerait en toute impunité. Le quotidien d'un sénateur, en somme.

— Je ne sais pas, répondit Logan.

Il aurait été facile de mentir. Mais, à elle, il ne voulait pas raconter d'histoires.

— Si, tu sais.

Elle se leva et se colla contre lui, la tête penchée en arrière pour mieux le voir. Il la dominait d'au moins vingt centimètres.

— Mais tu ne veux pas me le dire.

Être la fille d'un sénateur ne lui donnait pas tous les droits. Logan était au service de l'Oncle Sam. Il avait pour mission de la ramener chez elle saine et sauve, pas de faire capoter une opération en cours depuis près de deux ans.

— Que leur as-tu dit sur ton père ?

Que savait-elle exactement de ses sinistres activités ?

— Rien.

Elle le regardait de ses grands yeux sombres, ces yeux qui l'avaient toujours fasciné et qu'il n'avait jamais oubliés.

— Et ils t'ont laissée tranquille ?

Son histoire n'avait pas de sens. Sauf si Guerrero pensait l'utiliser comme monnaie d'échange. Dans ce cas, il fallait qu'elle reste en vie.

Encore quelque temps, du moins.

Elle hocha la tête et ses cheveux balayèrent son menton.

— Quand tu m'as trouvée, ils venaient de m'emmener dans la salle des tortures.

Elle rit, un petit rire nerveux très différent du rire franc qu'il lui connaissait.

— Ils allaient me forcer à parler. Comme ils l'avaient fait avec John.

Mais ils avaient attendu quatre jours. Ce n'était pas le mode opératoire classique des hommes de Guerrero. Et cela tendait à confirmer ses craintes.

— Ce John, à quoi ressemblait-il ?

— Grand, bronzé, entre vingt et trente ans. Sans lui, je serais devenue folle. Il m'a parlé tout le temps.

Logan n'en doutait pas. Mais des grands bronzés, il y en avait des millions. Il voulait un portrait plus précis.

— Tu l'as bien vu ? Son visage ?

Elle opina. Il lui adressa un sourire qui se voulait sans ambiguïté.

— Quand nous serons rentrés aux États-Unis, penses-tu être capable de le décrire à un dessinateur ? Ce serait bien qu'on puisse avoir un portrait-robot.

Elle plissa le front.

— Nous pourrions ainsi le rechercher efficacement dans le fichier des personnes disparues.

Mensonge, mensonge !

— Et savoir exactement qui est ce John.

Elle fit une drôle de grimace.

— Attends, dit-elle soudain. Donne-moi un papier et un crayon, et je vais te le dessiner moi-même.

Il ne pouvait espérer mieux. Juliana dessinait très bien, c'était une vraie artiste. Il se rappelait qu'elle peignait à l'huile et qu'elle emportait toujours un carnet pour croquer les gens ou les paysages qui l'intéressaient. En quelques coups de crayon, elle était capable de dessiner n'importe qui, n'importe quoi.

— Ce qu'il nous faudrait, ce sont des croquis de tous ceux, hommes et femmes, que tu as vus pendant ta détention.

— D'accord.

Formidable ! C'était le coup de pouce dont ils avaient besoin.

— Je veux qu'on les attrape, dit-elle. Je veux qu'on les arrête. Qu'ils ne puissent plus nuire.

Et lui donc ! Il n'était pas dans son intention d'en rester là. Il n'aurait de cesse que Guerrero soit sous les verrous. Sa mission n'était pas terminée. Loin de là. Elle ne faisait même que commencer.

Il se détourna.

— Tu devrais essayer de dormir un peu.

Il serait toujours temps de dessiner. Pour l'heure, il voulait discuter avec son équipe des doutes qui l'assaillaient.

Mais elle posa la main sur son bras.

— Pourquoi est-ce toi qui es venu me chercher ? Pourquoi toi, Logan ?

Il regarda sa main, s'interdit de la caresser. Dur, dur… Elle aurait dû se rappeler qu'il avait toujours aimé — beaucoup trop aimé — le contact de sa peau sur la sienne.

C'était peut-être pour cette raison aussi qu'il était parti le plus loin possible. Parce qu'avec elle, il était incapable de se retenir. De se contrôler. Parce qu'il représentait un danger.

— Le sénateur est venu voir notre unité.

Oui, c'était bien sa voix, sa voix que le désir faisait changer de timbre… simplement parce qu'elle le touchait.

— Il voulait qu'on te mette en sécurité.

— Ton unité ?

Il sentit ses doigts se crisper sur son bras.

— Officiellement, on n'a pas d'existence, expliqua-t-il.

Pour le reste du monde, la Division des opérations spéciales, la DOS, une section d'élite, n'existait pas. Le groupe, qui recrutait ses membres parmi les commandos de la marine, les rangers et les officiers du renseignement du FBI et de la CIA, se voyait confier les opérations les plus sensibles — et les plus secrètes. Récupération d'otages. Guerre non conventionnelle. Guérilla. Ils étaient en première ligne au péril de leur vie, certaines cibles devant être éliminées coûte que coûte, quel que soit le prix en hommes.

— Ton unité… je veux dire, ton équipe… a un nom ?

Officiellement non.

— On nous appelle les agents de l'ombre.

Car leur objectif était de remplir leurs missions sans jamais se faire repérer. Jusqu'à présent, ils y étaient toujours arrivés.

— Mon père est vraiment venu te chercher ? Mais… comment savait-il que tu…

Elle enleva sa main, qui lui manqua aussitôt.

Comme autrefois. Assez intime pour l'embrasser mais pas assez pour aller jusqu'au bout de ses désirs. C'était toute l'histoire de sa vie.

— Ce n'est pas à moi qu'il est venu demander de l'aide.

Le sénateur avait eu un haut-le-corps quand il l'avait reconnu.

— C'est à mon unité, la Division des opérations spéciales.

Parce que le FBI l'y avait adressé. Le sénateur avait encore du pouvoir et de l'influence auprès des politiques de Washington DC, assez pour obtenir un rendez-vous avec la DOS.

— Je ne pensais pas qu'il voudrait me retrouver, laissa tomber Juliana.

Sa voix tremblait. Ce n'était plus qu'un murmure. Elle semblait perdue, comme tant d'années auparavant. Perdue mais consciente de tout.

Elle ne connaissait que trop bien son père. L'expédition au Mexique ne concernait pas qu'elle. Et si elle avait su quel marché avait été conclu dans le bureau capitonné de Washington, elle aurait compris qu'elle avait été trahie par les deux, encore une fois.

Comme si la première trahison n'avait pas été assez douloureuse ! Pendant des années il s'était réveillé, le bras en travers du lit, cherchant son corps, sa peau… Pour se rendre compte qu'elle n'était pas là et ne le serait jamais plus.

Or elle était là, à portée de main. Bonheur interdit.

Il se tourna vers elle et prit son menton.

— Moi, j'espérais te retrouver.

Il regretta aussitôt cet aveu. Il outrepassait les limites de sa mission. Il devait garder à tout prix ses distances. Ne pas en faire une affaire personnelle.

*Ne la touche pas. Mets-la dans l'avion. Rends-la aux siens. Et disparais.*

Mais cela faisait si longtemps qu'il ne l'avait pas tenue contre lui. Et plus longtemps encore qu'il ne l'avait pas embrassée. Un moment de faiblesse ne ferait de mal à personne, si ?

À cet instant, elle se hissa sur la pointe des pieds et l'embrassa.

Cessant alors de se raisonner, il la prit dans ses bras et la serra contre lui. Il sentait ses seins contre sa poitrine, et même ses mamelons qui pointaient. Elle avait des seins parfaits. Il s'en souvenait bien. Ils étaient jolis, bien ronds, laiteux, et appelaient le baiser.

Et ses lèvres, rien ne les égalait.

À vingt ans, il flottait au-dessus d'elle comme un parfum d'innocence. Aujourd'hui, elle transpirait le désir.

Encouragé par sa fougue, il passa les bras autour de sa taille et, se penchant sur elle, prit sa bouche. Loin de le repousser, elle gémit. Le même gémissement qu'autrefois. Comme un miaulement. Elle glissa les mains sous sa chemise, et la douce griffure de ses ongles sur sa chair le mit au comble de l'excitation.

Elle aussi était excitée. Bouillante.

Pourquoi n'arrêtait-il pas ? Pourquoi caressait-il ses hanches et se frottait-il contre elle ? Pourquoi la plaquait-il contre le mur pour la faire prisonnière de ses bras ?

Parce qu'il avait envie d'elle.

Une envie plus forte que jamais. Qui risquait de les faire souffrir tous les deux.

Il releva la tête et la regarda. Elle haletait. Ses lèvres étaient rouges, gonflées. Il brûlait de les reprendre. Juste un autre baiser, gourmand, passionné, pour oublier le manque des dix années passées.

Rien qu'un baiser alors qu'il voulait tout.

*Déshabille-la. Prends-la.*

Non. Elle venait de vivre l'enfer, il ne pouvait pas lui faire ça. Pas lui.

Il inspira profondément et l'embrassa.

— Il ne faut pas, dit-il.

À ces mots, elle se pétrifia. La fièvre qui brillait dans ses yeux retomba.

— Julie…

Vexée, elle s'écarta de lui.

— Je suis désolé. Je regrette. Je n'aurais pas dû.

Il regrettait ? De l'avoir embrassée, sûrement pas. Mais d'avoir été assez bête pour ne pas continuer, ça oui.

Cela dit, avait-il le choix ? Il n'allait tout de même pas lui faire l'amour alors que ses équipiers étaient dans la pièce à côté.

— Je ne sais plus ce que je fais.

Elle s'éloigna et ne se retourna pas.

— Je ne veux pas. Je ne veux pas de…

Elle se tut. Mais Logan avait deviné la suite. C'était de lui qu'elle ne voulait pas.

Le contrecoup. Il comprenait. Il connaissait l'effet dopant de l'adrénaline et la terrible dépression qui s'ensuit quand, peu à peu, son effet se dissipe et laisse le soldat comme vide.

Il se dirigea vers la porte, droit comme un I, en bon soldat qu'il était censé être.

— Tu devrais essayer de dormir encore un peu.

Ils n'étaient pas tirés d'affaire. Tant qu'ils n'auraient pas franchi la frontière des États-Unis, tant que la mort planerait au-dessus de leurs têtes, il la suivrait comme son ombre.

C'était son boulot.

Cependant, le sort les forçant à cohabiter, il devait la mettre en garde contre lui.

— Si je t'ai encore dans mes bras comme cela…

Il posa la main sur la poignée de la porte, la serra à la casser et poussa un soupir.

— Si je t'ai encore dans mes bras comme cela…

Il se retourna. Elle le regardait de ses grands yeux étonnés.

— Je ne me conduirai pas en gentleman, cette fois.

Exactement. En gentleman. Il savait ce qu'il voulait dire…

Elle le fixait toujours et son regard ne laissait planer aucun doute…

— Je ne recommencerai pas, ajouta-t-il. La prochaine fois, si tu me tentes, je prends.

On était loin des mots tendres qu'elle avait sûrement envie d'entendre après l'épreuve de sa captivité mais il en resta là. Et sortit.

Pendant qu'il en était encore capable.

Jasper l'attendait dans la pièce voisine. Blond, une petite gueule d'amour qui trompait immanquablement l'ennemi, il sourit en le voyant.

— Je pige maintenant, dit-il de son accent traînant.

En colère, frustré, Logan eut du mal à ne pas l'insulter. Mais Jasper était un ami, un camarade.

— Toi, c'est les blondes aux yeux marron, poursuivit Jasper. Partout où tu passes, t'en dégotes une.

Il avait raison.
— Et je sais pourquoi, à présent…
Un silence. Le temps d'observer Logan, et Jasper conclut :
— Elles ne font pas le poids comparées à l'originale.
Logan le fusilla du regard. Qui parlait de comparer ?
Sans daigner répondre, il s'en alla organiser les tours de garde.

Le sénateur Aaron James regarda l'arme qu'il tenait à la main. Il n'avait pas prévu que les choses se terminent comme ça. En tout cas, pas pour lui. Il avait de si grands projets en vue…
De l'argent facile. Une vie idéale. Toujours plus de pouvoir.
Et tout s'écroulait, tout lui filait entre les doigts.
Le téléphone sur son bureau sonna. Sa ligne privée. Serrant les dents, il décrocha.
— Oui, J… James.
Il détestait le tremblement de sa voix. Il n'était pas censé avoir peur. D'habitude, il faisait trembler les autres.
Enfin, autrefois.
Jusqu'à ce qu'il rencontre Diego Guerrero. Il avait alors appris le sens du mot peur.
— Elle est morte.
La voix était froide et basse, le ton un brin sarcastique. Sans accent.
Diego.
Aaron posa l'arme près du téléphone et s'agrippa au récepteur.
— Juliana n'avait rien à voir avec ça.
— Peut-être, mais vous l'avez impliquée.
— Elle n'est pas morte.
Il avait eu l'information. Elle avait été exfiltrée. Il paierait le prix fort pour ce sauvetage.
Sa vie.
— Vous croyez que cela m'arrêtera ?
Éclat de rire.

— Je vais continuer à la traquer. J'obtiendrai ce que je veux.

Diego et ses hommes n'arrêtaient jamais. Jamais. Ils étaient même allés jusqu'à mettre le feu à tout un village pour adresser un message à leurs rivaux.

*Et je pensais pouvoir le contrôler...*

Les mains moites, Aaron répondit :

— J'ai négocié pour vous. Les armes ont été livrées. On est quittes.

Nouvel éclat de rire.

— Non. On sera quittes quand j'aurai la preuve que vous avez planquée. La pièce à conviction, vous savez.

Aaron crut que son cœur s'arrêtait.

— Vous croyez peut-être que je suis pas au courant de ce qui s'est passé ? Les agents que vous avez envoyés la récupérer... Vous avez passé une alliance, avouez-le, James.

— C'est ma fille.

Il ne pouvait pas la laisser mourir. Jadis, petite fille, elle accourait vers lui et se jetait dans ses bras en riant. « Je t'aime, mon papa chéri. » C'était il y a longtemps. Depuis, il avait détruit leur complicité. Tout rejeté, mais...

— Je veux la preuve.

Il s'était efforcé d'être prudent. Avait écrit les noms, les dates de tous les marchés conclus. Tout noté, tout enregistré. Il avait même créé son propre réseau internet.

Mais il savait maintenant qu'il ne serait jamais plus en sécurité. Que Guerrero serait une menace permanente.

— Je l'aurai, cette preuve.

Promesse mortelle de son interlocuteur.

— Je vous aurai, et votre fille, je la tuerai.

Silence sur la ligne. Clic. Il avait raccroché.

Aaron essaya de s'humecter la gorge en avalant sa salive. Une fois, deux fois, trois fois. Avec Guerrero, tout s'était très bien passé jusqu'à ce que...

*Je devienne trop gourmand.*

Il avait détourné un peu d'argent. Pas grand-chose. Juste vingt millions de dollars. C'était tellement facile. On en détourne un peu à chaque négociation, et voilà ! Aaron considérait d'ailleurs que c'était une sorte de rétribution pour… service rendu. En l'occurrence, trouver des clients qui voulaient des armes. Jouer les intermédiaires valait bien un petit bonus, non ? En tout cas, lui l'avait pensé. Mais Guerrero avait découvert le pot aux roses et réclamé son argent. Quand il avait commencé à se montrer pressant, Aaron avait menacé de se servir de la preuve qu'il détenait contre le trafiquant d'armes.

Ça avait été son erreur. Il prenait à présent conscience de l'étendue de sa folie. Il ne fallait pas en conter à El Diablo. Personne n'avait jamais mis le diable à genoux.

Loin de plier, Guerrero avait enlevé Juliana.

Aaron ferma les yeux. Sa fille était saine et sauve actuellement, mais pour combien de temps ?

Ce cauchemar allait mal finir. La presse aurait vite fait de découvrir sa malhonnêteté. Et tout ce qu'il avait construit… s'écroulerait.

« Je la tuerai. »

Juliana était son remords. Il l'avait entraînée dans cette guerre à son insu.

Maintenant, elle aussi allait mourir.

Personne n'échappait à Diego, quoi que prétende Logan Quinn. Quand on avait triché avec le diable, il fallait un jour passer à la caisse.

Il y eut un bourdonnement dans l'appareil. Tremblant, Aaron posa le récepteur et considéra le canon noir de son revolver.

Il ne supportait pas l'idée de tout perdre, de se retrouver au cœur d'un scandale, de faire les gros titres des journaux télévisés. On le mépriserait. Et même si le public ne le condamnait pas et lui restait attaché, Guerrero ne le lâcherait pas.

Il n'y avait pas d'alternative. Pas d'issue. El Diablo allait l'attraper et le torturer. Il le ferait souffrir pendant des heures, des jours.

Non, non et non, ce n'était pas ainsi qu'il voulait quitter la scène.

— Je te demande pardon, Juliana…

Agrippée à son siège, livide, Juliana retint son souffle. Le petit avion venait de se poser et rebondissait pour la troisième fois sur la piste, qu'elle ne voyait même pas. Les hommes et la femme qui l'accompagnaient ne semblaient pas effrayés ou, s'ils l'étaient, ils ne le montraient pas.

Le pilote — la femme qu'elle avait entendu Logan appeler Sydney — était grave. Le groupe n'avait pas dit un mot pendant tout le vol.

L'avion rebondit encore une fois et, grâce au ciel, finit par se stabiliser. Il se mit à ralentir puis freina sur ce qui, à son avis, ne devait pas être une vraie piste, car ils étaient très secoués. Ils avaient décollé du Mexique d'une espèce de route en terre battue et venaient sans doute de se poser au milieu de nulle part.

— Nous revoilà en Amérique, murmura Logan assis à côté d'elle, avec un sourire ambigu.

Satisfaction, soulagement ou tristesse, elle n'aurait su le dire.

Elle essuya ses mains sur son jean.

— Cela veut dire que je suis vraiment en sécurité maintenant ?

Il se pencha sur elle pour défaire sa ceinture, qu'il l'avait aidée à boucler au départ.

— Cela veut dire que tu vas pouvoir reprendre une vie normale.

Elle frôla son visage alors qu'il se relevait. Autrefois, il avait les cheveux longs et bouclés ; il les avait coupés ras. C'était dommage.

Ceux qui disaient qu'une fille n'oublie jamais son premier amour avaient terriblement raison, pensa-t-elle.

Avec les années, Logan s'était endurci. Il avait une cicatrice sous le menton, souvenir d'un coup de couteau, sans doute, et de petites rides au coin des yeux. Des yeux… personne n'avait des yeux d'un bleu pareil.

Que lui.

Ses lèvres n'étaient qu'à quelques centimètres des siennes. Les avait-elle vraiment embrassées tout à l'heure ? Oui, et ce baiser lui avait fait chaud partout. Bref mais ardent, il avait chassé l'impression de froid qui lui glaçait les os.

John était mort. Elle l'avait abandonné et il était mort. Elle avait failli mourir, elle aussi. Mon Dieu, comme elle avait eu peur… Était-ce un péché de vouloir rester en vie ? Ne serait-ce que quelques instants ?

Puis Logan s'était éloigné d'elle.

Encore.

Apparemment, il regrettait. Même histoire. Même refrain. Logan Quinn n'avait que faire d'elle.

Il valait mieux qu'elle l'oublie. Elle avait envie de passion, pas seulement de lui.

Pas. Seulement. De lui.

Ils débarquèrent du petit avion. Le dénommé Gunner descendit le premier, arme au poing, prêt à tirer. Logan resta près d'elle. Garde du corps géant qui avançait au même pas qu'elle.

Deux SUV noirs les attendaient. Logan l'emmena vers le premier. Grimpa à bord et claqua la portière derrière lui. Gunner monta à son tour et le SUV démarra. Le chauffeur passa un téléphone mobile à Logan.

— Nouvelle mission ratée, Alpha One.

Elle tourna les yeux vers lui. Il la regardait. Cette sensation de brûlure, était-ce normal ?

Il avait déjà le mobile à l'oreille. Qui pouvait-il appeler si vite ?

— Alpha One, dit-il. Paquet livré à bon port.

S'entendre qualifiée de paquet, c'était charmant !

Elle regarda dehors. Le paysage défilait à toute allure. Des kilomètres de petites routes poussiéreuses, bordées ici et là de touffes d'herbes sèches, de broussailles.

— Oui, monsieur ?

Elle ignorait qui se trouvait à l'autre bout de la ligne mais le ton de Logan était sec, quoique déférent.

— Oui, monsieur. Je comprends.

Fin de la conversation.

— Juliana…

Il lui prit la main. Tiens, il la touchait, maintenant ?

— Je suis désolé, dit-il.

Cette fois, il semblait réellement désolé.

Étonnée, elle le dévisagea.

— De quoi ?

Ses traits tirés, ses yeux bleus ennuyés n'étaient pas de bon augure. Avant même qu'il parle, elle sut que la nouvelle allait être très mauvaise.

— Le sénateur James est décédé.

# 3

Aucun coup ne lui serait épargné. Moulée dans un ensemble noir qui l'affinait encore, Juliana se baissa pour déposer une rose rouge sur le cercueil de son père. Légèrement en arrière, Logan l'observait. Elle était digne dans son chagrin. Et belle.

Personne n'avait été autorisé à voir la dépouille. Mieux valait ne pas soutenir le spectacle du visage d'un homme qui s'était tiré une balle dans la tête.

Logan n'avait pas quitté Juliana pendant ces quatre derniers jours. Il voulait être sûr que son retour à Jackson, Mississippi, se passe sans nouveau problème. Une fois sur place, il avait réservé plusieurs chambres dans un hôtel et insisté pour qu'elle reste avec lui et son équipe. Au début, elle avait renâclé, puis elle s'était résignée. Il savait — son instinct le trompait rarement — qu'il ne devait pas la perdre une seule seconde de vue.

Il s'était attendu à ce qu'elle pleure à l'annonce du décès de son père. Après tout ce qu'elle venait d'endurer, il aurait compris qu'elle verse quelques larmes. Elle n'en avait pas versé une seule.

L'assistance commença à défiler devant elle. Une personne après l'autre. Baiser. Étreinte. Condoléances. Tapes dans le dos.

Courage, Juliana…

Dissimulé sous les branches basses d'un magnolia, Logan humait le parfum de ses fleurs, un parfum sucré et capiteux qui lui évoquait immanquablement Juliana. Leur premier baiser, ils l'avaient échangé sous un magnolia. Il pleuvait.

Elle avait tremblé contre lui.

— Tu sais ce qu'on a à faire, dit Gunner, debout à son côté.

Logan lui jeta un coup d'œil. Gunner regardait Juliana lui aussi. Il semblait tendu. Gunner était du genre tranquille, un faux tranquille. Né d'un père espagnol et d'une mère indienne, il avait la peau mordorée, les yeux noirs, et l'instinct du chasseur. Elevé dans une réserve, il avait, très tôt, été entraîné à chasser. Son grand-père lui avait appris à traquer sa proie sans lui laisser la moindre chance. Aussi redoutable qu'il soit, Gunner était l'une des rares personnes sur terre que Logan qualifiait d'ami. C'était aussi le tireur d'élite le plus exceptionnel qu'il ait jamais croisé.

— Je sais, ce n'est pas que ça me plaise, rétorqua Logan en soupirant.

Mais les ordres étaient venus d'en haut. De tout en haut. Ces ordres-là ne se discutaient pas.

Maintenant que le sénateur était sorti du tableau, Juliana était leur atout pour faire tomber Guerrero.

Elle leur avait fourni le portrait-robot des sbires de Guerrero et de celui qu'elle appelait John. Des portraits d'une précision rare : son regard d'artiste avait tout noté, jusqu'à la position, pour certains, de leurs grains de beauté. Son sens de l'observation faisait d'elle un témoin hors pair.

Un témoin que Guerrero aurait soin de ne jamais laisser s'échapper.

C'est le croquis de John Gonzales qui intéressait le plus Logan et ses hommes. Un pauvre innocent comme elle, avait déclaré Juliana. Un autre otage enlevé et torturé.

Si ce n'est qu'aucune personne du nom de John Gonzales n'était portée disparue. Il n'était nulle part dans les fichiers du FBI et de la CIA. Pour eux, John Gonzales n'existait pas.

— Tu crois que Guerrero va encore s'attaquer à elle ? demanda Gunner en balayant l'assistance du regard.

Ils n'étaient pas venus là pour rendre un dernier hommage au sénateur. Aucun d'eux n'avait la moindre estime pour ce Aaron James, qui s'était totalement déconsidéré à leurs yeux. Ils étaient là en mission de surveillance.

Et le boulot n'était pas terminé. Loin de là.

— Le boss le pense.

Lui aussi le pensait. Son instinct le lui disait.

Il fallait tout de même qu'elle soit présente aujourd'hui. On enterrait son père. Hélas, il n'emportait pas ses démons avec lui dans sa tombe.

La foule se mit à se disperser. C'étaient des funérailles solennelles, avec des officiels, hommes politiques et autres, qui s'arrangeaient pour se trouver dans l'axe des objectifs, histoire de soigner leurs relations publiques. De nombreux policiers en civil émaillaient la foule. Logan reconnut même des agents des services secrets.

Deux hommes et une femme en particulier attiraient son attention. Vêtus de noir des pieds à la tête, ils collaient Juliana. Protection rapprochée. Ils étaient tellement voyants qu'ils en étaient comiques. Mais les services secrets étaient comme ça parfois. Ils aimaient être vus.

— Tu te sens prêt à faire ce que tu dois faire ?

Logan ne cilla pas. Il savait ce que Gunner voulait savoir : s'il serait capable de regarder Juliana dans les yeux et de lui mentir. Effrontément. C'était ce qu'on lui demandait. Compte tenu de leur histoire passée, le patron avait vu en lui le candidat idéal pour l'approcher de très près et la protéger. Quitte à laisser croire qu'ils redevenaient amants.

— Oui. Je ferai ce qu'il faut.

Ce serait une nouvelle trahison. Mais il ne confierait cette mission à personne d'autre. Manque de confiance.

Même pas à Gunner.

Surtout pas à Gunner.

Le candidat désigné avait pour mission de rester avec elle jour et nuit.

Ce serait lui et seulement lui.

Il se dirigea vers elle. Avec les lunettes fumées qu'il avait sur le nez, personne ne verrait qu'il n'avait pas la mine attristée de circonstance. Parfait. Il n'était pas d'humeur à faire semblant…

Une longue limousine noire attendait Juliana. Portière ouverte. La jeune femme lui avait déjà tourné le dos et marchait vers la voiture. Mais il ne la quittait pas des yeux.

Soudain, une femme qu'il reconnut tout de suite comme étant l'une des assistantes du sénateur s'approcha d'elle. La femme, en grand deuil, chignon blond à la Grace Kelly, serra Juliana dans ses bras. L'équipe l'avait longuement questionnée sur les activités de James.

— Mme Walker, saviez-vous que le sénateur Aaron James avait des liens avec…

En larmes, Susan Walker avait tout réfuté, nié en bloc. Elle semblait ignorer totalement les agissements peu avouables de son employeur.

— Je ne peux pas croire qu'il soit mort, avait-elle répondu, la voix brisée. C'est impossible. Nous avions tellement de projets…

Un grand brun rejoignit les deux femmes et posa la main sur l'épaule de Susan. Logan le connaissait, évidemment. Lunettes noires finement cerclées de métal, Ben McLintock était un autre assistant du sénateur. Lui aussi avait été interrogé. Il n'avait jamais craqué mais Logan et ses hommes l'avaient senti nerveux.

McLintock jeta un coup d'œil par-dessus son épaule et, apercevant Logan, détourna la tête. Trop vite. La Division des opérations spéciales l'avait dans sa ligne de mire. Dès qu'ils auraient récolté des renseignements sur lui, quelque chose qui prouverait ses liens avec les activités illégales du défunt, ils ne manqueraient pas de s'en servir.

Ce jour-là, il faudra qu'on parle, M. McLintock.

Et ce jour-là, Logan ne se montrerait pas aussi conciliant.

— Juliana a besoin de rentrer chez elle se reposer, dit Ben à Susan. Vous aurez tout le temps de parler là-bas.

— Oui, oui, tu as raison.

Tremblante, toute menue dans ses habits de deuil, Susan regarda une dernière fois le cercueil.

— C'est un cauchemar, dit-elle.

Ben lui prit la main mais il avait les yeux sur Juliana.

— Je suis infiniment triste pour vous, dit-il.

Juliana était très pâle.

— Je n'avais jamais… jamais… imaginé que ça se terminerait ainsi.

Le sénateur les avait tous surpris. Logan s'interrogeait d'ailleurs sur les vrais motifs de son suicide. Avait-il pensé que Guerrero ferait machine arrière et ne s'en prendrait pas à Juliana ?

— Toutes mes condoléances, ajouta Ben en se penchant sur Juliana pour l'embrasser.

Logan serra les poings. Ce tripoteur pouvait faire ce qu'il voulait avec Susan Walker mais, avec Juliana, c'était *pas touche*. Il allait vite le comprendre.

— J'ai besoin d'air, souffla Susan en titubant.

Un flot de larmes se mit à couler sur ses joues.

— Excusez-moi, mais… je ne peux pas le laisser…

Elle tremblait, sanglotait. Ben la prit par le bras et l'emmena.

— Je m'occupe d'elle, dit-il, ajoutant à l'intention de Juliana : On se retrouve à la maison.

Il regarda alors Logan, qui lui adressa un sourire mi-figue mi-raisin.

— Ne vous inquiétez pas. Je suis là. Je veillerai à ce qu'elle arrive chez elle sans problème.

Les voitures commençaient à partir. Logan n'avait pas encore croisé le regard de Juliana, qui semblait faire exprès de l'éviter. Il avait envie de la serrer dans ses bras et de la réconforter — or, de toute évidence, elle préférait garder ses distances.

L'ennui c'est qu'il n'avait jamais pu, lui, garder ses distances.

Susan et Ben s'éloignaient lentement. Logan les vit s'arrêter sous un gros chêne. La tête dans les épaules, Susan pleurait.

— Je ne peux pas, dit Juliana tout bas. Tout le monde me regarde et s'attend à ce que je pleure, mais je ne peux pas.

Elle posa enfin sur lui ses yeux noirs, troublants à damner un saint, et murmura :

— Je ne suis peut-être pas normale ?

— Mais si !

Il se moquait de ce que les autres pouvaient penser. Les cameramen n'étaient là que pour filmer le chagrin de la fille du mort ; le clip passerait ensuite en boucle sur les chaînes de télévision. Quant aux soi-disant amis du sénateur… Logan savait distinguer les vraies larmes des larmes de crocodile. Mieux valait éviter de pleurer que jouer la comédie.

Juliana se mordit la lèvre. Elle paraissait sur le point de craquer.

— Viens, lui dit Logan, ému, en lui prenant la main.

Elle leva les yeux vers lui. De fines gouttes tombaient à présent. Se rappelait-elle la dernière fois qu'ils s'étaient retrouvés ensemble sous la pluie ?

*Il faut oublier*, s'admonesta-t-il.

Mais le parfum du magnolia, exalté par l'humidité, venait lui titiller les narines.

Il y a des choses comme ça qui ne s'oubliaient jamais.

Logan ôta sa veste et la mit sur la tête de Juliana.

— Je te demande de venir avec moi.

Elle ne bougea pas.

— Que fais-tu ici ? s'enquit-elle. Si tu crois que je ne t'ai pas vu sous l'arbre ! Tu m'observais. Tu n'es pas censé être ici. Tu devrais être reparti pour Washington ou la Virginie… ou je ne sais où. Là où tu habites.

Pour l'instant il était là, avec elle, et c'était là qu'il voulait être.

La pluie redoubla tout d'un coup.

— Mademoiselle James ? appela le chauffeur de la limousine.

C'était un homme d'un certain âge aux cheveux grisonnants. Son costume déjà trempé ne semblait pas le gêner. Il fixait Juliana, l'air sincèrement inquiet. Rien à voir avec le masque de tristesse que la plupart de ceux qui assistaient aux funérailles avaient plaqué sur leur visage.

— Elle ne rentrera pas en limousine, lança Logan.

Puis, se penchant vers elle :

— Il faut qu'on parle.

Elle fit oui de la tête. Des gouttes d'eau tombèrent de ses cils. De la pluie ou des larmes ?

— Charles, merci, dit-elle au chauffeur. Je vais rentrer avec M. Quinn.

— Vous êtes sûre ?

Il avait regardé Logan qui, apparemment, ne lui inspirait pas confiance.

— Oui, répondit Juliana.

Elle s'éclaircit la voix.

— Merci pour tout ce que vous avez fait aujourd'hui, Charles… Je veux simplement…

Elle s'interrompit, puis, avec un sourire tremblant :

— Vous avez toujours été tellement gentil avec moi.

— Vous aussi, mademoiselle James. Vous avez toujours été bonne pour moi.

Il salua d'un signe de tête et ferma la portière.

— Occupez-vous bien d'elle, dit-il à Logan.

*J'en ai bien l'intention*, pensa Logan.

Il prit la main de Juliana et l'entraîna vers son véhicule.

— Je ne repars pas tout de suite, dit-il. En fait, je vais rester encore un peu à Jackson.

— Ah ? Et pourquoi ?

La pluie tombant de plus en plus dru, ils pressèrent le pas. Sa fourgonnette n'était plus qu'à quelques dizaines de mètres et il n'y avait pas trace de Gunner.

— Parce que je veux être avec toi.

Elle écarquilla les yeux.

— Mais… Oh ! Qu'est-ce que…

C'était la limousine qui démarrait. Elle allait partir et ils pourraient alors…

Une détonation suivie d'une explosion fit sursauter Logan violemment. La chaleur du feu lui brûla les bras. Il empoigna Juliana et courut se mettre à l'abri sous le magnolia où il se dissimulait quelques minutes plus tôt.

Bon Dieu ! Qui était le salaud qui…

— Juliana ! cria-t-il sous le coup de la peur.

Elle se serra contre lui. Son front saignait et elle regardait, horrifiée, la carcasse fumante de la limousine.

— Le chauffeur, murmura-t-elle. C'est horrible !

Hélas, ils ne pouvaient plus rien pour lui. La prenant dans ses bras, il courut vers sa fourgonnette. Ce n'était pas le moment de traîner ici.

— Vite !

Gunner était là. Il avait tout vu, et déjà il avait demandé du renfort et appelé l'ambulance. Des blessés gisaient à même le sol. Certains brûlés, d'autres très mal en point. Les policiers qui avaient assisté à l'enterrement couraient partout, tâchant de comprendre ce qui se passait.

C'était le chaos. Voilà ce qui se passait.

Logan courait aussi. Il n'avait pour l'heure qu'une priorité, Juliana. Il laissait aux autres le soin de s'occuper des blessés. Il fallait à tout prix l'éloigner d'ici.

— Pose-moi à terre, Logan. Il faut leur porter secours, à tous ces gens. Tu m'entends, arrête !

Elle se débattit mais il ne céda pas. Il ouvrit la portière du passager et la poussa dans l'habitacle.

— Je dois y aller ! protesta-t-elle.

— Tu restes là.

C'était un ordre. Et il ne plaisantait pas. Il avait failli la voir mourir sous ses yeux. S'en rendait-elle compte ou pas ?

— À ton avis, cette bombe était destinée à qui ? Au chauffeur… ou à toi ?

Elle pâlit un peu plus encore.

— Mais… tous ces gens… ces blessés…

Elle avait toujours été une tendre, tournée vers les autres, pleine de sollicitude et d'empathie. Une faiblesse qui risquait un jour de lui coûter la vie.

Mais ce ne serait pas aujourd'hui.

— Ne bouge pas de là.

Il claqua la portière, fit en courant le tour du véhicule et démarra.

La limousine avait, en principe, été inspectée. Toute voiture qu'elle risquait d'emprunter était systématiquement fouillée. Quelqu'un n'avait pas fait correctement son boulot et elle avait manqué y laisser la vie.

Comme le chauffeur.

— C'était un accident, n'est-ce pas ?

Elle essayait de se mentir.

— Je ne pense pas.

Les sirènes hurlaient. Logan regarda dans son rétroviseur.

Une colonne de fumée noire s'élevait vers le ciel. Il appuya à fond sur l'accélérateur et le moteur rugit.

Il serra son volant à s'en faire mal aux mains. Une faute avait été commise. Une grosse faute.

— Mais… il n'y a plus de danger maintenant ?

Elle semblait perdue.

— Non, en principe.

Du coin de l'œil, il la vit serrer ses mains entre ses cuisses. Alors, d'une voix ténue — un filet de voix —, elle lui rappela une promesse.

— Tu avais dit que… Tu m'avais dit qu'une fois rentrée aux États-Unis, je ne risquerais plus rien.

— Je me suis trompé.

Logan conduisit Juliana dans un hôtel modeste des environs de Jackson. Elle n'avait plus dit un mot de toute la route. Elle ne pouvait pas. Chaque fois qu'elle ouvrait la bouche, un goût de cendres la réduisait au silence.

Elle était triste pour Charles. Il travaillait pour son père depuis vingt ans. Mourir comme ça…

Elle déglutit. Toujours ce goût de cendres.

Le pick-up freina. Ils descendirent. Elle suivit Logan comme un robot. Ses pas étaient lents, lourds. Il déposa une liasse de dollars sur le comptoir de la réception et lança d'un ton menaçant au préposé, un jeune :

— Tu oublies que tu nous a vus, d'accord ?

Ils marchèrent jusqu'à la dernière chambre, à l'extrémité du parking.

Le ventilateur à pales se mit à tourner dès qu'il actionna l'interrupteur. Juliana regarda autour d'elle. Un seul lit. Défoncé. Une table lardée de coups de couteau. Une chaise branlante. Et, partout, des panneaux. « Location à l'heure. »

— Tu saignes, dit-il regardant son front.

— J'avais oublié. Ce n'est rien. Juste une égratignure.

Sa robe était déchirée au niveau des genoux.

— Tu es trop calme.

Pardon ? Fallait-il qu'elle hurle ? Qu'elle s'effondre ? Ce

n'était pas son genre. Elle se demandait juste une chose : *et maintenant ?*

Comment allait-elle gérer la suite ?

— C'est le choc, répondit-elle.

Il l'emmena dans la salle de bains, grande comme une boîte d'allumettes.

— Lave-toi, je vais t'aider.

Agacée par son empressement, elle le repoussa.

— Je ne suis pas un bébé, Logan.

Il la regarda de ses yeux bleus perçants. Plus bleus et plus perçants que jamais, ces yeux qui savaient distribuer le chaud et le froid. Pour l'instant, son regard n'était ni chaud ni froid. Plutôt indifférent.

— Je n'ai jamais dit que tu étais un bébé.

— Je suis capable de me laver seule.

Elle inspira profondément, lentement, pour éviter de l'insulter.

— Tu m'agaces à me suivre partout comme si j'étais une mauviette.

— Quelqu'un a tenté de te tuer. Ce serait normal que tu craques.

Elle se retourna.

— Pourquoi toujours faire ce qui est normal ?

Il la dévisagea comme s'il la découvrait. Peut-être était-ce cela, d'ailleurs ?

— Ton père est décédé.

Il commença à élever la voix.

— Ta voiture a explosé. On en a retrouvé des morceaux partout dans le cimetière. Ça ne te suffit pas ?

Ça lui suffisait mais elle ne voulait pas le montrer. Si elle laissait sa carapace se lézarder, ne serait-ce qu'un peu, elle fondrait en pleurs et ne pourrait plus s'arrêter, elle le savait.

— Tu peux me dire pourquoi tu es avec moi en ce moment ?

— Il faut bien que quelqu'un veille sur toi pour que tu restes en vie ! Maintenant, si tu te fiches de rester en vie…

Il lui empoigna les épaules.

— Ça t'est égal ?

Elle leva les yeux. Le fixa sans rien dire. Ç'était dur d'être là avec lui. Ça faisait mal. Ils avaient été si proches… À telle enseigne qu'elle avait failli s'enfuir avec lui, autrefois.

Avec cette tête de pioche ! Ce crétin !

Elle l'avait attendu à la gare routière… pendant cinq interminables heures.

Et il n'était pas venu. Elle avait alors compris, mais trop tard, qu'il l'avait laissée tomber.

Difficile de lui faire confiance, à présent. D'accord, il l'avait tirée d'affaire au Mexique, et elle lui en était reconnaissante ; mais elle ne comptait plus sur lui à l'avenir. Il ne serait pas toujours à ses côtés et, de toute manière, elle refusait de s'accrocher de nouveau à lui.

— Appelle la police, dit-elle, soudain épuisée.

Elle avait envie de fermer les yeux, de dormir. Était-ce l'adrénaline qui se dissipait ? Ou simplement ses nerfs qui lâchaient après la tension des jours passés ? Peu importait, le résultat était le même.

— Elle s'occupera de moi.

— Juliana…

Elle lui ferma la porte au nez. Puis, se postant devant le lavabo, elle se regarda dans la glace. Elle était pâle, n'était le sang qui poissait son front. Les yeux cernés. Elle inspira. Ce goût de cendres… cela allait-il durer encore longtemps ?

Elle ferma les yeux. Elle sentait encore la chaleur du feu sur sa peau. Sans Logan, elle aurait été dans cette voiture, et ce sont des petits bouts d'elle qu'on aurait retrouvés disséminés dans le cimetière.

Entendant la douche couler, Logan s'éloigna et appela son directeur.

— C'est quoi, ce bordel ? gronda-t-il dès que ce dernier décrocha. Le site devait être sécurisé !

— C'est qu'il ne l'était pas.

Bref. Cinglant. Bruce Mercer ne se perdait pas en mots et en émotions inutiles.

— Vous allez quitter cet hôtel tout de suite. Le renfort est en route.

Pas sécurisé ? Juliana et lui étaient-ils en danger ?

— Je n'ai pas été suivi, pourtant. Personne ne…

— Il y a une fuite dans les services du sénateur, expliqua brièvement Mercer d'une voix neutre, sans accent.

La voix bien élevée des natifs du New Jersey.

— L'argent peut tout, Quinn, vous devriez le savoir. Et Guerrero en a à ne savoir qu'en faire.

En tout cas, il avait su s'en servir pour tenter d'éliminer une femme.

— Dites-lui qu'avec vous elle ne risquera rien. Faites ce qu'il faut pour qu'elle vous croie.

Ainsi en étaient-ils convenus… mais il y avait eu l'explosion au cimetière.

— On poursuit le plan tel qu'il était prévu ?

Il écrasa presque le téléphone dans sa main.

Sous la douche, Juliana ne pouvait pas l'entendre. Méfiant malgré tout, il s'éloigna davantage.

— Le plan reste le même. Vous connaissez l'importance de cette affaire pour notre division.

— Je ne veux pas la mettre dans la ligne de mire.

Elle avait déjà frôlé la mort, ça n'allait pas recommencer.

— C'est pour cela que vous êtes là, Alpha One. Pour vous interposer entre elle et les balles… ou le feu, comme vous l'avez fait aujourd'hui.

Effectivement, il avait encore des marques de brûlure sur les bras.

— La clé, c'est votre relation avec elle. Vous le savez. Gagnez sa confiance et l'on pourra mettre Guerrero hors d'état de nuire et boucler l'affaire.

Seraient-ils capables de la garder en vie le temps de débusquer Guerrero et de le confondre ?

Il y eut un silence sur la ligne.

— Se rend-elle compte de ce qui se passe ? s'enquit Mercer.

— Elle a compris qu'on cherche à la descendre.

N'importe quel imbécile l'aurait compris et Juliana n'était pas une imbécile.

À l'époque, elle faisait aveuglément confiance. Avait-elle changé aujourd'hui ?

L'idée de la manipuler pour arriver à leurs fins lui était insupportable. Logan soupira.

— Et lui avez-vous dit, pour John ? reprit Mercer.

Dans la salle de bains, l'eau avait cessé de couler. Logan serra les dents.

— Pas encore.

— Qu'est-ce que vous attendez ? Plus vite elle comprendra que vous êtes son unique chance de rester en vie, plus vite elle coopérera.

Mercer n'était pas très honnête. Son objectif n'était pas que Juliana vive mais de se servir d'elle pour mener son opération à terme. Nuance.

— On vient nous chercher dans combien de temps ?

— Dix minutes.

Plus un mot. Mercer avait raccroché.

Dix minutes. Cela ne lui laissait pas le temps de la convaincre qu'il était le seul sur terre à espérer sincèrement qu'elle vive.

Juliana sortait de la douche quand son mobile sonna. Elle s'était débarbouillée et débarrassée du goût de cendres mais l'eau glacée n'avait pas apaisé ses bobos. Elle avait pleuré sous la douche, tremblé de tous ses membres en évacuant le chagrin, le stress, tous ses maux. Mais elle s'était ressaisie. Une James ne pouvait pas s'effondrer comme une lavette.

Comme son téléphone n'arrêtait pas de sonner, elle le prit dans la poche de la robe qu'elle avait quittée quelques instants plus tôt.

Ben McLintock. L'assistant de son père. Pour qu'il insiste pareillement, il devait y avoir urgence.

— Oui, Ben. Non… Je vais très bien, je vous jure.

La porte de la salle de bains s'ouvrit et une tornade s'immobilisa sur le seuil. Logan.

— Raccroche !

— Juliana ! cria la voix dans l'appareil. Où êtes-vous ? Je vous ai cherchée partout après l'explosion mais vous aviez disparu. Vous n'imaginez pas combien j'ai eu peur ! J'ai cru que vous étiez dans la voiture.

Effectivement, il s'en était fallu de peu.

— Et puis un policier m'a dit vous avoir vue monter dans un pick-up. Il paraît que c'était un attentat à la bombe. Que la voiture était piégée et que…

— Je suis dans un motel, Ben. Je…

Logan lui arracha le mobile des mains, mettant fin à la conversation.

— Localisation par GPS, dit-il, furieux. Avec ton téléphone, ils te suivent à la trace.

Il était très énervé et un petit muscle, en se contractant, creusait une fossette au milieu de sa joue.

— Voyons, réfléchis !

Il la regarda. Aïe aïe aïe… Elle avait noué sur sa poitrine un petit bout de serviette qui lui couvrait à peine le haut des cuisses. Il l'avait déjà vue en plus petite tenue que ça, mais c'était autrefois…

Elle attrapa sa robe et la mit devant elle. Elle serait plus décente ainsi.

— Personne ne me suit à la trace, O.K., Rambo ? C'était Ben. Il était inquiet et voulait s'assurer que…

— Guerrero a un homme à lui dans le service de ton père. Une taupe, si tu préfères. Quelqu'un qui est prêt à t'échanger contre un gros paquet de dollars. C'est assez clair, ou tu veux un dessin ?

Il avait l'œil brillant, fiévreux, braqué sur…

— Tu lèves les yeux ! dit-elle, les joues en feu. Tout de suite !

Comme perdu dans un rêve, il ne bougea pas.

— J'ai dit « Tout de suite » !

Il y avait trop de feu dans ces yeux-là, trop de désir — et, pour l'heure, elle ne se sentait pas d'humeur coquine.

— Je ne plaisante pas, Juliana. Il est plus que temps qu'on quitte les lieux.

Localisée par GPS. Évidemment, c'était possible, mais…

— Pourquoi ? Pourquoi ne me laisse-t-on pas tranquille ? Son père était mort. Cela ne suffisait pas à Guerrero ? Logan ne dit rien.

— Tourne-toi, dit-elle durement.

Il se tourna avec lenteur. Mon Dieu, qu'il était large d'épaules ! Les années passant, il s'était développé pour devenir un superbe athlète.

Elle laissa tomber robe et serviette et passa ses dessous, soutien-gorge et culotte noirs, aussi vite qu'elle put. Elle regarda son dos et…

Oh là, mais il l'avait regardée dans la glace ! Elle avait tout juste le temps de croiser son regard dans le miroir.

— Ça y est ? demanda-t-il d'un ton qui se voulait las.

Enfin, presque… Vite, elle passa sa robe, les mains tremblantes, et remonta sa fermeture Éclair.

— Ça y est, dit-elle.

Il se retourna.

— Je ne comprends pas, enchaîna-t-elle. Mon père est mort, pourquoi voudraient-ils m'enterrer moi aussi ?

— Parce que tu es un témoin gênant.

Certes, elle avait vu le visage de certains hommes au Mexique, mais…

— Savais-tu qu'aucun témoin n'a jamais été capable de reconnaître Diego Guerrero de façon formelle ? C'est un fantôme, ce type. Les gouvernements américain et mexicain savent le mal qu'il sème partout mais personne n'a jamais été fichu de le coincer.

Elle passa ses escarpins. Inutiles si elle devait courir mais, pieds nus, elle se sentait très vulnérable.

— Mais moi non plus, je ne l'ai pas vu. Le big boss ne s'est jamais montré tout le temps de ma détention.

Il laissait à ses sbires le soin des tortures.

La mine sévère, Logan la regarda.

— Si, tu l'as vu.

Elle avait du mal à le croire.

— À ce qu'on sait, il a passé plus de temps avec toi qu'il

n'en a jamais passé avec personne. Tu as vu son visage. Tu lui as parlé.

— Mais non. Je n'ai…

— John Gonzales… l'autre otage… c'est un des pseudos de Guerrero.

Elle en resta bouche bée. « Je m'appelle John… John Gonzales. » Elle se rappelait sa voix dans l'obscurité. « Qui es-tu ? »

— Il n'a pas eu besoin de te torturer pour t'extorquer des renseignements, Juliana. Il t'a amenée à te confier à lui, c'est bien plus malin.

Ils avaient parlé pendant des heures.

Affolée, son cœur se mit à battre à la volée.

— Ce n'est pas à un autre otage que tu parlais dans ce trou à rats, mais au plus important trafiquant d'armes du Mexique. Ses ennemis l'appellent El Diablo parce qu'il ne laisse jamais en vie quelqu'un capable de l'identifier.

Ses bras se couvrirent de chair de poule.

— Le type que tu voulais à tout prix qu'on sauve, c'était lui. Diego Guerrero.

Un coup à la porte les fit bondir.

— Logan…

— Tu dois me croire, poursuivit-il. Quoi qu'il arrive, tu dois rester avec moi, c'est compris ? Guerrero utilisera toutes les ruses pour te mettre la main dessus.

Nouveau coup. Encore plus fort. Il n'y avait qu'une issue, la porte, à moins de se glisser dans le minivantail de la salle de bains. Il faudrait se faire mince.

— Avec moi tu ne risqueras rien, lui affirma-t-il. Garder les gens en vie, c'est mon métier.

Son père lui avait dit que c'était un assassin. Que pendant des années son métier avait consisté à tuer.

Pourtant, il l'avait sauvée deux fois déjà.

— Police ! cria une voix à l'extérieur. Mademoiselle James, sortez. Nous sommes là pour vous aider.

Logan plissa le front, un rire jaune sur les lèvres.

— Ce n'est pas la police. Quand on ouvrira la porte, on croira avoir affaire à la police, mais…

— C'est un cauchemar, gémit-elle tout bas. Un cauchemar…

— Mais ce ne seront pas des policiers. Soit ils te tuent d'entrée de jeu, soit ils te livrent à Guerrero.

Il parlait bas mais d'une voix ferme.

— Je suis ton meilleur allié. Déteste-moi si tu veux, mais…

Non, elle ne le détestait pas. Elle ne l'avait jamais détesté. Seulement, un de leurs problèmes…

— … tu ignores ce qui t'attend de l'autre côté de la porte…

Des policiers ? Des tueurs ?

— … je te protégerai, je te le promets.

— On va entrer, s'énerva la voix. On va entrer.

Il y eut un coup de feu. Juliana plongea au sol, sans crier.

Logan se précipita vers la fenêtre, brisa la vitre et posa le canon de son arme sur le rebord, prêt à tirer. Et…

Il sourit.

À plat ventre sur le plancher, Juliana n'y comprenait plus rien. Il souriait ? Elle qui s'attendait à ce qu'il fasse feu…

Elle entendit alors des pneus grincer sur le macadam. Une voiture s'enfuyait pleins gaz. Logan alla à la porte et ouvrit. Gunner se dressait sur le seuil.

Juliana se releva.

— Les policiers ?

— Ces abrutis à la gâchette facile n'étaient pas des policiers, lança Gunner. Quelques coups de feu et ils ont détalé comme un pet sur une tringle.

L'expression la fit rire. Elle se rapprocha de Logan.

— Après ces coups de feu, je pense que les vrais flics vont rappliquer, maintenant.

Gunner posa les yeux sur elle. Elle ne les avait jamais vus aussi noirs.

— Votre tête est mise à prix. Une très grosse somme d'argent sur une jolie petite tête. Alors, si vous ne tenez pas à être la prochaine qu'on conduit au cimetière…

— Non, merci.

Logan lui prit la main.

— Dans ce cas, viens avec moi.

Ils longèrent le motel dont les murs portaient les impacts des balles et se dirigèrent vers le 4x4 qui ronronnait.

Lui faire confiance. Ce ne serait sans doute pas de gaieté de cœur mais elle n'avait pas d'autre choix.

Diego Guerrero regardait la télévision. La petite journaliste, aussi mignonne qu'excitée, y allait de son commentaire tandis que la caméra balayait les débris jonchant les tombes. De la fumée montait toujours vers le ciel.

— La police ne communique pas pour l'instant, mais nous apprenons d'une source proche de l'affaire que la limousine qui a explosé était celle que la fille du sénateur James devait emprunter. Juliana James assistait aux obsèques de son père qui a mis fin à ses jours…

Jusqu'au bout, le père de Juliana avait été un lâche.

— … quand l'incident a perturbé la cérémonie.

Faux. L'explosion s'était produite *après* l'enterrement de ce vieux saligaud. Ses sources étaient meilleures que celles de la reporter.

— Un homme a perdu la vie dans l'explosion…

Il y avait toujours des dommages collatéraux.

— … et on déplore quatre blessés. Juliana James a quitté les lieux et se trouve actuellement dans un endroit tenu secret.

Il plissa les yeux. La journaliste poursuivait, inlassable, bien que n'ayant aucun élément nouveau à apporter. Après un petit moment, il éteignit le poste et se tourna vers celui de ses hommes qui se trouvait directement sous ses ordres.

Stressé, Luis Sanchez avala sa salive, ce qui fit ressortir la cicatrice qui barrait son cou. Il transpirait déjà.

— Je n'ai pas été assez clair ? dit Diego d'une voix douce.

— Si, répondit Luis de sa voix éraillée.

— Donc, puisque je t'avais dit que je voulais que tu me ramènes Juliana James vivante ce soir…

Il haussa les épaules, ce qui, chez lui, était mauvais signe. Luis retint son souffle.

— … pourquoi a-t-elle failli mourir ?

Luis Sanchez changea de pied.

— J'ai entendu dire… On dit en ville que quelqu'un d'autre a mis sa tête à prix. Il y a beaucoup de blé offert à qui lui réglera son compte.

Voilà qui lui donnait un peu de répit.

— Qui ?

— Je ne sais pas, mais je le saurai. Je vais…

— T'as intérêt. Sinon, tu vois ce qui va t'arriver.

Diego ne lançait jamais de menaces en l'air. Depuis cinq ans qu'ils se pratiquaient, Luis l'avait compris. Il avait vu de quelle manière le patron tenait ses *promesses*, que ce soit envers ses amis ou ses ennemis.

— Fais courir le bruit que personne ne doit toucher à Juliana James.

Lui seul avait le droit de le faire. Il avait des choses à voir avec elle. Il avait donc besoin qu'elle vive encore un peu.

— Et quand tu auras trouvé qui a mis sa tête à prix…

Il se pencha en avant et dit d'un ton mielleux :

— … fais-lui la peau, et qu'il en bave.

Personne n'interférait jamais avec ses plans. Personne.

# 4

Ce n'était pas exactement ce à quoi elle s'attendait. Quand Logan lui avait dit qu'il l'emmenait voir son équipe pour un briefing, elle s'était imaginé qu'ils iraient dans un bâtiment officiel.

Pas dans un « cagibi », comme elle disait, petite.

Vu de dehors, le bâtiment semblait même abandonné. Logan l'avait précédée à l'intérieur, d'un pas décidé. Pas de doute, il savait où il allait. Ils étaient à présent dans un ascenseur exigu qui montait les étages en grinçant, et qui semblait sur le point de rendre l'âme d'une seconde à l'autre.

Les nerfs à fleur de peau, elle inspira plusieurs fois de suite pour se calmer. Tout à l'heure, elle avait pleuré sous la douche ; elle n'avait pas pu refouler ses larmes, et il lui avait été difficile d'en arrêter le flot. Elle n'allait certainement pas recommencer. De quoi aurait-elle l'air ? D'une fille faible, fragile, vulnérable. Ah non, elle ne voulait pas de ça !

L'ascenseur s'immobilisa brusquement, la projetant contre Logan qui la retint dans ses bras.

— Je t'ai rattrapée, dit-il d'un ton narquois, tu es à moi maintenant.

Hélas, il plaisantait. C'était bien le problème.

Elle s'écarta de lui et vit un muscle se crisper dans sa joue.

— Ça va, tu peux me lâcher.

Les portes s'ouvrirent très, très lentement.

— Pas très high-tech pour un corps d'élite, ironisa-t-elle.

En venant, il lui avait fourni de vagues explications sur les agents de l'ombre : membres triés sur le volet, missions classées secret défense et extrêmement dangereuses, etc. Elle ne s'en était pas contentée. Comme elle insistait, il lui avait servi un discours qui ne l'avait pas davantage convaincue. Le genre de discours tout fait qu'on donne en pâture aux personnes trop curieuses. D'ailleurs, il avait bien senti qu'il l'avait agacée.

— Vu le peu de temps dont on disposait, ce bâtiment est ce qu'on a trouvé de plus discret pour nous abriter, dit une voix de femme.

C'était Sydney, qui venait vers Logan.

— On commençait à se demander si vous ne vous étiez pas perdus, ajouta-t-elle.

Il grommela mais ne répondit rien.

Tous trois longèrent un couloir étroit jusqu'à un bureau en moins mauvais état que le reste des locaux. Deux ordinateurs portables et plusieurs armes occupaient une grande table sur la droite. Devant, quelques chaises vides.

Juliana s'empressa de s'asseoir.

*Je sens encore la chaleur du feu sur ma peau*, pensa-t-elle. La douche froide et ses larmes n'avaient pas lavé le souvenir de l'explosion.

Se frottant les bras, elle surprit le regard de Logan. Décidément, il la surveillait comme le lait sur le feu.

Elle se racla la gorge et regarda la porte. Gunner et un grand blond les rejoignaient.

La femme s'assit à son tour. Sydney. Juliana ignorait son nom de famille. Elle alluma tout de suite un portable et croisa les bras en attendant que l'écran s'éclaire tandis que le grand blond venait se pencher par-dessus son épaule.

Gunner verrouilla la porte et lui fit un large sourire. Pour la rassurer ? C'était le sourire qu'un tigre aurait pu faire à sa proie juste avant de la dévorer !

Un silence pesant régnait dans la pièce. Juliana réalisa alors qu'ils l'observaient tous.

Mince ! Avaient-ils dit un truc qui lui avait échappé ?

— Vous comprenez pourquoi on doit vous protéger ? lui dit Sydney en détachant chaque syllabe.

Elle avait dû déjà poser la question… mais elle, l'esprit ailleurs…

Elle les regarda l'un après l'autre, en prenant son temps, et déclara :

— J'aimerais connaître vos noms.

Demande toute simple, peut-être, mais elle était lasse d'avancer à l'aveuglette. Dorénavant, elle entendait être mise au courant de tout.

— Moi, je suis Sydney, commença la femme et heu… lui… je crois que vous connaissez Logan assez bien.

Trop bien. Mais ils n'en étaient plus à un stade de leur relation où entendre son nom la faisait rougir.

— Moi, c'est Gunner, dit l'athlète en souriant.

Ses cheveux noirs étaient plus longs que ceux de Logan, et ses yeux… Bonté divine, on n'avait pas le droit d'avoir des yeux pareils, aussi noirs, aussi froids.

Juliana se tourna vers le dernier homme. Le blond. Il s'était assis à côté de Sydney et la frôlait avec son bras.

— Jasper, dit-il brièvement.

Un grommellement plus qu'autre chose.

Gunner lui fit les gros yeux et regarda avec insistance son bras, qui caressait maintenant celui de Sydney.

Ah… compris !

— Les prénoms seulement, si je comprends bien ? dit Juliana.

— Pour l'instant, c'est tout. C'est plus sûr comme ça, dit Logan.

D'autant que rien ne prouvait à Juliana qu'ils lui avaient donné leurs vrais prénoms…

Elle croisa les mains sur ses genoux pour s'empêcher de les tordre nerveusement.

— Comment allez-vous faire pour arrêter l'individu qui me poursuit ?

Sydney et Logan échangèrent un regard. Juliana se raidit sur sa chaise. Ça n'allait pas lui plaire, elle le sentait.

— Ton père avait conclu un marché avec la DOS, dit Logan d'une voix douce qui n'aurait pas dû l'alerter.

Et pourtant…

Elle se força à le regarder. Droit dans les yeux. Ses terribles yeux bleus.

— Quel genre de marché ?

Elle tenait à connaître les secrets les moins avouables de son père, même si cela devait la faire souffrir. À quoi bon se mettre des œillères ? Surtout maintenant.

— Ta sécurité. Pour toi, il a proposé de nous aider à faire tomber Diego Guerrero.

Guerrero. Son cœur s'affola. Le prétendu John Gonzales, selon Logan.

— Qu'est-ce que mon père…

Sa voix se brisa.

*Du cran, ma fille.*

Elle recommença.

— Que faisait exactement mon père avec ce Guerrero ?

— Il trahissait son pays, répliqua Jasper.

Quand elle entendit son accent texan traînant, elle se souvint tout de suite de lui. Peut-être espérait-il la faire craquer en lui assénant une réponse aussi brutale, mais elle ne flancha pas. Elle resta assise sans ciller, sans manifester la moindre émotion. Elle se doutait que son père trempait dans des affaires louches depuis un certain temps, sans savoir précisément lesquelles.

— Le sénateur mettait en rapport Guerrero et des officiels étrangers, poursuivit Jasper en la regardant fixement. Ceux qui avaient besoin d'armes, qui étaient avides de pouvoir, qui étaient prêts à renverser les gouvernements en place…

Son père s'était construit un réseau de personnalités de tout bord au fil des ans. Il faisait partie de dizaines de comités.

Il lui avait souvent dit qu'il œuvrait à mettre en place un monde meilleur.

Meilleur ?

— On parle ici de milliards de dollars de ventes d'armes, ajouta Jasper. À ce que l'on sait, votre père se servait sur chaque transaction passée. De quoi amasser une jolie fortune.

Cette fois, elle réagit. La gorge nouée, elle posa la main sur son cou pour essayer de déglutir.

— Vous êtes en train de me dire que chaque fois que Guerrero vendait des armes, mon père…

Elle s'arrêta, pensive.

*Des gens mouraient à cause de ces armes…*

— … palpait une part du gâteau ?

Jasper acquiesça sans un mot.

— C'était un homme bien, pourtant.

Elle s'était sentie obligée de le dire. Il était en terre, à peine froid. Quelqu'un devait défendre sa mémoire.

— Autrefois…, reprit-elle, de plus en plus pensive.

Quand elle le voulait bien, la mémoire lui revenait. Alors elle se souvenait bien, très bien même, de tout.

— … avant le décès de ma mère. Il s'était fait élire au Congrès avec un objectif, nous construire un monde meilleur. Il était sincère.

Et finalement, il s'était rangé du côté de la destruction. Était-ce pour cette raison qu'il s'était tiré une balle dans la tête ? Parce qu'il ne supportait plus de vivre avec le mal qu'il avait répandu ?

*Tu m'as abandonnée, et je dois me débrouiller avec tout, maintenant. Toute seule.*

Il lui arrivait de penser qu'il l'avait abandonnée, en fait, cette nuit d'été humide et chaude où sa mère était morte dans un accident de voiture, sur une langue de terre désolée longeant le Mississippi.

— Il voulait te sauver, dit Logan d'une voix grave.

Il prit sa main. Elle chercha son regard.

— Il a accepté de nous fournir toutes les preuves qu'il détenait contre Guerrero en échange de la garantie qu'on te ramènerait saine et sauve.

— C'est pour cela que tu… que ton équipe est venue me chercher.

Dans cet enfer.

— Parce que mon père vous a payés avec ces preuves.

— On ne peut pas dire ça, intervint Gunner se passant la main dans les cheveux. Il n'a pas payé. Il s'est tiré une balle à la place.

Juliana blêmit. Logan se leva brusquement, renversant

sa chaise dans sa précipitation. Il marcha sur Gunner, qui recula prudemment de quelques pas et haussa les épaules.

— Gunner… !

— Le paiement était dû à la livraison, non ? insista l'athlète. Le sénateur devait nous donner toutes les infos qu'il nous fallait. Seulement voilà, il a préféré… renégocier.

Désespérée, Juliana secoua la tête. Jamais elle n'aurait imaginé entendre des horreurs pareilles. Jamais.

— Je l'ai enterré aujourd'hui, dit-elle.

— Et à cause des contrats de Guerrero, des centaines de personnes sont enterrées chaque jour, dit Sydney avec une douceur qui contrastait avec la rage contenue de Gunner. Nous devons l'arrêter. Vous devez nous aider.

— Comment ? J'ai vu Guerrero, mais…

Mais elle le leur avait déjà dit. Elle leur avait fourni des portraits, elle avait fait tout ce qu'elle pouvait.

— Et maintenant, il veut me tuer.

Logan bouscula Gunner qui heurta le mur.

— Il ne te tuera pas, dit-il sans même la regarder, toute sa colère concentrée sur Gunner qui restait adossé au mur.

Sydney s'éclaircit la voix.

— Votre père… nous a fait savoir que vous avez la preuve dont nous avons besoin.

Juliana écarquilla les yeux.

— C'est faux. J'ignorais l'existence de ce Guerrero, je n'ai su qui il était que lorsque Logan me l'a dit. Je croyais que l'homme enfermé avec moi était John Gonzales. Il disait avoir été enlevé comme moi. Il était déjà là quand les types m'ont jetée dans le réduit. Et je ne sais rien de ces histoires de ventes d'armes…

— Votre père a laissé une lettre avant de se donner la mort.

Cette fois, c'était trop. Anéantie par la souffrance et les regrets, les remords et la culpabilité, elle s'écroula.

— Juliana, l'appela doucement Logan.

Elle releva les yeux.

— Je ne savais pas qu'il avait laissé un mot.

Personne ne le lui avait dit.

Logan regarda méchamment Sydney.

— On voulait éviter une fuite vers les médias.

La rage la prit. Elle se leva, s'approcha de Logan. Une envie de le frapper, de lui faire mal comme il lui faisait mal la saisit.

— Mais je ne suis pas les médias ! gronda-t-elle. Je suis sa fille !

— C'est exact, dit Jasper.

Toujours aussi aimable, avec son gros accent texan.

— Dans sa lettre, il affirme que vous détenez la pièce à conviction. Nous avons caché cette info à la presse mais Guerrero avait sûrement placé un espion auprès de votre père, quelqu'un qui l'avait à l'œil. Ce quelqu'un… nous pensons qu'il a parlé de cette preuve à Guerrero.

La tête sur le point d'exploser, Juliana se rebiffa de nouveau, malgré le sang qui cognait dans ses tempes sans lui laisser de répit.

— Je n'ai aucune preuve.

Comment fallait-il qu'elle le dise pour qu'ils percutent ?

— Je n'ai rien à vous donner.

— Ce n'est pas l'avis de Guerrero. Et il continuera de vous rechercher jusqu'à…

Jasper n'eut pas besoin d'achever sa phrase, elle savait la suite.

Jusqu'à ce que vous mouriez.

— Vous comprenez maintenant pourquoi il faut absolument qu'on vous protège, dit Sydney. Tant que nous n'aurons pas l'info qu'il nous faut, vous êtes une cible.

Ça, elle l'avait saisi.

— Et ma vie, dans tout ça ?

— Avec Guerrero dans la nature, vous n'avez pas de vie.

Clair. Net. Sans ménagement. Sydney était aussi cassante que ses copains Gunner et Jasper.

— On va le coincer, promit Logan.

Elle ne demandait qu'à le croire. Mais il lui avait déjà menti. Elle se passa la langue sur les lèvres, releva la tête.

— Cette protection… consiste en quoi, en fait ?

Sydney lança un coup d'œil à Logan puis répondit :

— Un agent de la DOS doit rester avec vous vingt-quatre heures sur vingt-quatre. Ça vous va ?

Juliana regarda Logan, qui lui apparut soudain comme un géant. Un géant dangereux, tellement différent du garçon qu'elle avait connu. Peut-être n'avait-elle jamais su qui il était vraiment ?

— Quel agent ?

Logan prit un air gêné.

— Quel agent ? répéta-t-elle.

Un silence plana puis Sydney reprit.

— Compte tenu de votre… relation avec Logan…

Tout le monde savait-il qu'elle avait offert sa virginité à cet homme ? L'équipe avait-elle été briefée à ce sujet ?

Elle soupira.

— Il y a un hic, c'est que cette histoire, c'est du passé !

Logan ne broncha pas.

— Si je dois mettre ma vie entre parenthèses… ce sera pour combien de temps ? Jusqu'à ce qu'on attrape Guerrero ? Jusqu'à ce que la preuve se manifeste, comme par magie ?

Elle reprit son souffle.

— J'estime avoir mon mot à dire. Je veux choisir mon garde du corps.

Logan secoua lentement la tête.

— Non, c'est…

Soucieuse de ne pas être entendue par les autres, elle s'approcha de lui.

— C'est fini entre nous, Logan, chuchota-t-elle.

Elle s'éloigna et, le doigt pointé sur Gunner, laissa tomber :

— Ce sera lui.

Logan jura.

— Je savais que ce ne serait pas simple, marmonna-t-il.

Elle s'avança vers Gunner.

— J'estime que c'est plutôt aimable de ma part.

Elle fit encore un pas.

— Si ça va comme ça, je…

Logan, derrière elle, la retint d'une main sur l'épaule.

— Non, ce n'est pas fini entre nous, dit-il tout haut.

Le regard de Gunner passa de la main de Logan à son

propre visage et elle se demanda ce qu'il avait vu car l'athlète siffla entre ses dents :

— En effet, je ne pense pas que ce soit fini…

Logan la fit pivoter dans ses bras et se pencha sur elle en la serrant tellement fort qu'elle entendait presque sa colère gronder en lui.

— Il est temps de mettre les choses au clair, dit-il d'un ton tranchant comme un couperet.

*Tiens donc !*

— Je dirige cette équipe.

— C'est pour ça qu'il s'appelle Alpha One, commenta Gunner.

— Ce n'est pas toi qui donnes les ordres, Juliana, poursuivit Logan. C'est moi. Et quand il s'agit de te garder en vie, c'est moi qui décide. C'est donc moi qui veillerai sur toi.

Il chercha son regard.

— Tu peux ne pas m'aimer. Tu peux même me détester. Dommage mais tant pis. Il n'est pas question de sentiment mais de boulot.

Blessée, Juliana plaqua la main sur sa poitrine pour le repousser.

— Et personne ici ne le fera à ma place, conclut-il. Je suis ton garde du corps. Jour et nuit. Il faudra t'y faire.

Elle fronça les sourcils. Elle n'avait pas l'intention de se faire à quoi que ce soit et Logan exagérait en prenant toutes les décisions à sa place.

— Sauf si tu crains de ne pas pouvoir me résister, ajouta-t-il, un sourire d'une incroyable sensualité au coin des lèvres.

Interloquée, elle mit quelques secondes avant de s'écrier :

— Quoi ?

Elle hallucinait !

— Ce qu'il y avait entre nous n'est peut-être pas mort, dit-il.

Il ne parlait pas, il chuchotait maintenant. Il ne s'adressait plus qu'à elle. Il resserra son étreinte.

— Qu'est-ce qui te fait peur ? Tu crains de vouloir… tout, quand nous serons seuls ?

*Oui*, pensa-t-elle.

— Non !

Il n'avait pas l'air dupe de ce mensonge mais il eut la bonne grâce de ne pas insister.

— Alors, c'est fait. Je reste avec toi pour assurer ta sécurité. Grâce à nous, tu resteras en vie.

*Promesses, promesses…*

Juliana se retira dans le couloir tandis que Logan et Gunner se pressaient devant l'ordinateur. Ils avaient appelé leur patron, un certain Mercer, et s'étaient replongés dans la mise au point de leur plan.

Un plan qui la concernait.

— Ça va aller, j'en suis sûre.

La voix de Sydney la fit tressaillir. Elle ne l'avait pas entendue arriver.

— Logan est un bon, un vrai pro. Pour moi, c'est le meilleur dans son domaine. Il reste toujours très cool dans l'action. La seule fois où je l'ai vu péter les plombs c'est au Mexique, quand on attendait de vous sortir de là. Il avait voulu se ruer à l'intérieur, dans le brasier, sous les coups de feu, alors que le protocole l'interdisait.

Adossée au mur, Juliana écoutait. Elle ne savait trop que penser de Sydney. Son apparence physique était frêle et elle aurait pu paraître fragile sans la volonté farouche qui animait ses yeux. C'était une femme qui avait vu des choses terribles, et c'était le souvenir de ces choses-là qui durcissait son regard.

— J'ai cru qu'il y était retourné, dit Juliana.

Elle se souvenait de lui entrant comme une bombe dans son réduit après en avoir quasiment arraché la porte. Tout en noir, cagoulé, une arme lourde dans les mains, il faisait peur.

À cet instant, elle s'était demandé lequel était le plus menaçant, l'homme qui tenait un couteau sous sa gorge ou celui à la cagoule.

— Il vous fait peur ?

Juliana battit des paupières. Il faudrait qu'elle se rappelle que rien n'échappait à Sydney.

— Non.

Et c'était vrai. Il avait beau être inquiétant, elle savait qu'il ne lui ferait jamais aucun mal. Physiquement.

Mais elle redoutait les sentiments qu'il pouvait faire renaître en elle. Des espoirs, des désirs qu'elle savait irréalisables.

*Si, quelquefois, il me fait peur*, se dit-elle. *Et quelquefois, je me fais peur à moi-même...*

— Bien, fit Sidney. Et Gunner ?

Oui, lui, il lui faisait peur. Et Jasper aussi.

Son silence devait être éloquent, car Sydney haussa les épaules, l'air de dire « Je comprends ».

— Gunner a un compte à régler avec Guerrero. Quand nous étions en Amérique du Sud, il y a deux ans, nous sommes arrivés dans un village qui était censé être très sûr pour nous et pour l'otage que nous venions de secourir.

— Vous le faites souvent ? demanda Juliana. Secourir des gens ?

— Nous faisons ce qu'on nous demande de faire... J'étais aux renseignements. Je pensais vraiment que le village était sûr. J'ignorais que Guerrero avait conclu un pacte avec le chef des rebelles de la région. Brusquement, ils se sont mis à tirer. Ça a été un bain de sang.

Juliana regarda la main de Sydney. La jeune femme se caressait machinalement l'épaule.

— Vous avez reçu une balle ?

Sydney abaissa son bras.

— Gunner a reçu quatre balles mais il a continué à se battre. Lui et moi... formions l'équipe chargée de l'évacuation. Il a réussi à me sortir de là.

— Et l'otage ?

Elle hocha la tête.

— Le frère de Gunner y est resté. Vous comprenez maintenant pourquoi il est si déterminé à mettre la main sur Guerrero.

Les hommes avaient fini de parler et revenaient vers elles. Juliana observa les yeux de Gunner. Ils étaient toujours aussi noirs, aussi froids, mais elle aurait juré à présent qu'elle y voyait le reflet d'une souffrance.

— Ce n'était pas une mission officielle, continua Sydney plus bas. Il n'y avait que nous deux, Gunner et moi, parce que nous voulions exfiltrer son frère.

Elle nota quelque chose d'étrange dans la voix de Sydney.

— Il était quoi, pour vous, cet otage ? s'enquit Juliana. Peut-être avait-il représenté pour Sydney beaucoup plus qu'un otage ?

En guise de réponse, elle sourit tristement.

— Nous voulons tous arrêter Guerrero.

Juliana opina.

— Ne baissez pas les bras, dit encore Sydney. Quoi qu'il arrive, continuez à vous battre, coopérez avec nous. Aidez-nous à le démasquer.

Convaincue par la détermination de Sydney, Juliana se dit qu'elle n'avait pas le choix. Elle devait les aider.

— Je le ferai, dit-elle.

Elle ferait ce qu'elle pourrait mais elle le ferait avec force et courage. Guerrero était un monstre, un monstre qui détruisait des vies partout sur son passage.

Il fallait l'empêcher de nuire.

Logan la frôla avec son bras.

*« Nous » l'empêcherons de nuire*, pensa-t-elle.

Juliana n'allait pas aimer cette promenade dans l'allée du souvenir, Logan le savait. D'ailleurs, tout de suite, elle se crispa.

— Tu peux me dire ce que nous faisons ici ?

« Ici » était un endroit au milieu de nulle part ou, plutôt, au milieu d'une forêt du Mississippi. Devant eux se trouvait un chalet qui avait connu des jours meilleurs.

Un chalet qu'ils connaissaient bien.

Il mit son 4x4 en marche arrière et recula jusqu'à ce qu'il soit complètement dissimulé sous les arbres. Un seul chemin conduisait au chalet, en conséquence l'équipe verrait arriver d'éventuels assaillants.

Logan descendit de voiture, jeta un coup d'œil autour

de lui. Jasper et Gunner devaient être en train de sécuriser le périmètre.

L'endroit était un piège parfait. Et Juliana…

— Pourquoi ici, Logan ?

Elle était l'appât idéal.

Il plaqua un sourire sur son visage.

— Parce qu'on est loin de tout. Le lieu est sûr et les sbires de Guerrero ne penseront jamais à venir te chercher ici.

C'était vrai. Ils ne penseraient pas à venir la chercher ici… tant qu'ils n'auraient pas l'info.

*Désolé, Juliana*, pensa-t-il.

Il était réellement désolé. Il détestait l'idée de lui mentir, de se servir d'elle. Mais, quoi qu'il se passe, il la protégerait.

Ça, ce n'était pas un mensonge.

Elle était descendue à son tour du 4x4 et montait les marches vermoulues qui craquaient sous ses pas.

Il la suivit.

Quand elle s'arrêta sur la terrasse branlante, il passa devant elle et ouvrit la porte.

Une scène du passé le submergea aussitôt.

— *Il n'y a personne, Julie. Entre.*

— *Tu es sûr, Logan ?*

— *Mais oui. Ce chalet est à moi. Personne ne nous trouvera ici. Il n'y a que toi et moi.*

Le temps d'un éclair, il crut sentir sur sa langue le goût de sa bouche. Ses lèvres étaient douces, soyeuses. Et son corps sous le sien avait été une tentation irrésistible.

Ici. Tout était arrivé ici.

Tendu, Logan claqua la porte et la verrouilla. L'équipe ayant retenu cet endroit comme cache éventuelle bien avant l'explosion au cimetière, il était déjà entièrement bardé d'électronique. Des caméras filmaient les abords du chalet, et des capteurs et des alarmes placés à des endroits stratégiques les alerteraient en cas d'intrusion. Sydney, leur reine de la technique, avait la haute main sur ce dispositif depuis le bureau de la DOS. Logan avait cependant exigé un retour vidéo dans le chalet car il entendait avoir, lui aussi, un œil sur ce qui se passait à l'extérieur.

Il se retourna. Juliana le regardait, l'air mécontent. De larges cernes ombraient ses yeux et elle semblait au bord de l'épuisement.

*Prends-la dans tes bras*, se dit-il.

Seulement, tout dans son attitude — la raideur de son corps, le pli de sa bouche — disait qu'elle n'apprécierait pas ce genre de réconfort.

Il l'avait embrassée au Mexique, mais ça s'était fait comme ça, un coup de bol en somme, car elle lui avait bien fait comprendre ensuite qu'il n'y aurait pas de seconde fois. Que tout était fini entre eux.

*Pas si vite, ma belle…*

Il avait malgré tout refréné ses désirs, qui n'avaient cessé depuis lors de le tourmenter ; et il entendait bien continuer à garder ses distances. Enfin… il allait essayer.

— Prends la chambre à l'étage, lui dit-il.

De toute manière, il n'y en avait qu'une.

Elle regarda du côté de l'escalier.

— Hum… J'aime autant pas.

Les souvenirs la paralysaient, elle aussi ?

— Je prendrai le canapé.

— Non, prends le lit.

Il avait demandé pour elle un matelas, des draps et des couvertures neufs. Elle pourrait se reposer calmement et…

— Non, je ne dormirai pas dans ton lit, s'obstina-t-elle.

Son mauvais caractère reprenait le dessus. Ce n'était sûrement pas le moment de lui dire qu'il la trouvait très excitante quand elle élevait la voix.

— On me force à rester ici avec toi, cela ne veut pas dire que je…

— Tu m'as embrassé au Mexique.

Les mots à peine lâchés, il les regretta. À quoi bon la mettre encore plus en colère ?

— Je dormais à moitié, dit-elle avec un soupir. Je ne savais pas ce que je faisais.

Sa voix, glaciale, le saisit. Elle enfonça le clou :

— Ne t'inquiète pas, je ne ferai pas deux fois la même erreur.

*Dommage...*

— Même si j'en ai envie ? hasarda-t-il.

Ils étaient seuls pour l'instant, et il était fatigué de jouer les indifférents. Son parfum, son odeur l'excitaient. Sa voix, à la fois douce et rauque, le rendait fou.

Il aimait tout d'elle. Depuis la première fois.

Et ce serait sans doute vrai toute sa vie.

Elle lui jeta un coup d'œil par-dessus son épaule.

Il avait de la volonté mais elle avait des limites. Elle était là, belle comme le jour, et lui rappelait les plus beaux de ses rêves — des rêves qu'il avait faits pour la première fois, ici. Et il était censé ne pas la toucher ?

Il n'était pas assez fort pour se retenir.

Il avança vers elle.

Le sac qu'il avait apporté, des vêtements que Gunner avait préparés pour eux deux, tomba à ses pieds.

— Logan...

Elle leva les mains.

— Je voulais que ce soit un autre agent. Je t'ai dit que...

Il ne la touchait pas, pas encore. Mais ce n'était pas l'envie qui lui manquait.

— Tu es une menteuse, Julie.

Il savait. Il avait tellement menti qu'il reconnaissait tout de suite quelqu'un qui mentait.

— En fait, tu as peur de toi. Tu as peur parce que tu me désires toujours.

Elle fit un pas en arrière.

— Tu es ici comme garde du corps, rétorqua-t-elle. Rien d'autre. C'est compris ? Rien d'autre.

— Je me souviens du goût de ta peau. Des années après mon départ, je m'en souvenais encore.

Elle lui avait permis de la goûter de nouveau quelques jours plus tôt. Il avait savouré son plaisir.

Juliana se redressa brusquement, le regard mauvais.

— Mais c'est toi qui es parti, Logan. Moi, je t'ai attendu à la gare routière. J'étais tellement certaine que tu ne m'abandonnerais pas. Que tu ne partirais pas sans moi...

Il l'avait vue à, au travers des fenêtres de la salle d'attente de la gare routière. Et il était parti. Elle tenait un petit sac noir à la main. Elle regardait partout autour d'elle, aux aguets. Ses lèvres frémissaient chaque fois que la porte d'entrée s'ouvrait. Elles esquissaient un sourire.

Et puis elle avait cessé de sourire. Quand le dernier car était parti, des larmes avaient coulé sur ses joues. Et elle s'en était allée.

— C'était comme si on m'avait arraché le cœur, se rappela-t-elle.

Et pourtant, il n'avait songé qu'à éviter de la faire souffrir…

— Tu me regardais toujours comme si j'étais un héros, dit-il tout bas.

Or, la vérité, la sale vérité, c'est qu'il n'avait rien d'un héros. Qu'il ne l'avait jamais été.

Il était un tueur. À l'époque déjà, il en était un. Il n'était pas fait pour elle. Pas assez bien.

*Je suis parti une fois. Je peux recommencer*, se dit-il.

Il ne l'embrassa donc pas, ne la caressa pas. Il inspira une grande bouffée d'air, s'emplit les poumons de son odeur et s'en alla.

— Tu gardes le lit. Je prends le canapé.

De même qu'il y avait des limites à sa volonté, il y en avait à sa résistance. Mieux valait tourner les talons. Elle était trop douce, trop belle, trop tentante pour qu'il puisse se retenir très longtemps. Il sentait déjà qu'il craquait.

— Juliana James a disparu.

Diego s'écarta de la fenêtre qui surplombait la petite ville encore assoupie.

— Ce n'est pas ce que je voulais entendre.

Il ne payait pas ses hommes pour qu'ils échouent. Il avança lentement vers Luis, un sourire doucereux aux lèvres. Luis savait que le patron n'admettait pas les échecs.

Ceux qui échouaient payaient de leur vie.

Et souvent de celle des membres de leur famille.

— Un de ces maudits agents l'a empêchée de monter dans la voiture.

Oui, il le savait déjà. Il avait vu la vidéo. Les caméras tournaient quand la limousine avait sauté et que Juliana avait été projetée en l'air.

Toute la presse voulait être là pour les funérailles du sénateur Aaron James. Aussi, quand la voiture avait explosé, les journalistes se trouvaient-ils aux premières loges.

En l'occurrence, ils lui avaient rendu service. Ils avaient filmé le visage de celui qui lui avait sauvé la vie, à cette fille.

Diego alla à son bureau et prit la photo qu'il avait agrandie. Grâce à elle, ses hommes avaient pu identifier le protecteur de Juliana.

Logan Quinn. Un homme de l'unité des forces spéciales. Un agent qui n'était plus officiellement actif depuis trois ans.

Mais qui l'était toujours, en fait, *hombre !* Et qui se battait encore comme un fichu guerrier.

Diego respectait plutôt ça. Enfin, presque. À vrai dire, il ne respectait personne. Pour quoi faire ?

— C'est lui qu'il nous faut, gronda-t-il en tapant sur la photo.

Car cet agent n'avait pas été choisi au hasard. D'accord, il faisait son métier en la protégeant, mais il était beaucoup plus qu'un garde du corps.

Diego savait tirer les vers du nez aux gens. Par la torture, éventuellement. Ou la duplicité. Avec Juliana, il s'était régalé en lui racontant bobard sur bobard. Et la malheureuse avait tout gobé. Tant mieux pour elle, sinon elle aurait passé quelques sales quarts d'heure. Avant d'être supprimée. Plus tard.

Pour l'heure, il ne pouvait pas la tuer. Il fallait d'abord qu'il récupère la preuve. Sa fille morte, le sénateur n'aurait pas été enclin à coopérer. Mais sa fille en vie… cette fille qui racontait tout sans compter, même ses secrets, c'était un outil qu'il allait utiliser.

Logan. C'était sans doute le secret le plus important qu'elle lui avait confié. Il n'avait pas mesuré à quel point à ce moment-là.

On a tous un point faible. C'est une leçon qu'il avait apprise il y a fort longtemps.

Diego jeta un coup d'œil à Luis. Il était nerveux, ce qui ne le surprit pas. Il connaissait trop bien sa faiblesse.

L'agent, Juliana, eux aussi avaient leurs faiblesses.

Des faiblesses qu'il connaissait déjà.

Juliana lui avait raconté tant de choses, en captivité. À la faveur de l'obscurité. Quelquefois, il n'était pas nécessaire de torturer pour arriver à ses fins. Parfois… parfois, il suffisait d'inspirer confiance à sa proie.

À partir de là, tuer n'était plus qu'un jeu.

— Quand on aura trouvé Logan Quinn, on aura trouvé Juliana James.

Simple. Diego laissa tomber la photo. Les points faibles. Une fois connus, c'était tellement facile de les exploiter.

— Tu as déjà été amoureuse, Juliana ?

C'était une des questions qu'il lui avait posées. Importante. Si elle était amoureuse, elle avait un talon d'Achille. Il pouvait utiliser les personnes qu'elle aimait contre elle. Alors il avait attendu. Surtout ne pas avoir l'air curieux. Ni trop pressé. Et elle avait dit :

— Une fois.

Sa voix avait tremblé. C'était une souffrance pour elle, ce désir pour quelque chose qu'elle n'aurait pas. Elle était tellement sûre que la mort l'attendait. Et elle avait raison. Elle avait laissé échapper un gémissement et ajouté dans un murmure :

— Mais Logan ne m'aimait pas.

Diego étudia la photo. Les forces spéciales étaient composées de durs qui n'affichaient ni peur ni émotion. Mais justement, il avait vu la peur dans le regard de Logan.

Pas pour lui.

Pour la femme qu'il tenait serrée contre lui. La femme qu'il protégeait avec son propre corps quand le véhicule avait sauté.

Diego avait alors compris que c'était… *son* Logan.

Le Logan dont elle lui avait si amoureusement parlé.

— Je ne suis pas certain qu'il ne t'aimait pas, Juliana, dit-il tout bas.

Il prit un crayon et entoura le visage de sa cible d'un rond rouge.

— Tu as six heures pour trouver Quinn.

Il toisa Luis.

— Tu sais ce qui t'arriveras si tu le rates.

Luis opina, crispé, prit la photo et fila vers la porte.

— Ta fille…, lui lança Diego de son ton mielleux. Elle a six ans maintenant, c'est bien ça ?

Luis se cabra.

— *Si !*

Un grognement plus qu'un oui.

— Faudra que je pense à lui faire un très beau cadeau pour son prochain anniversaire.

Luis se retourna, épouvanté. Bien joué. La peur lui sortait par les yeux. Suintait par tous les pores de sa peau.

Son accent espagnol amplifié par une voix déjà éraillée, il bafouilla :

— Vous… Vous en avez déjà… fait assez pour elle. Et pour moi.

Luis se liquéfiait. Diego sourit.

— Elle est vraiment mignonne. Et si délicate… Mais tous les enfants sont délicats, non ?

Luis brandit la photo.

— Vous le voulez mort ?

Diego réfléchit un instant puis opina.

— Une fois la fille récupérée, oui, tue-le. Devant elle. Autant la briser.

Luis serra la photo dans sa main.

— *Si.*

Satisfait, Diego le regarda s'en aller. Avec cette épée de Damoclès sur la tête de sa chère petite, Luis allait se déchaîner. Rien ne l'arrêterait. L'argent était un moteur pour tout le monde ; les bonnes cibles débusquées, l'info souhaitée obtenue, Luis n'aurait plus qu'à attaquer.

Si quelqu'un tentait d'éliminer Juliana, ils allongeraient la sauce pour la garder en vie. Une politique d'assurance. Diego veillait toujours à avoir plusieurs plans B en place.

Quant au gars des forces spéciales, en moins de deux,

Luis lui enverrait un paquet de renseignements sur lui. Sur ses biens, ses amis, sa famille. Il les trouverait.

Il ferait sortir le voyou de sa cachette.

Et le tuerait.

Luis était peut-être un bon père mais c'était, plus encore, un bon tueur.

Surtout quand il était correctement motivé…

Logan Quinn était déjà mort. Cet imbécile ne le savait pas encore.

# 5

— Ce n'était pas Guerrero.

Encore ensommeillée, Juliana se frotta les yeux. Où était-elle ?

Coup d'œil autour d'elle. Ah oui, le bois ciré, le canapé sur lequel elle était allongée. Bien sûr…

Et Logan qui la regardait, les yeux brillants.

Le chalet.

Les souvenirs remontèrent brusquement. Le feu. La mort. Un cauchemar qui était, hélas, la réalité.

Elle tira la couverture sur son visage.

— Que dis-tu ?

Il s'assit au bord du lit. Elle sentit ses cuisses à travers la couverture. Ce contact lui fit du bien. Comme chaque fois qu'il était près d'elle.

*Et il voulait que je dorme là-haut, dans son lit ?*

Sûrement pas. Un plaisir indicible certes, mais trop de chagrin ensuite. Elle avait déjà donné.

— J'ai reçu un coup de fil de Sydney.

Elle s'assit. Peut-être simplement pour s'écarter de lui ?

— Ta tête est mise à prix. Il a mis le paquet !

— Ce n'est pas nouveau…

Il pinça les lèvres.

— Ils te veulent vivante. Sinon, pas un sou.

— Quoi ?

Ça n'avait pas de sens.

— Ils ont fait exploser la voiture ! Et ils comptaient me récupérer vivante ?

Elle soupira.

— Quand je pense à Charles… Le pauvre, il n'avait rien à voir dans l'affaire et ils l'ont tué…

Logan se passa la main dans les cheveux.

— Sydney pense que l'explosion n'est pas du fait de Guerrero. Compte tenu de ce qu'elle a appris, cela viendrait de quelqu'un d'autre.

Stupéfaite, elle bondit.

— Tu es en train de me dire que ce n'est pas un mais deux tueurs qui sont à mes trousses ?

Il lui prit la main et elle ne chercha pas à se dégager. La chaleur de ses doigts avait quelque chose de réconfortant. Elle en avait besoin.

— Je te le répète, Guerrero te veut vivante. Sydney en est certaine. Et il est prêt à payer le prix qu'il faudra pour que ses acolytes te ramènent en vie.

— Parce qu'il croit que j'ai la pièce à conviction ?

Il fit oui de la tête, tout doucement. Se rendait-il compte qu'il la caressait maintenant ? De toutes petites caresses, très légères, du bout des doigts.

— Mais je ne l'ai pas, murmura-t-elle.

Si elle l'avait, ce cauchemar prendrait fin.

Logan retournerait à sa vie. Et elle à la sienne.

— Sydney collabore avec la police locale pour tâcher de savoir qui a fait sauter la voiture.

Il se rapprocha d'elle, la prit par les bras.

— La limousine avait été inspectée avant son départ de chez le sénateur. Elle était clean.

N'empêche, elle avait explosé. Avec Charles. Jamais elle n'oublierait la chaleur du feu.

— Ne t'inquiète pas, lui dit-il. Je reste avec toi. Avec moi, tu ne risques rien, je te le jure.

Facile à dire. Ce n'était pas lui qui était dans le collimateur de deux tueurs. Elle le regarda dans les yeux, prête à protester. Elle se rappela alors qu'il avait frôlé la mort à de nombreuses reprises, et se tut.

La mort était sa vie. Son métier.

C'était un survivant. Un soldat.

Si l'un des hommes qui la traquaient s'approchait d'elle, elle serait incapable de se défendre.

— Apprends-moi, dit-elle en repoussant la couverture.

Étonné, il cligna des yeux.

— Heu… Julie…

Elle portait un T-shirt trop grand pour elle et un boxer short. Sexy ? Pas vraiment. Néanmoins le regard de Logan s'attardait sur ses jambes…

— Apprends-moi… à me battre, précisa-t-elle.

Il lui avait déjà appris à faire l'amour. C'était il y a longtemps.

En haut.

Quand le plaisir l'avait emportée, elle lui avait dit qu'elle l'aimait.

Il n'avait rien répondu.

C'était sans doute l'une des rares occasions où il avait été sincère avec elle.

Elle repoussa ces souvenirs.

— Je veux pouvoir me défendre seule si jamais…

Logan fronça les sourcils.

— Quand une bombe explose ou qu'un coup de feu part, il est difficile de se défendre.

— Sans doute, répliqua-t-elle, mais quand tu as été enlevé et que ton bourreau arrive pour te soutirer des infos que tu n'as pas, c'est pas mal de pouvoir riposter.

Au Mexique, elle n'avait rien pu faire. Si Guerrero lui remettait la main dessus… elle ne voulait pas être réduite à l'impuissance.

— Apprends-moi les gestes de défense. Je sais que tu le peux.

Il cessa de regarder ses jambes pour poser les yeux sur son visage.

— J'en ai besoin, insista-t-elle.

Elle voulait avoir du pouvoir, un certain contrôle sur les événements.

Il fit la moue et se leva.

Le cœur battant, Juliana le suivit au centre de la pièce, pieds nus sur le vieux tapis aux couleurs fanées.

Ce n'est que lorsqu'il alluma qu'elle prit conscience qu'il était torse nu, avec juste un pantalon de sport très large. Sa poitrine, succession de muscles fermes et rebondis, portait un tatouage qu'elle ne lui connaissait pas. Dieu qu'il était excitant…

Elle se passa la langue sur les lèvres.

*Du calme. Regarde ailleurs.*

Elle détailla son tatouage, un trident noir dont l'une des pointes indiquait le cœur.

Pourquoi ce trident était-il si sexy sur lui ?

Pourquoi fallait-il qu'elle le désire autant ?

— Je suis un adepte des arts martiaux, dit-il en s'approchant d'elle. Si tu veux, je peux te montrer certains mouvements qui t'aideront dans les CAC.

— Les CAC ?

— Les combats au corps à corps.

Il parlait d'une voix posée, comme si tout cela était normal.

Mais rien n'était normal ! Ses épaules larges, son corps musclé la troublaient. Il était beau à couper le souffle. Est-ce qu'il se rendait compte de l'effet qu'il lui faisait ?

— Tu dois être efficace, dit-il. Il faut tuer très vite. C'est la rapidité qui fait la différence.

À s'exprimer ainsi, il lui faisait presque peur. Elle ne voulait pas tuer, elle voulait seulement rester en vie.

— Tu l'as déjà fait ? demanda-t-elle.

Il ne répondit pas. Elle savait qu'il avait tué. Sans doute souvent.

Pas du temps qu'ils sortaient ensemble. Mais le connaissait-elle vraiment à l'époque ?

— Tu ne peux pas me montrer quelque chose de plus facile pour commencer ? Comment dire…

*Je ne suis pas prête à tuer.*

Il dut le lire dans ses yeux car elle vit la fossette se creuser dans sa joue.

— Quand ça se présentera et que ce sera ta vie ou la sienne, tu seras prête, crois-moi.

Sur ces mots, la prenant totalement par surprise, il l'attrapa par le cou et serra.

— Une hésitation, et tu es morte.

Elle sentait sa grande main sur son cou. Il suffisait qu'il serre encore un peu pour l'étrangler.

Il recula.

— On va commencer par plus facile, si tu préfères.

Sa voix avait changé, son regard s'était durci et il s'était raidi.

— Trouve le point faible de ton agresseur et attaque-le là. Les points faibles, penses-y, c'est ça ta cible.

Juliana, crispée, s'efforça de se détendre.

— Quand tu attaques…

Il tourna autour d'elle, ce qui l'énerva.

— … sers-toi toujours de la partie la plus forte de ton corps.

Debout derrière elle, il passa le bras autour de sa taille et lui prit la main.

— Utilise tes poings…

Il leva sa main et donna un coup en l'air en faisant tourner son bras.

— … tes coudes.

Il était si grand et si large qu'elle avait l'impression qu'il l'enveloppait.

Il pivota et se trouva face à elle. Il tenait toujours son poing dans sa main.

— Attaque ton agresseur à la gorge, dit-il en levant le poing vers son cou. Et frappe, dur, de toutes tes forces.

Il abaissa les yeux sur elle.

— Tu dois être prête à mettre ton agresseur hors d'état de nuire.

Elle essaya de libérer sa main, en vain. Elle plissa les yeux.

— Mais si je veux seulement m'échapper ?

Il pivota encore, de sorte qu'elle lui présentait maintenant son dos. Il l'avait lâchée et elle était là, tendue, mal à l'aise.

— Je vais faire l'agresseur, dit-il.

Elle commença à manquer d'air.

— Si j'arrive sur toi par-derrière…

Et il le fit. Il se jeta sur elle et la tint dans ses bras. Elle se débattit, se tordit, se tortilla ; rien n'y fit, tant son étreinte était puissante. Lutter ne faisait que la fatiguer et la plaquer encore plus contre lui.

Il se prenait au jeu.

Elle se pétrifia.

— N'essaie pas de t'enfuir, dit-il, la voix bourrue. Fais le dos rond.

Elle s'exécuta.

— Maintenant, baisse-toi. Laisse-toi glisser.

Elle se baissa et se retourna. Serra le poing pour le frapper.

— Une fois libre, vise mes yeux, ma gorge.

Il fit une mimique douloureuse.

— Entre mes cuisses.

*Ça, sûrement pas ! Pas maintenant.*

Elle garda les yeux rivés sur son visage… à regret.

— Quand tu vises entre les cuisses, attaque avec le coude ou le poing et cogne. Le plus fort que tu peux.

Il grimaça comme s'il ressentait la douleur.

— Maintenant, si je t'attaque de front…

Il avança vers elle et, de nouveau, la prit à la gorge. Avec ses mains larges comme des battoirs, il serra son cou, sans lui faire mal. Et, une nouvelle fois, elle ressentit le fantôme d'une caresse sur sa peau.

— … tu plantes tes doigts dans mes yeux.

Vicieux. Juliana avala sa salive avec difficulté et opina. Elle ferait ce qu'il fallait.

Sans retirer sa main, il sonda son regard. La tension monta d'un cran.

— Je ne les laisserai jamais remettre la main sur toi.

Il avait les doigts derrière ses oreilles, et il la caressait. Ce contact et les souvenirs qu'il ravivait la firent frissonner. Autrefois, il adorait embrasser ce petit coin-là.

— Je m'interposerai entre toi et un éventuel agresseur.

Elle voulait bien le croire. Mais Logan était de chair et de sang. Il ne pouvait pas arrêter une balle, ni le feu.

Il était mortel, lui aussi.

Alors, qu'arriverait-il ?

*Je serais de nouveau sans toi.*

Elle leva les yeux vers lui. Les siens brillaient, de fièvre, de désir. C'était sûr, il avait envie d'elle. Son regard le trahissait. Mais il ne chercha pas à la brusquer, pas même à l'embrasser. Il lâcha son cou, et sa main retomba.

Elle lui avait demandé un peu plus tôt de bien vouloir garder ses distances. Plus exactement, elle avait murmuré : « C'est fini entre nous. »

Mais il savait qu'elle mentait. Qu'elle le désirait toujours autant.

Il se racla la gorge.

— Si nous pouvions savoir où James a caché la fameuse preuve…

— Cela faisait des années que je ne lui avais pour ainsi dire pas parlé.

Parce qu'elle avait vu ce qu'il était devenu. Ce n'était plus le père qu'elle connaissait. Il était devenu quelqu'un de froid, de fourbe.

— Il ne partageait pas ses secrets avec moi.

Logan pencha la tête de côté, les paupières plissées pour mieux l'observer.

— Peut-être pas directement, dit-il.

— Ni indirectement. Il ne partageait aucun secret avec moi.

Elle n'avait même pas passé le dernier Noël avec lui. Elle était restée seule.

— S'il a caché une preuve quelque part, j'ignore où.

Logan redressa la tête.

— Bien. Maintenant, voyons autre chose. Je vais me jeter sur toi et tu vas me frapper. Le plus fort possible.

Elle se mordilla les lèvres, hésita.

— Tu n'as pas peur que je te fasse mal ?

Il sourit.

— Non. Je te le demande, au contraire.

D'accord. Si c'était cela qu'il souhaitait, souffrir…

Elle lui tourna le dos. Elle n'allait pas lui faire de cadeau.

Il prit son élan, referma les bras sur elle à lui couper le souffle. Elle ne s'attendait pas à pareille brutalité. Sans doute l'avait-il ménagée jusqu'à présent ? La panique la prit, puis elle réagit.

*Pas de faiblesse.*

Elle rentra la tête dans les épaules, se recroquevilla et lui glissa entre les bras. Aussitôt, elle lui administra un coup de coude entre les cuisses qui l'envoya au tapis. Mais il se redressa tout de suite et se précipita sur elle. Heurtée avec violence, elle tomba par terre .

Le choc de son corps lourd contre le sien lui fit perdre le souffle. Il saisit ses mains et les plaqua de chaque côté de sa tête.

— Bats-toi avec tes pieds, tes jambes, gronda-t-il. Défends-toi avec toutes les parties de ton corps. N'arrête pas.

Arrêter ? Sûrement pas ! Se tortillant comme une anguille, elle réussit à glisser une jambe entre les siennes. Elle haletait. Elle leva un pied et, rassemblant toute ses forces, lui asséna un coup de genou entre les cuisses.

Il se tordit, roula un instant sur le côté avant de se remettre en position.

— Bravo, dit-il. Je savais bien qu'il y avait un soldat en toi.

N'empêche que lui ne haletait pas. Et il tenait toujours ses mains. Et il était toujours sur elle.

Qu'attendait-elle pour lui dire de se relever ? Que ça suffisait comme ça ?

Ce n'était plus un cours d'autodéfense qu'il lui donnait… C'était un prélude à l'amour. Elle avait le cœur qui battait et son corps… son corps lui faisait mal. De désir.

Un désir qu'il lui fallait à tout prix assouvir.

Après Logan, elle avait connu un autre garçon. En fait, elle était sortie avec deux autres hommes depuis qu'il l'avait abandonnée. Mais avec eux, son plaisir n'avait jamais été aussi intense.

Même en imaginant que Logan était à leur place — ce dont, à sa grande honte, elle ne s'était pas privée.

Avec eux, elle n'avait jamais réussi à nouer un vrai lien, à se donner vraiment.

— Tu ne devrais pas me regarder comme ça, dit Logan d'une voix rauque.

Cette voix rauque des moments forts, qu'elle n'avait jamais oubliée.

— Comme quoi ?

— Comme si tu voulais que je te dévore.

Elle connaissait d'avance la réponse.

Elle ne bougea pas. Elle sentait la douceur de son jogging sur ses jambes. Il serrait toujours ses poignets, sans lui faire mal. Il avait toujours été conscient de sa force et n'en abusait pas.

Oui, il était très fort, mais il savait aussi se faire très doux.

Finalement, il la lâcha.

— Je pense que ça suffit pour l'instant.

Il se dégagea et s'apprêtait à se relever quand elle l'empoigna par les épaules. Logan se figea.

— Julie… J'ai menti.

Ils le savaient tous les deux.

Ses yeux bleus virèrent au noir.

— J'ai toujours envie de toi. Je donnerais tout pour être en toi…

Il gémit et happa sa bouche. Mais ce n'était plus comme avant. C'était moins simple, moins tendre.

Cela faisait si longtemps.

C'était différent.

Il approfondit son baiser, savoura sa bouche.

*Il* était différent.

Elle l'agrippa si fort qu'elle lui griffa les épaules.

*Elle* était différente.

La barbe naissante de Logan lui râpa la joue. C'était une sensation qu'elle avait toujours aimée. Elle pressa ses seins contre lui, creusa les reins pour mieux le sentir.

Il lâcha sa bouche, s'écarta d'elle puis revint sur son cou, qu'il mordilla du bout des dents.

Folle de désir, elle ferma les yeux et ne put retenir plus longtemps un gémissement.

— Tu m'as manqué…

Elle rouvrit les yeux. Il avait passé les mains sous son T-shirt. Ses mains calleuses, abîmées, qui couraient maintenant sur elle, la pétrissaient, soulevaient le coton de son T-shirt pour offrir à son regard affamé le spectacle de sa nudité.

Elle se mit à trembler. Elle le voulait en elle. Tout de suite. Elle ne pouvait plus attendre.

— Dis-moi d'arrêter, lui dit-il en amorçant le geste de la déshabiller.

Elle ne l'écouta pas.

— Je veux ta bouche… sur moi, susurra-t-elle.

Au cœur du cauchemar qu'elle vivait, pourquoi n'aurait-elle pas pris du plaisir ? Si la mort était son avenir, autant profiter de la vie, non ? D'autant que ce plaisir était là, à portée de main.

Logan.

Il remonta vers sa poitrine, embrassa ses seins, taquina ses mamelons puis les engloutit.

Il faufila une main sous son short, puis plus bas. Elle sentit la chair de poule la couvrir. Poussa un cri. Elle inspira très fort son odeur, une odeur qui n'appartenait qu'à lui. C'était ses mains maintenant qui caracolaient sur lui, le palpaient, le caressaient. Avec la maturité, il était devenu plus grand, plus fort.

Elle voulait embrasser son tatouage.

— Juliana, fit-il d'un ton plaintif.

Elle se cambra. Plus rien ne l'arrêterait dorénavant. Elle n'était plus que désir, et le plaisir était là, tout proche.

Elle prit sa main. La plaqua contre elle.

— J'ai envie de toi, supplia-t-elle.

Il la regarda, les yeux fiévreux, presque angoissés.

— Je pourrais tuer pour te prendre, dit-il.

Elle voulait bien le croire. C'était à la fois terrifiant et excitant. Elle savait que cet homme pouvait être dangereux, pour elle et pour les autres. Mais à cet instant… peu lui importait. Elle voulait se sentir lourde de lui, elle voulait le sentir peser en elle. Elle le désirait trop.

Elle n'eut pas besoin de l'encourager davantage. Tout en caressant d'une main sa poitrine, il chercha de l'autre le cœur de son désir et s'y enfonça.

Elle sursauta, l'appela par son nom, haleta. Le plaisir montait. Il allait exploser, lui apporter le soulagement qu'elle attendait et anéantir son stress.

Un hurlement strident déchira l'air. Une alarme. Éperdue,

Juliana cria le nom de son amant. Un orgasme violent, intense, effroyable la convulsa. Logan se raidit contre elle.

L'alarme ne s'arrêtait pas. Logan jura.

— Vite, debout, dit-il. Il y a quelqu'un.

Tremblante, elle se leva, le cœur battant. Elle essaya d'avaler sa salive, en vain. Sa gorge était trop sèche. Tant bien que mal, elle lissa ses vêtements.

— Tu ne risques rien ici, ajouta-t-il en s'éloignant pour ouvrir un tiroir.

Il en sortit une arme.

Si quelqu'un arrivait…

Il lui prit la main et l'entraîna dans une petite pièce bardée d'électronique. Cinq écrans étaient allumés. Dessus, elle ne vit que des arbres. Un bois désert. Ils devaient utiliser des lunettes à infrarouge pour avoir vu approcher quelqu'un.

— Un intrus a déclenché l'alarme.

Il passa une chemise en tissu épais, enfila ses chaussures.

Juliana secoua la tête.

— Ils n'ont pas pu déjà nous trouver.

Ils n'étaient ici que depuis quelques heures.

*Quelques heures…*

Elle serra les jambes. Elle était encore pantelante de plaisir et voilà que…

— Non, il ne peut pas y avoir quelqu'un, chuchota-t-elle.

Mais comme elle fixait les écrans, des hommes sortirent de l'ombre. Des hommes cagoulés et lourdement armés.

Les images étant un peu floues, elle se pencha pour mieux voir.

C'est alors que les coups de feu claquèrent. Elle n'entendit pas les balles siffler mais elle vit les hommes tomber. Deux vacillèrent avant de s'écrouler sur le dos, les mains sur la poitrine. Les autres levèrent leurs armes. Tirèrent sur leurs ennemis qu'elle ne voyait nulle part. Ils foncèrent devant eux, leur image vacillant sur les écrans.

— Donne-moi un revolver, dit-elle avec un calme qui la surprit elle-même.

Logan scruta son visage, les yeux plissés.

— Donne-m'en un, insista-t-elle.

De toute évidence, l'équipe de Logan était dehors, quelque part dans les bois. Ils tiraient sur les hommes et, s'ils ne les abattaient pas tous, un rescapé risquait d'entrer dans le chalet et de les abattre.

Logan ouvrit un coffre. Il contenait des armes. Des poignards. Un stock impressionnant de munitions.

Il lui tendit un revolver.

— Le cran de sûreté est mis. N'oublie pas de l'enlever avant de tirer.

L'arme était moins lourde qu'elle ne l'aurait cru. Elle était froide. Effrayante.

L'alarme sonnait toujours. Les coups de feu étaient plus audibles. Ils se rapprochaient du chalet. De la porte.

— Reste derrière moi, dit Logan, et…

Il lui prit le menton et lui sourit.

— Essaie de ne pas me tirer dessus !

Sa remarque la fit rire. Rire ? En ce moment ? Elle était peut-être aussi folle que lui.

Un bruit de verre brisé fit s'étrangler son rire. Une fenêtre. Quelqu'un entrait par une fenêtre.

— Baisse-toi, cria Logan.

Des coups de feu retentirent. Le bois craqua. La porte d'entrée. Qu'on fracassait ?

Logan la poussa contre le mur de gauche. La porte de la pièce où ils se trouvaient était légèrement entrebâillée. Une aubaine. Il introduisit le canon de son revolver dans la fente. Visa…

Le coup de feu lui fit mal aux oreilles mais elle ne cria pas. Elle entendit une plainte et, brusquement, le bruit lourd d'une chute.

Puis le silence. Un long silence. Assez long pour qu'elle croie la bataille rangée terminée. Le danger passé.

Et soudain, les coups de feu reprirent, serrés, nourris — et tout dans le chalet sembla se disloquer.

# 6

Leurs poursuivants étaient arrivés trop vite. Ils n'auraient pas dû être déjà au chalet.

Les agents de l'ombre n'avaient pas semé de petits cailloux blancs pour que les hommes de Guerrero retrouvent leur trace. Ils n'étaient pas prêts pour cette attaque.

Ils n'auraient pas dû sous-estimer les ressources du parrain.

Une balle traversa ce qui restait de la porte pour ressortir à quelques centimètres de l'épaule de Logan. La riposte s'imposait. Rapide et surtout, précise. Il entendit à peine le tonnerre des armes, il ne se retourna pas pour regarder Juliana — il ne voulait pas lire la peur dans ses yeux —, il se concentra pour réussir ce qu'il avait à faire. La protéger.

Tuer ou se faire tuer. La seconde option était proscrite.

Il s'interdisait de gaspiller des balles. Il ne tirait que lorsqu'il avait une cible. Et quand il en avait une, son coup de feu était expéditif. Il vit une cible, visa. Elle tomba.

Les bras tendus, arme au poing, il balaya l'espace devant lui en quête d'une autre cible.

Un deuxième homme s'effondra.

Il avait toujours aimé se battre mais, cette fois, la vie de Juliana était en jeu.

Un homme courut vers le chalet mais il ne tira pas. C'était Gunner.

Gunner entra, fit le tour de la pièce des yeux et siffla entre ses dents.

— Trois à terre… Pile dans le cœur.

Tuer ou se faire tuer.

Logan fixa son coéquipier.

— Clair ?

— Ouais, ouais, on est clair, Alpha One.

Il se retourna enfin vers Juliana. Au lieu de la peur qu'il s'attendait à voir dans ses yeux, il ne vit que de la colère. Elle serrait son arme dans sa main. S'en serait-elle servie s'il l'avait fallu ?

À sa connaissance, elle n'avait jamais fait de mal à une mouche. Alors, tuer l'un de ses semblables ? C'était une limite que peu de gens franchissaient.

Lui, aucune limite ne l'avait jamais arrêté. Tuer ne lui posait aucun problème.

*Je suis un monstre.*

C'était ça qu'il était, même si Juliana l'ignorait.

Une arme. Un tueur. Un assassin. Le sénateur James avait eu raison à son sujet.

Juliana venait de voir de près de quoi il était capable. Elle avait dû comprendre qu'il était dangereux.

Elle lui empoigna le bras.

— Il n'y a plus de danger, maintenant ?

Il regarda derrière lui. Gunner examinait les hommes. Démarche inutile. Ils ne risquaient plus de bouger.

Il hocha la tête, soucieux.

— Bon Dieu, mais qu'est-ce qui s'est passé ?

Ces types n'auraient pas dû savoir où ils s'étaient réfugiés.

— On s'est fait avoir, répondit Gunner en le regardant, l'air soupçonneux. Des explosifs, l'artillerie lourde… Ils étaient préparés, les gars. On les a quand même eus.

Écrasant les débris de verre qui jonchaient le plancher, Logan s'avança. C'était un carnage dans le chalet. Fenêtres explosées, porte d'entrée arrachée de ses gonds, des impacts de balles partout dans les cloisons.

Il adorait cet endroit, autrefois. C'était un lieu sacré, cadeau de son beau-père. Il s'y réfugiait pour panser ses plaies.

Un endroit qu'il avait partagé avec Juliana.

Autrefois.

Il s'agenouilla près d'un des hommes mortellement blessés. Avec Juliana toute proche, il n'avait pas voulu prendre de risque. Il avait dû tuer. Si des hommes de Guerrero avaient survécu, ils auraient continué à leur tirer dessus.

— Se peut-il qu'il y en ait au moins un de vivant, dehors ? demanda Logan sans même lever les yeux.

Si un des hommes avait été épargné, ils pourraient le faire parler. Au Mexique, les mercenaires avaient peur de parler aux autorités, sauf s'ils étaient certains que Guerrero ne les avait pas encore soudoyées. Ce n'était pas pour rien qu'on l'appelait El Diablo, là-bas. Les gens le craignaient car il avait les moyens de transformer leur vie en enfer.

— Les seuls qui respiraient encore n'ont pas demandé leur reste.

— Je m'en doute !

Alerté par un froissement de tissu, Logan raffermit sa prise sur la crosse de son revolver et regarda du côté de la fenêtre brisée. Le canon d'une arme était pointé sur lui.

Il plongea au sol sans cesser de viser la fenêtre mais quelque chose — quelqu'un — le bouscula.

La balle partit vers la fenêtre. Un homme hurla. Logan tendit le bras, toucha quelqu'un. Juliana. C'était elle qui l'avait bousculé. Il se releva, la poussa derrière lui.

Gunner se trouvait déjà à la fenêtre. Il avait saisi le poignet de l'homme et le tordait. Nouveau cri de douleur. Le revolver vola, atterrit dans la pièce. Coup de pied de Gunner pour l'éloigner. Logan se précipita à son tour. Il attrapa l'homme par le col et le fit passer par la fenêtre.

Pieds écartés, arme brandie, Juliana était prête à tirer. Du sang coulait sur la figure de l'homme que la souffrance faisait grimacer.

— Vous, dit-elle, interloquée. C'est vous qui…

Logan pointa son revolver sur le menton de l'homme.

— Où est-il ? gronda-t-il.

Entre deux gémissements, l'homme trouva la force de ricaner.

— Hé, l'amoureux, tu la crois en sécurité avec toi ?

Il hocha la tête.

— C'est toi qui nous as conduits jusqu'à elle. Tu pouvais aussi bien la tuer de tes propres mains.

La voix du type était éraillée. Logan remarqua une vilaine cicatrice sur son cou. Une ancienne blessure mal soignée.

— Personne ne la tuera, gronda Logan. Tu peux en être sûr.

Il repoussa l'homme — la tentation de le descendre était trop forte — et se positionna de sorte que Juliana ne voie pas ce qui allait suivre. Après tout, il ignorait ce qui se passait exactement dehors. Gunner se trompait peut-être ? Et s'il y avait d'autres hommes en liberté ? Mieux valait être prudent.

Gunner fit tomber l'homme à genoux et pointa le canon de son arme sur sa nuque.

— Qui t'envoie ?

Ils le savaient déjà mais la question devait être posée. Il fallait que l'homme avoue.

Malgré la gravité de ses blessures, l'homme éclata de rire.

— Parle, le pressa Logan.

Le rire mourut. L'homme tourna la tête vers Juliana, comme indifférent au revolver braqué sur lui.

— Tu sais, petite *señorita*… Il va continuer à te chercher.

Juliana serra le bras de Logan.

— Votre voix… Je me souviens de vous.

Elle se précipita vers l'homme. Logan la rattrapa par la taille.

— Vous étiez là ! cria-t-elle à l'homme toujours à genoux. C'est vous qui m'avez enlevée cette nuit-là au Mexique… Vous n'arrêtiez pas de dire « petite *señorita* » ! Je n'ai pas vu votre tête, mais votre voix… je ne l'oublierai jamais !

Elle se mit à gesticuler dans les bras de Logan, à se débattre comme un chat sauvage. Il lui prit le revolver des mains et la serra contre lui.

Si elle disait vrai, il serait très intéressant de faire parler ce voyou…

— Je suis sûre que c'est vous, insista-t-elle. Je ne peux pas me tromper.

Elle ne se débattait plus. Mais Logan ne commettrait pas l'erreur de la relâcher. C'était peut-être une ruse.

Leur prisonnier avait baissé la tête et rentré les épaules.

— Tu travailles pour Guerrero, l'accusa Gunner. Et tu

vas nous dire ce qu'on veut savoir sur ton patron, à moins que tu préfères finir comme tes complices.

— Qui es-tu ? fit Logan.

— *Mi nombre es Luis Sanches.*

Ils avaient un nom. C'était un bon début.

— *La muerte no me asusta.*

Logan se crispa. Comme ça, il n'avait pas peur de la mort ? Sanches frotta sa nuque contre le canon du revolver.

— Allez-y ! Tuez-moi !

Gunner plissa les yeux.

— El Diablo… Ce qu'il peut me faire, c'est bien pire que la *muerte*.

Son buste se mit à trembler.

— *Mucho* pire.

Logan lâcha Juliana en lui glissant à l'oreille de ne pas bouger.

— Il l'aura, reprit Luis. Il vous connaît… Il comprend toujours ses ennemis…

— On peut te protéger, dit Logan.

Quand on tombait sous la coupe d'un Guerrero, on pouvait s'attendre à ne pas rester longtemps en vie.

— On te donnera un nouveau nom, une nouvelle…

Luis secoua la tête.

— Je ne veux pas le trahir.

Gunner le prit par le col et le releva sans ménagement.

— Quand il saura que nous te tenons, Guerrero pensera tout de suite que tu l'as trahi. Alors ton histoire de trahison… Quoi que tu fasses, tu es fichu.

Silencieuse dans son coin, Juliana fixait Luis, qui la regardait lui aussi.

— Petite *señorita*… j'aurais préféré ne pas te voir au Mexique, dit-il.

Les bras le long du corps, il avait tout du pauvre type sans défense, condamné.

— Moi aussi j'aurais préféré, répliqua-t-elle. J'aurais préféré que rien de tout cela n'arrive.

— Si.

Logan marcha sur Sanches.

— Tu vas nous aider à mettre la main sur Guerrero.

Il sentait que ce Luis n'était pas un voyou ordinaire, et son flair le trompait rarement. Il avait déjà des mèches grises dans les cheveux, et ses yeux en disaient long. Il en avait beaucoup vu. Beaucoup trop.

— Non, je ne vous aiderai pas.

Logan alla prendre son mobile et pianota un numéro. Sydney décrocha aussitôt.

— Qu'est-ce que tu vois ? lui demanda-t-il.

— Les assaillants sont tous HS. Le périmètre de sécurité est dégagé.

— On a un transport à faire, dit-il en regardant Luis par-dessus son épaule. On en a un vivant. Un important.

Luis baissa la tête.

— Non !

Au même instant, échappant à Gunner, il s'élança, bras tendu. La lame d'un couteau étincelait dans sa main. Il avait dû s'en saisir quand il était à genoux.

Logan dégaina aussitôt.

— Lâche ça.

Mais Luis ne menaçait personne.

— Ma fille…, gémit-il. Elle me manquera.

Gunner se jeta sur Luis. Trop tard, il enfonçait déjà la lame dans sa propre poitrine.

— Non ! s'écria Juliana.

Le sang gicla. Les yeux exorbités, moins de peur que de douleur, Luis semblait soulagé.

Gunner l'attrapa par le dos. Il serrait toujours son poignard mais ses jambes ne le portaient déjà plus. Il y avait du sang partout.

Sanches était un tueur, lui aussi. Il avait su exactement où porter le coup fatal.

Logan reprit Sydney en ligne.

— Plus besoin de transporter le prisonnier, dit-il laconiquement.

Luis respirait encore mais son temps était compté. Rangeant son mobile dans sa poche, Logan s'approcha de lui.

Gunner l'avait allongé par terre sans lui ôter le poignard.

S'il le faisait, Luis n'aurait plus que quelques instants à vivre. Or il fallait tâcher de le faire parler tant qu'il en était encore capable.

— Où est Guerrero ?

— Ma fille, dit Luis en souriant. Elle est mignonne.

— Où est Guerrero ?

— Comme ça, il ne la touchera pas.

Luis avait choisi de se tuer plutôt que de trahir son patron ! La rage fit frémir Logan.

— Tellement jolie… ma petite chérie…

Le mourant battit des paupières.

— Marie…

Il ne parlerait pas.

Logan jeta un coup d'œil aux autres corps. Puis il regarda Juliana. Un peu à l'écart, très pâle, elle ne disait rien.

*Ils l'ont déjà trouvée*, se dit-il.

Comment avaient-ils fait ?

Lui revint alors à la mémoire ce qu'avait dit Luis après que Gunner l'avait fait passer par la fenêtre.

« Hé, l'amoureux… Tu la crois en sécurité avec toi ? »

Comment Luis savait-il qu'il était l'amoureux de Juliana ?

« C'est toi qui nous as conduits jusqu'à elle… »

Vivement, Logan s'empara de la main de la jeune femme.

— Partons d'ici !

Sydney avait certainement demandé du renfort pour nettoyer les lieux et il était sûrement en route, mais l'endroit n'était plus sûr ; il n'avait plus rien d'un piège idéal pour appâter Guerrero.

*C'est lui qui nous tend un piège.*

Il n'allait pas rester là, les bras ballants, à attendre le tueur.

Mais Juliana ne bougeait pas.

— Où ? Où allons-nous ? Il va me retrouver. En quelques heures, il m'avait déjà repérée.

Logan serra sa main dans la sienne.

— Tu me fais confiance ou pas ?

Elle ouvrit la bouche pour répondre. Impatient, Logan la pressa :

— Alors ?

Elle fit oui de la tête, ce qui le rassura.

— Dans ce cas, laisse-moi faire.

Il ne pouvait pas lui révéler son plan. Cela ne ferait qu'un mensonge de plus. À croire que cela ne s'arrêterait jamais.

Depuis l'instant où il l'avait rencontrée, il n'avait cessé de lui mentir, et ces mensonges le rongeaient. Ils le rongeaient et anéantissaient tout espoir de vivre un jour avec elle.

Le jour où elle apprendrait la vérité sur lui, où elle découvrirait pourquoi il était entré dans ce restaurant pour la retrouver, ce jour-là serait le dernier où elle le croirait.

Il sortit avec elle. Avancé par Jasper, un 4x4 les attendait au bas des marches de la terrasse. Ils s'installèrent derrière, très vite, et le véhicule démarra en trombe. Les vitres étaient blindées, la carrosserie aussi.

Le SUV roulait à tombeau ouvert sur la petite route sinueuse. Il sentait Juliana trembler contre lui.

— Il y a un renfort sur place, annonça Jasper avec son accent traînant inimitable. Sydney en a demandé d'autres. La route sera claire.

Claire, peut-être. Cela ne voulait pas dire que Guerrero n'avait pas envoyé un de ses sbires pour les surveiller, peut-être même les suivre.

Le parrain voulait Juliana et il la voulait vivante, sinon il se serait bien trouvé une balle pour la descendre.

Quand un individu de sa trempe voulait quelque chose, rien ne l'arrêtait.

*Viens donc la chercher toi-même*, pensa Logan. *Viens et tu me trouveras. Si tu oses…*

Car il n'était pas non plus un homme que le danger arrêtait.

Elle aurait été incapable de dire combien de temps ils avaient roulé. À dire vrai, elle s'en moquait. Assise, les épaules rentrées, à l'arrière du 4x4, elle se passait en boucle le film du suicide de Luis. Il craignait tellement Guerrero qu'il avait préféré se tuer plutôt que le trahir.

Logan n'avait pas cillé.

Depuis leur départ, il était au téléphone avec de mystérieux interlocuteurs, dont un certain Mercer. Il exigeait des explications. Qui avait vendu la mèche ? Révélé l'adresse de leur refuge ? Qui les avait *donnés* ?

De temps à autre, elle sentait son regard sur elle. Et, bizarrement, elle aurait juré qu'il la soupçonnait. Pourquoi ?

Le 4x4 s'immobilisa. Elle regarda autour d'elle.

— Un nouvel *abri* ? murmura-t-elle, un peu sarcastique.

— Pas exactement, rétorqua Logan.

Sa voix était glaciale. Pis, indifférente. Avait-elle rêvé qu'elle avait gémi dans ses bras, une ou deux heures plus tôt ? Ce souvenir lui semblait surréaliste. En revanche, la mort, la violence… Ça, oui, ça avait existé.

Logan ouvrit sa portière et elle en fit autant. Elle descendit et fit quelques pas, malgré ses pieds nus — elle n'avait même pas eu le temps d'enfiler ses chaussures ! —, dans ce qui semblait être un parking souterrain. Il était désert.

— Ça va ? lui demanda Jasper.

Il semblait ennuyé, contrairement à Logan qui affichait toujours une belle indifférence.

— C'est pour votre sécurité. Ça va peut-être vous faire un peu mal, mais…

Inquiète, elle leva la main.

— Qu'est-ce qui va me faire mal ?

D'un mouvement de tête, Jasper lui désigna une personne qui venait vers eux. Une femme rousse dans une blouse blanche de laboratoire.

— Que se passe-t-il ?

Jasper lui donna une tape sur l'épaule.

— Simple procédure. Pour s'assurer qu'il ne vous arrive rien.

— Jusqu'à présent, je ne peux pas dire que je me sois sentie très protégée.

Jasper se raidit.

— En fait, rien ne s'est passé comme prévu. Personne n'aurait dû savoir où vous vous trouviez. En tout cas, pas aussi vite. Nous devions attendre que…

— Jasper ! tonna Logan.

Surpris, Jasper tressaillit.

Mais il avait trop parlé.

— Dis-moi que ce n'est pas vrai, lança Juliana.

Hélas, elle savait que c'était la vérité.

Ils devaient attendre… c'est donc qu'ils comptaient l'utiliser comme appât pour attirer les trafiquants d'armes ! Elle en aurait eu la nausée.

Logan ne disant rien, la femme rousse intervint.

— Je suis prête pour l'intervention. Je peux mettre l'implant en place tout de suite.

*L'implant ?* Juliana recula.

— Il n'en est pas question. Je ne suis pas d'accord.

La femme se tourna vers Jasper.

— Dois-je administrer un sédatif à la patiente ? s'enquit-elle d'un ton morne.

— Quoi ? Mais je ne suis pas malade ! Et je ne suis pas votre patiente ! Ne me touchez pas !

Hors d'elle, Juliana chercha le regard de Logan.

— Tu m'as demandé si je te faisais confiance.

Une première fois dans l'hôtel minable, puis au chalet, au milieu du carnage.

— Et je t'ai répondu oui. Alors, sois honnête, dis-moi… dis-moi que vous ne vous servez pas de moi.

Il resta de marbre.

— Venez avec nous, intervint Jasper, et je vous expliquerai ce qui va se passer.

— C'est bénin, ajouta la rousse, un médecin sans doute.

Juliana sentit sa colère redoubler. Les joues en feu, elle interpella la femme.

— J'arrive d'un endroit où il y a eu un bain de sang, ça suffit, je crois.

Interloquée, le médecin recula.

*Elle a bien fait*, se dit Juliana.

Ignorant la main que lui tendait Jasper, elle se tourna vers Logan.

— Dis-le que tu voulais te servir de moi comme appât. Dis-le !

— Oui.

Stupéfaite, elle plaqua la main sur sa poitrine.

— Non. Ce n'est pas vrai, dit Jasper.

Elle regarda ce dernier. Elle n'y comprenait plus rien.

— Ce n'est pas lui. C'est nous tous. Notre unité a reçu des ordres. Logan n'a pas eu le choix.

Jasper hésita une seconde.

— Il n'a toujours pas le choix.

C'était irrecevable.

— On a toujours le choix, rétorqua-t-elle en se frottant les bras.

Elle grelottait. C'était sans doute nerveux. Quoique, après tout, elle était toujours en shorty et en T-shirt…

Une odeur affreuse régnait partout, une odeur de mort.

— Pas toujours, corrigea Logan.

Elle remarqua alors la présence d'autres hommes, dans l'ombre. Armés. Les hommes des forces spéciales étaient toujours armés, non ?

— Ma mission, c'est d'arrêter Guerrero.

Elle eut un rire amer.

— Je croyais que c'était de me ramener vivante. Excuses à géométrie variable ! Bravo.

À cet instant, elle crut lire de la pitié dans le regard de Jasper. Il pouvait la garder pour lui, sa pitié !

— Si. C'était bien de te ramener vivante, grommela Logan en lui prenant le bras.

Il lui fit longer un couloir et ils pénétrèrent dans une pièce à mi-chemin entre la salle d'attente et la salle d'interrogatoire. Une glace — sans tain ? — occupait tout le mur du fond. Juliana libéra son bras et s'avança lentement vers elle.

— Où sommes-nous ? s'enquit-elle sèchement.

— Dans un bâtiment du gouvernement. Personne ne le connaît.

*Personne ! Bien sûr !*

— Je ne… Et puis zut ! Il n'est pas question de t'utiliser ! s'énerva-t-il.

Elle se retourna vivement vers lui.

— Tu voulais attirer Guerrero dans le chalet ! Grâce à moi !

Sa voix avait monté dans les aigus. Elle était tellement en colère !

— J'étais — je suis — responsable de toi, répondit calmement Logan. Il faut faire sortir Guerrero de sa cachette. Tu ne seras vraiment en sécurité que lorsqu'il aura été arrêté, ou qu'il sera mort.

— Tu n'avais qu'à me dire la vérité.

— Toutes les vérités ne sont pas bonnes à dire.

Elle traversa la pièce et enfonça un doigt dans sa poitrine.

— Je ne suis plus une gamine, Logan. La mort, les désillusions, les trahisons, je connais. Depuis longtemps.

Et elle avait survécu. Elle ne craquerait pas aujourd'hui.

— Tu es donc prié de ne pas décider pour moi. Et de ne pas me cacher la vérité.

Son père avait agi de cette façon envers elle pendant dix ans.

Il chercha son regard et hocha la tête.

— Tu as raison, je te demande pardon.

Il avait intérêt, mais ça ne lui suffisait pas. C'était trop facile.

— Sydney m'a raconté pour le frère de Gunner. Je comprends que ton unité ait un compte à régler avec Guerrero. Mais il n'y a pas que ton unité. Ma vie aussi est en jeu.

Les yeux de Logan lançaient des éclairs.

— Parle-moi. Dis-moi ce qui se passe.

C'était elle qui donnait des ordres, maintenant.

— Tu es dans un centre médical du gouvernement. Ici, on aide les agents à suivre leurs témoins.

Se rendant compte qu'elle avait toujours le doigt piqué dans sa chemise, elle abaissa le bras.

— En implantant une puce sous leur peau, on peut les suivre à la trace, expliqua-t-il.

— Tu veux dire que si Guerrero m'attrape, vous pourrez me suivre grâce à cette puce ?

— Oui.

Sa confiance réduite à néant, elle insista.

— Si je comprends bien, tu es prêt à laisser les hommes de Guerrero m'enlever sous prétexte que j'ai une puce et que cette puce vous permettra de remonter jusqu'à lui ? C'est bien ça ?

Logan se figea.

— En quelque sorte, vous me transformez en GPS ! Peu vous importe que, dans son repaire, il me torture ou me tue ! Ce qui compte, c'est que vous l'attrapiez !

La prenant par les bras, il la serra contre lui.

— Il ne te torturera pas. Il ne te tuera pas.

— Des promesses ! Toujours des promesses ! Je ne te crois plus, Logan.

Brusquement, tout resurgit, tous les souvenirs douloureux qu'elle espérait enfouis.

— Je t'ai cru, autrefois, tu te rappelles ? Nous devions partir ensemble. Je suis venue ce fameux soir. Je suis venue prête à tout quitter. À laisser derrière moi tout ce que je connaissais. Je t'ai attendu pendant des heures.

Depuis ce soir-là, une question et une seule n'avait pas cessé de la tourmenter. Il était temps de la poser.

— Où étais-tu donc ?

# 7

Il ne lui serrait pas les bras, il la pinçait, et il le savait. Cherchait-il à la punir de la colère, non, de la rage qu'il lisait dans ses yeux, et qui lui était insupportable ?

Préférant ne pas savoir, il la lâcha.

— Nous étions des enfants, Julie. Deux gosses un peu perdus.

— J'avais vingt ans et toi vingt-deux ! On avait passé l'âge du bac à sable…

Il ne céderait pas. Des terroristes, des tueurs… il en avait affrontés beaucoup durant sa carrière. Il avait reçu des balles, des coups de couteau. Et il n'avait jamais cédé.

*Je hais sa façon de me regarder.*

— Nous étions trop jeunes. Ce n'était pas de l'amour. Ça n'aurait pas duré.

Elle le dévisageait d'un air réprobateur, comme si elle se remémorait tous ses mensonges.

— Ce n'est pas juste. Je comptais les minutes sur cette fichue horloge. Tu te rappelles ? L'horloge immense accrochée au-dessus du comptoir de la gare. J'ai compté jusqu'à minuit, et là, j'ai abandonné.

Son regard le crucifiait.

— À minuit, je me suis juré que je ne te laisserais plus jamais me trahir. Mais je crois que je me suis trompée là-dessus aussi.

Se rendait-elle compte que chaque mot qu'elle prononçait le suppliciait aussi cruellement qu'une lame de poignard ? Le faisait-elle exprès pour se venger ?

— Peu importe, conclut-elle en s'éloignant de lui, le laissant interdit, meurtri. Bon, alors ? Vous allez me mettre un implant, c'est ça ? Me charcuter contre mon gré ?

La pose d'une puce, en effet, lui semblait nécessaire. Après ce qui s'était passé au chalet, il voulait être certain qu'il la retrouverait.

— C'est le seul dispositif sûr. Les otages sont déshabillés, leurs sacs sont fouillés, jetés. On a fini par se convaincre qu'il fallait s'équiper… *les* équiper de matériel indétectable par les malfaiteurs. Quelques heures après l'intervention, tu auras oublié que tu as une puce sous la peau.

La puce, quasiment invisible, s'implantait aisément. Une merveille de technologie dont l'Oncle Sam gardait le secret jalousement.

— Non, je suis sûre que je la sentirai encore.

Son débit était saccadé, nerveux.

— Mais tant pis, je le ferai. Cela dit, si Guerrero m'attrape, la DOS aura intérêt à se remuer pour me sauver.

Il se remuerait.

Comme Juliana se dirigeait vers la porte, il ne put s'empêcher de s'excuser.

— Pourquoi donc ? fit-elle sans même se retourner. Pour m'avoir laissée tomber ou pour ce… coup monté ?

Les deux.

— Je voulais ton bonheur. Tu n'aurais pas été heureuse avec moi.

Le refrain qu'il s'était répété tous les jours depuis ce fameux soir. Elle méritait mieux. Elle trouverait mieux. Un jour le prince charmant se présenterait. Ce n'était qu'une question de temps.

Il avait joint les mains et les serrait si fort que ses articulations lui faisaient mal.

— Ne me dis pas comment j'aurais été, répliqua-t-elle durement. Il n'y a que moi qui sache ce que je ressens et ce que je veux.

Sur ces mots, raide comme la justice, elle passa la porte. Ses ongles de pied vernis de rouge avaient quelque chose d'incongru dans le contexte.

— Alors, docteur ? On y va ?

Logan soupira. Le miroir qui se trouvait à quelques mètres lui renvoyait une image de lui peu flatteuse : traits tirés, yeux cernés, joues grisées par une barbe naissante.

Elle n'aurait pas été heureuse. Les mots étaient définitifs mais ce n'étaient pas des mots à lui. Pas vraiment. Son père les avait prononcés le premier.

« Le jour où elle apprendra ce que tu as fait, elle ne voudra plus te voir », avait-il ajouté.

Irrité, nerveux, Logan appela Jasper.

— Rapplique, je sais que tu es là.

Un instant plus tard, il entendit le pas lourd du ranger.

— Tu es le roi des salauds, lui lança-t-il depuis le seuil.

— Ne me cherche pas ! menaça Logan.

Jasper était exaspérant. En opération, au bureau… partout, il s'ingéniait à le mettre à bout. Suicidaire ? Sûrement.

Son éternel sourire sardonique sur les lèvres, il s'approcha de lui.

— Tu l'as laissée seule à la gare routière ? Elle est canon, pourtant. C'es moche.

Logan fixa Jasper sans le voir.

— Elle avait une robe bleue qui lui arrivait aux genoux, une queue-de-cheval ramenée sur le côté. Un sac noir à ses pieds.

Il desserra les mains.

— Elle était assise à un mètre du comptoir, tournée de telle sorte qu'elle voyait l'entrée.

Il était là bien avant qu'elle n'arrive, tapi dans l'ombre, et il l'avait contemplée… cette fille qu'il ne pouvait avoir.

Jasper fronça les sourcils.

— T'étais là et tu ne t'es pas montré ? T'es complètement malade, mon pote ! Laisser filer une fille comme ça !

— Tu sais qui je suis, non ?

Jasper l'avait vu dans les pires moments, couvert de sang, se battant pour sauver sa vie. Plus animal qu'humain. Il avait vu comment la bête sauvage qui sommeillait en lui pouvait se déchaîner quand il ne se dominait plus.

Né pour tuer. On le lui avait dit et répété.

— Non, vieux, mais je sais ce que tu penses, dit Jasper dans un soupir. Moi, je te dis un truc : si, un jour, une fille comme elle me regardait comme elle te regarde, je ferais n'importe quoi pour elle.

C'est ce qu'il avait fait. Il avait abandonné la partie. Il ne pouvait pas faire plus, pas faire mieux.

— S'il te plaît, arrête. Ne me pousse pas à bout.

Il détestait l'idée de mettre encore une fois son poing dans la figure de son copain.

Incorrigible, Jasper continua de le narguer.

— Je pourrais peut-être aller lui parler. La consoler.

— Bas les pattes, mon vieux. Pigé ?

— Pas vraiment.

Sans laisser à Logan le temps de réagir, il enchaîna :

— Je peux comprendre qu'à vingt-deux ans tu aies eu peur de t'engager, mais tu n'es plus un petit crétin, maintenant. Tu as envie d'elle, oui ou non ?

Il avait envie d'elle depuis le premier jour et rien n'avait changé.

— Tu ne vas quand même pas la laisser encore tomber ?

Logan ne dit rien.

— C'est bien ce que je pensais, marmonna Jasper avant de s'en aller en sifflotant.

Cette fois, Logan évita de se regarder dans la glace. Il ne voulait pas voir un homme capable de forcer Juliana, même s'il savait qu'elle méritait mieux, à rester avec lui parce qu'il en était follement, désespérément amoureux.

Assise sur le petit lit du laboratoire, tête baissée, Juliana fixait le carrelage. Debout sur le pas de la porte, Logan la regardait.

Brusquement elle releva la tête et le vit.

— J'ai des vêtements pour toi, dit-il comme pour s'excuser d'être là. Et des chaussures.

Il avança, déposa un sac à ses pieds puis, incapable de se retenir, approcha la main de son visage. Elle se raidit.

— Doucement, murmura-t-il. Je veux juste vérifier…

Il lissa ses cheveux en arrière pour voir où Liz Donaldson avait posé l'implant. En fait, il le savait. C'était un prétexte pour la toucher, la caresser, soulever la masse de ses cheveux sans qu'elle proteste.

L'incision était discrète. Trois centimètres de long. Plate. Pratiquement invisible.

— Ça va, dit-elle.

Son ton était hostile.

— Tu es sûre ? Ça ne te fait pas mal ?

Elle hocha la tête, agacée.

Il soupira et se résigna à retirer sa main.

— On partira quand tu te seras changée, lâcha-t-il en se détournant.

Elle le retint par la manche.

— Où va-t-on maintenant ? Dans un autre chalet en forêt ? Un autre refuge ?

— Non.

Perplexe, elle le dévisagea.

— On ne se cache plus, dit-il.

L'ordre venait d'en haut. De l'homme qui avait mis la DOS sur pied. Des rumeurs, qui semblaient fondées, assuraient que Guerrero se trouvait sur le territoire américain. Puisqu'il était là, tout près, il suffisait de le faire venir encore plus près.

Le patron de Logan voulait que l'unité passe à l'offensive.

— Il faut lui faire peur. Qu'il comprenne qu'il est fichu, lui avait dit Mercer cinq minutes plus tôt. Tant que la femme se cache, il sait qu'il a le pouvoir. Sortez-la. Qu'elle s'affiche ! Faites croire à Guerrero qu'on a la preuve qui le compromet. On va le faire courir !

Facile à dire. Mercer ne connaissait pas Juliana. Pour lui, elle n'était qu'un témoin. Important, sûrement, mais l'idée de lui faire courir un risque ne le traumatisait pas.

— Où allons-nous, alors ? répéta-t-elle.

Puis brusquement, comme si l'idée venait de germer dans son esprit :

— À moins… qu'il n'y ait plus de « nous » ? Que la DOS…

— Nous restons avec toi, la rassura-t-il.

Comme si quelqu'un pouvait l'obliger à l'abandonner quand elle était en danger ! Comment pouvait-elle imaginer une horreur pareille ?

— Mais nous ne nous cachons plus. Guerrero est puissant parce qu'il fait régner la terreur. Il veut t'effrayer. T'éloigner de tout ce que tu connais. T'isoler. C'est sa technique.

Il était temps d'adopter une nouvelle tactique.

— Mon patron… Mercer… veut que tu te montres en public. L'objectif, c'est de faire paniquer Guerrero. Qu'il croie que nous avons trouvé la fameuse preuve. Que nous sommes sûrs de nous. Les gens paniqués font toujours des bêtises.

Il l'avait constaté maintes et maintes fois.

— Ai-je le droit de donner mon avis ?

La sécheresse du ton le glaça. Admettant alors qu'il fallait, parfois, savoir désobéir aux ordres, il répondit :

— Oui. Absolument. Si tu veux que je t'emmène loin du Mississippi, le plus loin possible de Guerrero et de ses hommes, tu n'as qu'à le dire.

Elle entrouvrit la bouche pour parler.

— Maintenant, si tu veux rester ici et faire front contre lui, si tu veux le traquer, on le fera. C'est ta vie. C'est ton choix.

Il la soutiendrait même s'il devait le faire seul, sans les autres agents de la DOS.

Elle passa la main sur le petit pansement qu'elle avait à la tête.

— Je ne veux pas me cacher jusqu'à la fin de mes jours.

Il connaissait des gens qui s'étaient planqués pendant des années. C'était une vie … invivable. Se retourner sans arrêt pour s'assurer qu'on n'est pas suivi, ne jamais baisser la garde… Mais ce n'était pas tout. Il y avait autre chose qu'il fallait qu'elle sache avant de prendre sa décision.

— Mercer est ennuyé. Il pense qu'il y a une taupe à la DOS. Si l'on t'emmenait dans un autre abri, l'endroit ne resterait pas secret bien longtemps. Guerrero n'aurait pas dû nous trouver aussi vite.

Juliana se redressait.

— J'en ai assez de passer ma vie à trembler à cause de

lui, dit-elle d'une voix décidée. Je veux le pourchasser, je veux qu'il ait peur. Il m'a fait trop de mal.

Elle inspira profondément.

— Le moment est venu de me venger.

Voilà qui était direct !

— Laissons-le croire que j'ai la preuve. Laissons-le croire que sa vie de nabab est finie.

Elle parlait d'une voix de plus en plus ferme.

— Et ensuite, massacrons-le.

— C'est ce qu'on va faire.

Pieds et poings liés, attaché à sa chaise, l'homme avait un sac noir enfoncé sur la tête et hurlait comme un porc.

Pensait-il vraiment que quelqu'un allait venir à son secours ?

Diego soupira.

— Pourquoi t'apprêtais-tu à quitter la ville, McLintock ?

Quelques mois plus tôt, soupçonnant le sénateur de le doubler, il avait fait suivre son bras doit par un de ses hommes. Aaron James avait besoin d'une personne de confiance pour l'aider dans son petit business. Cette personne s'époumonait devant lui.

— J'allais rendre visite à ma mère. Elle habite en Floride. Après tout ce qui s'était passé avec le sénateur, j'avais besoin de prendre le large !

Mauvaise réponse. Diego fit signe à l'un de ses hommes de lui enlever le sac noir. D'abord aveuglé, McLintock battit des paupières puis il fit le tour de la pièce des yeux.

— Tu sais qui je suis, lui dit Guerrero.

L'assistant opina.

— Parfait. Ça va nous faciliter les choses.

Diego leva la main et fit un petit geste avec deux doigts. Le fidèle Mario savait ce que cela signifiait. Il piqua aussitôt un couteau dans l'épaule droite de McLintock, qui hurla de plus belle.

— Tu travaillais pour le sénateur.

Les autorités devaient le savoir également, aussi Diego

avait-il dû redoubler de prudence quand il avait voulu lui mettre la main dessus. Heureusement pour lui, McLintock avait échappé aux gardes gouvernementaux qui lui couraient après. Mais il n'avait pas eu autant de chance avec El Diablo.

— Je… je ne sais pas ce que…

Soupir de Diego, qui renouvela son geste des doigts.

— Non ! gueula McLintock.

Mario s'arrêta. Diego arqua les sourcils.

— Je… j'étais… je livrais les paquets, c'est tout ce que je faisais pour lui. Je ne savais même pas ce qu'il y avait dedans jusqu'à ce que les fédéraux viennent me poser des questions.

Du sang commença à transpercer sa chemise.

— À ce moment-là, Aaron m'a payé pour que je me taise.

Bien sûr ! S'imaginait-il qu'il allait gober ça ? Cet homme savait tout des contrats. Sans doute depuis le premier jour. Il avait pris de l'argent au passage et l'avait mis à l'abri, exactement comme James l'avait fait.

James ne l'avait pas emporté au paradis. Et McLintock n'allait pas faire mieux.

— Où est la preuve ?

— Je ne sais pas. Je le jure.

Deux doigts en ciseaux. Le couteau plongea cette fois dans l'épaule gauche de McLintock. Il y eut des cris. Encore plus de sang.

— Je te repose ma question.

— Je ne sais pas !

Mario planta le couteau dans la cuisse gauche.

— Je veux la preuve…

— J-James m'a dit… qu'il… la donnait à sa… à sa… fille pour qu'elle… la mette en… lieu sûr.

Coup de couteau dans la cuisse droite.

— Je ne sais rien d'autre !

Pour un peu, il l'aurait cru.

— S'il vous plaît… laissez-moi partir…

Et il pleurait maintenant ! Mais quel minable !

— D'accord, promit Diego.

Quel intérêt aurait-il à le garder ? Encore quelques

minutes et McLintock lui aurait dit tout ce qu'il savait et le reste. Ensuite…

Il pourrait partir. Libre.

— Dis-moi. T'es au courant pour la bombe dans le cimetière ?

— Non, je ne sais rien ! s'écria l'assistant.

— Les mensonges ne font que prolonger le supplice.

Et Mario savait comment faire durer. McLintock s'égosilla quand son bourreau recommença à le charcuter.

— Je ne l'ai pas prise ! Je ne l'ai pas !

Il pleurait vraiment cette fois. Et il semblait sincère. Quelle misère ! Il était l'un des rares à avoir libre accès à la demeure du sénateur et à sa voiture. Mais si ce n'était pas lui, cela réduisait le nombre de ses suspects…

— Vous me laissez partir maintenant, hein ? pleurnicha-t-il.

— Bien sûr.

Diego fit mine de s'en aller.

— Dès que je serai sûr que tu m'as tout raconté.

La peur déforma le visage de McLintock.

— Mario se fera un plaisir de continuer à te taillader, alors, je te conseille de tout déballer.

Juliana n'aimait pas l'imposante demeure qui se dressait au sommet de la colline. Avec ses murs de pierre sombres et froids, elle avait quelque chose de rébarbatif qui l'avait toujours nouée. Elle ne s'y était jamais sentie chez elle.

En fait, pour elle, c'était moins un lieu de vie qu'une tombe.

— Il y aura une conférence de presse à 8 heures demain matin, dit Gunner. On se concentre sur Guerrero. Il est temps de faire sortir ce salaud de son trou.

Elle opina. Elle dirait ou ferait ce qu'il fallait. Elle ne voulait plus avoir peur. Ni se retrouver au milieu d'un bain de sang. Elle avait eu son compte, de quoi cauchemarder jusqu'à la fin de ses jours. Merci bien.

Le 4x4 s'arrêta. Un véhicule de police le suivait et un autre le précédait. Un grand déploiement de forces de police était prévu tout autour de la maison. Sans compter ceux qui seraient là sous couverture. L'idée, c'était d'attirer l'attention sur eux.

« Coucou, je suis là. Venez me chercher. »

Gunner sortit du SUV et partit vers la maison. Les lourdes grilles en fer forgé s'étaient refermées derrière eux, ils étaient donc enfermés dans la propriété.

— Julie… Pourquoi as-tu toujours détesté cet endroit ?

La question de Logan la surprit.

— Parce qu'elle me glace. C'est un mausolée.

Elle essuya ses mains sur son jean.

— Ma mère est morte une semaine après que nous avons emménagé. Elle rentrait à la maison quand elle a été heurtée par un chauffard ivrogne.

Juliana avait douze ans. Le drame avait fait voler sa vie en éclats.

Quant à son père… il avait changé du tout au tout. Il ne s'était plus intéressé à personne. Qu'à l'argent. À en entasser de plus en plus.

— Ça n'a jamais été ma maison. Ici, ça a toujours senti la mort.

À cause des fleurs et des couronnes. Ils en avaient reçu tellement à l'occasion des funérailles… Des semaines durant, la maison avait été ensevelie sous les gerbes. Puis sous des monceaux de fleurs fanées, rabougries, noires.

Elle se tourna vers Logan. Sa tristesse la frappa.

— Je suis désolé pour ta mère. C'était une grande dame, disait-on.

C'était vrai. Elle n'avait jamais entendu personne parler d'elle autrement qu'avec respect et admiration. Cela rétablissait l'équilibre avec ce qui se chuchotait sur son père. Sans sa femme, Aaron James serait parti à la dérive bien plus tôt.

Juliana remonta l'allée qui menait au perron, Logan à son côté.

— Tu es vivante !

L'exclamation lui fit relever la tête. L'assistante de son père, Susan Walker, se précipita vers elle et la prit dans ses bras.

— Je te croyais morte. Personne n'a su me dire ce que tu étais devenue après l'explosion.

Elle lâcha Juliana et recula pour mieux la voir.

— Les journaux ont dit que tu avais survécu mais je ne t'ai vue nulle part. Si tu savais comme je me suis fait du souci !

Avec son visage lisse comme celui d'un bébé, Susan n'avait pas d'âge. Trente ans ? Quarante-cinq ? Impossible à dire. En tout cas, elle sentait la crème pour le corps et le vin rouge. Cela faisait onze ans qu'elle travaillait pour son père. Elle faisait, en quelque sorte, partie des meubles. C'était sa confidente, la personne qui organisait sa vie. Et, Juliana le soupçonnait fort, sa maîtresse.

— On aimerait entrer, dit Gunner calmement.

Susan sursauta comme si elle découvrait la présence des deux hommes. Après les avoir regardés, elle les pressa d'entrer. Elle était en déshabillé de soie rose.

Dès l'entrée, Juliana remarqua un verre de vin sur le guéridon. Un air de jazz flottait dans l'air.

— Je me relaxais, expliqua Susan qui avait surpris son regard. Tu sais que j'ai emménagé ici au printemps dernier ?

Mal à l'aise, elle tripotait la ceinture de son déshabillé.

— Ça me permettait d'être plus proche de ton père, tu comprends. Il y avait tellement à faire et je…

— Tu couchais avec lui. Je sais.

Les mots lui avaient échappé ; elle ne les regrettait pas. Elle ne voulait plus de mensonges, plus de fausse amabilité. Sa mère était morte. Elle savait pertinemment que son père avait des maîtresses, et Susan… Eh bien, Susan avait toujours été gentille avec lui.

— J'étais son assistante ! se rebiffa celle-ci. J'étais…

— Sa maîtresse. Ça va, Susan, inutile de me raconter des histoires.

Logan et Gunner écoutaient sans mot dire. Juliana savait qu'ils avaient interrogé tous ceux qui avaient approché son père de près ou de loin et que tout ce beau monde était hors de cause. Mais Logan, de toute évidence, avait quand même des doutes.

— Qui sont ces messieurs ? s'enquit alors Susan.

— Sa protection, répliqua Logan en souriant. Compte

tenu des récents événements, je pense que vous comprendrez que nous restions ici avec elle.

— Ici ?

Bien sûr. Son père étant mort, Juliana devenait *ipso facto* propriétaire de la maison, qu'il ait couché avec Susan ou pas.

— Absolument. Nous allons nous installer dans la maison pour quelques jours.

Avec un peu de chance, leur séjour ici ne se prolongerait pas trop. Mais si cela devait durer plus longtemps que prévu, Juliana ne serait pas mécontente d'avoir une base où pouvoir mener une vie normale. Ou presque.

Elle avait envie de peindre. La peinture était son gagne-pain et elle avait des commandes à honorer. Ce serait aussi, et surtout, une détente, un moyen d'échapper à la dureté de sa vie. À ces morts qui planaient. Quand Logan lui avait dit qu'on lui livrerait des fournitures, elle s'était à grand-peine retenue de lui sauter au cou.

— Tu ne peux pas t'installer ici, rétorqua Susan.

Juliana redressa la tête.

— Je veux dire… tu n'as jamais habité ici avant, Juliana…

Il était tard. Elle était fatiguée. Elle n'avait qu'une envie, se coucher et dormir pour oublier.

— Si, si, je reste. Et ces messieurs aussi.

C'était simple. Susan secoua la tête.

— Quelles chambres sont libres ? enchaîna Juliana. La maison est grande, il y en aura pour tout le monde…

Elle frissonna. À peine entrée, elle avait déjà froid. Son père avait pourtant fait rénover les lieux. Mais c'était si grand ! Et il y avait tellement de courants d'air…

C'était sûrement pour cela qu'elle tremblait.

Son père avait gardé du personnel — un chauffeur, une gouvernante, une cuisinière. Et…

— Prenez les chambres que vous voulez, capitula Susan. Après tout, tu es ici chez toi, Juliana, tu peux faire tout ce que tu veux. Au fait, j'occupe la chambre de ton père.

Elle souffrait, c'était certain. Juliana était d'autant plus désolée de la déranger. S'imposer dans une maison où elle ne s'était jamais sentie chez elle, c'était de la provocation.

— Susan…

Ce qu'elle allait lui demander l'embarrassant, Juliana dut s'y reprendre à deux fois.

— Susan, il vaudrait mieux que tu partes quelque jours, jusqu'à ce que…

Jusqu'à ce que tout danger soit écarté. Jusqu'à ce que tu ne risques plus d'être prise dans le feu croisé des balles quand Guerrero attaquera.

Susan avait toujours été gentille avec elle et quand ce cauchemar serait fini Juliana lui ferait cadeau de la maison en lui souhaitant d'y être heureuse.

De toute façon, Juliana préférait, et de loin, sa douillette petite maison sur la plage. Bien qu'elle soit « les pieds dans l'eau », elle ne s'y sentait jamais frigorifiée.

Le visage lisse de Susan se tira.

— Tu me mets à la porte ?

Comprenant la méprise, Juliana tenta de se reprendre :

— Non, non, ce n'est pas du tout ça…

— C'est pour votre sécurité, intervint Logan. Le gouvernement se fera un plaisir de vous reloger le temps que la situation se stabilise… Deux ou trois jours, et notre mission sera achevée. En principe.

— Mais je ne suis pas en danger, repartit Susan, les larmes aux yeux. Qui pourrait me vouloir du mal ?

— Je suis sûre que Charles pensait la même chose, répondit calmement Juliana.

Elle avait fait porter des fleurs à la famille du malheureux chauffeur, et avait l'intention de venir en aide à sa femme et à ses enfants. Quand la succession de son père serait réglée et que le gouvernement aurait fini de mettre son nez partout, elle veillerait à ce qu'ils ne manquent de rien.

— L'endroit n'est pas sûr, ajouta Gunner, sombre comme toujours. Et le moment… pas plus.

Susan battit des cils puis fixa Juliana.

— Pourquoi ? Je ne comprends pas. Que se passe-t-il ?

— Mon père avait des amis peu recommandables.

Susan écarquilla les yeux. Son étonnement semblait sincère.

— Et ils veulent se débarrasser de moi.

— On va vous accompagner ce soir, madame Walker, dit Gunner. Conduisez-nous à votre chambre, nous allons vous aider à porter vos bagages.

Mal à l'aise, Susan se dirigea vers l'escalier.

— Comme je le disais, j'occupe la chambre du sénateur…

Elle hésita puis annonça :

— Il allait m'épouser. On avait prévu de… Il avait décidé de prendre sa retraite pour être avec moi.

Elle fit le tour du hall des yeux et hocha lentement la tête. Que voyait-elle ? Ni la mort ni le froid, comme Juliana. Sans doute les sculptures et les toiles de maîtres, la richesse et les bons souvenirs.

— Tout ça, c'est fini, murmura-t-elle.

Et elle monta les marches.

Juliana regarda la porte fermée du bureau de son père. C'était là qu'il s'était tiré une balle dans la tête.

Susan avait découvert son corps. Elle avait donc, en toute logique, trouvé le mot qu'il avait laissé. Elle savait qu'il était entré en disgrâce.

Oui, tout cela était fini.

*La petite charogne est de retour.*

Susan ferma la porte de la chambre à clé et donna un coup dedans pour se passer les nerfs. Elle avait mal et elle tremblait de rage. Juliana était revenue et la mettait dehors. Après tout ce temps. Après tout ce qu'elle avait fait pour le sénateur. Tant de travail aussi mal récompensé !

Juliana ne s'était guère occupée de son père. Ce n'était pas elle qui, jour et nuit, avait veillé à ce qu'il ne commette pas trop de bêtises. À ce qu'il ait l'air à peu près fréquentable alors qu'il se fichait de tout et de tout le monde.

Susan se planta devant le lit. Elle y avait dormi. Avec lui.

Tout aurait dû être à elle. Aaron lui avait promis de s'occuper d'elle. Et il ne l'avait pas fait.

Il avait été un faible jusqu'au bout. Faible et las de tout, il avait choisi d'en finir avec la vie de manière finalement assez lâche.

Une balle dans la tête. *Elle* l'aurait fait souffrir davantage. Il avait trop longtemps bafoué les serments dont il l'abreuvait.

Tout était censé lui revenir. L'argent. Les maisons. Les voitures. Tout. Absolument tout. Le moindre objet.

Elle en avait assez de faire semblant. Elle l'avait fait pendant des années. S'était sortie du caniveau. Avait grimpé l'échelle sociale en devenant la maîtresse d'Aaron.

Sa faiblesse avait été un avantage dont elle avait bien profité, au début.

Mais maintenant…

Elle balaya la pièce des yeux. Regarda les peintures accrochées aux murs. Des tableaux de Juliana. Ses œuvres. Tellement précieuses aux yeux de son père.

Sa fille savait-elle qu'il les avait achetées ? Qu'il les avait commandées et payées bien plus cher que leur prix ? Non, il s'était arrangé pour que cette peste l'ignore.

Susan les détestait, ces toiles. Des orages, des ciels noirs, des nuages menaçants. Il s'en était fallu de peu, ces jours-ci, qu'elle ne les vandalise. Quel plaisir elle aurait eu à les lacérer à grands coups de couteau !

Mais elle s'en était abstenue, pour ne pas ternir son image. Pour ce que ça lui avait rapporté !…

— Madame Walker.

Quelqu'un frappait à la porte.

— On va bientôt partir.

*Un ordre !*

Elle reconnut tout de suite la voix du grand brun aux yeux noirs. Son regard ne lui avait pas fait peur. Elle avait vu plein de gens inquiétants comme lui, dans sa jeunesse.

— Une minute, répondit-elle d'une voix qu'elle espérait neutre.

Ce n'était pas le moment d'avoir l'air désemparé. Elle devait suivre son fil, sans se laisser déconcentrer.

Elle alla vers la table de nuit. Le coffre qu'elle dissimulait contenait des dossiers et un petit revolver que la police, le FBI et tous ceux qui avaient fouillé la maison n'avaient pas pu trouver.

Elle en était sûre, elle avait emporté les papiers pour

les cacher et les avait rapportés quand tout ce beau monde était reparti.

Elle savait ce qu'elle allait en faire.

Nouveau grattement à la porte.

— Faites vite, madame Walker. Une voiture vous attend.

Ça, c'était l'autre homme. Elle l'avait reconnu, bien qu'il ait vieilli. Elle se souvenait bien de lui.

Il avait toujours les mêmes yeux.

Elle sortit les documents du petit coffre. Les feuilleta. Elle songeait encore au regard de Logan Quinn.

Il y avait des années maintenant, Aaron avait voulu l'éliminer de la vie de sa fille. C'était elle, Susan, qu'il avait chargée de cette besogne. Grâce à elle, le sénateur avait réussi à détruire la romance naissante.

Elle connaissait tous les secrets de Logan. Il était temps que Juliana soit au courant.

— Ah, tu te crois en sécurité ici ? dit-elle tout bas. Tu crois qu'il te protège ? Eh bien, tu vas voir ! Quand tu sauras tout sur lui… Tous ses mensonges…

Elle laissa dépasser les documents du coffre entrebâillé. La curiosité de Juliana serait à coup sûr attisée.

Leur découverte serait pour elle le coup de grâce.

En soupirant, Susan déverrouilla la porte de la chambre.

— Désolée de vous avoir fait attendre mais ces derniers jours ont été rudes.

— Je veux bien le croire. Sachez que si l'on vous déménage, c'est pour votre sécurité.

Elle lança un regard en coin au grand brun. Ce n'était pas son genre. Pas assez raffiné. Ces mains calleuses… Mais savoir si elle aimait ou pas n'était pas le sujet. La question était de savoir s'il pourrait lui être utile.

Elle plaqua la main sur sa poitrine.

— Je pourrai revenir bientôt, c'est sûr ?

Il jeta un coup d'œil à sa main avant de la regarder dans les yeux, toujours aussi glacial.

— Quand tout sera clair.

Les choses ne seraient claires que lorsque Juliana serait mangée par les vers.

Juliana était au pied des marches quand Susan descendit, flanquée de Gunner qui portait ses bagages. Apparemment, elle avait pleuré. Ses yeux étaient rouges.

— C'est temporaire, Susan, dit Juliana en s'approchant.

Susan releva la tête.

— Ce ne sera plus ma maison. On sait bien toutes les deux quc… dans le testament, il te laisse tout.

Son visage changea d'expression. Triste, une seconde plus tôt, elle était maintenant en colère.

— Tu n'es jamais venue le voir, et c'est quand même à toi que tout revient.

— Mais je ne…

… *veux rien*, acheva pour elle-même Juliana.

— Ce n'est pas chez moi, ici, enchaîna-t-elle. Dès que Logan et son équipe auront arrêté celui qui me poursuit, je…

Susan regarda Logan en battant des cils.

— Je me souviens de vous.

Adossé à la porte, les bras croisés, il l'observait.

— Aaron m'a toujours dit que vous étiez un danger.

Juliana s'effaça pour laisser passer Susan.

— Quand tout sera fini, je t'appellerai, lui dit-elle. Et on réglera tout. La maison, la succession. Tout.

Susan esquissa un sourire.

— Il t'aimait infiniment. Sûrement plus que tu ne l'imagines. Tu n'as jamais su grand-chose de lui, et c'est dommage. Tu devrais regarder ce qu'il y a sur les murs de sa chambre. Tu seras surprise.

Et elle partit, Gunner à sa suite.

Mais Logan rattrapa Gunner.

— Essaie de la faire parler.

Gunner fit oui de la tête et disparut à son tour.

Juliana se passa la main dans les cheveux. Elle ne pensait presque plus à cette fichue puce, et surtout elle n'avait plus de coups de gong dans la tête.

— Non, s'écria Logan, n'y touche pas.

Il prit sa main et l'abaissa.

— Tu vas attirer l'attention sur ton pansement.

— Personne ne peut me voir ici.

Toute l'équipe avait quitté les lieux. Mis à part les gardes qui surveillaient les abords de la propriété, ils étaient seuls. En tête à tête.

Quand il était aussi près d'elle, elle avait l'impression d'étouffer. Ce qu'elle éprouvait était tellement fort… De peur de craquer, elle lui tourna le dos.

— Je vais… je vais prendre une douche, dit-elle.

Elle n'était pas pressée de voir ce qui l'attendait dans la chambre de son père. Elle voulait d'abord tenter d'effacer le souvenir du sang. De tout ce sang.

Logan lui saisit le poignet.

— Veux-tu qu'on parle ?

— De quoi ?

Il chercha son regard.

— Tu le sais. On a bien failli…

Failli ? Elle se retourna, le regarda droit dans les yeux.

— À moins que tu préfères qu'on fasse comme s'il ne s'était rien passé ? ajouta-t-il.

Il soupira.

— Je vois bien que tu me reproches cette *organisation* et je le comprends, mais tu sais que jamais je ne te ferais courir le moindre risque. Je te le jure. Ta sécurité est ma priorité.

Encore une chance ! C'était son métier, non ?

Il serra son poignet plus fort.

— Tu vas t'en aller, n'est-ce pas ?

Il le fallait. Il n'y avait pas que sa sécurité en jeu. Logan lui plaisait toujours. Infiniment. Comme autrefois. Elle avait tout fait pour le rayer de son cœur et elle avait échoué. Elle l'aimait toujours. Elle l'aimerait toujours.

Il valait mieux, pourtant, qu'elle se détache de lui. C'était trop risqué et elle aurait trop mal…

*Prends tout le plaisir qu'il peut te donner*, lui susurra une petite voix. *Ensuite, c'est toi qui le quitteras.*

Ce n'était pas un bon plan. Si elle écoutait cette diabolique petite voix et couchait avec lui, elle ne pourrait jamais partir. Elle se connaissait assez pour le savoir.

Elle dégagea son bras et, avant qu'il ne soit trop tard, monta l'escalier.

*Je peux partir maintenant*, se dit-elle.

Le hic, c'est qu'elle n'en avait aucune envie.

Diego regarda McLintock et haussa les épaules avec mépris. Ce minable ne pouvait même plus tenir sa tête droite. Il était en sueur et couvert de sang.

— Je ne suis pour rien dans l'explosion au cimetière, je le jure, marmonna-t-il d'une voix éraillée, épuisée.

Il l'avait déjà dit et répété, et Diego le croyait. Pourquoi mentirait-il ? Il n'avait personne à protéger. Pas de famille. Pas de maîtresse. L'homme avait toujours travaillé pour lui-même.

Mais si ce n'était pas McLintock… qui cela pouvait-il bien être ?

Diego fit signe au garde de s'en aller et s'approcha de l'assistant. La main sur son épaule, il se pencha sur lui.

— Tout ça peut s'arrêter très vite. Je veux juste savoir qui en veut à Juliana James. Qui a posé cette foutue bombe dans sa voiture.

La bombe qui avait failli faire capoter ses plans.

— Je ne sais pas… je le jure… Je ne sais pas !

Guerrero enfonça les ongles dans l'épaule de McLintock.

— Tu sais que Mario…

Il désigna le garde du menton.

— … connaît cent façons différentes de tuer ? Un virtuose, dans son genre.

McLintock pleurait. Cela faisait un moment qu'il pleurait.

Comprenait-il que, quoi qu'il dise ou fasse, il mourrait inéluctablement ? Sans doute pas.

Les gens ont cette faiblesse, ils espèrent envers et contre tout.

— As-tu vu quelqu'un ou quelque chose de suspect au cimetière ?

McLintock se lécha les lèvres puis tenta de relever la tête.

— Non, non, rien de rien. Il y avait des flics partout. Des agents fédéraux. Je croyais… je croyais que tout était sûr.

Rien n'était jamais sûr.

Avec la police qui grouillait, celui qui avait posé la bombe avait forcément ses entrées dans la propriété des James.

— À l'aller en voiture, il y avait juste moi, Juliana et Susan.

*Tiens donc ! Susan !*

Diego réfléchit. Il se rappelait cette blonde au regard aiguisé, trop aiguisé à son goût. Il l'avait déjà vue avec le sénateur. Mais elle ne l'avait jamais vu.

La maîtresse d'Aaron. L'amoureuse avait-elle pu vouloir tuer la fille ?

*Oui*, se dit-il.

— Au moment de quitter le cimetière, pourquoi n'étais-tu pas dans la limousine ?

— Susan… Susan a dit qu'elle ne se sentait pas… bien.

La voix de McLintock était au bord de l'extinction. Il faut dire que cet imbécile s'était pratiquement vidé de son sang.

— Elle… elle m'a demandé de… rester avec Juliana. Elle avait besoin d'air. Elle m'a dit que… qu'elle trouverait quelqu'un… pour la ramener.

Diego sourit.

— C'était donc si douloureux ?

Ne comprenant pas bien où il voulait en venir, McLintock sourit en retour mais, à bout de forces, il peinait à garder les yeux ouverts.

Diego se tourna vers Mario.

— Trouve-moi cette Susan. Et amène-la-moi.

Dodelinant de la tête comme un ivrogne, McLintock bafouilla que Susan n'avait sûrement pas fait ça.

— Elle ne sait rien, ajouta-t-il.

— Une maîtresse sait toujours tout mieux que tout le monde.

C'est pour cette raison que Guerrero faisait disparaître ses anciennes maîtresses. Elles le trahiraient si elles survivaient.

La trahison était la règle en ce bas monde. Son père lui avait appris cette leçon dès son plus jeune âge. Au Mexique, où il avait amassé une fortune en « faisant des affaires » sans jamais être rattrapé par la loi, il avait toujours été gentil avec Diego. Il lui avait fait une vie de prince. De beaux vêtements, des jouets mirifiques. Une maison chaleureuse.

Diego avait vite su que son père était dangereux mais il lui faisait confiance. Un garçon fait toujours confiance à son père, non ?

Sa confiance était morte cette fameuse nuit où il avait entendu des cris. Il était alors âgé de douze ans. Il s'était rué vers la chambre de ses parents pour y trouver sa mère, agonisante, et son père éclaboussé de son sang.

— Elle m'a trahi ! avait hurlé son père en essuyant la lame de son couteau sur son pantalon. Elle essayait de pactiser avec ces salauds d'Américains… Elle allait partir avec toi.

Ce soir-là, sa mère lui était apparue comme un ange, allongée par terre dans son déshabillé blanc maculé de rouge.

— Personne ne t'arrachera à moi, avait tonné son père. Ils veulent t'utiliser contre moi pour m'affaiblir.

Diego avait vu, ce soir-là, qui il était vraiment.

Mais personne n'est jamais complètement bon…

Son père s'était avancé vers lui, son couteau brandi. Le couteau avec lequel il venait de tuer sa femme.

— Personne ne se servira de toi contre moi.

À cet instant, il avait compris que son père avait pété les plombs. Il avait regardé sa mère en pleurant et s'était dit : *Il va me tuer, moi aussi.*

Mais Diego n'était pas décidé à mourir.

Ils s'étaient battus. Diego en avait gardé une très longue cicatrice sur le ventre.

« Ne fais confiance à personne. Surtout pas à tes proches. »

Diego s'en était tiré. À douze ans à peine, il avait tué son père. Puis il était parti de la maison, laissant les cadavres de ses parents derrière lui…

El Diablo.

Ce sont les hommes de son père qui l'avaient baptisé ainsi. Et désormais ils le craignaient. Eux et les autres. Tout le monde.

Diego se rendit compte qu'il était dans la lune et que McLintock ne respirait presque plus. Une lueur d'espoir qui faisait peine à voir animait vaguement son regard.

Diego hocha la tête et recula.

— Tu m'as dit ce que je voulais savoir.

— Vous… vous me laissez partir alors ? S'il vous plaît ?

Diego considéra McLintock avec dégoût. Ce ton suppliant était insupportable. Indigne d'un homme. Son père ne l'avait pas imploré, lui.

— Le couteau, dit Diego en tendant la main.

Sans hésiter, Mario le lui donna. McLintock laissa échapper un soupir qui ressemblait à un râle. Pensait-il qu'il allait couper ses liens ?

— Tu es libre, dit Diego.

Et il lui planta la lame dans le cœur.

Quand il se détourna du corps, il croisa le regard de Mario. Empli de peur et de respect.

El Diablo.

Aussi longtemps qu'il inspirerait la terreur, peu lui importait d'obtenir d'autrui la confiance ou la loyauté.

# 8

Quand Juliana ouvrit la porte de la salle de bains, un nuage de vapeur s'en échappa et envahit la chambre.

Qu'elle était belle dans son peignoir de bain, avec ses cheveux mouillés tombant en vagues sur ses épaules ! Pour Logan, elle incarnait *la* femme. Elle peuplait ses fantasmes et il avait de plus en plus de mal à cacher son désir pour elle.

L'apercevant soudain, elle se figea. Allait-il, en vrai gentleman, s'absenter le temps qu'elle s'habille ?

Voyant qu'il ne bougeait pas, elle commença à s'échauffer.

— Ça ne te gêne pas de…

Il lui coupa la parole.

— Non, pas du tout.

Elle pinça les lèvres. Il les aimait. Pincées. Gonflées. Douces. Mouillées. Ouvertes. Sur les siennes.

— Que fais-tu, Logan ? Que veux-tu ?

*Je te veux.*

Il avait goûté ses lèvres et en rêvait depuis. Hélas, le temps qu'il leur restait à passer ensemble était compté. Dès la fin de ce cauchemar, Juliana partirait et il ne la reverrait pas.

Pourquoi ne pouvait-il l'avoir à lui ? Juste une fois. Avant que leurs vies ne reprennent leurs cours. Il voulait d'autres souvenirs pour l'accompagner au long des nuits sans fin qui l'attendaient.

— J'ai pensé que ça t'intéresserait de savoir… que Ben McLintock a disparu.

Sydney avait appelé quelques minutes plus tôt pour le lui apprendre.

— Disparu ?

— La police a débarqué chez lui pour l'interroger…

Toutes les personnes ayant approché le sénateur faisaient l'objet d'une attention toute particulière des autorités.

— … et apparemment, il s'est volatilisé.

Elle secoua la tête.

— Ben ? Ben s'est volatilisé ?

*Les gens innocents ne disparaissent pas comme ça*, pensa Logan, qui garda cette réflexion pour lui. À quoi bon l'exprimer tout haut, Juliana devait penser comme lui.

Il la vit, en effet, changer d'expression.

— La bombe dans la voiture. Tu as dit que celui qui l'a posée devait forcément pouvoir circuler librement dans la propriété puisque la limousine s'y trouvait.

Or McLintock était libre d'y aller et venir vingt-quatre heures sur vingt-quatre, sept jours sur sept. Et il avait accès partout.

Juliana resserra le peignoir sur ses seins.

— Tu penses… que c'est lui qui a posé la bombe ?

— C'est une possibilité.

En tout cas, Sydney, en collaboration avec les autorités, suivait cette piste.

— Il est tellement gentil.

— Les hommes gentils peuvent faire d'excellents tueurs.

C'était même recommandé. Paraître sympathique était encore la meilleure façon d'approcher quelqu'un pour le tuer.

Prenant conscience qu'il avait les yeux rivés sur sa poitrine, il se gratta la gorge.

— On va le retrouver.

Soit il s'était enfui, soit Guerrero était derrière sa disparition. Peu importait. Son équipe allait le rechercher activement. McLintock ne pouvait pas s'évaporer dans la nature. C'était hors de question.

Il inspira et ferma les yeux. Un parfum de vanille émanait de la salle de bains. Suave et sensuel.

Logan se dirigea vers la porte.

— Dors bien, Julie.

Lui ne pensait trouver le sommeil, obsédé qu'il était par elle et ce qui aurait pu se passer entre eux.

— Logan.

Il s'arrêta et se retourna. Elle était toujours au même endroit, enveloppée de vapeur. Sa peau luisante semblait infiniment douce.

— Tu me regardes comme si…

— … je voulais te dévorer, acheva-t-il.

Il imaginait la tête qu'il avait. Les yeux creux et l'air affamé. Elle l'avait toujours mis dans cet état.

— Au Mexique, dit-elle, serrant toujours sa serviette sur sa poitrine, tu m'as dit que si je me donnais encore une fois… tu me prendrais.

Il ne répondit pas.

— J'ai changé d'avis, continua-t-elle. J'ai réfléchi à ce que je veux. Et ne veux pas.

Redoutant la suite, il eut envie de se boucher les oreilles.

— Je sais que nous ne vivrons jamais ensemble. Je sais qu'à la première occasion tu repartiras te battre. De mon côté, dès la fin de cette affaire, je retournerai à Biloxi.

Biloxi. Sa maison les pieds dans l'eau. Il la connaissait. Après un combat au cours duquel deux camarades étaient tombés, il avait cherché à la retrouver.

Il était affaibli, brisé. Alors il était allé sur sa plage. Il avait observé Juliana de loin, et cela lui avait redonné du courage. Mais il ne s'était pas montré. N'avait pas envahi son territoire.

— Nous n'avons pas d'avenir ensemble, reprit-elle, la voix rauque. Mais il y a le présent.

Il s'approcha lentement.

— Cette fois-ci, je ne me donne pas.

C'était ce qu'il craignait.

— Non, cette fois-ci, c'est moi qui prends.

*Pardon ?*

Elle lâcha sa serviette qui tomba à ses pieds.

*Mince !*

La bouche sèche, il la contempla.

— J'ai envie de toi. Tout de suite. Peu m'importe le passé ou l'avenir. *Maintenant*, c'est tout ce qui compte pour moi.

Puisque c'était son souhait, il traversa la chambre et, posant les mains sur ses épaules, prit sa bouche. C'était le paradis dont il rêvait.

Puis, sans savoir comment, il se retrouva allongé sur le lit, sur elle. Elle avait empoigné son dos et le griffait avec ses ongles. Ses jambes glissèrent sur ses hanches et elle l'attira à elle.

Rêvait-il ? Non, ses rêves n'étaient jamais aussi magiques.

Soudain, elle se cambra et lui ôta sa chemise. Il sourit. Il n'y avait qu'elle pour… Elle était toujours sa…

Son amour.

Il caressa ses seins, mordilla ses mamelons. Elle ondula, se tordit sous lui et murmura son nom.

Il ouvrit son jean, trouva une protection et approcha son sexe de l'entrée secrète de son intimité.

Lui prenant alors les poignets, il lui mit les bras en croix. Leurs regards se soudèrent et ce fut comme si les années qui les avaient séparés n'avaient pas existé.

Il n'avait jamais aimé qu'elle, il l'avait toujours su. Elle était son oxygène. Sa vie.

— Logan, murmura-t-elle. Tu m'as manqué.

Il s'enfonça dans sa tiédeur humide, luttant de toutes ses forces pour ne pas prendre tout de suite son plaisir.

Elle resserra ses jambes. Sans hésitation. Sans crainte. Et lui sourit.

Il commença à aller et venir en elle, doucement d'abord puis de plus en plus vite et, subitement, sa retenue céda comme une digue sous la pression. Juliana cessa de sourire, se mit à trembler et exhala une plainte. Donnant un ultime coup de reins, Logan jouit à son tour et retomba sur elle, anéanti et pantelant.

*Une puissante odeur d'alcool imprégnait l'air. Bière. Whisky.*

*Mais ce qui dominait, c'était l'odeur du sang.*

*— Papa ? appela Logan, aplati sous le tableau de bord.*

*Son père s'était affalé sur ce dernier et, pour s'extirper de là-dessous, Logan allait devoir se contorsionner. Il saisit sa ceinture de sécurité et, les mains pleines de sang, réussit à se libérer.*

*Pas son père.*

*Logan regarda le pick-up. Ce n'était plus qu'une épave. Un tas de tôles tordues. Du verre cassé. Et son père coincé derrière le volant, sa tête formant un angle bizarre avec le reste de son corps.*

*En tremblant, il vint tâter son cou. Pas de pouls. Pas de vie. Rien.*

*— Au secours...*

*Soudain, derrière lui, un cri. Des pleurs. À peine audibles.*

*Il se retourna. Vit l'autre voiture. Une luxueuse berline allemande dont l'habitacle était enfoncé côté conducteur.*

*— Au secours !*

*Le même appel. Un filet de voix. Féminine.*

*Logan se rappela alors le couinement des pneus. Le bruit du métal qui se froisse, plie, se déchire.*

*Le bruit de la mort.*

*Il s'approcha de la femme. Des coupures constellaient son joli visage. Mon Dieu, qu'elle était pâle. Et tellement petite.*

*— Ça va aller, lui dit-il en prenant sa main. Je vais demander de l'aide.*

*Elle l'avait regardé, l'air égaré.*

*— Ju... Juliana ?*

*Un souffle s'était échappé de sa bouche.*

*Et elle n'avait plus dit un mot. Plus jamais.*

La tête encombrée par ces souvenirs, Logan se tenait en haut des marches, au-dessus du hall. Dieu sait qu'il avait essayé de l'oublier, ce soir-là. Mais ici, avec Juliana dans la maison, le passé l'avait rattrapé.

Il y avait des soirs, des nuits comme ça qui ne s'oubliaient jamais. Certaines erreurs non plus. La vie qu'il connaissait s'était arrêtée ce soir-là. Deux personnes étaient mortes. Il avait…

— Que fais-tu ?

Il se raidit.

— Je surveille, répondit-il à Juliana.

Pur mensonge. Il n'osait plus la regarder. Après ce qu'il avait fait…

À l'époque et maintenant.

Juliana s'était assoupie dans ses bras. Lui n'avait pu fermer l'œil.

Il avait fouillé la maison. Les agents fédéraux et les policiers l'avaient fait également. Bien qu'il l'ait déjà fait plus tôt, il avait fallu qu'il recommence.

Parce qu'il y avait eu quelque chose dans le regard de Susan…

La maîtresse du sénateur avait voulu que Juliana aille dans la chambre de ce dernier. Il savait pourquoi, maintenant.

Le coffre laissé ouvert. Le dossier dont il n'avait eu qu'à se saisir.

Quelques jours auparavant, ce coffre ne contenait qu'un petit revolver. Le sénateur avait toujours aimé avoir des armes à portée de main, semblait-il.

Ça s'était retourné contre lui. Juliana n'avait pas vu le corps de son père après son suicide, mais Logan si.

Une horreur.

Enfin, bref. Les documents n'étaient donc pas dans le coffre quelques jours plus tôt. Il en était certain parce qu'il l'avait forcé lui-même afin de s'assurer que le sénateur n'y avait pas caché la preuve qui accusait Guerrero.

Susan — qui d'autre ? — avait ainsi délibérément disposé en évidence un dossier complet sur l'accident de voiture, avec plusieurs photos. Elle savait ce qu'il avait fait, ce que le sénateur avait fait, et elle voulait que Juliana l'apprenne.

Pourquoi ? Pour la monter contre lui ?

Il fallait à tout prix éviter que Juliana se détourne de lui. Ce serait trop dangereux pour elle.

— Le jour se lève, dit-elle.

Sa voix était rauque. Hyper sensuelle. Logan regarda par

la grande baie vitrée. Effectivement, l'horizon blanchissait. Des traînées rouges et orangées allaient bientôt strier le ciel.

Il fallait qu'ils se préparent pour la conférence de presse. Nouveaux plans. Nouveaux pièges.

— Logan ?

D'un doigt caressant, elle suivait la longue balafre qui barrait son dos.

— Cette cicatrice, c'est quoi ?

Malgré l'envie qui le tenaillait de la serrer dans ses bras — et que la douceur de ses doigts sur sa peau décuplait —, il ne bougea pas.

— Une mission au Moyen-Orient. Pour récupérer un otage. Ça n'a pas marché comme ça aurait dû.

Un coup de poignard. Sur le coup, il n'avait pour ainsi dire rien senti. Il avait riposté sur-le-champ en tuant l'agresseur. Sans réfléchir. Sans état d'âme. Dans l'action, il ne fallait pas hésiter.

Tuer ou se faire tuer.

— Et ça ?

Sa main avait glissé sur le côté. Bon Dieu, qu'elle était douce ! Il se tourna pour lui faire face.

Elle s'était redressée pour regarder la cicatrice de plus près et ses cheveux caressaient son bras. Il avait eu de la chance car la blessure se trouvait presque au niveau du cœur.

Logan inspira profondément et ferma les yeux pour s'imprégner de son odeur.

— Celle-là, c'est un coup de feu. Au Panama.

Un baron de la drogue n'avait pas aimé qu'on contrecarre son petit commerce. Dommage pour lui. N'empêche, Logan l'avait échappé belle.

Elle bascula la tête en arrière pour mieux le voir et lui releva le menton.

— Et ici ? C'est quoi cette petite chose ?

— Une rixe dans un bar. À Jackson, Mississippi.

Elle le vit hésiter. Une ride se creusa entre ses deux yeux. *Pourquoi ne pas lui dire ?* pensa-t-il.

— Un jour où je m'étais fait larguer par ma copine, je suis entré dans un bar et j'ai bu. Jusqu'à être fin soûl.

Ça ne lui était plus arrivé depuis. Il n'aimait pas ça.

— Il y a eu une bagarre.

Il prit sa main pour qu'elle arrête de le caresser.

— J'ai reçu une bouteille de whisky dans la figure. Elle s'est cassée sur mon menton.

Elle chercha son regard.

— Ce n'était pas moi. Je ne t'ai jamais… largué, comme tu dis.

— Ah bon ? Vraiment ?

Elle repoussa sa main. Son déshabillé bâillait sur ses seins. Il se pencha pour l'attirer à lui. Au même instant, son mobile vibra dans sa poche.

— Oui. Quinn, répondit-il sans la quitter des yeux.

— On a retrouvé McLintock, dit Jasper.

— Où ?

— Au cimetière. Ils se sont débarrassé du corps sur la tombe du sénateur.

Le message était clair.

— Ils l'ont charcuté, les salauds. Ils se sont régalés !

Ça ne pouvait être que Guerrero. Il avait voulu faire parler McLintock, qui s'était sûrement mis à table avant que ces fumiers ne le tuent.

Guerrero était une ordure et ses hommes lui ressemblaient. Cruels. Barbares. Logan avait déjà eu l'occasion de travailler sur des affaires dans lesquelles il était impliqué. L'arme de prédilection de cette brute sauvage était le couteau. Parce que le couteau permettait une espèce d'intimité avec la victime. Il y trouvait un plaisir extrême. Jouissif.

Compte tenu de ces penchants pour le moins particuliers, Guerrero ne pouvait pas être derrière l'explosion au cimetière. Il aimait trop voir la douleur déformer le visage de ses ennemis.

— Je pars avec le médecin légiste, reprit Jasper. Je te retrouve à la conférence de presse.

C'est vrai, ils avaient leur cinéma à faire. Logan coupa la communication.

— Tu as entendu, Juliana… Tu veux toujours défier Guerrero ?

— Il a tué Ben…

— Il ne l'a pas seulement tué, il l'a torturé. Pendant des heures sans doute.

De la cruauté pure. De la bestialité. C'était à cela qu'ils étaient confrontés, pas la peine de se voiler la face.

— Tu vas te montrer à la télévision pour attirer le tueur de Ben. C'est ce que tu veux ? Tu te sens prête pour cette aventure ?

Peut-être espérait-il qu'elle recule ? Peut-être le voulait-il ? Pour s'enfuir avec elle ensuite…

— Combien de personnes a-t-il tuées ?

Il n'en savait rien. Personne ne le savait précisément. Des centaines. Des milliers, si l'on songeait aux armes que Guerrero avait vendues.

— C'est ce que je pensais, dit Juliana le menton en l'air. Eh bien, je suis prête. Je ferai ce qu'il faut et on l'arrêtera.

Il savait qu'il ne s'enfuirait pas avec elle. Il ne s'opposerait pas à sa décision. De toute manière, elle ne lui laisserait pas le choix.

Il la dévisagea. Il avait espéré qu'elle abandonne son projet mais, au fond de lui, il savait qu'elle irait jusqu'au bout. Il la connaissait. Cette femme avait une volonté d'acier.

Elle se détourna.

— Au fait, fit-elle après quelques pas, il y a une chose qu'il faut que je te dise.

L'air plus déterminé que jamais, elle planta son regard dans le sien. Un regard dur et qui pourtant vacillait.

— C'était ma faute.

Il fronça les sourcils.

— Que veux-tu dire ?

— Tous ceux qui sont morts au chalet, tout ce qui est arrivé, c'est à cause de moi.

Il s'avança.

— Mais non, mon cœur, ce n'est pas à cause de toi. C'est Guerrero. Il est fou. Il torturera, tuera, fera n'importe quoi tant qu'il n'aura pas obtenu ce qu'il veut.

Il voulut la prendre dans ses bras mais elle se déroba.

— Il y avait… Je ne t'ai pas tout dit.

Les bras croisés sur la poitrine, elle se balançait d'avant en arrière.

— Quand j'étais au Mexique, enfermée avec John…

*Non, pas John. Guerrero.*

— On a beaucoup parlé. De tout et de rien. De trucs qui ne concernaient que moi… me semblait-il.

Logan commença à s'inquiéter. Dans l'avion qui les ramenait du Mexique, ils avaient parlé de ce qu'elle avait raconté à *John* sur son père, sans s'étendre. En y repensant aujourd'hui, il se rappelait qu'elle ne l'avait jamais regardé en face pendant cette conversation. Elle fuyait son regard en s'agitant sur son fauteuil. Les signes infaillibles du mensonge, mais il avait attribué ce comportement à ce qu'elle venait d'endurer.

Elle n'avait pas pu mentir. Pas elle. Juliana n'était pas une traîtresse. C'est lui qui se faisait des idées.

— Je ne me rendais pas compte des conséquences de mes propos.

Elle avait maintenant l'air penaud d'une personne prise en faute.

— J'aurais dû te le dire plus tôt… Guerrero te connaît. Il sait pour nous.

Elle baissa les yeux.

— Je te l'ai dit, il ne m'a pas demandé grand-chose sur mon père. En revanche, sur moi, ma vie…

Elle le regarda de nouveau.

— Je croyais que j'allais mourir. Je ne pensais pas qu'on viendrait à mon secours.

Comme s'il l'aurait laissée dans cet enfer ! Il était prêt à tout pour la délivrer, à démolir cette maison, brique après brique.

— John… m'a demandé si j'avais déjà été amoureuse.

Un petit rire lui échappa.

— C'est une des choses auxquelles on pense quand on va mourir, non ? As-tu été amoureuse ? Vas-tu mourir avec des regrets ?

De plus en plus noué, Logan lui saisit le poignet.

— Tu lui as dit que tu m'aimais ?

— Je lui ai même donné ton nom. Avec cette information et ses relations, il n'a pas dû avoir de mal à retrouver ta trace et…

— … à connaître l'existence et l'adresse de mon chalet.

Bon Dieu ! Les morceaux du puzzle se mettaient en place. Et tout coïncidait. Pour les sbires de Guerrero, la traque n'avait pas dû être difficile.

— Quand tu m'as sortie de là, je ne pensais pas que ce que je lui avais dit avait de l'importance.

Sa voix tremblait. Elle avait l'air terriblement ennuyé.

— Je lui ai dit ce que tu éprouvais, je ne pensais donc pas que…

Logan empoigna ses mains.

— Ce que j'éprouvais ?

— Je lui ai dit que tu ne m'aimais pas.

Interdit, il concentra toute son attention sur elle. Juliana. Le souffle de Juliana, l'odeur de vanille de Juliana. Le fantôme dans les yeux de Juliana. Les regrets, les remords.

— Il aurait dû comprendre qu'il n'y avait plus rien entre nous. Je ne pensais pas qu'il fouillerait dans ta vie et que…

Il happa sa bouche pour la faire taire — et parce qu'il avait besoin de ce baiser pour s'apaiser.

« Je lui ai dit que tu ne m'aimais pas. »

Les mains à plat sur ses épaules, elle caressa ses lèvres du bout de la langue.

Après quelques secondes de tendresse intense, il s'écarta d'elle et la regarda.

— Tu n'as rien fait de mal, dit-il.

— Mais si ! Mais c'est promis, je ne recommencerai plus.

Sur ces mots, elle pivota et partit vers la chambre. Quoi qu'il en dise, elle avait fait une bêtise. Elle aurait dû lui en parler plus tôt.

— Logan, appela-t-elle. Tu viens au lit avec moi ?

Perdu dans ses pensées, il releva brusquement la tête. Elle s'était arrêtée et lui tendait la main.

Il lui devait la vérité. Elle n'était plus un bébé. Lui non plus. Il allait lui dire. D'ailleurs, à cause de Susan, il n'avait pas le choix.

S'il ne racontait pas à Juliana ce qui s'était passé ce soir de sinistre mémoire, Susan le ferait.

Pour Guerrero.

Ce sale type allait continuer de fouiller dans son passé, il apprendrait tous ses secrets et s'en servirait pour dégoûter Juliana de lui. Juliana pensait peut-être qu'il ne l'aimait pas mais Guerrero…

— Logan ?

Guerrero comprendrait bien qu'il l'aimait.

Logan s'avança vers elle, lui prit la main et l'embrassa.

*Je t'aimais*, pensa-t-il.

Juliana l'avait-elle oublié ? Elle ne cherchait peut-être que son plaisir dans ce monde devenu un cauchemar pour elle, mais elle comptait pour lui.

C'était vrai depuis toujours.

Il la prit dans ses bras et entra dans la chambre.

Ce serait toujours vrai.

Susan Walker regarda la malheureuse petite fille riche s'emparer du micro avec la mine de circonstance. Elle semblait néanmoins très déterminée.

— Tout ce que vous avez entendu dire sur mon père est exact.

Elle parlait d'une voix forte et claire. Une forêt de micros était tendue vers elle.

— Le sénateur Aaron James profitait de sa position pour s'enrichir malhonnêtement. Il était en cheville avec un trafiquant d'armes, un certain Diego Guerrero, et vendait des armes au plus offrant.

Assaillie par un flot de questions, elle leva la main pour calmer les journalistes. Comme à leur habitude, ils attaquaient comme des requins.

— Mon père a décidé d'abréger sa vie parce qu'il ne supportait plus de vivre avec ce qu'il avait fait. Mais il a laissé des documents derrière lui.

Elle jeta un coup d'œil aux hommes en costume noir

regroupés derrière elle. Ils sentaient le FBI et la CIA à plein nez.

— Ces documents, qui sont des preuves à charge contre certains, ont été retrouvés et remis aux autorités qui les examinent actuellement.

Interdite, Susan réussit, non sans mal, à garder son calme pendant que la presse buvait chaque parole de la malheureuse enfant que son méchant papa avait abandonnée en route.

La *clique à Juliana* allait probablement faire d'elle une célébrité. Probablement ? Non, sûrement.

Logan était à quelques pas d'elle. Les reporters n'avaient pas remarqué sa présence. Ils avaient suivi le regard de Juliana vers les autres agents sans se douter que la véritable menace était là, sous leurs nez. Bande d'idiots ! Et aveugles avec ça !

— Ces dernières m'ont affirmé que ce Diego Guerrero se trouve actuellement aux États-Unis où il opère sous des pseudonymes…

Juliana fixa les caméras.

— John Gonzales est l'un de ces pseudos.

L'un des costumes noirs brandit un portrait.

— Voici à quoi ressemble Diego Guerrero, alias Gonzales, enchaîna-t-elle. Assurez-vous de le…

Furieuse, Susan se rua vers l'homme en noir, qu'elle heurta dans sa précipitation. Elle se souvenait de son nom, Gunner.

— Vous cherchez quelque chose ? s'enquit-il.

— Je voulais juste… C'est trop, vous comprenez.

Elle montra la foule.

— Je ne comprends pas pourquoi vous avez tant insisté pour m'emmener ici aujourd'hui. Je vous ai déjà dit, à vous et à vos collègues, que je n'ai pas la moindre idée de…

— McLintock n'avait pas la moindre idée, lui non plus…

Gunner la dévisageait avec acuité.

*Tu ne les trouveras pas, mes secrets*, pensait Susan.

— … et l'on a retrouvé son corps, ce matin. Jeté sur la tombe du sénateur.

Susan chancela. Elle n'avait pas imaginé que…

— Je suppose que Guerrero pensait qu'il lui mentait.

Gunner haussa les épaules.

— Moi, je pense que McLintock a parlé à Guerrero et lui a dit tout ce qu'il savait. Guerrero l'aura fait parler.

Son cœur se mit à battre trop vite. Elle frotta ses mains moites l'une contre l'autre. Satanée chaleur du Mississippi. Même au printemps, on transpirait.

— Vous devriez peut-être réfléchir à la proposition qu'on vous a faite de vous protéger, reprit Gunner.

Y réfléchir ? Pour leur permettre de l'approcher et de savoir exactement ce qu'elle avait fait ? Merci bien. La prison, elle avait déjà donné. Elle avait perdu deux années de sa vie dans une maison de correction, jamais elle ne retournerait derrière les barreaux.

Il lui avait fallu beaucoup de temps pour se reconstruire. Plus exactement pour voler la vie qu'elle avait maintenant. Avant de faire les bêtises qui lui avaient valu la maison de correction, elle était Becky Sue Morris.

— Je ne sais rien, dit-elle.

Juliana pérorait toujours. Les journalistes prenaient des notes.

— Guerrero n'apprendra rien de ma bouche.

— Non, mais il vous tuera. Il vous coupera en rondelles, comme votre ami McLintock.

Ben McLintock n'était pas son ami. C'était juste un valet qu'elle avait trop souvent dans les jambes et qui l'ennuyait. Il travaillait déjà pour Aaron avant son arrivée et si elle s'était frayé un chemin jusqu'au lit du sénateur, Ben, lui, s'était institué son confident. Il connaissait tous ses secrets. Aussi sûr que deux et deux font quatre, il connaissait toutes les combines, toutes les magouilles, tous les trafics de Guerrero et de James. Cette espèce de nouille s'était sûrement impliquée dans ce trafic.

Combien d'argent avaient-ils empoché ? Mystère. Elle n'en avait pas vu la couleur.

Juliana avait fini son numéro et s'éloignait. Logan la suivait comme son ombre. Bon chien ! Elle n'avait pas dû trouver le dossier qu'elle avait laissé pour elle.

Logan leva les yeux et la vit.

Lui, il l'avait trouvé. Sa façon de la regarder l'en persuada. Elle ne devait pas montrer son trouble.

— Un problème ? lui demanda Gunner avec calme.

Elle posa la main sur son bras et trébucha légèrement.

— C'est trop dur. Ben. Aaron. Laissez-moi quelques minutes pour me remettre.

Elle lui sourit.

— C'est possible ? Vous m'accordez un peu de temps ?

Elle parlait d'une voix faible. Perdue. Exactement le ton qu'il fallait.

Il acquiesça. Un gentleman pouvait-il faire autrement ?

Après un long soupir, elle se dirigea vers les toilettes. Coup d'œil à la ronde. Parfait. Personne.

Il y avait une petite fenêtre. Assez large pour elle.

C'était le moment de disparaître.

— Où est Susan ? demanda Logan en rejoignant Gunner.

Ce dernier désigna du menton les toilettes.

— J'y vais.

Mais Juliana le rattrapa par la manche.

— Qu'est-ce que tu fais ? Tu ne vas pas y aller !

*C'est ce qu'on va voir !* se dit Logan en lui échappant. Susan essayait de le brouiller avec Juliana, la méfiance était de mise.

— Susan, dit-il en frappant à la porte. Susan, sortez. Je veux vous parler.

Mais pas devant Julie. Il appela Gunner par-dessus son épaule.

— Emmène Juliana à la voiture. Je vous rejoins tout de suite.

La jeune femme le regarda comme s'il était devenu fou. C'était clair, elle ne bougerait pas.

Comme personne ne répondait, il appela de nouveau, frappa plus fort.

— Susan ! Ouvrez !

Pas un bruit.

Louche. Un bon coup d'épaule et il ouvrit. L'oiseau s'était envolé par une fenêtre ouverte.

— Qu'est-ce qu'elle t'a dit ? demanda-t-il à Gunner.

— On a parlé de McLintock. Je lui ai dit ce qui s'était passé et…

— Elle s'est sauvée parce qu'elle a eu peur d'être la prochaine cible, intervint Juliana.

Peut-être.

Mais pas sûr. Les gens ont toujours des tas de bonnes raisons de se sauver.

Il prit son mobile et appela Sydney.

— Susan Walker s'est fait la malle. On fouille les abords.

Il sortit. Le soleil qui s'était levé l'aveugla.

— Sa voiture a disparu, dit Gunner, fou de rage.

Il en était d'autant plus sûr que c'était lui qui la conduisait pour venir à la conférence de presse.

— Demande à la police de lancer un avis de recherche, dit Logan.

Il fallait qu'il parle à Susan. Tout de suite.

Juliana le regardait, incrédule.

— C'est pour sa protection.

C'était vrai et faux.

Susan était une femme dangereuse… elle savait la vérité sur lui, et il aurait parié qu'elle connaissait tous les secrets du sénateur.

Si Guerrero mettait le grappin sur elle, il les lui ferait cracher et ensuite… elle finirait comme McLintock.

Susan s'apprêtait à ouvrir la porte de son vieil appartement quand elle sentit une main ferme la prendre par la taille.

— Quelqu'un veut te voir.

La pointe d'une lame la piqua dans le dos. Une petite plainte s'étrangla dans sa gorge. Non, ce n'était pas possible. Elle avait tout tellement bien organisé !

L'homme la fit sortir *manu militari* de l'immeuble — facile, il n'y avait pas de voisins pour le voir — et la jeta dans le coffre d'une voiture noire. Elle voulut crier au secours.

Quel secours ? Il n’y avait personne. L’homme claqua la porte du coffre. La voiture démarra sur les chapeaux de roue. Susan valsa.

Paniquée, elle donna des coups de poing, des coups de pied dans la carrosserie. Il faisait noir comme dans un four. Elle commença à manquer d’air, à étouffer. Impression décuplée par l’angoisse et l’obscurité. Dans un angle, elle aperçut un mince filet de jour, très mince, pas plus épais qu’un fil. Le coffre n’était pas parfaitement étanche. Sans ce trait blanc, elle se serait crue dans une tombe. Enterrée vivante.

Elle se mit à crier. À hurler. La voiture continua sa course à tombeau ouvert.

— Au secours ! Au secours ! S’il vous plaît ! À l’aide !

Elle avait peur du noir depuis toujours ou presque. Très précisément depuis qu’un jour, elle avait six ans, sa mère l’avait enfermée dans un placard en lui disant :

— Tu vas être gentille. Maman a une course à faire. Pas de bêtise, je reviens très vite.

Mais elle n’était jamais revenue.

— Au secours !

Sa mère était une toxicomane. Elle se prostituait. Les services sociaux avaient fini par venir chercher Susan… Parce que sa mère avait succombé à une overdose. Ils l’avaient sortie de son placard.

— Sortez-moi de là ! hurla Susan en tapant partout.

Elle s’était juré de ne plus jamais connaître une telle détresse. Elle s’était battue pour se faire une vie meilleure. S’était accrochée bec et ongles à cet espoir, à la promesse de richesse et de privilèges.

Ça ne pouvait pas se terminer comme ça. Dans un coffre. Lardée de coups de couteau, comme McLintock.

Elle méritait mieux.

Le véhicule s’arrêta. Elle redoubla ses appels au secours.

C’est alors qu’elle entendit des voix. Des pas qui approchaient.

Le coffre s’ouvrit. La lumière du jour l’éblouit. Elle cessa de crier.

Et commença à forger un plan.

Je ne suis pas encore morte.

Le sang battait dans ses tempes, dans ses tympans.

Survivre. Tout faire pour survivre. S'échapper. Elle ne devait penser qu'à ça.

Et pour cela, la jouer fine.

# 9

Juliana se demanda ce qu'elle venait faire dans la chambre de son père.

Malgré ce qu'avait dit Susan, elle ne s'attendait pas à apprendre grand-chose.

Son père et elle n'étaient pas très proches, c'était le moins qu'on pouvait dire. Depuis des années, leurs relations s'étaient effilochées.

Arrivée sur le pas de la porte, elle attendit. C'était désagréable de jouer les intruses. Coup d'œil à l'intérieur. Beau mobilier — son père avait toujours su se gâter. Certes, la pièce faisait riche mais, punaise ! qu'elle était froide !

Quel gâchis que sa vie ! Quel égoïsme ! Pourtant, quand elle y réfléchissait bien, son père n'avait pas toujours été ce monstre uniquement centré sur lui. Jadis, elle s'en souvenait, il souriait quand il lui prenait la main pour une promenade dans les allées bordées d'azalées. Quel changement, depuis ! Quel naufrage !

Elle s'apprêtait à repartir quand, en se détournant, elle aperçut, accrochées au mur de droite…

Ses peintures !

Lissant la chair de poule qui hérissait le duvet de ses bras, elle se retourna et, sans hésiter cette fois, entra.

— Oh ! *Éléments en furie* ! s'écria-t-elle.

Elle avait fait ce tableau après le passage de Katrina, l'ouragan qui avait tout dévasté. Une plage balayée par l'eau déchaînée, détruisant tout comme un dieu en colère.

— Et l'*Œil du cyclone*…

Un autre de ses tableaux. Des nuages noirs, menaçants, se déchirant pour laisser filtrer un rai de lumière. L'espoir. Espoir illusoire car l'ouragan n'avait pas fini de ravager le Mississippi, la Louisiane et les États voisins. Au contraire. Le pire était à venir.

Elle posa le doigt sur sa signature, à gauche de la toile. J.J. Son père lui avait dit que son art était une perte de temps. Il voulait qu'elle intègre une grande école de commerce ou fasse du droit.

Malgré cela, à son insu, il avait acheté ses toiles, les avait accrochées dans sa chambre. Luxueusement encadrées.

Il les avait donc sous les yeux, chaque matin, quand il se réveillait ? Et tous les soirs quand il se couchait ?

— Mais qui étais-tu donc ? murmura-t-elle au fantôme qu'il lui semblait sentir dans la chambre. Et pourquoi m'as-tu abandonnée ?

C'est alors qu'elle entendit des pleurs. Ils venaient d'en bas. Sortant de la chambre en courant — laissant peintures et souvenirs derrière elle —, elle dévala les marches quatre à quatre…

Susan était dans l'entrée, le visage tuméfié, barbouillé de sang, des balafres sur les bras et la poitrine.

Derrière elle, Gunner affichait une mine défaite, rageuse.

— Bon Dieu ! C'est quoi ça, encore ? s'exclama Logan qui arrivait du bureau.

— Les gardes qui sont à la porte l'ont trouvée…

Gunner la prit dans ses bras et la déposa sur le canapé.

— Elle errait sur la route, à l'extérieur de la propriété.

Susan pleurait toujours. Ses yeux… ils regardaient dans le vague. Perdus.

— Il faut une ambulance, dit Juliana en empoignant le téléphone le plus proche.

Tout ce sang… Le spectacle des plaies laissées sur ses bras par les coups de couteau soulevait le cœur.

Elle regarda Logan, qui n'avait pas l'air tendre.

— Les salauds ! Ils se sont débarrassés d'elle au milieu de la route, gronda Gunner. Comme d'un déchet.

Si sa voix était dure, c'est avec douceur qu'il lissait le front de Susan.

— Je vous donne l'adresse, dit Juliana aux secours.

— Non ! s'écria soudain Susan, sortant de sa léthargie. Je ne veux pas qu'on m'emmène. Je ne veux pas partir. Je veux rester ici.

Un torrent de larmes coulait sur ses joues, creusant des rigoles dans le sang séché.

— S'il vous plaît, gardez-moi ici. Je vous en supplie.

Gunner prit ses mains et les inspecta. Juliana hésitait tandis qu'au bout du fil le secouriste la relançait.

Logan se pencha vers Gunner.

— Faut-il la recoudre ?

Gunner prit le menton de Susan dans sa main brune et la força à le regarder.

— Etes-vous blessée ailleurs ?

L'air toujours aussi égaré, elle le fixait.

— Susan, répondez-moi. Etes-vous blessée ailleurs ?

Comme elle ne disait rien, il ouvrit son chemisier.

Elle sursauta, se mit à trembler.

— Non ! C'est tout.

Elle tourna son visage pâle vers Juliana.

— Je veux rester chez moi. S'il vous plaît, je leur ai dit que je voulais rentrer chez moi.

Logan fit un petit signe à Juliana.

— Je vous demande pardon, dit-elle au secouriste. Finalement nous n'avons pas besoin d'aide. Je vous prie de m'excuser.

Elle replaça l'appareil sur sa base et s'approcha du canapé.

— Merci, dit Susan dans un souffle.

— Ne nous remerciez pas, dit Gunner très énervé. On va être obligé de vous embarquer.

Elle se recroquevilla, supplia.

— Non ! Pourquoi ?

— Parce que vous êtes une preuve vivante, rétorqua Logan. Un médecin va vous examiner car votre agresseur a sûrement laissé des empreintes sur vous. On en a besoin.

Susan trouva la force de rire, un rire mêlé de larmes.

— Vous savez aussi bien que moi qui m'a agressée. Guerrero, ou plutôt ses hommes.

Ses lèvres tremblaient, elle frissonnait.

— On m'a kidnappée alors que je rentrais chez moi. L'homme m'a sauté dessus par-derrière et, quand il m'a mise dans le coffre de son auto, j'ai vu qu'il avait une cagoule sur la tête.

Elle chercha le regard de Gunner.

— Je ne sais rien sur lui. Je ne peux rien vous dire. Je n'ai sûrement pas de traces d'ADN sur moi puisqu'il ne m'a pas touchée. Moi non plus je ne l'ai pas touché, je ne l'ai pas griffé, je ne me suis pas battue.

Elle se passa la main sur la joue.

— J'avais trop peur.

— Comment avez-vous fait pour vous échapper ? s'enquit Juliana.

Voir Susan dans cet état la rendait folle de colère et lui donnait envie de la protéger mais…

C'était difficile de sauver les gens malgré eux.

— Je ne savais rien.

Susan se frotta encore la joue.

— Je ne savais rien. Je n'ai pas arrêté de le lui dire.

Juliana lança un coup d'œil à l'horloge. La conférence de presse avait eu lieu cinq heures plus tôt. Cinq heures de torture pour Susan.

— J'ai cru que je ne sortirais jamais vivante de là. Et puis, tout d'un coup, il m'a dit que je pouvais m'en aller, à condition de vous faire passer un message.

Logan dévisagea Susan.

— Quel message ?

— Que Guerrero sait qu'il n'y a pas… de preuve. Que vous ne… lui échapperez pas.

Elle regarda Juliana.

— Et que tu vas mourir.

Un sanglot lui échappa.

— Je suis désolée !

Susan lui faisait des excuses ?

— Il va venir, il va te tuer et il va tuer ton amant.

Coup d'œil à Logan.

— Il sait ce que Logan a fait. Je lui ai dit, je n'ai pas pu faire autrement. Il me donnait des coups de couteau et je voulais qu'il arrête. Je ne savais rien sur Aaron, il n'y avait que ça que je pouvais dire…

Perplexe, Juliana fronça les sourcils.

— Qu'a fait Logan ?

Silence. L'horloge carillonna.

— Je ne…

Susan s'interrompit, regarda Logan, puis Gunner, puis Juliana, qui agrippait le rebord du canapé.

— Alors ? Qu'est-ce qu'il a fait ?

Il s'était passé des choses graves. Cela se lisait dans le regard apeuré de Susan. Quant à Logan…

Pourquoi deux rides creusaient-elles chaque côté de sa bouche ? Pourquoi son visage s'était-il durci ?

— Il faut qu'on parle, dit Logan d'une voix calme.

Susan pleurait toujours.

— Il sait, murmura-t-elle. Je lui ai dit ce que Aaron… comment il l'a éloigné de toi.

Son père avait éloigné Logan ? Depuis quand ? C'était Logan qui avait rompu, non ?

— L'homme qui m'a enlevée, il a dit que…

Susan parlait tellement vite que les mots se bousculaient sur sa langue.

— … il a dit qu'il tuera Juliana et qu'il vous obligera à regarder.

— Dans ses rêves, marmonna Logan.

Il se tourna vers Gunner.

— Monte avec Susan et appelle Sydney. Dis-lui de nous envoyer la police scientifique. Tout de suite.

Susan tenta de repousser Gunner.

— Non ! Je ne veux pas que quelqu'un d'autre voie ce qu'il m'a fait !

Gunner la prit dans ses bras.

— Chut, lui dit-il. Chut. Calmez-vous.

Juliana n'aurait jamais cru qu'il puisse être aussi gentil.

Les pleurs de Susan cessèrent peu à peu et elle regarda Gunner, pleine d'espoir.

— Il ne va pas revenir, hein ?

— Non.

Les mains moites d'angoisse, Juliana garda le silence tandis que Gunner s'engageait dans l'escalier. Logan avait un air dur, plus sombre que jamais.

« Il sait ce que Logan a fait », avait dit Susan.

Juliana s'avança vers Logan.

— Que se passe-t-il ?

— Des erreurs de jeunesse... Guerrero s'en sert contre moi.

Il rit, un rire jaune qui ne trompait pas.

— Et il va gagner.

Il tendit les mains vers elle et la prit aux épaules.

— Tu vas vouloir partir. Le plus loin possible de moi. C'est ce que Guerrero souhaite.

Il l'épouvantait. Que pouvait-il donc avoir de si moche à se reprocher ?

— Je ne peux pas te laisser me quitter. Guerrero te guette. Il attend l'occasion de t'attraper. Il essaie de nous diviser mais je ne le laisserai pas faire.

— Parle, alors.

Il rentra les épaules comme si... Comme si quoi ? Pensait-il qu'elle allait le gifler, lui donner un coup de poing ? Elle ne l'avait jamais fait, elle n'allait pas commencer.

— Je n'était pas dans ce restaurant par hasard, commença-t-il d'une voix neutre, dépourvue d'émotion. Je te cherchais. Je voulais te parler. J'en avais besoin.

Elle se souvenait parfaitement de la première fois où elle l'avait rencontré. C'était en sortant de Chez Dave, un boui-boui où les élèves se retrouvaient après le lycée. En vacances d'été à ce moment-là, elle y avait bu un verre avec d'autres étudiantes. Dans sa distraction elle était, littéralement, entrée dans Logan. Il l'avait prise par les bras pour la retenir et, en se redressant, elle l'avait regardé dans les yeux.

Depuis, elle était raide dingue de ses yeux.

Juliana s'était figée. De toute évidence, ce qu'elle allait

entendre serait pénible, mais elle voulait savoir. Susan avait l'air tellement perturbé… Ce devait être grave.

— Pourquoi ?

— Je voulais te voir parce que je voulais te demander pardon.

— Ça n'a aucun sens. Tu ne me connaissais pas.

Il regarda derrière elle la photo de sa mère, posée sur le manteau de la cheminée.

— Je ne te connaissais pas mais, elle, je la connaissais.

Elle retint son souffle.

— Je t'ai parlé de mon père, reprit-il.

En effet. Il lui avait souvent dit, à l'époque de leur relation, qu'il ne voulait pas ressembler à son père, ex-soldat renvoyé par l'armée. Un homme violent, qui avait sombré dans l'alcoolisme.

— L'armée, c'était sa vie. Quand ils l'ont rejeté, il a tout perdu.

Elle attendit, refoulant les questions qui lui brûlaient la langue. Qu'est-ce que sa mère…

— J'ai voulu aider mon père. J'ai essayé de l'empêcher de boire. Mais il ne voulait pas arrêter. Il brûlait la chandelle par les deux bouts et… « Après moi le déluge ! » répétait-il. J'allais tout le temps le chercher dans les bistrots pour le ramener à la maison. Ou je le trouvais ivre mort dans des impasses. Mais même quand il n'avait pas bu, ce qui était rare, il avait sa face sombre.

Logan parlait lentement, chaque mot semblait lui coûter.

— Mon père était un tueur très adroit. Un assassin qui ne ratait jamais sa cible. Il me disait sans cesse que j'étais comme lui. Un tueur-né.

Et Logan avait dit et redit à Juliana qu'il ne voulait surtout pas lui ressembler.

— Pourquoi… pourquoi l'armée l'a-t-elle renvoyé ?

— Pour insubordination… enfin, si l'on peut dire. Lors de sa dernière mission, il a eu ce que les médecins appellent un épisode psychotique.

Elle écarquilla les yeux.

— Le commun des mortels appelle cela péter les plombs.

Son équipe a dû le maîtriser, il ne suivait plus les ordres, il… il chassait.

Et cet homme complètement fêlé était revenu chez lui, auprès de son fils ?

— Où était ta mère ?

— Elle l'a quitté.

Elle prit son élan.

— Et quel rapport tout cela a-t-il avec ma mère ?

Il tendit la main pour caresser son visage mais retint son geste à mi-course.

— Ce soir-là, je l'ai trouvé dans un nouveau bar. Il a fini par en sortir, est monté dans son pick-up et a refusé de me donner les clés. J'ai insisté. Il m'a frappé…

Il se frotta la mâchoire comme s'il revivait ce qui s'était passé.

— … et il est resté au volant. Je ne pouvais pas le laisser conduire dans cet état. Alors je suis monté avec lui, me disant que je pourrais peut-être limiter les dégâts.

L'horloge égrenait infatigablement les minutes, mais Juliana ne l'entendait plus. Elle n'entendait que le battement du sang dans ses tympans.

— Il roulait trop vite. Il zigzaguait. J'ai essayé de le faire s'arrêter…

Un muscle se contracta dans sa joue.

— J'ai vu la voiture qui arrivait en sens inverse. Je lui ai crié de freiner, mais c'était trop tard.

Trop tard.

— Je pense que j'ai perdu connaissance et quand j'ai rouvert les yeux, il était mort.

Elle renifla. Surtout ne pas pleurer.

— Et ma mère ?

Il la regarda sans ciller.

— Elle était… toujours vivante. Elle a dit ton nom.

Le cœur brisé, elle renifla de plus belle.

— C'est… c'est la dernière chose qu'elle a dite.

Elle vacilla. Logan la soutint et la serra contre lui. Mais elle n'avait pas envie de le sentir contre elle à cet instant. À dire vrai, elle n'avait envie de rien. De rien.

— Elle t'aimait, ajouta-t-il. Sa dernière pensée a été pour toi. Je suis venu te chercher dans ce restaurant parce que je voulais que tu saches combien elle t'aimait. Mais quand tu m'as regardé…

Il s'interrompit, hocha la tête.

— Tu me regardais comme on regarde… quelqu'un de merveilleux. Personne ne m'avait jamais regardé comme ça.

Elle avait mal dans la poitrine. Elle la serrait. La brûlait. Elle manquait d'air.

— Tu m'aimais, dit-il, les yeux brillants. Avec toi, à cette époque, tout était si facile… Si je t'avais dit la vérité, tu m'aurais détesté.

Tétanisée par ce qu'elle apprenait, elle ne réagit pas tout de suite.

— J'ai lu les rapports de la police, finit-elle par objecter. J'ai parlé aux enquêteurs. Le conducteur s'appelait Michael Smith.

Son père ne parlait jamais de l'accident. À dix-sept ans, elle avait voulu savoir les raisons de son silence obstiné. Voulu savoir ce qu'il cachait.

— Après la mort de mon père, répondit Logan, j'ai pris le nom de mon beau-père. Greg Quinn. Greg était gentil. Il a essayé de nous aider.

Juliana plaqua la main sur sa poitrine. Son cœur battait à se rompre. La police lui avait dit qu'il y avait un mineur dans la voiture qui avait embouti celle de sa mère. Que c'était ce mineur, un adolescent, qui avait appelé les secours. Et que, arrivés sur les lieux, ils avaient eu du mal à la désincarcérer.

C'était Logan ! Quel âge pouvait-il avoir au moment de l'accident ? Quatorze ans ?

— À l'époque, je m'appelais Paul. Logan est mon deuxième prénom.

Depuis tout ce temps, il avait gardé son secret ?

— J'ai tout fait pour lui faire entendre raison, poursuivit Logan de cette voix neutre qu'elle détestait. Mais mon père ne m'écoutait pas. J'étais hors de moi, je criais, il était ivre…

— Et ma mère est morte.

Il hocha la tête, la lâcha et recula.

— Si j'avais été plus fort, je l'aurais empêché de monter à bord. Et si j'avais moins crié, peut-être qu'il aurait vu la voiture qui arrivait en face…

Elle avait chaud aux joues et froid aux mains.

— Mon père savait.

— Oui.

Un autre secret. Encore un mensonge. Un de plus !

Juliana planta son regard dans le sien.

— Tu m'avais demandé de partir avec toi. Tu voulais qu'on vive ensemble.

Des enfants. Une maison.

— Et pendant tout ce temps…

— Je voulais être avec toi. Rien ne comptait plus pour moi.

Sa voix se brisa. Enfin une émotion.

— Ton père a enquêté sur moi, il a découvert qui j'étais. Le fils d'un tueur. Soit je disparaissais de ta vie, soit il te disait tout.

— Et tu es parti ? À cause de ses menaces ?

Impossible, elle ne goberait jamais ça. Mieux valait qu'il trouve autre chose.

Il haussa les épaules.

— Non, je suis parti parce qu'il avait raison. Tu méritais mieux que moi. Mon père aussi avait raison… Finalement, par bien des aspects, je suis comme lui.

Il leva les mains, les regarda.

— Je suis fait pour tuer.

— Peut-être aussi pour protéger, non ?

Elle était fatiguée d'entendre ce discours.

— Personne ne te force à être comme lui. Sois donc toi-même. Tu n'étais pas obligé de me laisser tomber…

— Tu me regardais comme si j'étais un héros. Je n'ai jamais voulu que tu me regardes comme ça… comme tu le fais maintenant.

Elle recula.

— Tu n'avais qu'à me le dire dès le début.

Tout aurait été différent. Il n'y aurait pas eu de secrets. Pas de mensonges.

— Tu m'as abandonnée !

Elle recula encore.

— Je suis revenu.

Elle plissa le front.

— Six mois plus tard, dit-il se passant nerveusement la main dans les cheveux. Je m'étais engagé dans la marine. J'ai tenté de t'oublier. Je n'ai pas pu.

— Tu n'es pas revenu pour moi.

Cela faisait trop de mensonges. Pourquoi ne pouvait-il jamais dire la vérité ?

— Tu n'étais plus seule.

Elle fit l'étonnée.

— Thomas. Ne me dis pas que tu l'as oublié. Le beau Thomas, le grand Thomas, blond, riche, avec sa Porsche, et toi serrée contre lui.

— Comment sais-tu ça ?

Thomas était un ami ; puis, quand Logan était parti, il était devenu plus que ça. Elle était triste et avait eu besoin de se sentir aimée, désirée, du moins pendant un temps.

— Tu couchais avec lui.

Sa voix vibrait de colère, de jalousie — de rage. À cet instant, elle aurait préféré son masque froid, son ton monocorde.

— C'était épouvantable. Il ne se passait pas une minute sans que je pense à toi… Mais tu menais ta vie. Tu avais trouvé quelqu'un de mieux.

Après quelques mois, Thomas et elle avaient rompu. C'était un garçon bien, pourtant, sérieux, sur lequel elle pouvait compter, mais ce n'était pas…

Logan.

— Tu avais l'amoureux qu'il te fallait. Je n'allais pas semer la pagaille dans ta vie.

Il était revenu.

— Alors, j'ai gardé mes distances.

Machinalement, il posa la main sur sa poitrine barrée de cicatrices.

— J'ai fait mon boulot.

La porte de la chambre se referma doucement derrière eux. Susan sentit le regard de Gunner la transpercer comme un laser.

Il voyait tout. Elle n'aimait pas sa façon de la regarder.

Elle se passa encore une fois les mains sur les joues. Ses larmes étaient intarissables.

— Je voudrais prendre une douche, dit-elle. Je veux laver tout ce sang.

Il secoua la tête.

— Vous effaceriez les empreintes. On vous l'a déjà dit.

— Mais quoi ! Je ne suis pas une scène de crime, à la fin ! Je suis un être humain. Je veux oublier, vous comprenez ?

Il la caressa de son regard de velours noir.

— Vous croyez que ce sera possible ?

*Non*, pensa-t-elle.

Elle fit le tour de la pièce des yeux, arrêta son regard sur chaque meuble, chaque tableau.

Chaque. Tableau. Son cœur se mit à battre très vite. Beaucoup trop vite.

— Je comprends ce que vous ressentez, dit Gunner. Moi aussi, j'ai été pris en otage. En l'occurrence par un groupuscule de rebelles en Amérique du Sud.

Brusquement, il souleva sa chemise. Sa poitrine n'était qu'un entrelacs de cicatrices. Pas de petites plaies de Mickey comme celles qu'elle avait sur les bras et le visage. De vraies blessures, profondes. Horribles. Effrayantes.

— Ils ont pris leur temps avec moi, ajouta-t-il, sarcastique. Cinq jours… Cinq jours pendant lesquels je ne pensais qu'à une chose, que la douleur s'arrête.

Elle, elle avait subi leurs sévices cinq heures durant. Elle n'aurait jamais tenu cinq jours. Jamais. Elle serait morte avant.

Elle regarda les toiles accrochées au mur. Les peintures de Juliana. Des tempêtes, des ouragans. Menaçants.

Une tempête soufflait derrière la porte. Un cyclone qui allait tout ravager, tous les emporter.

Mais pas elle. Elle ne le laisserait pas l'atteindre.

— Qu'avez-vous fait pour en réchapper ?

Gunner la fixa de son regard noir.

— Je les ai tués. Tous, sans exception.

Elle se mit à trembler. Elle n'était pas assez forte pour tuer l'homme qui la martyrisait.

— Moi, j'ai pleuré, dit-elle d'une voix pitoyable. J'ai pleuré et je lui ai dit tout ce qu'il voulait savoir.

Parce qu'elle ne supportait plus cette souffrance atroce. Elle qui s'était toujours crue très forte n'avait pas résisté bien longtemps.

— Tout cela sera vite oublié, lui dit-il en abaissant sa chemise. Pour moi, c'est du passé.

Susans, elle, n'oublierait pas.

Elle leva la tête et dévisagea Gunner. Pas beau. Trop dur. Trop rugueux. Il ne devait pas être facile.

Sa tête retomba sur sa poitrine, tant elle était fatiguée. Elle n'essaya pas de la relever.

— Je ne voulais pas que les choses se passent comme ça.

— Peut-être, mais vous êtes en sécurité, dit-il posant les mains sur ses épaules.

Ce n'était pas son avis.

— Je n'ai jamais rien eu dans la vie.

Sauf des regards emplis de pitié.

— Je m'étais juré qu'un jour j'aurais tout.

Mais Aaron était mort. Sa fille était toujours en vie. Et le testament ne lui laissait rien.

À moins que Juliana ne meure, elle ne récupérerait que des miettes. Et Guerrero la guettait dans l'ombre.

— Je ne pensais pas que mon aventure se terminerait ainsi.

Gunner lui serra les épaules.

— Elle n'est pas finie.

— Vous croyez peut-être que je n'ai pas voulu en finir, quand ils me retenaient ? C'est facile de lâcher prise. Beaucoup plus facile que lutter pour rester en vie.

C'était vrai.

— Mais je suis une battante.

Elle l'avait toujours été.

— Tant mieux. Vous devriez…

La suite se perdit dans un gargouillis inintelligible.

Elle venait de lui planter un couteau dans la poitrine.

*Tu aurais dû te méfier de moi. Guerrero a raison, une femme blessée peut tromper presque tous ses gardes.*

*Les hommes sont comme ça, ce sont des faibles ! Je t'ai bien eu, Gunner.*

Elle tourna la lame dans la plaie.

— Je ne retournerai pas à ma sale vie d'avant.

Elle le regarda dans les yeux ; il l'avait lâchée, et ses bras pendaient de chaque côté de son corps.

— Désolée, mais cette fois, abandonne. Pas besoin de te battre.

Parce qu'il était fichu.

Il bascula en avant et heurta le sol avec un bruit sourd.

Juliana crut entendre un choc étouffé. Intriguée, elle regarda le haut de l'escalier.

— On ne refait pas le passé, disait Logan. Si je pouvais, je te jure que je le ferais, mais nous…

Un bruit de verre cassé l'arrêta net. Il sursauta et plaqua la main sur son épaule, où coulait du sang.

Courbé en deux, il se rua vers Juliana et la projeta à terre, sous lui, derrière le canapé.

Des cris. Des hurlements. Des coups de feu. On aurait dit qu'une armée entière attaquait.

Avec Guerrero, cela faisait partie des scénarios possibles. Même si la propriété était étroitement surveillée.

De nouveaux coups de feu rompirent le silence revenu. Les cris recommencèrent. Elle saisit le bras de Logan. Le sang tiède poissa ses doigts.

— Logan ?

Il leva la tête vers elle. Son expression était indéchiffrable.

— Je crois qu'ils ont mordu à l'hameçon, dit-il. Reste là, ne bouge pas. Ne te redresse surtout pas.

Pourquoi ? Il s'en allait ?

Elle serra son bras plus fort mais il se dégagea.

— Non, n'y va pas, supplia-t-elle.

— Je suis un commando. Il faut que j'y aille. Comme

ça, tu n'auras plus peur. On va les descendre, ses hommes. Tous sauf un, pour qu'il nous dise où se terre Guerrero.

Il l'embrassa. Un baiser appuyé qui l'inquiéta.

— Reste allongée par terre.

Et il s'en fut. Elle regarda ses mains, rouges du sang de Logan. Soudain, des cris retentirent à l'étage.

Susan.

Dehors, les gardes se battaient. Susan ne devait pas se retrouver dans le feu croisé des balles. Elle avait déjà trop souffert.

*À cause de mon père*, pensa Juliana. *Parce qu'elle était proche de nous.*

Il fallait l'aider.

Sortant de derrière le canapé, elle traversa la pièce en rampant. Elle avait la main sur la rambarde de l'escalier quand une salve de coups de feu éclata dans le hall.

# 10

Ils avaient une puissance de feu supérieure à la leur.

Logan attrapa le policier tombé près de la terrasse et, le traînant pour le mettre à l'abri, tira deux coups de feu sur leurs agresseurs qui les bombardaient de balles.

Ils devaient être une douzaine d'hommes.

Les deux policiers en faction à l'entrée étaient à terre. Gunner se trouvait dans la maison. *Il ne va pas tarder à sortir*, se dit Logan. Gunner n'esquivait jamais une bagarre.

Embusqué sur la droite, près de la grille — la grille que ces sauvages avaient fait sauter —, Jasper avait dû décharger plusieurs fois déjà son barillet.

Sydney serait bientôt sur place. Elle était leurs yeux et leurs oreilles, grâce à la vidéo-surveillance, et elle avait sûrement déjà appelé du renfort.

Elle pouvait être terrible.

Logan prit la main du policier blessé et la plaqua sur sa plaie.

— Appuie, dit-il. Faut stopper l'hémorragie.

Pâle comme la mort, l'homme tremblait, mais il s'en sortirait. À condition de ne pas recevoir une autre balle.

Blessé lui aussi, Logan ignorait la douleur. Pas le moment de se laisser divertir par de telles choses. Ces hommes n'entreraient pas dans la maison. Ils ne mettraient pas la main sur Juliana.

Il lâcha le policier et rampa vers sa cible. Entraîné au corps au corps, il pouvait approcher sa proie sans qu'elle s'en rende compte et la tuer. Mais le temps était compté.

Jasper tirait comme un fou, concentrant sur lui l'attention des assaillants afin que Logan puisse intervenir.

— Gardes-en au moins un de vivant, marmonna-t-il.

Il fallait les mettre hors d'état de nuire mais ne les tuer qu'en cas d'absolue nécessité. Les ramener vivants… et leur faire leur fête.

Le supplice du couteau, c'était fini, et ils allaient payer. Cher. Promis juré.

Logan sauta sur l'un des agresseurs, lui saisit le bras et lui tordit le poignet. L'arme qu'il tenait vola et se perdit dans une pelouse. Il essaya de donner un coup de pied à Logan, qui l'esquiva et lui administra son poing dans la gorge. L'homme n'eut même pas le temps de crier. En une fraction de seconde, il était à terre et pas près de se relever.

Un de moins.

La rambarde que Juliana tenait vola en éclats. Quatre à quatre elle grimpa les marches jusqu'à l'étage. À quelques centimètres près, la dernière balle la touchait.

Elle courut jusqu'à la chambre de son père et en poussa la porte.

— Oh ! Susan !

Susan se retourna, un poignard dans la main.

— Mais…

Elle avait réduit ses tableaux en charpie.

— Partez…

Un murmure. Si faible que Juliana l'entendit à peine. D'ou venait-il ? Elle fureta autour d'elle.

Et elle vit. Gunner. Dans une mare de sang.

Susan bondit sur elle.

— Si tu crois que tu vas partir…, menaça-t-elle.

Elle brandissait son couteau sous le nez de Juliana.

*Quand tu attaques, fais-le avec la partie la plus forte de ton corps*, lui avait expliqué Logan.

Juliana empoigna la main qui tenait le couteau tout en donnant un coup de coude dans la poitrine de Susan, qui chancela.

Le poignard tomba, ricocha sur le parquet.

— Mais qu'est-ce qui vous prend ? s'écria Juliana, incrédule.

Se ressaisissant, Susan s'élança sur elle. Les deux femmes roulèrent au sol. Une bataille insensée s'ensuivit. Une lutte féroce, désespérée.

— T'aurais dû… crever… au cimetière ! vociféra Susan.

Elle avait empoigné Juliana par les cheveux et lui cognait la tête par terre.

— T'aurais dû…

Juliana planta les doigts dans les yeux de Susan, qui poussa un hurlement.

— Je comprends maintenant ! cria Juliana. La voiture piégée, c'était vous !

Elle se releva, prête à affronter une nouvelle attaque. Mais au lieu de se précipiter sur elle, Susan rampa jusqu'au coffre de Aaron. La seule chose que son père y entreposait, se rappela Juliana, c'était un revolver.

Juliana plongea sur le poignard.

Trop tard. Susan avait le revolver d'Aaron dans la main.

— Ne bouge plus.

Susan pointa sur Juliana le trou noir du canon. Elle souriait. La narguait.

— J'en ai tellement bavé ! se plaignit-elle. Alors, j'ai tout manigancé. Mais tu n'es pas montée dans cette fichue limousine.

Juliana s'humecta les lèvres. Susan tournait le dos à la grande fenêtre de la chambre de son père. Gunner gisait dans son sang. Le couteau que Juliana tenait dans sa main ne pesait pas lourd face à un revolver.

— Pourquoi faites-vous ça ? demanda-t-elle.

En bas, on tirait encore. Le cri de douleur d'un homme s'arrêta brusquement.

— Guerrero vous oblige à l'aider ? insista Juliana en abaissant le couteau pour détourner l'attention de Susan.

Mais celle-ci s'esclaffa.

— Tu crois me connaître ? Tu ne sais rien de moi. Tu ne sais pas qui je suis, d'où je viens. Aaron n'en savait rien non plus. Il pensait que j'étais une de ces putains sans cervelle, trop heureuses d'être à sa disposition.

Du coin de l'œil, Juliana crut voir Gunner esquisser un mouvement.

— J'ai vu des trucs… j'ai fait des trucs…

Susan éclata d'un rire nerveux complètement déplacé mais son revolver ne bougea pas d'un pouce.

— À cause de toi, je vais retourner au néant. À cause de toi !

— Mais, Susan, je ne t'ai rien fait…

— Oui, mais tu vas tout récupérer. L'argent. La maison. Tout. Il m'avait promis que j'en aurais ma part, mais j'ai vu le testament… tout te revient.

Tout ce charivari pour une question d'argent ? Elle faisait un mauvais rêve.

— Charles est mort dans l'explosion de la voiture.

— Et alors ? Je suis supposée le pleurer ?

La braquant toujours, Susan fit un pas vers elle.

— Il faut que je m'occupe de moi maintenant. Sinon, qui le fera ?

En bas, personne ne tirait plus. Était-ce bon signe ? Où était Logan ?

— Je me moque de l'argent. Vous pouvez tout prendre.

— C'est ce que je ferai, répliqua Susan, le visage grimaçant. Mais quand tu seras morte. Lorsqu'ils croiront tous que Guerrero t'a enlevée, je raflerai le magot.

Susan se retourna et regarda par la baie vitrée.

Avait-elle fourni aux sbires du trafiquant les codes d'accès de la propriété ?

— Guerrero voulait la preuve…

Susan regarda les toiles qu'elle avait éventrées et son expression se durcit.

— Je croyais que je pourrais la lui donner. Mais ce n'est pas grave. Il peut encore t'embarquer, te tuer, et tout sera fini.

Juliana s'approcha lentement.

— Vous vous imaginez qu'il va vous laisser filer comme ça ? Détrompez-vous. Ce n'est pas comme ça que ça marche. Quand quelqu'un tombe dans ses griffes, il ne survit pas.

Susan eut un rire forcé.

— C'est bon. Susan Walker n'a jamais eu l'intention de vivre éternellement.

La femme était folle. Comment avait-elle pu cacher sa folie si longtemps ?

— Susan n'a jamais existé, mais Becky Sue Morris… Becky Sue, elle, a existé et elle existera encore. Becky Sue va faire virer l'argent sur son compte. Elle va prendre tous les bijoux. Elle va rafler tout ce qu'elle peut.

Elle se passa la langue sur les lèvres et regarda la fenêtre derrière elle.

— Becky Sue sait comment faire pour survivre. Elle sait comment amorcer une bombe, comment éliminer les obstacles qui se dressent sur sa route.

Elle reprit son souffle.

— Elle a appris très jeune à faire tout ça. Elle a appris à se fondre dans la foule et à devenir quelqu'un d'autre.

Juliana, qui ne quittait pas le canon du revolver des yeux, se dit qu'elle n'avait pas le choix. Quelle que soit la femme qu'elle avait devant elle, Susan ou Becky Sue, elle ne la laisserait pas lui échapper.

Et puisque mourir n'était pas dans ses intentions — elle avait tellement de choses encore à faire dans la vie — Juliana décida d'agir.

Elle avança encore d'un pas. Susan ne sembla pas le remarquer.

Pourrait-elle aller assez vite ?

Si elle parvenait à distraire cette démente…

— Avant de vous tuer, il va vous torturer, dit Juliana. Comme il a fait pour Ben.

Susan transpirait.

— Tais-toi !

— C'est ainsi qu'il procède. Il me tuera, c'est sûr, mais il vous tuera vous aussi. Et vous n'aurez ni l'argent ni la maison, puisque vous serez sous terre avec moi.

Elle fit encore un pas.

— La ferme ! s'époumona Susan.

— Pourquoi ? Je suis déjà morte, non ? Qu'est-ce qui peut m'arriver d'autre ?

— Je tuerai ton Logan.

*Ça, sûrement pas.*

— Les hommes ne se méfient pas de nous, continua Susan. Ils pensent que nous sommes faibles, sans défense… Tout ça à cause des larmes que nous versons parfois et de notre peur du sang.

Peur du sang ? Le chemisier de Susan en était imbibé.

— C'est leur faute, marmonna-t-elle.

— Tu ne feras pas de mal à Logan.

Juliana serra plus fort le couteau. Susan ricana.

— Parce que tu l'aimes toujours ? Tu sais ce qu'il a fait ? Je ne résiste pas au plaisir de te le dire ! Il a tué ta mère ! Il s'est servi de toi !

Encore un pas. Elle était à présent assez proche de Susan pour la frapper.

— Et tu l'aimes toujours !

Tac tac tac tac. La pétarade d'une arme automatique surprit Susan, qui se tourna vers la fenêtre.

— Oui, dit Juliana, je l'aime toujours.

Elle leva le bras et plongea sur Susan, qui réagit une seconde trop tard. Le couteau alla se planter dans son épaule gauche. Malgré la douleur, elle serra la crosse de son revolver et…

Un coup partit. Ni en bas ni dehors. Dans la chambre. Gunner avait rampé et réussi à prendre son arme de secours dans son holster de ceinture.

— Ne dites pas que vous êtes sans défense…

Sa voix était gutturale. Un râle.

— … vous vous débrouillez très bien.

Une énorme tache rouge sur le devant de son chemisier, les yeux grands ouverts et la bouche pendante, Susan tituba. Sa tête partit en arrière.

Emportée par le poids de son corps, elle tomba à la renverse contre la baie vitrée, qui se fracassa. Et elle bascula dans le vide.

Alerté par le bruit de verre brisé, Logan se retourna et vit un corps tomber. Il crut que son cœur s'arrêtait. La nuit étant venue, il faisait noir et il ne distinguait qu'une masse de cheveux par terre. Un corps disloqué.

*Non !*

La lame d'un couteau vint se planter dans son dos.

— T'inquiète pas, murmura une voix à son oreille. Je vais m'assurer que la jolie petite femme te rejoigne en enfer.

*Non, pas Juliana !*

La lune émergea alors des nuages et sa clarté lui permit de reconnaître le visage de la personne étendue au sol. C'était Susan.

Se retournant vivement, il empoigna l'homme qui se trouvait derrière lui et lui serra la gorge.

— Tu ne la toucheras pas.

Cette fois, l'homme ficha son couteau dans la poitrine de Logan.

Logan attaqua. Il secoua le poignet de son agresseur, le frappa avec les poings, l'étrangla. Sa proie était sur le point de suffoquer quand…

Un autre homme apparut et lui piqua une aiguille dans le cou. Logan rugit, le repoussa.

Trop tard.

Il se mit à frissonner, à trembler. Sa vision se brouilla. Il s'effondra.

Il voulut crier, prévenir Gunner, Juliana, Jasper, mais aucun son ne vint.

Des ombres se penchèrent sur lui, puis une fine pointe s'enfonça dans son cou.

— Ça va aller, dit Juliana à Gunner en appliquant des serviettes sur ses plaies. Je vais demander de l'aide, d'accord ?

Elle tenta d'appeler une ambulance mais, là-haut, on avait coupé la ligne. Dehors, ça pétaradait. Que faisaient les renforts ?

Il leur fallait des policiers. Des policiers et des médecins, des secouristes. Il était urgent de prendre Gunner en charge.

Ce dernier attrapa la main de Juliana.

— Cachez-vous.

Elle secoua la tête.

— Je ne vous laisse pas.

— Ils ne… tirent… plus.

Il avait raison. Mais il y avait déjà eu une accalmie et la fusillade avait repris de plus belle, quelques minutes plus tard. Elle se méfiait.

— Restez… couchée.

Il parlait comme Logan, maintenant. Elle tâcha de sourire. Pas facile quand cet homme se vidait de son sang sous ses yeux.

— Je vais chercher mon téléphone portable dans ma chambre.

Elle n'allait pas le laisser mourir sans rien faire.

— Ça va aller, répéta-t-elle, d'une voix qu'elle voulait rassurante alors qu'elle était persuadée du contraire.

Au regard de Gunner, elle comprit qu'il ne la croyait pas, mais il ne dit rien. Peut-être ne pouvait-il déjà plus parler ?

Elle se releva, fit deux pas et, soudain, aperçut quelque chose qui pendait d'un des tableaux que Susan avait éventrés.

Une clé USB.

« Il a dit qu'il t'avait donné la preuve », lui avait affirmé Susan.

Elle prit la clé et la mit dans sa poche. Dire que des gens se faisaient tuer à cause de ce petit objet…

*Dépêche-toi de demander du secours.*

Elle arrivait à la porte de sa chambre quand l'escalier craqua. Logan ? Si c'était lui, pourquoi ne l'appelait-il pas ?

La main sur la poignée, elle entendit un autre craquement. Puis des pas furtifs qui se dirigeaient vers la chambre de son père.

*Mon Dieu ! Gunner !*

Elle se retourna. Elle avait pris le revolver de Gunner et il glissait dans ses doigts poisseux de sang.

— Ne le touchez pas !

Elle se précipita vers la chambre de son père et tomba nez à nez avec l'homme qui hantait ses nuits.

Elle pila sur place. Elle s'attendait à tomber sur ses sbires. Sur ses hommes de main. Mais sur…

*John* !

Il lui sourit. Le même sourire que lorsqu'ils étaient enfermés. Ce sourire qu'elle avait cru empreint de gentillesse !

— Salut, Juliana.

Elle blêmit. Logan n'avait pas pu laisser le trafiquant d'armes entrer dans la maison, sauf si…

Le regard de Guerrero accrocha le revolver.

— Donne-moi ça.

*Pas question.*

— Je vais te tirer une balle dans le cœur.

— Ça m'étonnerait, dit-il en riant.

— Tu devrais te méfier.

Elle ne ferait pas machine arrière. À cause de lui, son univers s'était écroulé. Elle n'allait pas rester là sans rien faire, comme un agneau qu'on mène à l'abattoir. Elle avait une arme. Elle n'avait qu'à s'en servir.

Guerrero brandit une lame de couteau ensanglantée.

— C'est le sang de ton chéri.

*Non.*

— Il est mort ? s'écria-t-elle, épouvantée.

— Pas encore, mais mes hommes s'occuperont de lui si tu ne viens pas tout de suite avec moi.

Il laissa tomber le couteau par terre et lui tendit la main.

— Donne-moi ton pétard et partons.

— Il est déjà mort.

L'homme pensa qu'elle jouait les idiotes.

— Ouais, comme toi.

*Logan*, pensa-t-elle. *Logan. Mon amour.*

Elle voulut crier mais sa gorge nouée ne laissa passer aucun son. Elle se vit viser calmement Guerrero dans la poitrine. Un coup de feu suffirait. Mais avec ses doigts qui tremblaient, il vaudrait mieux qu'elle vide tout le barillet.

Le sourire du trafiquant se figea.

— Tu es en train de le tuer, dit-il. Plus tu me fais attendre, plus il risque d'y passer. Mes hommes n'attendent que ça, appuyer sur la détente.

À l'extérieur, le calme était revenu. Un silence de mort.

— Jasper… Jasper est là.

Jasper la défendrait. Il se battrait. Il y avait les autres gardes, aussi. Et les policiers.

— Celui qui est à l'entrée ? Le tireur d'élite ? Ah, ah, il est hors d'état de nuire, lui aussi. Il n'y a personne dehors pour t'aider. Les renforts ? Ils ne sont pas près d'arriver, et quand ils seront là…

Il n'avait pas l'ombre d'un accent espagnol.

— … Logan sera déjà mort.

*Il est déjà mort*, se dit-elle.

— Allez, viens, tu me fais perdre mon temps.

Sa voix était totalement dépourvue d'émotion. C'était un monstre.

— Rapplique, bon Dieu. Je vais te faire voir qu'il vit toujours.

Elle ne demandait qu'à le croire.

— Ou bien non, reste là et tu seras responsable de sa mort.

Ses yeux, dénués d'expression un instant plus tôt, brillaient maintenant d'excitation.

— Avance, ordonna Juliana, reprenant du poil de la bête. Allez, descends. Et les mains en l'air.

Il ricana mais avança vers les marches et commença à les descendre, sans se presser.

*Il va se retourner et se jeter sur moi*, se dit Juliana.

Curieusement, il n'en fit rien. Il ne jeta même pas un coup d'œil par-dessus son épaule.

La porte d'entrée était grande ouverte et il allait sortir quand elle tonna :

— Attends !

Elle ignorait ce qui l'attendait dehors. Mieux valait se servir de lui comme bouclier.

Quand il sentit le canon dans ses côtes, il grommela.

— Je ne reconnais pas la fille du Mexique !

— C'est que tu ne la connaissais pas, rétorqua-t-elle.

Il tourna la tête vers elle et la fusilla du regard.

— Si quelqu'un s'approche de moi, je te tue, menaça-t-elle.

— C'est qu'elle ne plaisante pas, la gosse !

— Jamais avec des salauds comme toi.

Il se remit en branle, toujours aussi lentement.

— Tu ne te demandes pas pourquoi il n'y a plus de flics dehors ? Pourquoi il ne reste plus que ton chéri et les cadavres des gardes ?

Bien sûr qu'elle se posait la question.

— Avance, dit-elle, franchissant la porte derrière lui.

La vision d'horreur qui l'attendait lui souleva le cœur. Un carnage. Des corps partout, immobiles ou qui se tordaient. Des gémissements, des plaintes, des râles. Du verre brisé. Susan…

Juliana détourna les yeux.

— Avec de l'argent, on achète tout ce qu'on veut en Amérique. Une réaction un peu lente des flics. La complaisance d'un inspecteur mécontent qu'on l'ait dessaisi d'une affaire.

Deux hommes s'étaient relevés. Ils étaient en sang, blessés mais debout. Et ils venaient vers eux.

— Dis-leur de rester où ils sont, souffla Juliana.

— N'approchez pas, leur lança-t-il sans se faire prier.

Les hommes se figèrent.

— Quel dommage qu'on en soit là, toi et moi, reprit-il plus bas. Tu sais, je commençais à t'apprécier, au Mexique.

L'homme était le plus fabuleux menteur qu'elle ait jamais croisé.

— Où est Logan ?

Elle ne le voyait pas mais refusait de perdre espoir. Guerrero était un menteur dans l'âme mais peut-être, peut-être que Logan n'était pas mort.

*S'il te plaît, ne sois pas mort*, le supplia-t-elle *in petto.*

Guerrero désigna une camionnette noire garée sur la droite.

— Là- bas, dit-il.

Le canon de son arme toujours planté dans son dos, elle avança jusqu'à la camionnette. Elle n'était pas à une grande distance, et pourtant le trajet lui parut interminable.

Où était Jasper ? Il aurait dû être là, et elle ne le voyait nulle part.

— Ouvre la portière, dit-elle.

Guerrero fit un pas et ouvrit. Malgré l'obscurité qui

régnait dans le véhicule, elle distingua un corps roulé en boule. Était-ce Logan ? Quelqu'un d'autre ?

Un coup de feu éclata. La balle la frôla. Puis frôla Guerrero. Juliana tourna la tête et vit Gunner, penché à une fenêtre de l'étage de la maison, qui tirait sur eux.

Guerrero la poussa et elle tomba dans le fond du van.

De nouveaux coups de feu claquèrent.

Venant de derrière elle, maintenant. Jasper ? Enfin ?

Mais la porte du van s'était refermée derrière elle. Le revolver lui avait échappé et elle s'était cogné le front contre le plancher de la camionnette. À moitié assommée, voyant trente-six chandelles, elle tâtonna autour d'elle. Sentit un corps. L'homme inerte dont elle avait distingué la forme. Le véhicule bondit, la projetant en arrière. Les pneus crissèrent. Il y eut encore des coups de feu.

La camionnette fonçait, fonçait.

Elle avança la main, toucha une peau tiède. Des épaules larges. Des muscles forts. Elle palpa le cou, sentit le sang qui battait. Elle remonta vers le menton et, sous ses doigts…

*La* cicatrice.

Logan.

Elle passa les bras sous lui et le serra contre elle. Il était tout poisseux de sang.

— Logan ?

— C'est-y pas mignon, ça ? se moqua Guerrero depuis le siège passager.

Dans la pénombre, elle ne distinguait pas ses traits. Le canon de l'arme qu'il pointait sur elle luisait par intermittence, au rythme des éclairages publics. Le conducteur lui était totalement invisible.

— Je t'avais dit qu'il était vivant. Maintenant, si tu veux que ça continue, t'as intérêt à rester tranquille. Vu ?

Ils avaient quitté la propriété du sénateur et roulaient maintenant sur une petite route qui serpentait à travers les marais, une route avec des embranchements qui pouvaient mener à divers endroits, tous reculés. Les ténèbres se firent plus épaisses.

— Cette fois, reprit Guerrero, on ne sera pas interrompu

et si tu ne me dis pas tout ce que je veux savoir, je le taquinerai sous tes yeux, ton amoureux.

Il avait déjà commencé.

— Et c'est lui qui braillera, Juliana. Toi qui ne supportais pas d'entendre mes cris — soit dit en passant, je suis un bon acteur, non ? —, qu'est-ce que tu feras quand ce seront ceux de ton chéri !

*Tout*, pensa-t-elle. Elle ferait tout.

Et Guerrero, le salaud, le savait.

# 11

Réveillé par des élancements partout dans son corps, Logan ouvrit les yeux. Il faisait noir autour de lui. Pas de fenêtre. Pas d'air non plus. On l'avait solidement lié à une chaise.

Il n'était pas seul. À côté de lui, quelqu'un respirait. Tout près. Un rai de lumière passait sous la porte, à droite.

Il essaya de bouger un peu car il était ankylosé, mais la douleur redoubla.

Ah les salauds, ils ne l'avaient pas raté !

— Logan ?

Il s'immobilisa. C'était Juliana. Sa voix. D'ailleurs, ne sentait-il pas un parfum de vanille parmi les relents de sang, de poussière et de moisi ?

Non, il rêvait. Gunner l'avait mise à l'abri. Ça ne pouvait pas être elle.

— S'il te plaît, Logan, parle-moi. Dis-moi que ça va.

— Ça…

Il s'éclaircit la voix.

— Ça va, mon bébé, prétendit-il.

Pas la peine d'ajouter à l'angoisse qui devait déjà la torturer. Il ne savait pas combien de sang il avait perdu mais il se sentait faible. Si faible…

Les flics travaillaient pour Guerrero. Il l'avait compris trop tard.

Au bruit de la bagarre, aux éclats de voix, il avait su que Jasper en était arrivé à la même conclusion.

Trop tard.

On ne pouvait plus se fier à personne de nos jours. Même pas à ceux qui étaient censés nous protéger. Nous défendre.

— J'ai eu peur… J'ai cru que tu étais mort.

— Non, pas encore.

Elle rit, mais son rire s'étrangla dans sa gorge.

— C'est ce que Guerrero m'a dit.

Logan savait comment cet enfoiré l'avait fait sortir de la maison. C'était lui, l'appât, cette fois-ci.

— Gun… Gunner ?

Pas de réponse. Mauvais signe. Ça s'était sûrement mal passé.

Et ça continuait. Ils étaient tous les deux enfermés dans un réduit et Guerrero n'allait plus tarder à entrer pour commencer son petit jeu de pervers sadique.

Un petit jeu que Logan ne le laisserait pas mener avec Julie.

— Susan l'a poignardé, répondit enfin Juliana. Quand on est parti… il était vivant. Il a même tiré sur Guerrero.

Si Gunner respirait toujours, il y avait un espoir. Il joindrait Sydney et, grâce à l'implant de Juliana, ils retrouveraient leur trace.

Il fallait seulement laisser un peu de temps à son équipe.

Logan leur laisserait le temps qu'il faudrait. Il prendrait les coups, se laisserait torturer aussi longtemps qu'on ne toucherait pas à Juliana.

La torture, il connaissait. Ce n'était pas la première fois qu'il jouait l'intéressant rôle de l'otage. Il s'en était toujours sorti. Il s'en sortirait encore cette fois-ci.

— Je suis désolé.

C'était bête mais il fallait qu'il le dise. Il ne pouvait pas rester là, comme ça, la sentir à côté de lui dans l'obscurité et ne rien dire. La dernière fois qu'il avait vu ses yeux, ils étaient pleins de haine.

Le détestait-elle toujours autant ?

— Je ne voulais pas te heurter.

Vrai.

— Je ne voulais pas…

— Logan, si tu veux bien, on parlera de ça plus tard.

Il y eut un raclement. La chaise de Juliana. Elle effleura

sa jambe de la sienne. Elle était tout proche. Que n'aurait-il pas donné pour la toucher ! Mais ses liens entamaient ses chairs dès qu'il bougeait.

— Tu sortiras d'ici, dit-il.

— Nous sortirons d'ici.

Le ton était ferme.

— J'étais dans le noir. Tu ne parlais pas. Si tu savais comme j'ai eu peur ! Je ne veux plus jamais me dire que tu es mort.

Il serra les poings.

— Je n'ai pas l'intention de mourir.

Il devrait quand même la prévenir que ce qui allait suivre ne serait pas rose.

— Ne t'inquiète pas pour moi. J'encaisserai. Mais, toi, sois forte et dis-toi que je m'en sortirai.

Guerrero et ses tortures. Sa jouissance. Logan avait vu les corps mutilés que le parrain abandonnait derrière lui quand ses petits jeux étaient finis.

— Je ne le laisserai pas te torturer, dit-elle d'un ton encore plus ferme. Il aura ce qu'il mérite, crois-moi. Je ne lui ferai pas de cadeau.

Bien sûr. Mais comment ferait-elle ? Et même si elle…

— Dès que tu auras parlé, nous serons morts.

Elle n'était en vie que parce que Guerrero ne supportait pas l'idée que la preuve traînait quelque part, cette preuve qui le confondrait.

— Il ne nous laissera pas nous échapper, murmura Juliana. Que s'est-il passé ? Pourquoi est-ce que ça a mal tourné ?

Ils avaient fait confiance à des policiers véreux, voilà ce qui s'était passé.

Comme il ne répondait pas, elle insista :

— Logan ?

Il soupira.

— Les gardes roulaient pour lui. Quand je suis sorti, c'est moi qu'ils ont visé au lieu de tirer sur ses hommes.

Ceux qui étaient toujours vivants, du moins. Les policiers non corrompus avaient été descendus ou blessés dès les premiers tirs.

On pouvait tout faire avec de l'argent. Et, de l'argent, Guerrero n'en manquait pas.

— Il avait sûrement un contact dans la police locale, une taupe qui savait quel flic se laisserait acheter.

Tout le monde avait un prix. Même l'homme le plus incorruptible en apparence.

— Certains d'entre eux n'étaient peut-être même pas des flics mais des complices postés là par leurs soins.

Cependant, il les avait repoussés. Lui et Jasper les avaient tenus en respect.

Jusqu'à ce qu'il perde son sang-froid. Il avait vu le corps, et là…

— J'ai cru que c'était toi.

Il n'oublierait jamais la peur qu'il avait eue. D'ailleurs, il l'éprouvait encore dans tout son corps martyrisé.

— Que c'était moi qui quoi ?

— Quand Susan est tombé, j'ai d'abord cru que…

Il aurait aimé voir son visage à cet instant, mais il faisait trop sombre ; il ne distinguait que sa silhouette. S'il voulait les voir, pourtant, c'était maintenant, pendant qu'il en était encore temps.

Du temps, c'était ce qu'il leur fallait.

*Dépêche-toi, Sydney. Vite, vite.*

— J'ai cru que c'était toi. Je n'ai jamais eu aussi peur de ma vie.

Pas même la fameuse nuit où son père avait détruit trois vies. La nuit qui les séparait. Qui les séparerait toujours.

— Logan, il faut que je te dise…

Sa voix était douce. Il n'en redoutait pas moins la suite.

Soudain, il entendit des pas dans le couloir.

— Penche-toi vers moi, dit-il.

Il entendit le froissement de ses vêtements. Sa chaise qui craquait. Elle était attachée, comme lui, mais en se penchant ils seraient assez près pour…

S'embrasser.

Logan prit sa bouche avec passion. Il y mit tout son désir, toute sa rage. Il voulait s'imprégner du goût de ses lèvres.

Le souvenir de leur étreinte l'aiderait à rester fort dans la souffrance qui l'attendait.

Il reprit son souffle.

— Je t'ai toujours aimée, Julie.

Il n'avait pas l'intention de le lui dire, mais tant pis ! C'était la vérité. Si Sydney n'arrivait pas assez tôt et que le pire se produisait, il voulait qu'elle le sache.

— Pardon ?

— Tu mérites mieux que le fils d'un tueur.

Non, ce n'était pas suffisant, il lui devait toute la vérité.

— Tu mérites mieux qu'un tueur. Car c'est ça que je suis au fond de moi. Que j'ai toujours été. Quand je me suis engagé dans l'armée…

Il avait été le premier de sa promotion à tuer un homme au combat. Comme s'il avait toujours fait ça.

Il soupira.

— Tu es ce que j'ai eu de mieux dans ma vie. Je t'ai laissée tomber parce que… Mince ! Julie, tu aurais dû me haïr après ce qui s'est passé.

Quelques secondes s'écoulèrent puis il reprit :

— Je t'ai emmenée partout avec moi. Partout où je suis allé, tu étais là. Dans mon cœur. Mes tripes. C'est grâce à toi que je me suis sorti de situations… D'enfers.

Silence. Puis :

— Logan…

Les pas approchaient. Leur répit prenait fin. Fini, le temps de grâce…

— Tu t'en souviendras, d'accord ?

Il l'embrassa encore une fois.

— N'oublie pas, hein ? Quoi qu'il arrive.

La porte grinça. La lumière les aveugla. Il vit le visage de Juliana, pâle, sublime. Elle avait un bleu au front et sur la joue gauche.

— Fils de chien ! jura-t-il.

Il tourna la tête. Son regard accrocha celui de l'homme qui avançait vers lui. Un homme aux cheveux noirs, aux yeux noirs. Un diable grimaçant.

— Bonjour, monsieur Quinn, dit Diego Guerrero d'une

voix sirupeuse. Je me demandais combien de temps encore tu serais kaput.

Les salauds ! Ils l'avaient drogué. D'ailleurs, il s'en était douté. Il se rappelait la lame du couteau entaillant sa chair mais il se rappelait aussi la piqûre dans son cou. Un quelconque poison l'avait mis hors jeu.

Guerrero avait voulu un otage vivant. *Pour m'utiliser contre Juliana.*

Cette ordure se croyait fin stratège. Il ne l'était pas autant qu'il l'imaginait.

— Ce soir, ton empire va s'écrouler. Tu vas tout perdre, dit Logan en souriant.

Guerrero ricana. Deux hommes entrèrent à leur tour. Deux hommes armés de poignards.

— Non, monsieur Quinn… Tu permets que je t'appelle Logan ? Ce sera plus simple. Eh bien non, Logan, ce soir, celui qui va perdre…

Guerrero se plaça derrière Juliana et serra son cou.

— Reste assis et regarde. Tu vas perdre ce qui compte le plus pour toi.

Sydney Sloan traversa la maison du sénateur au pas de charge, son revolver à la main. Elle ne s'attendait pas à ce bain de sang.

Où étaient Jasper et Gunner ?

Ils étaient supposés l'attendre. À la place, elle avait trouvé un parterre de corps. Certains bougeaient encore, les autres étaient morts. Des policiers, des hommes cagoulés, des hommes aux visages grimaçant de douleur.

Mais elle n'avait pas vu les deux hommes qu'il fallait qu'elle voie. Où étaient-ils passés, bon sang ?

Elle avait appelé son patron, Bruce Mercer. Les agents fédéraux la suivaient, ils seraient là dans quelques minutes. Elle ignorait ce qui s'était passé avec la police locale mais ça ne se reproduirait pas. Les agents allaient s'occuper des policiers et des hommes encore en vie. Quant à elle, il fallait qu'elle…

Un râle, quelque part à gauche, attira son attention. Tension, bouffée d'adrénaline, elle s'aplatit contre le mur en retenant son souffle. Puis, brandissant son arme, elle se rua dans la pièce.

— Personne ne bouge !

Ordre superflu. Gunner, en tout cas, n'était pas en état de bouger. Respirait-il seulement ? Jasper était penché sur lui. Tous les deux étaient couverts de sang.

Elle empoigna son mobile.

— Où est l'ambulance ?

Elle avait déjà assisté à une scène semblable. Si ce n'est que cette fois-là elle avait perdu son fiancé.

Elle ne perdrait pas son meilleur ami.

Une sirène déchira soudain l'air, réponse à sa question.

— Vite, envoyez les secours dans la maison. À l'étage. Première chambre à droite. On a un agent grièvement blessé. Il y a urgence.

Elle s'agenouilla auprès des deux hommes. Jasper appuyait des deux mains sur les blessures de Gunner pour tenter de juguler l'hémorragie. Sydney appuya elle aussi.

— Qu'est-ce qui s'est passé ?

Jasper grogna.

— Susan… elle roulait pour Guerrero. Elle s'est un peu trop approchée de Gunner.

Gunner avait toujours eu un faible pour les demoiselles sans défense. Il était incorrigible.

— Guerrero a embarqué Logan et Juliana. J'ai essayé de les arrêter mais…

Sa voix vibrait de rage.

— Je savais que si je ne restais pas avec Gunner, il était fichu.

Jasper aussi était blessé. Il ne semblait pas s'en rendre compte. C'était un dur — mais un dur soucieux de ses équipiers.

— On les ramènera, promit-elle.

Elle n'avait pas le choix. Elle avait perdu trop d'amis les années passées, elle n'en perdrait pas un de plus.

Des cris, des hurlements de sirène… Les secours étaient là. Enfin, du renfort.

— Vite ! cria-t-elle.

Une cavalcade dans l'escalier. Les secouristes voulurent l'écarter mais, brusquement, Gunner prit sa main.

Il ouvrit faiblement les yeux. Son regard était trouble, vitreux.

— Syd…

Elle refoula son envie de pleurer.

— Ça va aller, Gunner. Ça va aller. On est là.

Il essaya de sourire. Son sourire désarmant, qui l'avait si souvent charmée, ressemblait plus, à cet instant, à un rictus épuisé. Ses yeux se refermèrent et sa main devint molle.

Accroupis autour de Gunner, les secours entreprirent de lui donner les premiers soins. L'ambulance attendait en bas, gyrophare en action, prête à l'emmener. Des agents couraient dans tous les sens. C'était l'affolement.

Sydney aurait aimé monter dans l'ambulance pour lui tenir la main. Mais elle n'en fit rien et regarda les feux du véhicule s'éloigner.

Jasper n'avait laissé personne examiner sa blessure. Il avait grommelé :

— Fichez-moi la paix !

C'était ça, Jasper.

Elle ravala son chagrin et se tourna vers lui.

— Prêt pour la chasse ?

Sans attendre de réponse — elle la connaissait d'avance — elle dégaina son portable et tapa un code. Le GPS s'ouvrit sur son écran.

Guerrero avait peut-être enlevé Logan et Juliana mais ils allaient les retrouver. Et ils les ramèneraient.

Et Guerrero aurait ce qu'il méritait.

Guerrero posa la lame de son couteau sur la gorge de Juliana.

— Tu mérites une leçon, ma belle. Tu m'as causé trop d'ennuis.

— Tu aurais dû me tuer au Mexique. Le courage t'a manqué ?

Surpris par la froideur du ton, Logan fronça les sourcils. Elle avait tort d'agresser Guerrero. Provoquer un tueur pervers, ne serait-ce que verbalement, c'était de la folie. Logan préférait qu'il exerce sa colère sur lui.

Le couteau commença à lui entailler le cou. Un mince filet de sang s'écoula de la plaie. Il le voyait bien, les lumières étaient allumées maintenant. Elles éblouissaient.

— J'aurais peut-être dû, en effet, dit Guerrero.

— Mais tu savais qu'alors tu ne récupérerais jamais la fameuse pièce à conviction, le nargua Logan. Et que ton château de cartes s'écroulerait.

Guerrero le toisa.

— Je commence à croire que cette preuve n'existe même pas.

Il retira son couteau du cou de Juliana.

Au même moment, un de ses sbires enfonça son couteau dans la blessure de Logan. Qui serra les dents pour ne pas hurler.

— Je dis ça parce que je pense que si elle avait la pièce à conviction… que si elle savait quelque chose, elle parlerait, pas vrai ? reprit Guerrero en regardant le sang sur sa lame.

— Ça suffit ! s'écria Juliana. Arrêtez de lui faire mal.

— Holà, ma jolie, mais nous ne faisons que commencer.

Guerrero fit signe à son homme de main d'enfoncer un peu plus la lame dans la plaie.

Logan serra les poings et tira sur les liens qui le retenaient à la chaise.

— Amuse-toi, dit-il, la voix déformée par la douleur. Quand je serai libre, je te tuerai.

— Des mots, des mots, marmonna Guerrero.

— Non, une promesse.

Et il la tiendrait. Guerrero et ses pions paieraient. Et cher.

Le couteau sortit de la plaie. Logan souffla.

Guerrero agita la main.

— Coupez-lui les doigts, dit-il.

— Non ! hurla Juliana en se débattant avec ses liens. Ne faites pas ça !

Logan se prépara. Quand les deux brutes s'approchèrent, il donna deux coups de pied. Les imbéciles ! Ils auraient dû lui ligoter les jambes. L'attaque surprit les sbires. Le premier reçut le coup dans le poignet, qui craqua, lui arrachant un cri. Son poignard lui échappa. Le second reçut le coup dans le genou, qui craqua lui aussi, pour le plus grand plaisir de Logan.

Guerrero se rua sur Juliana et lui mit le couteau sous la gorge.

— Tu veux jouer les héros ? Tu vas voir !

Les hommes de main se relevèrent. Le premier ramassa son couteau et fondit sur Logan.

*C'est ça, occupe-toi de moi et fiche-lui la paix.*

— Arrêtez ! ordonna Guerrero.

Les hommes se figèrent. De sa main libre, Guerrero empoigna les cheveux de Juliana et les enroula autour de sa main. Juliana regarda Logan. Il y avait de la peur dans ses yeux, évidemment, mais il y avait surtout beaucoup de confiance. Elle pensait qu'il allait la sauver.

Il ne la décevrait pas.

Il y avait autre chose aussi dans son regard, mais… ce n'était pas le moment de croire l'impossible.

Guerrero tira un bon coup sur les cheveux de Juliana.

— Vous deux, vous avez le renseignement que je cherche. Elle, elle a ma pièce à conviction.

— Je n'ai rien, dit Juliana.

Une larme coula sur sa joue.

— Et toi…

Guerrero regarda Logan en plissant les yeux.

— Toi, t'es un gars de la DOS.

Logan secoua la tête.

— Qu'est-ce que c'est que ça ?

La lame s'enfonça légèrement dans la gorge de Juliana.

— Ne mens pas ! aboya Guerrero. T'es un agent de la DOS. Je reconnais les gens qui mentent.

Il lisait dans le marc de café ?

— Mes hommes ont fouillé dans ta vie. Ils ont eu le temps, depuis que Juliana m'a si gentiment donné le nom de son amant. T'es un agent des forces spéciales, ou plutôt non, tu *étais*. Aujourd'hui, tu n'es plus censé travailler avec ces gens-là. Enfin, en principe.

Guerrero avait raison, il avait intégré une nouvelle unité trois ans plus tôt.

Celui qu'on appelait El Diablo avait des yeux de serpent à sonnette prêt à broyer sa proie au moindre signe de faiblesse.

*Allez, vas-y. Acharne-toi sur moi, mais laisse-la tranquille.*

— La DOS a des dizaines d'unités en opération.

Il était bien renseigné.

— Je veux tout savoir sur elles. Le nombre de ses agents. Leurs noms, leurs vies. Je vendrai ces infos au plus offrant.

Les clients ne manqueraient pas.

— Je ne sais rien sur eux.

Logan haussa les épaules.

— Je ne suis qu'un ancien membre d'une unité spéciale qui a rendu service à un sénateur.

Guerrero s'esclaffa.

— Tu mens. Quand le sénateur est mort, t'es resté dans le coin. Pourquoi ?

— Parce que je le lui ai demandé, répondit Juliana. J'avais peur. Après l'explosion au cimetière, je l'ai prié de rester avec moi.

Elle le protégeait.

Guerrero ne goba pas.

— Il a descendu mes hommes au chalet. Il les a éliminés en moins de deux.

— Qu'est-ce que je dois dire ? Quand on a été agent des forces spéciales…

Guerrero retira son couteau de la gorge de Juliana et regarda le bras de Logan qui dégouttait de sang. Logan ne bougeait pas, ne disait rien.

— Bien entraîné, hein ? Tu supportes tout ?

— Presque.

— Pas elle !

Il pointa sa lame sur l'épaule droite de Juliana.

— Dans une seconde, ta petite chérie va hurler comme une truie.

Il attaqua.

— Arrête ! rugit Logan.

Juliana gémit mais n'eut pas un mot, pas un cri.

Guerrero fronça les sourcils.

— Intéressant.

— Laisse-la, dit Logan. Sois un homme.

Guerrero brandit son couteau.

— Juliana, je crois que tu te trompes. Il t'aime et il va te le prouver.

Juliana chercha le regard de Logan.

— Il y a deux possibilités, reprit le parrain d'un ton satisfait. Soit elle me dit où se trouve la pièce à conviction… ce qui n'est qu'une question de temps, personne ne supporte très longtemps le genre de douleurs que j'ai en tête…

Juliana ne quittait pas Logan des yeux. Logan qui la suppliait en silence. *Regarde-moi, mon bébé. Ne regarde pas ailleurs. Ça va aller.*

Guerrero enfonça un peu plus son couteau dans l'épaule de Juliana.

— … soit tu te mets à table, monsieur l'agent secret, et j'arrête de lui faire mal.

Logan grinça des dents.

— Tu crois peut-être que je ne sais rien de la DOS ? reprit Guerrero. Ça fait longtemps que ses agents me font des misères à moi et à mes… associés. Je rêve de me venger. Et je ne vais pas m'en priver.

Il ne devait pas être le seul à vouloir se venger.

— Parle. Dis-moi tout sur ces agents, où ils sont, leurs pseudos et, elle, je la lâche.

Les liens lui sciaient les poignets. Ils étaient solides et serrés. Bon Dieu, oui, ils étaient serrés.

— Parle et je la lâche, je te dis !

La lame s'enfonça dans le bras de Juliana, qui se mordit la lèvre pour ne pas crier.

— Lâche-la, cria Logan. Lâche-la.

Il l'aimait. Il l'aimait plus que jamais.

Guerrero se pencha sur elle et lui effleura l'oreille.

— La preuve, Juliana. Qu'est-ce que t'en as fait ?

— J'ai menti aux journalistes, répondit-elle. Je ne l'ai pas.

— Foutaises ! Où est-elle ? Parle !

Elle secoua la tête.

Logan regarda Guerrero. Cette cible-là ne s'en sortirait pas vivante.

— T'as commis une erreur, dit-il.

Guerrero retira la lame ensanglantée de l'épaule de Juliana. La jeune femme frissonna.

— Tu n'aurais jamais dû m'amener ici vivant, acheva Logan.

Il tuerait El Diablo. Il le massacrerait.

— Oh ! le méchant ! ironisa Guerrero.

L'ordure caressa la joue de Juliana. Quelques gouttes de sang tombèrent de la lame de son couteau.

— Bien, alors, où en était-on ?

— Au Mexique, répondit Juliana.

Les sbires ne regardaient pas Logan. Toute leur attention était concentrée sur Guerrero. Sur Juliana. Leurs yeux brillaient d'excitation. Ils aimaient voir le petit jeu sadique de leur patron. Avec une femme, c'était encore mieux.

— Quoi, le Mexique ?

— Pourquoi ne pas m'avoir torturée là-bas ?

— Je voulais que tu m'aies dans la peau, c'était la moitié du plaisir.

Guerrero caressa le bras ensanglanté de sa proie.

— C'est que tu as une jolie peau, tu sais.

— Guerrero ! tonna Logan.

— Quoi ? C'est pas vrai, peut-être, qu'elle a la peau douce ?

Il fit glisser le couteau sur son visage.

— Mais plus pour longtemps.

La vision de Logan se brouilla. Brusquement il vit rouge. Il chercha à se relever, mais cette bon Dieu de chaise…

Juliana tint tête à son tourmenteur.

— Je croyais que tu valais mieux que ça. Tu te rappelles, au Mexique… tu m'as dit que tu n'avais jamais autant parlé avec quelqu'un qu'avec moi.

— Je me fichais de toi. Je t'ai manipulée pour avoir des infos, c'est tout.

— John, alors, c'était un mensonge ? N'est-ce pas plutôt l'homme que tu voudrais être ? Qu'est-ce qui s'est passé ?

Juliana avait capté toute l'attention de Guerrero.

— Pourquoi John a-t-il laissé la place à El Diablo ?

— Parce que seuls les plus forts survivent.

Un voile passa devant les yeux du criminel.

— J'ai appris ça le jour où j'ai marché dans le sang de ma mère.

Juliana frissonna.

— C'est à ton tour d'apprendre la leçon, ajouta Guerrero, comme à regret. Désolé !

Et il leva le couteau vers son visage.

# 12

Sachant qu'elle ne pouvait rien faire pour empêcher Guerrero de lui entailler le visage, Juliana se contracta pour ne pas crier.

Le couteau lui piqua la peau. Sans lui faire trop mal. Attendant la suite, elle ferma les yeux.

Un bruit de chute les lui fit rouvrir. Logan avait bondi de sa chaise. Les liens pendaient de ses poignets. Il était libre. Et il truffait de coups de pied Guerrero à terre.

Sortant de leur stupeur, les sbires se ruèrent sur lui.

— Logan !

Il tourna la tête, les yeux exorbités. Elle ne l'avait jamais vu dans cet état.

*Il ne se contrôle plus.*

— Derrière toi !

Trop tard. Le plus costaud des deux hommes le frappa violemment dans le dos tandis que le second fonçait sur lui, le poignard au poing.

En voulant se lever, Juliana valsa avec sa chaise, qui se brisa dans la chute. Elle crut s'être cassé le poignet, ce qui ne l'empêcha pas de se retourner. Rapide comme un serpent, elle réussit à détacher ses liens de la chaise cassée.

Entre-temps, Logan avait réussi à se débarrasser des deux hommes de main. L'un deux était même à terre, inerte.

— Bien joué, dit une voix à la droite de Juliana.

Guerrero. Il la prit par la taille et serra.

— Juliana ! s'écria Logan.

C'était le moment de mettre en pratique ce qu'il lui avait

enseigné. Elle se laissa glisser entre les bras de Guerrero et, une fois dégagée, lui administra un coup de coude dans le bas-ventre, qui le fit se plier en deux.

Logan fondit alors sur lui et le roua de coups. Ils roulèrent au sol. Luttèrent férocement.

Le sbire encore en état de nuire rampait vers le couteau quand un grondement, dehors, fit vibrer les murs. Juliana attrapa la chaise à laquelle Logan avait été attaché, la souleva le plus haut possible et la fracassa sur son dos.

*Il ne bougera plus*, se réjouit-elle.

Elle se retourna. Guerrero s'apprêtait à planter son couteau dans la gorge de Logan. Elle poussa un cri. Guerrero fut distrait. Une fraction de seconde. Juste le temps pour Logan de lui saisir le poignet et de retourner la lame contre lui. Un flot de sang jaillit de son cou. Puis un gargouillis s'échappa de sa gorge.

— Je le t'avais dit, gronda Logan, fallait pas me laisser en vie.

Guerrero trembla. Il essaya de parler. Juliana le dévisagea, Logan aussi. Il mourut sous leurs yeux.

— Julie, dit Logan se tournant vers elle. Tu…

Des pas le firent taire. Des pas qui accouraient. Logan jura. Un homme entra, un revolver à la main. Logan donna un coup de pied dans l'arme, qui vola dans un coin de la chambre.

— Non ! cria une voix.

Sydney. Qui entrait comme une flèche.

— On est là… On va vous sauver !

Logan coupa les liens qui pendaient à ses poignets.

— Tout est clair dehors ? demanda-t-il.

Sydney opina.

— Guerrero ne s'attendait pas à ce qu'on arrive si vite, dit-elle. Il n'y avait qu'une poignée d'hommes dehors.

Juliana se passa la main sur le cou.

— Cette fois, c'est fini, murmura-t-elle, comme si elle y croyait à peine. Fi-ni.

Elle regarda Logan, que la rage animait encore. Il lui avait dit qu'il l'aimait dans un moment de désespoir. Elle ne le laisserait pas se rétracter maintenant que le pire était passé.

Sydney téléphonait, elle voulait du renfort, une équipe de nettoyage. Des militaires.

Penché sur un des hommes de Guerrero, Jasper siffla entre ses dents.

— Celui-là, mon pote, tu ne lui as pas fait de cadeau.

Logan désigna Juliana d'un signe de la main.

— Celui-là, c'est elle.

Jasper la regarda avec admiration.

— Je crois qu'elle me plaît ! lança-t-il.

— Prends la queue, plaisanta Logan.

Écœurée par l'odeur de sang, Juliana commença à se sentir mal.

— Faut la faire voir à un médecin, dit Logan.

— Non, toi d'abord, protesta-t-elle. C'est toi qui as reçu les coups.

— Ce n'est rien. Quelques égratignures, c'est tout.

Elle aurait aimé le croire, mais il était livide. Il ne tenait plus debout.

— Jasper ! s'exclama-t-elle tout en en s'efforçant de le soutenir.

Jasper accourut.

— Bon Dieu, tu ne pouvais pas dire que tu étais blessé !

— Partons de là, murmura Logan. Je veux… mettre Juliana… à l'abri.

— Mais je vais bien, se récria-t-elle. Je ne risque rien puisque je suis avec toi.

Il avait tué pour la protéger. Que pouvait-elle demander de plus comme garantie de son amour ?

Il la regarda. Soutint son regard. Il lui avait dit qu'il l'aimait depuis toujours. Peut-être n'était-ce que des mots ? Parce qu'il pensait qu'ils allaient mourir ?

Mais… était-ce très important de le savoir ?

Ils sortirent. Ils étaient tout près des marais, et les insectes s'en donnaient à cœur joie.

Les agents fédéraux en armes avaient investi les lieux

et une ambulance roulait à tombeau ouvert sur le chemin de terre défoncé.

— On trouvera peut-être la pièce à conviction à l'intérieur, dit Sydney. Cela nous permettra de remonter son réseau et de mettre fin à…

— La voilà, fit Juliana en sortant de sa poche la clé USB.

Guerrero avait fait une erreur. Il ne l'avait pas fouillée. Il l'avait ligotée, avait commencé à la torturer, alors que ce qu'il cherchait était devant lui, à portée de main !

Silence. On aurait dit que même les insectes se taisaient.

Logan avait été allongé sur un brancard. Il tenta de se relever pour prendre sa main.

— C'est quoi, ça ?

Jasper hocha la tête.

— La pièce à conviction. La fameuse preuve. Vous l'aviez depuis longtemps ?

— Non, je l'ai trouvée quand je me suis battue avec Susan.

Se souvenant du cri de Susan lorsque la balle l'avait touchée, elle se mit à trembler. Elle avait encore dans l'oreille le bruit du verre brisé quand la malheureuse avait basculé par la fenêtre.

— C'est mon père… il l'avait cachée derrière un de mes tableaux, les tableaux qu'il avait accrochés dans sa chambre.

Sydney prit la clé en souriant.

— Vous me facilitez le travail.

— Oui, mais, si je l'avais trouvée plus tôt, ça aurait été plus facile pour tout le monde, dit-elle en regardant Logan et les blessés étendus par terre.

Les secours chargèrent Logan dans l'ambulance. Une secouriste s'approcha de Juliana pour l'emmener à l'écart mais elle regimba. Elle avaient été séparée de lui trop longtemps pour accepter de l'être encore.

Elle fit deux pas puis revint vers le véhicule. Vers Logan.

— J'allais la donner à Guerrero, lui lança-t-elle.

Il fallait qu'il le sache. Il la regarda. Ses yeux brillaient.

— Je n'allais pas rester là à les regarder te tuer. Je m'apprêtais à passer une alliance avec lui, la clé USB contre ta vie.

La secouriste revint à la charge.

— S'il vous plaît. On doit vous emmener. Vous avez besoin de points de suture.

— Je ne veux pas, dit Juliana en agrippant la portière de l'ambulance.

Logan chercha à se redresser mais les infirmiers le plaquèrent sur le brancard. Juliana fit alors une chose insensée. Alors que les portes arrière se refermaient, elle sauta à bord.

— Allons-y, crièrent les infirmiers au chauffeur.

L'ambulance démarra sur-le-champ. Logan prit la main de Juliana et l'embrassa.

— Ne me quitte plus, lui dit-il. S'il te plaît, ne me laisse plus jamais.

Le cœur serré par l'émotion, elle chuchota :

— Je ne te laisserai plus jamais, Logan. Plus jamais. Mais toi non plus, ne me laisse pas.

Les sirènes se mirent à hurler et ils foncèrent dans la nuit, laissant le sang et la mort derrière eux.

Quand Logan rouvrit les yeux, la première chose qu'il vit fut Juliana. Assise à son chevet, la tête dodelinant, elle lui tenait la main. Elle était belle dans le sommeil. Elle était belle tout le temps.

Quand Guerrero l'avait menacée de son couteau et qu'elle s'était raidie pour affronter la douleur, il avait senti qu'il allait craquer.

Il avait déjà tué. Tuer faisait partie de son métier, c'était nécessaire pour survivre, parfois.

Mais cette fois, il avait réagi violemment. Comme un animal. Avec sauvagerie. Avec rage. Pour protéger ce qu'il possédait de plus cher.

Car elle était à lui. C'était son trésor. Son oxygène. Sa vie. Sans elle, sa vie ne voulait rien dire.

Il serra sa main dans la sienne, ce qui la fit bouger. Elle battit des paupières et le fixa. Un sourire éclaira son visage.

*Elle continue de me voir comme un héros*, pensa-t-il.

Alors qu'il ne l'était pas.

— Je commençais à me demander si tu allais te réveiller, dit-elle en se penchant sur lui.

Sa voix était chaude et douce comme une caresse.

— Pourquoi ? J'ai dormi si longtemps ?

— Deux heures au moins. Ils t'ont endormi pour te recoudre... C'est normal.

— Et tu es restée tout ce temps avec moi ?

— Tu m'avais demandé de ne plus te quitter, alors j'ai obéi. J'ai juste profité de ce que tu étais sur la table d'opération pour me faire faire quelques points de suture.

Comme elle se levait, il serra son poignet pour la retenir.

— Gunner va s'en sortir, dit-elle. Sydney est auprès de lui. Elle ne l'a pas quitté d'une semelle.

Logan avait toujours pensé que ces deux-là étaient faits l'un pour l'autre, même si aucun d'eux n'osait se l'avouer.

— Dieu merci, tout est fini maintenant, poursuivit Juliana en s'éloignant du lit. Les truands sont morts. La DOS a la pièce à conviction et, moi, je vais pouvoir reprendre une vie normale.

— Oui, laissa-t-il tomber d'une voix morose.

— Je te remercie, Logan. Tu as risqué ta vie pour moi. Je ne l'oublierai jamais.

Elle se dirigeait vers la porte.

— De toute manière, ma vie sans toi n'a aucun sens.

Elle s'arrêta.

— Je ne pourrai pas supporter de te perdre une seconde fois, enchaîna t il. S'il te plaît, ne pars pas... D'accord ? Donne-moi une chance. Donne-nous une chance.

Il commença à tirer sur sa perfusion, à arracher ses pansements pour pouvoir se lever et lui barrer la route.

— Qu'est-ce que tu fais ? Tu es fou !

Elle le repoussa sur son lit.

— J'allais dire à Jasper que tu es réveillé. Je ne partais pas.

Il avait paniqué. Comme un homme qui voit la femme qu'il aime mourir aurait paniqué. Elle avait raison, il était fou. Fou d'elle. Fou d'amour. Il avait essayé de la rayer de sa mémoire. Essayé de se convaincre qu'il ne l'aimait pas. Essayé de vivre. Sans elle.

Il n'avait pas pu.

— Je ne te raconte pas d'histoires, reprit-il. Quand je t'ai dit que je t'aimais, c'était vrai. Je voulais que tu le saches au cas où…

Au cas où Guerrero aurait mis sa menace à exécution.

Il secoua la tête.

— Je sais que tu me détestes…

— Mais non.

*Inutile de me bercer d'illusions*, se dit-il. Entre ne pas haïr et aimer, il y avait un pas. Un ravin, plutôt.

— J'aurais dû te dire la vérité pour ta mère dès le jour où je t'ai rencontrée. Mais j'ai eu peur. Peur que tu t'en ailles. Peur de ton mépris.

— Mon mépris ?

— Oui, enfin, non. Je ne sais pas…

— J'ai lu tous les rapports sur l'accident de ma mère. Tu n'y es pour rien. Au contraire. Tu as essayé de la sauver.

Ça n'avait pas été suffisant. Ça ne serait jamais suffisant.

— Tu n'es pas ton père. Tu n'es pas comme lui.

Elle marqua un temps d'arrêt.

— De même que je ne suis pas comme le mien.

L'air triste, elle soupira.

— Les choses auraient pu être différentes pour eux aussi, mais c'est trop tard, maintenant.

Trop tard pour leurs pères, mais…

— Et nous ?

Elle battit des paupières.

— Qu'attends-tu de moi, Logan ?

*Tout*.

— Que tu me laisses une chance, répondit-il. Que tu me laisses te montrer qui je peux être.

— Mais je sais qui tu es. Tu es l'homme que j'aime. Je le sais depuis la première fois que tu m'as embrassée.

L'espoir pouvait être une bête perverse. Qui mord, ronge, mine, songea Logan.

Elle approcha du lit et se pencha sur lui.

— Ne dis pas ça, si ce n'est pas vrai, l'implora-t-il.

— Mais je t'aime, Logan. Je t'aime.

Il la prit par la taille et se souleva un peu pour prendre sa bouche.

— Rallonge-toi, dit-elle, se penchant plus bas.

Elle prit alors ses lèvres et l'embrassa avec passion.

Ses plaies, ses points de suture lui faisaient mal, mais il s'en moquait. Elle seule comptait, cette femme qu'il tenait dans ses bras et qui lui avait juré qu'elle l'aimait. Cette femme qu'il attendait depuis toujours et qu'il n'espérait plus.

Il voulait passer le reste de sa vie avec elle, la rendre heureuse, l'entendre rire, voir ses yeux pétiller de bonheur.

— Logan, murmura-t-elle entre ses lèvres. Arrête. Tu souffres.

— La seule chose qui puisse me faire souffrir, c'est d'être loin de toi.

Elle lui avait tellement manqué. Tellement.

Tant pis ! Ce n'était sûrement pas l'endroit, ni le moment, mais il voulait lui dire… lui demander.

— Épouse-moi.

Les yeux agrandis par la surprise, elle voulut se redresser mais il ne la lâcha pas.

— Logan, tu viens de me demander de te laisser une chance et maintenant tu me demandes de t'épouser… tu vas vite !

Il sourit. Un vrai sourire. Sans regret. Sans remords, sans arrière-pensée.

— Je suis un affreux gourmand, je le reconnais. Cela dit, tu sais, je ne vais pas si vite que ça… J'ai ta bague de fiançailles avec moi depuis… depuis tes vingt ans.

Il n'avait jamais pu s'en séparer.

— Il est temps que je rattrape le temps perdu, ajouta-t-il.

— Tu l'as conservée… Tout ce temps ?

Sans doute parce que, au fond de lui, il n'avait jamais totalement perdu espoir. Sans doute parce qu'il avait pensé qu'un jour…

Ce jour, c'était aujourd'hui.

— Laisse-moi te rendre heureuse.

Elle sourit à son tour.

— Mais je le suis déjà.

Elle chercha son regard et ses yeux se voilèrent. L'émotion. Les larmes.

— Oui, je veux bien t'épouser. Oui, je veux vivre avec toi toute ma vie.

Un sanglot lui échappa.

— Excuse-moi, dit-elle.

Il happa ses lèvres.

Il avait tout ce qu'il désirait. Dorénavant, il passerait toutes ses nuits avec elle, et le matin au réveil elle serait là, près de lui, et il la caresserait, et il la prendrait.

Tous les jours. Toujours.

— Je t'aime.

Il ne se lasserait jamais de le lui dire.

Sur ces entrefaites, la porte de la chambre s'ouvrit.

*Une infirmière ? Un soin ? Ah non, pas maintenant !* pesta Logan en son for intérieur.

C'était Jasper.

— Oh oh… Je crois que tu vas vite récupérer, lança ce dernier en riant.

— Récupérer ? Beaucoup mieux que ça.

Logan éclata de rire.

— Devine quoi ! Je me marie !

Jasper resta coi. Logan se tourna vers Juliana. Sa Julie. L'ange qui avait ravi son cœur depuis si longtemps. La femme qu'il aimerait jusqu'à ce que la mort les sépare.

— Merci, lui dit-il comme elle collait son front sur le sien.

— Ce n'est pas trop tôt ! s'esclaffa Jasper. Je n'en pouvais plus de te voir la couver des yeux !

L'équipier de Logan s'éclipsa.

— Tu n'as pas à me remercier, dit Juliana.

— Si. Je te remercie de m'aimer.

— Ça ne va pas être toujours facile. On va devoir s'habituer l'un à l'autre. Composer. Tu as ton métier. J'ai le mien. Tu n'es pas parfait…

Il rit, ce qui lui fit mal aux côtes.

— Je te le confirme. Mais toi, tu l'es !

Elle fit une mimique si drôle qu'il ne put s'empêcher de rire encore.

— Et quand il y aura des enfants…

Ce serait le bonheur parfait.

— Je suis impatient, dit-il.

Il avait enfin la vie dont il avait rêvé, avec la femme dont il n'avait cessé de rêver.

Il s'était battu pour ce rêve, tous les jours, chaque jour. Comme il s'était battu pour elle.

La femme qu'il aimait.

Sa mission.

Sa vie.

Retrouvez en janvier 2021,
dans votre collection

# BLACK ROSE

**Une apparence à haut risque, de Julie Anne Lindsey - N°619**

SÉRIE GARDES DU CORPS EN ALERTE 3/4

Terrifiée, Lyndy fixe la photo que lui montre Cade Lance. Ainsi, comme toutes les autres, la dernière victime du Tom Cat Killer pourrait être sa sœur jumelle, et c'est cette ressemblance qui met en danger sa vie et celle de son bébé… Seule la présence de Cade atténue un peu cette angoisse. Cade qui a pour mission de la protéger. Cade qui la rassure et la trouble bien plus qu'elle ne le voudrait…

**Des retrouvailles houleuses, de Marilyn Pappano**

« Les échanger contre elle »… Interloqué, Ben, le shérif de Cedar Creek, relit le message inscrit en lettres rouges derrière la porte. Qui est donc cette personne qui doit servir de monnaie d'échange à celui – ou celle – qui a enlevé trois personnes d'une même famille ? L'enquête s'avère complexe, d'autant plus que les victimes sont les cousins de Yashi Baker, l'ex-petite amie de Ben, qu'il n'a pas revue depuis leur douloureuse rupture…

---

**Au supplice du soupçon, de Delores Fossen - N°620**

Qui est réellement Laney Martin ? Et Owen Slater, veuf et père d'une petite Addie de dix-huit mois, n'a-t-il pas commis une terrible erreur en confiant à cette troublante inconnue la direction de son ranch et la garde de son bébé ? Un doute qui se précise le jour où il découvre Laney, réfugiée dans sa grange, menacée par un inconnu qui, avant de mourir sous ses balles, l'a appelée « Elaine »…

**Le mystère du vieux chêne, de Marie Ferrarella**

Penchée sur le plan légué par son ex-beau-père, Maggie cherche « l'arbre le plus haut » de sa propriété. Quel trésor se cache sous ce chêne ? Et pourquoi est-ce à elle qu'incombe cette mission ? Bientôt, préoccupée par sa quête, elle se retrouve piégée par un terrible cyclone et ne doit son salut qu'à l'intervention de Jonah Colton, un séduisant sauveteur qui, intrigué par son récit, décide de l'aider à élucider le mystère du vieux chêne…

Retrouvez en janvier 2021,
dans votre collection

# BLACK ROSE

**Au cœur de la tempête, de Rita Herron - N°621**

« Tu t'en sortiras, chérie », murmure Fletch. Prenant l'inconnue dans ses bras, il l'emporte à l'abri et attend qu'elle revienne à elle. Bientôt, elle ouvre les yeux, mais, aux premiers mots qu'elle prononce, il doit se rendre à l'évidence : elle ne sait plus qui elle est, d'où elle vient, et quel danger elle fuyait pour s'être ainsi retrouvée perdue dans la montagne alors que la tempête fait rage…

**Le passé ennemi, de Nicole Helm**

Partagé entre suspicion et stupéfaction, Jamison fixe la femme qui est en train de fouiller dans son bureau. Et, soudain, il la reconnaît et sent son cœur s'emballer. Car cette séduisante cambrioleuse n'est autre que Liza. Liza qu'il n'a pas vue depuis quinze ans et qui appartenait à un gang de malfaiteurs. Liza qui était sa petite amie avant que lui-même ne rentre dans le droit chemin et devienne shérif de la ville…

---

**Une menace sans visage, de Carla Cassidy - N°622**

Jake ne se reconnaît plus. Lui qui déteste les enfants sourit béatement depuis que Grace Sinclair a débarqué dans son ranch avec ses triplées de dix mois, en lui annonçant que Justin, son frère, en était le père… Comment ce dernier a-t-il pu repousser une femme pareille ? Mais son trouble s'accroît quand Grace lui avoue qu'elle est la cible de menaces et qu'elle craint pour la vie de ses filles…

**L'empreinte du doute, de Julie Miller**

« Allez-vous-en, vous n'avez rien à faire ici ! » D'un ton ferme, Olivia tente de chasser l'Inconnu qui a fait irruption sur sa scène de crime. Mais aussitôt il brandit une carte de presse, et elle serre les poings. Car elle connaît la réputation de ce journaliste. Il s'appelle Gabriel Knight et, depuis que sa fiancée a été assassinée, il met en doute l'intégrité de la police…

# RESTEZ CONNECTÉ AVEC HARLEQUIN

## Harlequin vous offre un large choix de littérature sentimentale !

Sélectionnez votre style parmi toutes les idées de lecture proposées !

### www.harlequin.fr

- **Découvrez** toutes nos actualités, exclusivités, promotions, parutions à venir…
- **Partagez** vos avis sur vos dernières lectures…
- **Lisez** gratuitement en ligne
- **Retrouvez** vos abonnements, vos romans dédicacés, vos livres et vos ebooks en précommande…

### L'application Harlequin

- Des **ebooks gratuits** inclus dans l'application
- **50 nouveautés tous les mois** et + de 7 000 ebooks en téléchargement
- Des **petits prix** toute l'année
- Une **facilité de lecture** en un clic hors connexion
- Et plein d'autres avantages…

**Téléchargez notre application gratuitement**

Télécharger dans l'App Store

DISPONIBLE SUR Google Play

SUIVEZ-NOUS !

facebook.com/HarlequinFrance
twitter.com/harlequinfrance

Composé et édité par HarperCollins France.

Achevé d'imprimer en novembre 2020.

BLACK PRINT

Barcelone

Dépôt légal : décembre 2020.

FSC
www.fsc.org
MIXTE
Papier issu de sources responsables
FSC® C108412

Pour limiter l'empreinte environnementale de ses livres, HarperCollins France s'engage à n'utiliser que du papier fabriqué à partir de bois provenant de forêts gérées durablement et de manière responsable.

*Imprimé en Espagne.*